本书为国家社科基金资助项目"朝鲜半岛汉文小说中的
中国文化因素研究"成果，项目批准号12BWW020，
结项证书号20183470

朝鲜古代汉文小说中的中国文化因素研究

孙惠欣 著

中华书局

图书在版编目(CIP)数据

朝鲜古代汉文小说中的中国文化因素研究/孙惠欣著. —北京：中华书局,2023.11
ISBN 978-7-101-16333-9

Ⅰ.朝… Ⅱ.孙… Ⅲ.古汉语–小说研究–朝鲜–古代
Ⅳ.I312.074

中国国家版本馆 CIP 数据核字(2023)第 169423 号

书　　名	朝鲜古代汉文小说中的中国文化因素研究
著　　者	孙惠欣
责任编辑	余　瑾
责任印制	陈丽娜
出版发行	中华书局
	（北京市丰台区太平桥西里 38 号　100073）
	http://www.zhbc.com.cn
	E-mail:zhbc@zhbc.com.cn
印　　刷	三河市中晟雅豪印务有限公司
版　　次	2023 年 11 月第 1 版
	2023 年 11 月第 1 次印刷
规　　格	开本/920×1250 毫米　1/32
	印张 13¾　插页 2　字数 320 千字
国际书号	ISBN 978-7-101-16333-9
定　　价	88.00 元

目　录

序

金柄珉

作为东亚汉文化圈核心的中国古代文化对周边各国产生了极为深远的影响，而古代朝鲜是最为积极、主动接受中国文化的国家之一，为东亚汉文化圈的形成与发展做出了不可替代的重要贡献。朝鲜汉文小说的发展与中国文学与文化有着极为密切的关联，且蕴含着极为丰富的中国文化因素。从朝鲜古代汉文小说与中国文化的密切关系中，不仅可以清楚地看到中国文化强大的辐射力，同时也能感受到朝鲜对于中国文化的创新性接受乃至本土化的发展。中国与朝鲜半岛历史文化交往源远流长，关于二者的相关文学研究一直是一片广阔丰厚的学术沃土，近些年来颇受学者的青睐，研究成果不断涌现，成绩斐然，此领域的研究呈现出一种健康、繁荣和稳定的发展态势。

孙惠欣教授《朝鲜古代汉文小说中的中国文化因素研究》一书便是作者长期关注，并付诸心血的学术力作，该书立足于梦幻、讽刺、历史军谈、爱情家庭四类朝鲜汉文小说，分章立节地对其所受中国文学之影响情况做了系统全面的梳理，较为详尽地总结了朝鲜半岛各类汉文小说的发生、发展及其特征，并进一步揭示了其叙事模式、创作手法、思想内涵等与中国文化的内在关联，客观系统地呈现了两国文学的互动与互证、相互认知与共同发展的历史，当然更重要的是中国文化对朝鲜小说的积极影响。

此书以比较文学之影响研究方法，从影响和接受的角度，通过仔细严谨的对比和考证，揭示了朝鲜古代汉文小说中所蕴含的中国文化因素，并将中国文学的视线引领到了域外，拓宽了学术研究的视野，具有重要的文学史乃至文化史价值。古代中国国力鼎盛，其文学、文化日臻成熟并带有一种民族辉煌的昂扬之气，从文化传承来看，朝鲜半岛比世界其他地区更多地保留了中国文化传统。作为朝鲜文化的一个重要组成，汉文化推动和孕育了朝鲜半岛主体文化的发展。但值得注意的是，我们必须清醒地意识到朝鲜对中国文化、文学的借鉴和吸纳，主要是为了其自身的文化发展与建设，而且在接受过程中本民族的文化自觉也逐渐提升，因而其主体性亦不可忽视。

孙惠欣教授潜心致力于中朝比较文学研究多年，相关学术成果引人注目，此之书成，亦可以看出其沉潜朴拙、严谨求实的学术追求。首先，此书体现着作者的一种文化研究视角，即东亚文学研究的整体性视角，其主要表现在努力发现中朝文学与文化的共同性的同时，还要发现差异性及其原因，这对于进一步把握中国文化在域外的张力与变异及其创造力具有重要的意义。其次，在文献搜集与整理上用功极深，书中涵盖内容广泛，文献引用涉及朝（韩）、贯通古今，尤其是诸多韩国文献，查找与搜集极为不易，作者毕几年之力，悉心搜寻，笔耕不辍，并始终秉持着严肃认真的治学态度和勤勉向上的进取精神，才得以形成了这样一部内容沉实的专著。再次，在翔实的文献基础上，更加注重细节考证，大到某一观点，小到某一字句、标点，都再三斟酌，仔细求证，对于引用的相关古籍更是多次校对，不断潜心打磨书稿内容，通过严谨的治学精神与敏锐的学术眼光，不断挖掘朝鲜古代汉文小说中的中国文化因素,钩沉出朝鲜古代汉文小说与中国文化之间千丝万缕的关联,并将之提升到了新的高度,为该领域的学术研究做出重要的贡献,尤其是为后来者之研究夯实了基础,提供了有力借鉴。其文可赞,其人可敬,其心可贵。

欣闻孙惠欣教授《朝鲜古代汉文小说中的中国文化因素研究》一书即将付梓行世,由衷为之高兴,应作者之嘱托,欣然提笔作序。"千淘万漉虽辛苦,吹尽狂沙始到金",相信凝结了孙教授诸多心血的此书定会对学界有所裨益,最后祝光景长新的中朝相关文学研究领域蓬勃向上、百花齐放,也祝愿孙教授学术长青、再添佳作!

2023 年 4 月

绪　论

　　中国和朝鲜同属于汉文化圈,其文化交流的历史可追溯到两千多年前,从那时起,两国便开始了频繁的文化交流,其中文学交流尤为活跃。在古代朝鲜传统社会里,汉文、汉字与日常的朝鲜语言文字长期共存。这一特殊的双语双文化现象影响着朝鲜古代文学,随之出现了文学在汉文文学与国语文学①这两个不同轨道上的运行。这两大类文学在古代朝鲜文学漫长的发展过程中并不相悖,而是相辅相成,呈现出了绚丽多彩的文学景观,从而成为朝鲜乃至东亚古代文学史上不可取代的文学珍宝。正如有学者评价的那样:"朝鲜小说在发展的过程中,无论是从稗说文学蜕变为传奇小说,还是从短篇小说发展到长篇小说,也不论是从汉文小说创作转换为国语小说创作,都毫不犹豫,也是充分全面地吸收了中国古代小说的精华,消化再生为营养,孕育出朝鲜民族的小说之花。"②

---

① 国语文学:是指古代朝鲜使用本民族语言创作的文学,包括古老的神话、各种民间传说、民间歌谣、说唱文学与国语小说等。古老的神话和民间传说,大多由后代文人用汉字追记。"训民正音"颁布前的歌谣用乡札标记法记音,"训民正音"颁布后的歌谣、说唱文学、国语小说大都用本民族文字记录。
② 孟昭毅:《东方文学交流史》,天津人民出版社 2001 年,第 43 页。

由于朝鲜文字——"训民正音"①出现较晚,朝鲜古代汉文学孕育、诞生的时间要比国语文学早许多,这给后人留下了极为灿烂而丰厚的汉文学遗产,同时也为朝鲜国语文学的创作积累了相当丰富的艺术经验。我们从朝鲜古代汉文小说与中国文化的密切关系中,不仅可以清楚地看到中国文化强大的辐射力,同时也能感受到朝鲜半岛对于中国文化的接受程度。本论著以朝鲜古代汉文小说为中心,以梦幻类汉文小说、讽刺类汉文小说、历史军谈类汉文小说及爱情家庭类汉文小说为重点进行深入研究,宏观探讨朝鲜古代汉文小说中的中国文化因素,分析中国文化对朝鲜半岛小说创作的影响,并进一步探究两国文化的渊源关系。

第一节　研究意义和研究方法

在朝鲜半岛的汉文学中,汉诗所占比例较大,历来受到研究者们的重视,然而汉文小说也是朝鲜半岛文学中不可忽视的一个重要部分。古代东亚汉文学普遍带有文史哲合一的特征,朝鲜半岛文学也是如此,从比较文学研究角度入手,从文化视角切入半岛汉文小说,将有助于揭示以小说为媒介的中朝文学的内在关联,拓宽朝鲜文学研究领域,丰富朝鲜文学的研究内容。

---

① "训民正音":也叫"正音字""谚文""反切",现代朝鲜文的前身,是在朝鲜朝世宗主持下,1444 年由郑麟趾等人为精确记录朝鲜语而创制的表音文字,是一部较完整的朝鲜文字方案。"训民正音"长期和汉文、吏读并用,至19 世纪末 20 世纪初始成为统一的朝鲜文字。共有二十八个字母,其中辅音字母十七个,元音字母十一个。

一、研究意义

古代朝鲜的小说，无论是汉文小说，还是朝鲜国语小说，其发生、发展均与中国古代小说的传入和影响有关。特别是汉文小说，不仅故事背景、人物大多涉及中国，而且在小说的表现形式及其内在意蕴方面也都与中国古代小说有着密切的关系。因此，研究朝鲜古代的汉文小说，必须注意到中国小说在朝鲜半岛的传播与影响。

本论著以朝鲜古代汉文小说为中心，通过分析、比较、综合、归纳等手段，全面、系统地阐释朝鲜古代汉文小说产生、发展、变化的全过程及其各个发展阶段上的特点，揭示其受中国文化影响的事实及其原因，探索不同类型汉文小说的创作规律、结构模式及其与中国文化的内在关联。力图拓宽朝鲜古代汉文小说研究领域，更新传统思维模式，为朝鲜古代汉文小说研究增添新的研究视角。特别是从比较文学影响研究、接受研究的角度着手，有助于我们了解中朝文化以小说为媒介而进行的互识、互证与互补，使我们见证到以小说交流为重要渠道的中朝文化交流的历史，以及中朝文化以小说为载体进行深层次对话的历史事实。

在古代汉文化圈里，中国文化长期占据辐射中心的位置。从与中国邻近的朝鲜半岛、日本、越南等国家蓬勃发展的汉文学上便可看出中国文化强有力的辐射作用，其中朝鲜半岛所受的影响是居于首位的。研究朝鲜古代汉文小说，可以从一个侧面探讨中国在汉文化圈中的影响方式和影响深度，挖掘中朝文学之间的文化渊源，从而确立古代朝鲜文学在世界比较文学中的地位和价值。本论著是从"域外民族"的角度对半岛汉文小说进行考察和研究，这不仅可以拓宽朝鲜－韩国学者对本民族古典文学的认识视野，提供一个新的研究视角,同时也可以从另一个方面了解在中国文化和文学东传朝鲜半岛的过程中,朝鲜人民的接受程度和进行再创作的情况,从而了解朝鲜民族的审美心理及其特征,为正确认识中、朝文学及文学理论的异同及其原因提供双向参考。

域外汉文学在某种程度上体现了中国古代文学的一种延伸方式,是中国古代文学在异国土壤上的变异形态,而且域外汉文学的研究会为中国古代文学的研究提供新的视角和参照,借以反观中国古代文学研究的缺失和不足,同时可以拓展中国古代文学的研究领域。此外,从文化交流的角度看,中国与朝鲜半岛一衣带水,文化交流从古至今一直没有间断过,关于二者之间文化交流的研究也从未间断过。文学上的交流本来就是文化交流的一个层面,但从朝鲜半岛本土文学的角度入手,系统全面地考察中国与朝鲜文学创作的文化关联研究一直重视不够,加强这方面的研究对于更深入地认识两国的友好交流无疑意义重大。

二、研究方法

采用跨学科、跨文化比较文学方法论,以朝鲜古代汉文小说文本为核心,运用接受美学、比较文学之影响研究、变异研究等方法阐释中国文本传播到朝鲜后,经过文化过滤、译介、接受之后所发生的更为深层次的文学变异,以及本土化过程中的文化价值,探讨历史文本与文学文本之间的互文性。同时,结合社会学批评方法、文化学批评方法进行研究。

比较文学是超出一国范围的文学研究,是以跨民族、跨语言、跨文化、跨学科与跨文明为比较视域而展开的研究。比较文学之影响研究,探究的是文学传播者与接受者之间影响与被影响的关系;比较文学之接受学,又称接受研究,"是建立在接受美学基础上的一种新的比较文学变异学研究模式,主要研究一个国家的作家作品被外国读者、社会接受变异的状况"①。接受和影响是一个问题的两面,播送者对接受者来说是"影响",接受者对播送者来说就是"接受"。影响研究以文本为核心,研究作家、作品之间的事实联系,重视外来影响因素;而接受学在作品、作者、读者三个因素中更重视读者因素,重在研究读者在阅读域外作品过程中的种种反应,研究域外读者对同一文本不同的阐释以及产生此类阐释的不同原因,探索不同文化圈的读者在阐释和理解文本时的各种规律。

中、朝古代文学同处于东亚汉文化圈,而中国处于中心地位,很多文学现象、文学流派都是从中国传到古代朝鲜并产生反响,并发生不同程度的变异。中国古代小说在朝鲜的影响和被接受是两国文学交流中重要的文学现象。利用比较文学影响研究和接受学的原则和方法,可以找到朝鲜古代小说和中国古代小说的深层联系,探索出两国小说关系中的一些规律性问题。

运用社会学批评方法对半岛政治经济、社会文化、社会思潮等在作家、作品中的深刻影响展开研究,分析作家所处的社会生存环境,探讨和发现朝鲜古代汉文小说中所蕴含的社会文化内涵;运用文化学批评方法,客观地解析围绕在文学文本周围复杂的文化环境和文化现象,进而探究这些文化因素的渊源及其与文学文本形成的关系。从文化学的层面研究文学,特别是对中、朝文化的交融在文学生成过程中的影响和意义做出阐释。

此外,注重文学与其他相关学科的交叉研究,从广阔的哲学、文化学、心理学的角度考察文学现象。充分发挥中国传统批评理

---

① 曹顺庆主编:《比较文学概论》(第2版),中国人民大学出版社2015年,第187页。

论的优势和合理因素,同时结合西方当代文学批评理论,力求在中、朝文化交流的大背景下,全面深入地阐述朝鲜古代汉文小说与中国文化的内在关联。

第二节　研究范围和研究现状

小说作为一种叙事性文学,其原型一直在朝鲜半岛上古的神话传说,古代朝鲜三国时期的民间故事,新罗末期至高丽初期的殊异传,高丽时期的史传、假传、笔记等各种叙事文学中孕育和发展着。但在朝鲜朝之前,除了《崔致远》等个别作者,大部分作者还没有意识到小说文学本身所应具备的各种要素,没有完全有意识地进行小说创作,真正"始有意为小说"的创作是从朝鲜朝初期开始的。因此,本论著的研究范围主要以朝鲜朝汉文小说为主,在探讨每一类小说发展历程中会涉及朝鲜朝之前的相关作品。

一、研究范围

本论著以林明德《韩国汉文小说全集》(1—9卷)[①]为研究文本,兼顾该全集未收入的个别汉文小说。下面就朝鲜古代汉文小说中最为典型的四种类型:梦幻类、讽刺类、历史军谈类和爱情家庭类小说文本范围加以说明。

梦幻类汉文小说研究范围包括林明德《韩国汉文小说全集》卷一梦幻家庭类、卷二梦幻理想类、卷三梦幻梦游类所列作品。其中梦字类汉文小说主要以《九云梦》《玉楼梦》《玉麟梦》及《玉仙梦》为中心,梦游录汉文小说主要以《安凭梦游录》《元生梦游录》

---

① 林明德主编,『韓國漢文小說全集』,國學資料院,1999.

等十七部作品为主。此外,兼顾《韩国汉文小说全集》中未涉及的《醉隐梦游录》《龙门梦游录》《何生梦游录》等梦游录作品。

讽刺类汉文小说研究范围以林明德《韩国汉文小说全集》卷六(贰)讽刺类中的四十五篇作品为主,兼论卷六(壹)拟人类中具有讽刺性的假传体作品。

历史军谈类汉文小说研究范围包括《壬辰录》《林庆业传》等。《壬辰录》以朝鲜金日成综合大学图书馆所藏汉文抄本,即韦旭昇整理本 ① 与朝鲜文学艺术总同盟出版社出版的朝鲜语本,即韦旭昇翻译本 ② 为中心,兼顾林明德《韩国汉文小说全集》卷四收录的《壬辰录》;《林庆业传》以权斗寅 ③ 的《林将军庆业传》与朝鲜总督府图书馆藏抄本(简称朝鲜馆藏本)《林忠臣传》为中心,兼顾其他版本进行论述。

爱情家庭类小说研究范围以林明德《韩国汉文小说全集》卷七爱情家庭类十六篇作品为文本基础,包括《谢氏南征记》《彰善感义录》《春香传》《云英传》等,其中也涉及其他类型作品中有关家庭、爱情方面内容的小说,如《九云梦》《玉楼梦》等。

二、研究现状

朝鲜古代汉文小说,顾名思义是用汉字书写的,这些小说不

---

① 韦旭昇整理本:即朝鲜金日成综合大学图书馆所藏《壬辰录》汉文手抄本。韦旭昇整理,将书名改为《抗倭演义(壬辰录)》,为汉文本的整理本。见《韦旭昇文集》第二卷,中央编译出版社 2000 年。另:韦旭昇亦写作“韦旭升”。

② 韦旭昇翻译本:即朝鲜文学艺术总同盟出版社于 1964 年出版的《壬辰录》朝鲜文本。韦旭昇将其翻译成汉文,书名改为《抗倭演义(壬辰录)》,为朝鲜文本的译本。见《韦旭昇文集》第二卷。

③ 权斗寅(1643—1719),字春卿,号荷塘、雪窗,朝鲜朝中期学者。著有《荷塘先生文集》等。

仅为朝鲜半岛留下了珍贵的文学宝藏,也为中、朝古代文学的比较研究提供了丰厚的研究素材。全面、系统、科学地研究这些汉文小说,对我们全面把握朝鲜古代汉文学史乃至东亚汉文学史都有着重要的意义。因而,近年来关于朝鲜古代汉文小说的研究越来越受到关注,取得了较为丰硕的研究成果。

　　文献整理是研究工作展开和深化的基础,古代朝鲜流传下来的汉文小说文本很多是抄本、刻本,版本复杂。为便于阅读和传播,一些韩国学者开始整理并选编成集出版,如李家源的《李朝汉文小说选》①、金起东和林宪道的《韩国汉文小说选》②、李佑成和林荧泽的《李朝汉文短篇集》(上中下)③、国语国文学会编辑的《(原文)汉文小说选》④、金起东和李钟殷的《古典汉文小说选》⑤、黄淳九的《韩国汉文小说选》⑥、许南郁和权赫镇的《韩国汉文小说的世界》⑦等。这些小说选集各有侧重,但从整体来说,这些选集较为零散,只是收录了朝鲜古代汉文小说中的一小部分,不够全面。相对而言,在朝鲜古代汉文小说文献整理方面,最具影响力的是中国台湾学者林明德主编的《韩国汉文小说全集》,该全集是目前收录古代朝鲜汉文小说最多,也是最系统的一个集子,在中、韩学界均引起了极大关注,1980年出版后连续再版。《韩国汉文小说全集》共

---

① [韩]李家源 譯編,『李朝 漢文 小說選』,民衆書館,1961.

② [韩]金起東,林憲道 共編,『韓國漢文小說選』,精研社,1972.

③ [韩]李佑成,林熒澤 譯編,『李朝 漢文 短篇集』(上中下),一潮閣,1973.

④ [韩]國語國文學會 編,『(原文)漢文小說選』,大提閣,1976.

⑤ [韩]金起東,李鍾殷 共編,『古典漢文小說選』,교학연구사,1984.

⑥ [韩]黃淳九,『韓國漢文小說選』,白山,1997.

⑦ [韩]許南郁,權赫鎮,『韓國 漢文小說의 世界』,강원대학교출판부,2010.

九卷,二百四十余万字,一卷为梦幻、家庭类,二卷为梦幻、理想类,三卷为梦幻、梦游类,四卷、五卷为历史、英雄类,六卷为拟人、讽刺类,七卷为爱情、家庭类,八卷、九卷为笔记、野谈类,为广大研究者提供了文本材料,成为相关研究者必备的参考书。但《韩国汉文小说全集》也并非没有缺憾,还有个别汉文小说,尤其是长篇小说未被收录。"据韩国学者金兴圭、崔溶澈、张孝弦、尹在敏、尹柱弼先生合著的《韩国汉文小说目录》来看,至少还可以补充10余种,如《一乐亭记》、《折花奇谈》、《月峰记》、《南洪亮传》、《洞仙记》、《万家春说》、《鸾鹤梦》、《晚河梦游录》、《兴武王演义》、《红白花传》、《孝烈记》、《金铨传》、《玉树记》、《云香传》等。"① 此外,该全集中收录的作品版本情况、创作时间、作者生平等内容均没有交代,还有待于进一步完善。

随着对汉文小说文献的搜集和整理研究,对汉文小说的理解和小说史的梳理日渐清晰,由此在小说史论方面产生了一大批专著成果。金台俊的《朝鲜小说史》②、周王山的《朝鲜古代小说史》③、朴晟义的《韩国古代小说史》④、李在秀的《韩国小说研究》⑤、金起东的《朝鲜时代小说研究》⑥、苏在英的《古小说通论》⑦、李相泽的《韩国古典小说探究》⑧、吴灵锡的《韩国古典小说

---

① 汪燕岗:《论韩国汉文小说的整理及研究——以中国大陆、台湾地区的研究为主》,《社会科学战线》2010 年第 5 期。
② ［韩］金太俊,『朝鮮小說史』,清進書館,1933.
③ ［韩］周王山,『朝鮮古代小說史』,正音社,1950.
④ ［韩］朴晟義,『韓國古代小說史』,日新社,1958.
⑤ ［韩］李在秀,『韓國小說研究』,宜明文化社,1969.
⑥ ［韩］金起東,『朝鮮時代小說의 研究』,成文閣,1974.
⑦ ［韩］蘇在英,『古小說通論』,二友出版社,1983.
⑧ ［韩］李相澤,『韓國古典小說의 探究』,中央出版,1983.

研究》①、朱钟演的《韩国小说之形成》②、车溶柱的《韩国汉文小说史》③、金光淳的《韩国古小说史与论》④、丁奎福的《韩国古小说史研究》⑤、金大铉的《朝鲜时代小说史研究——以 17 世纪小说变迁过程为中心》⑥、郑相珍的《韩国古典小说研究》⑦、苏仁镐的《韩国前期小说史研究》⑧、张孝铉的《韩国古典小说史研究》⑨ 等。这些小说史论著作多是按照时间顺序梳理汉文小说的发展脉络,或以小说体裁、主题类型分类,选取代表性的作品进行分析研究。这些小说史论研究勾勒出汉文小说发展的全貌,加深了人们对汉文小说的认识,进一步推动了汉文小说研究的深入开展。

小说史论研究因其体例结构,能够更系统全面地呈现小说整体发展过程,涉及的作家、作品范围更广,由此锻炼、培养了一批优秀的研究者,还成立了相关的学术团体。1988 年,韩国学界成立了"韩国古小说学会",第一届会长金镇世,学会成员有苏在英、金光淳、史在东、成贤庆、郑夏英、禹快济等,均是当时研究汉文学的领军人物,发表了较有建树的论文,一些论断多为后人所称引。1995 年,该学会创办了自己的研究刊物《古小说研究》,从创刊到2022 年,共刊出五十三期。《古小说研究》作为韩国古小说研究的

① [韩] 吳靈錫,『韓國古典小說研究』,文潮社,1986.
② [韩] 朱鍾演,『韓國小說의 形成』,集文堂,1987.
③ [韩] 車溶柱,『韓國漢文小說史』,亞細亞文化社,1989.
④ [韩] 金光淳,『韓國古小說史와 論』,새문社,1990.
⑤ [韩] 丁奎福,『韓國古小說史의 研究』,韓國研究院,1992.
⑥ [韩] 金大鉉,『朝鮮時代 小說史 研究 :17 세기 小說의 移行過程을 중심으로』,國學資料院,1996.
⑦ [韩] 鄭相珍,『韓國古典小說研究』,三知院,2000.
⑧ [韩] 소인호,『한국 전기소설사 연구』,집문당,2005.
⑨ [韩] 張孝鉉,『韓國古典小說史研究』,고려대학교 출판부,2002.

权威学术期刊,在韩国学界非常有影响力。此外,该学会还编著了
"古小说研究丛书",1990 年出版第一本论文集《韩国古小说的照
明》,之后陆续出版了《韩国古小说论》(1991 年)、《〈春香传〉的综
合性考察》(1991 年)、《古小说的著作与传播》(1994 年)、《韩国
古小说的再照明》(1996 年)、《韩国古小说的资料与解析》(2001
年)、《再观古小说史》(2010 年)、《古典小说的疏通与交涉》(2013
年)、《韩国古小说的文化性转变与地位》(2016 年)等。

从成立学术团体到创办专门的学术期刊、出版论文集,学界逐
渐认识到汉文小说研究的重要意义,越来越多的学者加入了研究
队伍,也由此产生了一系列的学位论文,如尹芬熙的《韩国古小说
的叙事构造研究——以结尾方式为中心》[①]、李秉直的《19 世纪汉
文长篇小说研究》[②]、李基大的《19 世纪汉文长篇小说研究:以创
作基本盘和作家意识为中心》[③]、韩义崇的《19 世纪汉文中短篇小
说研究》[④] 等。

在韩国,从中国文学对韩国文学影响视角进行阐释的研究始
于 20 世纪 50 年代,一些韩国学者开始倾向于文献实证性研究,如
《金鳌新话》与《剪灯新话》,《洪吉童传》与《水浒传》,《春香传》与
明代戏曲,军谈小说与《三国演义》《西游记》等。代表性研究有朴

① [韩]尹芬熙,「韓國 古小說의 敍事構造 연구:결말처리 방식을 중심으
로」,淑明女子大學校 國語國文學科 박사학위논문,1997.
② [韩]이병직,「19 세기 한문장편소설 연구」,부산대학교 국어국문학과
박사학위논문,2001.
③ [韩]이기대,「19 세기 漢文長篇小說 研究:創作 基盤과 作家意識을 中心
으로」,高麗大學校 国语國文學科 博士學位論文,2003.
④ [韩]한의숭,「19 세기 漢文中短篇小說 연구」,경북대학교 한문학과 박
사학위논문,2011.

晟义的《中国小说对韩国小说的影响》①、李钟殷的《中国小说对韩国小说的影响》②、丁奎福的《韩国古代军谈小说考：以〈三国演义〉的影响为中心》③ 等。之后，一些学者将比较文学的研究方法运用到具体研究中，如朴晟义的《从比较文学视角看〈金鳌新话〉与〈剪灯新话〉》④、李相翊的《〈洪吉童传〉与〈水浒传〉的比较研究：以作品为中心》⑤ 等。这些成果开阔了学界的视野，为更深入理解和把握中韩文学之间的内在关联起到了推动作用。

　　中国对朝鲜汉文小说的研究要晚于韩国，但发展速度较快，并取得了一定的研究成果。有关朝鲜文学史方面的论著最早见于韦旭升的《朝鲜文学史》⑥，他将朝鲜文学按照时间顺序划分为四个时期：上古至三国时期、统一后的新罗时期、高丽时期和李朝时期，对古代朝鲜文学的总体样貌进行了勾勒，其中包括汉文小说。李岩等著的《朝鲜文学通史》⑦ 三卷本，注重从纵横两方面把握朝鲜文学史的脉络。纵向重视把握文学与时代思想文化之关系、文学风尚之嬗变，揭示朝鲜文学动态演进的内在逻辑关系，注意扩大各种文学体裁样式和艺术表现方面的内容；横向注重考察朝鲜文学

① ［韩］朴晟義，「韓國小說에 끼친 中國小說의 影響」，『고려대학교 50 주년 기념논문집』，1955.
② ［韩］이종은，「中國小說이 韓國小說에 미친 影響」，연희대학교 국어국문학과 석사학위논문，1956.
③ ［韩］정규복，「韓國古代軍談小說考：三國演義의 影響을 中心하여」，高丽大学校 國文學科 碩士學位論文，1958.
④ ［韩］朴晟義，「比較文學的 見地에서 본〈金鳌新話〉와〈剪灯新話〉」，『高麗大學文理論集』，3 권，高麗大學校 文理科大學，1958.
⑤ ［韩］이상익，「홍길동전과 수호전과의 비교연구：作品을 中心으로」，『국어교육』，4 권，1962.
⑥ 韦旭升：《朝鲜文学史》，北京大学出版社 1986 年。
⑦ 李岩等：《朝鲜文学通史》，社会科学文献出版社 2010 年。

在其发展过程中与不同学科的内在联系,繁简有机结合,对在朝鲜文学史上曾经起到重要作用的作家、作品进行较为详细而深入的论述,在第二卷、第三卷中汉文小说占有一定的比重。杨昭全的《朝鲜汉文学史》①五卷本,以时间为轴线,详细介绍了从朝鲜统一新罗时期至近现代的朝鲜汉文学史的发展脉络,并对每个时期汉诗、汉文散文、汉文小说、诗话等不同文学体裁的作品进行了介绍,总结出朝鲜汉文学史各个阶段不同的文学特点。与小说相关的包括统一新罗的汉文传奇、高丽时期的假传体小说、朝鲜朝时期的汉文小说等。此论著还有一个特点,即对近现代朝鲜汉文学进行了梳理,这是其他论著很少涉及的。此外,还有个别文学史著作是用朝鲜语写成出版的,如李海山的《朝鲜汉文学史》②、文日焕的《朝鲜古典文学史》③等。另还有一些韩国学者的相关论著被翻译成汉语在中国出版,如金台俊的《朝鲜汉文学史》④《朝鲜小说史》⑤,赵润济的《韩国文学史》⑥,李家源的《韩国汉文学史》⑦《朝鲜文学史(上册)》⑧等。

　　有关朝鲜汉文小说史论方面的论著直至 20 世纪 90 年代后才面世,代表性的著作有金宽雄的《朝鲜古典小说叙述模式研究》⑨

---

① 杨昭全:《朝鲜汉文学史》,吉林人民出版社 2020 年。
② 李海山:《朝鲜汉文学史》,延边大学出版社 1995 年。
③ 文日焕:《朝鲜古典文学史》,民族出版社 1997 年。
④ [韩]金台俊著,张琏瑰译:《朝鲜汉文学史》,社会科学文献出版社 1996 年。
⑤ [韩]金台俊著,全华民译:《朝鲜小说史》,民族出版社 2008 年。
⑥ [韩]赵润济,张琏瑰译:《韩国文学史》,社会科学文献出版社 1998 年。
⑦ [韩]李家源著,赵季、刘畅译:《韩国汉文学史》,凤凰出版社 2012 年。
⑧ [韩]李家源著,沈定昌、李俊竹译:《朝鲜文学史(上册)》,香港社会科学出版社有限公司 2005 年。
⑨ 金宽雄:《朝鲜古典小说叙述模式研究》,延边大学出版社 1995 年。

《韩国古小说史稿(上卷)》①《韩国古代汉文小说史略》②,汪燕岗的
《韩国汉文小说研究》③ 等。金宽雄的《朝鲜古典小说叙述模式研
究》,从结构主义叙事学的角度分析了韩国古小说,并结合社会学
和形式主义的研究方法,从文学内部因素和外部因素进行了研究;
其《韩国古小说史稿(上卷)》,分为两编,第一编是通论,对小说的
概念、小说内部外部诸要素、韩国古小说与外国文学及本国叙事文
学样式的关联进行了阐释,较深入地探讨了韩国古小说与其他文
学式样,以及与中国文学、印度文学的关系问题;第二编是汉文小
说史,从汉文小说概念出发,以时间为序对韩国汉文小说重点作品
进行了介绍和说明。金宽雄的《韩国古代汉文小说史略》,全书共
六章,清晰地梳理了朝鲜汉文小说的发展,并重点介绍了各阶段卓
有成就的作家、作品和小说流派。作者认为"小说作为一种叙事
性的文学样式,其原型一直在韩国上古的神话传说、三国时期的民
间故事和罗末丽初的殊异传及高丽时期的史传、假传、笔记等各种
叙事文学中孕育和发展着"④。因此采用三分法将朝鲜古代汉文小
说发展划分为上古(古朝鲜至统一新罗末)、中古(高丽时期)、近古
(朝鲜朝时期)三个大时代,其中近古又细分为朝鲜朝初期、朝鲜朝
中期和朝鲜朝后期。全书脉络清晰,勾勒出了上古至近代开化期
的汉文小说的发展历史。作者并未将目光局限在经典作品,而是
对古代朝鲜汉文小说进行整体观照,所涉及的作品比较丰富。汪
燕岗的《韩国汉文小说研究》将汉文小说的发展分为四个时期:第
一个时期是新罗、高丽时期,即汉文小说的初期;第二个时期是李

① 金宽雄:《韩国古小说史稿(上卷)》,延边大学出版社 1998 年。
② 金宽雄、金晶银:《韩国古代汉文小说史略》,北京大学出版社 2011 年。
③ 汪燕岗:《韩国汉文小说研究》,上海古籍出版社 2010 年。
④ 金宽雄、金晶银:《韩国古代汉文小说史略》自序,第 2 页。

朝前期;第三个时期是李朝中期;第四个时期是李朝后期,即韩国小说的鼎盛时期。作者结合代表性的作家、作品,分析了汉文小说的特征及其与中国古代小说的关系,较为清晰地勾勒出韩国汉文小说的整体发展及其演变。除了上述对朝鲜汉文小说史从整体上进行研究的成果外,从比较视野出发,或集中某一类文学体裁进行研究的成果还有李丽秋的《20 世纪韩国关于韩国文学对中国古典文学接受情况的研究》①,张哲俊的《东亚比较文学导论》②,陈蒲清、权锡焕的《韩国古代寓言史》③ 等。

　　此外,还有许多学术期刊论文和学位论文,如孙逊的《东亚儒学视阈下的韩国汉文小说研究》④,从儒学在朝鲜半岛的传播与接受,韩国汉文小说与儒学的同步发展,朝鲜时期汉文小说创作与儒家忠义观、华夷观,朝鲜时期汉文小说创作和儒家正统观、家庭伦理观及东亚儒学的当代使命等方面进行了较为深入的探讨,加深了学界对东亚儒学内涵的深入理解和韩国汉文小说中儒学内涵实质的认识。再如王苏平的《朝鲜十九世纪汉文短篇小说研究》⑤、孙萌的《儒学视域下的朝鲜汉文小说研究》⑥、黄贤玉的《朝鲜朝后期汉文短篇小说的近代指向性研究》⑦、林辰的《由借鉴到创

① 李丽秋:《20 世纪韩国关于韩国文学对中国古典文学接受情况的研究》,大象出版社 2017 年。
② 张哲俊:《东亚比较文学导论》,北京大学出版社 2004 年。
③ 陈蒲清、[韩]权锡焕:《韩国古代寓言史》,岳麓书社 2004 年。
④ 孙逊:《东亚儒学视阈下的韩国汉文小说研究》,《文学评论》2021 年第 2 期。
⑤ 王苏平:《朝鲜十九世纪汉文短篇小说研究》,博士学位论文,中央民族大学比较文学与世界文学专业 2015 年。
⑥ 孙萌:《儒学视域下的朝鲜汉文小说研究》,博士学位论文,上海师范大学中国古代文学专业 2012 年。
⑦ 黄贤玉:《朝鲜朝后期汉文短篇小说的近代指向性研究》,博士学位论文,延边大学亚非语言文学专业 2014 年。

新——初识韩国汉文小说》①、聂付生的《论古代朝鲜半岛汉文小说》② 等。

除了上述从整体上对朝鲜古代汉文小说进行研究的小说综论、小说史论等相关研究成果之外，从具体小说类型或针对具体作家、作品进行研究的成果更为丰硕。下面就本论著所涉的梦幻类汉文小说、讽刺类汉文小说、历史军谈类汉文小说和爱情家庭类汉文小说的研究现状分类叙述如下：

（一）梦幻类汉文小说研究现状

朝鲜古代梦幻类汉文小说主要包括梦游录小说和梦字类小说，韩国学界首次提出应把梦游录作为一类小说进行研究的是张德顺，他在 1959 年发表的论文《梦游录小考》③ 中提出了此观点，但当时并未引起学界重视。70 年代后，随着汉文小说研究的发展，学界逐渐认识到梦游录小说形式的独特性，并将其确认为小说形式进行研究。随后兴起了梦游录小说研究的热潮，产生了很多具有深远影响的研究成果。如车溶柱的《梦游录和梦字类小说的同异性考察》④，对比分析梦游录与梦字类小说各自的类型特征，这对梦游录与梦字类的划分起到了决定性的作用。对于梦游录体裁特点的研究，较有代表性的有徐大锡的《梦游录的体裁特征及在文学史的意义》⑤，作者区分了梦游录和虚构小说，把梦游录视为

---

① 林辰：《由借鉴到创新——初识韩国汉文小说》，《中国典籍与文化》2000 年第 1 期。

② 聂付生：《论古代朝鲜半岛汉文小说》，《中国文学研究》2007 年第 2 期。

③ ［韩］張德順，「夢遊錄小考」，『東方學志』，4 권，1959．

④ ［韩］車溶柱，「夢遊錄과 夢字類小說의 同異에 對한 考察」，『西原大學 論文集』，3 권，1974．

⑤ ［韩］徐大錫，「夢遊錄의 장르적 性格과 文學史的 意義」，『한국학논집』，3 권，1975．

教述体裁。此观点引起了学术界的广泛争论，一些学者还就此发表了论文，如郑学成的《梦游录的历史意识和类型特质》①，就从社会历史角度论述了梦游录的作者的历史意识与作品类型特征之间的因果关系，认为梦游录是虚构的小说。此后，梦幻类小说越来越受到学者的重视，取得了丰硕的研究成果。如柳钟国的《梦游录小说研究》②、申海镇的《朝鲜中期梦游录的研究——以主题意识为中心》③、崔钟云的《幻梦小说的类型构造和创作动因》④、田喜然的《壬丙两乱期梦游录研究》⑤、全秀美的《以壬丙两乱为背景的梦游录研究——以现实意识为中心》⑥、金贞女的《（朝鲜后期）梦游录的构思与展开》⑦、金仁会的《朝鲜中期梦游录样式研究》⑧、申载弘的《韩国梦游小说研究》⑨等。梦幻类小说的单篇作品研究中，以《玉楼梦》《九云梦》《玉麟梦》居多，如车溶柱的《〈玉楼梦〉研究》⑩，推算了《玉楼梦》的成书时间，着重分析了作品所反

---

① ［韩］정학성，「몽유록의 역사의식과 유형적 특질」，『冠嶽語文研究』，2 권 1 호，1977.
② ［韩］柳鍾國，『夢遊錄小說研究』，亞細亞文化社，1987.
③ ［韩］申海鎮，『朝鮮中期 夢遊錄의 研究 : 主題意識을 중심으로』，박이정，1998.
④ ［韩］최종운，「幻夢小說의 類型構造와 創作動因」，대구대학교 국어국문학과 박사학위논문，2001.
⑤ ［韩］田喜然，「壬丙兩亂期 夢遊錄 研究」，동국대학교 한문교육전공 석사학위논문，1999.
⑥ ［韩］전수미，「임병양란 배경 몽유록 소설연구 : 현실인식을 중심으로」，국민대학교 국어교육전공석사학위논문，2007.
⑦ ［韩］김정녀，『（조선후기）몽유록의 구도와 전개』，보고사，2005.
⑧ ［韩］김인회，『朝鮮中期 夢遊錄 樣式研究』，韓國學中央研究院 國文學專攻 박사학위논문，2010.
⑨ ［韩］신재홍，『韓國夢遊小說研究』，계명문화사，1994.
⑩ ［韩］車溶柱，『玉樓夢研究』，螢雪出版社，1982.

映出的深层次的社会意识和文化基础,探究了《玉楼梦》与韩国古典小说、与中国小说之间的关系,高度评价了《玉楼梦》在韩国文学史上的价值。此外,还有丁奎福的《〈九云梦〉研究》①、薛盛璟的《〈九云梦〉的秘密》②、洪在峰的《古典小说〈九云梦〉主题再论》③、柳光秀的《〈玉楼梦〉研究》④、徐京希的《〈玉仙梦〉研究:19世纪小说的本质性和小说论的走向》⑤、崔皓晢的《〈玉麟梦〉的作者和作品世界》⑥等。

　　中国第一部全面、系统研究朝鲜朝梦游录汉文小说的论著是孙惠欣的《冥梦世界中的奇幻叙事——朝鲜朝梦游录小说及其与中国文化的关联》⑦,作者对梦游录汉文小说进行了历时性的纵向研究,全面、系统地阐释朝鲜朝梦游录产生、发展、变化的全过程及其各个发展阶段上的特点,揭示其吸收中国文化影响的事实及其原因。此外,作者还发表了《论朝鲜朝梦游录小说中的女性形象及其近代因素》⑧《朝鲜古代梦游录小说探源》⑨《中国文化对朝鲜朝

① [韩]丁奎福,『九雲夢研究』,高麗大學校出版部,1979.
② [韩]설성경,『구운몽(九雲夢)의 비밀』,서울대학교출판문화원,2012.
③ [韩]홍재봉,「고전소설〈구운몽〉주제 재론」,영남대학교 국어교육전공석사학위논문,2011.
④ [韩]유광수,「〈옥루몽〉연구」,연세대학교 국어국문학과 박사학위논문,2006.
⑤ [韩]서경희,「〈옥선몽〉연구:19세기 소설의 정체성과 소설론의 향방」,이화여자대학교 국어국문학과 박사학위논문,2004.
⑥ [韩]최호석,『옥린몽의 작가와 작품세계』,다운샘,2004.
⑦ 孙惠欣:《冥梦世界中的奇幻叙事——朝鲜朝梦游录小说及其与中国文化的关联》,北京大学出版社2009年。
⑧ 孙惠欣:《论朝鲜朝梦游录小说中的女性形象及其近代因素》,《外国文学研究》2008年第5期。
⑨ 孙惠欣:《朝鲜古代梦游录小说探源》,《社会科学战线》2012年第7期。

梦字类汉文小说创作的影响》①等系列论文。赵维国的《论朝鲜梦
游小说的类型化及其对中国梦游小说的拓展》②，以古代朝鲜梦游
小说作为研究对象，以中国梦游小说作为参照，在文本比较的基
础上，分析朝鲜梦游小说的题材意识、类型意识以及对中国梦游
小说的拓展。孙逊的《韩国"梦游录"小说与儒家核心价值观》③
一文，对韩国梦游录小说的存在状况及其渊源进行了阐释，从韩
国梦游录小说和儒家华夷观、韩国梦游录小说与儒家忠义观、韩
国梦游录小说和儒家正统观三个方面就小说和儒家核心价值观
的关系做了探讨。此外，还产生了较为丰富的硕博论文，如薛育
从的《朝鲜古代梦字类小说与中国场景》④、姚玲娟的《朝鲜朝梦
游录小说研究》⑤等。关于梦字类长篇小说的研究，主要集中在
《玉楼梦》《九云梦》《玉麟梦》等作品上，如韦旭升的《略论朝鲜
古典小说〈九云梦〉》⑥、李岩的《〈九云梦〉的佛教倾向》⑦、李宏伟
的《玉楼梦小说艺术研究》⑧、吴伊琼的《韩国汉文小说〈玉楼梦〉

① 孙惠欣：《中国文化对朝鲜朝梦字类汉文小说创作的影响》，《南京师大学
报》2014 年第 1 期。
② 赵维国：《论朝鲜梦游小说的类型化及其对中国梦游小说的拓展》，《明清小
说研究》2013 年第 3 期。
③ 孙逊：《韩国"梦游录"小说与儒家核心价值观》，《上海师范大学学报》
2015 年第 4 期。
④ 薛育从：《朝鲜古代梦字类小说与中国场景》，硕士学位论文，中央民族大学
比较文学与世界文学专业 2011 年。
⑤ 姚玲娟：《朝鲜朝梦游录小说研究》，硕士学位论文，上海师范大学中国古代
文学专业 2012 年。
⑥ 韦旭升：《略论朝鲜古典小说〈九云梦〉》，《国外文学》1986 年第 Z1 期。
⑦ 李岩：《〈九云梦〉的佛教倾向》，《中央民族学院学报》1993 年第 2 期。
⑧ 李宏伟：《玉楼梦小说艺术研究》，博士学位论文，中央民族大学中国少数民
族语言文学专业 2006 年。

对中国古典小说的受容研究》①、杨杰的《〈玉麟梦〉研究——兼论对中国文学的接受》②、刘淑楠的《朝鲜汉文小说〈九云梦〉研究》③等。还有一些从韩、中比较影响方面进行研究的成果，如林明德的《韩、中梦幻小说研究》④是研究韩、中梦幻小说较早的论文。陈思思的《"九云"系列小说比较研究——以〈九云梦〉〈九云楼〉〈九云记〉为中心》⑤以三部作品为中心，对"九云"系列小说进行了横向比较和纵向研究，并对这些作品与中国文学的关系进行了阐释。陈雅飞的《〈太平广记〉涉梦小说与朝鲜朝梦游录小说比较研究》⑥，从思想文化和文学传统两个方面分析了《太平广记》中的涉梦小说与朝鲜朝梦游录小说之间影响与被影响的关系。此外，还有王立、景秀丽的《从〈九云梦〉看中国文学对朝鲜小说的影响》⑦、李宝龙的《从神怪情节看韩国古代小说中的中国因素——以〈谢氏南征记〉、〈九云梦〉、〈玉楼梦〉为例》⑧等。

---

① 吴伊琼：《韩国汉文小说〈玉楼梦〉对中国古典小说的受容研究》，硕士学位论文，复旦大学比较文学与世界文学专业2010年。

② 杨杰：《〈玉麟梦〉研究——兼论对中国文学的接受》，硕士学位论文，延边大学中国古代文学专业2012年。

③ 刘淑楠：《朝鲜汉文小说〈九云梦〉研究》，硕士学位论文，北京外国语大学比较文学与世界文学专业2018年。

④ 임명덕，「韓·中夢幻小說研究」，서울大學校國語國文學科碩士學位論文，1975.

⑤ 陈思思：《"九云"系列小说比较研究——以〈九云梦〉〈九云楼〉〈九云记〉为中心》，硕士学位论文，上海师范大学中国古代文学专业2015年。

⑥ 陈雅飞：《〈太平广记〉涉梦小说与朝鲜朝梦游录小说比较研究》，硕士学位论文，延边大学中国古代文学专业2017年。

⑦ 王立、景秀丽：《从〈九云梦〉看中国文学对朝鲜小说的影响》，《河北北方学院学报》2005年第2期。

⑧ 李宝龙：《从神怪情节看韩国古代小说中的中国因素——以〈谢氏南征记〉、〈九云梦〉、〈玉楼梦〉为例》，《延边大学学报》2005年第3期。

（二）讽刺类汉文小说研究现状

韩国从 20 世纪 60 年代起开始出现关于讽刺类小说的学位论文，如金铉龙的《韩国古代讽刺小说研究：试图设定概念与分类作品》①、李勋钟的《韩国小说文学中出现的谐谑》② 等。比较有代表性的专著有李廷卓的《韩国讽刺文学研究》③，全书分为两大部分：第一部分是对讽刺文学史的考察，作者将朝鲜古代讽刺文学的发展分为新罗时代、高丽时代、朝鲜朝前期、朝鲜朝后期四个时期，系统地梳理了讽刺文学的发展史，其中包括假传体、时调、盘索里、戏曲、随笔、小说等多种文体；第二部分是对代表性作品的分析。此外，李石来的著作《朝鲜后期小说研究：关于讽刺》④，考察了朝鲜朝后期讽刺小说的创作背景，解析了"讽刺"的意义、样式、方法等，论述了燕岩小说和庶民小说的讽刺性。单篇作品研究中，以燕岩小说为中心的研究居多，如吴相泰的《韩国文学中的讽刺性研究：以燕岩小说为中心》⑤、金宣廷的《燕岩小说的讽刺性研究》⑥、李信子的《对燕岩小说的讽刺性考察》⑦ 等。

中国关于朝鲜古代汉文讽刺小说的研究成果，主要是在比

---

① ［韩］金鉉龍，「韓國古代 諷刺小說의 研究：概念設定과 作品分類의 試圖」，建國大學校 國文學科 碩士學位論文，1965.

② ［韩］李勳鍾，「韓國小說文學에 나타난諧謔」，建國大學校 國文學科 碩士學位論文，1964.

③ ［韩］李廷卓，『韓國諷刺文學研究』，이우출판사，1979.

④ ［韩］李石來，『朝鮮後期小說研究：諷刺와 관련하여』，景仁文化社，1992.

⑤ ［韩］오상태，「韓國文學에서의 諷刺性 研究：燕岩小說을 中心으로」，大邱大學校 國語國文學科 碩士學位論文，1966.

⑥ ［韩］김선정，「燕巖小說에 나타난 諷刺性 研究」，韓南大學校 國語教育專攻 碩士學位論文，2000.

⑦ ［韩］이신자，「燕巖小說의 諷刺性 考察」，朝鮮大學校 漢文教育專攻 碩士學位論文，1989.

较影响研究方面,如金柄珉的《论朴趾源小说〈虎叱〉的原型意蕴——以老虎的形象分析为中心》①,对朴趾源与鲁迅的讽刺作品进行了比较。韩国学者申相星在中国发表的论文《对韩国古典讽刺文学的再认识》②,从形态上将韩国古典讽刺文学分为四个时期:新罗时代为讽刺文学的胎动期,高丽时代为发展期,李朝前期为繁荣期,李朝后期为全盛期,并对每个时期的代表性作品进行了分析。杜小兰的《朝鲜朝汉文讽刺小说研究——兼论中国文化对其影响》③,从汉文讽刺小说的主题、人物形象等方面进行了研究,并阐释了中国文化对其的影响。孙惠欣、杜小兰的《朝鲜朝汉文讽刺小说的主题意蕴研究——兼论与儒家文化之关联》④,从讽刺小说的主题意蕴出发,对讽刺小说中所体现的儒家文化进行了阐释。于洁的《朴趾源小说讽刺艺术研究——兼与〈儒林外史〉比较》⑤,从朴趾源小说讽刺性的成因、其讽刺性的指向和小说讽刺技巧等方面加以论述,并比较分析了朴趾源小说与《儒林外史》的异同。谭红梅的《〈范进中举〉和〈两班传〉讽刺艺术之比较》⑥,从时代背景、人物形象、讽刺倾向、语言等四个方面对两篇小说进行了比较。

① 金柄珉:《论朴趾源小说〈虎叱〉的原型意蕴——以老虎的形象分析为中心》,《东疆学刊》2002年第1期。

② [韩]申相星:《对韩国古典讽刺文学的再认识》,《解放军外国语学院学报》1999年第3期。

③ 杜小兰:《朝鲜朝汉文讽刺小说研究——兼论中国文化对其影响》,硕士学位论文,延边大学中国古代文学专业2015年。

④ 孙惠欣、杜小兰:《朝鲜朝汉文讽刺小说的主题意蕴研究——兼论与儒家文化之关联》,《延边大学学报》2015年第5期。

⑤ 于洁:《朴趾源小说讽刺艺术研究——兼与〈儒林外史〉比较》,硕士学位论文,延边大学中国古代文学专业2011年。

⑥ 谭红梅:《〈范进中举〉和〈两班传〉讽刺艺术之比较》,《延边大学学报》2008年第4期。

陈冰冰的《吴敬梓与朴趾源的讽刺作品比较》①,从讽刺对象、讽刺手法、讽刺风格三方面进行比较。

（三）历史军谈类汉文小说研究现状

韩国从 20 世纪 60 年代起开始出现关于军谈类小说的学位论文,如孙俊式的《军谈小说研究——通过壬辰、丙子两乱前后的古代小说》②等。70 年代出现了一些对军谈小说作家意识的研究,如金熙永的《军谈小说的作家意识研究——〈壬辰录〉、〈林庆业传〉、〈朴氏夫人传〉为中心》③等。单篇作品研究方面,多集中以《壬辰录》为中心的相关研究成果,如崔文正的《壬辰录研究》④,概括了《壬辰录》的研究史,介绍了《壬辰录》的背景,对五十九个版本进行了全面的梳理,不仅详细地论证了各个版本的特点、发展关系,还比较了不同版本内部、外部的区别和联系。金景南的《韩国古小说的战争素材研究》⑤ 和金成基的《韩国军谈小说分析研究——以〈壬辰录〉和〈朴氏夫人传〉为中心》⑥ 是以《壬辰录》《朴氏夫人传》为研究对象。还有一些对人物形象进行分析的,如金亨埈的《壬辰

---

① 陈冰冰:《吴敬梓与朴趾源的讽刺作品比较》,《山西师大学报》2011 年第 S2 期。

② ［韩］손준식,「軍談 小說 研究:壬辰·丙子 兩亂을 前後한 古代小說을 通하여」,경북대학교 국어국문학과 석사학위논문,1960.

③ ［韩］김희영,「軍談小說의 作家意識 研究:壬辰錄,林慶業傳,朴氏夫人傳을 中心으로」,동아대학교 국어국문학전공 석사학위논문,1981.

④ ［韩］최문정,『임진록연구』,박이정,2003.

⑤ ［韩］金景南,「韓國古小說의 戰爭素材 研究」,建國大學校 國語國文學科 博士學位論文,2000.

⑥ ［韩］金成基,「韓國 軍談小说 分析研究:壬辰錄과 朴氏夫人傳을 對象으로」,『語文學論叢』,2 권,1982.

录的人物研究》①、黄正源的《〈壬辰录〉异本中出现的主要人物及其文学意义》②、金智英的《〈壬辰录〉的人物研究——以民族英雄为中心》③、李松美的《〈朴氏夫人传〉的女性英雄性研究》④ 等。

中国最早涉足军谈小说研究的是韦旭昇,他的论著《抗倭演义(壬辰录)及其研究》⑤,从主题思想、艺术特色、人物形象等多角度对《壬辰录》进行了深入研究,文中还指出了不同版本《壬辰录》的差别。其《历史发展与文化交流的交叉——关于朝鲜"军谈小说"》⑥一文,对军谈小说的概念界定及其内涵进行了论述,并对"创作军谈"内容特征产生的原因进行了阐释。孙逊的《朝鲜"倭乱"小说的历史蕴涵与当代价值——以汉文小说为考察中心》⑦,对朝鲜"倭乱"小说代表作《壬辰录》主要版本的情节做了较为详细的对比,对"倭乱"小说的类型划分及各自特色进行了阐释,在此基础上就"倭乱"小说的历史蕴涵与当代价值进行了较为深入的探讨。此外,还有一些以朝鲜汉文历史小说为选题的学位论文,如

---

① [韩]金亨埈,「壬辰錄의 인물 연구」,조선대학교 국어교육전공 석사학위논문,1993.

② [韩]황정원,「〈임진록〉이본에 나타난 주요 인물과 그 문학적 의미」,강원대학교 국어교육전공 석사학위논문,2008.

③ [韩]김지영,「〈임진록〉의 인물 연구:민중영웅을 중심으로」,조선대학교 국어교육전공 석사학위논문,2006.

④ [韩]이송미,「〈박씨부인전〉의 여성 영웅성 연구」,국민대학교 국어교육전공 석사학위논문,2006.

⑤ 韦旭昇:《抗倭演义(壬辰录)及其研究》,北岳文艺出版社1989年。

⑥ 韦旭升:《历史发展与文化交流的交叉——关于朝鲜"军谈小说"》,《北京大学学报》1992年第5期。

⑦ 孙逊:《朝鲜"倭乱"小说的历史蕴涵与当代价值——以汉文小说为考察中心》,《文学评论》2015年第6期。

崔盛学的《反映丙子胡乱的军谈小说研究》①,以《林庆业传》《朴氏夫人传》两部作品为中心,推测了两部小说的作者层,对比了两部小说的主题和作者创作意识。李利芳的《朝鲜汉文历史小说研究》②,主要对《兴武王演义》《壬辰录》《林庆业传》《姜虏传》《帷幄龟鉴》《薛仁贵传》进行了研究,分析它们在艺术上借鉴了以《三国演义》为主的中国通俗小说的创作方法,并揭示了小说在整体上透露出的浓厚的民族意识、强烈的民族自尊心、忧郁感伤的民族文化心理等。单篇作品研究中,对《壬辰录》的研究居多,如王乙珈的《韩国汉文小说〈壬辰录〉研究》③ 等。在比较影响研究方面,赵维国的《论〈三国志通俗演义〉对朝鲜历史演义汉文小说创作的影响》④,以《三国志通俗演义》的传播为切入点,分析了朝鲜朝《壬辰录》《兴武王演义》等汉文历史演义小说对它的借鉴和模仿;李锦兰的《朝鲜朝历史军谈小说研究——兼谈与中国文化之关联》⑤,从人物形象、思想内容、艺术特色以及与中国文化的关联等方面入手,对朝鲜朝的历史军谈小说进行系统研究;王柏松的《〈三国演义〉对〈壬辰录〉的影响研究》⑥,从思想内容和艺术特色两个方面

---

① 崔盛学:《反映丙子胡乱的军谈小说研究》,博士学位论文,中央民族大学中国少数民族语言文学专业2010年。
② 李利芳:《朝鲜汉文历史小说研究》,硕士学位论文,上海师范大学中国古代文学专业2012年。
③ 王乙珈:《韩国汉文小说〈壬辰录〉研究》,硕士学位论文,上海师范大学中国古代文学专业2017年。
④ 赵维国:《论〈三国志通俗演义〉对朝鲜历史演义汉文小说创作的影响》,《文学评论》2010年第3期。
⑤ 李锦兰:《朝鲜朝历史军谈小说研究——兼谈与中国文化之关联》,硕士学位论文,延边大学中国古代文学专业2013年。
⑥ 王柏松:《〈三国演义〉对〈壬辰录〉的影响研究》,硕士学位论文,延边大学中国古代文学专业2015年。

论述了《三国演义》对《壬辰录》创作的影响。

（四）爱情家庭类汉文小说研究现状

对于爱情家庭类小说的界定与分类，韩国学界多有探讨，尤其是对家庭小说的分类。如朴泰尚的《朝鲜朝家庭小说研究》[①]，考察家庭小说作品框架的主体和变异现象，对家庭小说和家庭争宠型小说的定义加以界定，并由此推断家庭小说占比更大。他的另一部著作《朝鲜朝爱情小说研究》[②]，关注小说美学和作家意识，重点分析爱情小说的代表性作品。崔时汉的《家庭小说研究：小说的形式与家族的命运》[③]一文中也定义了家庭小说的概念和作品范围，并论述了产生家庭小说的社会历史文化背景。李成权的《韩国家庭小说史研究》[④]，按照时间顺序梳理了韩国家庭小说史。还有一些对小说人物形象的研究，如朱京姬的《朝鲜后期家庭小说恶女研究：以争宠型家庭小说为中心》[⑤]、金贵锡的《朝鲜时代家庭小说中的人物形象研究》[⑥]等。单篇作品研究中关注最多的是《春香传》，如黄惠贞的《〈春香传〉的受容文化》[⑦]等。在作品比较和中、韩影响方面，元善子的《〈仁显王后传〉与〈谢氏南征记〉的比较研究——以作品

① [韩]박태상，『국문학연습：조선조 가정소설 연구』，韓國放送通信大學出版部，1990.
② [韩]박태상，『조선조 애정소설 연구』，태학사，1996.
③ [韩]최시한，『가정소설 연구：소설 형식과 가족의 운명』，민음사，1993.
④ [韩]李成權，『韓國 家庭小說史 研究』，국학자료원，1998.
⑤ [韩]주경희，「朝鮮 後期 家庭小說에 나타난 惡女에 대한 研究：쟁총형 가정소설을 중심으로」，호서대학교 국문학과 석사학위논문，2000.
⑥ [韩]金貴錫，「朝鮮時代 家庭小說에 나타난 人間像研究」，朝鮮大學校 國語國文學科 博士學位論文，1984.
⑦ [韩]황혜진，『춘향전의 수용문화』，월인，2007.

分析为中心》① 以两部作品为中心进行了比较研究；禹快济的《韩国家庭小说研究》②，揭示了中国的《列女传》是促成韩国家庭小说形成的主要原因，并从《列女传》在韩国的传播和广泛接受的角度，论述了《列女传》对韩国家庭小说的影响。

　　此外，近几年的学位论文在比较影响研究方面的成果颇为丰硕，如张惠雯的《〈周生传〉的中国古典受容影响研究》③，对《周生传》叙事上对中国古代小说的接受、对中国古代典故的接受、对中国文化的接受三个方面进行了研究。还有张冬悦的《〈九云梦〉与〈红楼梦〉女性形象比较研究》④、谭云帆的《〈九云梦〉与〈红楼梦〉人物对比研究》⑤ 等。

　　在中国，关于爱情家庭汉文小说的代表性专著有李娟的《韩国古代家庭小说文化阐释：以朝鲜后期为中心》⑥，从家庭学、文化学的角度，全面系统地论述朝鲜朝后期的家庭小说及其反映出的家庭生活面貌，以及男女两性文化心理差异所映射的社会文化内涵。学位论文方面有金香淑的《朝鲜朝家庭伦理小说研究》⑦ 等。单篇

① ［韩］元善子，「仁顯王后傳과 謝氏南征記의 比較 研究：作品分析을 中心으로」，淑明女子大學校 國語國文學科 碩士學位論文，1972.
② ［韩］禹快濟，『韓國 家庭小說 研究』，高大民族文化研究所出版部，1988.
③ ［韩］장혜문，「〈周生傳〉의 중국 고전 수용 양상 연구」，韓國學中央研究院 國文學專攻 碩士學位論文，2021.
④ ［韩］張冬悅，「〈옥루몽〉과 〈홍루몽〉의 여성 인물 비교 연구」，가천대학교 국어국문학과 석사학위논문，2022.
⑤ ［韩］譚云帆，「〈구운몽〉과 〈홍루몽〉의 인물 대비 연구」，청주대학교 국어국문학과 석사학위논문，2019.
⑥ 李娟：《韩国古代家庭小说文化阐释：以朝鲜后期为中心》，中国社会科学出版社 2010 年。
⑦ 金香淑：《朝鲜朝家庭伦理小说研究》，博士学位论文，中央民族大学比较文学与世界文学专业 2016 年。

作品研究中对《春香传》的关注比较多,如郑判龙的《朝鲜优秀的古典名著〈春香传〉》①,围绕《春香传》故事源流、历史背景、故事情节及艺术成就等方面进行阐释。张朝柯的《〈春香传〉的民族艺术特色》②,从民族艺术特色角度对《春香传》进行了研究。比较影响方面的研究中,将朝鲜朝小说与明清时期小说进行对比研究的成果较多,如李花的《明清时期中朝小说比较研究——以婚恋为主》③,从明清时期中朝两国婚恋文化背景、小说中的婚恋目的、小说中的婚外恋、小说中的幻想婚恋模式等方面探讨了明清时期中朝小说婚恋的不同。还有许多学位论文,如吉红梅的《论韩国汉文小说及其所受中国的影响——以爱情家庭类小说为中心》④、庄婷的《明清爱情小说与朝鲜朝爱情小说中的妓女形象比较研究》⑤、耿玺刚的《明清时期中朝家庭小说家长形象研究》⑥、常靓的《明末清初才子佳人小说对朝鲜朝后期爱情小说的影响研究》⑦、李娜贤的《明清时期中朝家庭小说叙事主题研究》⑧ 等。

---

① 郑判龙:《朝鲜优秀的古典名著〈春香传〉》,《延边大学学报》1979 年第 1 期。

② 张朝柯:《〈春香传〉的民族艺术特色》,《外国文学研究》1983 年第 3 期。

③ 李花:《明清时期中朝小说比较研究——以婚恋为主》,民族出版社 2006 年。

④ 吉红梅:《论韩国汉文小说及其所受中国的影响——以爱情家庭类小说为中心》,硕士学位论文,苏州大学中国古代文学专业 2008 年。

⑤ 庄婷:《明清爱情小说与朝鲜朝爱情小说中的妓女形象比较研究》,硕士学位论文,山东大学亚非语言文学专业 2011 年。

⑥ 耿玺刚:《明清时期中朝家庭小说家长形象研究》,硕士学位论文,延边大学中国古代文学专业 2014 年。

⑦ 常靓:《明末清初才子佳人小说对朝鲜朝后期爱情小说的影响研究》,硕士学位论文,延边大学中国古代文学专业 2015 年。

⑧ 李娜贤:《明清时期中朝家庭小说叙事主题研究》,硕士学位论文,延边大学中国古代文学专业 2020 年。

　　综上，中、韩两国的研究轨迹相似，均是在文献整理的同时陆续展开对文本的研究，随着对新的研究方法、新的研究视角的探索，研究不断细化、深化。比较而论，韩国在小说史论方面的研究、本体方面的研究成果较为丰富，更注重对汉文小说自身的系统研究；中国则多从比较文学视角切入朝鲜古代汉文小说，揭示其受中国文学影响的事实，更偏重于对单篇小说的研究。从总体上看，现阶段的研究成果仍有不足，一是研究思路和方法趋同，缺乏创新；二是作品覆盖面窄，多集中于少数代表性作品，忽略其他作品，缺乏对朝鲜古代汉文小说的整体关照；三是虽产生一些中、韩小说对比方面的研究成果，但多为单篇对比、表层对比，缺乏系统性、整体性对比研究的成果，且深度不够；四是从东亚汉文化圈视域下去审视朝鲜古代汉文小说的内涵、价值与意义层面，从中国文化、文学视角去探讨中、韩古代小说之间的内在关联层面的研究成果还不够深入，不够系统、丰富。因此，对朝鲜古代汉文小说的研究仍存在较为宽广的学术空间，值得更多的学者倾注精力，深入探讨。

第三节　历史背景及中国小说在朝鲜半岛的传播与影响

　　"一代有一代之文学"，每一种文学的创作都会打上时代的烙印，分析朝鲜古代的汉文小说也离不开其创作的历史背景。尤其到了明清时期，大量的中国小说传入朝鲜半岛，对朝鲜朝汉文小说的蓬勃发展起到了至关重要的推动作用。

　　一、朝鲜古代汉文小说创作历史背景

　　朝鲜古代历史发展可以划分为五个阶段：上古时代(原始时代

和青铜时代）、三国时代（公元前 1 世纪—公元 7 世纪）、统一新罗王朝时代（669—935）、高丽王朝时代（918—1392）、朝鲜朝时代（1392—1910）。真正意义上的朝鲜古代汉文小说诞生于朝鲜朝初期。因而，对于朝鲜朝之前的历史状况不再赘述，在此仅着重叙述朝鲜朝时期的历史样貌。

1392 年李成桂① 推翻高丽王朝，建立了国号朝鲜的新王朝。朝鲜朝统治达五百多年，以 17 世纪中期为界，可分为前、后期两个阶段。前期在对外关系上一直奉行亲明的路线，同时保持自己的独立性。

朝鲜朝初期，把程朱理学当作治国的指导思想，和高丽王朝兼重儒佛不同，朝鲜朝奉行的是"斥佛扬儒"的政策。太祖李成桂虽然崇拜佛教，但他对寺院中的腐败现象表示不满。太宗② 在位期间确定了尊礼崇儒、贬抑佛教的基本国策。他限制寺院数目，裁减沙门，令大批沙门还俗，把寺院的土地收归国有。世宗③ 在位时正式将儒教确定为国教，设立了研究儒学的专门学术机构——集贤殿。他对朝鲜的重大贡献是命人创制了本民族的文字"训民正音"，1446 年颁布执行。这对本民族国语文学的发展起到了决定性的重大作用，并促进了中、朝文学的交流，使中国古典文学作品能

---

① 李成桂（1335—1408），字仲洁，名成桂，号松轩，是朝鲜朝第一代国王，在位时间为 1392—1398 年。
② 太宗（1367—1422），字遗德，名芳远，太祖第五子，朝鲜朝第三代国王，在位时间为 1400—1418 年。
③ 世宗（1397—1450），名裪，字元正，朝鲜朝第四代国王，在位时间为 1418—1450 年。他奠定了朝鲜朝儒教政治的基础，加强了儒家的民本主义和法制主义的建设。在他统治时期，文化科学事业大为发展，创制了"训民正音"，编撰了许多文化典籍，又开拓了疆域。图们江流域的庆兴、庆源、温城、钟城、会宁、富宁等六镇就是他统治的时期设立的。

真正笔译为朝鲜文(将汉文翻译成朝文称为"谚解"),为广大平民接受。1456 年,世祖 ① 篡位后废除了集贤殿,屠杀儒士,扶持佛教。到了成宗 ② 在位时,程朱理学再次占据主导地位。及至燕山君 ③ 统治时期,政治黑暗腐败,燕山君是个贪图享乐、腐败堕落而且性格变态的暴君,两次屠杀儒士。之后燕山君被驱逐,后又发生了两次士祸。

15 世纪末,大贵族和大官僚的土地兼并侵犯了中小地主阶级的利益,矛盾日趋激化,随之在统治阶级内部形成了两派势力,一派是"勋旧派" ④,占有大片土地、操纵政权,代表着勋旧大臣的利益;一派是"士林派" ⑤,代表中小地主利益的势力,虽然没有掌握政权,但在地方有一定势力,他们反对勋旧大臣,保护中小地主利益,极力宣扬程朱理学,主张以忠义思想事君,以清廉治民,提出"均田论""限田论",指斥勋旧大臣的土地兼并危害了国家的根本利益。从 15 世纪至 16 世纪,两派互相残杀,争权夺利,给国家和人民造成了极大的危害。

成宗继位后,担心勋旧大臣势力过分膨胀从而威胁到王权。

---

① 世祖(1417—1468),名瑈,字粹之,世宗的次子,文宗的弟弟,朝鲜朝第七代国王,在位时间为 1455—1468 年。1455 年他逼迫端宗退位,取而代之。

② 成宗(1457—1494),名娎,世祖之孙,德宗次子,朝鲜朝第九代国王,在位时间为 1469—1494 年。成宗执政时朝鲜文运兴盛,编撰了《东国舆地胜览》《东国通鉴》《三国史节要》《乐学轨范》等典籍,又出兵征讨了建州女真,巩固了朝鲜的北方领土。

③ 燕山君(1476—1506),字海,成宗之子,朝鲜朝第十代王,在位时间为 1494—1506 年。燕山君是个暴君,后被宫廷大臣推翻并流放。

④ 勋旧派:是朝鲜朝初期形成的,主要以世祖篡位过程中站在世祖一边的宫廷官僚组成,篡位成功后这些官僚长期掌握朝政。

⑤ 士林派:是 16 世纪与勋旧派对立的新兴政治势力,其政治背景是在野的士阶层。

所以他任用了士林派代表人物金宗直钳制勋旧大臣。金宗直掌权后,极力扩大自己的势力,巩固自己的统治基础。在成宗的庇护下,士林派在中央的势力逐步壮大起来,两派的斗争也更为尖锐。

1494 年,燕山君即位。士林与勋旧大臣的矛盾更加激化。由于士林派批判燕山君的暴行,从而导致燕山君的不满。李克墩[①]、柳子光[②]等勋旧大臣借机怂恿燕山君大肆屠杀士林派,这就是发生在 1498 年的"戊午士祸"[③]。

"戊午士祸"后,由于燕山君的荒淫误国,导致国家财政空虚。为改变财政危机的现状,开始大肆掠夺土地,增加贡纳。1504 年,燕山君制造了"甲子士祸"[④],屠杀勋旧大臣,其中也包括士林。

"甲子士祸"后,燕山君更加残暴,不仅受到了两班地主的反对,也引起了人民大众的强烈不满。终于在 1506 年,燕山君被以朴元宗[⑤]为首的勋旧大臣带领的军队逮捕并被放逐。此后勋旧大臣和士林一起被任用,共同执掌中央政权,但两派之间的矛盾不仅没有得到

---

① 李克墩(1435—1503),字士高,朝鲜朝前期文臣,勋旧派主要大臣。1498年"戊午士祸"中除掉了很多士林派的学者。

② 柳子光(1439—1512),字于后,朝鲜朝前期文臣,勋旧派主要大臣。"戊午士祸"中除掉了金宗直等很多士林派学者。

③ 戊午士祸:发生于 1498 年,金驲孙等新兴士林派被柳子光为首的勋旧派打败,惨遭杀戮。这是朝鲜朝时期"四大士祸"中的第一次。

④ 甲子士祸:发生于 1504 年,围绕燕山君的生母尹氏扶位问题,勋旧派受到打击,惨遭杀戮。如果说"戊午士祸"是勋旧派与新兴士林派之间的政治斗争的话,"甲子士祸"则是宫廷势力和勋旧、士林派之间的政治斗争。

⑤ 朴元宗(1467—1510),字伯胤,朝鲜朝前期文臣。1506 年同成希颜、柳顺汀等大臣一起发动宫廷政变,废掉了燕山君,推戴中宗为国王,是著名的反正功臣。

调和,反而继续深化。1519 年,发生了"己卯士祸"①,即南衮②、沈贞③等勋旧大臣诬陷赵光祖④等士林派,以叛逆罪将大批的士林派判处死刑或流放,士林派遭受了前所未有的重创。

此后,勋旧派独掌朝中大权,为钳制勋旧大臣,中宗⑤再次录用士林派,从而导致勋旧派的不满。1545 年尹元衡⑥一派为了打击士林派制造了"乙巳士祸"⑦。1565 年,尹元衡一派被放逐,士林派重新掌握大权,自此开始,士林派独掌中央大权,政府官员变成清一色的士林派。

士林派掌权后,封建统治阶级内部争权夺利的斗争并没有结束,士林派内部开始争权夺利,发生分裂,分成东人和西人两派。西人,即老年派,指在朝廷担任高官显职,拥有大片土地的老士林派;东人,则是后起的少壮派。两派围绕录用官吏问题展开了激烈

---

① 己卯士祸:发生于 1519 年,是南衮、沈贞、洪景舟等勋旧宰相诬陷和迫害赵光祖、金净、金湜等新进士林的政治事件。这次士祸是勋旧派与新进士林派之间的争权斗争。

② 南衮(1471—1527),字士华,号止亭、知足堂,朝鲜朝前期文臣。1519 年同沈贞等人一起在"己卯士祸"中除掉了士林派赵光祖等人。

③ 沈贞(1471—1531),字贞之,号逍遥亭,朝鲜朝前期文臣。1519 年同南衮等人一起在"己卯士祸"中除掉了赵光祖等士林派。后来与李恒、金克乏一起被赐死,此三人被称为"辛卯三奸"。

④ 赵光祖(1482—1519),字孝直,号静庵,朝鲜朝前期文臣,是继承金宗直学统的士林派领袖。"己卯士祸"中被逮捕入狱,惨遭杀戮。著有《静庵集》。

⑤ 中宗(1488—1544),名怿,字乐天,成宗次子,朝鲜朝第十一代国王,在位时间为 1506—1544 年。

⑥ 尹元衡(1503—1565),朝鲜朝前期文臣。1543 年在册封太子的事件中,与太子的舅舅尹任发生矛盾,当时把以尹任为首的一派称为大尹,以尹元衡为首的一派称为小尹,这是一场外戚之间的争权斗争。

⑦ 乙巳士祸:发生于 1545 年,起因是王室的外戚大尹和小尹之间产生矛盾冲突,小尹势力驱逐大尹势力,掌握了宫廷的主导权。

的、无原则的、无休止的争斗。1591年,东人内部又发生分裂,分为南人和北人。此后约二百年间,党争不断,日趋激化,派别分立,造成极大危害。

封建统治阶级内部无休止的争权夺利,给人民群众带来极大的灾难。各派都为自己一派的利益而互相包庇,助长了私弊、贪污和浪费。各派还采取各种手段压迫和剥削人民,使其陷于水深火热之中。统治阶级内部的争权夺利也使得中央集权被极大地削弱,使封建国家处于岌岌可危的状态。各派各自为政,极力扩大自己的势力,疯狂掠夺土地,使国家财政枯竭,后果极为严重。

1592年日本侵略朝鲜,史称“壬辰倭乱”①。朝鲜人民坚决抵抗,李舜臣②等英勇奋战,加上明朝的大力援助,1598年终于击退了日本侵略者,结束了持续七年的战争,取得了胜利。但是,朝鲜朝统治阶级的弱点也充分暴露出来。

1636年清朝入侵,发生了“丙子胡乱”③。朝鲜朝于1637年投降,向清朝纳贡称臣。1644年明王朝灭亡,改变了朝鲜朝的发展趋势,动摇了儒家思想特别是程朱理学的统治地位。

“壬辰倭乱”和“丙子胡乱”给朝鲜人民带来了无穷的灾难,也给朝鲜半岛的统治造成了空前危机,动摇了人们对旧秩序和程朱理学的信仰,于是主张“经世致用”“利用厚生”“实事求是”的朝

---

① 壬辰倭乱:是1592—1598年日本对朝鲜的侵略战争,这场战争是分两次进行的。第一次日本的入侵发生在壬辰年(1592),因而称之为“壬辰倭乱”;第二次日本的入侵发生在丁酉年(1597),因而称之为“丁酉再乱”。明朝曾派三十万大军赴朝参战,与朝鲜人民并肩战斗,打败了日本的侵略。

② 李舜臣(1545—1598),字汝谐,朝鲜朝中期名将,在“壬辰倭乱”中指挥朝鲜水军立下赫赫战功。著有《乱中日记》《李忠武公全书》等。

③ 丙子胡乱:是1636—1637年清朝军队入侵朝鲜的战争。最后朝鲜在清军的武力威胁之下,国王出城投降,向清朝纳贡称臣。

鲜实学派应运而生。实学的特点是：讲究实事求是、经世致用，注重生产和科学技术，提倡振兴工商业。17 世纪出现了实学的先驱人物李晬光①、韩百谦②、柳馨远③等。18 世纪实学进入鼎盛时期，代表人物有李瀷④、洪大容⑤、朴趾源⑥、丁若镛⑦等。他们反对空谈性理学，主张利用厚生，批评蓄婢等旧制度和土地兼并，发出了要求改革的呼声。

到了 19 世纪，朝鲜面临着更大的危机。1866 年法国、美国的舰只入侵朝鲜被击退。1876 年，日本军舰轰开朝鲜的大门，强迫朝鲜签订了不平等的《江华岛条约》⑧，从此把朝鲜一步步变成它的半殖民地。继日本之后，朝鲜先后被迫与美、英、德、俄、意、法等西方列强签订了一系列不平等条约。

---

① 李晬光(1563—1628)，字润卿，号芝峰，朝鲜朝中期儒学家、文学家，朝鲜实学思想的开拓者之一。著有《芝峰集》。

② 韩百谦(1552—1615)，字鸣吉，号久庵，朝鲜朝前期文臣。著有《久庵集》。

③ 柳馨远(1622—1673)，字德夫，号磻溪，朝鲜朝中期实学者。著有《磻溪随录》。

④ 李瀷(1681—1763)，字子新，号星湖，朝鲜朝后期儒学家、实学者。著有《星湖僿说》等。

⑤ 洪大容(1731—1783)，字德保，号弘之、湛轩，朝鲜朝后期实学者。著有《湛轩书》等。

⑥ 朴趾源(1737—1805)，字美仲，号燕岩，朝鲜朝后期文臣、实学者。著有《燕岩集》《热河日记》等。

⑦ 丁若镛(1762—1836)，字美庸，号茶山、俟庵，朝鲜朝后期文臣、实学者。著有《与犹堂全书》。

⑧《江华岛条约》：是指 1876 年 2 月，在朝鲜江华岛签订的朝鲜和日本之间的条约，正式名称是“朝日修好条规”。条约的主要内容有十条，其中最主要的是第一条、第七条、第十条。第一条反映了日本试图弱化朝鲜和清朝关系的意图；第七条日本在朝鲜半岛沿岸获得了测量权，这有助于日本在军事作战时的侦察；第十条，朝鲜承认日本侨民在朝鲜半岛上的治外法权。由于这个不平等条约，朝鲜被迫对外开放了门户，为日本殖民主义侵略打开了突破口。

　　资本主义列强的巨大压力迫使人们不得不思考救亡图存的新出路,于是开化派 ① 应运而生了,其代表人物有金玉均 ②、朴殷植 ③、申采浩 ④ 等。他们主张废除不适应时代要求的封建体制,学习西方科学,开发人民智力,鼓吹变法自强,为民族自由独立献身。此外,崔济愚 ⑤ 创立了"东学" ⑥ 和东学党 ⑦,所谓的"东学"就是指朝鲜固有的思想,其思想虽然有神秘倾向,但体现了要求独立自主的民族精神。

---

① 开化派:又称开化党,开化是启蒙、改革之意。韩国思想启蒙的鼻祖吴庆锡、朴珪寿、刘鸿基及受他们影响的金玉均、朴泳教、朴泳孝、徐光范等人,于 1874 年组织了开化党。奉行对外开放、对内启蒙的路线和政策。1884年 12 月 4 日,金玉均等开化派发动了甲申政变,肃清守旧派,建立新政府,开始实施自上而下的改革。1884 年 12 月 6 日,清军突袭王宫,用武力镇压了开化党,甲申政变因此失败,史称"三日天下"。

② 金玉均(1851—1894),字伯温,号古筠,朝鲜朝后期政治家、启蒙运动家。是甲申政变的骨干人物,1894 年逃到上海后被守旧派派遣的刺客杀害。

③ 朴殷植(1859—1925),字圣七,号谦谷、白岩,大韩帝国末期—日本殖民地时期的朝鲜著名学者、独立运动家。他创办了朝鲜近代的第一份报纸《皇城新闻》并任主编。1910 年朝鲜灭亡以后,于 1912 年来到上海,积极参加韩国独立运动,于 1919 年在上海成立大韩帝国临时政府的过程中起到了主导作用。1925 年 3 月就任大韩民国临时政府的第二任总统。著有《大东民族史》《韩国痛史》等。

④ 申采浩(1880—1936),号丹斋,笔名为无涯生、热血生等,大韩帝国末期—日本殖民地时期的历史学家、新闻工作者、独立运动家。1910 年朝鲜灭亡以后,他在朝鲜半岛北部、中国东北地区、俄罗斯沿海州等地积极从事爱国启蒙运动和独立运动,1918 年以后迁居北京建立了大韩独立青年团,1919年 4 月上海临时政府成立时他被选为议员。到了 30 年代,他潜入中国辽宁积极从事独立运动,被日本警察逮捕,关押在旅顺监狱,1936 年死于狱中。

⑤ 崔济愚(1824—1864),初名为福述,字性默,号水云,是东学的教主。著有《东经大全》等。

⑥ 东学:是 1860 年 4 月由崔济愚倡导的宗教,其主要的教旨是"侍天主"信仰基础上的"保国安民""广济苍生",具有鲜明的民族倾向和社会倾向。

⑦ 东学党是信仰东学思想的教徒组织起来的宗教集团,其主要成员是乡下的一些两班阶层的知识分子和广大庶民。

　　朝鲜近代历史是一部反对日本军国主义侵略的历史,是一部高扬爱国主义旗帜进行可歌可泣斗争的历史。1894 年,日本借口朝鲜王朝发生农民战争而强行派兵进入朝鲜。6 月,日本公使和大院君 ① 勾结,胁迫高宗 ②,颠覆了以明成皇后闵氏 ③ 为首的亲清政权,建立以金弘集④ 为首的亲日政权,接着就挑起了中日甲午战争。1895 年中国战败,中日签订《马关条约》,清政府承认朝鲜是“自主独立的国家”,实际上是清朝势力完全被驱逐出朝鲜半岛,确立了日本对朝鲜的垄断统治。当年 10 月 8 日,日本公使驱使日本浪人和别动队,以大院君的名义,袭击朝鲜王宫,杀害了明成皇后闵妃和她的支持者,史称“乙未闵妃被害事变”。这个事件激起人民公愤,引发了全国性的“灭倭讨敌”的正义斗争,推翻了亲日政权,处决了金弘集之流,亲俄派暂时掌权。1897 年高宗改国号为“大韩帝国”。1904 年,日本发动日俄战争打败俄国,强迫朝鲜接受《韩

---

① 大院君是朝鲜朝时期的一种特殊的封号,如果国王没有兄弟或子孙,无人继承王位之时,可以在皇室成员之中选择国王,新被拥立的国王的生父就称为大院君。1863 年因哲宗没有后嗣,尊大王大妃赵氏之命,选兴宣君是应的次子为国王(即高宗),因此称是应为兴宣大院君。

② 高宗(1852—1919),字圣临,号珠渊,朝鲜朝第二十六代王。在位时间为1863—1907 年。是大韩帝国第一代皇帝。在位期间被父亲大院君、妻子闵妃及日本人摆布控制。曾签订《丙子修好条约》《朝美修好通商条约》《朝英修好条约》等。

③ 明成皇后闵氏(1851—1895),高宗的妃子,通常称为闵妃。她具有高超的政治手腕,常干预朝政,因此与公公大院君发生激烈的冲突。1895 年 8 月,日军和政治浪人袭击王宫,杀害了闵妃。

④ 金弘集(1842—1896),字敬能,号道园,朝鲜朝后期政治家。常出访日本,在外交上倾向于日本。1896 年 2 月,高宗避难到汉城俄国使馆后,金弘集内阁崩溃。随之亲俄政权掌握朝政,他被指称为“倭大臣”,在广华门前被愤怒的群众打死。

日议定书》①。1905 年，日本武装包围王宫，强迫朝鲜签订日本早已经拟定的《乙巳条约》②，使朝鲜成为日本的殖民地。1906 年在汉城设立"统监府"。1907 年 7 月，强迫高宗退位。1910 年，强迫签订《韩日合并条约》③，其第一条说："韩国皇帝陛下将关于韩国全部之一切统治权，完全永久让与日本国皇帝陛下。"自此，朝鲜王朝灭亡。

二、中国小说在朝鲜半岛的传播

中国小说对朝鲜半岛小说的影响是历史性的，这里所说的中国小说主要是指中国文言小说。韩国学者闵宽东曾指出："我们所见中国小说传入韩国的记录中，最早的就是《山海经》。"④ 此记录可见于《和汉三才图会》："晋太康五年，应神十五年（公元 284 年，百济古尔王）秋八月丁卯，百济王遣阿直岐者，贡《易经》、《孝经》、《论语》、《山海经》及良马……"⑤ 晋太康五年即公元 284 年，由此可以推知，公元 3 世纪时《山海经》不仅传入百济，又经百济传播到了日本。另外，《高丽史》与《朝鲜王朝实录》等史籍也都记录了此事。此后的朝鲜半岛进入三国鼎立时期，372 年高句丽设立"太

---

① 《韩日议定书》：是 1904 年韩国和日本之间交换的议定书。韩国政府认为日俄战争的前途未卜，想在两国之间保持中立态度。当年 2 月 8 日，日、俄两国海军在旅顺港开始交战，之后日本迅速派兵进驻汉城，在大兵压境的情形下，韩国政府在日本的强迫下签订了以攻守同盟为前提的《韩日议定书》。

② 《乙巳条约》：是 1905 年日本为了剥夺韩国的外交权而强行缔结的条约，原名是《韩日协商条约》，又名《乙巳保护条约》或《乙巳五条约》。

③ 《韩日合并条约》：是 1910 年日本强迫韩国签订的条约，从此韩国完全丧失了国权，成为日本的殖民地。

④ ［韩］闵宽东：《中国古典小说在韩国之传播》，学林出版社 1998 年，第 5 页。

⑤ ［韩］闵宽东：《中国古典小说在韩国之传播》，第 5 页。

学",374年百济设经学博士,真德女王五年(651)新罗置学官"大舍",传授中国经典。新罗统一以后,神文王二年(682)立"国学",元圣王四年(788)设"读书出身科",以《春秋左氏传》《论语》《礼记》《孝经》《文选》《曲礼》等为科举考试内容。高丽王朝时期,复设科举,力兴文治,以中国儒家经典作为学校教育的主要内容,取士制度也效仿唐朝。朝鲜朝以儒教为治国根本,科举制度完善,教育发达,官学、私学教育均以中国的"四书五经"等典籍为中心。"《北史》已经记载高句丽'书有《五经》、《三史》、《三国志》、《晋阳秋》'(卷九四)。《旧唐书》记高丽'其书有《五经》及《史记》、《汉书》,范晔《后汉书》、《三国志》,孙盛《晋春秋》、《玉篇》、《字统》、《字林》,又有《文选》,尤爱重之';记百济'其书籍有《五经》、子、史'(卷一九九)。"① 由此可见,中国的典籍对朝鲜半岛文化发展起到了重要的推动作用,也对朝鲜古代文学创作产生了深远影响。

高丽时期,有很多中国小说传入朝鲜半岛。如《山海经》《搜神记》《洞冥记》《十洲记》《世说新语》《太平广记》《说苑》《列女传》《酉阳杂俎》等,其中最引人注目的是北宋时由李昉等人奉命编撰的文言小说总集《太平广记》。据史料记载,《太平广记》至少在高丽王朝高宗时就已传入朝鲜半岛并大受欢迎。"李朝世祖八年(1462),成仁② 编辑刊行了《太平广记》的节缩本《太平广记详节》五十卷,加上从其他朝鲜书籍中收录的篇什而成的三十卷,成为八十卷的《太平通载》,之后出现了多种《太平广记谚解》一类书籍。"③ 这些都大大促进了《太平广记》的传播,对朝鲜古代汉

---

① [韩]闵宽东:《中国古典小说在韩国之传播》序二,第8页。

② 成仁,即成任(1421—1484),字重卿,号安斋、逸斋,朝鲜朝前期文臣、书法家。著有《慵斋丛话》等。

③ [韩]闵宽东:《中国古典小说在韩国之传播》序二,第13页。

文小说文体的形成乃至整个小说文学的发展起到了极为深远的影响。到了朝鲜朝时期,《太平广记》受到了上自国王下至臣民百姓的喜爱。据《李朝实录》记载,在集贤殿任修撰的梁诚之 [①] 经常给世祖王讲《太平广记》中的故事。他曾对世祖王说:"曰经曰史,固贤君贤相,所以治国平天下之道也。至于稗官小说,亦儒者以文章为剧谈,或资博闻,或因破闲,皆不可无者也。前史有《滑稽传》,宋太宗命李昉撰进《太平广记》,即此意也。" [②]

　　除《太平广记》外,明代瞿佑的文言传奇集《剪灯新话》也对朝鲜半岛汉文小说产生了重大影响。虽然《剪灯新话》在中国众多优秀的小说中并不那么突出,但它在朝鲜、日本、越南等国却受到了远远超出本土的欢迎与重视。朝鲜明宗时,已有《剪灯新话句解》的注书刊行,"壬辰倭乱"时《剪灯新话》与金时习的《金鳌新话》流传到日本,并对日本文学产生了影响,《伽婢子》《雨月物语》等作品就是很好的例证。"壬丙两乱"前后,中国小说大量传入朝鲜,特别是演义类与军事类小说极受读者的欢迎。到了16世纪末17世纪初,《三国演义》《隋唐演义》等中国历史演义类白话小说陆续传入朝鲜半岛并产生广泛影响,促进了朝鲜半岛长篇小说的产生和发展。此外像《水浒传》《西游记》《东周列国志》《东西汉演义》《封神演义》《残唐五代史演义》《北宋演义》等,也纷纷传入朝鲜半岛并且极受民间百姓的喜爱,从而刺激了朝鲜的小说创作,产生了大量的军事题材的小说作品。

　　朝鲜朝中期以后,传入朝鲜半岛的中国小说数量更加巨大。

---

① 梁诚之(1415—1482),字纯夫,号讷斋,朝鲜朝前期学者、文臣。著有《讷斋集》等。

② [韩]徐居正 원저;李來宗 역주,『太平閑話滑稽傳』,태학사,1998,19 쪽.

由于当时的读者,对文言文比较熟悉,而不太懂白话文,因此显宗十年(1669)在《水浒传》《西游记》中搜集白话编辑了《小说语录》。由此可以看出,中国小说在当时的朝鲜大量流通,且受到了广泛的欢迎。现收藏于韩国国立中央图书馆的《中国历史绘模本》,是20世纪90年代韩国影印出版的,"这是一本古代朝鲜人所编的中国古代小说插图的摹写汇集,卷首序言由完山李氏在朝鲜李朝英祖三十八年(1762)所写,列举了当时在朝鲜半岛流行的中国古代小说七十余种,其中不仅有中国古代小说名著《三国演义》、《水浒传》、《剪灯新话》、《西游记》、《金瓶梅》、《醒世恒言》、《拍案惊奇》等,也有大量的二三流小说和《肉蒲团》、《杏花天》等色情小说。以后,《聊斋志异》、《红楼梦》等清代小说传入朝鲜半岛的情况,也可以找到有关记载"①。由此可见,古代中国小说流入朝鲜半岛的数量之多、品种之繁,其产生影响之深、作用之大达到令人咋舌的程度。

那么如此数量巨大的中国古典小说是如何传入朝鲜半岛的呢?陈文新和韩国学者闵宽东认为:"第一是中国的赐赠,第二是韩国使臣从中国带回,第三是中国使臣带来赠与韩国,第四是韩国贸易商从中国购买,第五是中国贸易商带来。"②其中,朝贡使节团到中国时所带的随行译官也起了重要作用,"他们是传播中国古典小说的主体。他们把中国古典小说名著大量输入韩国,将小说翻译后卖给贳册家,或赠呈宫中及文武官上层人士"③。这些译官懂汉语,又掌握一定的中国文化知识,具备一定的甄别、判断中国古典

① [韩]闵宽东:《中国古典小说在韩国之传播》序二,第12页。
② 陈文新、[韩]闵宽东:《韩国所见中国古代小说史料》,武汉大学出版社2011年,第3页。
③ 陈文新、[韩]闵宽东:《韩国所见中国古代小说史料》,第4页。

小说的能力，因此，往往借朝贡之机为士大夫们代购中国书籍，或为取悦权门势家，将其所购之书籍赠送。此外，从中获利也是他们大量购买中国图书的一个缘由。"壬丙两乱"前后是中国小说大量传入朝鲜的一个时期，当时，有些朝鲜人家收藏的中国书籍竟达到数百卷，甚至数千卷。

三、朝鲜半岛对中国文化的接受

从文化结构的角度看，文化可分为四个层次：物态文化层、制度文化层、行为文化层和心态文化层①。从物态文化层面，中国和朝鲜很早就进入了农耕文化阶段，是东北亚众多民族和国家中最早进入农耕社会的。这种物态文化层面上的相通性，为朝鲜接受中国文化因素提供了非常有利的条件。所以，在中国周边的民族和国家中，朝鲜在接受中国文化方面最为积极、主动。几千年来，朝鲜接受中国文化是全方位的，包括制度文化、行为文化、心态文化等各个方面。其中通常所说的"文物制度"，即心态文化和制度文化，是整个中国文化系统中最为重要的部分。

首先，朝鲜半岛对中国心态文化的接受。

中国的传统思想，主要包括儒、道、佛三家思想。在漫长的历史发展过程中，这三家思想的地位和作用不断地发生变化，而从整体上看儒家思想在中国传统思想结构中占据着核心地位。

几千年来，朝鲜半岛历时性地接受了中国的儒、道、佛三家思想。但从整体上看，儒家思想对朝鲜古代思想的建构起到了最重要的作用。早在高句丽时期儒家思想就成为统治阶级推崇的思

---

① 张岱年、方克立主编：《中国文化概论》(修订版)，北京师范大学出版社2004年，第4页。

想。高句丽小兽林王二年建立了"太学",这是一个专门的儒学教育机构,并且把中国的儒学经典五经和三史规定为教科书。到了公元 7 世纪,高句丽"子弟未婚之前,昼夜于此读书习射。其书有《五经》及《史记》、《汉书》、范晔《后汉书》、《三国志》、孙盛《晋春秋》、《玉篇》、《字统》、《字林》;又有《文选》,尤爱重之"①。《三国史记》②中对当时朝鲜士子来唐留学的情况也有记载:"(善德王)九年(即唐太宗贞观十四年,公元 640 年)夏五月,王遣弟子于唐,请入国学。是时,太宗大征天下名儒为学官,数幸国子监,使之讲论。学生能明一大经已上,皆得补官。增筑学舍千二百间,增学生满三千二百六十员。于是,四方学者云集京师。"③

古代朝鲜三国时期,佛教从高句丽到百济再到新罗依次东传,佛教在朝鲜半岛被广泛接受。统一新罗王朝时期,佛教思想居于统治地位,这种情况一直延续至高丽朝。到了高丽朝末期,随着新儒学——程朱理学的东渐,儒学又在朝鲜思想结构中占据了上风,以至到了朝鲜朝建立初儒家思想成了朝鲜王朝治国理政的指导思想。居于正统地位的儒家思想贯穿于朝鲜朝五百年,对古代朝鲜文学产生了极为深刻的影响。

朝鲜朝时期,儒家思想占统治地位,所以道、佛思想自然处于次要的地位,佛教甚至因受到官方的排挤和迫害而退居山林。然而道、佛思想仍然作为一股强劲的暗流,流淌在朝鲜思想史的河床底下。因此,道、佛思想也仍然对古代朝鲜小说产生了极为深远的影响。

语言文字是文化的最重要的传播媒介。古代朝鲜人民长期接

---

① 刘昫等撰:《旧唐书》卷一百九十九《高丽传》,中华书局 1975 年,第 5320 页。
② 《三国史记》是高丽时期金富轼于 1145 年左右编撰的一部纪传体史书。
③ [韩]金富轼,『삼국사기』,명문당,2020,318—319 쪽.

受并使用汉文、汉字,以至于汉文、汉字成为官方语言,对朝鲜社会、教育、文化产生了深远的影响。作为书面语的汉文与作为口头语的朝鲜语并行不悖长达几千年,这在人类语言史上也是一大奇观。这种长期的双语文化现象,必然导致朝鲜国语文学与汉文文学长期共生共存的局面。而汉文文学在整个朝鲜古代文学的系统中,占据着与朝鲜国语文学平起平坐,甚至超越国语文学而君临其上的地位。在这种文化语境中,出现思想艺术水平都很高的汉文小说则顺理成章。"在古代朝鲜,学习汉文的媒介多为儒家经典与论著,能够用汉文创作小说的朝鲜作者,几乎必须是具有较高文化程度和儒学修养的文人。因此,儒学在朝鲜的这一漫长并具有丰富内在变化的发展过程,也同样体现在了相应时期的朝鲜汉文小说中,深入地影响了朝鲜汉文小说的思想内容。"①

其次,朝鲜半岛对中国制度文化的接受。

从制度文化的结构来看,它包括政治制度、婚姻家庭制度等等。朝鲜对中国制度文化的接受是全方位的,我们着重探讨朝鲜半岛对中国行政制度、选官制度和婚姻家庭制度的接受,以及它们与朝鲜朝汉文小说的关系。

一是对中国行政制度的接受。在政治上,朝鲜半岛在很长一段时间内都是中国的藩属国。中国自称为"天朝""皇帝之国",朝鲜只能向中国称臣纳贡,国王也不能称皇帝。在"天朝礼治"的东亚国际政治体系之下,朝鲜在行政制度的各个方面都力求仿效中国,比如君臣关系、行政区划、官衙的设置等无不受中国的影响。

二是对中国选官制度,尤其是科举制度的接受。中国在隋唐

---

① 孙萌:《儒学视域下的朝鲜汉文小说研究》,博士学位论文,上海师范大学中国古代文学专业 2012 年,第 13 页。

之时建立了科举制度,实行"以诗文取士"的选官制度,于是统一新罗时期的朝鲜半岛就仿效中国的科举制度,开设了"读书三品科"①,这是朝鲜科举制度的雏形。到了高丽光宗②时期,采纳后周使臣双冀③的建议,建立了比较规范的科举制度。到了朝鲜朝时期,科举制度更加完备,一直沿用到朝鲜朝末期,成为朝鲜朝时期唯一的选官制度。朝鲜朝时期的科举制度对社会、教育以及文化等各方面的影响是极为深远的,尤其对读书人价值观的形成产生了强烈影响,这自然反映到整个古代朝鲜的文学当中,作为儒生个体意识载体的小说更是这样。

三是对中国婚姻家庭制度的接受。中国的婚姻家庭制度与儒家思想有着密切的关系,尤其是宋明理学对婚姻家庭制度的影响极为深刻。朝鲜的婚姻家庭制度固然同本民族的历史传统有关,但主要还是在儒家思想以及中国婚姻家庭制度的影响下得以形成和发展起来的。如以男性家长为中心的朝鲜朝时期的家长制,以及支撑这种家长制的"孝"及"长幼有序""男尊女卑"等家庭伦理道德观念,都可以说是长期接受中国婚姻家庭制度影响的结果。在中国传统社会里,"家国同构"指的就是家庭与国家在其结构以及伦理等方面的异质同构性,在深受中国影响的朝鲜传统社会里也是如此。朝鲜朝传统社会里的这种婚姻家庭制度以及由此衍生的思想观念和行为文化就必然反映在社会生活中。作为社会生活

----

① 读书三品科:是新罗时期选用官员的方法,也称读书出身科,公元788年设立其考试内容为《曲礼》《孝经》《论语》《春秋左氏传》《礼记》《文选》等。
② 光宗(925—975),名昭,字日华,高丽第四代王,在位时间为949—975年。光宗在位期间开设了高丽的科举制度。
③ 双冀(生卒年不详),后周使臣,后因病留在当时高丽首都开京,长期定居下来。在他的建议下,光宗在位期间开设了科举制度。

的反映,文学中也必然会留下深刻的印记,如与家庭制度、家庭伦理密切相关的"长幼有序""男尊女卑"的思想等。

再次,朝鲜半岛对中国行为文化的接受。

行为文化主要体现在民俗礼仪、行为方式等方面,而行为文化又同心态文化有密切的关系。长期以来朝鲜在接受中国思想文化、制度文化的过程中,就附带地接受了中国的行为文化。比如父母死后厚葬并为之守孝三年、寡妇不能再嫁等,无不与中国的行为文化有关系。比如《皮生梦游录》中所反映的"壬辰倭乱"后的死者的尸骨埋葬问题,竟成了一个非常重要的社会问题。这些都足以说明朝鲜朝时期的行为文化与文学作品之间的互文性。

第一章　朝鲜古代梦幻类汉文小说中的中国文化因素

在朝鲜古代汉文小说中,以梦为素材,或者以梦幻构造为根基的作品占据不小的比重,其中梦游录、梦字类汉文小说是最具代表性的。这类小说在心态文化、制度文化、历史地理文化等方面都受到了中国文化的深刻影响。与此同时,我们也看到中国文化在域外传播的过程中,朝鲜民族对其的看法、取舍、评价及再创造,了解朝鲜民族的审美心理及其特征,这对正确把握朝鲜半岛汉文学的文化特征、所蕴含的社会理想和审美意识具有重要的学术价值。

第一节　梦幻小说概念界定及衍变过程

朝鲜半岛以梦为题材的作品由来已久,在早期单纯记录梦的内容的记梦、述梦之说基础上出现了解梦之说。这些原始的记梦、述梦和解梦,最初大都没有太多的文学价值,但在广泛流传中不断被发挥、被创造,逐渐形成有明显创作意识的梦幻文学作品。

以梦为题材的作品最早可追溯到高丽时期,高丽时期的一些史籍、汉诗、笔记和传奇中已经开始出现孕育梦幻小说原型的作品,如《高丽史》中有关太祖妃庄和王后的故事和景宗妃献贞王后的故事、李奎报的《次韵尹学录春晓醉眠》二首和《梦验记》、《新罗殊异传》中的《崔致远》、《三国遗事》① 中的《调信》等均是典型的例子。高丽时期的这些作品与之前原始的记梦、述梦和解梦作品相比已经有了相当多的创作成分,其中《崔致远》(又名《双女坟》《仙女红袋》等)已经具备梦幻小说的基本因素,属于类似梦游传奇的作品,而《调信》属于最初的梦游传奇作品。到了15世纪,金时习《金鳌新话》中的三篇小说《醉游浮碧亭记》《南炎浮州志》《龙宫赴宴录》标志着梦游传奇的成熟。由此开始,朝鲜古代梦幻小说进入到文学创作阶段。

一、概念界定

关于朝鲜古代文学中以梦为素材的作品,究竟该如何命名、称谓,它的体裁该如何确定,在朝鲜文学史上有着不同的观点和看法:

观点持有者	分 类	作 品
金台俊	个人传记	《江都梦游录》《桂旬传》《云英传》等
	梦字类	《九云梦》《玉楼梦》
郑钰东 统称为"幻梦 小说"	幻想类	《九云梦》《玉楼梦》
	梦游录类	《元生梦游录》《大观斋梦游录》《寿圣宫梦游录》《江都梦游录》《泗水梦游录》《金华寺梦游录》《金山寺梦游录》《天宫梦游录》《梦见诸葛亮》《南炎浮州志》《龙宫赴宴录》《诸马武传》等

①《三国遗事》:是高丽朝时期高僧一然(1206—1289)编撰的史书,共五卷二册,具有野史性质。《三国遗事》在了解韩国古代的历史、地理、文学、宗教、语言、民俗、思想等方面都有极高的文献价值,尤其是其中保存了极为珍贵的民间故事。

续表

观点持有者	分　类	作　品
金起东 统称为"梦游 小说"	传奇小说	《南炎浮州志》《龙宫赴宴录》《王郎返魂记》
	理想小说	《九云梦》《玉楼梦》《玉仙梦》
	家庭小说	《玉麟梦》
	梦游录小说	《浮碧梦游录》《调信梦生》《泗水梦游录》等
苏在英 统称为"梦游录 小说"	梦游录系统	《元生梦游录》《大观斋梦游录》等
	梦字类系统	《九云梦》《玉楼梦》《玉麟梦》《玉仙梦》
文璇奎	神怪类	《金鳌新话》《元生梦游录》《大观斋梦游录》《达川梦游录》
	艳情类	《玉莲梦》《玉楼梦》《玉麟梦》
	别传类	《玉仙梦》
林明德	梦幻家庭类	《玉麟梦》
	梦幻理想类	《玉楼梦》
	梦幻梦游类	《安凭梦游录》《浮碧梦游录》《金华寺梦游录》《龙宫赴宴录》《南炎浮州志》《调信梦生》《王郎返魂记》《梦缘录》《玉仙梦》《九云梦》等
车溶柱	梦字类系	《九云梦》《玉楼梦》《玉仙梦》《玉麟梦》
	梦游录系	《元生梦游录》《大观斋梦游录》《江都梦游录》《金华寺梦游录》《浮碧梦游录》《安凭梦游录》《达川梦游录》《皮生冥梦录》等

　　这些对以梦为素材的作品的称呼虽然各不相同,但有一点是相同的,即都把它们归类于梦幻或幻梦小说。崔钟云认为:以梦为素材的小说的内涵为"以叙事结构的基本框架是现实和梦的变换'入梦前——梦中——觉梦后'的幻梦结构所构成的小说。这是包括梦游录和梦字类一系列由幻梦结构构成的全部作品的统称,是以幻梦结构明显的特征为基础命名的"①。在对以梦为素材的作品

---

① [韩]최종운,「幻夢小說의 類型構造와 創作動因」,대구대학교 국어국문학과 박사학위논문,2001,14 쪽.

的各种分类中,车溶柱的见解比较科学,将其分为"梦游录小说"和"梦字类小说"①,这也是目前学界较为通行的一种分类方法。台湾学者林明德将此类小说统称为"梦幻"小说,分为"梦幻家庭类""梦幻理想类""梦幻梦游类"②。结合车溶柱和林明德的分类命名方式,本论著将朝鲜古代有关梦的小说统称为"梦幻类小说",主要包括梦游录小说和梦字类小说。

　　梦游录在朝鲜古代小说中具有独特的结构形式,"是由朝鲜士大夫创作,叙述梦见古人亡灵奇特经历的作品"③,"是朝鲜时代知识层的作家们利用寓言的修辞手法,将他们对现实的批判意识,借助虚幻的梦境表现出来,以此吐露心怀,以梦铭志的一种特殊的文学形式"④。16 世纪后期至 17 世纪前期是梦游录小说创作的高潮。

　　至于"梦游录"这一名称,目前很难考证它的具体来源。在中国古代,"梦游录"是笔记丛书中一种分类项目的名称,与志怪、传奇类似,所以"梦游录"一词并未出现在具体的作品名称中。宋代《太平广记》⑤和清代《唐人说荟》⑥里,"梦游""梦游录"是作为分类项目使用的。当时的编辑者把所有关于梦中的故事都汇集在这

---

① [韩]車溶柱,「夢遊錄系小說 研究」,高麗大學校 國語國文學科 博士學位論文,1978,7 쪽.

② 林明德主編,『韓國漢文小說全集』一卷,總目録 25 쪽.

③ [韩]정학성,「몽유록의 역사의식과 유형적 특질」,『冠嶽語文研究』,2 권 1 호,1977.

④ [韩]유종국,「몽유록 양식의 구성 원리」,『한국언어문학』,44 권,2000.

⑤《太平广记》卷二百八十一"梦六"中"梦游"是分类项目的名称,"梦游上"中包含《樱桃青衣》《独孤遐叔》;"梦游下"中包含《元稹》《段成式》《邢凤》《沈亚之》《张生》《刘道济》《郑昌图》《韩确》。见李昉:《太平广记》,中华书局 2020 年,第 1860、1867 页。

⑥《唐人说荟》中"梦游录"是分类项目的名称,包括《樱桃青衣》《独孤遐叔》《秦梦记》。

个项目中,这说明"梦游"或"梦游录"在我国古代作品中是属于一个集合的类概念。但是在古代朝鲜,这个词只用作个别作品的题名而不作为类的概念来使用①。据史料记载,在古代朝鲜梦游录小说产生之前,《太平广记》就已广泛流行于朝鲜②,很可能是受到它的启示,而将"记录梦中所发生的事"这类作品称之为"梦游录"。

　　有关"梦字类小说"的用语,在朝鲜文学史上一直争议颇多。金台俊在其《朝鲜小说史》中首次采用"梦字类"这一用法;之后郑钰东将其命名为"幻梦小说"的一个分支"幻想类";金起东命名为"理想小说";苏在英将其作为"梦游录小说"的一个分支命名为"梦字类系统";林明德将《玉楼梦》《玉莲梦》命名为"梦幻理想类",而将《玉仙梦》《九云梦》命名为"梦幻梦游类";车溶柱将以梦为素材的作品统称为"幻梦小说","幻梦小说"又分为"梦游录小说"和"梦字类小说";郑善娥将之命名为"梦字小说"。综合上述观点,虽然各有不同,但把这类作品称之为"梦字类小说"的还是多数,也是目前韩国文学界较为认同的说法,本论著采用"梦字类小说"这一说法。

　　16 世纪诞生的梦游录小说,到了 17 世纪确立其独特结构形

---

① 在梦游录创作的时期,朝鲜还没有系统地形成小说论,很少有人研究它,因而没有人把梦游录提升为类的概念,只把它作为作品的篇名来使用。

② 关于《太平广记》具体传入朝鲜半岛的时间推论众多。张国风在其论文《太平广记版本考述》中依据现有韩国文献,大致确认"至迟在公元 1216年(时当南宋宁宗嘉定九年),《太平广记》已传入韩国,并流传开来"。韩国学者闵宽东参考了其他韩国学者,如金长焕等人的研究成果,认为《太平广记》大概在 1100—1200 年之间传入朝鲜半岛。此后,在其《中国古代小说在韩国研究之综述》中,闵宽东推断:"此书最晚当于高丽文宗三十四年(1080)前已传入韩国。"赵维国在其《〈太平广记〉传入韩国时间考》论文中进一步考证,认为"《太平广记》一书传入高丽的时间当在熙宁五年(1072)至元丰三年(1080)之间"。

式并进入盛行时期,成为这一时期朝鲜半岛梦幻文学的主导形式。17世纪末,出现了一种具有长篇小说样貌的梦游作品,即被当今文学史称之为"梦字类"的长篇小说,首部代表作是《九云梦》。从《九云梦》出现的17世纪末开始,一直到19世纪末为止,梦字类长篇小说占据了朝鲜古代梦幻文学的中心位置。

二、衍变过程

梦幻小说作为一种记录梦中故事的文学形式,需要有特征明显的入梦和梦醒部分及完整的梦中事件,朝鲜古代梦幻小说的衍变过程可从高丽时期和朝鲜朝时期两个阶段说起。

（一）高丽时期梦幻小说原型概说

高丽时期的梦幻文学显示了作者旺盛的创作力,尤其是这一时期的传奇作品,对后来梦游录的产生和发展起到了至关重要的作用。下面,我们以高丽时期孕育梦幻小说原型的史籍、汉诗、笔记、传奇为中心,来揭示这类小说的源起。

1. 史籍中的梦幻小说原型

古代朝鲜战乱不断,屡遭外来入侵,许多典籍都没有保留下来,有关梦的资料更是所剩无几。高丽之前的史籍中几乎没有记载,高丽时期的《三国史记》《三国遗事》中稍有记载,直至高丽后期的各种文献中才开始大量出现。到了《高丽史》① 问世时有关梦的记载就更多了,现就这些史籍中与梦幻文学有关的内容做简要分析。

作为正史,金富轼所著的《三国史记》主要记述朝鲜高句丽、新罗、百济三国时期的历史事件,僧人一然所著的《三国遗事》主

---

① 《高丽史》：从世宗三十一年（1449）开始编撰,文宗一年（1451）完成,总共一百三十九卷,是记述高丽时代历史的纪传体史书。主要编撰者是赵浚、郑道传、郑摠等。

要弥补《三国史记》所遗漏的部分。禹尚烈将这两部典籍中有关梦的记载进行了统计,《三国史记》有五个,《三国遗事》有二十五个[1]。有关梦的内容主要是胎梦、预示型梦、醒悟型梦、因果报应型梦、宣扬佛法无边型梦等,这些梦大多停留在记梦、述梦、释梦的阶段,还不能称作真正意义上的文学创作。但也有个别优秀的作品,如《三国遗事》中的《调信》,是朝鲜梦游叙事作品史上最初的梦游传奇作品,基本具备了梦游小说的结构特征。

　　《三国史记》和《三国遗事》中有关梦的素材,常被后世利用、发挥和再创造,文学性逐步增强。如新罗金庾信妹妹文姬的故事,在《三国史记》和《三国遗事》中均有记载[2]。该梦记录文明王后文姬的姐姐宝姬做了一个梦,梦到自己登西岳小解而淹没了整个京城。她把此梦情形说给妹妹文姬听,文姬觉得此梦乃是祥兆,便用锦缎丝裙买了此梦,也因此最终成了王后。在《高丽史》中,这个故事被原封不动地搬到显宗母亲献贞王后的故事中。献贞王后与显宗的叔叔安宗私通而生下显宗,为使显宗的身份和故事情节合理化,作者借用了文姬在山中小解的故事:

　　　　献贞王后皇甫氏,亦戴宗之女。景宗薨,出居王轮寺南私第,尝梦登鹄岭,旋流溢国中,尽成银海。卜之曰:"生子则王,有一国。"后曰:"我既寡,何以生子?"时安宗第与后第相近,因与往来通焉,有娠弥月,人莫敢言。成宗十一年七月,后宿安宗第,家人积薪于庭而火之。火方炽,百官奔救,成宗亦亟

---

① 禹尚烈:《〈三国史记〉、〈三国遗事〉之梦的解析》,《东疆学刊》2005 年第2 期。

②《三国史记》卷六。《三国遗事》卷一。

往问之,家人遂以实告,乃流安宗。后惭恨哭泣,比还其第,才及门胎动。攀门前柳枝,免身而卒。成宗命择姆以养其儿,是为显宗。①

作者借用文姬故事为素材进行了文学化的创作,意在赋予显宗身世以合理性和神圣性,以消除对其生于乱伦关系的非议。这种"有意为故事"的创作方法对后世小说的发展起到了极大的促进作用。

从上述景宗妃献贞王后的故事可以看出,《高丽史》中有些梦的记述已经超越了单纯的述梦范畴,出现了"有意为小说"的发展迹象。这在太祖妃庄和王后的故事中也有明显的体现:

> 庄和王后吴氏,罗州人……后尝梦浦龙来入腹中,惊觉以语父母,共奇之。未几,太祖以水军将军,出镇罗州,泊舟木浦,望见川上,有五色云气。至则后浣布,太祖召幸之。以侧微,不欲有娠,宣于寝席,后即吸之,遂有娠生子,是为惠宗。面有席纹,世谓之襵主。常以水灌寝席,又以大瓶贮水,洗臂不厌,真龙子也。②

庄和王后是罗州人,卑贱时曾做一梦,梦见浦龙钻入其肚子中。后来受到太祖召幸,太祖不想让她受孕,"以侧微,不欲有娠,宣与寝席",而庄和王后将射在寝席上的精液吸入体内,怀孕生下

---

① [韩]동아대학교 석당학술원 역주,『(국역)고려사』20,열전 1,民族文化,2006,343—344 쪽.

② [韩]동아대학교 석당학술원 역주,『(국역)고려사』20,열전 1,民族文化,2006,336 쪽.

惠宗。这个故事明显属于胎梦类,但与其他胎梦有所不同,已经开始带有文学色彩的描写了。如故事的末尾说惠宗因总是生病而需经常泡在水中,并要不停地洗胳膊,以此点明惠宗是地道的龙子。另外还通过惠宗脸上有像席子一样的纹路的体貌特点来消除太祖对其身世的疑虑。这些描写已经超出了简单意义上的记梦、述梦,具有很强的文学创作成分,意义深远。

2. 汉诗中的梦幻小说原型

在高丽时期文学中,汉诗占有重要的位置,出现了李奎报①、李齐贤②、郑知常③以及"海左七贤"④等著名的汉诗大家。在现存汉诗中,以梦为题材的汉诗虽然在数量上并没有占很大比重,但仍占有一席之地。更重要的是,梦幻作品发展到汉诗阶段,已经不再是简单的述梦、记梦、释梦,而是将梦文学化,这些都为梦幻文学的进一步发展奠定了基础。

崔滋⑤的《补闲集》中有关咸淳⑥想见吴世才⑦的诗如下:

---

① 李奎报(1168—1241),字春卿,号白云居士,高丽时期文臣。因酷好琴、诗、酒三物,故又自号"三酷先生"。著有《白云小说》《东明王篇》等,文集《东国李相国集》传至今日。

② 李齐贤(1287—1367),初名之公,字仲思,号益斋、栎翁,高丽时期学者、文人兼政治家。1314—1341年期间李齐贤陪忠宣王在元大都逗留了二十余年,与中国的姚燧、阎复、元明善、赵孟頫等汉族文人广泛交往。他擅长诗文,尤其擅长词的创作,著有《益斋乱稿》十卷、《栎翁稗说》等。

③ 郑知常(？—1135),高丽时期文臣,在宫廷政权斗争中被金富轼所杀。以诗歌著名,但没有留下个人文集。

④ "海左七贤"包括李仁老、吴世才、林椿、赵通、皇甫抗、李湛之、咸淳七人,高丽武臣跋扈时期,此七人仿效晋代"竹林七贤",故称。

⑤ 崔滋(1188—1260),字树德,号东山叟,高丽时期文臣。著有《补闲集》。

⑥ 咸淳(生卒年代不详),高丽时期文臣、散文家,"海左七贤"之一。

⑦ 吴世才(1133—？),高丽时期文人,"海左七贤"之一。

　　　我本东南一民耳,老慵未可躬耒耜。来依古寺寓闲房,每
被人呼作居士……心祈一见每叩天,未觉已身贱且鄙。至诚
感神固非虚,忽此相逢非梦里。我尝梦里见天人,尚记容颜公
即是。敢将拙诗对神句,但恨其时未呈似。如今屡陪樽俎筵,
又得新篇加溢美……①

　　咸淳想见吴世才,好像是受其至诚感动,神灵使其相见。在
梦中他见到了天人,其容貌和眼前的吴世才无二。关于对诗部分,
《补闲集》注释中解释道:

　　　见神人下降,士女观之者甚众。予从骈圆中望之,所谓神
人者,容貌不甚肥白,乃似世间书生。相传云神人作诗,有一
句云"万姓欣欣乐泰阶"。予谓:"神人若见我,令对此句,则不
可以应卒。"乃预构之云"三光烂烂开天仗",若自进于其前,
未果遂觉。今观公之貌,与梦所见无异。②

　　梦见神人下界,士女们争相观看。所谓神人,容貌并不苍白,
也不太胖,与平时所见的书生差不多。大家相互传递着神人所吟
的一句诗"万姓欣欣乐泰阶"。咸淳想,万一神人看见我,让我对诗
的话,恐怕仓促间难以应对,焦急之下在心中作了"三光烂烂开天
仗"的诗句,主动来到神人面前,但未及应对忽然梦醒。看见眼前
的吴世才,发现他的容貌和梦中的神人无二。此诗已不仅仅是简
单地记述梦中事件,而是有文学化的倾向,尤其是对在梦中因不能

---

① 李仁老,『破閑集 / 補閑集』,亞細亞文化社,1972,84—85 쪽.
② 李仁老,『破閑集 / 補閑集』,亞細亞文化社,1972,85 쪽.

及时对上诗句而焦急的情形描写，更说明了这一点。下面再看李奎报是如何用诗描述梦中故事的：

> 夜梦有人，以青玉砚滴小瓶授余，扣之有声，下圆而上尖，有两窍极窄。复视之无窍，窹而异之，以诗解之，曰：
>
> 梦中得玉瓶，绿莹光鉴地。扣之铿有声，致润宜贮水。剩将添砚波，快作诗千纸。神物喜幻化，天工好儿戏。忽然翻闲口，不受一滴沘。有如仙石开，罅缝流青髓。须臾复坚合，不许人容指。混沌得七窍，七日乃见死。怒风号众穴，万扰从此起。钻瓠忧屈毂，穿珠厄夫子。凡物贵其全，瓠凿反为累。形全与神全，要问漆园吏。①

诗前有序交代，作者梦见有人送他一个上尖下圆奇妙的青玉砚滴小瓶，敲击时会发出声音，"下圆而上尖，有两窍极窄。复视之无窍，窹而异之，以诗解之"，于是就有了这首记梦的诗。

上述关于梦的内容在现今不足为奇，但是发生在高丽时期，并将梦的内容文学化就弥足珍贵了。正是这种通过诗的方式来升华梦的内容，使得高丽时期的梦游文学从单纯的述梦、记梦更进一步发展，有了明显的创作成分。李奎报的《次韵尹学录春晓醉眠》二首则更为典型：

> 睡乡便与醉乡邻，两地归来只一身。九十一春都是梦，梦

---

① 『白雲小說』，成均館大學校　大東文化研究院，『高麗名賢集　一』，成均館大學校出版部，1986，578 等．

中还作梦中人。①

　　《白云小说》介绍这首诗的来历说，李奎报博览天下典籍，且心怀大志，但内心孤独。他云游四方，遇美景必吟诗，遇美酒必痛饮。虽是春日融融、暖风和煦、百花盛开时节，心中却难有春风得意之感。他与朋友尹学录同游美景，饮酒和诗，作诗数十首，遂生困意，于是在两人对诗的过程中进入梦乡。在梦中两人继续对诗，尹学录定韵角出上篇，李奎报及时应对作下篇云：

　　　　耳欲为聋口欲瘖，穷途益复世情谙。不如意事有八九，可与语人无二三。事业皋夔期自比，文章班马拟同参。年来点捡身名上，不及前贤是我惭。②

　　对到这儿，尹学录对李奎报说："以'二三'对'八九'不符合平仄规则，李公平时作诗豪情激荡，挥洒自如，长篇大论，一气呵成，累百韵而无一误，今天为什么在这么小的地方却出现了失误？"李奎报回答："由于现在是梦中，所以出错，如果你能将'八九'改成'千万'也许会更好一些。大家手法的真实水平，尹公怎会不知？"说话间梦醒。于是，李奎报一面将梦中说梦之事说与尹学录听，一面吟出了"睡乡偏与梦乡邻"的诗句。

　　这个故事的独到之处是"梦中梦"，李奎报与尹学录在梦中对诗，李奎报谈到希望将不符合平仄规律的"八九"改成"千万"，从

---

① 『白雲小說』，成均館大學校 大東文化研究院，『高麗名賢集 一』，成均館大學校出版部，1986，576 等.

② 『白雲小說』，成均館大學校 大東文化研究院，『高麗名賢集 一』，成均館大學校出版部，1986，576 等.

中可以感受到李奎报内心不如意之事极多。如果说这就是其梦事的真实记载,而不是李奎报有意创作的话,我们对照前面的说明可以发现,这里潜在的深层含意是李奎报内心对现状的不满,因而不能看作简单的记梦,而是作者有意为之。

综上所述,高丽时期的汉诗中,无论是以梦中之事为题材的梦事诗,还是用诗的形式来记述梦中经历的梦游诗,都不能看作单纯的记梦、述梦,这与史籍中梦幻小说原型不同,是梦文学化在诗中的重要体现,也是梦游这种特殊的文学形式向着更高层次发展的一个重要阶段。

3. 笔记类中的梦幻小说原型

高丽时期,除了汉诗中涉及有关梦游的内容外,一些笔记类作品中也有关于梦事的记载。笔记类作品的写作方式比汉诗更宽泛,所以记载的梦事更加详细,更具文学性,有的甚至基本达到了梦幻小说的水平。以李奎报《梦验记》为例:

> 说梦似怪诞,然周官有六梦之占,又五经子史,多皆言梦。梦苟有验,说之何害欤?予昔尝掌记完山也,平时略不诣城隍祠宇。一日,梦至其祠拜堂下,似若与法曹同拜者。王使人传曰:"记室上阶。"予登厅事再拜。王以布帽缁布襦衣坐南荣,起答拜,引之使前。俄有人持白酒来斟,杯盘亦草草,与饮良久。谓曰:"闻牧官近者新印十二国史,有诸?"予曰:"然。"曰:"何不贶予耶?予有众儿,欲令读之。以数件见惠,可乎?"予曰:"唯唯。"又曰:"官吏之首某甲者,可人也,请护之。"予又曰:"唯唯。"予亦问祸福何如?王指路上车奔而折轴者曰:"子犹是也,不出今年,去是州矣。"俄自持鞲带二事赠之曰:

"子当贵,请以此赆之。"①

写作者早年梦游城隍堂,与"布帽缁布襦衣"的王一起喝酒。王向作者索要其新印的《十二国史》,作者也请王指明自己的祸福前程。此文当然是以验梦为中心来记述的,但不能排除作者在验梦的叙述过程中加入了创作的成分。下面是李奎报《白云小说》中记载的一个故事:

> 余梦游深山迷路,至一洞,楼台明丽,颇异。问傍②人:"是何处也?"曰:"仙女台也。"俄有美人六七人,开户出迎,入座因请诗。余即唱云:"路入玉台呀碧户,翠娥仙女出相迎。"诸女颇不肯之,余虽不知其故,遽改曰:"明眸皓齿笑相迎,始识仙娥亦世情。"诸女请续下句,余让于诸女。有一女续之云:"不是世情能到我,为邻才子异于常。"余曰:"神女亦误押韵耶?"遂拍手大笑,因破梦。余追续之曰:"一句才成惊破梦,故留余债拟寻盟。"③

李奎报说自己梦游深山而迷路,来到一个山洞,发现里面的建筑和庭院都很华丽且奇异,旁人告诉他这是仙女台。有六七名美女将他迎入洞中会诗,他作上句让仙女应对,当他指出仙女韵脚有误时,因拍手大笑而梦醒。

---

① 『夢驗記』,成均館大學校 大東文化研究院,『高麗名賢集 一』,成均館大學校出版部,1986,266 等.

② "傍"同"旁"。

③ 『白雲小說』,成均館大學校 大東文化研究院,『高麗名賢集 一』,成均館大學校出版部,1986,577—578 等.

　　这个故事已经具备了梦游小说"入梦—梦中—梦醒"这一基本结构特征，从"余梦游深山迷路，至一洞"的入梦，到与仙女们对诗和答的梦中经历，再到"拍手大笑"的梦醒，已经具备了梦游作品的基本结构特征。

　　梦游小说的主题多是表达作者对社会、政治、历史及现实的看法，或是抒发个人的理想抱负。而这个故事中梦游者李奎报与仙女们对诗、嬉戏、和答，是否可以看作作者想要同美女媾欢的潜在欲求的间接体现呢？之所以这样理解，还在于《东国李相国集》中有一首《梦与美人戏觉而题之》的诗，李奎报于诗中叙述自己在七十四岁时曾梦遇美女并发生情事。《白云小说》可以说是梦游文学的早期作品，其中记载的这个故事的结构和主题意蕴都完全符合梦幻小说的特点。其实，中、朝小说史上早就有用类似小说的形式表现情事的例子，如新罗崔致远仿效唐代张鷟《游仙窟》创作的《双女坟》，描写的就是梦中与仙女或女鬼的媾欢之事。

　　此外，李仁老 [①] 的《破闲集》中也收录了一个有关凤城北洞安和寺的故事。该故事记述的是相国彦颐齐在梦中与学士胡宗旦进行诗会的事。故事最后部分写道：

　　　　昔相国彦颐齐宿于是，梦见学士胡宗旦，乘一叶泛泛而来，会紫翠门作一绝云："五云深处是吾乡，烟镵楼台日月长。回首昔年交伴者，如今役役梦魂场。"寺有紫翠门。[②]

---

① 李仁老（1152—1220），字眉叟，高丽时期著名文人，是"海左七贤"之一。著有《破闲集》。

② 李仁老，『破闲集／補闲集』，亞細亞文化社，1972，29 쪽．

与李奎报《白云小说》一样,这个故事也同样写到了梦中作诗的内容,有明显的创作成分。

《破闲集》中还有一个记载,李仁老的孙女曾梦见十五个青衣童子前来,她们走后,李便殒命。接着,李仁老写道,这可能是召唤自己死后升天去撰写《玉楼记》。从这个故事可以看出,李仁老借孙女的梦表现自己有超人能力的意图,这种表现手法对后世的文学创作起了很大的鼓舞作用。

以上这些高丽时期笔记中的述梦叙事作品已经有了相当多的创作成分,从中可以清楚地看到朝鲜梦幻文学的萌芽。

4. 传奇中的梦幻小说原型

在梦幻小说的孕育期,占据了梦幻样式中心位置的是梦游传奇。学界一般认为古代朝鲜小说起源于《金鳌新话》,但在统一新罗时期,"小说的前身——志怪已开始出现了,有个别作品已接近于唐传奇的思想艺术水平"①。值得注意的是,《新罗殊异传》中的《崔致远》,被认定为类似梦游传奇的作品,已经具备了梦幻小说的基本因素。《三国遗事》记载的民间叙事文学中,在结构上真正属于梦游模式的只有《调信》,它是朝鲜梦幻文学史上最初的梦游传奇作品。15 世纪《金鳌新话》里收录的《醉游浮碧亭记》《南炎浮州志》和《龙宫赴宴录》三篇梦游传奇小说已经具备了梦游录小说的基本结构特征,标志着梦游传奇的成熟。因此,从《三国遗事》与《新罗殊异传》的 13 世纪,经历了《金鳌新话》的 15 世纪,到《大观斋梦游录》的 16 世纪中叶以前,我们把它划分为一个时期,即梦游传奇时期。

《新罗殊异传》中的《崔致远》(又称《双女坟》《仙女红袋》),

---

① 金宽雄:《韩国古小说史稿(上卷)》,第 266 页。

是现存新罗末高丽初传奇中最长的一篇,而且"就其思想艺术水平以及创作意识和虚构意识来看,《崔致远》已经达到了真正的传奇小说的水平"①。故事写主人公崔致远留学于唐朝并进士及第,被任命为溧水县尉。县南界有个招贤馆,馆前山上有一座双女坟。一日来此游览,崔致远在坟前题了一首诗,表达了对两个亡女的痛惜、怜悯之情。夜晚投宿于招贤馆,收到两个亡女即八娘子、九娘子的答诗,随即二女一同到来,得知二女生于富豪之家,父母想把她们嫁给盐商和茶商,二女不愿意,双双自尽。崔致远与两个女鬼一起饮酒,以诗书相调谑,之后二女消失。第二天,他来到双女坟前,无限怅惘,作诗话别。后来崔致远回到了故国新罗,他游历了众多寺刹,最终在伽倻山海印寺度过了余生。

人鬼相恋的故事是传奇的一大主题。《崔致远》中虽然没有明显的入梦、梦醒的过程,但这部作品中,却有期待梦中世界的暗示,这主要体现在崔致远在双女坟石门上所作的那首诗中:

> 谁家二女此遗坟?寂寂泉扃几怨春。形影空留溪畔月,姓名难问冢头尘。芳情倘许通幽梦,永夜何妨慰旅人?孤馆若逢云雨会,与君继赋洛川神。②

从诗中可见崔致远十分理解坟内主人的孤独情绪以及她们所抱怨的处境。"芳情倘许通幽梦"表达了他想在梦中与二女相见,"通幽梦"则暗示我们将要产生的幻想体验或梦中体验。"孤馆若逢云雨会"则更清晰地表达了孤寂的崔致远想与她们共享云雨情

---

① 金宽雄:《韩国古小说史稿(上卷)》,第 277 页。
② 『雙女墳』,林明德主编,『韓國漢文小說全集』七卷,263 等.

的心意,而通篇的故事情节也是在这种暗示中一步一步地展开。

　　用梦幻小说的结构来衡量,虽然《崔致远》这篇作品中没有明显地交代入梦和觉梦的情况,特征也不太明显,但作品的开头和上面所引用的诗中已经暗示了作品中的故事是在梦中展开的,尤其是故事的结尾,具有明显的梦游传奇小说的性质,因此我们把它看作类似梦游传奇的作品。

　　而真正梦游传奇的雏形是载于《三国遗事》中的《调信》,"《调信传》、《金现感虎》上承《崔致远》等新罗末高丽初的传奇小说,下启《金鳌新话》等朝鲜王朝初期传奇小说,是承前启后的重要作品"①。从梦幻结构上看,这篇传奇同唐传奇中的同类作品十分相似,从其结尾"不须更待黄粱熟,方悟劳生一梦间"看,它是受到了唐代沈既济《枕中记》的直接影响。

　　《调信》写新罗僧人调信对太守之女一见钟情,每天都祈祷菩萨成全自己的好姻缘。可是太守之女与人定亲,调信伤心过度,埋怨菩萨,哀泣至日暮,因筋疲力尽而昏睡。梦中,他与太守之女喜结良缘,生儿育女,过了一段幸福生活。但好景不长,日子越过越凄苦,长子饿死在路上,长女乞讨时被恶狗咬伤,处于濒危之中。老两口晚年贫病交加,历尽了人间的苦难和艰辛。最终妻子因不堪忍受,提出各自谋生。夫妻分头带着两个孩子各奔前程。调信与妻儿生离死别时,从噩梦中醒来。醒后一看,残灯还没有燃尽,才知道自己做了一场梦。自此,深感人生如梦,万念俱息,虔诚信佛。

　　《调信》同当时新罗时期的民间故事,新罗、高丽之交出现的殊异志怪故事有着明显的差异,其作者有自觉而较强的创作意识,

---

① 金宽雄:《韩国古小说史稿(上卷)》,第289页。

这从作品的主旨、结构和艺术表现手法中可以看出。作为朝鲜古代小说孕育期的作品，《调信》能够达到如此高的艺术水平，是作者借鉴《南柯太守传》《枕中记》等唐传奇中的梦幻小说的基本结构、故事类型及主题的结果，并结合本民族的特色，在情节安排、主题提炼，尤其是梦中经历上进行了创新。《调信》与《枕中记》虽然都记述了主人公现实理想在梦中实现的过程，但《枕中记》主要讲述的是主人公在仕途上历经的荣华富贵；而《调信》中的主人公虽然如愿以偿地与金氏女子在梦中确认了彼此的爱情，但这却成了他们苦难人生的开端。不同于《枕中记》中的荣华富贵，苦难经历竟在《调信》中占了梦中事件的绝大部分，主要揭示的是"苦海无边""人生皆苦"这样一个佛教的人生价值观。

《调信》这部作品的贡献之一是已经具备了相当的现实主义因素，而其更重要的意义则在于开拓了小说的题材，基本形成了幻梦小说的结构特征，即"入梦—梦中—梦醒"。正是在《调信》梦幻结构的基础上，才产生了16世纪《大观斋梦游录》《元生梦游录》等梦游录小说，以及17至19世纪的《九云梦》《玉楼梦》等梦字类长篇小说。

《崔致远》与《调信》都体现了梦游传奇小说的基本面貌，都以实现主人公的欲望为主题，以主人公梦中世界的经历为主要线索。《调信》主要根据佛教的人生观，描绘了八苦皆有的一场人生噩梦，但没有涉及调信与金氏女沦落悲惨境地原因的探讨。《崔致远》中的幻想体验对主人公具有何种意义，在叙述过程中也没有展开，这是两部作品与后世梦游传奇的区分所在。因此，我们认同许多韩国学者的观点，认为这两部作品属于梦游传奇的初期形态。

综上所述，"高丽时期的这些'述梦说话'，显示了作者浓厚的创作力,对后来梦游录作品的产生和发展发挥了重要的影响"①。

（二）朝鲜朝梦幻小说衍进过程概说

朝鲜朝梦幻小说主要包括梦游传奇、梦游录和梦字类小说三种形式。金时习《金鳌新话》是梦游传奇的代表作品;梦游录包括从 16 世纪初沈义的《大观斋记梦》开始,一直到 19 世纪《谩翁梦游录》为止的梦游录小说;梦字类小说主要是 17 世纪问世的《九云梦》和 18 至 19 世纪创作的《玉楼梦》《玉仙梦》等。

1. 梦游传奇概说

在高丽时期传奇的基础上,朝鲜朝初期金时习《金鳌新话》的问世,标志着梦游传奇已形成完整的形态,并使朝鲜的小说文学"登上了世界文坛"②。在古代朝鲜整个小说格局中,15 世纪是传奇占据主导地位的时期,同时也是梦游传奇创作达到鼎盛的时期。

金时习(1435—1493),字悦卿,号梅月堂,又号东峰,出家后法号雪岑,朝鲜朝前期著名的哲学家与文学家。生于士族家庭,自幼聪明过人,五岁能诗,有神童之称,得到世宗李祹的宠爱,并受到赏赐。1455 年,世祖李瑈篡夺了侄儿端宗弘暐③的王位,施行暴政,屠杀文人学士。金时习不满李瑈的倒行逆施,成为著名的"生六臣"④

---

① [韩]金铉龙,「高麗 夢遊文學 考察 :韓國夢遊錄小說 起原追跡을 위하여」,『學術誌』,25 권 1 호,1981,2 쪽.

② [韩]赵润济著,张琏瑰译:《韩国文学史》,第 154 页。

③ 端宗(1441—1457),名弘暐,文宗之子,朝鲜朝第六代国王,在位时间为 1452—1455 年。端宗继位时年仅十一岁。1455 年首阳大君(端宗的叔父)发动宫廷政变,取而代之,登上王位以后称为世祖,史称"世祖篡权"。1457 年端宗被首阳大君赐死。

④ 生六臣 :指世祖篡夺端宗的王位后,不愿与世祖同流合污,宁愿一辈子不做官而为端宗守节的六位大臣,即金时习、元昊、李孟专、赵旅、成聃寿、南孝温。

之一。为抗议李瑈的暴行,他放弃做官的打算,焚烧所读的书籍,撕毁儒服,削发为僧。以狂客自居,四处云游流浪。三十岁左右,入庆州金鳌山隐居。三十七岁时,成宗李娎继位,他虽应国王之召去京城,但仍无意于宦途,又重返金鳌山。四十三岁才结婚,婚后不久妻子就去世了。他曾躬耕于襄阳、江陵等地,遍历山川名胜。最后在忠清南道鸿山无量寺定居,五十九岁去世。

金时习非常熟悉中国典籍,著作丰富,一生曾作汉文诗万首,但大都散佚。今存诗文集《梅月堂集》十七卷。他被称为韩国第一位小说作家,其《金鳌新话》原已在本国失传,后在日本发现了五篇。《金鳌新话》包括《万福寺樗蒲记》《李生窥墙传》《醉游浮碧亭记》《龙宫赴宴录》《南炎浮州志》等五篇传奇,共三万多字。

《金鳌新话》作于金鳌山,在全文后面,作者题有《书甲集后》一诗:

矮屋青毡暖有余,满窗梅影月明初。挑灯永夜焚香坐,闲着人间不见书。玉堂挥翰已无心,端坐松窗夜正深。香插铜瓶乌几净,风流奇话细搜寻。①

从中可以看出金时习创作《金鳌新话》时的环境与心情。《金鳌新话》是仿照明代瞿佑的《剪灯新话》而作。《剪灯新话》承袭了唐传奇的传统,《金鳌新话》也同样受到唐传奇的影响。不过,金时习主要借鉴了中国传奇的艺术形式,在内容上有自己的独到之处。他是在搜集朝鲜传说故事的基础上写作的,内容具有鲜明的民族特色。《金鳌新话》的五篇作品中,《万福寺樗蒲记》《李生窥墙传》

---

① 『题金鼇新話　二首』,『韓國文集叢刊』第 13 册『梅月堂詩集』,民族文化推進會,1988,194 等.

两篇是以爱情为主题,描写非现实的人鬼交欢的故事;《醉游浮碧亭记》《南炎浮州志》《龙宫赴宴录》三篇已经具备"入梦—梦中—梦醒"的梦游小说的基本结构,"虽然使用的是传奇体,但它已具备了小说的各种职能"①。

《醉游浮碧亭记》写松京某富人子弟洪生,英俊年少。中秋之夜,醉游浮碧楼,吟诗取乐,忽有一雍容华贵的贵族小姐在丫环簇拥下来到洪生面前,与之饮酒和诗。女子自称是殷王后裔——"箕氏之女",因卫满窃位,朝鲜衰败,为守节将死之际,被自称为国之鼻祖的神人所救,吃了神人赐给的长生不老之药,并成为嫦娥的侍女。今夜因思念故乡,前来拜祭祖墓,游览胜景,遇到了在此的洪生。洪生听后惊喜万分,于是二人相互赠诗。仙女写完诗后,便凌空消逝了。随即风起,将所写的诗文吹去,洪生从梦中醒来。后来,洪生思念仙女,得了不治之症。梦见仙女丫环传言:玉皇大帝听了仙女所奏洪生的事,爱惜洪生的才能,任命他为牵牛星的从事。九月望日,洪生离开人世。

《南炎浮州志》写庆州有个姓朴的书生,以儒业自勉,但未能中举为官。他一向怀疑神佛之说,一天夜晚,忽梦见自己到了阴曹地府,受到了阎罗王的款待。朴生和阎罗王谈论了有关宗教哲理、鬼神迷信和政治等问题。阎罗王敬佩朴生的才学,表示要让位给他。朴生梦醒后,自知将不久于人世。数月以后,他得病不起,死后继承了阎罗王位。

《龙宫赴宴录》写高丽时期有位文士叫韩生,一天晚上忽有青衫幞头官二人从天而降,说奉松都天磨山朴渊神龙王的命令来邀请他。韩生应邀来到龙宫,龙王热情欢迎他,并请求他为其女儿的

---

① [韩]赵润济著,张琏瑰译:《韩国文学史》,第156页。

新房写《上梁文》。韩生一挥而就，龙王极为满意，于是设润笔宴表示谢意。并邀请了祖江神、洛河神、碧澜神三位来作陪，席间载歌载舞，尽情欢乐。之后江河君长作诗，韩生也题了二十韵，受到所有人的赞赏。继而韩生游览了龙宫，大开眼界。道别时，神王赠送给他明珠两颗、水绡二匹，二使者将韩生送回原住处。此时已天亮，韩生急忙看怀中，龙王所赠的珠绡都在。从此以后，韩生淡泊名利，进入名山不知所终。

上述三篇作品，我们称之为梦游传奇小说，已经具备梦游小说的基本结构。《醉游浮碧亭记》写入梦情景是："吟尽预返，夜已三更矣。忽有跫音，自西而至者。"虽然没有明确道出是梦境，但从其渲染的气氛及结尾处"生惺然而立，藐尔而思，似梦非梦，似真非真"的表述来看，是在向读者暗示梦的氛围。《南炎浮州志》开篇道："一日，于所居室中，夜挑灯读书，支枕假寐，忽到一国，乃洋海中一岛屿也。"写梦醒情景："生仆地惊起而觉，乃一梦也。"《龙宫赴宴录》开篇以洪生"尝于所居室，日晚宴坐，忽有青衫幞头官二人，从空而下"展开故事，以"唯闻风水声，移时不绝，声止开目，但偃卧居室而已"作为梦醒部分的结语。因此韩国学者指出："《南炎浮州志》是地道的梦游录小说，《醉游浮碧亭记》和《龙宫赴宴录》尽管对入梦和梦醒的描写有些模糊，但也是典型的梦游录类作品。"[1]

《金鳌新话》中的作品，不仅在结构上奠定了梦游小说"入梦—梦中—梦醒"的基本特征，在其他方面也有很多贡献，如作品人物类型。这五篇作品的主人公的共同点是他们都是深谙儒家典籍的儒生，但却生不逢时，怀才不遇，因而他们都是通过梦境来实现心

---

[1]［韩］金铉龍，「高麗 夢遊文學 考察：韓國夢遊錄小說 起原追跡을 위하여」，『學術誌』，25 권 1 호，1981，67 쪽.

中的抱负和形而上精神追求的。梦境就是他们的理想之地，不管是阴曹地府还是龙宫，都成为他们施展才华和抱负的空间。这种人物类型比较适合用梦幻小说的形式，借梦说事，以表达作者的政治理想和历史意识。因此，这种人物类型在后世梦游录中屡有出现，成为梦游录小说的一种标志。

在主题内容方面，五篇传奇都涉及了社会与现实。即便前两篇是描写人鬼相恋的故事，但也明确提到了时局、社会或历史现象。《万福寺樗蒲记》中描述了倭寇入侵造成的惨状："边方失御，倭寇来侵，干戈满目，烽燧连年，焚荡室庐，虏掠生民。"《李生窥墙传》中有对红巾军入侵的描写："红贼据京城，王移福州。"《醉游浮碧亭记》中提到了朝鲜由来已久的关于殷商箕子到朝鲜的传说①，作者通过这个传说批判了现实中的世祖篡权。而后两篇则直接和神界统治阶级人物——阴曹地府阎罗王及水中龙王打交道，尤其是《南炎浮州志》中的有些话简直就是政论。后世的梦游录正是借助梦的结构以反映社会政治问题的。

在艺术表现手法上，《金鳌新话》大量引诗入小说。引诗入小说是当时传奇中常有的现象，是作品塑造人物、设置背景、渲染气氛的一个重要手段。《金鳌新话》中，除《南炎浮州志》外，其他四篇都出现了大量的诗歌，尤其是《醉游浮碧亭记》，诗歌竟占三分之二以上的篇幅。这种引诗入小说的做法，为梦游录开辟了先河，梦游录的重要环节之一就是诗宴部分。再者，《南炎浮州志》中朴生和阎罗王，对于宗教哲理、鬼神迷信和政治等问题进行了充分的讨

---

① 箕子朝鲜说：这个传说最早记录于《尚书大传》，后来司马迁在《史记·宋微子世家》里也记录了此事，此后的中国史书，诸如《旧唐书·高丽传》等均有对此的记述。

论,而这种写作方式,被后世梦游录所继承、发展,为梦游录结构中的"讨论"部分奠定了基础。可见,梦游录"入梦—引导及坐定—讨论—诗宴—诗宴的整理—觉梦及后来状态"这样的叙述结构的形成与《金鳌新话》的影响是分不开的,因此人们常把《金鳌新话》评价为"韩国小说史上划时代性作品"①。

2. 梦游录小说概说

梦游录小说是在前期《新罗殊异传》、高丽时期的笔记、汉诗、传奇等文体的基础上发展起来的一个特殊类型小说。以 16 世纪为起点,16 世纪后期定型,至 17 世纪大量创作,一直延续至 19 世纪。17 世纪中期以后,朝鲜半岛小说发生了巨大的变化,不仅出现了新的类型,而且朝鲜朝前期以来原有的一些文学形式,包括梦游录到了 17 世纪中后期也都发生了变化。因此,我们以 1636 年"丙子胡乱"为界,将梦游录分为朝鲜朝前期和朝鲜朝中后期两个阶段进行阐释。

朝鲜朝前期,经历过残酷的党派争斗与"壬丙两乱"的作家们,为避免士祸,便采用梦游录这种特殊的小说形式来表达自己对现实的不满,借梦说事,揭示种种社会矛盾,因此梦游录在这一时期逐渐成为最敏感、最及时地揭露和抨击当时昏暗的政治、社会现实的历史体裁小说。到了朝鲜朝中后期,梦游录虽然有些也表现了作家对政治、社会变化的现实认识,但不如前期那样敏感,而且大部分作品的主题都没有与当时的政治、社会状况紧密相连。随着 17 世纪中后期小说环境的变化,梦游录的主题意蕴也向多样化发展,出现了一些前期没有涉及的方面,明显地显现出近代思想的萌芽。

---

① [韩] 赵润济著,张琏瑰译:《韩国文学史》,第 155 页。

　　梦游录小说主要有《元生梦游录》《金山寺梦游录》《达川梦游录》等十七篇。详情如下：

作　品	作　者	创作年代
《大观斋梦游录》（又名《大观斋记梦》）	沈　义 ①	1529 年
《安凭梦游录》	申光汉 ②	约为 1524—1538 年
《元生梦游录》	林　悌 ③	1568 年
《琴生异闻录》（又名《金乌梦游录》）	崔　晛 ④	1591 年
《达川梦游录》（又名《梦游达川录》）	尹继善 ⑤	1600 年
《达川梦游录》	黄中允 ⑥	1611 年
《皮生冥梦录》	作者不详	1610 年
《醉隐梦游录》	仁兴君 ⑦	1631 年
《龙门梦游录》（又名《黄石山梦游录》）	慎　谌 ⑧	1636 年
《寿圣宫梦游录》（又名《云英传》）	作者不详	约为 1601—1641 年
《金华寺梦游录》（又名《金山寺梦游录》《金华灵会》等）	作者不详	约为 1639 年后
《浮碧梦游录》	作者不详	约为李朝时期
《江都梦游录》	作者不详	1649 年后
《何生梦游录》	李渭辅 ⑨	约为 18 世纪中期
《船游问答 黄陵墓梦记》（又名《黄陵梦还记》《黄陵庙梦还记》《黄陵庙梦游录》等）	作者不详	约为 18 世纪中后期
《锦山梦游录》	金冕运 ⑩	1825 年
《谩翁梦游录》	尹致邦 ⑪	1869 年

① 沈义（1475—？），字义之，号大观斋，朝鲜朝前期的文臣。著有《大
　　观斋记梦》等。

② 申光汉（1484—1555），字汉之，号骆峰、企斋，朝鲜朝前期的文
　　臣。著有汉文短篇小说集《企斋集》。

③ 林悌（1549—1587），字子顺，号白湖、枫江等，朝鲜朝前期的诗
　　人。著有《元生梦游录》《愁城志》《花史》《鼠狱说》等。

④ 崔晛（1563—1640），字季升，号认斋，朝鲜朝中期的文臣。著有
　　《认斋集》。

⑤ 尹继善（1577—1604），字而述，号坡潭，朝鲜朝中期的文臣。著有《达川梦游录》等。

⑥ 黄中允（1577—1648），字道光，号东溟，朝鲜朝中期的文臣。著有《达川梦游录》等。

⑦ 仁兴君（1604—1651），名瑛，字可韫，朝鲜朝中期的王室的成员，宣祖王的第十二个儿子。

⑧ 慎谆（1581—？），字而任，号黄溪齐、黄溪子，据说他平素留下了许多有关"丁酉再乱"时黄石山战斗的著作，但由于战乱无一保存下来。著有《龙门梦游录》等。

⑨ 李渭辅（1694—？），字钧叟，号钝窝。著有《何生梦游录》等。

⑩ 金冕运（1775—1839），字敬可，号冕运、梧渊。著有《梧渊集》。

⑪ 尹致邦（1794—1877），字光国，号谩翁。著有《谩翁梦游录》等。

从梦游录主题意蕴层面看，朝鲜朝前期梦游录主要与士子心态、士林政治、"壬辰倭乱"等有关；朝鲜朝中后期主要与现实批判、女性关照、个体关注等有关。朝鲜朝前期的梦游录，一方面是在派系斗争激烈的政治状况下，表现士大夫阶层对现实的认识；另一方面是"壬辰倭乱"后揭示社会状况，重新审视历史和现实。经历了"壬辰倭乱"后，梦游录的创作主体对现实的态度发生了明显的变化：战乱之前，梦游录倾向于表达作者自身在伦理上的紧迫感、在道学上的自豪感等；战乱之后，明显地突出了对现实政治的批判，作者关心的领域也由前期的伦理、道学、士林政治扩大到整个社会。这一时期的梦游录面对外来入侵所带来的伤害，更注重寻找战乱发生的原因，揭示社会制度的不合理，带有很强的反思历史、揭露和抨击社会现实的批判意识，具有较高的认识价值。因而，这些梦游录不仅具有鲜明的文学文本的特点，而且可以当作历史文本来解读，最能体现文学文本与历史文本之间的互文性。朝鲜朝中后期梦游录的主题意蕴大体上可分为三种：第一种是在继承前期梦游录注重社会现实主题的同时，出现了一些细微的变化；第二种是表现出大众化、通俗化倾向，对女性人物进行积极关照；第三种是在 17 世纪中期以后出现变化的梦游录基础上，到后期再变为表现对个体的关注。总之，与前期的梦游录相比，朝鲜朝中后期梦游录的主题意蕴发生了很大变化。其中虽然有些也表现了作家对政治、社会变化的关注，但不如前期那样敏感，而且大部分作品的主题都没有涉及当时的社会现实。这一时期的梦游录中，最值得关注的是对男女平等的呼唤，对个性解放的渴求，反映出"壬丙两乱"后逐步被唤醒的女性意识。作品通过对女性形象的塑造，表现了反对禁欲主义和封建身份等级制度以及要求男女平等的思想主题，也表达了人的性爱是人性的自然流露，应该得到肯定和保护的主张。这些小说同文艺复兴时期卜伽丘的《十日谈》所表现的反对封建身份等级制度、反对天主教禁欲主义的思想主题可以等量齐观，具有鲜明的近代思想因素。朝鲜朝梦游录这种主题思想所达到的深度和高度，可以与朴趾源等人小说中的近代因素相媲美，因而在朝鲜古代小说史上具有重要的意义。

从内容角度上看，梦游录可以说是议论型小说。而从形式上看，梦游录又是一种具有类型化结构特征的小说。虚构的梦游事件是梦游录的基本题材，作者利用文学的手法来叙述这一虚构的事件，借梦说事。而作者一旦将其要说的事赋予一些梦的特点，并将其镶嵌于入梦和梦醒之间，便具备了一定框架结构。梦游录有别于其他文学体裁的独特性主要体现在小说的结构形式方面，即梦游录的结构特色及审美体现，包括叙事时空、叙事视角、叙事时序、叙事结构类型等。

梦游录叙事结构和中国许多古典文言小说有同样的特点，是一种闭合式结构。即以梦（幻）事为中心，以人物的行动、行踪为线索来结构文章。从梦幻过程来说,可以表述为"入梦—梦中—梦醒"的格式;从时间视角可表述为"梦前—梦中—梦后";从空间角度可表述为"现实—梦—现实"。无论哪一种分类方式,其首尾都是统一的,处于清醒状态,位于现实空间,形成一个环抱完整的闭合结构。这种闭合式结构是古代朝鲜梦游录共有的类型特点,在韩国被称为"额字结构",即框架结构。"所谓额字小说是一种一个故事内部含一个或多个故事的小说形式。其中,在一个故事当中包含一个完整的内部故事的额字小说称为'闭锁额字'。而梦游录小说将一个被称为'梦中交游'的事件完整地镶嵌于入梦前的导语部分和梦醒后的结语部分之间,这种形式具有闭锁额字小说的基本特点。"① 这里所说的"额字结构"或"额字小说"就是我国现行小说理论中所说的"框架结构"或"框架小说",在叙事学上称为"多层叙述"。它在结构上可分为入梦前(导语)、梦中事件(展开部分)、梦醒(结语部分)三个部分。

朝鲜朝前期梦游录结构的特点是程式化、类型化,均采取"坐定—讨论—诗宴"这种类型化的叙事模式。《大观斋梦游录》与《安凭梦游录》就具有从传奇向梦游录过渡的特点。到了16世纪后期林悌的《元生梦游录》,确立了"入梦—引导及坐定—讨论—诗宴—梦醒"固定的叙述模式,被认为是当时最适宜于表达士阶层作家创作意识的文学形式。16至17世纪创作的《琴生异闻录》《达川梦游录》等,鲜明体现出梦游录的这种形式特点。这一时期的梦游录以短篇为主,多以敏感的历史事件或人物为素材,作家们将政治、社会现实中的种种矛盾和不合理的现象通过梦的方式寓意地

---

① [韩]유종국,「몽유록 양식의 구성 원리」,『한국언어문학』,44 권,2000,149 쪽.

表达,达到批判政治现实、揭示社会矛盾、展现作家人生理想的目的,因而受到士阶层读者的普遍关注,在朝鲜朝前期小说史上处于主流地位。

梦游录产生、定型后,从17世纪中期开始,其形式逐渐发生变化,即在继承前期梦游录传统的基础上,表现出多种面貌。主要原因是17世纪中期以后,随着商业的发展,小说赖以生存的环境也发生变化:国文小说的兴起、刻本的流通、租书店的出现,使文学逐渐倾向于商品化,出现了专门从事创作的作家层。与此同时,读者层开始扩大,由两班士人阶层逐步扩大到下层民众,甚至是女性读者群。小说环境的变化,直接影响了梦游录的创作,其结构类型也由单一逐步走向多样化。朝鲜朝中期其结构形式在维系传统的同时适时变化,如忽略坐定段落或省略诗宴段落,运用通俗化、大众化的叙事方法等,其程式化的程度也大为减弱,如《江都梦游录》《金华寺梦游录》《浮碧梦游录》等。到了19世纪,即朝鲜朝后期,其结构形式进一步发生变化,完全脱离了前期梦游录的叙事结构,打破了程式化、类型化,创造了新的叙事结构类型,如《锦山梦游录》与《谩翁梦游录》。

尽管前后期梦游录在三百多年间发生了一系列变化,但我们综观其形式和内容,可以找出这一特殊类型小说的基本审美规律,归纳出它最基本的范式:

一是都有基本类似的情节结构,即"入梦—梦中—梦醒"的梦幻结构。其中梦中部分是整个作品的主体,可以说是梦游录共同的核心所在。

二是作为行为主体出现的梦游主人公,身份、遭遇都非常相似,即在现实世界中落魄不遇,但在梦中世界凭借自己的才华和能力实现了自身的理想和价值,然而梦醒后又回到凄惨的现实世界。

可见梦游录不是民间群体意识的载体,而是士阶层文人个体意识的载体,是怀才不遇的书生或文人借以发泄自己心中的愤懑之情,实现现实中得不到满足的欲望的一种手段和方式。这些小说大部分旨在揭露社会的腐败、黑暗、丑恶,具有强烈的社会批判性和讽刺性,如《大观斋梦游录》《安凭梦游录》《琴史异闻录》等。

三是梦中部分描写的人物或事件绝大部分来自信史,与充满浪漫色彩的梦字类小说或民间的梦幻故事截然不同。梦幻形式是一种既传统又富有浪漫色彩的艺术表现手法,这种梦幻结构在梦游录小说创作中成了富有现实意义的历史事件或人物的载体,其内容具有强烈的现实性。因而在梦游录小说中有相当数量的作品带有一种"社会问题小说"的意味,如《元生梦游录》《达川梦游录》《皮生冥梦录》《龙门梦游录》等。

四是许多作品的主题中蕴涵着近代思想因素,比如对妇女不幸命运的同情和不公正待遇的不平、对恋爱自由的渴求、对身份平等的期盼、对男权主义的抨击等,如《江都梦游录》《寿圣宫梦游录》《浮碧梦游录》《船游问答 黄陵墓梦记》等。

另外,从创作方法的角度看,朝鲜朝梦游录整体上体现出了浪漫主义和现实主义相结合的倾向。浪漫主义主要体现在梦幻框架等形式层面上,而现实主义则主要体现在社会现实的再现、社会问题的提出、人物形象的塑造以及主题意蕴的开掘等内容层面上。

从16世纪到19世纪,随着社会变迁和时代的变化,梦游录的叙事模式也不断发生变化。无论是朝鲜朝前期按照梦游录类型模式创作的反映现实认识、历史意识和作家理想的梦游录,还是中后期适应小说环境变化,扩大篇幅,表现大众化、通俗化倾向的作品,抑或是朝鲜朝末期关注个体,运用新叙事方式创作的梦游录,都体现了梦游录的发展变化,在朝鲜古代小说史上有着重要的意义。

3. 梦字类小说概说

梦字类小说以 17 世纪末为起点,是在梦游录短篇小说之后发展而来的一种梦幻长篇小说。从 17 世纪末第一部作品《九云梦》的出现一直到 19 世纪末为止,梦字类长篇小说替代了 16—17 世纪盛行的梦游录小说,占据了梦幻文学的中心位置。梦字类小说的发生、发展与 17 世纪后整个小说环境的变化有关。这一时期小说发展条件的成熟、读者审美水平的提高、商品经济的萌芽,加之中国小说的大量传入、新型小说的不断涌现,使得 17 世纪后的小说有了长足的发展,梦幻小说也随之变化,具有了相当成熟的样貌。尤其是《九云梦》的出现,"标志着朝鲜文学史上现代意义上的长篇小说的诞生"①。"《九云梦》对此后朝鲜小说的发展影响较大,它以后,出现了一些带有'梦'字的小说如《玉楼梦》、《玉麟梦》等。这类以传奇式的爱情和功名利禄为内容的小说丰富了李朝中后期的朝鲜文坛。"②

梦字类小说主要有《九云梦》《玉楼梦》《玉仙梦》《玉麟梦》等,详见下表:

作　品	作　者	创作年代
《九云梦》	金万重①	17 世纪后半期
《玉楼梦》	南永鲁②	19 世纪后期
《玉仙梦》	作者不详	19 世纪后期
《玉麟梦》(又名《永垂彰善记》)	李庭绰③	19 世纪末期

① 金万重(1637—1692),字重叔,号西浦,出身于世代为官的书香门

---

① 韦旭昇:《韦旭昇文集》第四卷,第 466 页。
② 韦旭昇:《韦旭昇文集》第一卷,第 363—364 页。

第。在朝廷党争中受到排斥、牵连，1687年和1689年两次被罢官流配到岭南和南海，1692年死于南海。著有汉文诗集《西浦集》及文学评论集《西浦漫笔》、小说《九云梦》和《谢氏南征记》等。

② 南永鲁（1810—1858），字林宗，号潭樵，朝鲜朝后期文人。著有《玉楼梦》等。

③ 李庭绰（1678—1758），初字大开，后改为敬裕，号悔轩，朝鲜朝肃宗、英祖年间的文臣。著有《玉麟梦》。

梦字类小说在思想主题上集中表现了朝鲜朝时代两班文人阶层的人生理想，因此又被称为"理想小说"。梦字类小说均以两班贵族为中心，主要展示其一生的家庭生活和社会生活。小说中的主人公均具有超凡的文才武略，积极出世，读书中举，建立一番事业，成为一人之下万人之上的大官僚。之后娶贤妻美妾，儿孙满堂，家庭和睦，享受人间富贵。可谓是上忠于国家，下孝父母，光耀家族，荫及子孙，后世留名。可见，梦字类小说是以儒家的功名观为立足点，但书写的重点并不是主人公如何成就功名，而是把大量的笔墨放在主人公成名后的家庭生活及朝廷争斗上，着重表现贵族大家庭的妻妾生活、父子关系及在朝廷争斗中秉持的忠义节气，在边疆外患发生后的挺身而出和安邦定国等。小说内容由家庭冲突扩大到政治冲突甚至是民族冲突。其内容丰富多彩、人物众多复杂、叙事时间跨度大，展示了一幅广阔的上层社会生活画卷。作品蕴含着古代朝鲜士大夫阶层文人对功名利禄的向往，他们在梦境中完满地实践了"修身、齐家、治国、平天下"的人生模式，完成自己的家庭理想、社会理想和人生追求。

士大夫文人们在积极入世的过程中并非都是一帆风顺的，往往经历多种磨难。在仕途受阻、人生不得志之时，他们往往需要佛家的与世无争、道家的清静无为来填补空虚的心灵。因此梦字类小说虽以儒家文章功名为叙述重点,但同时佛、道家思想在作品中也均有体现。《九云梦》中的杨少游在实现了封建士大夫所希求的人生目标后不时流露出一种"福满祸生"的担忧,在人生荣耀达到顶峰之际毅然辞官下野,退出江湖,皈依佛门。《玉麟梦》中范璟文被柳原从契丹救回后,没有实现入世愿望的他选择远离官场,消极出世。《玉仙梦》中在北虏入侵,国家处于内忧外患之际,钱梦玉看破世间功名,辞官后归投灵隐寺,广修道法。

梦字类小说中儒、释、道思想的体现与作者的人生经历和所处的社会背景有关,金万重、李庭绰、南永鲁,他们均在政治上遭受颇多磨难,尤其是金万重,一生历尽坎坷,作为遗腹子的他没能见到父亲是他一生的遗憾,而政治仕途上的坎坷更加深了他对现实生活的无奈,因此便将现实生活中无法满足的愿望在小说的书写中实现,由此,得意之时的儒家入世思想和失意之时的道家、佛家思想成为梦字类小说作者们"浇心中块垒"的途径和方法。

此外,梦字类小说均表现出对一夫多妻制的赞成。朝鲜朝时期奉行一夫多妻制,等级森严,两班贵族不能与中人、平民或贱民结为夫妻,封建社会身份等级制度造就了一夫多妻制的存在。《九云梦》杨少游的三妻五妾相处得相当和谐。作品中对妻妾之间的互相争宠只字未提,而展现的全是妻妾之间的宽宏大度、和睦相处。《玉楼梦》中则反复强调一夫多妻制家庭中的融洽与和睦,杨昌曲有二妻三妾,五女共事一夫,众妻妾间不但没有妒意,而且相互引荐,为丈夫寻求如意女子。《玉楼梦》中,在爱情婚姻家庭问题上表现出与传统相左的态度,即表现出封建社会晚期新兴市民阶层的感情追求和思想倾向。作品中尽情讴歌的是杨昌曲的三位小妾,使两位望族出身的夫人失却光彩,相形见绌。另外,在婚姻爱情问题上,这三个小妾都表现出了强烈的自主性,与封建社会倡导的"父母之命,媒妁之言"形成鲜明对比,所有这些都反映出封建社会晚期新兴市民阶层希望打破封建门阀制度及身份制度束缚的要求。与《玉楼梦》相比,《玉麟梦》则更具有进步性,作品以一夫多妻的社会制度下,因女性的嫉妒与猜忌所引发的家庭矛盾纠纷为主要内容,用大量的笔墨对妻妾矛盾进行了细致的刻画。在《玉麟梦》中吕氏对柳氏的嫉妒和迫害成为作品描写的主线。作品对家庭妻妾矛盾的揭示,体现出作者对一夫多妻制危害的认识,这具有积极的进步意义。但作品最终还是以大团圆的结局收场,这又体现出作者创作的局限性。

梦字类小说在叙事方面通常采用天降型故事框架结构,即"仙界—人间—仙界"的空间结构,与古代神话的时空结构基本一致。《九云梦》中的主人公杨少游本是仙界六观大师的徒弟性真,在人间娶三妻五妾,富贵功名盛极一时,晚年大彻大悟,获得寂灭之道,归于极乐世界;《玉楼梦》中的杨昌曲是天上的文曲星下凡,与人世结缘,享受人间富贵荣华,当缘分已尽便重归天上,继续做仙官。

梦字类小说和梦游录小说在梦幻结构方面既有区别又有联系,为了更确切地把握梦幻小说的结构特征,在此就二者的梦幻构造进行对比说明。

一是梦游者的人物性格和入梦过程不同:就梦游者的人物性格而言,梦字类小说的主人公入梦前不满现实世界,渴望荣华富贵,内心充满矛盾,改变现状的愿望十分强烈。如《九云梦》中的性真,感到作为道士生活的寂寞,向往人世间的情爱与富贵功名;《玉仙梦》中的许具通,因自己没出生在广阔的中国,感到生活空间的狭小而对现实不满;《玉楼梦》中的文昌星,虽然没有表现出强烈的不满和矛盾,但他的诗中流露出不完全满足于天上生活而憧憬人世间生活的心情。正由于梦游者这种对现实的矛盾、不满或对人世间生活的向往,才形成了梦字类小说的梦游契机,为梦中世界情节的展开做好了铺垫。

而梦游录的主人公大都是天资聪明、慷慨豪放的书生,虽怀才不遇,落魄清贫,对社会愤慨不平,但不像梦字类小说主人公那样强烈,内心也没有强烈的矛盾或不满,没有明显流露出改变这种状态的意愿。如《大观斋梦游录》中的大观斋、《浮碧梦游录》中的“予”,文中基本没有交代梦游主人公的性格特点。《元生梦游录》中的元生倒是个性格慷慨豪放,怀才不遇,关心历史兴衰,正义感很强的人物。而《皮生冥梦录》中的皮生、《何生梦游录》中的何生、《金华寺梦游录》中的成虚等则都只是有远游之志,想周游天下,性格豪放不羁的人物。这些人物在入梦前都没有表现出明显的梦游契机,描写这些人物的性格或介绍入梦前的背景只是起一种预示梦游世界气氛的作用,这与梦字类小说有明显的区别。

在入梦过程中,梦字类小说主人公梦前的心理状态都成为梦游的契机,而梦游录的梦游契机在入梦前并不明显,这与现实世界和梦境世界是否有关联性有关。梦字类小说不明确区分现实与梦境,对入梦过程作模糊处理;梦游录则一般都严格区分入梦过程中现实与梦境的界限。

二是梦游世界的时间和内容不同:就梦游世界中故事发生的整体时间而言,梦字类小说梦中时间与现实时间有强烈的时差。《九云梦》《玉楼梦》和《玉仙梦》三部作品现实世界的时间和梦游世界的时间就都有强烈的反差,即现实世界是一个晚上,而梦游世界则经历了一生。相对而言梦游录的梦游时间基本上都很短,梦游时限大体上是一个晚上或晚上某一时间段,梦中时间与现实时间几乎没有多大差异。除了《大观斋梦游录》以外,其他梦游录的梦游时间与现实时间都基本一致。

　　梦字类小说和梦游录小说在梦游时限上的差异直接影响觉梦后的状态。梦字类小说觉梦后梦游者认识到一生只是一瞬间,从而产生虚无感,如梦醒后的性真和许巨通;但梦游录觉梦后的梦游者却没有产生像梦字类小说主人公那样因现实时间与梦游时间的反差而引起的虚无感,他们除了感叹做了一场梦以外,往往没有其他的感慨。

　　梦字类小说以梦游主人公的一生作为事件中心,适宜表现梦游世界非常复杂的状态,所以梦字类小说篇幅都长,属于长篇小说;梦游录梦游时限很短,内容也主要以诗宴和讨论为中心,而且讨论的中心基本上都不是一个人的生平遭际,而是较为单一的一事一时,因此篇幅都短,属于短篇小说。

　　梦字类小说完全是虚构的,但很多梦游录是以历史事实为基础的。如梦字类小说《玉仙梦》描写了许巨通四十年的生活经历,《九云梦》描写了主人公杨少游科举、宦途、先后与八个女子的恋爱结合等一生极为复杂的经历,因而梦字类小说的篇幅动辄几万言甚至几十万言。而梦游录基本上是以一人的一时一事为中心,因而篇幅一般都只有几千言甚至百言。如《龙门梦游录》围绕赵宗道、郭趪父子、柳世弘父子、郑彦男等人展开,只谈论了与黄石山战斗有关的事情,而没有言及其他。而且黄石山战斗是历史上真正发生过的,相关的人物也都是信史中的人物,这与梦字类小说的完全虚构截然不同。

　　梦字类小说以入梦前梦游者对现实世界的欲望为契机,以欲望在梦游世界中毫无遗憾地实现为结果,现实世界与梦游世界有紧密的关系;梦游录入梦前没有明显的契机,它的现实世界和梦游世界是隔绝的,梦只是作者为了叙述故事而有意设置的框架而已。

当然,梦游录的作者们选取的素材大都是信史中的人物和事件,然而这些人和事件往往都是数十年或数百年以前的,所以他们采用了梦幻形式,在梦幻中招来这些已故的人物进行讨论。如《何生梦游录》是 18 世纪中期创作的,但作品是以 17 世纪前期抗击后金侵略朝鲜的爱国将领林庆业和"丙子胡乱"时的"三学士"尹集、吴达济、洪翼汉故事为叙述中心的。在相差一个多世纪的时空中,作者采用梦幻结构来表达对忠义之士的赞扬。

三是觉梦和觉梦之后的状态不同:就觉梦和之后的状态而言,梦字类小说觉梦后回到现实的部分与入梦一样,没有明确区分两个世界。即梦游者觉梦后无法分清是梦还是非梦,表现出弄不清现实和梦境的状态。梦游者认识到人的一生就像梦境一样是瞬间即逝的,一生的荣华富贵,回过头来也只不过是一场春梦,因此产生强烈的虚无感,认识到人类欲望是毫无意义的。相反,梦游录的梦游者觉梦后,会明显意识到是做了一场梦,觉梦的同时回到现实世界,并以此作为小说的结尾,之后梦游者没有表现出强烈的反应。因此梦游录觉梦后的现实世界与入梦前的现实世界没有不同,而现实世界与梦游世界的区分则是很明确的。

梦字类小说的梦幻结构是一个紧密的连续体,无法分离。它以对现实的不满为契机进入梦游世界,通过梦中华丽的一生经历实现现实中的欲望,引发觉梦后的认识。可见梦字类小说中的梦境是为了引发觉梦后的觉悟而设定的,因此这个觉梦不是独立的状态,而是梦幻结构连续状态中的最后部分,小说的主题意蕴也正是在这个结尾部分中体现出来。在这方面《九云梦》是最典型的例子。相反,梦游录"现实—梦—现实"的转换过程没有紧密的关联性,梦就是梦,现实就是现实,二者处于相对隔离的状态。梦游录中入梦前的现实世界起到进入梦游世界的引导作用,觉梦后的现实世界起到结束梦游、引出梦境终结的单纯作用,因此梦游录的梦幻结构就是为梦游世界而设置的叙事装置,是一个独立的状态,小说的主题意蕴也是在梦游世界中体现出来的,梦游录的作者只是假托本质虚妄的梦游装置,把现实中难以实现的理想、难以直接批判的政治现象,或在现实世界中难以评价的历史事件和人物,寓意地表达出来,或进行价值判断。

　　综上所述,梦游录和梦字类小说虽然都具有"现实—梦—现实"的时空模式,但这种时空模式的意义不同,"梦字类小说在结构方面主要是涉及现实生活中人的理想,这与纯属幻想的那种回顾以往事实的梦游录,在性质上是不同的"①。《九云梦》等梦字类小说在继承前代梦游传奇(如中国志怪、传奇《杨林》《南柯太守传》《枕中记》以及朝鲜新罗时期的《调信》等)、梦游录形式特点的同时,又形成自己独特的个性。它更适应17世纪末发生变化的小说环境,因而逐渐取代17世纪中前期一直处于梦幻文学中心位置的梦游录,成为17世纪末以后梦幻文学的主导形式。

第二节　梦幻类汉文小说与中国历史 地理文化、制度文化

　　由于朝鲜与中国地理上唇齿相依,文化上血脉相连,几千年来,朝鲜对中国文化的接受是全方位的,而这直接影响到对文学作品的创作。"朝鲜汉文学深受中国文学影响,朝鲜汉文学之产生,是中朝文化交流的结晶,对促进中朝两国人民友谊有巨大作用。深入了解朝鲜汉文学的重要成就,有助于促进中朝、中韩三国文化

---

① [韩]蘇在英,『古小說通論』,二友出版社,1983,55 쪽.

交流,增进中朝、中韩三国人民之友谊。"①在朝鲜古代小说中,以梦为素材,或者以梦幻构造为根基的作品占据了不小的比重,这类小说在历史地理文化、思想文化、制度文化等方面均受到了中国文化的深刻影响。在中国周边的民族和国家中,朝鲜在接受中国文化方面最为积极、主动。下面从历史文化、地理文化、制度文化等方面探究中国文化对朝鲜古代梦幻小说创作产生的深刻影响。

一、对中国历史地理文化的熟悉与向往

以中国场景为背景是朝鲜小说的普遍现象,韩国学者金起东曾指出,现存古代小说作品中以中国为背景的占三分之二以上。不管是出于哪种原因,朝鲜半岛的小说家们习惯以中国场景为背景是不争的事实,小说中所涉及的重要场景安排必有文化出处,或暗合中国文化实事,或出于历史典故,就连场景中出现的文化意象也必是中国传统文学中典型的文化意象。阅读古代朝鲜的一些作品,如果不是事先知道它的由来,你会以为所欣赏的是中国古代的哪一部野史笔记或者志怪、传奇中的文学故事或是一部极具中国特点的小说,这表明它的作者必定深谙中国的历史文化。

在《金华寺梦游录》中,作者几乎把从秦朝至明朝之间的中国政治、军事等方面的著名人物全盘列举出来,共涉及二百多人,梦中出场的人物是中国历代帝王和功臣。以四代王朝的创业之主汉高祖、唐太宗、宋太祖、明太祖作为主要人物,以中兴之主汉光武帝、汉昭烈帝、唐肃宗、宋高宗与霸主秦始皇、晋武帝、隋文帝、楚霸王等作为次要人物出场,以及汉武帝、唐宪宗、晋元帝、宋神宗等,还有众多辅佐历代王朝的文武大臣"各分东西而立"。"创业

---

① 杨昭全:《朝鲜汉文学史》绪论,第7—8页。

之主"所带谋臣武将共计六十八人,其中有汉代张良、萧何、韩信、
樊哙等十九人,唐朝的魏徵、房玄龄、李靖、薛仁贵等十八人,宋朝
的赵普、李昉、曹彬、石守信等十五人,明朝的刘基、徐达、常遇春
等十六人;"中兴之主"所带左右侍卫共计三十八人,其中光武帝
左右侍卫有臣邓禹、吴汉等十四人,昭烈帝前后侍卫有诸葛亮、关
羽等十二人,唐肃宗左右侍卫有李泌、郭子仪等七人,宋高宗前后
侍卫有岳飞、张浚等五人;四位"非请之类"的霸王分率左右共计
二十五人,包括李斯、蒙恬等六人,张华、邓艾等八人,王通、韩擒虎
等六人,范增、周兰等五人;再有汉武帝侍臣董仲舒、霍光、东方朔
等八人,唐宪宗侍臣韩愈、陆贽、裴度等三人,晋元帝侍臣周颉、王
导、陶侃等四人,宋神宗侍臣欧阳修、范仲淹、王安石等四人;还有
陈王、魏公及荀彧、周瑜、鲁肃等九人,等等,不仅把清以前在中国
政治、军事方面有建树的二百多位著名历史人物给全盘端了出来,
而且对于许多人物都给予了基本符合历史的评价。如汉高祖赞赏
"张良运筹帷幄,萧何固守根本,陈平杖计策,随何知形势,陆贾道
其乱……韩信战必胜、功必取,曹参善征伐,灌婴善用兵,黥布、樊
哙万夫不当之勇,纪信、周介千秋不朽之忠"①,唐太宗评价"长孙
无忌竭忠诚,魏徵好直谏,杜如晦临事善断,褚遂良爱民忧国"②,
乃至借唐明皇历数项王"背关之约""矫杀卿子冠军""救齐不报
而擅劫诸侯""烧咸阳宫,掘骊山冢""杀秦降王子婴""坑秦降卒
二十万""任诸将于善地徒逐故主""阴杀义帝"③等十大罪状,所
论皆与历史事实相符。更为有趣的是,小说结尾处东方朔受帝命

① 『金華寺夢遊錄』,林明德主编,『韓國漢文小說全集』三卷,23 쪽.

② 『金華寺夢遊錄』,林明德主编,『韓國漢文小說全集』三卷,23 쪽.

③ 『金華寺夢遊錄』,林明德主编,『韓國漢文小說全集』三卷,33 쪽.

以历代群臣为中心重新组阁,根据群臣的个人才德专擅,对应安排职务和岗位,一口气"任命"了七十五人。"以孔明为左丞相,萧何为右丞相,范仲淹为左仆射,徐达为大司马,曹彬为大将军,韩信为都元帅,关云长为执金吾,范增为京兆尹,庞统为观察使,彭越为节度使,董仲舒为御史大夫,魏徵为谏议大夫,陈平为尚书令,邓禹为中书令,褚遂良为廷尉……"① "班列已毕,满座大笑曰:'可合于职次也。'" ② 不过,这"大笑"中也分明含有一种敬佩之意,即大家都认为东方朔的人事安排是"知人善任"。但我们要说的是,无论谁的"合于职次",总归体现的是作者对中国历史文化的熟悉程度和深厚学识素养。

　　大量中国古代历史人物入小说也体现在梦字类长篇小说中,这些小说的作者们凭着对中国历史文化非同一般的了解和熟悉,信手拈来,驱遣自如。仅《玉麟梦》中出现的中国历史人物就达上百位之多,如孔子、屈原、西施、司马相如、卓文君、王昭君、诸葛亮、李白、杜甫等。《玉楼梦》所引中国历代皇帝和政治家达四十多位,如"尧舜禹汤"、黄帝、帝喾、颛顼、少昊、周文王、屈原、汉武帝、诸葛亮等。《九云梦》中出现的中国历史人物,包括历朝历代文学艺术家在内共有五十几位。而朝鲜半岛小说作者们引用这些人物时常常与典故并行。如涉及才子佳人时则以司马相如和卓文君做比,形容男子才貌双全多用潘岳,赞男子诗学、才学时以李白做比,夸女子贞节和操守者以罗敷、屈原相喻,尽管有时未免牵强,但作为一个外民族的创作者,能如此娴熟地掌握中国历史文化,并将之熟练地运用到文学创作中,也着实是件令人敬佩的事情。

---

① 『金華寺夢遊錄』,林明德主编,『韓國漢文小說全集』三卷,35—36 等.
② 『金華寺夢遊錄』,林明德主编,『韓國漢文小說全集』三卷,36 等.

且说范公子三祥已毕,年至十三,潘岳之容貌,谪仙之文章,惊动一世。(《玉麟梦》)①

年至十四五,秀美之色似潘岳,发越之气似青莲,文章燕许如也。诗材鲍谢如也,笔法仆命钟王,智略弟畜孙吴。(《九云梦》)②

潘岳,西晋著名文学家、政治家,因“美姿仪”而闻名,有“掷果盈车”之典故。据《世说新语·容止》记载:“潘岳妙有姿容,好神情。少时挟弹出洛阳道,妇人遇者,莫不连手共萦之。左太冲绝丑,亦复效岳游遨,于是群妪齐共乱唾之,委顿而返。”③而其对妻子杨氏专一深情,有“潘杨之好”的美誉,且因弃官奉亲被奉为中华传统孝道的典范。《玉麟梦》《九云梦》中,均用潘岳来比喻主人公范璟文、杨少游之才貌双全,用唐代最伟大的浪漫主义诗人、青莲居士李白来形容范璟文、杨少游之诗文才气。而在《九云梦》中,更是进一步用唐朝有“燕许大手笔”之称的燕国公张说、许国公苏颋来比喻杨少游之文章,用南朝宋杰出的文学家、诗人鲍照和南北朝时期杰出的诗人、文学家谢灵运来比喻杨少游之诗才,用三国时魏书法家钟繇、晋代书法家王羲之来比喻其书法,用春秋时军事家孙武、吴起来比喻其军事方面的才能。上文《九云梦》中仅仅四十三个字的介绍中,就涉及了潘岳、李白、张说、苏颋、鲍照、谢灵运、钟繇、王羲之、孙武、吴起等十位中国不同历史时期、不同领域的杰出代表,尽管有卖弄文墨之嫌,犹如金宽雄教授评价的那样:

① 『玉麟夢』,林明德主编,『韓國漢文小說全集』一卷,8쪽.
② 『九雲夢』,林明德主编,『韓國漢文小說全集』三卷,334쪽.
③ 刘义庆撰,余嘉锡笺疏:《世说新语笺疏》卷下之上《容止》,中华书局1983年,第505—506页。

"这其实不太高明。因为要把握杨少游的容貌才华应首先弄清楚潘岳、青莲、燕许、鲍谢、孙吴究竟何许人,若是有点汉文化修养的文人尚能读懂,要是没有这样的预备知识,就无法知道晋代美男子潘岳的仪容究竟是怎样一副模样,也无从知道青莲、燕许、鲍谢、孙吴等人究竟是怎样的一个人。这样无节制地用典就必然导致形象描写的脸谱化和公式化。"① 尽管金教授的评价不无道理,但金万重对中国历史文化之纯熟程度还是令人咋舌,不妨再看看下面的例子:

《九云梦》中,"自十岁美丽之色,名于河北"的良家女狄惊鸿,对"欲以千金买以为妾"者丝毫不动心,当"闹如群蜂"的媒婆问其到底欲嫁何人时,狄惊鸿说出了如下一番话:

> 惊鸿替答曰:"若如晋时东山携妓之谢安石,则可以为大宰相之妾矣;若如三国时使人误曲之周公瑾,则可以为节度使之妾矣;有若玄宗朝献《清平词》之翰林学士,则名士可随矣;有若武帝时奏凤凰曲之司马长卿,则秀才可从矣。惟意是适,何可逆料乎?"②

谢安石,即谢安,字安石,东晋名士,多才多艺,善行书,通音乐。少以清谈知名,初次做官仅月余便辞职,之后隐居,常与王羲之、孙绰等游山玩水。后东山再起,曾成功挫败桓温篡位,淝水之战为东晋赢得几十年的安静和平。周公瑾即东汉末年名将、杰出的军事家周瑜,字公瑾。其美姿容,精音律,长壮有姿貌,多谋善

---

① 金宽雄:《李朝军谭小说与〈三国演义〉》,《延边大学学报》1993 年第 4 期。
② 『九雲夢』,林明德主编,『韓國漢文小說全集』三卷,346 쪽.

断,胸襟广阔。在《三国志》里,陈寿对于周瑜的评价很高,盛赞其"文武韬略万人之英""胆略兼人"。"《清平词》之翰林学士"指的是唐代浪漫主义诗人、被后人誉为"诗仙"的李白,天宝元年(742),李白奉诏进宫。天宝二年(743),诏翰林院。时年暮春,兴庆池牡丹盛开,玄宗与杨玉环同赏,李白又奉诏作《清平调词三首》,将花与人浑融在一起写,描绘出人花交映、迷离恍惚的景象。"奏《凤凰曲》之司马长卿"是指西汉盛世汉武帝时期的文学家、杰出的政治家司马相如,有"辞宗""赋圣"之美誉。司马相如与卓文君冲破封建礼教的枷锁,远在公元前就演绎了自由恋爱的爱情经典,被誉为"世界十大经典爱情之首",闻名中外。琴曲《凤求凰》便源于二人的爱情故事流传至今。文中所提谢安、周瑜、李白、司马相如四人,均是中国历史上的名人,文韬超绝,武略惊世,狄惊鸿以此四人作为自己择偶的标准,可见其心气之高,而最终她钟情于杨少游,则从另一个侧面烘托出杨少游之优秀超俗,文武兼备。

用典在梦字类汉文小说中是非常普遍的一种现象,在男女爱情方面,常用"秦晋之约"或卓文君与司马相如的典故,如《玉麟梦》第二回,范翰林为其妹妹提亲便用"秦晋之约"之典故来比喻两家联姻。又如《九云梦》中,秦彩凤钟情杨少游时,便道:"女子从人,终生大事,一生荣辱,百年苦乐,皆系于丈夫,故卓文君以寡妇而从相如。"[1]杨少游赴京赶考至洛阳时遇桂蟾月,以诗情赢得美人后,杨少游说出在华州,钟情于秦彩凤之事时,桂蟾月曰:"郎君所言者,必是秦御史女彩凤也,御史会者为吏于此府,秦娘子与贱妾,情谊颇绸密矣。其娘子且有卓文君之才貌,郎君宜有司马之

---

① 『九雲夢』,林明德主编,『韓國漢文小說全集』三卷,336 쪽.

情。而今虽思之,亦无益矣,请郎君更求于它门矣。"[1] 当杨少游假道姑入郑府给郑琼贝弹奏完《凤求凰》之后,郑琼贝与贾春云谈及此事言道:"彼虽相如,我则决不作卓文君也。"[2] 用的都是卓文君与司马相如的典故。还有"伯牙子期"的典故在《玉楼梦》等多部作品中多次运用。此外,"南柯一梦""庄周梦蝶"也多次在小说中提及。《玉楼梦》第四十二回"卫氏呼母亲,乃叫一声而觉,南柯一梦"[3] 借喻世间荣华富贵不过是一场空梦,空欢喜一场罢了。《安凭梦游录》中的主人公,倚于老槐树下不禁自言自语道:"世传槐安之说,甚诞吁,亦怪哉!"便昏昏入睡进入梦中,由彩蝶引导至朝元殿见到女王。这里所指的"槐安之说"便源于"南柯一梦"之典,而引导者"彩蝶"便不由得令人联想起庄周。而《九云梦》结尾处杨少游与六观大师的对话:"庄周梦为蝴蝶,蝴蝶又变为庄周,庄周曰:'庄周之梦,为蝴蝶耶? 蝴蝶之梦,为庄周耶?'终不能辨之,孰知何事之为梦? 何事之为真耶?"[4] 谈到涉梦之典,最为经典的是《玉仙梦》第七章,按照科举考试的试题题目"南柯梦",钱梦玉作诗一首:

> 以昼为觉非达观,古莽阜落均为梦;失鹿好幻蕉隍讼,化蝶不诡庄园讽。六候靡质黄神邈,痴腹不满三巡醽;天地现在淳于棼,半世百佺兼千倏。喝月啸剑荆楚间,傲睨八荒穷途恸;白堕强醉悬弧夕,花栏嫩日明胶烘。广东十里灵莹地,参天大槐当胡同;此身如游华胥国,精神出没醯鸡瓮……一枕未

①『九雲夢』,林明德主編,『韓國漢文小說全集』三卷,345—346 쪽.

②『九雲夢』,林明德主編,『韓國漢文小說全集』三卷,354 쪽.

③『玉樓夢』,林明德主編,『韓國漢文小說全集』二卷,348 쪽.

④『九雲夢』,林明德主編,『韓國漢文小說全集』三卷,448 쪽.

圆黄粱熟,瞥然醒悟神愁瞢;向来富贵都幻境,狂歌一荡孤愤
贡。世间万世无非梦,呵呵化翁跳势弄。①

　　且不说这首诗中所涉的其他典故,仅以梦为中心的典故就
有四处:"庄周梦蝶""南柯一梦""黄粱一梦""梦游华胥国"。"化
蝶"典出《庄子·齐物论》,"淳于梦"是唐代传奇小说《南柯太守
传》中的主人公,"黄粱熟"源于唐朝沈既济《枕中记》,"游华胥国"
典出《列子·黄帝》。钱梦玉在一首诗中,把中国与梦有关的典型
典故全部呈现出来。在应和试题的同时,所引典故还有很深的内
涵,比如说梦游华胥国。据说轩辕黄帝一心想要复兴华胥国,使国
家更加富强,所以有"黄帝梦游华胥之国,而后天下大治"的典故。
这个典故讲的是黄帝即位多年,终日忧思治理国家,遂夜有所梦,
梦到自己来到了华胥国,但这个国家并没有君王,所以也没有等级
制度,人人平等,人们无嗜无欲,甚至无视生死,怡然自得,一派祥
和。黄帝醒来后,从梦中悟得了治国之道。此处钱梦玉诗中引用
华胥国之典故,用意十分明显,是期待君主清明、开明统治。
　　关于"苏武牧羊"典故在梦幻小说中也多次用到,如《玉麟梦》
第十一回、第十七回。

　　　　契丹主急令左右救之,又问曰:"汝不畏死,与苏武何如
　　乎?"尚书对曰:"人虽有前后之殊,而节岂有古今之异乎?"
　　契丹主曰:"苏武入雪窖而不饥死,汝若忍饥七日而能不死,则
　　节义方可知也。"(第十一回)②

---

①『玉仙夢』,林明德主编,『韓國漢文小說全集』三卷,281—282 쪽.
②『玉麟夢』,林明德主编,『韓國漢文小說全集』一卷,77 쪽.

契丹主然之。又谓尚书曰："今汝持十九年汉节,然后与苏武等之,当牧羊于北海可也。"(第十一回)①

上特下圣旨曰："古之苏武在匈奴十九岁而始还,才为典属国,朕每恨汉帝之恩薄,今卿之忠节,不下于苏武,且成和之功,苏武之所不能行也,朕岂惜官爵,泯其节义乎?"即日特拜尚书为门下侍郎,兼太子少傅宁明殿太学士。(第十七回)②

苏武在汉武帝时奉命持节出使匈奴,后被扣留。匈奴多次威胁利诱,欲使其投降均未得逞。苏武手持汉朝符节在北海(今贝加尔湖,一说甘肃民勤)边牧羊,被扣匈奴十九年,历尽艰辛,持节不屈。后被放归,去世后,汉宣帝将其列为麒麟阁十一功臣之一,彰显其节操。《玉麟梦》中多次提及"苏武牧羊"典故,是用苏武的持节不屈来彰显范尚书的节操,借契丹主之口赞其"节义",借王之口褒其"忠杰""不下于苏武"。这些典故的运用使文章增色不少,但也有些典故用得不够恰当,比如《玉楼梦》中对江南红觅死情节的描写,江南红与杨昌曲定情后,却无法摆脱苏州刺史黄汝玉的纠缠,无奈之际决心以死相抗,选择寻死的方式是投江,时间是五月初五。我们都知道五月初五是端午节,从端午节缘起的文化自然就会联想起屈原,而江南红自投钱塘江又与屈原自沉汨罗江两相呼应。但此处用屈原国难之际仗义执言,反而遭小人陷害,不忍同流合污而自投汨罗之典故来暗喻江南红的情感专一,为保洁操而投江不免有些不妥,为民请命与一己私情毕竟不是一个层面上的事情。再如《玉麟梦》中柳氏因吕氏迫害而被逐出门,文中写道:

①『玉麟夢』,林明德主編,『韓國漢文小說全集』一卷,78 等.
②『玉麟夢』,林明德主編,『韓國漢文小說全集』一卷,121 等.

"文王困于羑里而食伯邑考之肉,乃是圣贤之处变,屈原抱沙汨罗,虽缘忠愤之激发,终非中庸之道。"① 作者也是以屈原投江和周文王被幽禁的典故暗喻柳氏之冤屈,但二者一个是国家层面,一个是家庭层面,不可同日而语。即便如此,这些典故的运用还是表现出当时朝鲜文人对中国文化了解之深,也足见中国文化在朝鲜的影响之大。

朝鲜古代梦幻小说中除了随处可见的中国历史典故外,对中国诗乐的谙熟也从另一个侧面反映出对中国文化的认同。如同古代中国重视诗乐的礼教作用一样,朝鲜朝时代崇尚儒学,因而非常重视礼乐,制定礼乐制度,整理雅乐、乡乐、唐乐等,"朝鲜朝的音乐观渗透着儒家思想,音乐用以正风俗,传教化,甚至有讽谏作用"②。《玉楼梦》中的碧城仙与卢均论乐时,表达了自己对音乐的见解,"乐与天地同生"和"孝悌忠信乃无声之乐,喜怒哀乐乃无名之乐",碧城仙对音乐本质的阐发代表了封建社会中儒家正统对音乐的理解。

在《九云梦》中,杨少游为能一睹郑司徒家的千金郑琼贝的芳容,男扮女装,变为道姑入郑府,以琴试小姐的学识心性。

> 生乃改坐,援琴先奏《霓裳羽衣》之曲,小姐曰:"美哉此曲! 宛然天宝太平之气象也,此曲人必解之,而曲臻其妙,未有如道人之手段者也,此非所谓渔阳鼙鼓动地来,惊罢《霓裳羽衣》曲者乎! 阶乱之淫乐,不足听也,愿闻他曲。"杨生更奏

---

① 『玉麟夢』,林明德主编,『韓國漢文小說全集』一卷,70 쪽.
② 薛育从:《朝鲜古代梦字类小说与中国场景》,硕士学位论文,中央民族大学比较文学与世界文学专业 2011 年,第 42 页。

一曲，小姐曰："此曲乐而淫，哀而促，即陈后主《玉树后庭花》也，此非所谓地下若逢陈后主，岂宜重问《后庭花》者乎？亡国之繁音，不足尚也，更奏他曲。"杨生又奏一阕，小姐曰："此曲如悲如喜，如感激者然，如思恋者然，昔蔡文姬遭乱被拘，生二子于胡中矣。及曹操赎还，文姬将归故国，留别两儿，作胡笳十八拍，以寓悲怜之意，所谓胡人落泪沾边草，汉使断肠对归客者也。其声虽可听也，失节之人，曷足称哉？请新其曲。"杨生又奏一腔，小姐曰："王昭君《出塞曲》也，昭君眷系旧君，瞻望故乡，悲此身之失所，怨画师之不公，以无限不平之心，付之于一曲之中，所谓谁怜一曲传乐府，能使千秋伤绮罗者也。然胡姬之曲，边方之声，本非正音也，抑有它曲乎？"杨生又奏一转，小姐改容而言曰："吾不闻此声久矣，道人实非凡人也！此则英雄不遇其时，宅心于尘世之外，而忠义之气，壹郁于放荡之中，得非嵇叔夜《广陵散》乎？及其被戮于东市也。顾日影弹一曲，曰怨哉！人有欲学《广陵散》者，吾惜之而不传矣，嗟呼《广陵散》从此绝矣！所谓独鸟下东南广陵何处在者也！后人无传之者，道人必遇嵇康之精灵而学此曲也？"生膝席而答曰："小姐之英慧，出人上万万也，贫道尝闻之于师，其言亦与小姐一也。"又奏一翻，小姐曰："优优哉！汎汎哉！青山峨峨，绿水洋洋，神仙之迹，超蜕尘曰之中，此非伯牙《水仙操》乎？所谓钟期既遇，奏《流水》而何惭者也？道人乃千百岁后知音也，伯牙之灵，如有所知，必不恨钟子期之死也。"杨生又弹一调，小姐辄正襟跪坐曰："至矣！尽矣！圣人遭遇乱世，遑遑四海，有拯济万姓之意，非孔宣父，谁能作此曲乎？必《猗兰操》也，所谓逍遥九州，无定处者，非其意乎？"杨生跪坐，添香复弹一声，小姐曰："高哉！美哉！《猗兰》之操，虽出于大圣人，忧时救世之心，而犹有不遇时之叹也。此曲与天地万物，熙熙同春，嵬嵬荡荡，无得以名也，是必大舜《南薰曲》也。所谓南风之薰兮，可以解吾民之愠者，非其诗乎！尽善尽美，无过于此者，虽有它曲，不愿闻也。"杨生敬而对曰："贫道闻乐律九变，天神下降，贫道所奏者，只八曲也，尚有一曲，请玉振之矣。"拂柱调弦，闪手而弹，其声悠扬闿悦，能使人魂佚而心荡；庭前百花，一时齐绽，乳燕双飞，流莺互歌。小姐蛾眉暂低，眼波不收，泯默而坐矣。至"凤兮凤兮归故乡，遨游四海求其凰"之句，乃开眸再望，俯视其带，红晕转上于双颊，黄气忽消于八字，正若被恼于春酒者也。即雍容起立，转身入内，生愕然无语，推琴而起，惟瞪视小姐之背，魂飞神飘，立如泥塑，夫人命坐之。①

　　这里所弹奏的乐曲共有九首：《霓裳羽衣》《玉树后庭花》《胡笳十八拍》《出塞曲》《广陵散》《水仙操》《猗兰操》《南薰曲》《凤求凰》，都是中国古典名曲，郑琼贝不仅从琴声中准确判断出乐曲之名，而且对每首乐曲的品评皆与乐曲所蕴的历史文化相一致，称《霓裳羽衣》为"乱阶之淫乐，不足听也"，《玉树后庭花》为"亡国之繁音，不足尚也"，《胡笳十八拍》为"其声虽可听也，失节之人，曷足称哉"，《出塞曲》为"胡姬之曲，边方之声，本非正音也"。直至听到《广陵散》，发出"此则英雄不遇其时，宅心于尘世之外，而忠义之气，壹郁于放荡之中"，"吾不闻此声久矣"的慨叹，从郑琼贝对乐曲的品评中明显能看出她的立场，即站在儒家的角度上去理解音乐。评价《猗兰操》为"圣人遭遇乱世，遑遑四海，有拯济万

① 『九雲夢』，林明德主編，『韓國漢文小說全集』三卷，351—353 쪽．

姓之意"，对"出于大圣人，忧时救世之心"的《南熏曲》尤为赞之，称其为"尽善尽美，无过于此者。虽有它曲，不愿闻也"。而当杨少游弹奏最后一首示爱之曲《凤求凰》时，郑琼贝的反应是"红晕转上于双颊，黄气忽消于八字，正若被恼于春酒者也。即雍容起立，转身入内"，一个合乎儒家礼仪规范的大小姐形象跃然于眼前。之后，杨少游赶考夺魁，"公侯贵戚，有女子者，皆争送媒婆"，而杨少游"尽却之"，只钟情于郑琼贝。当其进入郑府提亲，郑司徒得知杨少游假扮女道士弹《凤求凰》一事后大笑曰：

> 杨状元真风流才子也，昔王维学士，着乐工衣服，弹琵琶于太平公主之第，乃占状元，至今为流传之美谈。杨郎为求淑女，换着女服，实多才之人，一时游戏之事，何嫌之有？况女儿见只女道士而已，不见杨状元也，杨状元之换女道士于汝何关也？与卓文君之隔帘窥见，不可同日道也，有何自嫌之心乎？①

上文王维之典源于《太平广记》卷一百七十九中的《王维》②篇，写因文章得名"妙能琵琶"的王维听从岐王意见，换穿"鲜华奇异"的"绵绣衣服"，装扮成乐师，由岐王将他带入太平公主府第。他以高超的琵琶演奏技艺，得到公主的赞赏与"解头"③之位。《九云梦》中杨少游爱慕郑琼贝，听从紫清观杜炼师之计，扮装成女道士混入郑府，以琴奏曲，博得郑琼贝之芳心这一情节明显源于《太平广记》，只是将王维求官变为杨少游求偶。《玉楼梦》中碧城仙

---

① 『九雲夢』，林明德主编，『韓國漢文小說全集』三卷，356—357 等.
② 参见李昉：《太平广记》，第 1130—1131 页。
③ 解头：解元的别称。

出场的地点是浔阳江头，手持的乐器是琵琶，所遇之人是谪客杨昌曲。这不由得让我们想起了被贬为江州司马，于浔阳江畔夜逢琵琶女的白居易，而正是碧城仙悠扬的琵琶声吸引了百无聊赖的杨昌曲，以心相许，觅为知音。"《玉楼梦》中碧城仙善于奏乐、听乐，能够从所听的音乐中对人、事予以预测和判断。音乐对她的个人命运发生了重要影响。"① 最精彩的是第三十回，碧城仙以音乐讽谏，"不着一字，尽得风流"。她通过三易乐器，联奏八曲，唤醒误入歧途的皇帝，从而改变了整个国家的命运。她先以竹笛奏《凤鸣曲》，试探天子；接着引瑶琴弹奏《落花流水曲》《白雪调》《堤柳曲》等天子所熟悉的曲子作铺垫；然后舍琴而引琵琶，弹奏汉高祖刘邦之《大风歌》，开始正式讽谏；继之以李贺所作《金铜仙人辞汉歌》加以强化，抒发兴亡之感、家国之痛；再以周穆王的《黄竹歌》进一步深化讽谏；最后以楚庄王的《冲天曲》激励天子知错改过、成就霸业。最后一曲，二十五弦尽断，奏乐后论乐，终使"卢均气塞，不敢一言，俯首而坐"，"天子追悔往事，归心如矢，催促法驾"。在匈奴入侵、大军压境、国难当头之际，碧城仙一介女流，凭着对音乐的深入理解，凛然正气，终使沉迷于制乐、封禅的皇帝幡然醒悟，从而改变了整个国家的命运。正如吴伊琼在其论文中评价的那样："一连八曲，背后无不隐含着深厚的中国文史底蕴。即使是中国作者，如果功力较浅，素养不够，也难以将之运用得如此精妙、生动。而韩国作者南永鲁做到了，且被广大的韩国读者接受了。由此可见，东亚文化圈曾是一个语言文化上的共同体，汉文化对东亚各国

---

① 薛育从：《朝鲜古代梦字类小说与中国场景》，硕士学位论文，中央民族大学比较文学与世界文学专业 2011 年，第 42 页。

曾产生过何等巨大的影响！"①

　　从上述《九云梦》《玉楼梦》中对乐曲的理解中我们可以从另一个侧面清晰地看到朝鲜半岛作家们对中国历史文化的熟知与认同,看到中国文化对半岛小说创作之深刻影响。综上所述,我们从朝鲜古代梦幻小说中,清楚地看到了中国的历史文本与朝鲜古代小说之间的互文性,尤其是《金华寺梦游录》这样的文学文本,可以当作中国历史文本来阅读。因为这篇小说素材几乎全部取自中国的各种正史和野史,而且与这些史籍中的记载几乎完全吻合。正如新历史主义文学批评的开拓者阿兰姆·维萨所指出的那样:"文学与非文学的文本并无界限,而是不可割裂地相互'流通'。"②

　　朝鲜古代梦幻小说中除了表现出对中国历史文化的极大认同外,还表现出对于中国地理文化的推崇和向往。古代朝鲜小说有一大特点,即以中国为舞台背景的颇多,"此类小说占据创新小说总数 70%"③,并借用中国的地名、人名、时代名、官职名等。就时间背景而言,以唐、宋、明居多。以梦字类小说为例,《九云梦》以中国唐代为背景,《玉麟梦》以中国宋代为背景,《玉楼梦》《玉仙梦》以中国明代为背景。就空间背景而言,以中国江南地区为中心叙述的居多,贬谪之地多是不毛之地或是历史名人被贬之地,如云南、江西、新疆等,征战之地多是中国南北边疆,如蒙古、女真居住的东北三省、云南、交趾,徐州、益州、江西、广西,天山、贺兰山等,

---

① 吴伊琼:《韩国汉文小说〈玉楼梦〉对中国古典小说的受容研究》,硕士学位论文,复旦大学比较文学与世界文学专业 2010 年,第 71 页。

② 王先霈、王又平主编:《文学理论批评术语汇释》,高等教育出版社 2006 年,第 682 页。

③ [韩]안기수,「한국 영웅소설에 수용된 중국문화의 배경 연구」,『語文論集』,53 권,2013,230 쪽.

"战争场景中渗透着朝鲜文人以中华为大的极强的华夷观"①。《玉麟梦》中出现中国古代地名达上百次之多,其中不乏山水名胜,如南昌府、咸阳、长安、沧州、洛阳、云南、衡阳等,玉华山、天台山、三峡、鄱阳湖、天佛山、北海、彭蠡湖、洞庭湖等山水名胜。《玉楼梦》中出现中国地名及山水名胜更是顺手拈来,如苏州、杭州、江州、益州、钱塘湖、居庸关等,甚至出现了像花果山、黑风山、清风洞、太乙洞等《西游记》中的虚构名称,足见朝鲜文人对中国历史地理文化的熟悉与认同。梦字类小说之所以选择中国为背景,主要是因为古代朝鲜文人醉心于中国文化,"东人意识"与"慕华心理"在朝鲜人的心中共生共存,其结果自然会赞美其文明,而对中国产生憧憬。"其原因主要是朝鲜人尽管有着强烈的民族意识与国家自主意识,但因国力国势不够强大而始终未能摆脱中国藩属国的地位。政治上处于附属地位,在文化上也处于落后地位。然而,'东人意识'虽然在表面上很不显眼,但作为一种潜流,一直流淌在朝鲜民族的心中。'慕华心理'和'东人意识'是朝鲜民族心理结构中的两个方面,并不矛盾。作为以中原文化为其轴心的汉文化圈成员之一的朝鲜民族,仰望文化宗主国——中国的心理是很自然的。这如同古罗马人在古希腊文化中寻找自己文化的样板,甚至认为古罗马文化是从古希腊文化发源而来是同一个道理。"②

再如《九云梦》,开篇便从五岳讲起:

天下名山曰有五焉,东曰东岳即泰山,西曰西岳即华山,

---

① 薛育从:《朝鲜古代梦字类小说与中国场景》,硕士学位论文,中央民族大学比较文学与世界文学专业 2011 年,第 40 页。
② 孙惠欣:《冥梦世界中的奇幻叙事——朝鲜朝梦游录小说及其与中国文化的关联》,北京大学出版社 2009 年,第 184—185 页。

南曰南岳即衡山,北曰北岳即恒山,中央之山曰中岳即嵩山,此所谓五岳也。五岳之中,惟衡山距中土最远,九疑之山在其南,洞庭之湖经其北,湘江之水环其三面,若祖宗俨然中处,而子孙罗立而拱揖焉。七十二峰或腾踔而矗天,或崭岩而截云,如奇标俊彩之美丈夫,七窍百骸,皆秀丽清爽,无非元气所钟也。其中最高之峰,曰祝融、曰紫盖、曰天柱、曰石廪、曰莲花,五峰也;其形擢竦,其势陟高,云翳掩其真面,霞气藏其半腹,非天气廓扫,日色晴朗,则人不能得其彷佛焉。昔大禹氏治洪水,登其上,立石记功德,天书云篆,历千万古而尚存。秦时仙女卫夫人,修炼得道,受上帝之职,率仙童玉女,来镇此山,即所谓南岳卫夫人也。盖自古昔以来,灵异之迹,环奇之事,不可殚记。①

　　为烘托主人公杨少游前世性真的不同凡响,《九云梦》开篇就用泰山、华山、衡山、恒山、嵩山等中国五大名山作为铺垫,重点推出"距中土最远"的南岳衡山,即性真修行之地。衡山是中国著名的道教、佛教圣地,是上古时期君王唐尧、虞舜巡疆狩猎祭祀社稷,夏禹杀马祭天地求治洪方法之地。空灵的山水个性,佛道圣域的空间印象,使得衡山一直被认为是"佛道神仙聚居、处士寻仙修道之地"②,性真在此地修行,其寓意不言自明。而衡山周边的地理环境,"九疑之山在其南,洞庭之湖经其北,湘江之水环其三面"。"九疑山"即九嶷山,为何《九云梦》偏偏选择九嶷山、洞庭湖、湘江来

①『九雲夢』,林明德主编,『韓國漢文小說全集』三卷,327—328 쪽.
②张灵:《唐宋传奇中的"潇湘"意象及其对汉字文化圈小说的影响》,《上海师范大学学报》2006 年第 3 期。

道明衡山呢？我们不妨看看这几处地点与中国文化之渊源。九嶷山得名于舜帝南巡，《史记·五帝本纪》："舜南巡崩于苍梧之野，葬于江南九嶷。故老相传，舜尝登此。"相传古时舜南巡狩崩于山间，即葬于山前。娥皇、女英是尧的两个女儿，同嫁舜为妻，千里迢迢前来寻夫，得知舜帝已死，埋在九嶷山下，却因境内有九座峰峦，且峰峰相似难以区别，而终未找到舜帝所葬之处。二女在湘江边上，望着九嶷山抱竹痛哭，泪染青竹，泪尽而死，因称"潇湘竹"或"湘妃竹"，这便是"潇湘二妃"典故的由来。此典故在小说中不止一次地出现，讲到妇女贞节时会引潇湘二妃的故事，形容人的文采好时，也会引用。而洞庭湖是中国历史上重要的战略要地、中国传统文化发源地，洞庭湖的名称的由来历来有许多说法。《史记》《周礼》《尔雅》等古书上都有"云梦"的记载。"梦"是当时楚国方言"湖泽"的意思。"春秋昭元年，楚子与郑伯田于江南之梦。"又云："定四年楚子涉睢济江，入于云中。"《汉阳志》说："云在江之北，梦在江之南。"合起来统称云梦。到了战国后期，由于泥沙的沉积，云梦泽分为南北两部，长江以北成为沼泽地带，长江以南还保持一片浩瀚的大湖。自此不再叫云梦，而将这片大湖称之为洞庭湖，湖中有一山叫洞庭山，娥皇、女英死后便葬于此，故后人将此山改名为君山。屈原在《九歌》中称之为湘君和湘夫人。想想金万重将此篇小说命名为《九云梦》，其中之"九"应是指主人公杨少游与"三妻五妾"九人之间的爱情故事，而其中之"云梦"，是否暗指洞庭湖之"云梦"？若真如此，金万重对中国历史地理之熟悉程度不能不令人叹服。更何况此段文字中所涉南岳卫夫人、大禹治水、唐高僧玄奘，诗人杜甫、洞庭龙王等中国神话传说或信史中的人物，其身上所蕴含的文化符号不言自明。

　　朝鲜半岛与中国山水相连，与中国不仅在政治上关系非比寻常，就连在历史地理意识方面也由于各方势力控制范围的此消彼长、不断变化而时常模糊不清。而延续千年的藩属国地位以及文化上的紧密关联使其长期对中国地理产生不同程度的认同感，尤其推崇和向往中华风物名胜。正如孙海龙评价的那样："朝鲜小说中出现的中国背景并非没有实际的意义，而是与小说作者所要表达的主题有着紧密的关联的。古代朝鲜小说对中国不同地域的选择，不仅反映了朝鲜文人，乃至整个朝鲜社会的文化心理，而且也反映出了朝鲜文人对于中国不同地域空间的具体认识。"①

二、对中国制度文化的接受与认同

"制度"的"制"在词源上的意义是节制、限制，"度"意为尺度。"从文化学的角度看，制度是一种调适社会关系、稳定社会秩序、整合社会结构、规范社会成员行为的文化现象……制度文化包括社会的经济制度、政治制度、法律制度、教育制度、婚姻制度等，也包括实行上述制度的组织机构、运行机制和个体的参与形式等。制度文化中，又凝聚沉淀着人们的观念形态的内容。制度文化呈现鲜明的民族特点。"②朝鲜对中国制度文化的接受是全方位的，主要体现在政治制度、婚姻制度、科举制度等方面。朝鲜半岛的梦幻小说，均在不同程度上反映了对中国制度文化的接受，尤其是对中国婚姻家庭制度文化的接受，在此着重探讨中国婚姻家庭制度文化对朝鲜古代梦幻汉文小说创作的影响。

首先表现在对士大夫齐家能力的赞扬上。家庭观念是儒家体系构成的一部分，传统儒家认为，家与国是紧密相连的，"家"被看

---

① 孙海龙：《古代朝鲜小说中的潇湘意象考》，《韩国研究论丛》2015 年第 1 期。
② 顾伟列：《中国文化通论》，华东师范大学出版社 2005 年，第 17 页。

成是"国之本"。《周易·序卦下》云："有男女然后有夫妇,有夫妇然后有父子,有父子然后有君臣,有君臣然后有上下,有上下然后礼义有所错 ①。" ② 之后儒家又提出"修身、齐家、治国、平天下"的思想。"作为家庭关系体现的男女、夫妇、父子被看成社会的基础,没有他们,君臣、国家、礼义就无从谈起。" ③ 古人把"齐家"看作"治国""平天下"的基础,因此,将构建"和谐家庭"作为积极入世"治国""平天下"的基础。在以父系家长制为核心的古代朝鲜家庭社会中,男性家长具有绝对的话语权,他们甚至比中国还要彻底和完全地贯彻"三纲五常"。以"夫为妻纲"引申出男尊女卑、夫唱妇随的观念,以"三从四德"引申出为夫守节、从一而终的观念,并将女子为夫守节列入国法。在朝鲜朝封建社会里,女性没有独立人格和独立生存权,她们往往被视作男人的附庸而存在,因而在朝鲜的男权社会中很多小说都充斥着男权思想。

《玉楼梦》中塑造的杨昌曲就是一个完全符合儒家对士子"修身、治国、平天下"要求又善"齐家"之人。作为一家之主,在处理家庭妻妾纷争的时候,杨昌曲不偏不倚,是非分明,惩处了黄氏,为碧城仙洗清冤屈,故事得到了一个完美的结局,这些都表现了杨昌曲在家庭中的主导地位和齐家能力。《玉麟梦》中的男主人公范璟文既是家中长子又是丈夫,和《玉楼梦》中的杨昌曲一样,在家庭中有着绝对的主导权,但在处理吕氏与柳氏的纠纷中他的能力却不敢恭维。在事件之初,不明是非的范璟文并不相信吕氏陷害柳氏,从而导致吕氏更加嚣张,又多次陷害柳氏,但范璟文仍旧置之

---

① "错"通"措"。
② 郭彧译注:《周易·序卦下》,中华书局 2006 年,第 416 页。
③ 雷家宏:《中国古代家庭观念述论》,《江西社会科学》1994 年第 3 期。

不理,致使柳氏被赶出范家。对于柳氏的悲惨结局,范璟文有着不可推卸的责任,正是由于他的是非不分和一次次纵容才导致了柳氏的不幸。即便这样,作者也没有过多地批判范璟文,而是把矛头指向心狠手辣的吕氏,这恰恰是封建社会以"夫为妻纲",男尊女卑思想的一个具体体现。

其次,表现在对一夫多妻制的赞成上。朝鲜朝时期奉行一夫多妻制,等级森严,两班贵族不能与中人、平民或贱民结为夫妻,所以身份卑微的江南红、碧城仙、狄惊鸿、一枝莲等无论多么秀外慧中、聪慧明理,都只能退居为妾,可以说是封建社会身份等级制度造就了一夫多妻制的存在。

《九云梦》中对一夫多妻制的态度是大加颂赞的,小说男主人公杨少游不仅有着三妻五妾,妻妾之间也和睦融洽。小说中并没有妻妾相争的情节,大部分情节都是妻妾互助,描绘了和谐宽宏的一家人。如杨少游在上京参加科举的途中偶遇桂蟾月,两人互生情愫,云雨过后,桂蟾月不仅把自己的好友狄惊鸿介绍给杨少游做妾,还为杨少游推荐有"窈窕之色,幽闲之德"的长安郑司徒之女,并让杨少游回京师后"留意访问是所望也"。《玉楼梦》也是反复强调一夫多妻制家庭中的融洽与和睦。男主人公杨昌曲共有二妻三妾,妻妾之间没有嫉妒仇恨,反而纷纷为杨昌曲引荐。爱情本身就具有排他性,但《玉楼梦》中则完全摒弃了排他性,极力赞美以男子为中心多妻妾共事一夫的家庭生活。"这种写法充分表现出了作者是以封建贵族社会家庭的婚姻体制为标准来塑造其理想的以男子为中心的爱情生活的。"[1]尽管如此,《玉楼梦》也有它积极的一面,例如在爱情婚姻家庭问题上表现出封建社会晚期新兴市民

---

[1] 韦旭昇:《韦旭昇文集》第四卷,第 357 页。

阶层的感情追求和思想倾向。小说里对于小妾的描写明显高于对正室的描写，尤其是小妾江南红，她是杨昌曲人生成功的重要"功臣"。小说中小妾们在爱情中的自主性与封建社会倡导的"父母之命，媒妁之言"形成鲜明的对比，所有这些都反映出封建社会晚期新兴市民阶层希冀打破封建门阀制度及身份制度的束缚的要求。

《玉麟梦》比《玉楼梦》更具有进步性，《玉麟梦》主要描述的是在一夫多妻的社会制度下由妻妾矛盾引发的家庭纷争。小说以吕氏对柳氏的多次污蔑陷害为主线，吕氏从开始设局骗薛秀才汗衫，模仿薛秀才笔迹，再到假药丸事件，收买丫鬟春娇，一步一步将柳氏推向百口莫辩的深渊。"《玉麟梦》在对女性人物的形象塑造中不经意地展示了封建社会的传统女性在宗法父权体制社会文化和儒家伦理道德文化环境下的家庭婚姻生活真实状况。她们无论是演化成扭曲的'丑怪'还是压抑的'内郁'心理，都在无意识中演绎出这个群体因为性别差异而在婚姻关系中所受到的制约和压抑。"①《玉麟梦》对家庭妻妾矛盾的揭示，体现出作者对一夫多妻制危害的认识，这具有积极的进步意义。但在经历一番妻妾矛盾重重纠葛后，作品最终还是以大团圆的结局收场，又体现出作者思想的局限性。

一夫多妻制是宗法父权制社会下的产物，是男性利益制度化的集中体现。妻和妾都被编制在以"共同的丈夫"为中心的家庭网络中，为了得到丈夫的宠爱和家庭地位而不惜进行你死我活的斗争，其根本原因在于一夫多妻制的婚姻制度破坏了婚姻结构的平衡性。

---

① 杨杰：《〈玉麟梦〉研究——兼论对中国文学的接受》，硕士学位论文，延边大学中国古代文学专业 2012 年，第 22 页。

第三节　梦幻类汉文小说与中国思想文化

在思想文化方面朝鲜与中国有着久远的关系,在漫长的历史发展进程中,朝鲜历时性地接受了中国的儒、道、佛三家思想。但从整体上看,儒家思想对朝鲜古代思想的建构起到了最重要的作用。在朝鲜古代梦幻小说中,儒、道、佛三家思想均有体现,但占据核心地位的仍然是儒家思想。

一、积极入世的儒家思想

由于源远流长的文化交流关系,朝鲜的思想文化与中国息息相通。朝鲜朝时期照搬中国皇帝的统治术,重文轻武,大力推行文治主义和礼治主义。由于朝廷的大力提倡和朝鲜民族的倔强性格,朝鲜读书人比中国的知识分子更加执着地坚守"孔孟之道"。孔子的教诲,儒家的伦理道德规范,犹如宗教的教规一样被朝鲜士大夫们所尊崇,使朝鲜人比中国人更笃信儒家思想,这种思想在梦幻汉文小说中的体现便是对文章功名、忠孝节义的追求。

(一)文章功名:书生才士的价值取向

儒家经典《礼记·大学》明确提出"修身、齐家、治国、平天下"的儒生理想以及实现的途径:"古之欲明明德于天下者,先治其国;欲治其国者,先齐其家;欲齐其家者,先修其身;欲修其身者,先正其心;欲正其心者,先诚其意;欲诚其意者,先致其知,致知在格物。物格而后知至,知至而后意诚,意诚而后心正,心正而后身修,身修而后家齐,家齐而后国治,国治而后天下平。"[1] 这是儒家经典

---

① 《礼记正义·大学》,阮元校刻:《十三经注疏》,中华书局 1980 年,第 1673 页。

对"君子"的"八条目"要求,也是文人士子终身恪守的原则。其中"格物""致知""诚意""正心""修身"五条是针对个人修为而言,"齐家""治国""平天下"三条是男性的"社会属性"。"儒家将修身齐家作为治国平天下的基点,且修身的最先处所、影响效力最大的处所,即在于家庭,故而在儒家思想中,家庭教育始终被置于重要位置。"① 当一个人修身齐家之后,就要积极入世,投身于仕途,实现个人抱负与为国效力的双重价值。"文章功名"这四个字非常扼要地概括出了朝鲜朝时期读书人的价值观,通过文章来谋取功名是每个古代朝鲜读书人的崇高的人生理想。从朝鲜朝深受欢迎的《古文珍宝》中可以看出当时朝鲜读书人的价值观。

《古文珍宝》开宗明义第一篇就是宋代的真宗皇帝为鼓励读书人而写的《劝学文》:

> 富家不用买良田,书中自有千钟粟。安居不用架高堂,书中自有黄金屋。出门莫恨无人随,书中车马多如簇。娶妻莫恨无良媒,书中有女颜如玉。男儿欲遂平生志,六经勤向窗前读。②

毫不隐讳地向书生们宣扬了读书做官的思想,当然这种"学而优则仕""万般皆下品,唯有读书高"等文章功名的价值观,在中国历史上是源远流长的。文章功名,历来是儒家教育核心内容的重要组成部分。特别是隋唐实行科举制度以来,士子"学而优则仕"的观念更加浓厚,深信"文章尔雅"就可以步入仕途成就功名。所

---

① 潘万木、李孝华、上官政洪主编:《简明中国传统文化》,华中科技大学出版社 2004 年,第 134 页。
② [韩]황견 원작;박일봉 편저,『고문진보』,육문사,2015,24 쪽.

以到了明清时期，人们便径直称科举为"功名"。

《玉楼梦》主人公杨昌曲是一位典型的儒家子弟，"文章惊人""有贤人、君子出类之持操""有经天纬地、才德兼备之资"，年仅十六就明显表露出"事君泽民""兼善天下""先天下之忧"的积极入世理想。新皇帝即位，广招天下英才时，他科举高中，以"不以定式文字循例而对"的文章得到新皇帝的赞赏，从一介寒儒一跃成为翰林学士。

> 光阴倏忽，昌曲年至十六岁，俨然成就，文章惊人，知见出众，根天之孝诚，日就之学问。有贤人、君子出类之持操，英拔之风流，豪放之气象；有经天纬地、才德兼备之资。此时新天子即位，大赦天下后，广招多士，悬榜文武，昌曲闻之，告父亲曰："男子出世，表桑弧蓬矢，以射天地四方。读古书、学古事，将以事君泽民，为兼善天下，小子虽不肖，年已过志学，当先天下之忧，岂区区潜迹于田园。"①

《九云梦》开篇中性真萌动尘念之时就表明了这种心态：

> 男儿生世，幼而读孔孟之书，壮而逢尧舜之君，出则作三军之帅，入则为百揆之长，着锦袍于身，结紫绶于腰，揖让人主，泽利百姓，目见娇艳之色，耳听幻妙之音，荣辉极于当代，功名垂于后世，此固大丈夫之事也。②

---

① 『玉樓夢』，林明德主編，『韓國漢文小說全集』二卷，10 쪽.
② 『九雲夢』，林明德主編，『韓國漢文小說全集』三卷，330 쪽.

性真认为男儿饱读诗书的理想就是成功成名、享受富贵，"出则作三军之帅，入则为百揆之长"，眼中所见的是"娇艳之色"，耳中所听的是"幻妙之音"，最终达到"荣辉极于当代，功名垂于后世"。杨少游的一生也正是遵循这一理想而奋斗的，作者将自己所憧憬的"逢尧舜之君"的政治理想，通过杨少游科举及第、荣华富贵的一生得到实现，这是作者对自己在现实生活中无法实现的政治理想的一种慰藉。

《玉仙梦》更是开篇即交代入梦人许巨通的入世志向。

> 景泰末，万项县有一破落户，姓许名傪，巨通其字也，磊落不羁，志大嘐嘐。尝自言曰："大丈夫生于海隅偏邦，不能伸肺腑间硊礧之气，良可慨怜，若使吾后身生于中华广宕之地，遍踏三十六名区，立于天子之朝，激昂万乘之主，出入九棘之班，饫吃许多苦乐，然后死无所憾矣。"①

许巨通，不满于"海隅偏邦"的处境，而期待自己若能在"中华广宕之地"，必将"激昂万乘之主，出入九棘之班"，成就一番轰轰烈烈的伟业才能死而无憾。

这种"文章功名"的思想不仅体现在梦字类小说中，在梦游录小说中也得到极大的张扬。沈义在《大观斋梦游录》中精心构建了一个"文章王国"。在这个"文章王国"之中，上至天子、首相，下到各级官员，官位高低皆靠文章的实力来判定。于是，一向被奉为朝鲜汉文学的开山鼻祖，有"东国儒宗""东国文学之祖"之誉，被尊

---

① 『玉仙夢』，林明德主编，『韓國漢文小說全集』三卷，233—234 쪽．

为"百世之师"的崔致远①当仁不让地成了天子。文武双全,一直都被朝鲜民族视为抵御外来侵略的民族英雄的乙支文德②为首相,高丽时期著名文学家李齐贤、李奎报为左右相,李稽为大提学。还有金克己、李仁老、权近、李穑、郑梦周、李崇仁、柳方善、姜希孟、金宗直等人。梦游者凭借着自己的文章实力很快融入文章王国中,被授予紫光禄大夫兼奎壁府学士。他到奎壁府与陈澕③、郑知常一同划分古今诗人的文章等级时,表现出自身的优越感,并通过评论卞季良④、俞好仁⑤的诗,以及朴宜中⑥、郑以吾⑦、李惠等的诗品,确认了自己的诗才与文学评判的能力。在斟酌天子崔致远的律诗字句的过程中,他对诗的鉴赏的能力再次得到认可。他成功地讨伐了叛乱的金时习,因此更加得到天子的赏识,加官晋爵。在当官十年间,生儿养孙,无上荣光,尽享荣华富贵。后来受到弹劾回乡之际,相国李穑用金刀剖开他的肚子,将墨汁数斗注入,并说"四十年后再来此地,共享富贵,不必担忧"。文章中天子对梦游者才能

---

① 崔致远(857—?),字孤云、海云,新罗时期学者、散文家。著有《桂苑笔耕集》等。

② 乙支文德(生卒年不详),高句丽第二十六代王婴阳王时期的名将。612年,隋炀帝率大军进犯高句丽,被乙支文德率兵击退。他虽是武将,但擅长诗文。

③ 陈澕(生卒年不详),号梅湖,高丽神宗、熙宗时期文臣。著有《梅湖遗稿》。

④ 卞季良(1369—1430),字巨卿,号春亭,朝鲜朝前期文臣。著有《春亭集》三卷五册,还创作了一批时调。

⑤ 俞好仁(1445—1494),字克己,号林溪,朝鲜朝前期文臣。参与了《东国舆地胜览》的编撰。

⑥ 朴宜中(1337—1403),字子虚,号贞斋,高丽末至朝鲜朝初期文臣。参与了《高丽史》的编撰,著有《贞斋逸稿》。

⑦ 郑以吾(1347—1434),字粹可,号郊隐,高丽末至朝鲜朝初期的文臣。1413年参与《太祖实录》的编撰,著有《郊隐集》《火药库记》等。

的认可,寄寓的是作家沈义对自己能力的极强的自信。尽管梦醒后深感"人生于世,穷达有数",但这种"曲终奏雅""劝百讽一"式的结尾丝毫不能掩盖作者对于"文章功名"的憧憬与追求。

如前所述,"文章功名"历来是中国和朝鲜传统社会里读书人最重要的价值观和人生理想。朝鲜新罗和统一新罗及后三国时期,都派留学生到中国学习,这些留学生都取得了优异成绩,新罗留学生参加唐朝的科举考试,及第者累计多达五十八人。他们中的绝大多数人回国参加了本国的政治文化教育事业,崔致远就是其中的一个。朝鲜以儒家教育思想为基础建立了自己的教育制度,公元682年设立国学,717年普及儒教,958年实行科举,朝鲜是中国域外实行科举制最长,也是最为完备的国家。由此可见,朝鲜传统社会里读书人将"文章功名"作为价值观和人生理想绝不是偶然的。

(二)忠孝节义:求仁为善的道德观念

"忠"是重要的儒家传统伦理观念之一,"忠"的思想被孔子多次论及。孔子所说的"忠"即忠诚之意,一是指"与人"做事要忠诚,一是指"臣事君"要忠诚。孔子认为臣君之间是一种相互尊重、相互制约的关系。孔子在《论语·先进》中主张"所谓大臣者,以道事君,不可则止"。然而后世儒学家的宣传渐趋绝对化,把忠君上升到天理的高度,并为历代统治者所倡导和利用。与此同时,由于以皇帝为首的封建王朝行使着国家的威权,代表着国家的形象,所以在古代士人的心目中,忠君与爱国是统一的,忠君就是爱国,爱国就必须忠君,二者根本不可能分离。"义"在训诂学上有两个最基本的义项。《说文解字》云:"义,己之威仪也。从我羊。臣铉等曰:此与善同意,故从羊,宜寄切。"《辞源》释"义"从《说文》,亦列有两个基本义项:一、礼仪,容止;二、宜,适宜。合理、适宜的事称义。作为儒家伦理学说的一个重要概念,"义"是指人类行为的道德原则,一个人的行为是合理的、正义的,我们便称之为"义"。

忠义思想经过历代儒学家的宣传,含义逐渐固定,逐渐简化。忠就是指臣对君的道德准则,即忠君;义就是指兄弟朋友之间的道德准则,即义友。正是在忠君爱国思想的影响下,朝鲜半岛梦幻小说中出现了一批勇赴国难、坚守操节、视死如归的大丈夫形象。这些形象几乎全都是朝鲜信史中的人物,如《元生梦游录》中宁死也不臣服于篡权者的"死六臣";尹继善《达川梦游录》中战死沙场的李舜臣等二十七位将领;《龙门梦游录》中在黄石山战斗中牺牲的郭赵父子三人(子履常、履厚)、赵宗道、柳世弘父子(子橝)、郑彦男等;《何生梦游录》中忠心为国而含冤死去的林庆业和尹集、吴达济、洪翼汉"三学士"等。也有作品中掺杂着中国历史人物,如《何生梦游录》中南宋著名的抗金将领岳飞、张浚。其中朝鲜历史人物都是在"壬丙两乱"时为国捐躯的。

"两乱"后,林悌、尹继善、慎诼等看到统治阶层的腐败无能,国难之时官僚们的背信弃义,更激发了他们塑造大量爱国者形象,以高扬忠义大旗的创作欲望。于是,梦游录中的人物形象便与当时流行的军谈小说不同,它塑造的不是一个或几个形象,而经常是群体形象。最为典型的就是《达川梦游录》,作者着重歌颂和高度评价了湖南士林李舜臣等二十七位忠君爱国之士。我们从李亿祺、李福运、黄进、崔庆会"一心为国,事既已矣""麾我兵而列镇坐观,悯国耻而单骑直赴""弹才中额,贼纷上城""守隼塘而敌忾,类螳臂之拒辙"的这些叙述中,感受到当时战斗的激烈和他们为国捐躯的忠诚、杀身成仁的大丈夫气节。作者让这些忠君爱国之士自述英勇战死的过程。例如:

任南原又进曰:"适当危时,误蒙宠擢,所受南原形胜,实是东国喉舌。共天兵而勠力,拟江淮之保障。云梯乱舞,月晕渐重,慨军孤而势弱,惨援绝而鼓沉。封疆失守,而自蹈兵刃……"①

此正如《吕氏春秋》所云:"士之为人,当理不避其难,临患忘利,遗生行义,视死如归。"②"壬辰倭乱"中,任铉临危受命,心怀壮图,扼守朝鲜战略要地南原。由于敌强我弱而后援不至,未能守住,但任铉率领士兵拼死抵抗,最后自尽殉国,其激烈悲壮之战斗场景与爱国情怀,令人震撼。与此同时,作者还多次让战死的忠臣义士直接表述他们对君国的忠爱之忱,如郑运言志曰:"念国家之有急,唾列郡之无男。生与将军同事,死与将军同所,仰天何愧,俯地何怍!"③其取义成仁的大丈夫气概,感人至深。

小说中交代:"坡潭子有志者也。若有一人,死于国事,未尝不为之于悒,或慕其义,或嘉其节,或悼其命,或叹其绩矣。梦里之相逢,皆吾平日钦仰者,有是心,故有梦也。"④可见,小说着重歌颂和高度评价湖南士林李舜臣等二十七人为国捐躯的忠忱和气节,完全是有意而为之。特别是小说临近结尾处,坡潭子(即作者)更以"赓和诗"的方式,直接站出来赞美李舜臣为"精忠报国大将军",宋象贤乃"松柏后凋姿",黄进堪称"真丈夫",刘克良"霜惊忧国须",称赞他们是"万古芳名自不孤"。在梦醒后所作的祭文中,又饱含深情地将忠臣义士们的英雄事迹描述了一遍,最后感情达到高潮:

① 『達川夢遊錄』,林明德主編,『韓國漢文小說全集』三卷,89 等.
② 《吕氏春秋·士节》,岳麓书社 1989 年,第 79 页。
③ 『達川夢遊錄』,林明德主編,『韓國漢文小說全集』三卷,82 等.
④ 『達川夢遊錄』,林明德主編,『韓國漢文小說全集』三卷,95 等.

"呜呼！死不复生，往者难追。在地为高山大海，在天为北斗南箕。仰之弥高，涉之无涯。"① 褒赞之意、感佩之情已无以复加。

　　至于《何生梦游录》，所塑造的群像又有不同。与战死沙场的李舜臣、赵宗道等相比，林庆业、岳飞等的结局更加可悲，立下赫赫战功却死在奸臣小人之手。从这个意义上讲，林庆业、岳飞等形象所承载的现实和历史的寓意要更加厚重。《何生梦游录》中同时出现南宋抗金将领岳飞和张浚的形象，是因为林庆业与岳飞都是民族英雄，而且他们的个人经历十分相似。岳飞是南宋抗金英雄，林庆业是朝鲜"丙子胡乱"时坚决崇明抗清的英雄，二人最终都受陷害死去。作为世代传颂的杰出民族英雄，林庆业、岳飞形象的最大特点就是对君主和国家都无限忠诚。尽管在现代人的眼里，这种"忠"近似于"愚忠"，但从当时的社会角度来看，这却是至高的品质。这种忠贞在当时黑暗的社会现实中，只能招致小人的忌惮，两位叱咤风云的英雄人物，最终都没能逃脱遭奸臣迫害而死的悲剧命运。他们对君主一片丹心，对国家无限忠诚，不仅具有卓越的军事才能，屡建功勋，还有强烈的忧患意识。这两位悲剧英雄身上所蕴含的历史价值发人深省，并一直被后人传唱。虽然他们所处的国家和时代不同，但他们都成了超越时代、受到一般民众无限敬仰的真正的民族英雄，也正因为如此，小说中写他们死后都成仙飞升，享受天国之乐，并在玉帝举行的"表忠宴"上被授予官职。可以说，这两个形象寄寓了朝鲜社会主流文化的代表——士大夫阶层忠君爱国的人文理想。

　　《金华寺梦游录》站在儒家的立场上来安排人物的出场。首先，作者把君主分为创业主、中兴主、霸主三类，给创业主以最高评

---

① 『達川夢遊錄』，林明德主編，『韓國漢文小說全集』三卷，97 等．

价,因此创业主当仁不让成为宴会的主人。他们是以仁义与王道政治为标准取舍参加宴会的人,不具备仁义与王道的人被拒之门外,如驱赶"悖逆乱国"的王莽、董卓、"不采忠言,不知贤士"的袁绍、"知识浅短"的李密等。虽然汉高祖等四位帝王并不全是实行王道的君主,但是作品中将其设定为仁义之君,高度赞扬他们的功业,站在儒家的立场将其作为实行王道政治的人物进行描写,表达了作者希望在现实中实行王道政治的思想。作者借明太祖之口,先肯定了秦始皇统一六国的伟绩,继而批判了他"侈营宫室,殚民财力,虚筑长城"以及焚书坑儒的霸道政治。接下来对历代帝王的治国得失进行了品评:汉武帝"穷兵黩武",虐待百姓;隋文帝听信谗言,损害忠良;唐太宗虽能"厉政求治,身致太平",但纳巢刺为王妃,使四海蒙羞,为百世唾弃;宋神宗虽然"刻意图治,上慕唐虞",但远离贤士,听信奸臣,使国家遭殃……可见对历代帝王的批判是以儒家的仁义、忠节与王道政治为标准的。其次,品评了历代大臣。这项工作由德才兼备的诸葛孔明来承担。他首先赞扬了帮助君主创业的功臣们,包括张良、韩信、魏徵、曹彬、刘基、东方朔、邓禹、庞统等,称赞唐太宗时的魏徵为"比干之徒",宋太宗时的曹彬为"吕尚之俦",秦始皇时的茅焦为"龙逢之侣"。接着将大臣们按照功绩分五旗排列,红旗是相才队列,黑旗是将才队列,黄旗是忠义之士,白旗是勇略之士,青旗是智谋之士。各旗之下的人物都是所处时代的英雄豪杰、国家功臣,都是具备忠诚与节义的人。诸葛亮在对历代大臣的排列中最重视的就是节义,即使有将相之才,忠勇兼备,若是抛弃了节义也无法入选。例如诸葛亮把弟子姜维就排除在外,责备他没能完成任务却投降了敌人,留下千古骂名。这实际上是对"壬丙两乱"中那些不守忠义,或临阵脱逃,或投降于敌的官吏们的批判。

　　《玉麟梦》第十回中，朝廷想派使臣赴契丹讲和，但却无人应答，其原因是"虏中事变有难测之举"，"众皆厌避"。明明知道此行凶多吉少，范璟文还是主动请命，从他临别与母亲的谈话中可见他对国家，对君主之忠诚："人之许身于国家，则君臣之义重，父子之情轻矣。"① 无独有偶，在《玉麟梦》第十六回中，契丹入侵朝鲜，边疆战事紧急，在国难当头之时柳原挺身而出，主动挂帅迎敌，被任命为征北大将军。在赴战场拜别老母亲时他言道"身已许国，义不顾家"，在国与家之间，毫不犹豫地把国家利益放在家庭利益的前面，范璟文和柳原身上所表现出来的"忠"是儒家大为倡导的"忠"，与孔子在《论语·八佾》中主张的"君使臣以礼，臣事君以忠"，君为主、臣为次，君使臣事，臣必须忠君的思想相一致。

　　在《玉楼梦》中，杨昌曲的"忠"主要是通过朝廷激烈的党争来表现的。天子被奸臣蛊惑蒙蔽，忠臣杨昌曲不顾个人安危，正义直谏，终被流放。而当外敌入侵，国家危难之际，杨昌曲挺身而出，力挽狂澜，他的忠心最终感动天子，奸臣卢均被斩，其余党得到严惩，杨昌曲得到天子的信任，他的"治国"理想得以实现。如果说"治国"重的是内政，那么"平天下"重的则是外交，《玉楼梦》中用三分之一的篇幅描写了四次战争，第十一至第十八回、第二十二至二十三回描写了杨昌曲征服南方诸国，第三十一至第四十回描写了杨昌曲平定匈奴。再加上第五十八回、第六十二至六十三回以杨昌曲之子杨长星为核心的两次战争，前后战争描写共用了二十三回。作者之所以用如此多的篇幅来展现战争的场面，应该与朝鲜历史上经历的"壬丙两乱"有关，而小说的背景选择的是中国的明代，从另一个侧面体现了朝鲜人民对明朝的深厚感情，这是

---

① 『玉麟夢』，林明德主编，『韓國漢文小說全集』一卷，74 等．

在战火中凝聚的血肉深情,"但更重要的原因还是作者把对四方的征战以求天下太平作为儒家理想的最后一个环节,同时也是最高理想来对待的。这其中当然有朝鲜屡遭外敌侵略而在民族记忆中留下的深深的印痕,以及由此产生的保家护国,平天下的民族理想"①。

如果说《达川梦游录》《玉麟梦》《玉楼梦》是从正面歌颂了李舜臣、范璟文、杨昌曲等爱国将士的忠肝义胆,那么《元生梦游录》则从世祖篡位这种大逆不道、不忠不孝的行为来反衬"忠"的内涵。作品的开头交代梦游者元子虚为"气宇磊落,不容于时,累抱罗隐之恨,难堪原宪之贫"的"慷慨之士"。他"尝阅古史,至历代危亡运移势去处,则未尝不掩卷而流涕,若身处其时,汲汲焉如见其垂亡而力不能扶者也"。这种对不可抗拒的历史现实的无奈,为他进入梦中世界,加入因端宗复位失败而惨遭杀戮的"死六臣"②的行列并与之融为一体埋下了伏笔。在讨论古今兴亡之时,幅巾者和王的对话是意味深长的:

> 幅巾者嘘噫而言曰:"尧舜汤武万古之罪人也。后世之狐媚取禅者藉焉,以臣伐君者名焉。千载滔滔,卒莫之救,咄咄四君,为贼蹢矢矣!"言未讫,王乃正色曰:"恶是何言也! 有四君之德,而处四君之时则可,无四君之德,而非四君之时则不可,彼四君者,岂有罪哉? 顾藉而名之者,非也。"③

---

① 李宏伟:《玉楼梦小说艺术研究》,博士学位论文,中央民族大学少数民族语言文学专业 2006 年,第 10 页。

② 死六臣:1452—1456 年间,为图谋端宗复位被发现后而惨遭屠杀的六位大臣,即朴彭年、成三问、李塏、河纬地、柳诚源、俞应孚。

③ 『元生夢遊録』,林明德主编,『韓國漢文小說全集』三卷,112 等.

幅巾者指出从未被怀疑过的圣君——尧、舜、汤、武是"万古之罪人",表面上批判四位圣君,实际上是暗讽以让位为借口篡夺王位的世祖。王则劝诫幅巾者不要太过分,认为圣君的禅让行为并没有罪,只是觉得借这种名义篡夺王位的人才是逆贼,可见王对篡夺者行为的批判态度。

《元生梦游录》末尾,子虚觉梦后,听到他梦中故事的子虚之友梅月居士的一番话更是意味深长,将作品的深层含义揭示无余:

> 大抵自古昔以来,主暗臣昏,卒至颠覆者多矣。今观其主,想必贤明之主也,其六人者,亦皆忠义之士也。安有如此等臣辅?如此等明主?而败亡之祸,若是其惨酷者呼!呜呼!势使然也,则不可不归之于天,福善祸淫,非天道耶?夫不可归之于天,则冥然漠然,此理难详。宇宙悠悠,徒增志士之恨耳! ①

这是对天道不公的叹息。自古以来,王朝的颠覆都是因为君臣的昏庸无道。而今端宗贤明,六大臣忠义之士却遭此覆灭的命运;相反,不义的世祖却登上王位,实在让人不能理解。这番话是作者对世祖不忠不义行为的严厉批判,表现出对端宗与"死六臣"的赞扬与同情。

朝鲜古代梦幻小说中,除了宣扬了"忠君爱国""持节尚义""杀身成仁"等传统思想,对"孝"的推崇与信奉也是极为典型的,这主要体现在《皮生冥梦录》中。相比较而言,在儒家思想观念中对朝鲜民族影响最深的当是"孝"。对于朝鲜民族来说,儒学思想影响有多深,孝思想就有多深。《皮生冥梦录》反映了"壬辰倭乱"后死

---

① 『元生夢遊錄』,林明德主编,『韓國漢文小說全集』三卷,116 쪽.

者尸骨的收葬问题。谁都知道,死亡对于人们来说是没有办法避免的,于是形成了几千年来的丧葬礼仪,目的是既要让死去的人瞑目,也要让活着的人安心。丧葬礼仪把生者与死者联系了起来,就因为两者之间存在着一个坚韧的结——尊祖怀亲。在中国人的意识里,人死不葬是极为不孝之举。

　　历时七年的"壬辰倭乱"给朝鲜带来了史无前例的深重灾难。尤其是农村,外敌的烧杀抢掠,加上饥荒、疾病,死去的百姓不计其数。金贞女评价道:"《皮生冥梦录》中表现了尸体未被收葬的现实,以李宪为例揭露了腐败的官僚与身份等级制度的问题。尸体收葬并不是单纯地举行葬礼,而是为了平息当时战乱引起的社会气氛、抚慰百姓的心灵。"①《皮生冥梦录》正是在这样的历史背景下,描述了皮达在圆寂山脚看到的"原头朽骨无人掩,苔蚀残颅长蒺藜"的凄惨景象。这让我们想起尹继善《达川梦游录》中"被发满面,腥血相射,而四肢残酷惨不忍见"的类似场景。尹继善写《达川梦游录》时,"壬辰倭乱"刚过两年,也许尸骨太多不能马上掩埋;而到了《皮生冥梦录》时,"壬辰倭乱"已过十年,尸骨依旧暴露于荒野,这种现象不能不令人痛心和深思。而最令人痛心和深思的是梦中的死难者李宪的一番话:

　　……而长子克信,念不及吾,经自于录,未及数年,又登科第,趋走权门,历事清显,而吾骨尚暴于此山之阳,是可忍也,孰不可忍也? 顷者有人言,此以收葬,多为观美之具,少无哀恸之心,来寻穷巷,上下求之,而无所表点之处,已经十

①［韩］金贞女,「朝鲜後期 夢遊錄의 展開 樣相과 小說史의 位相」,高麗大學校 國語國文學科 博士學位論文,2002,25 等.

年之久，虽有爱亲之诚，难辨已朽之骨，况无是诚，而只欲防
是口者乎？不得已收得驿吏金俭孙之尸，指为吾骨而依礼敛
袭，择日归葬，变非其父，以欺其天，祭欺其天，祭非其鬼，以
丑其母。彼则无子而有子，我则有子而无子，孤子而靡托，生
而不能全父母之遗体，死而终不得妻子之顾见，兴言及此，肠
臆咽塞。①

李克信是李宪的大儿子，十年来急于"登科第，趋走权门"，当
高官，而从未想过寻回父亲的尸体，只是因为有人议论，为防他人
之口才来寻找。但已经时隔十年，尸体早已腐烂难以分辨，便拣了
一具尸骨（其实是金俭孙的）充作父亲而收殓，举行了隆重奢侈的
葬礼。作品中死于"壬辰倭乱"的李宪的鬼魂，悲愤地控诉了李克
信的四大罪：第一罪状，他有三个儿子，但长期以来，却没有一个儿
子顾念他，长子李克信只顾自己"登科第，趋走权门"，任由他的尸
骨暴于荒山，无人掩埋；第二大罪状，毫无"爱亲之诚"的儿子李克
信，随意拣了别人的尸骨冒充自己的父亲下葬，为的是自己体面，
防的是他人之口；第三大罪状，李宪托梦给儿子李克信，告诉他掩
埋错误的真相，甚至责骂他不忠不孝，但李克信竟全然"不以葬父
为念"；第四大罪状，李克信明知道所葬之人不是自己的父亲，却又
怕自己丢面子，便执意将错就错下去，不肯再葬对自己有生养之恩
的父亲。这四大罪孽，亦可称之为"四大不孝"。《孟子·离娄下》：
"孟子曰：'世俗所谓不孝者五：惰其四支，不顾父母之养，一不孝
也；博弈好饮酒，不顾父母之养，二不孝也；好货财，私妻子，不顾

———————————

① 『皮生冥夢錄』，林明德主編，『韓國漢文小說全集』三卷，128—129 쪽.

父母之养,三不孝也;从①耳目之欲,以为父母戮(羞辱),四不孝也;好勇斗狠,以危父母,五不孝也。'"②《十三经注疏》注《孟子·离娄上》"不孝有三,无后为大"句云:"于礼有不孝者三,事谓阿意曲从,陷亲不义,一不孝也;家穷亲老,不为禄仕,二不孝也;不娶无子,绝先祖祀,三不孝也。三者之中无后为大。"③由此可见,李克信的这"四大不孝"中的任何一个都远超孟子所说的"不孝"。所以,在小说的后半部分,两位父亲由相互争子到共同责骂李克信"恶积祸盈",是一个"不父其父"的不孝之子和足以败家灭族的逆子。之所以如此怨恨李克信,只有一个原因好解释,就是因为"孝"的思想观念在朝鲜人民的心里早已根深蒂固,岂容半点亵渎和践踏?更何况是李克信这样的衣冠禽兽!

在传统的观念中,男主外,女主内,因而,国与家成为忠臣与烈女的服务对象。"不事二君曰忠臣,不更二夫曰烈女。忠臣国之宝,烈女家之宝也。"④因此,忠臣与烈女成了一个天然的类比。在朝鲜民族中间,"'烈'之行为较为突出"⑤,"朝鲜民族热烈、奔放、刚强,也易冲动。他们对强暴、压制、侵略表现出不妥协的态度"⑥。关于这一点,我们在《达川梦游录》中李舜臣等人身上、《元生梦游录》中"死六臣"的身上已看清楚,而在《江都梦游录》中众多的女性身上则看得更清清楚楚,因而《江都梦游录》中出现那么多守节

①"从"同"纵"。
②杨伯峻译注:《孟子译注》,中华书局1960年,第184页。
③《孟子注疏·离娄上》,阮元校刻:《十三经注疏》,第2723页。
④管志道:《从先维俗议》卷五《重烈女体孤孀》,《四库全书存目丛书·子部》第88册,齐鲁书社1997年影印本,第467页。
⑤金京振:《朝鲜古代宗教与思想概论》,中央民族大学出版社2006年,第61页。
⑥金京振:《朝鲜古代宗教与思想概论》,第247页。

自杀的妇女形象也就不足为奇了。这些女性一反传统小说中一味顺从的一面,而是展现出有主张、有批判精神的一面。作品通过女性的视角,塑造了从朝廷重臣们的妻妾到妓女等各种身份女子的形象。在"丙子胡乱"之时,她们不畏惧死亡,勇于坚守贞洁。通过这些女性形象斥责当时为了保全性命而误国、毁节、悖德的朝廷大臣,歌颂了妇女们的殉节,同时揭示了当时的社会状况和社会问题,比如对战败原因的揭示和对现存体制的批判等。妇女的节操与朝臣的不道德行为形成鲜明的对比,组成了正义与不义、守节与毁节的对立关系。"'贞女烈女'是贞烈观念的化身,是正面女性形象中最具代表性的,她们被作为道德、忠义的推动力量,义无反顾地承担着本该男性承担的政治忠义。"[①] 从互文性的角度看,《江都梦游录》以文学的形式、女性独特的视角反映了"丙子胡乱"时江都战役的种种情形,弥补了正史或野史中仅从历史的角度、男性的视野评价历史的不足,对正确理解和把握这一段历史有着极为重要的价值。

在以儒教为统治思想的朝鲜朝时代,男性的最高德行是"忠"和"孝",女性的最高德行是"节"和"烈",战乱中男性没能遵守德行,而女性却做到了。这在最后一个出场的女子那里得到了总结。

> 乐则乐矣,而顾念人事,贵者节也……则此夜高会,实出分外,滥侧崇烈,幸听玉音。其所节义之高,贞烈之美,天必感动,人所难服,则死而不死,何恨之有?江都陷没,南汉危急,主辱如何?国耻方深,而忠臣节义,万无一人,贞操凛然,惟有

---

① 周峨:《历史演义小说中女性形象的类型化特征》,《山西师大学报》2005 年第 5 期。

妇女,是死荣矣! 何用慽慽! ①

　　这些在战乱中遇难的妇女们,把"节"看作人世上最为珍贵的东西,认为自己为"节"而死是十分光荣的。江华岛陷落时妇女们坚守"节"和"烈",与临阵脱逃的士大夫们背信弃义的卑鄙行径形成鲜明的对比,更突出了女性形象之伟大。在生死攸关之时那些朝廷的大臣们"忠臣节义"者"万无一人",而真正"贞操凛然"者"惟有妇女"。正所谓"节义之高,贞烈之美,天必感动,人所难服"。

　　这种节烈之美还体现在《玉楼梦》江南红的身上,她是天文地理、医药卜筮、兵法布阵、剑术方术"无所不知、无所不能、须眉也难与之匹敌的全能全才型英雄"②。江南红不但有情,而且重义,表现出女性少有的"烈侠"之风。与明将对阵,却不杀明将,认为"天朝名将,以吾手杀之,非义也"。归顺明朝后,牢记师傅所托与杨昌曲约法三章:平定南方后,不杀哪咤,并保留其王号,可见她的道义。在战场上,得知杨昌曲被围,她不顾个人安危,拼死相救,表现出"烈侠"的风范,以至于杨昌曲感叹道:"娘子则每有烈侠之气,不顾死生","义重而身轻"。而在文中每到关键时刻,江南红的侠义精神便显出英雄本色,这种精神可与最高权威的朝廷相抗,正如文中评价的那样:"莺城以烈侠之风,忠义之心,不顾行色之苟且。"当然像《江都梦游录》这种具有"大丈夫"似的节烈之女性和江南红"烈侠"风范的女子毕竟不多,在朝鲜古代汉文小说中,对女性的描

---

① 『江都夢遊錄』,林明德主编,『韓國漢文小說全集』三卷,108 等.

② 李宏伟:《玉楼梦小说艺术研究》,博士学位论文,中央民族大学中国少数民族语言文学专业 2006 年,第 64 页。

写,更多的还是侧重在节操方面。如《玉楼梦》第四回,江南红入尹府拜见尹小姐,两人谈论的内容是《列女传》:

> 小姐方读《烈女传》,红就案前而问曰:"小姐所看书何也?"小姐答曰:"《烈女传》。"红曰:"妾闻《烈女传》云,周之太姒、文王之妻,众妾作《樛木诗》而颂德,未知太姒善为御下,使众妾和睦欤? 众妾善为事上,太姒为之而感欤? 古诗云:'女无美恶,入宫见妒。'妇女之妒忌,自古有之,以一人之德,感化众妾之妒心,妾之所不信。"小姐微举秋波,视红而有羞涩之色,良久曰:"吾闻源清则流水为之清,形容端正则影随而正。修其身则虽蛮貊之邦可行,况一室之人?"红笑曰:"《周易》曰:'云从龙,风从虎。'以尧舜之德,无稷契之臣,则岂得唐虞之治? 以汤武之贤,无伊周之臣,则岂行殷周之政? 由此观之,太姒之德虽大,众妾有褒姒、妲己奸,则恐难显其樛木之化。"小姐笑曰:"吾闻贤不贤在我,幸不幸在天,君子言在我之道,不言在天之命,如遇众妾之不善,亦命也。太姒但修德而已,如之何哉?"红叹服不已。①

《列女传》作者是西汉的儒家学者刘向,所选取的故事体现了儒家对妇女的看法。共分七卷:母仪传、贤明传、仁智传、贞顺传、节义传、辩通传和孽嬖传。《玉楼梦》中尹小姐所读之书就是《列女传》,而江南红与之所谈论的太姒载于《列女传》首章《母仪传》中:"太姒者,武王之母,禹后有莘姒氏之女。仁而明道。文王嘉之,亲迎于渭,造舟为梁。及入,太姒思媚太姜、太任,旦夕勤劳,以进妇

----

① 『玉樓夢』,林明德主編,『韓國漢文小說全集』二卷,35 쪽.

道。太姒号曰文母,文王治外,文母治内。"① 可见,太姒是儒家大
为倡导的典范女子形象,"仁而明道""旦夕勤劳""以进妇道";褒
姒、妲己载于《列女传》末章《孽嬖传》中,是中国"四大妖姬"中的
两个,她们都是君王的宠妃,虽美若天仙,但却都是红颜祸水,危害
江山社稷,是儒家极力批判的女子形象。从尹小姐的评价中我们
明显可以看出她的品性,贞静贤淑、恪守礼法、德才兼备,是完全符
合儒家"娶妻娶德"传统要求的女性,也是作者在作品中着力塑造
的女性形象。

　　据《大明会典》载:"永乐间,赐朝鲜国王《列女传》。"朝鲜朝
学者李德懋《青庄馆全书》亦云:"中国书入本朝者,太宗四年有
《列女传》。"《列女传》在《玉楼梦》诞生四百多年前就已传入朝
鲜半岛,并在半岛产生了巨大的影响,成为半岛女性必读的教科
书。因而,半岛小说中出现众多坚守女性节操的形象就不难理解
了。如《玉楼梦》中竟有十三处描写象征处女贞操的"鹦血红点",
其中一处写的是江南红,十二处写的是碧城仙,作者之所以要这样
着笔,无非是想强调二人的处女身份,因为两人均出身于青楼。也
正是因为这"鹦血红点",不仅救了碧城仙的性命,还让前来刺杀她
的刺客老娘发出了"仙娘之才艺节操,白日所照,苍天所知,十年
青楼,一片红点,求之古昔,亦之难得"② 的赞叹,在她坚守的贞洁
和品性面前,刺客老娘自惭形秽,不但不刺杀她,还为她鸣不平,发
出"忘却怨仇之惨毒而固守妻妾之分,义理正大之妇女归之于奸
人,岂不寒心哉"③ 的感叹。江南红也是一名刚烈女子,在与杨昌曲

---

① 刘向:《古列女传》卷一,商务印书馆1936年,第9—10页。
② 『玉樓夢』,林明德主编,『韓國漢文小說全集』二卷,161 쪽.
③ 『玉樓夢』,林明德主编,『韓國漢文小說全集』二卷,161 쪽.

定情后,却无法摆脱苏州刺史黄汝玉的纠缠,但她宁肯投江,以死相抗也不愿意失去节操。还有《寿圣宫梦游录》中的云英,不能与自己心爱之人相厮相守,宁肯自缢身死也不愿意屈服于安平大君。这种坚守节操的女性,在朝鲜古代爱情家庭小说中体现得更为突出,如《春香传》中的春香等等,后文中会详细阐释,在此不赘言。

二、不灭轮回的佛家思想

佛教是一种外来的宗教,源于印度,但"到了公元 12 世纪左右,由于佛教适应不了当时印度的社会需要,加上伊斯兰教诸王的入侵,佛教在印度逐渐溃灭。此后,世界佛教的中心东移至中国"①。据有关史料记载,佛教早在两汉之际就已东渐,传入中国。到了魏晋时期,佛教大肆发展并盛行,深刻地影响着当时的社会生活和文化思想。至隋唐,佛教与中国传统文化相融合,逐步发展成为中国化的佛教。从魏晋南北朝开始,佛教兴盛,并对文坛产生了深远的影响,尤其是诗歌和小说,如《宣验记》《高僧传》《还冤记》以及《冥祥记》等,无论是编纂者或者作品主旨都深受佛教影响。而中国古代小说,其源本出自佛教之变文,由此可见文学的发展与佛教有着十分密切的关联。

据韩国文献记载,佛教是在东晋简文帝二年(372)开始传入朝鲜半岛的,秦王苻坚还派使者及僧人把佛像、经文送给高句丽。发展到高句丽、百济、新罗,尤其是在统一新罗王朝和高丽王朝时,佛教成了主宰朝鲜思想领域的国教。反映在文学作品上,就是有大量的佛教故事传世。如《三国史记》《三国遗事》中均有记录的异次顿为法灭身的故事,《新罗殊异传》中的《心火烧塔》《虎愿》,

---

① 张岱年、方克立主编:《中国文化概论》(修订版),第 237 页。

以至于《善律还生》《王郎返魂记》等都是与宣扬佛法有关。尤其是佛教思想中有关轮回转世与因果报应的思想倾向在朝鲜古代梦幻小说中表现得十分鲜明。

《皮生梦游录》中的"圆寂山",其名就来自佛教的"圆寂"之说,皮达在梦中遇到李宪,痛斥儿子李克信为免于落人口实随便捡了一具尸骨冒充父亲下葬,而这具尸骨的真正身份是金俭孙。金俭孙现身辩驳说李克信厚葬自己是天意,是三世的缘分。按照金俭孙所说,他与李宪的妻子权氏前生在高句丽时期是权臣廉兴邦的仆人,因偷偷相恋被杖杀,李克信是他们的私生子。他今生也本应与权氏结为夫妻的,可是权氏托生为士族,自己则托生为庶民,无奈权氏只好嫁给李宪。李宪和金俭孙两个人的意见完全对立,李宪站在儒教立场强调现世的父子关系,谴责李克信悖德不孝的行为。金俭孙则引用佛教"三世轮回"说证明李克信行为的正确性,今世能够得到厚葬是上天之意。从金俭孙的反驳中我们可以看到作家的佛教观。在佛教中,人的生生世世都有着一定的因果关系,所以今生就要多做善事,修行来世,反之,如果坏事做尽,即便今生侥幸度过,来世必会有所"报应"。《船游问答 黄陵墓梦记》中的仙翁就用了佛道来劝诫桂阳和耿黯,桂阳和耿黯感到世事不公,仙翁就告诉他们为非作歹的人会遭天谴,祸及子孙。《何生梦游录》中,曾经在人世受尽冤屈的忠臣在仙界都被授予了官职,"永度三生之缘,优享诸天之乐"。这些都体现了因果轮回思想,以此来劝恶扬善。《玉麟梦》中婢女云鸿为主尽忠,最终用自己的性命使得主人柳氏得以沉冤得雪。后柳氏做梦梦到云鸿受累,便为其大做法事,超度英灵,使得云鸿后来转世投胎为在田。

　　冥府以小婢之纪数未尽,浪死于非命,乃不关涉,悠悠之魂，止泊无处，时从风云，暗依于夫人座下，冥冥之中，只自洒泪，何幸夫人至诚供佛，十方诸佛之救济，今将还生于人世，而愿为夫人之子，永侍膝下，以续前生未尽之缘。①

《玉楼梦》第一回"文昌承帝命玩花　观音持佛力散花"、最后一回"鸾城府哪吒请谒　白玉楼菩萨现梦"，从题目就可感知佛的意蕴。尤其是最后一回，讲述的是鸾城候江南红做了一梦，菩萨在梦中告诉了"鸾城候"的前世今生和他们未尽之缘分，点化他们乃是天界星宿，一切皆因"情缘"而生，也因"情缘"而尽，"有情生缘，有缘生情，情书缘断，万念俱空"，暗示了他们仙凡两界的轮回。江南红梦醒后将梦中之事告诉诸姐妹，"四人皆同感此梦"，为玉莲峰石佛修建佛庵，果然其子孙尽享福禄。李渭辅的《何生梦游录》中的梦游者"尚论古今忠臣烈士，猎缨纵谈，未尝不流涕"。在梦中他来到清虚集灵府，见到了清华真君张浚。清华真君从儒、佛、道三教角度，围绕精忠报国却不为奸臣所容的南宋忠臣岳飞与害死岳飞的奸臣秦桧两个人物，向何生讲述了因果报应的道理，所谓"为善受福，为恶蒙戮""大数有定，世运循环"。之后，梦游者随同清华真君来到玄圃，见到了瀛洲大仙林庆业与三仙尹集、吴达济、洪翼汉。他们都是精忠报国的大臣，都未能实现理想抱负而在奸臣得势的情况下含恨死去。玉帝对他们在人世间的所作所为及所受的冤屈了如指掌，他们被重新召入仙界，并被授予官职加以表彰，使他们"永度三生之缘，优享诸天之乐"，这正是善恶相报的结果。

其实这种三世轮回、因果报应的佛教思想，在中国文学中也是极为常见的，如对朝鲜半岛小说创作产生过重要影响的《太平广

---

① 『玉麟夢』，林明德主編，『韓國漢文小說全集』一卷，207 쪽．

记》和《还冤记》，其中就有多个故事与此有关。《还冤记》中的《宋皇后》就是一个实证。主人公宋皇后遭到小人诽谤，汉灵帝听信谗言，将其打入冷宫，并杀害其父兄。之后的一天，汉灵帝做了一个梦，梦中桓帝告诉他宋皇后在天帝那告状诉冤，但是灵帝并没有醒悟，也没有采取措施补救自己犯下的过错，不久便驾崩了。《还冤记》中许多故事都深受佛教因果报应思想的影响，如《张禅》《释僧越》《诸葛元崇》等都是因为被害受冤而复仇的故事。其中最具代表性的就是《太乐伎》，讲述的是主人公陶继之为自己所作所为承担后果，接受惩罚，他的子孙也没能幸免。再如《康季孙》中的男主人公康季孙，他生性好杀，性格残暴，得了重病，一日梦到有人劝他不可再开杀戒，那么他的病就可以痊愈。康季孙记住了梦中的教诲，决心不再杀生，他的病果然如梦中人所言而日渐康复。就这样过了几年，但好景不长，康季孙有个小姜私奔被他发现，他当即杀了这个小姜，之后没过几天就吐血而亡。

金万重的《九云梦》，虽然儒家的功名利禄占据了小说的主体，但在小说的开头和结尾明显与佛教有关。小说开篇便道：

唐时有高僧自西域天竺国入中国，爱衡岳秀色，就莲花峰上，结草庵以居，讲大乘之法，以教众生，以制鬼神，于是西教大行，人皆敬信，以为生佛复出于世。富人蔑其财，贫者出其力，铲叠嶂，架绝壑，鸠材潺工，大开法宇，幽复寥阒，胜概万千。杜工部诗所谓"寺门高开洞庭野，殿脚插入赤沙湖。五月寒风冷佛骨，六时天乐朝香炉"四句已尽之矣，山势之杰，道场之雄称为南方之最。其和尚惟手持《金刚经》一卷，或称六如和尚，或称六观大师，弟子五六百人中，修戒行得神通者三十余人。有小阇利，名性真者，貌莹冰雪，神凝秋水，年才

二十岁,三藏经文,无不通解,聪明知慧,卓出诸髡,大师极加爱
重,将欲以衣钵传之。①

　　这位唐代高僧"讲大乘之法"之地便是中国佛教圣地衡山的
莲花峰,而传授性真佛法的六观大师手持的经卷是佛教经典《金刚
经》,性真修行的程度是"三藏经文,无不通解","大师极加爱重,将
欲以衣钵传之"。《九云梦》一开篇就将主人公设定在佛教的空间
里,而性真本身又是深谙佛法。

　　《九云梦》末回杨少游悟道时说:

　　　　天下有三道,曰儒道,曰仙道,曰佛道,三道之中,惟佛最
　　高,儒道成全,明伦纪,贵事业,留名于身后而已;仙道近诞,自
　　古求之者甚多,而终未能得之,秦皇汉武及玄宗皇帝,可鉴也。
　　吾自致仕来此之后,每夜着睡,则梦中必参禅于蒲团之上,此
　　必与佛家有缘也。我将效张子房,从赤松子,弃家求道,越南
　　海,寻观音,上义台,礼文殊,得不生不灭之道,欲超尘世之苦
　　海,但与君辈,半生相从,而未几将作远别,故悲怆之心,必自
　　发于箫声之中也。②

　　主人公性真因贪图人间功名美艳,被贬入凡间,转世为杨少
游,娶了三妻五妾尽享人世间的富贵功名。到了晚年,他与八个妻
妾谈论起人世间的虚无和无常,决定"弃家求道",参研佛道,追求
"不生不灭之道",欲"超尘世之苦海"获得永生。从人世轮回的梦

---

①『九雲夢』,林明德主編,『韓國漢文小說全集』三卷,327—328 쪽.
②『九雲夢』,林明德主編,『韓國漢文小說全集』三卷,446 쪽.

中大彻大悟而还其本来面目的性真和八仙女,聆听六观大师的佛法,进入极乐世界。可见"《九云梦》从情节看,是以道教的享乐主义和儒教的功名思想展开事件的,但到了结尾便否定道教的享乐主义和儒教的功名思想,而以佛教的来世主义作结尾"①。

三、消极出世的道家思想

道教是中国本土的宗教,它酝酿于东汉,发展于魏晋,至南北朝时期,首次使用"道教"一词。道家哲学是道教的重要思想渊源与宗教理论的主干,《老子》《庄子》是道教的经典典籍。从六朝至宋明的小说都深受道教的影响,六朝的志怪小说中的许多作品都体现出了道教思想,甚至专为道教而作,如《汉武帝内传》《搜神记》等。六朝以后,也产生了许多以神仙道教为题材的传奇、小说,如唐代《枕中记》、宋代《太平广记》中的相关作品、明代《四游记》中除《西游记》之外的《东游记》《南游记》《北游记》等。

道教传入朝鲜半岛的时间约在朝鲜的三国时代,高句丽、百济、新罗都先后传入道教,道教传入后在朝鲜半岛产生了广泛的影响,但没有形成庞大的道教集团,也没有像儒、佛那样成为国教。新罗统一至高丽时期,道教曾有广泛的影响,但到了朝鲜朝时期,朝廷不提倡,道教的影响大为减弱。不过,民间已经广泛接受了道教,许多文人痴迷于老庄,再加上《洞冥记》《搜神记》《枕中记》《太平广记》等中国小说传入的间接影响,朝鲜半岛小说中出现与得道成仙、消极避世等的道家思想相关的作品也就不足为奇了。

《九云梦》中,为何杨少游在充分享受了作为封建贵族所能享受的一切人间富贵之后,产生遁入枯寂空门的念头,发出了"高台

---

① 崔雄权:《韩国小说名著鉴赏》,延边大学出版社 1995 年,第 35 页。

自颓,曲池且堙,今日歌殿舞榭,便作衰草寒烟""缘尽而归,乃天
理之常也"①"男女情欲,皆妄幻也"② 的慨叹呢?我们不妨看看作
者金万重所生存的时代。朝鲜朝时期,党争十分激烈,经历了"壬
丙两乱"的国家已处于奄奄一息的边缘,但朝廷内的党争依然不见
停息,照样激烈进行。党争的结果,胜利者可荣登高位,一旦失败
则遭贬下狱,面对这残酷多变的官场现实,金万重是不能不有所深
思与畏惧的。杨少游在荣耀显达臻于顶点之际,以壮年之身一再
要求辞官下野,退居林泉,正是作者对当时朝廷政治斗争戒惕心理
的一种表现,也是朝鲜朝肃宗时期残酷、复杂党争的真实反映。

　　《玉麟梦》第二十九回中,出使契丹谈和失败被囚禁多年的范
璟文被柳原从契丹救回后,便看破官场,遂有辞官退隐之意,上表
皇帝请辞归去:"臣本才短而年浅,不足补国家,而误被圣恩,身登
宰列,人微任重……不能修身齐家,妖恶女子姿行诈慝之事,闺门
罔极之变,真千古所未闻者,而臣处家中还自不知。上烦雷霆之
威,臣罪亦合万死。"③《玉仙梦》第十一章,北虏入侵,皇帝更迭频
繁,国家处于内忧外患之中,钱梦玉看破世间功名,上表请辞。辞
官后的梦玉栖身于灵隐寺,广修道法。"梦玉因凭几而坐,嗒然似
丧其耦,心如中酒,渐忘世间许多悲欢。"④ 而更有意思的是《玉楼
梦》,作品中有明显的道、佛合一的倾向。杨昌曲的前身是深受玉
帝喜爱的"仙官",是位道家弟子,因向往尘世而被贬人间的决定
却是由佛家的观音菩萨做出的。江南红的师傅是白云道士,而白
云道士又是文殊菩萨。"原来鸾城从白云道士,以师事之,道士,

---

① 『九雲夢』,林明德主編,『韓國漢文小說全集』三卷,446 쪽.
② 『九雲夢』,林明德主編,『韓國漢文小說全集』三卷,448 쪽.
③ 『玉麟夢』,林明德主編,『韓國漢文小說全集』一卷,208 쪽.
④ 『玉仙夢』,林明德主編,『韓國漢文小說全集』三卷,324 쪽.

即文殊菩萨,自有传授佛法,平生不曾发说。"① 还有碧城仙的父亲是大乘寺辅祖国师的佛门弟子,但自我称谓不是"贫僧"而是"贫道"。

中国当代著名哲学家李泽厚先生在《中国古代思想史论》中曾提出过"儒道互补说"。纵观中国的古代思想史,尽管儒家思想占主导地位,但道家思想(包括佛家思想)长期同儒家思想共生共存,相互对立,又相互补充,形成了儒道互补的思想景观。这当然是从宏观角度而言的;然而从微观上看,儒道互补说也符合中国人尤其是士大夫或书生们的文化心理结构。"身在江湖,心存魏阙"是传统社会士大夫和读书人的普遍的常规心理。所谓"达则兼济天下,穷则独善其身"说的就是这个意思。中国传统社会的士大夫和文人多深受儒家思想的影响,无论是价值观还是生活态度都是按照儒家思想去践行的。但当他们落魄失意时便会选择隐居避世,倾向于道家的价值观。由此可见,儒家的入世主义与道家的出世主义,表面上看似乎矛盾,但又是合一的。所以,传统社会的中国士大夫和读书人的心理结构也往往是儒道共存,处于一种互补状态。

朝鲜士大夫和文人长期受中国文化熏陶,他们的心理结构或思想结构也与中国的士大夫和读书人别无二致。比如,金时习从小受到儒家文化的熏陶,然而在"癸酉靖难"② 后,仕途被断送,他就变成了徜徉山水的所谓"方外人",最后削发为僧,皈依佛门。金

---

① 『玉樓夢』,林明德主编,『韓國漢文小說全集』二卷,453 쪽.
② 癸酉靖难:是指 1453 年朝鲜王朝发生的一场政变,由朝鲜国王端宗李弘暐的叔叔首阳大君李瑈发动,政变成功后首阳大君夺取实权,进而在两年后篡夺了侄儿端宗的王位,成为朝鲜世祖。因政变发生在癸酉年,故史称"癸酉靖难"。

万重出身于名儒之门,从小受到儒学教育,年轻时就文科及第,历任宫廷要职,在"张禧嫔事件"① 中受到南人派的打击,被发配到南海之后,思想就转到佛家的立场上,创作了儒、释、道思想文化交融在一起,而以儒、佛思想为主旨的《九云梦》。此外《玉楼梦》在其思想内容结构方面也与《九云梦》相似,不同的是《玉楼梦》主要体现的是儒家与道家思想文化的融汇。如《玉楼梦》:

> 行于世间之道有三:儒、佛、仙,儒道主其正大,仙佛近于神异,修其心而不变于外物,一般后世僧尼道士,不知仙佛之本,以荒诞之术,眩乱世人耳目,此所谓遁甲。遁甲之法流传于世,但以正道所不能制。汝今略解,用于困厄之时。②

在《玉楼梦》第十三回中,江南红的师傅白云道士,将医药、卜筮、天文、地理、兵法、剑法甚至遁甲术悉数传授给江南红,使其无不贯通,"几无敌于世"。白云道士本是道中之人,在谈起儒、释、道之间的关系上,却将儒视为正道,认为"儒道主其正大","仙、佛近于神",这里有明显的"崇儒以道"的思想,而这种思想直接影响了他的高徒江南红。在第五十回中,当公主惊叹于江南红奇绝的剑术,好奇发问时,江南红的回答也同其师傅一样,认为"儒道正大","主道理",认为"道释神妙","近于虚诞",从而感到自己"耗损于杂术","追悔莫及",可见《玉楼梦》的立意仍是以儒为主,以道为辅。

道家思想在朝鲜古代梦幻小说中的体现还集中在故事背景与

---

① 张禧嫔事件:发生于 1687 年,南人派依附肃宗的女宠张禧嫔,拥护肃宗废正妃闵氏,立张禧嫔为妃,持反对态度的西人则受到镇压。
② 『玉樓夢』,林明德主编,『韓國漢文小說全集』二卷,114—115 쪽.

故事人物上。梦幻故事的主体部分常常是在神仙世界的特定空间中展开,其中的人物身份也都是道教中的,如仙界人物、信史人物得道成仙者、鬼魂等等。金时习《金鳌新话》中的《南炎浮洲志》,以阴曹地府为故事发生地点,主要人物有朴生和阎罗王,故事情节也都是宗教哲理、鬼神迷信等。《龙宫赴宴录》的故事发生地点是在龙宫,人物有韩生和龙王及其属下,讲述了韩生被龙王邀请为其女儿的新房写《上梁文》,韩生应邀赴宴,宴会嘉宾也是各路神仙,之后还游览了龙宫。此后金冕运的《锦山梦游录》,故事发生的地点依旧是在道教色彩浓郁的"留仙台",主要人物是梦游者梧渊翁和羽衣道士,交谈的内容是锦山神君与露梁水府之间来往的书信,等等。

朝鲜古代梦幻小说把崇儒的主旨放在道教(或道家)的幻想空间中去展开和表现,充分体现出以人为本和以道崇儒的思想结构特点。例如黄中允的《达川梦游录》和李渭辅的《何生梦游录》,梦游故事的主体空间一个是在龙宫,一个是在清华真君的"清虚集灵府",故事中的人物或羽化登仙或位列仙品,这些情节的设定虽然体现的是道教,但小说真正表达的分明是以儒家为代表的传统文化中"无能不官"(《荀子·王制》)、"隆礼尊贤"(《荀子·强国》)的开明思想。即是说,虽然故事设定在幻想的时空(仙界)里,人却始终没有离开地面和现世,这便是一种儒家的人本主义、以人为本的现世主义在梦游录中的显现。尤其是在《何生梦游录》中的名将因抗金的善行而得到"善报"位列仙班,由此也可以看出这不单是佛家的"因果报应说",而是儒、释、道的三教合一,借助释、道以崇儒。

最有代表性的是尹致邦的《谩翁梦游录》,讲述的是梦游者不愠斋在梦中见到一位神仙,在他的引导下手握九节杖游览中国名

胜的故事。"曾有术士谓吾，'老多仙缘'"一句话道出梦游者对神
仙很感兴趣，一看到这美丽景色就怀疑自己来到仙境，于是毫不犹
豫地去寻找神仙，因而发现了有神仙歇息痕迹的石室，并终于见到
了神仙。神仙说邀请梦游者来到这里是因为"气味相似"，"一则
志气正大，二则凡为清静，三则常有游览山水之愿"①。以往的梦游
录也有许多心怀远游之志的梦游者形象，如《皮生冥梦录》中的皮
生、《琴生异闻录》中的琴生、《金华寺梦游录》中的成虚、《锦山梦
游录》的梧渊翁等，但这些人游览山水是为了引出特定的历史事
件或历史人物，而《谩翁梦游录》中梦游者游览山水的本身就是目
的，通过游览山水，观赏美丽的风景，鼓舞志气，提高自身德行与
修养。弗洛伊德认为人的欲望就是形而下的性的欲望，然而，就其
欲望的结构而言，形而上的精神欲望也占有很大比重。《谩翁梦游
录》的主人公想要在中国游历一番的愿望就是几乎与性的欲望没
有多大关系的一种审美欲望，一种高尚的精神欲求。于是，梦游者
喝了神仙所敬的美酒，手握神仙所赐的一步百里、十步千里的九节
杖，踏上了游览中国的历程。

> 上祝融峰，追忆朱夫子浪吟之气像，而下至临安，玩龙飞
> 凤舞之奇异。复登衡山，访六观大师，则入天竺者，已有年矣。
> 慨然而至华山，观陈希夷·云王之浪迹，北望恒山巉兀，嵩山
> 之秀丽，则识方氏所谓"镇山"，是也。②

---

① 『謾翁夢遊錄』，張孝鉉等 編，『（校勘本 韓國漢文小說）夢游錄』，고려대
　학교 민족문화연구원，2007，593 쪽.
② 『謾翁夢遊錄』，張孝鉉等 編，『（校勘本 韓國漢文小說）夢游錄』，고려대
　학교 민족문화연구원，2007，594 쪽.

上祝融峰追忆朱子的气象,登衡山想要访问六观大师①,上华山仔细寻找白云先生陈希夷的踪迹。朱子是儒家代表,六观大师是佛家代表,陈希夷则是道家的代表人物。作者在游览这些名山时不自觉地想起了与之有关的儒、道、佛三家的代表人物,体现了对中国文化的深刻了解,和对儒、道、佛三家的包容心态。

范文澜曾描述儒、释、道之间的关系:"魏晋以来,老庄极盛,儒学又吸取老庄简易清通的方法,来讲经学……南北朝儒道佛鼎立,道佛斗争,儒守中立。两教都引儒自重,不敢向儒进攻。同时儒学又吸收道佛,经过唐朝,成立宋朝的理学(亦称宋学)。宋学战胜汉学,又战胜道佛。"② 明清之际的思想家顾炎武说:"今之所谓理学,禅学也。"梁启超也认为理学是"儒表佛里"。周予同指出:"吾人如谓无佛学即无宋学,决非虚诞之论。宋学之所号召者曰儒学,而其所以号召者实为佛学。"③ 可见在漫长的历史进程中,儒、释、道三家思想的交融与共生,上述朝鲜古代梦幻小说崇儒以道、道佛合一的现象,正是这三家思想交融在文学作品中的体现。

第四节 梦幻类汉文小说与中国文学传统

中国文学是世界上历史最悠久的文学之一,在长达三千多年的发展历程中从未中断过,以其辉煌成就而成为全人类文化遗产中的瑰宝。中国古代的诗词、散文、小说以及戏曲等,都对周边国

---

① 六观大师是朝鲜朝中期金万重的小说《九云梦》中的一个人物,是从西域来的高僧。说明这篇小说的作者熟读了17世纪末的《九云梦》,并把其中的人物引用到自己的小说中来。

② 范文澜:《中国通史简编》,商务印书馆2010年,第265页。

③ 周予同:《朱熹》,商务印书馆1929年,第5—6页。

家如日本、韩国、越南等产生过广泛而深远的影响,朝鲜古代梦幻小说与中国古代文学之间的关系就是如此。下面分别从梦游情境、梦游结构、梦游诗赋、章回体模式等几个方面探讨朝鲜古代梦幻小说与中国古代文学的密切关联。

一、梦游情境

"情境"这个概念,在西方是指戏剧冲突展开时所处的一定条件、环境的总和。黑格尔的悲剧美学体系中就有一种情境理论,并且认为能导致冲突的情境才是理想的情境。狄德罗也主张要通过揭示"情境""关系"的内在联系使文艺更逼真①。我们可以套用这个理论来研讨小说中的"情境"问题。在朝鲜古代梦幻小说中,梦游者及梦中人物总是存在于一定的时间、地点,一定的时空、环境。而在梦中具体时空环境设定方面,朝鲜古代梦幻小说与中国文学有着密切的内在的关联。

游仙文学、梦游文学是中国传统文学创作的重要主题,它扩大了中国文学作品的表现范围,推动了中国浪漫主义文学的勃兴。"梦游文学就是人在梦境中和神相遇的一种特别的文学。"②"人与神交游还有一种较为特殊的方式,即梦游,具体来说指人在梦境中与神灵相遇并携手相游。古代文人士子与鬼神之事,往往托之梦境,虽然作者有可能并不相信鬼神。"③《列子·黄帝》中的"黄帝梦游华胥",是目前所能见到的最早的梦游仙界的故事。宋玉的《高唐赋》《神女赋》是最早写到梦境的赋,这两篇赋在内容上是相互

---

① 鲁枢元等编:《文艺心理学大辞典》,湖北人民出版社2001年,第409—410页。
② 刘丽红:《中国古代远游文学及其文学史意义研究》,《大众文艺》2017年第3期。
③ 唐景珏、方铭:《中国远游文学及其文学史意义》,《东南学术》2014年第5期。

衔接的姊妹篇,都是写楚王与巫山神女梦中相会的爱情故事,被誉为"高唐梦"与"神女梦"。《高唐赋》主要写楚怀王梦幸巫山神女之事,《神女赋》写的则是楚襄王受到巫山云雨故事的诱导,梦与神女相遇。这两个游仙梦,尤其是"高唐梦",开拓了一种人神梦中相恋幽会的题材,极大影响了后世同类文学作品。

关于梦游的记载,较为典型的是《史记·赵世家》:

> 我之帝所甚乐,与百神游于钧天,广乐九奏万舞,不类三代之乐,其声动人心。有一熊欲来援我,帝命我射之,中熊,熊死。又有一罴来,我又射之,中罴,罴死。帝甚喜,赐我二笥,皆有副。吾见儿在帝侧,帝属我一翟犬,曰:"及而子之壮也,以赐之。"帝告我:"晋国且世衰,七世而亡,嬴姓将大败周人于范魁之西,而亦不能有也。今余思虞舜之勋,适余将以其胄女孟姚配而七世之孙。"①

赵简子,即赵鞅,赵武之孙,晋三卿之一。有一次,赵简子病重,但过了几天,突然醒来,就像没得过病一样。赵简子讲述了他梦见天帝,与诸神游览钧天的梦中经历,后人称之为"钧天梦"。令人惊奇的是,赵简子在梦中的作为和见闻,后来都变成了现实。李商隐的《钧天》一诗即咏此事:"上帝钧天会众灵,昔人因梦到青冥。"后来人们用"钧天梦"来泛指梦。"钧天乐""钧天广乐"也出自这个故事。"钧天"即天帝所居之处,可知赵简子此番梦游之处绝非凡间俗世。

王延寿的《梦赋》,是第一篇以梦命名的文学作品,开篇写道:

---

① 司马迁著:《史记》卷四十三《赵世家》,中华书局 1959 年,第 1787 页。

臣弱冠尝夜寝，见鬼物与臣战，遂得东方朔与臣作骂鬼之书，臣遂作赋一篇叙梦。后人梦者读诵以却鬼，数数有验。臣不敢蔽，其词曰：

余宵夜寝息，乃忽有非常之物梦焉。其为梦也，悉睹鬼物之变怪。则有蛇头而四角，鱼尾而鸟身，或三足而六眼，或龙形而似人。群行而奋摇，忽来到吾前，伸臂而舞手，意欲相引牵。于是梦中惊怒，腷臆纷纭。曰："吾含天地之淳和，何妖孽之敢臻尔！"乃挥手振拳，雷发电舒，斮游光，斫猛猪。批豔毅，斫魅虚，捎魍魉，拂诸渠，撞纵目，打三颅，扑苕荛，抶夔魖。搏睍睆，蹴睢盱，剖列蹶，掣羯孽，劓尖鼻，踏赤舌，拏伧魠，挥髯鬙。……于是三三四四，相随佷傍而历僻，蹡蹡磕磕，揢齐亥布；謍謍訾訾，鬼惊魅怖，或盘跚而欲走，或拘挛而不能步，或中疮而宛转，或捧痛而号呼。奄雾消而光散，寂不知其何故。嗟妖邪之怪物，敢干真人之正度。耳聊嘈而外即，忽屈伸而觉寤。①

王延寿的《梦赋》完整地记述了作者从入梦到梦中再到梦醒的全过程。梦中的情景恐怖，所见到的均是"鬼物之变怪""妖邪之怪物"，这种情境的设置，在后续文学创作中被继承发展，如《剪灯新话》中的《令狐生冥梦录》《太虚司法传》等对鬼蜮世界的描写等。

值得注意的是，中国古代梦游仙文学中梦游者及梦中人物在鬼神世界中所处的时空并不是千篇一律的，而是多种多样、层出不穷的，有神山，有仙台，有洞府，有龙宫乃至冥府等，在这些"神出鬼没"的世界中，故事中的人物可谓是无所不往，无所不在。如张读

---

① 王延寿：《梦赋》，《古文苑》卷六，中华书局1985年，第151—153页。

《宣室志·娄师德》中梦到为了知道自己的寿数而身入地府的故事，这一情节使人联想到《西游记》中孙悟空睡梦里魂灵被捆绑到阴司，却反将生死簿上的猴属名字一概勾掉的情节。而《西游记》的这一情节又与瞿佑《剪灯新话·令狐生冥梦录》中令狐生被两个面目狰狞的恶鬼捉拿到冥府的遭遇颇为相似。与此类似的情节在《剪灯新话·太虚司法传》中又发展到了极致（但小说没有交代是梦中游仙）：冯大异从来不信鬼神之说，偏在半路被鬼围困，不幸失足堕入"鬼谷"，继而被鬼王折磨侮辱。宋代惠洪《冷斋夜话》亦载："王平甫……梦有人挟之至海上。见海中央宫殿甚盛，其中作乐，笙箫鼓吹之伎甚众，题其宫曰'灵芝宫'。平甫欲与俱往，有人在宫侧，谓曰：'时未至，且令去，他日当迎之。'至此恍惚梦觉，时禁中已钟鸣。"①至瞿佑《剪灯新话·水宫庆会录》（也属"准梦游仙"），余善文是一位出身贫寒的儒生，被龙王邀请到龙宫为他的新殿撰写上梁文，龙王察其品行端正，对他重赏。有学者指出，金时习《金鳌新话·龙宫赴宴录》"从主题、人物、结构到语言，都直接因袭了《水宫庆会录》"②。而黄中允《达川梦游录》写的是梦游者在龙宫以诗取悦于王，并被期许"不出数年，高步青云"，从而得到一种被知遇的心理满足，这又明显与《龙宫赴宴录》乃至《水宫庆会录》有了密切的关系。

宋李昉的《太平广记》及明瞿佑的《剪灯新话》对于朝鲜梦幻小说创作的影响要更为直接。《太平广记》里专门编辑的七卷"梦"类小说，共一百七十一篇，加上散布在其他卷次里的作品三百四十一

---

① 惠洪撰，陈新点校：《冷斋夜话》卷二，中华书局1988年，第24页。
② 徐东日：《〈金鳌新话〉与〈剪灯新话〉之比较——论金时习的文学主体性》，《延边大学学报》1992年第4期。

篇,整部《太平广记》里共五百一十二篇涉梦小说,其中有梦神仙的,有梦历史人物的,还有梦鬼魂的等等。《太平广记》在高丽高宗时及朝鲜太宗时两度传入朝鲜①,多次被翻译和出版②,对包括梦游录在内的朝鲜小说的发展产生了重要的影响。

也有学者指出,《金鳌新话·南炎浮州志》是借鉴了《剪灯新话》中的《令狐生冥梦录》和《太虚司法传》。其实,就连尹继善《达川梦游录》和无名氏《江都梦游录》中对战乱后鬼蜮世界的描写,也明显是受了《太虚司法传》之类小说的影响:

> 时兵燹之后,荡无人居,黄沙白骨,一望极目。未至而斜日西沉,愁云四起⋯⋯鸱鹠鸣其前,豺狐噪其后。顷之,有群鸦接翅而下,或跂一足而啼,或鼓双翼而舞,叫噪怪恶,循环作阵。复有八九死尸,僵卧左右,阴风飒飒,飞雨骤至,疾雷一声,群尸环起,见大异在树下,踊跃趋附。大异急攀缘上树以避之,群尸环绕其下,或啸或詈,或坐或立⋯⋯(《太虚司法传》)③

> 俄而疾风号怒,杀气漫野,乾坤如漆,不辨咫尺,而唯见一队灯炬,自远而至,万夫喧哗,渐迩而闻。

> ⋯⋯觇其所为,追逐叫呼,仅卜其形。或无头者,或断右臂者左臂者,或刖左足者右足者,或腰存而无脚者,或脚存而无腰者,或腹涨而蹒跚者,盖溺水者也。被发满面,腥血相射,而四肢残酷惨不忍见。叫天一声,寤擗痛哭,山岳动摇,流水

①[韩]闵宽东:《中国古典小说在韩国之传播》,第243—244页。
②[韩]闵宽东:《中国古典小说在韩国之传播》,第244—245页。
③瞿佑:《太虚司法传》,《剪灯新话》卷四,中央书店1936年,第93页。

亦驻。既而云散月高，万籁寂然，白露为霜，蒹葭苍苍，寒庚寥闃，旷野如练。(《达川梦游录》)①

愁云聚散，悲风断续，夜气凄凉，不寻常矣……夜将半，风传数声，则乃歌也笑也哭也。其歌也其笑也其哭也，总是妇女，咸聚一处。

禅师大异之，近而窥之，则列而成行，无非女子，而或红颜已凋，白发垂鬓，或青云未老，绿云冷鬟……

于是进其步，观其视，则丈余之索，尺许之锋，或系于纤头，或血于硬骨，或头脑尽破，或口腹含水，其惨恻之形，不可忍视，亦不可胜记也！(《江都梦游录》)②

从上述无论是环境愁怨气氛的渲染，还是现场阴惨景物的描写，抑或是鬼蜮世界里众多恐怖怪异形象的刻画，明显能看出《太虚司法传》之类小说对《达川梦游录》和《江都梦游录》的影响，三部作品对战乱后鬼蜮世界的描写可谓如出一辙。再如《金鳌新话》中的《龙宫赴宴录》与《剪灯新话》卷四中的《龙堂灵会录》开篇情境的描写：

吴江有龙王堂，堂盖庙也，所以奉事香火，故谓之堂。或以为石崖陡出若塘岸焉，故又谓之龙王塘。其地左吴淞而右太湖，风涛险恶，众水所汇。过者必致敬于庙庭而后行。夙著灵异，具载于范石湖所编《吴郡志》。(《剪灯新话》卷四《龙堂

---

① 『達川夢遊錄』，林明德主编，『韓國漢文小說全集』三卷，75 等.
② 『江都夢遊錄』，林明德主编，『韓國漢文小說全集』三卷，101—102 等.

灵会录》)①

松都有天磨山,其山高插而峭秀,故曰"天磨山"。中有龙湫,名曰"瓢渊"。窄而深,不知其几丈,溢而为瀑,可百余丈,景概清丽,游僧过客,必于此而观览焉。夙著异灵,载诸传记,国家岁时,以牲劳祀之。(《龙宫赴宴录》)②

这里明显能看出《龙堂灵会录》对《龙宫赴宴录》的影响,两部作品开篇情境描写如出一辙,叙事顺序几乎一致,连结尾处的关于相关记载的说明都一样,几乎就是模拟之作,可见中国小说东渐后对古代朝鲜作家创作影响之深。

二、梦游结构

从时空结构而言,朝鲜古代梦幻小说和中国许多古典文言小说有同样的特点,是一种闭合式结构。即以梦(幻)事为中心,以人物的行动、行踪为线索来结构文章。从梦幻过程来说,可以表述为"入梦—梦中—梦醒"的格式;从时间视角可表述为"梦前—梦中—梦后";从空间角度可表述为"现实—梦—现实"。无论哪一种分类方式,其首尾都是统一的,处于清醒状态,位于现实空间,形成一个环抱完整的闭合结构。即梦游者从现实时空出发,进入梦境后在幻想时空里游历一番,梦醒后又回到现实时空。当然在幻想时空里,梦游者游历之时,现实中的物理时间并没有停止,只是在很短的物理时间内往往经历了较长故事时间或叙事时间。

沈义的《大观斋梦游录》被认为是梦游录小说的嚆矢,它既有

---

① 瞿佑:《龙堂灵会录》,《剪灯新话》卷四,第 85 页。
② 『龍宮赴宴錄』,林明德主编,『韓國漢文小說全集』三卷,151 等.

梦游传奇的特点,又有区别于传奇向梦游录小说结构类型过渡的
特点。梦游录一般由"坐定—讨论—诗宴"几个部分组成,"讨论"
一般取材于历史或现实中的人物,通过这些人物的讨论,往往发
出由经验世界与理念之间的相互矛盾而引起的深深感叹。与此相
比,《大观斋梦游录》是以梦游者在梦中经历一生的方式结构而成,
这明显是受了唐传奇的影响,与沈既济的《枕中记》有一定的关
系。《枕中记》讲述了卢生在梦中一生经历的体验,即入梦之后平
生的历程,《大观斋梦游录》也是如此;《枕中记》里影响卢生一生
最重要的事件是婚姻与战争,《大观斋梦游录》也大致如此,故事的
发展过程与《枕中记》几乎完全相同,甚至觉梦之后对人生虚无的
感慨也是一脉相通的。

　　《安凭梦游录》的结构也与《大观斋梦游录》相似,安凭多次参
加科举而接连落榜,于是就在"南山别业居闲",栽花种草,吟咏诗
词。一天,安凭在园中赏花吟诗时有些疲倦,便靠在老槐树下自言
自语:"世传槐安之说甚诞吁,亦怪哉!"然后进入梦乡。所谓"槐
安之说"即指唐代传奇李公佐的《南柯太守传》的故事。可见《南
柯太守传》与《安凭梦游录》之间影响与被影响的关系。

　　以《元生梦游录》为标志,朝鲜梦游录小说形成独特的结构类
型,即采用"入梦—坐定—讨论—诗宴—觉梦"的典型的梦游录结
构,之后出现的《琴声异闻录》《达川梦游录》等也具有相同的形
式。此后"直到17世纪末为止,梦游录一直占据着梦游形式的主
导位置。……在《元生梦游录》这部作品以后,梦游录确保了样式
的有形性,成为了风靡一个时代的模式"①。

　　《元生梦游录》的文本时序如下:

---

① [韩]신재홍,『韓國夢遊小說研究』,계명문화사,1994,97 쪽.

（1）梦游者元子虚，慷慨豁达，怀才不遇。（2）中秋之夜，元子虚靠着书桌睡去。（3）元子虚到一江岸，吟诵一首抱怨的诗。（4）幅巾者出现，带元子虚来到一个亭榭。（5）元子虚给王和五个大臣们行礼后坐定。（6）元子虚与他们议论古今兴亡，幅巾者指责四君，王告诫不要太过分。（7）王脱下锦袍换来酒。（8）以王为主，五个臣子和元子虚轮流吟诗。（9）一个武士闯进来，呵斥臣子后吟诗。（10）元子虚从雷声中梦醒。

段落（2）和（10）是入梦与梦醒的场面，这是梦游录叙述模式的共同之处。段落（1）中设定梦游者，这个梦游者的性格特征通过段落（3）其吟诗的内容，被重新细致地刻画。作品叙述的关键是段落（4）到段落（9）之间的梦中世界。段落（4）是引导部分，一个男子将梦游者引到亭榭；段落（5）是坐定部分，参加聚会的人员各坐其位，落座的位置由身份等级而决定；段落（6）是讨论部分，在场的人谈论古今兴亡；段落（7）是段落（6）中展开的讨论被王平息后，摆上了简单的酒席；接下来段落（8）就是诗宴部分，参加聚会的人轮流作诗，"以叙幽冤"；段落（9）中，新人物出现又引起事件的波澜，但最终被诗宴所吸纳。

可见，《元生梦游录》的梦中世界是这样的一个叙事结构：入梦—引导及坐定—讨论—诗宴—诗宴的整理—觉梦及后来状态。其中讨论与诗宴是反映梦游录小说"聚会"这个特点的重要环节，也是核心部分。换句话说，梦游录小说的梦中世界所体现的"聚会"性质大多是通过讨论与诗宴的相互结合、相互补充而形成的。

其实，在中国古代梦文学作品中，这种"入梦前（现实时空）—入梦后的梦中（虚幻时空）—梦醒后（现实时空）"的基本时空结构模式是很早就确立了的。《列子·黄帝》中黄帝由"昼寝而梦"到"游于华胥氏之国"全过程，最后"寤，怡然自得"，并兴奋地把梦昭告给臣下，就已经是一个完整的"入梦前（现实时空）—入梦后的梦中（虚幻时空）—梦醒后（现实时空）"的回归式时空结构。类似的作品在唐人传奇中可谓俯拾即是。宋代诗人刘子翚（1101—1147）有一首《梦仙谣并引》：

> 鹅子峰前波色清，刘郎看山无俗情。癯儒自昔有仙骨，夜梦体飞如叶轻。云中不识朝天路，双童导我凌空去。侧身度岩隙，盘盘复回回。倏然意往形不碍，石窟藓窦俄天开。乘槎夜泛牛女渡，鞭鸾晓入金银台。花深不逢人，时闻佩环声。仙翁睡起方结袜，见客坦易无崖垠。击蒙冀垂矜，叩妙获一言，七情泪心心，愦昏窒欲如。水澄其源白中咬，咀药手撮仍见分。旁有泠泠泉，三漱乃尽吞。驻红却白非难事，贪生虑死真愚计。当时同游七姓俱，但记古月成胡字。尘缘未断不得留，海风吹过蓬瀛洲。觉来窗户冥濛晓，玉镜晶晶堕松杪。①

此诗是一篇结构非常完整的梦游仙作品，与朝鲜梦游录的复杂结构形式非常相似。记述了从"夜梦体飞如叶轻"开始入梦，之后有"双童"引导我"凌空"遨游仙界，与刚刚睡醒的仙翁相见并获得所赠"妙言"，直至"觉来窗户冥濛晓"的梦醒过程。又据诗前引言曰："刘致明梦与七客游仙……因为作谣以记之。"可知此诗乃为他人梦游仙所赋，其结构与朝鲜梦游录小说非常接近。

这就引出一个问题，即朝鲜古代梦游录小说的"入梦—坐定—讨论—诗宴—觉梦"的结构模式又是如何产生的呢？可以肯定地说，至少在唐人传奇中这种模式就已经酝酿了。兹录唐代白行简

---

① 刘子翚：《梦仙谣并引》，《屏山集》卷十二，明正德七年刊本，第7—8页。

的传奇《纪梦》全文于下：

> 长安西市帛肆，有贩粥求利而为之平者，姓张，不得名。家富于财。居光德里。其女国色也。尝因昼寝，梦至一处，朱门大户，荣戟森然。由而入，望其中堂，如欲燕集张乐之为，左右廊皆施帏幄。有紫衣吏引张氏于西廊幕，见少女如张等辈十许人，皆花容绰约，钗钿照耀。既至，吏促张装饰，诸女迭助之，理泽傅粉。有顷，自外传呼："侍郎来。"竞隙间窥之，见一紫绶大官。张氏之兄尝为其小吏，识之，乃言曰："吏部沈公也。"俄更呼曰："尚书来。"又有识者，并帅王公也。逡巡复连呼曰"某来某来"，皆郎官以上，六七个坐定，前紫衣吏曰："可出矣。"群女旋进，金石丝竹，铿鏦震响。中署酒酣，并州见张也而视之，尤属意，谓之曰："汝能习何技？"对曰："未尝学声音。"使与之琴，辞不能。曰："第操之。"乃抚之而成曲。予之筝亦然，琵琶亦然，皆平生所不习也。王公曰："可矣。"因命采笺为诗一绝以与之。张受之，置之衣中。王公曰："恐汝或遗，今乃口授。"吟："还梳闹埽学宫妆，独立闲亭纳夜凉。手把玉簪敲砌竹，清歌一曲月如霜。"张曰："且归辞父母，异日复来。"忽惊啼而寤，手扪衣带曰："尚书遗诗矣。"索笔录之。问其故，泣对所梦，且曰："殆将死乎？"母怒曰："汝乍魇尔，何以为嫛乃出不祥言如是。"因卧病累日，外视有持酒肴者，又有将食来者。女曰："且须膏沐澡瀹。"母听。良久，艳妆盛饰而至。食毕，乃遍拜父母及坐客，曰："时不留，某今往矣。"因援衾而寝。父母环伺之，俄尔遂绝。时会昌二年六月十五日也。[1]

---

[1] 白行简：《纪梦》，《全唐文》卷六百九十二，中华书局1983年，第7102—7103页。

　　故事讲述了长安西市天生国色的张氏之女梦到自己来到冥间，因为容颜貌美，被尚书王公选中，最后命归阴司的故事。从结构上看，除了入梦、梦中、梦后的整体框架没有变化以外，还具备了引导（"有紫衣吏引张氏"）、坐定（"逡巡复连呼曰'某来某来'，皆郎官以上，六七个坐定"）和诗宴（"酒酣……为诗一绝"）三个环节，只是由于梦游者身份卑微，处境被动，所以最后也没能入筵席宴饮。不过，毫无疑问，这里已经在孕育着类似朝鲜古代梦游录小说的结构特点。

　　据考查，类似梦游录小说的结构模式最晚到北宋时已经出现。有苏辙所撰的《梦仙记》（一名《游仙记》或《游仙梦记》）。这篇传奇短小精悍，但却具备了朝鲜梦游录小说的结构特点。如苏辙在梦里与仙人论道，酣畅对谈，而且还有更加规范的"命酒同酌""抵掌而歌"的诗宴。更为重要的是，讨论与诗宴在这里已经成为梦游全过程中的核心部分。

　　《梦仙记》原载南宋洪迈《夷坚支癸》卷七，明人（一说为冯梦龙）所辑《五朝小说·宋人百家小说》亦收入其中。据有关资料，《夷坚志》《宋人百家小说》这两部书都传入了朝鲜，现藏书均为清代版本，目前尚未见到它们较早传入并影响梦游录创作的有关记载[1]，因此不能主观臆断它们对朝鲜梦游录创作是否产生过直接的影响（日本较早接受《夷坚志》的例子出现于15世纪中期）。但这两部志怪小说集都在中国小说史中占有一席之地，对后来同类题材小说产生了深远的影响。比如瞿佑就研习了《梦仙记》《南柯太守传》《枕中记》等作品，所以在他的《剪灯新话》中就有许多唐宋传奇的影子。而在朝鲜，从金时习的《金鳌新话》就开始大力借鉴

---

① ［韩］闵宽东：《中国古典小说在韩国之传播》，第245、215页。

和模仿《剪灯新话》甚至《剪灯余话》等,这一点有诗为证:

> 山阳君子弄机杼,手剪灯火录奇语。有文有骚有记事,游戏滑稽有伦序。美如春葩变如云,风流话柄在一举。初若无凭后有味,佳境怡似甘蔗茹。龙战鬼车与雏雉,夫子不删良有以。语关世教怪不妨,事涉感人诞可喜。……独卧山堂春梦醒,飞花数片点床额。眼阅一篇足启齿,荡我平生磊块臆。①

如此看来,苏辙《梦仙记》之类的作品对于我们深入研究朝鲜梦幻小说的结构特点,还是很有意义的。

这里需要补充说明的是在朝鲜古代梦幻小说中,梦游录和梦字类小说虽然都具有“现实—梦—现实”的时空模式,但这种时空模式的意义不同,“梦字类小说在结构方面主要是涉及现实生活中人的理想,这与纯属幻想的那种回顾以往事实的梦游录,在性质上是不同的”②。《九云梦》等梦字类小说在继承前代梦游传奇(如中国志怪、传奇《杨林》《南柯太守传》《枕中记》以及朝鲜新罗时期的《调信》等)、梦游录形式特点的同时,又形成自己独特的特点。它更适应17世纪末发生变化的小说环境,因而逐渐取代17世纪中前期一直处于梦游作品群中心位置的梦游录,成为17世纪末以后梦幻文学的主导形式。

三、梦游诗赋

朝鲜古代梦幻小说文体方面最显著的特征是引诗入小说之后

---

① [韩]김시습 저;강원향토문화연구회 편,『(국역)매월당전집』,강원도,2000,245—246 쪽.
② [韩]蘇在英,『古小說通論』,二友出版社,1983,55 쪽.

形成的韵散相间的小说文体,最能体现这种文体特征的作品有《寿圣宫梦游录》《元生梦游录》《达川梦游录》《何生梦游录》《九云梦》《玉楼梦》等。这里仅举几例。其一：

> 江波咽咽兮,流无穷。我怀长长兮,与尔同。生为千乘兮,死作孤魂。新是伪王兮,帝乃阳尊。故国人民兮,尽收楚籍。六七臣同兮,魂庶有托。今夕何夕兮,共上江楼。波光月色兮,使我心愁。悲歌一曲兮,天地悠悠。①

这是《元生梦游录》中王悲吟的一首骚体诗。王就是被其叔父首阳大君篡夺王位并杀害的端宗。在这首诗中,王抒发了一种大势已去的无限惆怅之情。其二：

> 望远青烟细,佳人罢织纨。临风独惆怅,飞去落巫山。②

这是《寿圣宫梦游录》中云英吟的一首五言绝句,援用中国的仙话中的人物和事件,间接地表达了对自己所爱之人金进士的思念之情。其三：

> 满堂三子浑无赖,麦饭何人奠一觞。魂去魂来廉所托,厉坤斜日独彷徨。③

---

① 『元生夢遊錄』,林明德主編,『韓國漢文小說全集』三卷,112—113 쪽.
② 『壽聖宮夢遊錄』,林明德主編,『韓國漢文小說全集』三卷,46 쪽.
③ 『皮生冥夢錄』,林明德主編,『韓國漢文小說全集』三卷,131 쪽.

这是《皮生冥梦录》中李宪吟的一首七言绝句,用极为激愤的言辞,直截了当地怒斥了三个儿子的不孝,同时抒发了自己无尽的孤独和惆怅。其四:

> 文王既没文不在,周公不梦鸣鸟哑。渊渊洙泗,浩浩濂伊。吾道其东,学有宗师。阴阳迭乘隆替忽,五百年来王迹渴。滔滔遗恨史挠笔。汉献失位,不必无道之极。晋元嗣统,焉知牛金之子。故都麦秀,谁能抱器而存祀。后贤袭谬,反讥事范而报智。公道靡靡,群蒙谁启。不昧其衷,以俟来世。①

这是《琴生异闻录》中琴生作的杂言诗,首先肯定人生的真理不在远处,而在自己身边,同时回顾了中国古往今来的历史,人生的正道几度发生变化,尽管如今公道不纯,很多人都陷入迷茫之中,但还是不要丧失追求真理的初衷,等待来世。这首诗与上面介绍的几首有所不同,表现的不是个人的情感,而是抒发主人公对形而上的所谓"道"的求索,因而比起情感因素来更注重理性因素,可以说是一首哲理诗。这种富有哲理性的诗赋在十七篇梦游录和四部梦字类小说中只占少数,大量的还是抒发内心情感的富有抒情性的诗赋。

由此可见,由于小说文本中穿插了大量的诗赋,使作为叙事文学的梦幻小说中抒情文学的因素大为增强,显示出小说的明显的抒情化倾向。

那么这种引诗入小说的写法,是朝鲜独创的吗? 有学者称在朝鲜的散文叙事文学传统中找到了其源头,指出:"韩国小说的散

---

① 『琴生異聞錄』,林明德主編,『韓國漢文小說全集』三卷,139—140 等.

文叙事中,总要间以各种诗歌。韩国最早的文学作品便采用了这样的形式。《箜篌引》《黄鸟歌》等叙述了一个故事,其中夹以韵文。从这个意义上,《箜篌引》《黄鸟歌》开创了韩国小说韵散相间的文体,也是小说滥觞。"① 然而,记载上述诗歌的《三国史记》《三国遗事》等历史文本都是 12—13 世纪以后撰写的,所以把这些文本当作韵散相间的小说文体之源头,恐怕有误。我们认为,在古代朝鲜文学史上,韵散相间的小说文体之源头应该上溯到新罗末的《崔致远》。这部作品在朝鲜古代汉文学史上开了"引诗入小说"的先河。此篇两千余字,其中诗赋共一百三十七句,字数近九百,几乎是总篇幅的一半。

那么,文学史上这种"引诗入小说"的写法是《崔致远》的独创吗? 当然也不是。《崔致远》从内容到形式直接受到唐代张鷟(约660—740)的传奇《游仙窟》的影响和启发。张鷟当时颇有文名,史书中记载:"鷟下笔敏速,著述尤多,言颇诙谐。是时天下知名,无贤不肖,皆记诵其文。……新罗、日本东夷诸蕃,尤重其文,每遣使入朝,必重出金贝以购其文,其才名远播如此。"②

张鷟的《游仙窟》是唐传奇中最早引诗入小说的作品,万余言的作品中有诗八十三首。从小说文体上看,它以四六骈文进行传奇文创作,并在其间穿插了大量的诗歌、韵语,开了韵散相间的小说文体的先河。这篇传奇不仅对后来唐传奇的小说文体产生了深远的影响,而且对《崔致远》的文体也产生了直接的影响③。从内容上看,《游仙窟》与《崔致远》都写的是一夜的风流韵事。《游仙窟》

① 张哲俊:《东亚比较文学导论》,第 279 页。
② 刘昫等撰:《旧唐书》卷一百四十九《张鷟传》,第 4023—4024 页。
③ 金宽雄:《韩国古小说史稿》上卷,第 277 页。

写作者奉使河源途中，夜投大宅（即神仙窟）止宿，与两个女仙，以诗书相酬，调笑戏谑，宴饮歌舞。以五嫂为"媒"，将十娘嫁与文成，止宿而别，洒泪而去。《崔致远》里，两个女仙变为两个妙龄处女的幽灵，"仙窟"变为"坟墓"，其余的人物关系以及主要故事情节基本上类似，两者写的都是一男两女之间一夜的风流韵事；从文体上看，《崔致远》与《游仙窟》都采用了四六骈俪文，韵散相间的写法，引大量诗歌韵语入小说，从而在各自的小说创作中都开启了"引诗入小说"的先河。这种文体的作品在古代中、朝小说史上都是别开生面的，尤其在朝鲜是独一无二的。《崔致远》与《游仙窟》中共有的这种"引诗入小说"的写法绝非不期而然的偶然巧合，而是前者借鉴后者所致。另外，《崔致远》中大量援引中国汉魏六朝志怪中的人物和故事。比如，"卢充逐猎，忽遇良姻；阮肇寻仙，德逢嘉配"典出东晋干宝的《搜神记》；"阮肇刘晨是凡物，秦皇汉帝非仙骨"典出南朝宋刘义庆的《幽明录》等，从中也可以看出作者对中国文本的熟悉程度。

　　金时习的汉文传奇小说《金鳌新话》也是韵散相间的，因而有些人认为，他上承《崔致远》的文体传统，下启朝鲜朝中期以来的汉文小说中韵散相间的小说文体。其实，这是没有多大根据的。尽管我们无法考证《崔致远》和《金鳌新话》之间的影响关系，但明代瞿佑《剪灯新话》与金时习《金鳌新话》之间的授受关系却是昭然可查的，金时习《梅月堂诗集》卷四之《题剪灯新话后》①就是实证。

　　"引诗入小说"不仅大量出现于朝鲜梦游录小说中，在朝鲜梦字类小说中也是如此。如《玉仙梦》中，诗、词、赋贯穿全文，其所

①［韩］闵宽东：《中国古典小说在韩国之传播》，第332页。

占比例约为全书的三分之一。《玉仙梦》第二章,钱梦玉在西湖六桥上,"起千古兴亡之感"而咏诗一首:

> 漠漠轻烟护碧纱,一天浸在白鸥波,兴云往迹何须问,歌舞楼台宿暮鸦。①

乘着酒劲儿又作《西江月》一阙曰:

> 一场富贵,蚁梦百年,光阴鸟过,如今竹帛名寥寂,邓禹有鬼笑我,花被风狂瘦,弱月仍云,怪遮栏醉乡,一夜头须白,无人知广陵散。②

在第四章,钱梦玉与杜彩菱相遇亦是以词传情。梦玉回彩菱以《蝶恋花》一阕:

> 几个黄昏几个晓,锦瑟弦断,芳缘谁误了? 蝶也已去,花也老化。翁新宠,妒芳草,悲时苦多惧时少,此理从古甚么人知道? 独倚珠栏情渺渺。花也无情蝶也恼。③

在《玉仙梦》中,除诗歌外,以"西江月""蝶恋花""满江红""水调词"等词牌填词的词作也随处可见。另占篇幅笔墨居多的还有赋、表等文体,可见古代朝鲜小说家们对韵散相兼文体之热爱。

---

① 『玉仙夢』,林明德主编,『韓國漢文小說全集』三卷,242 쪽.
② 『玉仙夢』,林明德主编,『韓國漢文小說全集』三卷,243 쪽.
③ 『玉仙夢』,林明德主编,『韓國漢文小說全集』三卷,260 쪽.

在其他的梦字类小说中也是如此,如《九云梦》中有诗歌二十首,《玉楼梦》中有诗歌三十六首。

《九云梦》中杨少游与秦彩凤相识相恋就是从以诗传情开始的,秦彩凤送与杨少游的《杨柳词》:"楼头种杨柳,拟系郎马住。如何折作鞭,催向章台路。"[①] 杨少游回复秦彩凤的诗曰:"杨柳千万丝,丝丝结心曲。愿作月下绳,好结春消息。"[②] "以诗传情"源于张鷟的《游仙窟》,文中的主人公"余"听闻十娘绝世容颜及调筝之声后,按捺不住情思即咏诗一首,表达了爱慕之情:"自隐多姿则,欺他独自眠。故故将纤手,时时弄小弦。耳闻犹气绝,眼见若为怜。从渠痛不肯,人更别求天。"[③] 十娘回诗曰:"面非他舍面,心是自家心。何处关天事,辛苦漫追寻。"[④] 男、女主人公便在诗歌赠答中开始交往、定情,可谓是由诗始之,由诗继之,由诗终之。这种情形在元稹的《莺莺传》中也表现得十分明显。

朝鲜古代梦幻小说中所作诗歌一般有两种情况,一是对中国现有的诗歌的仿作,如《玉楼梦》第一回中玉帝赐文昌星一杯美酒,命其作白玉楼诗,文昌连作三首。其第一首诗明显是仿照李九龄的《上清辞五首》其一而作:

> 珠露金飙上界秋,紫皇高宴五云楼。《霓裳》一曲天风起,吹散仙香满十州。[⑤]
>
> 入海浮生汗漫秋,紫皇高宴五云楼。霓裳曲罢天风起,吹

① 『九雲夢』,林明德主编,『韓國漢文小說全集』三卷,337 쪽.
② 『九雲夢』,林明德主编,『韓國漢文小說全集』三卷,337 쪽.
③ 张鷟:《游仙窟》,古典文学出版社 1955 年,第 3 页。
④ 张鷟:《游仙窟》,第 3 页。
⑤ 『玉樓夢』,林明德主编,『韓國漢文小說全集』二卷,1 쪽.

散仙香满十洲。[①]

两首诗比较不难看出,《玉楼梦》几乎是抄袭了李九龄的《上清辞五首》其一,除了第一句外几乎都一样,二、四句完全一致,第三句只差一字。第二种情况是作者依据情节需独立创作的,这种诗歌在梦幻小说中所占比例较高。如《玉楼梦》三十六首诗歌中绝大多数是自行创作的。这些诗词对小说的作用正如牛贵琥在其著作《古代小说与诗词》中评价的那样:第一,小说中的诗词能增强小说中人物特点的刻画;第二,小说中的诗词可以对小说的情节发展起关联的作用;第三,有些诗词可以增强小说的魅力,丰富小说的内容;第四,诗词可使小说的某些内容雅化,避免直接描写的尴尬[②]。在本章所论朝鲜古代梦幻小说中,除个别梦游录小说,如《大观斋梦游录》《浮碧梦游录》《江都梦游录》和梦字类小说《玉麟梦》以外,基本上穿插有大量的诗赋,因而小说中的抒情成分大为增加,使得部分作品不同程度地带有浪漫主义因素或倾向,表现出现实主义和浪漫主义相结合的审美特征。

四、章回体模式

章回体,原为中国古代长篇小说的一种外在叙述体式,又称为章回体小说。章回体小说有许多章节,有的分为十几回、几十回,有的分为百余回,每个章节称为"回"或"节",一回叙述一个较完整的故事段落,既承上启下,又有相对的独立性。每回前都要有一个标题,标题可以是单句形式也可以是对偶形式,这个标题又称

---

① 李九龄:《上清辞五首》其一,《全唐诗》卷七百三十,中华书局1999年,第8442页。

② 牛贵琥:《古代小说与诗词》,山西人民出版社2005年,第62—72页。

为"回目",主要是用来概括本回的主要内容。每回开头都是"话说""且说"等起叙,末尾都是"欲知后事如何,且听下文分解"之类的收束语。章回体小说是中国古典长篇小说的主要形式,它是由宋元时期的"讲史话本"发展而来的。至明代初年才有了首批章回体小说,这些章回体小说起初是流传于民间的故事,后又经过说话艺人的补充丰富,最后由专业作家在此基础上再加工改写而成。最早的长篇章回体小说是《三国演义》,此外还有《水浒传》等。"明代中叶以后,章回体小说的发展更加成熟,出现了《西游记》《西厢记》《金瓶梅》等著名作品。由于社会生活日益丰富,这些章回体小说的故事情节更趋复杂,描写也更为细腻,它们在内容上和讲史已没有多少联系,只是在体裁上还保持着讲史的痕迹。这就是清代写作的《红楼梦》还是有'看官'、'且说'等词句的原因。"①以《三国演义》为例,从回目上看:共一百二十回,回目均是双句,以七字、八字对仗句构成,如第一回"宴桃园豪杰三结义　斩黄巾英雄首立功"用的是八字句,第九十二回"赵子龙力斩五将　诸葛亮智取三城"用的是七字句;回目的作用是概括本回的故事内容。如第一回讲的是刘备、关羽和张飞三个英雄初次会面,相见恨晚,在涿郡张飞庄后那片花开正盛的桃园结为异姓兄弟。之后,三人统兵大破黄巾贼,首战告捷,由此拉开了出生入死、南征北讨打江山的序幕;第一回开头以"话说天下大势,分久必合,合久必分"开始,以"毕竟董卓性命如何,且听下文分解"结束。既保持了故事的相对完整性,又预告了下回的内容。

　　"中国长篇小说的体裁形式和思想内容对朝鲜的同体裁作品

---

① 孔占芳:《从话本小说到章回小说质的飞跃》,《青海师范大学民族师范学院学报》2008 年第 2 期。

的影响极其明显。朝鲜无论汉文或朝文的长篇小说都可以发现中国章回小说的通常形式。"①《玉楼梦》《玉麟梦》《玉仙梦》《九云梦》等皆因袭章回体小说的叙述形式,分章叙事,分回标目。从回目上看,《玉楼梦》共六十四回,以七字、八字对仗句构成为主,九字、十字各一回。《玉麟梦》共五十三回,全部采用七字对仗句。《玉仙梦》共十一章,以七字、八字对仗句构成为主,只有一章是九字对仗。《九云梦》共十六回,均以七字、八字对仗句构成。

中国古代四大经典名著与朝鲜梦字类汉文小说回目对照表

书名	总回数	四字回目	五字回目	六字回目	七字回目	八字回目	九字回目	十字回目
《三国演义》	120	0	0	0	89	31	0	0
《水浒传》	120	0	0	5	55	58	2	0
《西游记》	100	3	7	1	77	12	0	0
《红楼梦》	120	0	0	0	0	120	0	0
《玉楼梦》	64	0	0	0	36	26	1	1
《玉麟梦》	53	0	0	0	53	0	0	0
《玉仙梦》	11	0	0	0	7	3	1	0
《九云梦》	16	0	0	0	8	8	0	0

　　从上表统计中清晰可见,无论是中国的四大名著,还是朝鲜的梦字类长篇小说,均以七字句和八字句的回目为主。《三国演义》和《西游记》以七字句回目居多,《水浒传》八字句回目略强于七字句,而到了中国古代小说巅峰之作的《红楼梦》,则全部以八字句作为回目。"一方面表现了文人创作较之在民间流传基础上成书的小说回目更为严整,另一方面选择八字句虽与七字句一字之差,却

---

① 孟昭毅:《东方文学交流史》,第37页。

扩充了容量,增强了回目的表现力。"①朝鲜梦字类小说以七字句回目居多,《玉麟梦》则全部是七字句回目,从中可以看出梦字类小说对中国章回体小说回目的借鉴。这里想强调的是,《玉楼梦》中九字、十字回目各一回,《玉仙梦》中有一章是九字回目,属于特例,是作者为了扩充回目内容含量而有意设计的。如《玉仙梦》第九章回目"吉安府龙贼拒命伏法 铁门洞鞠女归化结缘","吉安府""铁门洞"是故事发生的地点,"龙贼""鞠女"是故事人物,"拒命伏法""归化结缘"是故事内容,章回体常用的七字、八字无法涵盖上述内容,作者便采取了九字回目,可见朝鲜作家在借鉴中国文学传统的同时又有创新。此外,在文章体制创新方面还有一篇短篇小说值得关注,就是爱情家庭小说《钟玉传》。这部作品有异于其他汉文短篇小说,采取类似于章回体的"分节标目"的体制,全篇共分五个小节,每小节都有标目,依次为"爱侣别起书楼 耽读固辞婚礼""妓儿乘夜借缘 书童弄花偷香""江上牵衣惜别 月下作文祭魂""兰娥或死或生 玉童为人为鬼""稠坐踪迹毕露 芳年妻妾俱欢"等。这种"分节标目"的体制显然源于中国明清章回体长篇小说,但在短篇小说中却是很少有的。

　　除了回目以外,梦字类小说中除《九云梦》外各章节衔接上均习惯采用中国章回体小说惯用的"却说""且说""话说"做开篇语,并以"且看下文分解"等预告作结尾语。

　　　　话说上帝临御之白玉京有十二楼,十二楼之一为白玉楼。(《玉楼梦》第一回)②

---

① 李宏伟:《玉楼梦小说艺术研究》,博士学位论文,中央民族大学中国少数民族语言文学专业 2006 年,第 125 页。
② 『玉樓夢』,林明德主編,『韓國漢文小說全集』二卷,1 等.

却说梦玉鞭一驴,命小奚出自候潮门。(《玉仙梦》第二章)①

且说万岁皇爷重爱柳翰林之才望,升拜吏部侍郎集贤殿太学士。(《玉麟梦》第五回)②

不知菩萨法力将作如何夤缘? 作如何结果? 且看下回。(《玉楼梦》第一回)③

不知杨公子之性命如何? 第看下回。(《玉楼梦》第二回)④

未知梦玉去向何处,且看下章分解。(《玉仙梦》第一章)⑤

以《玉麟梦》为例,全篇五十三回,全部采用此种方式开篇。以"且说"开篇为主,共计三十四回,以"却说"开篇的十七回,以"话说"开篇的两回。《玉楼梦》全篇六十四回,以"却说"开篇为主,共计六十一回,以"且说"开篇的两回,以"话说"开篇的一回;结尾处全部采用预告式的方式,除第二回以"第看下回"作结束,第四十六回以"目见下回"作结束之外,其他均以"且看下回"作结束语。而《玉仙梦》最为规整,全篇十一章,除第一章和最后一章外,剩余九章全部采用"却说"开头,"且看下章分解"结束。

除了章回体格式的运用之外,在朝鲜梦字类小说里还有很多借用中国章回小说的情节。如《三国演义》中刘、关、张桃园结义的故事,在《九云梦》《玉楼梦》中都有相似的情节。

三人焚香再拜而说誓曰:"念刘备、关羽、张飞,虽然异姓,

---

① 『玉仙夢』,林明德主编,『韓國漢文小說全集』三卷,242 쪽.
② 『玉麟夢』,林明德主编,『韓國漢文小說全集』一卷,32 쪽.
③ 『玉樓夢』,林明德主编,『韓國漢文小說全集』二卷,6 쪽.
④ 『玉樓夢』,林明德主编,『韓國漢文小說全集』二卷,17—18 쪽.
⑤ 『玉仙夢』,林明德主编,『韓國漢文小說全集』三卷,241 쪽.

既结为兄弟,则同心协力,救困扶危,上报国家,下安黎庶,不求同年同月同日生,只愿同年同月同日死。"(《三国演义》)①

一日,两公主相议曰:"古之人娣妹诸人,婚嫁于一国之内,或有为人妻者,或有为人妾者,而今吾二妻六妾,义逾骨肉,情同娣妹,其中或有从外国而来者,岂非天之所命乎?身姓之不同,位次之不齐,有不足拘也,当结为兄弟,以娣妹称之可也。"……郑夫人曰:"刘关张三人,君臣也,终不废兄弟之义,我与春娘,自是闺中管鲍之交也,为兄为弟,何不可之有?"……两公主遂与六娘子诣宫中所藏观音画像之前,焚香展□,作誓文而告之,其文曰:

……是以弟子等八人,同约同盟,结为兄弟,一吉一凶,一生一死,必欲与之相随而不相离也。八人中,苟有怀异心,而背矢言者,则天必殛之,神必忌之,伏望大师,降福消灾,以佑妾等,使百年之后,同归于极乐世界,幸甚。(《九云梦》)②

《九云梦》中杨少游的两妻六妾,八人焚香展拜,结为兄弟,这情节与《三国演义》如出一辙。《玉楼梦》也有类似的情节,在第四十六回中描写了杨昌曲的三个小妾江南红、碧城仙、一枝莲"设誓平生,效刘关张三人桃园结义"的情节。此外在行军打仗过程中的行军叫阵也如出一辙。如《三国演义》第十二回黄劭一战时,大叫:"我乃戴天夜叉何曼也!谁敢与我厮斗?"《玉楼梦》第十一回,哪咤大叫于阵前:"哪咤移阵于黑风山之南而挑战,元帅以红袍金甲出坐阵前,使军大呼曰:'大明国元帅有话,蛮王暂出阵

---

① 罗贯中:《三国演义》(第4版),人民文学出版社2019年,第5页。
② 『九雲夢』,林明德主编,『韓國漢文小說全集』三卷,440—441等.

前。'"① 又如《玉楼梦》第十二回："'大明左翼将军董超在此,蛮王休走。'言未毕,喊声又起,一队军马突出,大呼曰:'大明右翼将军马达在此,哪咤休走。'"② 布阵施法也多有效仿,如《玉楼梦》写明将董超击退单于大军时的描写:

> 董超即时于北岸及东西两旁柳木之间多张旗帜,各埋伏一百军,使之曳木起尘,为拟兵,以七百骑出阵于行宫之前而待之,董超挥鞭,匹马单骑,诣单于之阵前而挑战。③

此技法明显借鉴了《三国演义》第四十二回张飞大闹长坂桥这一情节。张飞令士兵砍下树枝,拴在马尾上往来驰骋,扬起尘土,让曹兵误以为是大军在后,从而为自己横矛立马,喝退曹兵做好了铺垫。又如《玉楼梦》也写明军火烧红桃国王脱解船只的细节,明显是《三国演义》黄盖火烧战船的翻版。

另外,《水浒传》中一百零八将基本都有人物诨号,"花和尚鲁智深""豹子头林冲""黑旋风李逵""浪里白跳张顺""母夜叉孙二娘"等不胜枚举。朝鲜梦字类小说中也有类似的情况,《玉楼梦》中杨昌曲出征时择选的两个良将,一个性好杀人,故称之为"小煞星马达";一个胆大好勇、所向无敌,故称之为"白日豹董超"。可见,《玉楼梦》无论是在情节上,还是在写作手法、艺术形式方面均受中国文学的影响,正如韦旭昇总结的那样:"《西厢记》一类的才子佳人的爱情,《西游记》、《封神榜》中的神魔法术,《三国演

① 『玉樓夢』,林明德主编,『韓國漢文小說全集』二卷,98—99 等.
② 『玉樓夢』,林明德主编,『韓國漢文小說全集』二卷,107 等.
③ 『玉樓夢』,林明德主编,『韓國漢文小說全集』二卷,287—288 等.

义》、《东周列国演义》中的战争描写,《红楼梦》中的家庭生活,《金瓶梅》中的市井人情……都可以在《玉楼梦》中找到或高或低的回音,或多或少的痕迹。至于章回的标题和构成,更是中国此类小说体裁的全盘借用了。"①

　　综上,朝鲜古代梦字类汉文长篇小说采用章回体形式明显是受中国明清小说的影响,但也有自己独创的特点。比如说回目的字数就相对自由,没有刻意追求字数相同或对仗。另外,朝鲜朝梦字类汉文长篇小说回目的语言优美,通过回目就可以看出这一回的故事梗概,同时注重遣词,富有诗意,充分体现了作者的情感和思想。如《玉楼梦》第八回"五更碧城吹玉笛 十年青楼惊红点",这个回目中交代人物碧城仙,"吹玉笛"交代了她的喜好特长,"青楼"是她的身份,"惊红点"则是要发生的故事情节,看回目就生动形象地体现了碧城仙这一女性人物形象。又如《玉麟梦》第十二回"杀春娇妖妇灭口 谪零陵烈女含冤","妖妇"和"烈女"可以判断出作者的爱憎倾向。

　　总之,我们从朝鲜古代梦幻小说所反映的对中国历史、地理文化的认同与向往,对文章功名、忠孝节义等儒教思想文化观念的信奉和坚守,对中国古代文学,特别是梦文学在梦游情境、梦游结构、梦游诗赋及章回体模式等方面的仿效与新创,能够比较具体而清晰地看到朝鲜古代梦幻小说与中国文化的密切关系。其原因也只有一个,由于历史的安排与作用,使得朝鲜与中国既在地理上唇齿相依,更在文化上血脉相连,一致的东西多而不同的地方少。所以,朝鲜古代梦幻小说才呈现出我们所看到的这样一种文化的及文学的面貌。正如陈翔华先生评价的那样:"仿效中国小说之作,

————————

① 韦旭昇:《韦旭昇文集》第五卷,第37页。

高丽时期早已有之。尤其到李朝,仿作之风更为炽盛。于是,由此建立了韩国古代小说的部类以及产生了可以跻身于世界文学之林的古典名著。被誉为'划时代'的作品《九云梦》(金万重作)、代表韩国古代小说最高成就之《玉楼梦》(南永鲁作)等等,便是多方面汲取中国小说的精华并借鉴其成功的艺术经验,重新进行创作构思以体现自己民族思想情绪的杰作。"①

① 陈翔华:《中国古代小说东传韩国及其影响》(下),《文献》1998 年第 4 期。

第二章　朝鲜古代讽刺类汉文小说中的中国文化因素

讽刺小说在中国古典文学中有着极为悠久的历史,最早可追溯至秦汉时期的寓言文学。鲁迅先生曾在《中国小说史略》中将讽刺小说的特点总结为"戚而能谐,婉而多讽"① 可与世情、神魔、狭邪小说并立的中国古典小说的一个不可或缺的分支。在朝鲜古代的汉文小说之中,讽刺小说也是一支不容忽视的力量。但事实上,由于儒家温柔敦厚的美学思想在朝鲜半岛长期占据统治地位,加之小说作为正统文学观念中的"小技末流"长期得不到应有的肯定与重视,使得朝鲜古代讽刺小说虽产生颇早,却直至朝鲜朝时期方得与时调、乡歌等同样以讽刺艺术见长的本土文学形式分庭抗礼。也正是到了这一时期,朝鲜古代的汉文小说作家们才真正开始有意识地创作讽刺小说,其文学价值也才得到了越来越广泛的认同与重视。

总体上看,无论是中国古代的讽刺小说还是朝鲜古代的讽刺小说大体都分为两种:"一是寄寓性讽刺,主要是从神魔小说中孕育出来;另一种是现实性讽刺,主要是从世情小说中孕育出来。而

---

① 鲁迅:《中国小说史略》,民主与建设出版社 2016 年,第 172 页。

狭义的讽刺只指后一种。"① 具体到朝鲜朝汉文讽刺小说,其"寄寓性讽刺"小说多以"假传体"形式呈现,而"现实性讽刺"则多以传记体或笔记体的形式呈现。但无论是否偏重写实,朝鲜古代讽刺小说的书写绝大多数都是以揭露社会黑暗、抨击政治弊端、批判封建等级制度及礼法制度、呼唤人性光辉、表露变革欲望等为主旨的。可以说,朝鲜古代讽刺小说中蕴含着整个时代的讽刺精神和最为昂扬向上的精神力量。同朝鲜古代汉文文学一样,其讽刺小说与中国文化有着极为复杂的受容关系,其包含着的中国文化因素同样清晰可见。

第一节　讽刺小说发展概况

韩国学者申相星在其《对韩国古典讽刺文学的再认识》一文中结合李廷卓的观点,对朝鲜古代讽刺文学做了如下分期:"新罗时代为讽刺文学的胎动期,高丽时代为发展期,李朝前期为繁荣期,李朝后期为全盛期。"② 并认为"新罗时代的影射比喻,高丽时代的假传体隐喻,李朝时代的民众文学,使后人得以窥视韩国讽刺文学发展的轨迹及讽刺作家的时代精神"③。文章大体勾勒出朝鲜古代讽刺文学发展的基本轨迹。作为朝鲜古代讽刺文学的一大分支,讽刺小说的发展轨迹大致趋同,从新罗时期《龟兔之说》《花王戒》为代表的讽刺小说雏形,到高丽时期《麴醇传》《孔方传》等带

---

① 李汉秋:《论讽刺小说的流变》,《上海社会科学院学术季刊》1995 年第 1 期。

② [韩]申相星:《对韩国古典讽刺文学的再认识》,《解放军外国语学院学报》1999 年第 3 期。

③ [韩]申相星:《对韩国古典讽刺文学的再认识》,《解放军外国语学院学报》1999 年第 3 期。

有讽刺性质的假传体寓言,再到朝鲜朝《两班传》《闵翁传》《马驵传》《蒋奉事传》《捕虎妻传》等讽刺小说中的经典之作,小说家们运用讽刺手法对不同时代的政治和社会样相进行揭露,从而达到抨击、鞭挞、教育与警戒的目的。

一、新罗时期讽刺文学雏形

朝鲜古代汉文讽刺文学的发端,最早可追溯至朝鲜半岛三国时期(新罗、百济、高句丽)。这一时期,产生了其文学史上最早的几篇寓言文学作品,其中最具代表性的就是《龟兔之说》。这篇寓言本身虽然并未表现出特别明显的讽刺文学痕迹,但已经具有了讽刺因素,与后世讽刺小说关系密切,渊源颇深,因为“小说在某种程度上是在寓言的基础上发展起来的”①,因此将这一时期视为朝鲜古代讽刺文学的萌芽时期。

“《龟兔之说》是韩国古代最早的被书面记载的寓言,是现在我们能够看到的韩国古代最早的寓言作品”②,收录于《三国史记》之中。《三国史记》是朝鲜半岛现存的年代最为古老的史书,模仿《史记》体例编纂而成,记述了古代朝鲜三国时期至统一新罗时期的史事。《龟兔之说》具体见于《三国史记·金庾信列传》:

　　……春秋以青布三百步,密赠王之宠臣先道解,道解以馔具来相饮。酒酣,戏语曰:“子亦尝闻龟兔之说乎? 昔东海龙女病心。医言,得兔肝合药则疗也。然海中无兔,不奈之何。有一龟白龙王言,吾能得之。遂登陆见兔,言:‘海中有一岛,

_____

① 齐裕焜、陈惠琴:《中国讽刺小说史》,辽宁人民出版社1993年,第15页。
② 陈蒲清、[韩]权锡焕:《韩国古代寓言史》,岳麓书社2004年,第65页。

清泉白石,茂林佳果,寒暑不能到,鹰隼不能侵,尔若得至,可以安居无患。'因负兔背上。游行二三里许,龟顾谓兔曰:'今龙女被病,须兔肝为药,故不惮劳,负尔来耳。'兔[①]曰:'噫!吾神明之后,能出五藏,洗而纳之。日者小觉心烦,遂出肝心洗之,暂置岩石之底。闻尔甘言径来,肝尚在彼,何不回归取肝?则汝得所求。吾虽无肝尚活,岂不两相宜哉?'龟信之而还。才上岸,兔脱入草中。谓龟曰:'愚哉汝也,岂有无肝而生者乎?'龟悯默而退。"[②]

文中此则寓言故事的讲述有其特殊背景,据《三国史记·金庾信列传》记载:新罗国善德王十一年(643),百济进攻新罗。新罗大臣金春秋出使高句丽,请求援助。高句丽国王乘机索取新罗的麻木岘与竹岭地区,金春秋不允,便被扣押囚禁,性命堪忧。为了摆脱困境,金春秋贿赂当时高句丽王的宠臣先道解,并从先道解所讲的《龟兔之说》这一寓言故事中得到启示,上书高句丽国王,假称归国后献出土地,成功逃脱。也源于此,兔子形象成为"新罗人智慧与精神的结晶"[③]。在十一年后,金春秋被推举为新罗第二十九代国王,后来又在唐朝的帮助下,灭亡百济与高句丽,统一半岛,建立新罗王朝,金春秋被拥戴为新罗王朝的第一代国王。

以《三国史记·金庾信列传》的特定语境来看,先道解向金春秋讲述《龟兔之说》这一寓言故事时,此故事应早已在朝鲜半岛广泛流传。从故事源流上看,《龟兔之说》的情节内容与汉译佛经

---

① "兔"字应是"兔"字错写。
② [韩]김부식 저；李丙燾譯註,『(原文)三國史記』,한국학술정보,2012,473 쪽.
③ 陈蒲清、[韩]权锡焕:《韩国古代寓言史》,第64页。

《六度集经》《生经》《佛本行集经》中所记载的故事极为相似。据史料记载,4世纪后半期佛教由中国传入高句丽,再传入新罗,因此《龟兔之说》受到佛经故事影响是自然的。《龟兔之说》源于汉译佛经"鳖与猕猴""虬与猕猴"的故事,再往前追溯,即是印度《猿本生》《鳄本生》等佛经故事,但《龟兔之说》与佛经故事又有所不同。首先,"鳖与猕猴""虬与猕猴"故事中有着鲜明的宗教色彩,强调的是"苦海无边,回头是岸",而"龟兔之说"所影射的是当时的时事政治和处事经验;其次是故事的主角有所更换,由鳖、鳄鱼、猕猴变成了朝鲜人民更为常见且熟悉的乌龟和兔子,更贴近现实生活,因而更易被接受,流传也更为广泛。

客观审视《龟兔之说》这一寓言故事不难发现,其本身并没有太过鲜明的讽刺意味,但从后世所作《兔先生传》《兔公传》等影响较大的讽刺作品中都能窥得《龟兔之说》之痕迹。这则寓言故事被广泛传诵,经过历代的丰富加工,至18世纪铺衍成寓言小说《兔子传》。该作品已具备相当完整的故事情节和人物关系,龙宫故事色彩浓厚,并且已经表现出较为明显的讽刺意味。如在《兔子传》中索要兔肝的是蛮横无理的龙王,揭露了封建统治者的损人利己,影射了官僚向上献媚讨好与彼此之间的钩心斗角,告诫人们不可贪图利禄,作品反映了当时社会统治阶层与被统治阶层的矛盾。到了19世纪,著名民间文艺家申在孝将其写成说唱文学定本,其主题不单纯是讽刺骗人者,还提醒上当受骗者及时觉悟自救,比较深刻地反映了社会现实,讽刺了封建统治者的残暴,具有强烈的政治讽刺色彩。可见,"龟兔"寓言作为一类文学母题在朝鲜古代讽刺文学之中占有不容小觑的地位,仅从这个意义上讲,将《龟兔之说》视为朝鲜古代讽刺文学萌芽阶段的代表亦在情理之中。

在《龟兔之说》之后,尚处于萌芽阶段的朝鲜古代讽刺文学经历了一段较为漫长的酝酿发展期,在此过程中亦有佳作涌现。《三国史记·列传第六》中收录的《花王戒》即为其中的代表作,其作者是新罗时期的文人薛聪①,被誉为"朝鲜最早的寓言作家"②。不同于《龟兔之说》口头流传被书面记载的文学性质,《花王戒》是朝鲜半岛目前已知最早的由文人自觉创作的寓言故事,有着较强的政治意味,对现实社会也多有影射。此故事发生在一年夏天,神文大王召见薛聪,让他讲些特异见闻散心解闷,于是薛聪便讲了这寓意深远的《花王戒》:

　　　　昔花王之始来也,植之以香园,护之以翠幕。当三春以发艳,凌百花而独出,于是自迩及遐,艳艳之灵、夭夭之英,无不奔走上谒,唯恐不及。忽有一佳人,朱颜玉齿,鲜妆艳服,伶俜而来,绰约而前曰:"妾履雪白之沙汀,对镜清之海面,而沐春雨以去垢,快清风而自适。其名曰蔷薇。闻王之令德,期荐枕于香帷,王其容我乎?"又有一丈夫,布衣革带,戴白持杖,龙钟而步,伛偻而来,曰:"仆在京城之外,居大道之傍,下临苍茫之野景,上倚嵯峨之山色。"其名曰白头翁。窃谓左右供给虽足,膏粱以充肠,茶酒以清神,巾衍储藏,须有良药以补气。恶石以毒,故曰:"虽有丝麻,无弃菅蒯,凡百君子,无不代匮,不识王亦有意乎?"或曰:"二者之来,何取何舍?"花王曰:"丈夫之言,亦有道理,而佳人难得,将如之何?"丈夫进而言曰:"吾谓王聪明识理义,故来焉耳。今则非也,凡为君者,鲜不亲

---

① 薛聪(约654—?),字聪智,号冰月堂,新罗时期神文大王时代著名的学者。资质聪慧,自幼熟读儒家经典,是"新罗十贤"之一。著有《花王戒》。

② 李岩等:《朝鲜文学通史(上)》,第179页。

近邪佞疏远正直,是以孟轲不遇以终身,冯唐郎潜而皓白,自古如此,吾其奈何。"花王曰:"吾过矣!吾过矣!"①

这篇寓言中,薛聪以各色花卉比附为一个国家,其中现实中的国王被寓托为花国之王的"牡丹",以"朱颜玉齿""伶俜""绰约"的"蔷薇"来比喻国王身边美丽的女子和受宠幸的官吏,以"布衣革带""戴白持杖"老态龙钟、伛偻而行的"白头翁"来寓托现实中一片丹心的忠臣志士,劝告君主不要"亲近邪佞""疏远正直"。《花王戒》的叙述方式颇似中国的讽谏作品,即不直接指出或批评君主处事的不当之处,而是借助一个故事让君主自己去领悟。《战国策》中就有很多利用寓言来阐释道理,警醒对方的经典故事,如《战国策·燕策二》中赵国欲攻打燕国,游说之士苏代受燕王委托,前去赵国劝阻,即采用"鹬蚌相争,渔翁得利"的故事以作譬喻,阐明如若燕、赵交战,劳民伤兵,强秦便可坐收渔翁之利,赵惠王听后乃止。因此,在《花王戒》中,作者通过以白头翁为代表的忠良之士对耽于享乐的花王的劝诫来达到讽刺现实、针砭时弊的目的,从而表达自己对于奸佞当道的愤慨、对于清明政治的呼唤。

作为早期由文人自觉创作的一篇讽刺意味浓厚的寓言故事,《花王戒》在朝鲜古代讽刺文学的发展史中有着较为重要而深远的影响,韩国学者李廷卓认为《花王戒》是韩国讽刺文学的鼻祖,在朝鲜文学史上有开先河之功。尽管这篇寓言有明显的中国文化印记,但它的创造性也很明显,在7世纪以前的中国典籍中很难找到写得如此丰满的以拟人化植物为主人公的同类作品。据《三国史记》记载:神文大王听了这个寓言后,不禁"愀然作色",觉得这篇

---

① 『花王戒』,林明德主编,『韓國漢文小說全集』六卷,109 쪽.

寓言"诚有深志",寓意深远,命薛聪把它写出来,作为今后"王者之戒",这个寓言也就成了历史上的佳作名篇了。以此为开端,朝鲜文学中形成一种新的母题——"花王"母题,并产生了系列作品。如朝鲜朝林悌的《花史》,明显是在吸收借鉴《花王戒》的基础上创作的,该作品对朝鲜朝时期流弊数百年的党争现象进行了猛烈的抨击和辛辣的讽刺。再如朝鲜朝李颐淳①所作的《花王传》,也是吸收了前代"花王"母题文学的精华,其中所寄寓的亦是对黑暗政治的讽刺与不满。

可以说,以《龟兔之说》和《花王戒》为代表的这一系列寓言作品是朝鲜古代讽刺文学萌芽时期的最初形态,为后世讽刺小说的发展壮大积累了大量的原始素材和母题类型。

二、高丽时期讽刺性假传体寓言概说

高丽朝近五百年间与中国宋、元两朝保持了极为密切的联系,这一时期也是中华典籍、文化艺术传入朝鲜半岛最为丰富的一个时期。事实上,早在朝鲜半岛三国时期大量的中华典籍已传入朝鲜半岛,到了高丽时期,传入的小说就更加丰富了。

> 由于官方提倡和实际应用的需要,在漫长的历史时间内,中国的古代典籍在朝鲜半岛得到了广泛的传播。《北史》已经记载高句丽"书有《五经》、《三史》、《三国志》、《晋阳秋》"(卷九四)。《旧唐书》记高丽"其书有《五经》及《史记》、《汉书》,范晔《后汉书》、《三国志》,孙盛《晋春秋》、《玉篇》、《字统》、

---

① 李颐淳(1754—1832),字稚养、斐彦,号后溪、晚窝、兢斋、六友堂、六友轩、杞隐,朝鲜朝后期文臣。著有《后溪集》等。

《字林》,又有《文选》,尤爱重之";记百济"其书籍有《五经》、子、史"(卷一九九)。综合各方面的历史资料,可知在十几个世纪的漫长时间内,中国的经、史、子、集以及其他方面的书籍大量和源源不断地传入了朝鲜半岛。①

朝鲜建国之前,高丽时代已经传入很多的中国小说。例如:《山海经》、《洞冥记》、《十洲记》、《搜神记》、《说苑》、《世说新语》、《高士传》、《列女传》、《酉阳杂俎》、《太平广记》等,都在古典书籍里可见到传入的记录。②

中华文化典籍的大量传入促进了朝鲜古代汉文学创作的发展与繁荣,汉文小说的发展亦如火如荼。而高丽时期的政治、社会环境也为汉文学的进一步发展壮大提供了助力。高丽王朝建立后,为了抑制地方豪族势力,高丽光宗时重用中国后周人双冀,并在他的建议下于公元958年设置科举,对考官制度进行改革,以中国的科举制度取代高丽的骨品门阀制度,高丽的选官制度同中国的统一起来。自此开始,高丽朝和朝鲜朝有许多朝鲜人到中国应试做官,如崔致远、李齐贤等,他们大多重返故乡,随之把中国最新的文化带回国,进而推动了朝鲜汉文学的发展。

高丽时期对佛学非常推崇。太祖王建和高丽历代帝王都笃信佛教,以护法者自居,大兴佛寺。朝廷仿照科举制度而制定了僧科制度,佛教界的禅宗与教宗两大系统的僧侣都可以参加僧科的科举考试,取得"法阶",依次晋升,最高者可以获得"国师""王师"的称号,以国王顾问的身份参与政治。到了高丽朝后期,地位

---

① [韩]闵宽东:《中国古典小说在韩国之传播》序二,第8页。
② [韩]闵宽东:《中国古典小说在韩国之传播》,第5—6页。

崇高且坐拥社会绝大多数财富的文臣阶层和僧侣阶层引发了全社会的不满,长期被打压而处于相对弱势地位的武臣发动了"武臣之乱",使高丽王朝进入了武臣专政时期。在这期间,社会动荡、民生凋敝,传统的文人士子受到了前所未有的压制。当时的高丽文人普遍对社会现实怀有不满,这为讽刺小说的繁荣创造了条件。除此之外,由于与中国间的文化交流日趋紧密,大量的中国文学作品,特别是假传体寓言传入朝鲜,其中对于传统文人士大夫高洁形象进行着力刻画的作品,更引发了身处乱世的高丽文人的广泛共鸣。这一时期的高丽文人纷纷仿效韩愈、秦观等人,创作了大量讽刺武臣专权、政治黑暗,抒发、表达自己政治诉求和文人气节的假传体寓言作品,掀起了朝鲜古代讽刺汉文小说创作的第一次高潮。

　　高丽时期的假传体寓言将各类动植物、器物等加以拟人化,仿照史传笔体为其立传,以此来表达作者本人对于现实的不满和想要改变现实的诉求。其中较具代表性的作品有林椿 ① 的《麹醇传》《孔方传》、李奎报的《麴先生传》《清江使者玄夫传》、释慧谌 ② 的《竹尊者传》《冰道者传》、释息影庵 ③ 的《丁侍者传》、李穀 ④ 的《竹夫

------

① 林椿,生卒年不详,12 世纪著名诗人,字耆之,号西河。主要生活在仁宗时代和毅宗初期,是"海左七贤"之一。著有《西河先生集》。
② 释慧谌(1177—1234),号无衣子,善诗能文,高丽时期有名的禅宗和尚,其文章多用来阐发禅宗义理。著有《禅门拈颂》,诗集《无衣子集》。
③ 释息影庵,生卒年不详,生活于崔氏家族当政时期的诗僧。著有《丁侍者传》。
④ 李穀(1298—1351),字仲父,号稼亭,高丽时期文臣、著名的学者和诗人。曾两次赴中国元朝为官,参与撰写忠烈王、忠宣王、中肃王三朝实录。著有《稼亭集》。

人传》、李詹①的《楮生传》等。其中最具代表性的作家是林椿，其作品是高丽时期假传体寓言的典范，更是讽刺类假传体寓言的经典之作。《麹醇传》将酒拟人化，并虚构出酒的远祖、祖辈、父辈，主要讲述了主人公麹醇一生的遭遇，其结尾令人深思：

> 自是之后，上以沈酗废政，醇乃以钳其口而不能言。故礼法之士，疾之如雠，上每保护之，醇又好聚敛，营资产，时论鄙焉。上问曰："卿有何癖？"对曰："昔杜预有博癖，王济有马癖，臣有钱癖。"上大笑，注意益深……史臣曰："麹氏之先有功于民，以清白遗子孙，若鬯之在周，馨德格于皇天，可谓'有祖风'矣。醇以挈瓶之智，起于瓮牖，早中金瓯之选，立谈樽俎，不能献可替否，而迷乱王室，颠而不扶，率取笑于天下，巨源之言，有足信矣。"②

麹醇的祖先出身清白，"有功于民""馨德格于皇天"，在祭祀、宴会等方面颇为人看重。父亲麹酎颇有气节，在魏晋时与徐邈有深交，后与竹林七贤偕隐。但是，麹醇为了追求富贵，谄事陈后主，使一国之君整日沉湎于酒色，宴饮无度，"沈酗废政"，而他作为近臣不仅未尽到忠诚进谏、兴利除弊的责任，反而"迷乱王室""颠而不扶"，又聚敛贪财，被天下人耻笑，最终被免掉官职，落个暴病而死的结局。

《麹醇传》中作者以麹醇和陈后主为直接讥讽对象，麹醇暗指

---

① 李詹（1345—1405），字中叔，号双梅堂，高丽末期和朝鲜朝初期文学家、政治家。著有《双梅堂集》。

② 『麹醇傳』，林明德主编，『韓國漢文小說全集』六卷，138 쪽．

当时国王身边那些阿谀逢迎、搜刮财物、作威作福，最终导致祸乱的奸佞之臣。陈后主实际影射的是毅宗。毅宗是一个沉迷酒色、奢侈享乐、荒淫无度的国王，在位二十五年间到处修建离宫别馆，还经常举行宗教法会，荒于政事，最终导致"武臣之乱"，被废黜流放。《麹醇传》表面上是写对酒的看法，实际上是通过对麹醇宦海浮沉的描写，寄托了为臣之道和"天下有道则见，无道则隐"的政治情怀。这篇假传的现实意义非常明显，尤其是结尾处陈后主问麹醇有何爱好，麹醇答曰"昔杜预有博癖，王济有马癖，臣有钱癖"，毫不隐晦地表达出对金钱的欲望，"钱癖"二字反讽意味浓厚，把一个贪财奴的形象刻画得入木三分。此处并非林椿独创，而是典出《晋书·杜预传》："时王济解相马，又甚爱之，而和峤颇聚敛，预常称'济有马癖，峤有钱癖'。武帝闻之，谓预曰：'卿有何癖？'对曰：'臣有《左传》癖。'"[①] 杜预是西晋人，既是将军，又是学者，文武兼备，才华横溢。曾作《春秋左氏经传集解》及《左传释例》，其中《春秋左氏经传集解》是《左传》注解流传到今的最早的一种，收入《十三经注疏》中，因此杜预说自己的嗜爱是《左传》。此处，林椿直接用典，反讽意味昭然若揭。而句末提到的"巨源"是"竹林七贤"之一的山涛，入晋后担任吏部尚书、司徒等职，善于品鉴甄拔人才。《晋书·王衍传》说王衍年幼时去见山涛，因其"神情明秀""风姿详雅"使山涛十分感叹。王衍离开时，山涛目送并说："何物老妪，生宁馨儿！然误天下苍生者，未必非此人也。"[②] 后来王衍位高权重，官至尚书令，但却从不把治国之策放在心上，无忠直节操，"不以经国为念，而思自全之计"，最终难逃被杀的命运。《麹醇传》巧

---

① 房玄龄等撰：《晋书》卷三十四《杜预传》，中华书局 1996 年，第 1935—1936 页。
② 房玄龄等撰：《晋书》卷四十三《王衍传》，第 2352 页。

妙地运用这个典故来品评主人公,暗含二者的命运,可谓别具匠心。《麹醇传》中用典丰富,且典故与作者所要表达之意十分恰切,浑然一体,无刻意雕琢之迹,足见作者汉文学功底之深。

林椿的另一部假传《孔方传》与《麹醇传》齐名。"孔方字贯之,其先尝隐首阳山,居崛穴中,未尝出为世用。始黄帝时,稍采取之,然性强硬,未甚精练于世事。"① 从作品开篇可知主人公孔方即是钱的化身,晋朝鲁褒《钱神论》戏称钱为"孔方兄"。这篇假传以拟人化的手法紧扣钱币的特点进行描写:"方为人,圆其外方其中,善趋时应变","方性贪污而少廉隅","使民弃本逐末"②。继而,从正反两个方面举了若干人物实例对钱币使用的历史进行描述。之后写在汉武帝时孔方任"富民侯",总管财务,大权在握,"得孔方一言"相当于"重若黄金百斤",盛极一时。至汉元帝时孔方"蠹国害民",使得"公私俱困""贿赂狼籍""请谒公行",终于被朝廷驱逐。之后关于他的讨论始终没有停息,晋朝、唐朝、宋朝持肯定态度和否定态度者均各持所见,争论不休。作品最后,孔方的儿子孔轮,因贪赃而被诛。

孔方暗指那些"为人臣而怀二心以邀大利"的官僚,他们不能为国为民兴利除害,反而为谋私利,树立党羽,陷害忠良。该作品讽刺尖锐,笔锋犀利、诙谐幽默。但是,作者对金钱的看法,值得商榷。《韩国古代寓言史》中认为《孔方传》"作者对金钱的看法,是偏颇保守的"③,作者对重视钱币的历史名人,如吴王刘濞、汉武帝、和峤、刘晏、王安石等一概予以否定,而对轻视甚至主张取消钱币

---

① 『孔方傳』,林明德主编,『韓國漢文小說全集』六卷,133 쪽.
② 『孔方傳』,林明德主编,『韓國漢文小說全集』六卷,133 쪽.
③ 陈蒲清、[韩]权锡焕:《韩国古代寓言史》,第 105 页。

的历史名人,如汉元帝、贡禹、鲁褒、王夷甫、司马光等一概加以肯定,并认为"若元帝纳贡之言,一旦尽诛,则可以灭后患也"①。贡禹是西汉人,官拜凉州刺史,后世尊为"贡公"。他曾数次上书汉元帝揭露宫廷奢侈,建议减徭役,选贤能,罢倡乐,贱商人,释放园陵宫女,使民归农。他认为当时农民之所以"弃本逐末",主要是他们生活太苦,获利太少,"皆起于钱"的原因,"古者不以金钱为币,专意于农"。因而要想使民"壹归于农",就应"罢采珠玉金银铸钱之官",废除货币,交换手段改为布帛、粮食。贡禹主张增加农业人口,减少非农业人口,就当时来说,有利于发展生产和巩固封建经济的基础,不过他企图通过废除货币和商品经济的办法来使民归农,则有些荒谬。《孔方传》的作者林椿对货币所持否定的观点显然是受了贡禹的影响。当然,林椿这样的看法,除了货币本身具有消极因素外,还与他所处的社会背景有关。古代朝鲜至15世纪朝鲜朝时期才开始发行金属货币"朝鲜通宝"与纸币"楮币",林椿所处的高丽朝时期,货币还没有得到广泛流通,人们交换的主要手段仍是实物(谷米、棉麻等)。由于当时的商业和手工业还没有得到长足的发展,政府官员和商人又往往利用货币对劳动人民进行盘剥,因此人们对货币产生反感也是可以理解的,这或许是林椿对货币持否定态度的原因之一。

与林椿同时期的李奎报也以"酒"立传,创作了《麴先生传》,它的体裁形式与林椿《麴醇传》一样也是人物传记,而主人公也是拟人化的酒,并且给它取了一个既有历史渊源又能表现其特征的名字麴圣。麴,是酿酒的发酵物,又是姓氏,故本篇说酒姓麴。"圣"字典出《三国志·魏书·徐邈传》,徐邈嗜酒,在担任魏王曹

---

① 『孔方傳』,林明德主编,『韓國漢文小說全集』六卷,134 쪽.

操的尚书郎时,曾违反禁酒令喝得酩酊大醉,要他汇报公事,他竟然说:"我中了圣人"。他平日设宴待客,把清酒叫圣人,浊酒叫贤人,因此李奎报应该是根据这个典故称主人公为麴圣的。麴圣字中之,开篇即点明了圣人处世的"中和"之道,颇似秦观《清和先生传》中酒为"清河"之名的由来。《麴先生传》与《麴醇传》虽均以"酒"立传,用物品影射社会上的某种人或现象,并寄托作者的感慨,但两篇假传的创作主旨明显不同。《麴先生传》虽然对酒有所批评,但更偏重于歌颂,通篇大部分篇幅是在歌颂主人公的过人才能。尽管麴圣曾遭到中书令毛颖的弹劾,被称为"内深贼""喜中伤人",乃是"毒民之贼夫"而被废为庶人,他的三个儿子也因"凭恃父宠""横行放肆"而被赐死,但当盗贼群起之时国中却无人能敌,麴圣便再次被请出山为元帅,"与士卒同甘苦",一战而胜,为国立功,而且保持晚节,急流勇退;《麴醇传》虽没有全盘否定酒,但是偏重于批评,作品以酒致君王宴饮无度,"沈酗废政"为中心批评主人公阿诹逢迎,扰乱国政。之所以有如此区别与两位作者所处的具体政治环境、创作出发点不同有关,也与个人的嗜好有关。李奎报酷爱饮酒,自然对酒颇为热爱,因此《麴先生传》中对酒的称颂多于批评也就很好理解了。

《麴先生传》中大量使用双关手法,增加了文章幽默诙谐的色彩。如:"主客郎中""国子监祭酒"既是官名,又切合酒的身份。"心醉""交口荐进""擢置喉舌""舁而升殿""喜中伤人""灌愁城""既醉之功"等也都十分贴近酒的特点。"齐郡、鬲州间盗贼群起"中"齐"即是"脐",指腹部;"鬲"即是"膈",指胃部,"齐""鬲"之间"盗贼群起",实际上是指人感到苦闷,想喝酒。再如"醯鸡之覆",是指坛子被打破,坛子中产生的细小虫子乱飞于空中,作者先引申为酒坛子倾覆,再引申为官场风波。此处一语双关,表面上是酒坛子打破实指官场遭受挫折,实际上,这篇假传中的主人公麹圣暗指那些在朝廷上得志升官—被贬—再次被启用—再升官—主动请辞退隐,即经历了曲折的仕途之路后还能够保持晚节,"知足自退""能以寿终"的那种大臣,而这在封建社会中是很难做到的,因此作者在篇末发出"《易》曰:'见机而作。'圣庶几焉"的感慨。

除了假传体寓言,李奎报在一般散文寓言创作方面也取得了重要成绩。在《白云小说》中有一些短小精悍、精彩的寓话,这种寓话在高丽时期被称为"稗说体"笔记类作品,如《舟赂说》《讽慵》《理屋说》《镜说》等,李奎报也因此成为高丽时期"稗说体"笔记类创作方面最有成就的作家。

《舟赂说》讲述的是一次乘船经历。文中交代两条船的客观条件完全一致:"两舟之大小同,榜人之多少均,人马之众寡几相类。"[①] 意思是说两条船只大小一样,划桨水手的数目一样,乘客人数也几近相同,两条船同时出发渡河,但一条船"离去如飞",另一条船却"遭回不进",究其原因却是是否给了划桨水手好处。作者因此联想到官场的贿赂现象,联想到自己在官场的遭遇,感慨道:"嗟呼! 此区区一苇所如之间,犹于赂之之有无,其进也有疾徐先后。况宦海竞渡中,顾吾手无金,宜乎至今未沾一命也!"[②] "一苇"典出《诗经·卫风·河广》"谁谓河广? 一苇杭之","一苇所如"即乘一根芦苇便可前往的地方,形容河面窄,很容易渡过。全文仅一百多字,以乘船经历类比官场风气,揭示了一个重大的社会现象,即行贿贪污、卖官鬻爵。全文以小喻大,针砭时弊,发人深省,

① 『舟賂說』,成均館大學校 大東文化研究院,『高麗名賢集 一』,成均館大學校出版部,1986,225 쪽.
② 『舟賂說』,成均館大學校 大東文化研究院,『高麗名賢集 一』,成均館大學校出版部,1986,225 쪽.

是一篇精彩的政治寓言。

《讽慵》属于人生哲理寓言,主人公是一个慵懒至极之人,"头蓬慵梳""体疥慵医"。此人"有宅一区"却是"草秽而慵莫理","有书千卷"却是"蠹虫而慵莫披",最后竟然达到"口慵语,足慵步,目慵顾。踏地触事,无一不慵"①的地步。有位客人决心医治这位懒汉,于是来到懒汉家中对他说:自己家中有香气扑鼻的上等美酒,又有歌喉婉转的美丽侍女。懒汉一听,立即起身,"束腰以带,犹恐其晚","纳踵于履,犹恐其迟"②,酒色之诱惑却使懒人不懒了。这个故事不仅对懒惰进行了一针见血的嘲讽,同时对当时社会普遍存在的贪酒、好色等恶习进行了讽刺,进而说明人生追求或人生目标是一切行为的动力。

高丽时期的假传如同新罗时期的寓言作品一样,也都各自形成一个母题系列。除上文以林椿《麴醇传》、李奎报《麴先生传》为代表的酒母题系列外,竹母题系列也十分具有代表性。李毅的《竹夫人传》,以"竹夫人"为描写对象,将竹子拟人化,深受宋代理学的影响,刻画了竹子的童年、出嫁及丈夫死亡这三个阶段,着重塑造竹夫人坚贞守节的形象。释慧谌所著《竹尊者传》,开篇便点明竹是具有禅心的形象,继而写竹之十德。以竹喻人,通过赞美竹子的外形和内心说明人也应该有此德行。息影庵的《丁侍者传》,主角"丁侍者"是用竹子做的手杖,作者在文中赞扬了丁侍者的勇、信、义、智。高丽时期的讽刺小说以假传体寓言为主,其中以"酒"和"竹子"为主要描写对象的系列假传体讽刺小说取得较高的文

---

① 『諷慵』,成均館大學校 大東文化研究院,『高麗名賢集 一』,成均館大學校出版部,1986,217 쪽.

② 『諷慵』,成均館大學校 大東文化研究院,『高麗名賢集 一』,成均館大學校出版部,1986,217 쪽.

学成就。在展开描写时,都采用游戏滑稽的笔调,亦庄亦谐,寓庄于谐,饱含着对政治现象的热辣讽刺。同时,我们也应该清醒地看到高丽时期的假传体寓言,受韩愈《毛颖传》《下邳侯革华传》的影响至深,"这两篇作品在韩国的影响大大超过在中国本国的影响,更是文学史上的一件奇事"①。《麴先生传》《褚生传》中则直接提到了毛颖的形象。此外,秦观的《清和先生传》、张耒的《竹夫人传》等也都对高丽时期的假传体寓言产生过或多或少的影响。

综上,高丽时期的假传体寓言几乎成了这一时期讽刺汉文小说最重要的载体,在朝鲜古代讽刺文学发展的历史中起着承前启后的作用。在这些假传体小说中,讽刺的对象往往是黑暗的政治局势和在这样的局势中随波逐流的败德士人。与前一个时期相比,在讽刺力度、技法和深刻程度上都有质的飞跃。更值得特别关注的是,这批具有讽刺性质的假传体寓言的作者,大多是饱读诗书的儒门正统文人、学士和在朝鲜半岛佛教历史上有一定地位的大德高僧,在他们的作品中,性理学痕迹和宗教色彩都十分明显,这也是高丽时期假传体寓言时代性的鲜明体现。

三、朝鲜朝时期讽刺小说概说

朝鲜朝是朝鲜半岛文学发展史上文类最为繁盛的一个时期,包括讽刺小说在内的通俗文学在这一时期得到了空前的发展并取得了骄人的成就。朝鲜朝与中国明、清两朝相对应,而明、清两朝又是中国小说发展的全盛时期,以《儒林外史》为代表的中国讽刺小说的传入也在很大程度上促进了朝鲜本土讽刺小说的发展与成熟。新罗时期和高丽时期的创作实践为朝鲜朝讽刺小说的发展积

---

① 陈蒲清、[韩]权锡焕:《韩国古代寓言史》,第89页。

累了大量的经验和素材,这一时期讽刺小说类型较前代更为丰富,作品的数量激增,其中传记体小说由前代拟人化的器物假传扩大到心性假传和人物传记的范畴。

朝鲜朝时期发生了两场朝鲜历史上最为惨烈的战争,"壬辰倭乱"和"丙子胡乱",这两次战乱极大地破坏了朝鲜的政治外交环境和社会生产秩序,再加上几乎贯穿朝鲜朝始终的党争与士祸,使整个国家陷入内忧外患的疲敝境地,民不聊生。而在思想领域,新兴的实学思潮与传统的儒学发生激烈的冲突。在这种社会现实的综合作用下,以针砭时弊为中心的讽刺小说呈现出蔚为大观的局面。这一时期,讽刺小说的类型空前多样,假传体、传奇体、笔记体讽刺小说齐头并进,均取得了长足的发展,无论在文学表达上还是在思想深度上都超越了前代。

朝鲜朝时期假传体讽刺小说延续了高丽时代的余晖,迎来了第二次大发展、大繁荣时期。与高丽时期的假传体讽刺小说的主人公多为动物、植物及文房用具等具象事物不同,这一时期假传的传主多是内化为人体的各种感觉及心性精神等抽象事物,其中以心性拟人的作品最为瞩目,并形成一个新的母题"天君系列小说"。这类小说以林悌的《愁城志》为发端,包括金宇颙①的《天君传》、黄中允的《天君纪》、郑泰齐②的《天君演义》、林泳③的《义胜记》、李

---

① 金宇颙(1540—1603),字肃夫,号东冈、直峰布衣,朝鲜朝前期文臣、学者。著有《东冈文集》《续资治通鉴纲目》等。
② 郑泰齐(1612—1669),字东望,号菊堂、三堂、泰齐,朝鲜朝中期文臣。著有《菊堂俳语》《天君衍义》等。
③ 林泳(1649—1696),字德涵,号沧溪,朝鲜朝中期文臣、学者。著有《沧溪集》、寓言小说《义胜记》。

钰①的《南灵传》、郑琦和②的《天君本纪》、柳致球③的《天君实录》、金道和④的《天君说》、郭钟锡⑤的《天君颂》等。"天君系列小说"都是围绕同一个主人公天君展开,天君就是"心"的拟人化,心主身,古人认为"心"主宰人的思想器官。故事情节也大体相仿,与平常意义上的小说不同的是它们不以描摹世态人情为中心,而是把人的心理意识世界幻化为天君所治理的国家,让人的各种感觉器官接触外界事物而生出种种欲念成为反派角色,展开人欲与天理之间的种种争斗。

　　林悌的《愁城志》是天君小说的嚆矢,是把人的心性进行拟人化处理的第一篇假传体小说,从这篇小说对"四端""七情"的理解能够明显看出性理学的味道。到金宇顒的《天君传》时,整个故事内容已初具性理学的规模,天君重用"敬"为太宰来治理国家。但天君好出游,又受到"懈"和"傲"两个佞臣的挑唆,驱逐了"敬",从而导致盗贼群起,天君失国。天君悔过,重新启用"敬",以"立志"为元帅,用"克己"为前锋,最终克敌制胜。到黄中允的《天君纪》时,在人物设置和情节安排上均已比较完备,基本奠定天君小说的基本结构。辅佐天君的重臣,已有了惺惺翁、主翁和诚意伯,

---

① 李钰(1760—1815),字其相,号文无子,朝鲜朝后期文人。著有《文无子文抄》《梅花外史》《花石子文抄》等。

② 郑琦和(1786—1840),字南仲,号歇五斋,朝鲜朝后期文人。著有寓言小说《天君本纪》。

③ 柳致球(1783—1854),字来凤、鸣宁,号小隐,朝鲜朝后期文臣。著有《小隐集》。

④ 金道和(1825—1912),字达民,号拓庵,朝鲜朝末期学者、义兵长。著有《拓庵先生文集》。

⑤ 郭钟锡(1846—1919),字鸣远,号俛宇,朝鲜朝末期儒学学者,曾领导巴黎藏书运动。著有《俛宇先生文集》。

而作为敌对势力的首领也已有了越白(色)和欢白(酒)。在"天君系列小说"中艺术成就比较高的是郑泰齐的《天君衍义》,讲述的是人的心性理智和五官肢体与七情六欲之间的复杂关系,焦点集中于天理与人欲之间的斗争,总之是以宣扬程朱理学为旨归。

程朱理学与假传体寓言小说均产生于中国,后传入朝鲜并产生深远影响,高丽时期、朝鲜朝时期的假传体寓言小说几乎均可以从中国找到源头,但为何中国没有产生的天君小说类型却在朝鲜半岛出现了,并持续兴盛了三个世纪,产生了系列作品,这是一个非常值得研究的课题。正如金健人评价的那样"在程朱理学的母国——中国,文坛上却找不到这类天君小说的半点痕迹。像这样的现象不要说在韩国文学史上没有二例,即使在世界文学史上,也是绝无仅有的"①。事实上,这类作品的出现与朝鲜朝时期程朱理学被立为国家正统思想密切相关。朝鲜朝前期是朝鲜性理学的兴盛期,曾经遭遇过"士祸"打击的性理学家们,普遍从现实的政治舞台抽身,将自己的政治理想转向对于道学义理的探求。心性拟人类假传体讽刺小说所承载的往往就是他们这些不能实现的政治理想与想要传递的道学理念,而其所要讽刺的对象亦是在政治上蛊惑君王、弹压群臣的权臣奸佞和趋炎附势、丧失操守的小人。至16世纪后半期,朝鲜性理学发展进入全盛时代,性理学说的正统地位更是不容置疑。而思想文化上的一家独大也使得朝鲜朝性理学不可避免地走向了流于空谈、脱离实际的道路,这一时期心性拟人类假传体讽刺小说的创作虽依然繁盛,但无论是在思想层面还是在艺术层面都难以与朝鲜朝初期的同类作品抗衡。

17世纪以后,特别是"壬丙两乱"之后的朝鲜,国家的根基发

---

① 金健人:《韩国天君系列小说与中国程朱理学》,《韩国研究》第八辑,2007年。

生了动摇，国力空虚、朝政黑暗、党争不断、内忧外患的政治局面使
社会矛盾更加尖锐。一些思想进步的有识之士便将关注的视野由
形而上的道学理论下移至现实的社会生活之中，以洪大容①、朴齐
家②、朴趾源、丁茶山等为代表的实学派登上了历史舞台。他们反
对玄学义理等空洞且脱离实际的学说，主张原儒、实践理性。他们
中的一些人还对这一时期传入朝鲜半岛的西方文明十分推崇。在
新兴政治力量与旧地主旧官僚为代表的势力的角力过程中，讽刺
文学的发展也随之变化。而在实学影响下，工商业得到了前所未
有的发展，市民阶层不断壮大，民众意识也日渐开放，这也为讽刺
小说的全新发展积累了数量众多的读者。在这样的背景之下，朝
鲜半岛汉文小说迎来了空前绝后的新高潮，一系列以讽刺理学道
统的虚伪性与欺骗性，抨击封建礼教对人性的禁锢与摧残的汉文
小说如雨后春笋般涌现。传奇小说《乌有兰传》、笔记体小说《古
谈》等都是这一时期的杰出代表。

　　《乌有兰传》是一部对男子"发乎情，止乎礼"君子之风绝妙讽
刺的美人计小说。文中李生参加宴会，当他看到"四十二州官长列
坐于左右，七十二名妓女侍倍于前后"③之时勃然大怒，认为这不是
君子所为，"诚非为人之道"，可见此时的李生还是按照儒家礼仪规
范来要求自己，懂得君子所为与不为的。但这份坚守很快便被妓
女乌有兰粉碎殆尽，"风景正新，物色可爱"的阳春三月，乌有兰化
作寡妇浣纱溪边，李生把她当作西王母降瑶池，西施临太液，全然

---

① 洪大容（1731—1783），字德保，号弘之、湛轩，朝鲜朝后期文臣、儒学家、实
学家。著有《湛轩书》等。

② 朴齐家（1750—1805），字次修、在先，号楚亭、贞蕤，朝鲜朝后期著名实学
家、诗人。著有《贞蕤集》《贞蕤诗稿》等。

③ 『烏有蘭傳』，林明德主编，『韓國漢文小說全集』六卷，337 쪽.

不顾先前的君子礼仪道德并因痴迷乌有兰不得见而"缠头冒衾"，
"谷水不下"，终于再闻浣声时，竟强拖病体，"促足将近而趑趄，口
将言而嗫嚅，进止数次，不顾体面，步如猛虎出林之势，接如苍鹰扑
雉之样"①，此时的李生已全然不是宴会上的正人君子，在情欲与
理性的冲突中，最终情欲战胜理性。"我亦青春，娘亦青春，以青春
待青春之道何如？"②这是李生对乌有兰的深情告白，也是李生在
封建礼教长久压抑之下对爱情的渴望与呐喊。之后，乌有兰伪装
死亡，李生返家半途心急归来，却见新坟，心肠摧裂，"扣坟放哭，气
塞者三"。后乌有兰谎称自己是亡后鬼魂日日与李生相约，最终李
生竟"赤身出门，行色偃蹇，形容伶仃"③，赤身裸体行走于闹市的
李生竟毫不自知，他脱掉的不仅是遮蔽躯体的遮羞布，更是封建伦
理思想的外衣，人性的可鄙在这里暴露无遗。作品最后，李生为一
雪前耻潜心读书，终于拜为翰林，再次穿上锦绣华服，披上了封建
官僚的外衣，继续与乌有兰寻欢作乐，重新回归到封建礼教的拥护
者和统治者的轨道上来。作品开篇与结尾形成强烈的对比，诙谐
之中包藏着辛辣的讽刺，反讽意味浓厚。事实上，在封建礼教桎梏
之下，学而优则仕的官本位思想的压迫之下，儒生的唯一出路似乎
就是饱读诗书，出仕入世，特别是朝鲜朝时期受朱子"存天理，灭人
欲"思想的影响，儒生则更加迂腐。压迫愈深，反抗越大，这些儒生
一旦做官或得势则极易走向另一个极端，鲜有固守君子之道者，以
《乌有兰传》为代表的朝鲜古代系列美人计小说就是很好的例证。

　　这一时期朝鲜古代的讽刺小说中，以笔记体小说规模最为浩

---

① 『烏有蘭傳』，林明德主編，『韓國漢文小說全集』六卷，338 쪽.
② 『烏有蘭傳』，林明德主編，『韓國漢文小說全集』六卷，339 쪽.
③ 『烏有蘭傳』，林明德主編，『韓國漢文小說全集』六卷，346 쪽.

大,这类小说取材现实、贴近生活、讽刺辛辣、风格诙谐,体现了这一时期作家群体对于社会现实的普遍关注。笔记体小说的前身是"稗说体"的笔记类作品。早在高丽时期,受北宋文风之影响,高丽文人开始创作一种被称为"稗说体"的笔记类作品,如李奎报的《白云小说》、李仁老的《破闲集》、崔滋的《补闲集》、李齐贤的《栎翁稗说》等,是以诗话为主的杂录。朝鲜朝继承了高丽时期的说话文学,产生了诸如徐居正[①]的《太平闲话滑稽传》、姜希孟[②]的《村谈解颐》等作品。这类作品取材广泛,主题多是揭露统治阶级的虚伪与贪婪,讽刺官员的不学无术、无知无能、贪污腐败等。如《太平闲话滑稽传》卷二第一百八十五话中,在成均馆任职的李生,对"太极""河图洛书""八卦图"的解释不着边际,不懂装懂,将"太极"解释为太极图,将"河图洛书"解释为周易图,将《易》的"六横画"解释为龙马的脚印,愚昧之态,十分荒唐可笑,加之成均馆任职的身份,反讽之意昭然若揭。卷一第六十二话中,一位武官自恃颇解文字,但却不分"馬"字与"為"字,自恃清高与实则无知愚昧形成鲜明对比。在卷一第三话中:

> 　　有一朝官,出宰晋阳,政令苛暴,征敛无艺,虽山林果蔬,利无小遗。寺社髡缁辈,亦受其弊。一日,云门寺僧来谒,州宰曰:"汝寺瀑布,今年想佳。"僧不知瀑布为何物,恐亦征敛,应声曰:"我寺瀑布,今夏为猪吃尽。"

---

① 徐居正(1420—1488),字刚仲,号四佳亭,朝鲜朝前期勋旧派文臣,在文学评论、汉诗、散文等诸多方面皆有造诣。著有《四佳集》《东人诗话》《笔苑杂记》《太平闲话滑稽传》等。

② 姜希孟(1424—1483),字景醇,号私淑斋、云松居士、菊坞、万松冈,朝鲜朝前期文臣。著有《衿阳杂录》《村谈解颐》等。

江陵有寒松亭,山水之胜,擅关东。使华宾客之游赏,轮蹄辏集,供费不赀。州人常诟曰:"寒松亭,何日虎来将去?"

有人作诗云:"瀑布当年猪吃尽,寒松何日虎将归。"①

这则故事前半段讲述一位朝官"政令苛暴,征敛无艺",臭名远扬,因其"利无小遗",当其对僧人说起寺里的瀑布美时,僧人竟以为他看中了寺庙中的"何物","恐亦征敛"便称瀑布"为猪吃尽",令人啼笑皆非。而景色宜人、游客众多的寒松亭,则被官员"轮蹄辏集,供费不赀",为此有诗云"瀑布当年猪吃尽,寒松何日虎将归",将剥削百姓的贪官比作"猪""虎",可谓一针见血。

朝鲜朝中后期,汉文讽刺小说经历了新罗、高丽的萌芽孕育期和朝鲜朝前期的发展期,进而日臻成熟,这一时期是朝鲜半岛汉文讽刺小说真正的大繁荣时代,在思想性、艺术性上均取得较高的成就。更为难能可贵的是,这一时期的作家群体空前关注普罗大众的生活与社会现实百态,这也是这一时期讽刺小说在数量和质量上均远超前代的重要原因之一。《两班传》《许生传》《闵翁传》《马驲传》《蒋奉事传》《捕虎妻传》等均产生于这一时期,这些经典之作多采用讽刺或戏谑的手法来批判腐朽没落的身份等级制度,揭露两班的腐化、虚伪与残暴,这些作品在朝鲜半岛讽刺文学发展史上具有划时代的意义。

李光庭②的《虎睨》中,描写普通百姓宁愿祈之异类也不敢祈之于担任官吏的同类,辛辣地揭露和讽刺了两班贵族的剥削本质。

① [韩]徐居正원저;李來宗역주,『太平閑話滑稽傳』,태학사,1998,29쪽.

② 李光庭(1674—1756),字天祥,号讷隐,朝鲜朝中后期的学者、散文家和诗人。著有诗文集《讷隐先生文集》。

柳梦寅[①]的《虎穿》,塑造了两类叙述主体:人和虎。写箕子受封后,礼法制度将人和虎严格地限制、区分开来,小说采用角色置换的手法,"人"是比虎更残暴的两班,虎则是普通百姓。通过描写人设陷阱捕捉所谓"残心暴性"的虎来揭露两班贵族的残暴,展现普通民众的生存困境,随时将遭屠戮。《虎睨》和《虎穿》两篇小说通过虎和人的周旋,辛辣讽刺了封建等级制度对普通百姓的荼毒,以及百姓在两班贵族的残暴统治下民不聊生的生存困境。《闵翁传》中作者朴趾源借闵有信之口更是将两班的残暴描绘得出神入化:

> 吾见钟填道者,皆蝗耳。长皆七尺余,头黔目荧,口大运拳,咿哑偶旅,跖接尻连,损稼残谷,无如是曹,我欲捕之,恨无大匏。[②]

此篇作品把两班比作令人毛骨悚然的蝗虫,揭示了两班阶级"损稼残谷"的剥削本质。李钰的《蒋奉事传》借京师吃白食者——蒋奉事之口,通过对富贵人家饮食规制"淡者日以甘,疏者日以黏,丰者日以纤,雅者日以淫"[③]的不同的考察,揭示了两班阶级生活的奢侈无度,即"衣服之渐革也,宫室之渐夸也,音乐之渐哇也,侍御之渐姱也"[④]。两班的残暴与腐化不仅体现在对下层百姓的压榨及自身奢靡的生活上,还表现为相互之间的权利争夺。

---

① 柳梦寅(1559—1623),字应文,号於于堂、艮斋、默好子,朝鲜朝中期文臣、散文家。擅长各体书法,散文颇有特色。著有《於于集》《於于野谈》等。
② 『閔翁傳』,林明德主编,『韓國漢文小說全集』六卷,314 쪽.
③ 『蔣奉事傳』,林明德主编,『韓國漢文小說全集』六卷,374 쪽.
④ 『蔣奉事傳』,林明德主编,『韓國漢文小說全集』六卷,374 쪽.

金锡 [①] 的《琉球王世子外传》,从侧面叙述了这一现象。王的世子携带珍宝入倭,"将赎父王",途中遭济州牧使索要稀世珍宝"酒泉石",世子不从,便遭杀戮,济州牧使反诬世子为"犯境贼"。文中济州乃琉球邻国,"酒泉石"为化水成酒的灵石,从李溙勒索之人,索要之物和他反诬世子便可看出当时统治阶级的腐化堕落及互相倾轧。

> 夫溙之罪有三焉,贪财杀人一也,坏邻国交二也,欺君诬上三也,人臣有一于此,宜伏祥刑,而当时君子不能出一言以讨其罪,使暴乱之臣,坐享爵禄,子孙荣贵,宁不悲乎! 使琉球之人,兴兵出师,浮海西指,以报二君之雠,则我将何辞以对? [②]

"贪财杀人""坏邻国交""期君诬上"是李溙的三宗罪,但如此罪恶滔天之人竟无一人敢兴兵讨伐。这篇小说"揭露了仁祖王的昏庸无能和勋戚阀阅的残忍无道" [③],是当时阶级矛盾和民族矛盾日趋激化的真实写照。

朝鲜朝后期,随着实学的兴起和政治、经济形势的变化,两班逐渐丧失了原有的经济基础,变得更加腐化与虚伪,有的甚至靠出卖两班身份才能生活下去。其中艺术成就最高的当属朴趾源的《两班传》。旌善郡两班虽享有士族之尊称,但家贫,"岁食郡粜","积岁至千石",竟荒唐至卖两班称号。更具有讽刺性的是,富人在

---

① 金锡(1776—1821),字士精,号薝庭,朝鲜朝后期学者。以文章名世,一生怀才不遇,其文体异于当时流行之文体,被称之为"金锡体"。著有汉文小说集《薝庭遗稿》,编撰《薝庭丛书》等。

② 『琉球王世子外傳』,林明德主編:『韓國漢文小說全集』六卷,361 等.

③ 金宽雄、金晶银:《韩国古代汉文小说史略》,第 273 页。

和两班买卖称号的过程中，发现两班除了具有"细嗽嚔津，袖刷毳冠，拂尘生波，毋擦拳，漱口毋过"①等一系列繁文缛节外，不过是享受"先耕邻牛，借耘里氓，熟灌慢我。灰灌汝鼻，晕髻汰鬖，无敢怨咎"②的强盗特权，富人吐舌："孟浪哉。将使我为盗贼耶？"③将两班的腐朽刻画到了极致。《陈谈录》和《御睡新话》分别载有《狗两班》和《盗贼两班》，讲的是两班苛求他人尊重而虚讲繁文缛节，为盗仍不忘自己两班尊号的故事。《谐乘》所载一系列笔记体小说几乎都在讽刺没落两班的虚无，《牛学》和《小说册》通过"牛效梦子"和"开册儿眠"的故事，以滑稽的笔触讥讽了两班读书的形式主义。《抱似狗雏》则讥笑贫穷两班的猥琐之态，抱神主貌若偷抱狗雏而被老妪追赶。《洪生饿死》讲述了以不事稼穑为唯一尊荣的两班最终饿死的故事。在三人将死未死之际，役夫"煮粥以尽之"，洪生员却说："吾三人艰辛忍饥，此有六日工夫，死将迫矣，可谓前功可惜。今食一器，而彼人继给则好矣，奈此后日辱，何哉？"④以两班之口讲述了两班的寄生虫特性。《禁酒禁督》则用白描手法，通过对赵某言行举止的描写揭露其灵魂卑劣、言行相违、表里不一的特性。《笔工毛粪》中，蠢生见庭中有一堆杂有牛毛的狗粪，在其奴的怂恿之下，便开始认真格物，格粪中毛究竟是何人所为。又大肆周章抓毛工、笔工前来审问，未果。其奴又编造乃祭祀神灵时毛发未除尽之故，生员竟深信不疑，结果一坨狗粪因子虚乌有的神灵歆享祭祀后随手点缀几根毛发而化为圣物，由生员恭敬埋于干净之处。愚昧无知的蠢生代表了朝鲜朝时期空谈义理的统治阶级，

---

① 『兩班傳』，林明德主编，『韓國漢文小說全集』六卷，309 等．
② 『兩班傳』，林明德主编，『韓國漢文小說全集』六卷，309—310 等．
③ 『兩班傳』，林明德主编，『韓國漢文小說全集』六卷，310 等．
④ 『洪生餓死』，林明德主编，『韓國漢文小說全集』六卷，275 等．

奸奴则代表了任意玩弄权术鱼肉百姓的权臣,最终受害的只有劳动人民。

除了这类没落的两班形象,朝鲜朝汉文讽刺小说还对得势两班的腐朽形象进行了专门刻画。这类两班虽位居统治阶层,集政治权力与经济实力于一身,但其腐朽性早已深入骨髓,《衙婢待客》中的府使即是这类形象的代表。篇中监司巡历之时,府使让衙婢充当妓女待客,又有大夫人日夜往南大池赏莲劳民伤财,揭露了当时官僚奢侈淫乱的风气和好色的习性。最为精彩的文章结尾处:"盖衙婢之音,与父之释音相似,赏莲之音,与常女之释音相同故也。闻者绝倒。"①朝鲜语中衙婢和父都可以读作"아비",赏莲和常女读音也类似,同为"상여",一语双关,辛辣地讽刺了府使如同扮作妓女的衙婢一样谄媚于上的嘴脸。赏莲本是一件高雅清疏之事,而且文中赏莲者是大夫人,而小说中却取常女之意,毫不掩饰对封建官僚的鄙薄之情。

以上这些作品摆脱了朝鲜朝初期、中期传记体和笔记体小说偏重于纪实性的桎梏,作家通过夸张和虚构等艺术手法,生动活泼地再现了朝鲜朝由传统封建社会向近代社会转型时的社会样貌。

第二节　讽刺类汉文小说与中国思想文化

新罗时期和高丽时期的创作实践为朝鲜朝讽刺小说的发展积累了大量的经验和素材,这一时期讽刺小说类型较前代更为丰富,是朝鲜古代讽刺小说史上创作最为繁盛、成就最为突出的一个时期。而讽刺小说作为一种以讽刺、揭露为主要艺术诉求的小说类

---

① 『衙婢待客』,林明德主编,『韓國漢文小說全集』六卷,264 쪽.

型,其创作进入繁盛期也往往代表了这一时期社会处于变革、战乱等不稳定时期。中国作为古代汉文化圈的中心,其思想文化,尤其是具有正统地位的儒学思想不仅影响了两千多年的中国历史,对人类文明的发展也产生了重大影响,尤其是对整个东亚地区的影响是最为直接、深远和持久的,甚至经过不断改造、内化,成为周边国家传统思想文化的一个重要内容。古代朝鲜以"小中华"自居,其受中国正统思想文化影响的程度之深、范围之广在整个东亚汉文化圈中都是最为强烈、最为彻底的。在深厚的儒学传统与浓郁的儒学氛围中,朝鲜朝儒生学士们对于儒学义理的探求与论争一直十分激烈,主要集中于性理学派和原儒学派旷日持久的论争。而这二者的交锋虽以性理学的完胜而告终,但朝鲜朝中后期兴起的实学思想后来居上,击败了过于空洞脱离实际的性理学。朝鲜朝汉文讽刺小说正是孕育于这样的思想文化环境之中的,而中国思想文化的影响及对中国思想文化的反思与讨论一直是暗藏其中的重要思想文化因素。

一、"节"与"信"的儒家思想

中国儒家思想立足于现世人生,重视伦理建构,关注道德完善。尤其是到了汉代,儒家思想成为国家层面倡导的正统思想之后,围绕其构建的政治思想体系、社会文化体系影响了两千多年的封建社会,"忠""孝""节""义""仁""礼""智""信"等在中国传统思想文化中占据重要地位的思想观念的形成与发展均得益于此。对于朝鲜古代讽刺小说的创作者而言,深受儒家文化影响的他们往往在创作小说之初就带有很强的宣教目的。在很大程度上小说是他们控诉现实社会、抒发不满的工具,也是宣扬自己所秉承的思想主张的有力武器。因此,这些与儒家思想一脉相承的道德观念往往是他们创作讽刺小说的重要精神内核,其中最为看重的是"节"与"信"的观念。

　　所谓"节"是气节、节操,其本身是一种面向社会全体成员的较为崇高的道德要求。但由于封建社会男权至上的大文化环境,加之儒家思想本身就含有一定的规约女性的特性,因而在现实社会生活中,"节"作为一种思想观念和道德约束体现在男性与女性身上是截然不同的。对男性所守之"节"偏重于为国尽忠、坚守臣节等层面,汉之苏武、宋之文天祥等都是其中的代表;而女性所守之"节"更偏重于对于丈夫的忠诚和对于自身贞节的持守,历代文学作品及民间传说中都不乏对节妇、贞女、烈女的大力颂扬之作。从贞节观的内涵而言,基本有三层:"一是保持童贞,二是保持妇贞,三是保持从一之贞,即夫在不改嫁,夫死不再嫁。"①

　　中国儒家倡导的贞节观,其形成与发展不是一蹴而就的,而是经历了一个漫长的过程。先秦时期,是贞节观念产生的萌芽阶段。这一时期,女性在婚姻问题上处于被动的地位,没有自主权,其结婚、离婚、再婚等问题均要听命于父兄,女性只是男人的附属品,男人可以任意决定她们的婚姻,甚至是中途更换丈夫,因此,"不事二夫"的贞节观开始产生并得到越来越广泛的认同。汉唐时期,是贞节观形成发展的过渡阶段。"随着中国古代伦理道德规范的逐渐完善,统治阶级开始从理论层面强化女性的节操,《列女传》《女诫》等女贞书籍的陆续面世,从精神上为中国古代女性加上三从四德的桎梏,试图对妇女言行进行书面规范。"②配合着理论建构上对

① 贾飞:《中国古代贞节观的变迁与女性财产权》,《江西社会科学》2016 年第2 期。
② 贾飞:《中国古代贞节观的变迁与女性财产权》,《江西社会科学》2016 年第2 期。

于女性贞节观念的塑造,历代封建统治者也都以行政法令的形式
对女性守贞、守节大肆鼓吹。但需要注意的是,这一时期虽然社会
主流舆论对坚守节操的妇女一致持肯定褒奖态度,但对于妇女改
嫁、失节等为后世贞节观念所不容的行为并未全面否定或横加制
止。秦汉时期妇女改嫁,甚至数次改嫁的情况也并不罕见。随着
魏晋南北朝时期的民族大融合,虽然国家正统思想依然对女性的
贞节十分看重,但在实际的社会生活和日常认知之中对女性贞节
观的规约已大为松动。到了以社会风气开放、包容著称的隋唐时
期,"长期以来的民族杂居与融合有力地冲击了传统的礼教观念,
造成唐代贞节观的松懈。无论是上层宗室贵族,还是下层百姓,都
存在明显的再嫁改嫁现象"①。这种社会风气大致维持到了两宋之
交,尤其北宋时期,虽然上层贵族妇女并不主张再婚改嫁,但社会
上妇女离婚、改嫁、再嫁及男女未婚同居等现象却仍屡见不鲜。人
们对于这些现象的态度也较为宽容、平和,在法制层面甚至还有
"夫亡六年改嫁之制"。两宋之交,社会各阶层的妇女几乎都失去
了父权、夫权的荫蔽。女性遭遇侵犯、强占的现象十分多,而侥幸
免于沦为性奴隶的女性也常因在战乱中失去父兄夫子等倚傍而选
择无媒而婚、改嫁再婚。在这样的时代背景之下,女性的失节就被
赋予了为异族征服的意味,因而被提升到了民族大义、家国意识的
层面。加之南宋长期偏安一隅,造成了思想意识领域趋于保守的
贻害。程朱理学作为正统思想的地位愈加发展壮大,为其后女性
贞节观的极端化转变埋下了伏笔。由宋入元之后,由于蒙古"兄
亡收嫂,弟死收妇"的婚姻制度被野蛮推行,在这样恶劣的生存环

---

① 贾飞:《中国古代贞节观的变迁与女性财产权》,《江西社会科学》2016年第
　　2期。

境中,守贞守节在很大程度上成了女性自保、反抗的有效途径,"饿死事小,失节事大"的极端化贞节观念由此深入人心。在此之后,明代开始在国家层面建立节妇表彰制度,将妇女的贞操问题与赋税、徭役等家族利益捆绑在一起。清代国家层面对于妇女贞节的要求更加严苛,而宗族势力也发展壮大成为束缚女性的又一道枷锁,"中国女性贞节观的极端异化在明清时期达到了巅峰,几近宗教化。从历代正史烈女的统计数字中可见端倪,宋史可查烈女数是 55 人,元史 81 人,明史 265 人,清史 634 人,足见明清时期对节妇的要求达到巅峰"①。

　　贞节观传入朝鲜半岛后对其产生的影响是空前的,在朝鲜朝以前,朝鲜半岛本土的民风十分开放,妇女改嫁、寡妇再嫁都是为社会容许的,贞节观念并未在社会上形成广泛共识。但在朝鲜朝建立之后,程朱理学成为地位独尊的正统思想,其在伦理道德规范方面的思想主张也由此成了不容置疑的国家意志,并在朝鲜本土逐渐形成了由理学思想发展而来的性理学派,十分强调儒家道德规范,大肆宣扬极端化的贞节观念,于是,节妇烈女便成为性理学家们所最为推崇的理想女性人格。16 世纪前期,作为朝鲜国家法典的《经国大典》对女性的出行自由和再嫁制度做出了极为严苛的规定,妇女的贞操问题被上升到国家法制层面,女性作为人的独立性被完全否定、剥夺,坚贞守节也最终成了整个朝鲜半岛对于女性品行、人生价值的最高评价标准。这样的道德观念促使朝鲜半岛讽刺小说将"节"着重表现为女子的贞节。如《峡孝妇传》中着力塑造的坚贞守节、誓不改嫁的节妇形象:

---

① 贾飞:《中国古代贞节观的变迁与女性财产权》,《江西社会科学》2016 年第 2 期。

　　　　峡有妇,夫早死,家深山无邻。姑癃废且盲,无他养,妇善事姑,不敢一日离。母家居三十里,自寡亦绝不往……父曰:"汝尚少,汝岂盲婆婢耶? 吾有客贾也,美且富,俟汝而行,汝无归,其从之客,否,且杀。"妇曰:"儿意亦久矣,何幸? 第久不为容,无以见新客,盍徐一静室,为理妆地。"父母喜,馆之别室。妇乃瞰无人,从后牖,穴篱而走。①

　　在这篇作品中,女主人公最为人称道的品德虽然是"孝",但作者却着意为其安排了一个年少孤孀、守节孝亲的背景。这使得"贞"成为"孝"的前提与基础,女主人公越"贞",也就越"孝"。为凸显其作为孀妇的"贞"与"孝",对其寡居之后为奉养婆婆而与亲生父母断绝往来的"自寡亦绝不往"的行为大加歌颂。而作为其守节孝亲美行的破坏者,劝其改嫁的亲生父母则被塑造得极度凶残、蛮横,甚至通过老虎因"妇"的贞孝而不忍吃她来与其父母逼迫其改嫁的行为形成对比,将不主张妇女守节的人物尽数塑造成了禽兽不如的反面角色。

　　《烈女咸阳朴氏传》也是这样的一篇作品,开篇即以一段何为"烈女"的议论开宗明义:

　　　　齐人有言曰:"烈女不更二夫。"如《诗》之《柏舟》是也。然而《国典》:"改嫁子孙,勿叙正职。"此岂为庶姓黎甿而设哉? 乃国朝四百年来,百姓既沐久道之化,则女无贵贱,族无微显,莫不守寡,遂以成俗。古之所称烈女,今之寡妇也。②

---

① 『峽孝婦傳』,林明德主编,『韓國漢文小說全集』六卷,379 쪽.
② 『烈女咸陽樸氏傳』,林明德主编,『韓國漢文小說全集』六卷,357 쪽.

　　将普通女性能否成为烈女的标准直接与是否"不更二夫"联系起来,对朝鲜百姓接受教化,"女无贵贱,族无微显,莫不守寡"的国情也极力称颂,其后更以极多的笔墨详细记述了文中老妇人十年坚忍的守节历程和朴氏为夫服孝、三年后决然自尽的事迹,将她们树立为烈女的典型。

　　除此之外,《虎叱》等作品亦对私生活混乱、通奸失节的妇女大加挞伐。《古谈》更是反映了极端化的儒家贞节观念对于女性的钳制与残害:

> 　　……十四出家,十五丧夫,而严亲又早弃世,倚在甥兄主家矣。兄之性执滞不欲从俗而执礼,使幼妹寡居也。欲求改适之处,则宗党之是非大起,皆以污辱门户,峻辞严斥。兄不得已罢议。[①]

　　年仅十五岁的少年寡妇改嫁的自由,就这样硬生生地被封建宗族势力所剥夺,这在很大程度上可视为儒家贞节观在朝鲜朝全面走向极端化的佐证。

　　除了"节"的观念外,朝鲜古代汉文讽刺小说中呈现较多的观念是"信"。作为一种文化观念,"信"传续千年,始终是中国人最为重视的道德修养和处事准则之一。尤其是在儒家思想被立为正统思想之后,"信"更成了中国社会的主导价值取向之一。"信"源于"友道"思想,"在西周时期,作为一种身份概念,'友'或者'朋友'指称的是同族之人,既指族人,也指同族兄弟"[②]。后来"友"的

---

① 『古談』,林明德主编,『韓國漢文小說全集』六卷,287 至.
② 揭芳:《友道精神的确立——先秦儒家友道之成因分析》,《云南社会科学》2013 年第 5 期。

概念从血源亲族逐步向外扩大,延伸至血亲以外的其他社会关系之中。关于"信"的内涵大致可包含如下三个方面:首先,"信"这一观念最核心的内容是诚实不欺。《左传》中曾对"信"有过论述:"所谓道,忠于民而信于神也。上思利民,忠也;祝史正辞,信也。"① 由此可见,"信"的产生最初是基于敬天、敬神的活动。因为这时"信"的对象是高高在上、不容欺瞒的天与神,所以"信"的含义从一开始就包含着绝对诚实的成分,这是"信"观念产生的基础和得以确立的核心;其次,"信"是处理人际关系时必须秉持的最基本原则。身处人类社会之中,人际交往是不可避免的,而对信义的持守是人际交往得以维持稳定和谐的不二保障。儒家思想十分重视与人交往过程中对于"信"的坚守,孔子曾有"敬事而信,节用而爱人""人而无信,不知其可也"等精辟论述,曾子说"与朋友交而不信乎",子夏则说"与朋友交,言而有信";其三,对"信"的奉行是正人君子为人处世的根本。从孔子的时代起,儒家思想从未放松对于"信"的要求,更将其视为君子不可或缺的一项重要道德修养。孔子将"文""行""忠""信"等"四教"并列为儒家"修齐治平"人格理想得以实现的基础和前提,将"信"与儒家理想人格、政治抱负紧密联系在一起,此后历代儒门学人都将"信"奉为崇高的道德标准。

"中国儒家'信'观念的影响是十分深远的。历史上的名家政要对构建'信'观念的重要性都有过充分的论述,对于儒家'信'观念,作了发掘与进一步张扬,使'信'观念博约而深宏。事实上,儒家的'信'观念与其所倡导的其他精神原则相配合,厚重地体现

---

① 《春秋左传正义·桓公六年》,阮元校刻:《十三经注疏》,第 1749 页。

了中国传统治国思想的底蕴,并形成了儒家文化的特色。"① 可以说"信"观念除对于个人道德的提升、人格的完善有至关重要的作用和意义外,对于国家长治久安也多有裨益。"信"观念的树立有助于维护封建社会的伦理建构和道德秩序,有助于防止社会道德败坏和由于"无信"而产生人情崩塌。除此之外,对于维护国家统治而言,强化"信"的观念,取信于民,都是有效统治能够实现的关键。《礼记》明载"不信,民弗从",历代奉行儒家思想的士大夫也无不将"信"置于其政治理念中极为重要的位置之上,魏徵的"夫君能尽礼,臣得竭忠,必在于内外无私,上下相信"②,司马光的"国保于民,民保于信;非信无以使民,非民无以守国"③,都是正统儒家"信"观念的反映。而朝鲜朝统治者之所以将儒家思想奉为统治思想,本身就是以儒家思想为巩固统治的思想武器。因此,无论是统治者还是儒家学者,朝鲜历代都对于"信"十分看中,并大力宣扬。

　　在朝鲜古代汉文小说中,"信"也是十分常见的道德宣教内容之一,但其表现形式则往往是内隐的、变形的。朋友之交是儒家五伦之一,按曾子的要求,儒家君子应时时省察自己在与朋友交往的过程中是否做到了诚实守信。朋友之间的信也是儒家之"信"最常见的表现形式。推而广之,朋友间平等、友爱的交往都是"信"的观念在实际的日常生活中的体现。而上升到道义之交、知音之交则更是朋友之信的极致体现。因此,朝鲜古代汉文讽刺小说里大量出现的朋友相交的情节内容便都是对儒家之"信"的种种不同形式的展现。讽刺小说的创作者对"信"的宣教、对"信"的信服

---

① 莫守忠、刘剑康:《儒家"信"观念及其现实意义》,《湖湘论坛》2003 年第 3 期。
② 魏徵著,骈宇骞等译注:《贞观政要》卷五,中华书局 2012 年,第 163 页。
③ 司马光:《资治通鉴》卷二《周纪二》,中华书局 1956 年,第 48 页。

与传达,不似对贞节观的标举那般疾风骤雨,更多的时候是温和、克制且不直露外显的。如《秽德先生传》中:

> 蝉橘子有反曰:"秽德先生。"在宗本塔东,日负里中粪以为业,里中皆称"严行首"。行首者,役夫老者之称也,严其姓也。子牧问乎蝉橘子曰:"昔者闻反于夫子曰:'不室而妻,匪气之弟。'反如此其重也。世之名士大夫,愿从足下,游于下风者多矣,夫子无所取焉。夫严行首者,里中之贱人,役夫下流之处,而耻辱之行也。夫子亟称其德曰:'先生'。若将纳交而请友焉。弟子甚羞之,请辞于门。"①

在这篇作品中,蝉橘子因与地位卑下的粪夫相交而被其门下弟子不齿,即使明知粪夫有德,但因尊卑等级观念的影响,这些门人也纷纷"请辞于门"。而作者通过对交游以德的蝉橘子的赞颂,委婉地表达出对于当时社会普遍存在的交友以贵现象的批判。

《用计得官》中,无德无才的武官凭着"交友有方"官运亨通,位列高职,在其得到官位后向被自己利用的高官表白时,详尽交代了其如此行事的心路历程:

> 小人死何敢忘大监爱恤之恩,见兵判之不诺,小人出外而推雄价,自外退去,则大监必触怒,而以勿施小人职,更报于兵判。兵判则必以大监之怒于不即施知之,不安而即施之矣,故如是生计矣。大监与兵判果然中于小人之计较,而小人则得

---

① 『穢德先生傳』,林明德主編,『韓國漢文小說全集』六卷,354 쪽.

此官矣。伏望大监下谅而恕罪如何？ ①

　　《马驵传》中阉拖、宋旭日、德弘三人就"交友之道"展开论辩：由三人的高谈阔论引出关于"交态"与"交面"的探讨，对"夫君子之交三，所以处之者五"② 的论述，以及关于君子交友是应有"忠义者，贫贱者之常事，而非论于富贵耳""吾宁无友于世，不能为君子之交"③ 的骂战。最后三人"毁冠裂衣，垢面蓬发，带索而歌于市"④ 亦是因为对于交友之道的不同理解，而核心旨意则是通过对三人论辩的描写，讽刺了当时士人之间交往重名利、轻道义的虚伪性。《施赛传》中施时德和赛沈德友好相处，"游处多共"，"饮食或至一器"，但二人性情大异，施"喜浪言壮谈"，赛则"终日俛眉观席"⑤。因邻家丢银环一事，二人被审问，赛不顾往日情谊，诬指乃施所为。文末作者发出来"赛子无讥，今亦其徒不鲜矣"⑥ 的感慨，表达了作者对交友之道的谴责。

　　从这些讽刺小说中可以发现，古代朝鲜对于中国正统儒家思想及与其相伴而生的种种思想观念几乎是全盘接受的，尤其是其中关于伦理道德的部分更被用来作为稳固统治秩序的良方。因此，以信义为依托的"朋友之交"自然成了朝鲜儒门学人的理想交友状态。但现实社会中身份等级制度和结交权贵所能带来的种种利益诱惑，又导致以名利为本的小人之交大为盛行，这自然为正统

① 『用計得官』，林明德主编，『韓國漢文小說全集』六卷，260 쪽.
② 『馬駔傳』，林明德主编，『韓國漢文小說全集』六卷，316 쪽.
③ 『馬駔傳』，林明德主编，『韓國漢文小說全集』六卷，318 쪽.
④ 『馬駔傳』，林明德主编，『韓國漢文小說全集』六卷，318 쪽.
⑤ 『施賽傳』，林明德主编，『韓國漢文小說全集』六卷，385 쪽.
⑥ 『施賽傳』，林明德主编，『韓國漢文小說全集』六卷，388 쪽.

儒学之士所不齿,而落实于他们的笔下便成了对小人之交的辛辣而尖锐的讽刺。

二、阳明心学与实学思想

虽然性理学在朝鲜朝被封为儒学正宗,但其地位并非一直稳固,尤其是当朝鲜朝发展到中后期,不言现世的性理学受到了来自阳明学和实学的冲击和挑战,最终全面溃退。阳明学、实学、性理学三者皆为我国儒学发展于不同时期的不同学派,它们在朝鲜的兴衰起落也与其在我国儒学思想史上的消长变化有着密不可分的关系。

在新儒学的发展历程中,产生了两个不同的学派,"这两个学派所争论的主要问题乃是哲学的根本问题。用西方哲学的语言来说,他们所争论的问题是:自然中的规律,是否人头脑中的臆造,或宇宙的心的创作? 这是柏拉图学派的实在论和康德学派的观念论历来争论的中心问题,可以说,也是形而上学的中心问题"[①]。这两个学派就是有宋之后,在宇宙观和精神修养方面论争数百年而难分轩轾的理学与心学两派。理学与心学思想的核心都在于对于"理"的探求,二者的分歧在于理学学派主张在探求"理"的过程中"格物"是基础,唯有通过"格物"才能实现对于永恒的"理"的追求,因此需要"格物致知"。在如何探求"理"的这一问题上,阳明心学主张"心即是理",通过"知行合一"达到"致良知"就是对于"理"实现。在理学与心学的交锋中,一开始占据上风的是理学,其在宋明时期处于正统地位。但到了明朝中后期,由于心学集大

---

① 冯友兰著,赵复三译:《中国哲学简史》(第2版),天津社会科学院出版社2007年,第257页。

成者王阳明的出现,心学思想得到了更充分的论证和全面的补充。可以说自王阳明之后,心学成了此后数百年间中国思想文化领域的显学,很大程度上影响了晚明及此后的社会风气、文学风尚。

　　作为明、清两代的藩属之国,在晚明大行其道的心学思想自然而然地传入了朝鲜半岛。生活在 16 世纪末至 17 世纪初的张维 ① 便是朝鲜朝阳明心学的主要奠基者。他好老庄之道,主张气一元论,代表作品《寓言》。张维的《寓言》从四个层次阐述心的本体地位:文章开篇写楚公子喜雕刻之巧,厚礼致郢人三月为一猴,仿真程度竟让失偶母猴来依,但却被东郭先生讥笑"求巧末矣"。表明作者在雕刻上反对朱子学的教条主义,在思想上反对性理学的正统一元论;东郭先生阐述无极子之巧在"视不以目,运不以手,思虑不以心知","本乎自然、体乎无为、运乎元气。以阴阳为器、以五行为材、行以四时、化以风雨。传翼而飞,著足而走,根荄华实,羽毛鳞介,情性之通塞,窍穴之开阖,方圆长短之形、白黑玄黄之色,物物具备,充满乎天地者,皆无极子之为也" ②。这一部分作者进一步阐述气的绝对性、永恒性和普遍性;楚公子询问"鄙人安得而致之",东郭先生说"夫无极子未尝远于公子",只需"絜斋洗心,屏思虑、绝耆欲,不以私伪汩乎其中","然后又能纯其视听,一其动作,方而圆、动而静、无为而无不为,以合乎天则,然后无极子乃始为公子役矣" ③。作者在这里进一步批判程朱理学的穷理,认为格物即格心,穷尽生平格物之外在形态,不如寻找心内之理,进而从心所欲;

---

① 张维(1587—1638),字持国,号溪谷、默所,晚年改号支离子,朝鲜朝宣祖至仁祖时期文臣。与李廷龟(号月沙)、申钦(号象村)、李植(号泽堂)并称"古文四大家",又称"月象溪泽"。著有文集《溪谷集》。

② 『寓言』,林明德主编,『韓國漢文小說全集』六卷,381 等.

③ 『寓言』,林明德主编,『韓國漢文小說全集』六卷,382 等.

文章最后以颜回和仲尼的对话，表明"有而非有也，有而非有，非有而有也，小子其刬心焉"①。张维进一步强调心的作用，充分体现他的阳明心学哲学观。《寓言》通过对无极子之巧的阐述，表明雕刻遗形取神的艺术创作精神，指出艺术应该是心的直接体现，反对性理学的格物穷理。

张维的《寓言》中有着明显的中国文学影响的痕迹。先秦时代的《列子·说符》也有雕刻寓理的作品存在，亦是列子用来阐述自己的思想主张的。张维取《列子》之典，将其转化，用来阐述自己的心学观点。但必须注意，性理学在朝鲜朝是官方确立的正统思想，早已根深蒂固、一家独大，阳明心学作为明清显学传入朝鲜半岛，但因其在思想主张上与性理学针锋相对而被视为异端，受到了来自官方与民间的双重否定。因此，在朝鲜半岛，从始至终阳明心学在声势和实质上都未能对性理学造成致命的冲击，但是阳明心学的传入在很大程度上促进了人们对性理学的反思，为实学思想的兴起奠定了先期的思想基础。

古代朝鲜的实学思想是"朝鲜后期适应于封建统治阶级改革派和新兴市民需要、代表社会发展前进方向的社会思潮"②，自其兴起之后，于17世纪至19世纪之间极为盛行。与心学传入朝鲜之后备受争议的尴尬处境不同，实学是朝鲜朝五百多年历史中唯一真正在思想层面对性理学产生过冲击并最终取得胜利的学派。而实学思想之所以能够后来居上，是与其传入朝鲜时的社会历史背景密不可分的。16世纪末的壬辰战争和17世纪初的丙子之战，朝鲜王朝开始由盛转衰。这一时期，民生凋敝、内忧外患，农民起义

---

① 『寓言』，林明德主编，『韓國漢文小說全集』六卷，382 쪽.
② 李英顺:《试论朝鲜实学文化及其特点》，《东疆学刊》2005 年第 3 期。

一时风起云涌。与此同时,随着社会的进步与发展,手工业和商业开始繁荣,资本主义开始萌芽,新兴阶级对社会地位和进一步发展的渴求也达到了空前的高度。作为国家权力的中枢,朝鲜朝的统治集团内部依旧党争不断、腐败不堪,他们依旧希图继续以性理学说在思想上奴化人民、巩固统治,但事实上空谈义理、脱离实际的性理学说,此时早已不能适应社会历史发展的需要,无论在弥合阶级裂痕上还是在解决社会问题上都显得无比乏力。

与此同时,在明清思想学术史上有着重要地位的实学思想开始传入朝鲜半岛。就其思想渊源而言,产生于中国的实学思想从创立之初就是与宋明理学针锋相对的。实学重视实干,反对空谈,传入朝鲜半岛后发展得十分迅猛。"中国明清实学传入朝鲜后,主要在经世实学、启蒙实学、考据实学等方面对朝鲜产生了影响,另外由中国传入的西学从数学、天文、地理、医学、实用科技等方面也对朝鲜带来很大影响,成为建构朝鲜实学的重要思想资源之一。"[①]朝鲜朝的实学家们主张经世致用、利用厚生、实事求是,并将实学思想与同一时期传入朝鲜半岛的西方科学思想等相互结合,形成自己的新思想,并以此作为反对性理学一家独大、钳制思想、空谈误国的有力武器。

事实上,随着实学思想的传播与发展,也渐渐催生了一种全新的文学观念:批判现实、揭露时弊。在这种文学观念的催发下,一批在思想深度和艺术成就方面均远超出前代的讽刺小说在朝鲜半岛大量涌现出来。其中成就最高、影响最大的是当时"北学派"的领袖朴趾源。朴趾源在当时的朝鲜文学界是一位集理论创新与创作实践革新于一身的文学大家。在文艺理论方面,他积极倡导改

---

① 李英顺:《试论朝鲜实学文化及其特点》,《东疆学刊》2005 年第 3 期。

革以往空谈义理、不论民生的创作风气,同时还在创作实践上率先垂范,开一代风气之先。他的《马驲传》《秽德先生传》《闵翁传》《两班传》《金神仙传》《广文传》《虞裳传》等都是产生过广泛影响的讽刺小说,以辛辣的讽刺之笔无情地掀开了封建等级社会一层层以"礼义廉耻"包装过的遮羞布,将最真实的社会黑暗面展露于人前。

在《两班传》中,朴趾源以辛辣而不失幽默的笔力着意刻画了一个四体不勤、人格卑鄙的没落两班贵族:

> 其里之富人,私相议曰:"两班虽贫,常尊荣,我虽富,常卑贱。不敢骑马,见两班,则跼蹐屏营,匍匐拜庭,曳鼻膝行,我常如此,其僇辱也。今两班,贫不能偿籴,方大窘,其势诚不能保其两班,我且买而有之。"遂踵门,而请偿其籴,两班大喜许诺。
>
> 于是富人立输其籴于官,郡守大惊异之,自往劳其两班,且问偿籴状。两班毡笠短衣,伏涂谒称小人,不敢仰视。郡守大惊,下扶曰:"足下何自贬若是?"两班益恐惧,顿首俯伏曰:"惶悚,小人非敢自辱已。自鬻其两班,以偿籴,里之富人,乃两班也。小人复安敢冒其旧号,而自尊乎?"[①]

文中这一两班,全无一技之长而导致生活无着,因拖欠官粮无力偿还,便将自己的"两班"身份作价出售,在卖出"两班"身份后,更是瞬间变得奴颜婢膝、丑态尽显。而更为讽刺的是购买了其"两班"身份的新兴资产者,在得到身份后发现所谓尊贵无比的"两

---

① 『兩班傳』,林明德主編,『韓國漢文小說全集』六卷,308 쪽.

班",事实上除却一系列繁文缛节外早已没有任何其他用途,只得怅然感慨:"两班,只此而已耶? 吾闻两班如神仙,审如是,大乾没,愿改为可利。"①

在《虎叱》中,朴趾源生动地刻画了一位道貌岸然、充满讽刺意味的北郭先生,他还未正式登场,作者便为其树立了有德名士的牌坊:

> 郑之邑,有不屑宦之士曰:"北郭先生。"行年四十,手自校书者万卷。敷衍九经之义,更著书一万五千卷。天子嘉其义,诸侯慕其名。②
>
> 北郭先生大惊遁逃,恐人之识己也,以股加颈,鬼舞鬼笑,出门而跑,乃陷野窖,秽满其中,攀援出首而望,有虎当径。③

平素满口仁义,"天子嘉其义,诸侯慕其名",以正人君子、有德之士形象示人的北郭先生,背地里却满腹男盗女娼,甚至夜夜与寡妇偷情,当奸情被发现后"以股加颈,鬼舞鬼笑"猖狂而逃,结果陷于"野窖,秽满其中",最后连一只饥肠辘辘觅食的老虎都嫌弃浑身臭恶的北郭先生,斥其为"天地之巨盗""仁义之大贼"。作者借老虎之口对那些本质上道德败坏、行为卑劣、寡廉鲜耻甚至不如禽兽的封建卫道士们进行了毫不留情的揭露。而更为讽刺的是,与北郭先生偷情的寡妇,在文中也并非声名狼藉的淫妇。相反,这一寡妇以居孀守节而闻名乡里,甚至名动朝野:

---

① 『兩班傳』,林明德主编,『韓國漢文小說全集』六卷,309 쪽.
② 『虎叱』,林明德主编,『韓國漢文小說全集』六卷,46 쪽.
③ 『虎叱』,林明德主编,『韓國漢文小說全集』六卷,47 쪽.

　　　　邑之东,有美而早寡者曰:"东里子。"

　　　　天子嘉其节,诸侯慕其贤,环其邑数里而封之曰:"东里寡
妇之间。"东里子善守寡,然有子五人,各有其姓。[①]

　　可以说"有美而早寡""善守寡"的东里子,居然有五个儿子还
"各有其姓",她与道貌岸然的北郭先生共同构成了一对两相呼应
的人物形象。在表面上,他们一个不慕名利、满腹经纶,"天子嘉其
义,诸侯慕其名";一个美而不淫、矢志守节,"天子嘉其节,诸侯慕
其贤",分别是封建道德所标榜的"义"之男子典范与"节"之女子
楷模。但实质上,他们干的却是男盗女娼、德行败坏之事,在这样
强有力的反差中,作者以冷静的笔触、辛辣的方式将封建伦理道德
的虚伪揭露无疑。

　　《许生传》也是如此,在正邪颠倒之间,对当时朝鲜半岛政治的
腐败加以讽刺。道貌岸然的朝廷官员和兵将对上谄媚、对下凶残,
惧怕新兴力量,反对社会变革,并对一切异己者施行最惨无人道的
镇压与绞杀。而封建儒学的悖逆者——弃学从商的主人公许生和
被斥为"边山群盗"的起义农民军却是积极向上的正面人物。尤
其是其中许生劝服群盗时的对话,将当时民生艰难、官逼民反的社
会现实赤裸裸地揭示出来:

　　　　许生入贼中说其魁师曰:"千人掠千金,所分几何?"曰:
"人一两耳。"许生曰:"尔有妻乎?"群盗曰:"无。"曰:"尔有
田乎?"群盗笑曰:"有田有妻,何苦为盗。"许生曰:"审若是
也,何不娶妻树屋,买牛耕田,生无盗贼之名,而居有室妻之

_____

①『虎叱』,林明德主编,『韓國漢文小說全集』六卷,46 쪽.

乐,行无逐捕之患,而长享衣食之饶乎?"群盗曰:"岂不愿如此? 但无钱耳。"①

　　在作者笔下,打家劫舍、罪大恶极的强盗原本也是普通良民,他们渴望有妻有田、安居乐业的生活。但在残酷的社会现实之下,"无钱"的困苦处境逼迫他们铤而走险,成了封建统治者眼中不可饶恕的贼匪。最后,朴趾源以充满理想主义的笔调,为他们安排了具有浓烈乌托邦色彩的光明结局,使他们得以在许生的带领下,在无人岛上建立了一个高度理想化的平等社会,表达了作者"德者,人所归也。尚恐否德,何患无人"②的政治主张,同时讽刺了失德的封建统治者的残暴与昏聩。

　　在朴趾源笔下,被朝鲜朝奉为国本的身份等级制度和封建礼教都受到最为尖锐的批判。那些不思进取的两班贵族和顽固不化的封建卫道士们,更是被作为祸国殃民的罪魁而被抨击。而那些勤勤恳恳的劳动者、怀才不遇的下层才俊成为被颂扬与讴歌的对象,人性的善良与正当的欲望更是得到热情洋溢的肯定。朴趾源的小说是朝鲜古代汉文讽刺小说历史上的一座高峰,在同一时期,除朴趾源之外,李瀷、丁若镛等实学思想的奉行者也是汉文讽刺小说的主要创作者,他们的作品中都有着鲜明的实学主张和极强的讽刺力度,他们关于社会改革的呼吁和经济发展的主张一一发起了对于僵化顽固的理学思想的冲击。

---

① 『許生傳』,林明德主編,『韓國漢文小說全集』六卷,320 쪽.
② 『許生傳』,林明德主編,『韓國漢文小說全集』六卷,320 쪽.

第三节　讽刺类汉文小说与中国文学传统

朝鲜半岛的古典文学,尤其是其汉文文学的发展始终与中国文学有着极为密切的关系。中国作为儒家文化圈的中心和世界汉文文学的发源地,其古代文学有着悠久的历史与深厚的传统。这些历经数千年时光不断发展变化、锤炼打磨而最终形成的中国文学传统,对包括朝鲜古代讽刺小说在内的整个朝鲜古代文学都有着深刻的影响,而朝鲜古代汉文文学也正是在广泛承袭中国文学传统的基础上,结合自己本土的社会历史、文化风俗而渐渐发展壮大并形成了具有本民族特色的文学传统。

一、史传文学的叙事模式

古代中国人很早便萌发了相对自觉的历史意识,并形成了丰富的史官文化和悠久的史传传统。目前中国史传最早可追述至殷墟甲骨卜辞,此后历朝官方修史、私家著史几乎从未断绝过。而中国早期的史传,在具有史的属性的同时也兼具文的属性。在一定程度上,史传就是中国文学,尤其是中国叙事文学最重要的、最直接的源头之一。这也使得中国叙事文学始终保持着与史传文学不可隔断的亲缘关系,并在此基础上形成了鲜明且独具特色的史传传统,而源于史传文学的文体特征、叙事模式、语言形式等相关要素也为中国叙事文学所继承。

古代朝鲜叙事文学体系中含有大量史传痕迹。究其来源,主要有以下两个方面:首先,古代朝鲜在史学领域接受了我国的史官文化与史传传统,其本国文人与中国文人一样以编修国史为荣,而这些文人也正是古代朝鲜文学,尤其是汉文文学创作的中流砥柱,因而在他们的文学创作过程中，史家的精神、笔法等因素被纳入其中；其次，古代朝鲜在文学领域也深受中国的影响，中国叙事文学传统附着于中国文学这一整体，通过体例模仿、典故化用、题材吸收、审美因袭等方式被古代朝鲜文学接受。而发轫于中国，兴盛于朝鲜的假传体小说就是这类叙事文学的典型代表。

　　在朝鲜古代的讽刺小说中，采用中国史传文学叙事模式最多的是讽刺假传体小说，属于拟史类小说作品，在体式特征和写作手法上均较为接近史传。此类作品往往将植物、动物、器物、心性等非人事物作拟人化处理，并为之立传，以此来表达作者某些特定的思想观念、情志心声及社会理想。目前学界普遍认为，假传体讽刺小说滥觞于唐代韩愈的《毛颖传》，以《毛颖传》为代表的假传体讽刺小说传入朝鲜后，对古代朝鲜文坛造成的震动是极为强烈的。从高丽朝中后期出现的第一批假传体讽刺小说，直至朝鲜朝末期，这股创作热潮都未曾散去。在朝鲜古代文学史上具有重要地位的大家，如李奎报、林悌等都曾创作过假传体讽刺小说，期间更是诞生了《麴醇传》《孔方传》《愁城志》等众多名篇佳作。

　　在我国浩繁的历史典籍之中，纪传体是当之无愧的主流，纪传体正式形成的标志是司马迁的《史记》。自《史记》之后，纪传体作为正史的主流被固定下来，并持续了数千年。相较于其他史传作品，纪传体在体例上具有综合性优势，作为史传传统的一种，以纪传体史书为代表的史传著作成为我国早期叙事性文体当之无愧的代表，这在很大程度上为假传体讽刺小说的产生打下了基础。而古代朝鲜的叙事文学本身有着十分深厚的纪传传统，朝鲜史书自三国初期开始编纂，并在大量吸收中国史学经验的基础上得到迅速发展，高丽朝便已进入史书编纂的成熟期，其中最重要的代表作品就是金富轼因袭《史记》纪传体例所编纂的正史《三国史记》。

可以说在假传体讽刺作品传入之前,朝鲜半岛文人对于纪传体史书的体式特征、创作方法均已相对熟悉,加之朝鲜半岛文士爱好"用事恢博"、风格幽默滑稽的作品,高丽文坛又一直推崇韩愈和苏轼,所以当韩愈、秦观等名家所创作的早期假传体小说传入朝鲜之后,迅速引起共鸣,文人士子们很快投入到创作实践中并创作出数量可观的假传作品。"高丽王朝的李奎报,以相国之尊模仿韩愈的《毛颖传》而写作假传,并且鼓励别人创作假传。"① 除李奎报外,林椿、李詹等也都是高丽朝时期较有影响力的假传大家。到了朝鲜朝时期,创作群体进一步扩大,假传作者不仅多,而且有不少是有社会影响的大人物,如柳梦寅、张维、权韠、林泳、李颐淳、李钰等均是政坛或文坛的著名人物。因此,假传的身价与创作水平自然就提高了。

由于假传体讽刺小说多是采用"一人一代记"的模式创作的,因此无论是中国还是朝鲜的假传体小说,在体式上基本上是直接套用纪传体模式,这一点从这些作品"某某传"的命名上就可看出。朝鲜的假传体小说,绝大多数都是采用这种形式直接命名的,其中既有将鼠、兔、龟等各类动物拟人作传的,也有将花、竹各类植物拟人作传的,更有将酒、钱、纸、笔等各类器物拟人作传的,甚至当假传体汉文小说发展到一定阶段,还出现了独具朝鲜本土特色的将人的心性、感觉拟人作传的作品。在具体的体式特征和创作模式上,这些作品也几乎无处不体现着对于纪传体、史传体形式的借鉴。这种由《史记》开始固定下来的体式特征,在朝鲜假传体叙事作品中比比皆是。其作者基本都会依照所假托的传主的事物特征、习性及与之相关的人物、典故、历史事件等为其编造极为详尽、

---

① 陈蒲清、[韩]权锡焕:《韩国古代寓言史》,第96页。

有据的个人信息、人生经历。无论是篇首部分的传主信息、中间主
体部分的人生经历，还是篇末盖棺定论式的评价总结，均与正统的
纪传体史传作品保持着高度的一致，如李穀以竹为传主的假传体
作品《竹夫人传》，篇首便详尽交代了竹夫人的姓名、籍贯、家族世
系等基本情况：

> 竹夫人姓竹名凭，渭滨人箟之女也，系出于苍筤氏。其先
> 识音律，皇帝采擢，而典乐焉。①

　　其后依照历代与竹相关的典故，详列竹夫人历代先人的遭遇，
重点叙述了竹夫人出生、成长、与松大夫结合及松大夫求仙之后守
节独居、孤寂终老等虚构的人生经历，其间穿插姜太公辅佐文王
（竹竿钓鱼）、焚书坑儒（竹简被烧毁）、蔡伦造纸（竹简被取代）等典
故及历史事件，在篇末也如《史记》一般写道：

> 史氏曰："竹氏之先，有大功于上世，其苗裔皆有材抗节，
> 见称于世，夫人之贤宜矣。噫！既配君子，为人所倚，而卒无
> 嗣。'天道无知'岂虚语哉！"②

　　值得注意的是，朝鲜古代假传体讽刺小说中也有部分作品
在体式上是借鉴编年体和方志体的，如《天君实录》《心史》《花
史》等，《愁城志》《女容国传》等则在一定程度上带有方志体式的
痕迹。

---

① 『竹夫人傳』，林明德主編，『韓國漢文小說全集』六卷，117 等.
② 『竹夫人傳』，林明德主編，『韓國漢文小說全集』六卷，118 等.

　　中国史传在被赋予如实记录历史的"实录精神"的同时,还额外承担着"彰善瘅恶,树之风声"的教化目的。中国古人认为,今人著史会传之后世,凡载于史册的功过得失、善恶美丑亦会随之为后人评说。因此一方面以"左史记言,右史记事"的方式来约束天子、诸侯等上位者的言行举止,在另一方面又要以史籍中的毁誉评价、成败因由来完成对于世人是非、善恶等价值观念的塑造。这就使得"伦理褒贬"成为绝大多数著史者一贯秉承的创作观念。而这种观念,在中国史传传统中最为典型的体现就是始于孔子的"春秋笔法",其特点是"以一字寓褒贬",于简练委婉的文辞中完成对人物的评点。后世著史者更是继承此法,并逐渐将其内化为"微而显,志而晦,婉而成章,尽而不污,惩恶而劝善"[①] 的史传创作理念。"春秋笔法"在强调外在"微言"的表现形式的同时更注重内在"大义"的深层追求,这些对中国古代叙事文学的发展有着十分重要的影响。而"春秋笔法"的中国史传传统亦被古代朝鲜叙事文学所接受,在假传体文学作品中体现得亦十分明显。

　　古代朝鲜的第一批假传体汉文小说作品产生于高丽朝中后期,当时高丽正处于武臣专政的时期,国家内忧外患,政局黑暗动荡,社会秩序亦十分混乱。此时的朝鲜与孔子所处的礼崩乐坏的春秋战国时期是极为相似的。因而,无论是出于对既有叙事文学中史传传统的继承,还是出于现世境遇下的文学选择,"春秋笔法"这一史传传统都大量地出现于他们的笔端。如《麴醇传》篇末对传主麴醇的评点:"麴氏之先有功于民,以清白遗子孙,若冏之在周,馨德格于皇天,可谓'有祖风'矣。"[②] 表面上只是述写麴醇的先

---

① 杨伯峻编:《春秋左传注》,中华书局1990年,第870页。
② 『麴醇传』,林明德主编,『韓國漢文小說全集』六卷,138 쪽.

祖"有功于民",但实质上却是从对麴醇清白家世的赞美中透露出对麴醇最终未能持守清白,以至于"取笑于天下"的惋惜与贬斥。

随着假传体文学作品的进一步发展,到了朝鲜朝时期,假传体作品常被用来承载阐发儒学理论,成为为性理学等思想张目的载体,而与之相应的是"春秋笔法"所承载的褒贬意义、价值取向亦与之同步发展,愈加强烈。纵观古代朝鲜的假传体叙事作品,其中素来不乏纯然的游戏笔墨之作,但"春秋笔法"在假传体汉文讽刺小说作品中别有一层"微言大义"。这些作品在具有"春秋笔法"素有的褒贬评点意味之外,还包含了作者想要抒发的情感、高涨的志向,而这也是与"春秋笔法"所承载的教化意义相互契合的。

中国史传数量庞大、体系完备,中国史学理论亦自成一格、发展有序。可以说深厚的史传传统是中国人文化基因的重要组成部分,无论是为历代史家所记录下来的军事战争、政治斗争、国朝兴亡等历史事件,还是在史册中留下过身影的历史人物,经过漫长的文化积淀都可视为可供后人评点、拣择、取用的历史素材,而这些亦是中国史传传统的重要内容。与西方脱胎于"史诗"母体的叙事文学不同,以小说为代表的中国叙事文学与史传关系更为密切,且自其产生之后相当长一段时间内,在主流认知中都被视为"补史之阙""史氏流别""史之外乘"。正是这种根深蒂固的观念在很大程度上决定了为正史补阙、与正史参行成了中国叙事文学最原始的存在价值,这也直接导致了中国的叙事文学与史传间的界限从一开始就并非泾渭分明。因此,在实际的叙事文学创作过程中,援引真实存在过的历史人物、历史事件等历史素材入虚构的故事内容之中的写法就变得极为常见了。

深受中国文学影响的朝鲜古代文学亦复如此。朝鲜半岛文人对中国史传作品及带有史传传统的中国叙事文学作品都十分熟悉,因而在他们创作叙事文学作品时可以十分自如地对中国历史素材加以取用。如李奎报的《清江使者玄夫传》,以龟玄夫为主人公,精心设计,上至神话,下至各种习俗,关于龟的典故可以说是比比皆是。"清江使者"出自《庄子》。玄夫,是龟的别号,"玄夫,大灵龟"出自韩愈《孟东野失子》诗注。玄夫的始祖为负神山的大鳖,这个典故出自《列子·汤问》,文中虚拟龟是巨鳌的后代。玄夫的祖父帮助夏禹铸九鼎,典出禹铸九鼎的历史传说。玄夫母亲梦瑶光星入怀,则是化用了《宋书·符瑞志》的故事:"帝颛顼高阳氏,母曰女枢,见瑶光之星,贯月如虹,感己于幽房之宫,生颛顼于若水。"① 玄夫的嫡长子胄子叫元绪,元绪是龟的别称;次子叫元仟,元仟是吴越地方对龟的别称;玄夫的族属中有个"玄衣督都",也是龟的别称,崔豹《古今注·鱼虫》:"龟名玄衣督邮,鳖名河伯从事。"这篇假传中不仅玄夫的祖先及几个后代的名称均有典有据,其他部分也涉及若干典故,如"行气导引"是道家修习的一种呼吸吐纳与屈伸手足相结合的健身方法,据说这种方法是模仿乌龟善于闭气。再如巾笥,指用绸巾包好再放进箱笼中珍藏,典出《庄子·秋水》:"吾闻楚有神龟,死已三千岁矣,王巾笥而藏之庙堂之上。此龟者,宁其死为留骨而贵乎,宁其生而曳尾于涂中乎?"② 龟献"洪范九畴"的典故出自《尚书》与《周易》,《尚书·洪范》孔安国传认为,洛书即"洪范九畴",是神龟从洛水中背出献给夏禹的。

这种大量引用典故,尤其是与传主家族相关典故的写作模式源于韩愈的《毛颖传》。《毛颖传》的传主毛颖,实为文房用具中的毛笔,作者便循毛笔的原料、产地及产生发展史行文。首先追述兔

① 沈约:《宋书》卷二十七《符瑞志》,中华书局 1974 年,第 761 页。
② 方勇译注:《庄子·秋水》(第 2 版),中华书局 2015 年,第 278 页。

子的世系、毛笔的产生,然后铺叙毛笔的功用,从历史到现实的各类事物都要靠它记载,最后讲毛笔年老头秃而被秦始皇抛弃。《毛颖传》中模仿历史人物传记的体制,运用众多典故来虚构毛笔的籍贯、世系和生平,特别是与兔子有关的典故传说:

> 毛颖者,中山人也。其先明眎,佐禹治东方土,养万物有功,因封于卯地,死为十二神。尝曰:"吾子孙神明之后,不可与物同,当吐而生。"已而果然。明眎八世孙䨲,世传当殷时居中山,得神仙之术,能匿光使物,窃姮娥,骑蟾蜍入月,其后代遂隐不仕云。居东郭者曰䨲,狡而善走,与韩卢争能,卢不及,卢怒,与宋鹊谋而杀之,醢其家。①

《礼记·曲礼下》中将祭祀用的兔子叫作"明视","明视"即"明眎"。传说兔子是月亮的精灵,在月明之夜出生,故名"明眎"。民间传说兔子是神的后代,又是十二地支的神灵之一,即卯时之神,卯的方位属于东方,故曰"其先明眎,佐禹治东方土"。"兔"与"吐"同音,王充《论衡》曾记载:"兔吮(舐)毫而怀子,及其生子,从口而出。"②传说小兔子是从母兔口中吐出来的。"姮娥"就是奔月的嫦娥,兔子"骑蟾蜍入月"与嫦娥做伴。在民间传说中兔子是月亮中的神物,它陪伴嫦娥,经常用玉杵捣药。"居东郭者曰䨲,狡而善走,与韩卢争能"典出《战国策·齐策》:"韩子卢者,天下之疾犬也;东郭逡者,海内之狡兔也。"③韩卢、宋鹊都是良犬的名字。《毛

---

① 韩愈:《毛颖传》,孙昌武选注《韩愈选集》,上海古籍出版社2013年,第290页。
② 黄晖撰:《论衡校释》卷三,中华书局2017年,第188页。
③ 缪文远等译注:《战国策》卷十《齐策三》,中华书局2007年,第148页。

颖传》开篇仅仅百余字就运用了若干典故,渲染主人公身世的不同寻常。

假传体小说几乎都会为假传传主编造完整的家族历史与人生经历,在这一过程中,大量援引史料、选取典故更是几乎所有假传体叙事文学的必由之路。朝鲜古代的假传体讽刺小说在这一点上与中国的假传体文学作品一脉相承,这在前文《麹醇传》《孔方传》《麹先生传》等的分析中均已涉及,在此不赘述。在朝鲜文人开始接受并创作假传体小说之初,基本都对中国假传体作品进行亦步亦趋的模仿,几乎全盘取用中国的历史素材。但随着假传体叙事文学在朝鲜本土的发展壮大,古代朝鲜自身的历史素材被取用的比率亦逐步加大。这在一定程度上佐证了假传体小说的朝鲜本土化程度的加深,亦是朝鲜古代假传体汉文讽刺小说对中国史传传统的接受更为内化的体现。正如有学者评价的那样:"《毛颖传》与韩国假传的密切关系,反映了中韩文化与文学关系的密切,也反映了韩国作家们在吸收中国文学影响时所发挥的创造精神。"①

假传叙事手段的变化始于朝鲜朝后期。这一时期的假传开始淡化高丽时期假传在描写手段上模仿韩愈《毛颖传》的印记,典故的使用明显减少,甚至不用典故,而是把重点放在加强对主角行为本身的描写上,通过角色间的活动展开情节,这就与一般意义上的寓言趋于相同,体现出朝鲜朝作家自觉的创作意识。如《女容国传》《乌圆传》《南灵传》等几乎没有典故的运用。朴趾源《燕岩集》中的几篇假传作品,更与一般的小说或寓言没有什么差别。如以猫为主人公的《乌圆传》,作者通过逼真传神的描写来塑造形象。

史传文学叙事模式对朝鲜古代讽刺小说的影响不仅限于假传

---

① 陈蒲清、[韩]权锡焕:《韩国古代寓言史》,第97页。

体小说一类,在许多笔记体讽刺小说中,也不难窥见史传文学叙事传统的影子。如笔记体讽刺小说《金仲真》的结尾就如此写道:系曰:"谈言微中,亦可以解纷。所谓瓜浓者,虽无当时解纷之可称,然其率口取譬,有可以喻大云。"① 由此可以看出,《金仲真》明显是受史传文学的影响,尤其是语言风格上可以清楚地探寻到中国史传文学的影子,在很大程度上可视为史传文学的一种变体。

　　总之,史传文学叙事模式对朝鲜古代讽刺小说产生了直接而深远的影响,但同时我们也应看到,朝鲜本身有着自己的历史,且在中国史传传统的影响下,也形成了自己的史传传统,因而在古代朝鲜叙事文学作品中,经常取用本民族的历史素材。这些历史素材虽然并不属于中国,但将它们援引入虚构的文学创作之中的写法在很大程度上亦源于对中国史传传统的接受,这一点在假传体汉文讽刺小说中表现得也尤其突出。

二、多样化的讽刺手法

　　在"温柔敦厚"的儒家诗教观念的影响下,中国古代文学主流思想并不以讽刺为风尚,但这并不影响中国古代文学历史悠久、风格独特的讽刺艺术传统的传承与发展。亦庄亦谐的诸子寓言、微言大义的《春秋》、讽喻美刺的《诗经》、着眼现实讽刺的《史记》,这些都为中国后世讽刺文学的发展提供了养料,同时也为东亚汉文化圈内诸国讽刺文学提供了取之不尽、用之不竭的素材源泉。就中国讽刺文学的发展而言,历朝历代都无一例外地出现了含有讽刺意味的文学作品,特别是明清时期的小说,在继承讽刺文学传统的基础上,讽刺手法日趋多样化。在短篇小说方面,《聊斋志异》

---

① 『金仲真』,林明德主编,『韓國漢文小說全集』六卷,281 쪽.

《阅微草堂笔记》中都有一定数量的讽刺性作品,在长篇小说方面,《西游记》《金瓶梅》《红楼梦》《镜花缘》等作品中也都含有颇为精妙辛辣的讽刺情节。尤其是到了明清易代之后,社会环境的改变给讽刺文学提供了全新的发展契机。在此背景下,中国古代文学史上艺术成就最高的一批讽刺小说得以问世,其中最具代表性的就是吴敬梓的《儒林外史》。朝鲜古代讽刺小说深受中国文学的影响,几乎中国文学各个时期的讽刺艺术传统都能在同时代或其后的朝鲜古代讽刺小说中找到相应的痕迹。尤其是在性理学占据主导思想地位的时期,"存天理,灭人欲"的思想影响到社会生活的方方面面,讽刺小说成了有识之士对抗高压思想的一种方式。在短篇小说方面,稗官小品取得了不小的成就,如收录于《慵斋丛话》中的《渡水僧》一文,便无情地揭露了朝鲜半岛当时的宗教乱象,辛辣地讽刺了罔顾清规、假作慈悲的伪善僧徒;长篇小说方面,许筠的《洪吉童传》等作品,大胆地揭露了钟鸣鼎食的两班贵族家族内部鲜为人知的矛盾,将讽刺的笔触指向了朝鲜朝身份等级制度。一代文学巨匠朴趾源的系列讽刺小说,更是将朝鲜古代讽刺文学的发展推至顶峰。

总体而言,朝鲜古代汉文讽刺文学在承袭中国文学讽刺艺术传统,如对比、白描、托物、夸张等手法的同时,结合本土特色,逐步形成了独具朝鲜文学自身特色的讽刺艺术风格。在这诸多的讽刺手法中,对比是最为常见的一种,其起源大体可追溯至《诗经》,在《国风》《小雅》中有许多揭露统治阶级奢靡腐化的诗作都广泛地运用了对比的讽刺手法,如《小雅·北山》着重通过对劳役不均的怨刺,揭露了统治阶级上层的腐朽和下层的怨愤,是怨刺诗中突出的篇章:

或燕燕居息,或尽瘁事国;或息偃在床,或不已于行。或
不知叫号,或惨惨劬劳;或栖迟偃仰,或王事鞅掌。或湛乐饮
酒,或惨惨畏咎;或出入风议,或靡事不为。[①]

《小雅·北山》后三章广泛运用对比手法,十二句接连铺陈
十二种现象,每两种现象是一个对比,通过六组对比,描写了大夫
和士这两个对立的形象。大夫每天过着安闲舒适、高枕无忧、饮酒
享乐的生活,而被大夫役使的士则是每天尽心竭力、奔走不息、忙
碌劳累又担心出错被治罪。这两种形象,用比较的方式列出来,就
使好与坏、善与恶、美与丑在比较中得到鉴别,从而暴露了等级社
会的不平等事实及其不合理性。除《诗经》之外,在中国早期文学
作品中,庄子寓言十分擅长用对比的手法,如《东施效颦》,作品中
的西施捧心时仪态万方,而东施模仿的效果却是丑态毕现,使得
"其里之富人见之,坚闭门而不出;贫人见之,挈妻子而去之走"[②]。
通过鲜明的对比,将东施之丑及其丑而不自知的心态表露无遗,在
诙谐、幽默中融入了强烈而深刻的讽刺意味。朝鲜古代讽刺小说
对中国古代文学的对比讽刺手法也多有继承,其中最为擅长的是
将作品中的各色人物加以对比,使之在对比中优劣自现、美丑自
显,从而达到强烈的讽刺效果。如朴趾源的《两班传》,运用了层层
嵌套的多重对比手法,其中第一层对比是作为主人公的没落两班
贵族,在对其失去两班身份前后的自身生活状态的对比中,讽刺了
朝鲜朝身份等级制度的荒谬性与虚伪性;第二层对比是没落两班
贵族在失去两班身份前后其心态变化的对比,讽刺了腐朽没落的

---

① 孔子编选,李择非整理:《诗经》卷五《北山》,万卷出版公司 2009 年,第 182 页。
② 方勇译注:《庄子·天运》(第 2 版),第 233 页。

身份等级对于正常人性的摧残和对健全人格的损害;第三层对比是没落两班失去两班身份前后郡守、妻子等人对其态度和评价的对比,讽刺了世人对于朝鲜朝奉行数百年的身份等级制度的麻木与固守。三个层次的对比进一步强化了讽刺的效果,加深了讽刺力度与深度。朴趾源的另一部作品《虎叱》则将同一人物不一的言行、不合的表里加以对比,表面上满口道德的北郭先生实际上做尽了男盗女娼的秽行,在人前表现得刚烈坚贞的节妇私底下却是淫荡至极的淫妇,这样的对比虽然在形式上不及《两班传》复杂,但在讽刺效果上却毫不逊色,性理学道德家们的丑恶嘴脸更被揭露无遗。朴趾源在《秽德先生传》中则将地位卑贱的粪夫作为对比的中心,将蝉橘子对待粪夫时的平等、友善态度和其弟子对待粪夫时的傲慢、轻视态度加以对比,对当时那些自恃出身高贵而轻视真正德行兼备的下层人士的腐儒愚众进行了辛辣的讽刺。

成伣 ① 的杂文集《浮休子谈论》中所载的讽刺寓言作品《一妻一妾》也是运用对比手法的佳作:

> 东门柳有一妻一妾而处室者。妻美而妾恶,爱妾而不顾妻。
>
> 人有问于浮休子曰:"东门之妻,其貌侈美也,其性婉顺也,其治家有法也,而反目相仇。妾则貌丑而性恶,且未知女功,而昵爱无比。大抵人情好善而恶恶,东门之性反是,何欤?"
>
> 浮休子曰:"好善恶恶,常也;舍善趋恶,变也。常无可

---

① 成伣(1439—1504),字磬叔,号慵斋、虚白堂,又号浮休子,朝鲜朝前期的学者、散文家。曾先后随其兄成任、韩明浍访问明朝。文采出众,著作甚丰。著有《虚白堂诗文集》《慵斋丛话》十卷、《风雅录》及杂文集《浮休子谈论》等。

常,变无恒变,随其所遇而爱憎生焉。女无美恶,悦我目者为
姝;人无善恶,适我意者为善。非独女色为然,君臣之分亦犹
是也。谚有之:'芝兰摒野而遏茸显也,骐骥驾鼓而驽骀御也,
西施掩泣而嫫母笑也,贤人退隐而谗谀进也。'人皆知善恶而
能去就之,则人皆可以为尧舜。惟其不如是,故家国乱亡之相
继也。"①

　　这篇寓言采用多重对比:表面上是妻妾对比,实质上是善恶对
比,同时将芝兰与遏茸、骐骥与驽骀、西施与嫫母、贤人与谗谀构成
系列对比组,以夫妻关系来比喻政治现象。妻与妾一美一丑,一性
情温婉一生性恶毒,东门柳却爱"貌丑而性恶"的妾而仇视貌美温
顺且"治家有法"的妻,作者借东门柳对待妻妾违背常理的态度来
讽刺朝廷善恶颠倒、忠奸不辨,"贤人退隐而谗谀进也"的政治现
象,抨击政治变态,当权者不能正确地识别与使用人才,而这也是
造成"家国乱亡之相继"的原因之一。这"一妻一妾"的故事,颇似
《庄子》中的寓言,并与《楚辞》有关。《庄子·山木》"逆旅二妾":
"逆旅人有妾二人,其一人美,其一人恶,恶者贵而美者贱。"②当然,
这两篇寓言的主旨不同,"逆旅二妾"的主旨是遗形重德,《一妻一
妾》的主旨是讽刺政治上的美丑颠倒。同时,这则寓言与《楚辞》
有直接关联,所引谚语典出《楚辞·九章·惜往日》:"自前世之嫉
贤兮,谓蕙若其不可佩。妒佳冶之芬芳兮,嫫母姣而自好。虽有西
施之美容兮,谗妒入以自代。"③

---

①　成伣:《一妻一妾》,陈蒲清、[韩]权锡焕编著:《韩国古典文学精华》,岳麓
　　书社 2006 年,第 288 页。
②　方勇译注:《庄子·山木》(第 2 版),第 335 页。
③　王逸撰,黄灵庚点校:《楚辞章句》卷四,上海古籍出版社 2017 年,第 130 页。

　　白描也是讽刺小说中经常使用的一种手法。这种手法最初见于《左传》,在产生之初并无过多的讽刺意味在其中。将白描这一手法赋予讽刺意义的滥觞是《史记》,它在继承《左传》白描技法的基础上,创造性地将其运用到具有讽刺意味的书写中。中国古代小说与中国的史传文学有着密切的亲缘关系,《左传》《史记》的白描手法也被后世的小说大量继承,《三国演义》《水浒传》等小说中均多见白描手法的运用。朝鲜古代讽刺小说在广泛继承我国讽刺文学技法的过程中,也将白描作为一种讽刺手法囊括其中。如《矿山村》一文:

　　　　蛇行缘火,至凿银之所,银块磊落,应锤而颠,遽抱之伏,抵死不释。詈骂封锁,甘之如饴,守亦无如之何,推之使去。提银出穴,视天而嘻,持钱者趋而易之,争价相詈,狗豚不离口也。卒乃易钱而返,诧而四顾曰:"孰知我一丐而获百金耶?"缘道行讴,四至而执其袂,钱已散十二三矣。①

　　通过细致精准的白描,将乞丐不知廉耻、毫无尊严的无赖形象写得分外传神,虽不加一词讥讽,但却达到了极佳的讽刺效果。而在朝鲜古代汉文小说的众多形式之中,笔记体讽刺小说是采用白描讽刺手法最多的一类,如《金仲真》:

　　　　古人有三士,上天诉玉帝,各陈其愿,一曰:"生托名族,貌如冠玉,五车读破,三场魁擢,华要清显。才无不适,折冲辅弼,能尽其职,画入凌烟,名垂竹帛,是所愿也。"帝顾谓左右

---

① 『礦山村』,林明德主编,『韓國漢文小說全集』六卷,282 쪽.

曰:"何如?"文昌奏曰:"彼常有阴功,著于物,受斯报无滥。"
帝曰:"依愿。"

　　一曰:"人生贫穷,实所难堪,弊缊不掩,糟糠是甘,妻啼儿
号,犹属闲谈。饥寒切身,难保恒心,愿作富翁。必从自手,藏
镪钜万,播种千斗,仰事俯育,不恼兄弟,冠婚丧祭,备尽其礼,
至于贫族穷交之周恤假借,行旅乞丐之寄寓叫化,应接不难,
各极其欢,则于良足矣,更复何愿!"帝曰:"伤哉贫也,至愿止
此耶?"命司禄替判,司禄承命出阶上,立令曰:"汝其听之,汝
前生恃富侮贫,不思急人,甘酒淫色,花使银帛,茹美吐苦,专
事口肚,拣精恶粗,诘责妻孥,暴残天物,滥用无节,是其自取,
谁怨谁咎。但先世谦俭,非义不取,施尔之愿,非尔伊祖。"①

　　此篇小说,几乎全文运用白描技法,对"三士"与天帝的对话
详加记述,前"两士"与天帝的问答中充满宗教因果轮回的强烈色
彩,对不修现世德行,为富不仁、沉迷享乐却对来世寄予厚望的寡
德富人进行了委婉而不失力道的讽刺。白描作为一种讽刺艺术手
段,在朝鲜古代绝大多数的笔记体讽刺小说中都有着或多或少的
体现。除了笔记小说之外,其他类型的汉文讽刺小说也经常运用
此技法,如朴趾源的《两班传》《闵翁传》《虎叱》等作品都十分老
辣地运用了这一技法。

　　除对于对比、白描等讽刺手法多有借鉴、吸收之外,朝鲜古代
汉文讽刺小说在语言特色上受到中国讽刺文学的影响也很大。中
国讽刺文学历史悠久、自成传统,中国讽刺小说发展至明清时期已
达到全盛,中国古代文学的美刺、讽喻、讽谏等讽刺艺术传统早已

───────────

① 『金仲真』,林明德主编,『韓國漢文小說全集』六卷,280 쪽.

融入了明清讽刺小说的骨髓之中,并在语言风格层面凝结成了直露与婉曲两大分支。在中国古代文学的影响下成长发展起来的古代朝鲜讽刺小说,在语言的风格上也表现为婉曲与直露两种风格。

寓言体讽刺小说、假传体讽刺小说作为朝鲜古代讽刺汉文小说的前期作品,在语言风格上多为婉曲。这个时期是性理学处于正统地位且不容撼动的时期,"温柔敦厚"的儒家诗教观占据主流。因此,这一时期朝鲜古代讽刺小说的批判态度及矛头指向往往是极为内隐、避免直露的,讽刺小说的作者们大都采用婉曲式语言风格去表情达意。但到了朝鲜朝中后期,内忧外患和种种社会积弊的浮现,使人们开始反思以往,呼吁社会变革的声音愈来愈大,社会大众反思意识和抗争意识也越来越强,婉曲的语言风格已不适应这个时代作品表达的需要,因此,更为直抒胸臆的讽刺语言和辛辣直白的表达方式成为这个时期讽刺小说的主流。《谐乘》中的《贫客》,就是一篇典型代表:

　　　　一富汉,亦解文字,又精诗笔,常自骄傲,视人如芥。

　　　　一贫客来访,将欲求乞,而时冬天薄着,仅叙寒喧,坐在房侧矣。俄有数三驮来矣,主人顾客曰:"君将此物,纳于楼上库也。"客辞以力小不能举,主掷舌而自解其衣而为之。又出册子给子曰:"君须书此,以几百两银子,自某家来也。"客曰:"吾有不能书也。"主人疾视曰:"如彼饥困,谁怨谁咎也。然则所能者何事?"客曰:"吾一能,君欲知之耶?"遂以两足正掷主人之胸,又以两手连打主人之腮,闻者快之云。①

――――――――――――――

① 『諧乘』,林明德主编,『韓國漢文小說全集』六卷,295—296 等.

全篇以近乎平铺直叙般的书写方式,对贫客求乞于富汉一事做了完整的再现,将篇中富人为富不仁,贫民生活困苦的社会现实直接展露于读者眼前,对贫富对立的社会矛盾刻画得入木三分。通篇无论是故事过程的交代,还是人物形象的塑造,都毫无委婉、隐晦之意,刻画人物也仅仅截取人物生活的一点或一面,抓住典型细节和一两句对话加以描绘。全文语言明白如话,毫无雕琢。如"常自骄傲,视人如芥",仅这八个字就把一个傲慢无礼的富人形象揭示无余,直露式的讽刺语言可见一斑。

三、类型化的人物形象

中国古代小说源远流长,在漫长的发展过程中逐渐形成了一系列极具典型性和类型化的人物形象序列,而深受中国文学滋养的朝鲜古代讽刺小说,在人物形象的塑造上也与中国古代小说有着极强的相似性。下面,我们从两班贵族形象、隐士形象、女性形象等角度来阐释朝鲜古代讽刺小说中人物形象的内涵。

在中国古代,文人大多奉行"学而优则仕"的思想观念,官本位思想浓厚,把通过科举入仕为官作为自己的人生目标,因而,上层社会的生活往往是文人笔下最为常见的书写内容。以我国最早的一部文言志人小说集《世说新语》为例,其中塑造了一大批出身于上流士族的名臣、名士形象,如谢安、阮籍、桓温、王羲之等。再如唐传奇中李靖、郭元振、刘昌裔等位极人臣的上层官僚和欧阳询、王维、王之涣、李益等领一代之风骚的文人均悉数登场。再之后的笔记、话本、稗说及章回体小说中,身处社会上层的各级官僚、贵族及其子弟一直是小说人物形象最主要的构成成分,甚至被公认中国古代小说巅峰之作的《红楼梦》,也是以贾、史、王、薛四大家族为代表的封建贵族生活为主要内容。除了上层的达官显贵外,同属于封建统治阶级的下层官吏和士绅阶层也是中国古代小说中十分常见的人物类型,尤其是明清时期以《水浒传》《金瓶梅》《镜花缘》为代表的长篇小说,以"三言二拍"及《聊斋志异》等为代表的短篇小说集中他们的身影随处可见。而清代讽刺小说的力作《儒林外史》,更堪称是对这类人物的一次全景式展现,周进、范进、严监生、张静斋等都是典型的代表。

儒家文化作为中国数千年的主体思想,在整个东亚都有着不可估量的影响。对朝鲜半岛而言,儒家思想传入极早,影响也极为深远,统治朝鲜半岛五百余年的朝鲜朝更将儒学思想奉为立国之本。这使得包括"修齐治平""兼济天下"等思想观念在内的儒家入仕思想在朝鲜半岛深入人心,在文学中的反映就是作品的主题内容与人物形象多与中国古代文学相似。中国古代讽刺小说中塑造较多的是统治阶层的大小官吏、贵族、士人群体,朝鲜古代讽刺小说中最常见的人物形象就是被称为"两班"的大小贵族。朝鲜朝时期是汉文小说的繁盛时期,而这一时期施行的是严苛且僵化的身份等级制度,文武两班朝臣及他们的嫡系后代生而为贵族,世代可以为官,牢牢掌握朝中大权。即使是朝中无势、门庭破落的下层两班,凭借其天生所拥有的高人一等的身份,仍然可以在社会上备受尊敬,甚至作威作福。在古代朝鲜,作为掌权者的高级两班,往往穷奢极欲,对百姓疾苦漠不关心,甚至极尽盘剥欺压之能事;作为破落户的下层两班,则多是道貌岸然、无才无德,在浑浑噩噩甚至衣食无着中度日,却仍不肯放弃贵族的架子。因此,与中国古代讽刺小说中官僚、贵族、士人群体等丰富多样的人物形象不同,朝鲜古代讽刺小说所要讥讽的对象直指两班贵族。如《道学先生》这篇作品中的主人公是"勤业之夫",作为最底层的两班,他的家境十分困顿,但其依旧不事生产、坐吃山空,整日埋首于脱离实际的性理典籍之中,将自己伪装成满腹经纶、不慕荣华的高洁贤者。不论面对什么样的提问只会回答"不知也"的他反被表荐于朝廷,被当成学问深奥的隐士而广为传颂。

　　既而妇语其夫曰:"方今人惟富贵之趋,吾已富矣,惟青紫不绾于身,人知附而不知尊,子无意西游京师间乎?"夫曰:"噫!吾自幼失学,无自致之路,奈何?"妇曰:"无忧也。"

　　于是装为上京,馆于用事者宰相之门外。教其夫洒扫堂室,置性理诸书于案,图书左右其壁,令夫晨起对卷危坐,宵则教之以应对揖让进退之节,戒曰:"有来观者问子,子唯曰:'不知也。'有问学者问子,子唯曰:'不知也'。彼虽强问,子亦曰:'不知也。'"妇自买远方奇珍玩好,交结相君家侍女以游,声于内相君,侍女既得好货,日绳其夫妇于相君夫人,以闻于相君。由是相君家子弟,往往出见夫。见夫常对性理书,危坐谦恭,意其非常人也,言之相君。相君出见,亦见夫常对性理书,静坐沉思,果以为非常人也。因难问疑义,曰:"不知也。"再问三问,唯曰:"不知也。"相君不知,以为知而能让,且嘉之,荐授一命服,妇曰:"勿拜也。"不往,再授再命服,妇亦曰:"勿拜也。"又不往,三命四命,亦然。相君于是真以夫为贤者也,表荐于朝,骤除清显之官。①

　　这部作品最为辛辣的讽刺之笔是"勤业之夫",他的名字与他的无才无学形成了鲜明对比,具有强烈的反讽意味。他不仅没有真才实学,甚至连如何巴结权贵、卖官鬻爵都要由妻子为其谋划。

---

① 『道學先生』,林明德主編,『韓國漢文小說全集』六卷,271 쪽.

从教导丈夫如何伪装成高洁之士,到一步步为其设计接近相君并最终被举荐为官的过程可以发现,其妻子深谙此道,而"勤业之夫"本人全无主见,如提线木偶般被妻子操纵,对妻子的话言听计从。事实上,作为上流阶层的两班贵族,原本应该是博学多才的表率,可"勤业之夫"之流全无才学且外强中干,这样一群庸才如何堪当治国之重任?作者以辛辣的笔触,深刻揭示了封建两班阶级的腐朽与没落、朝鲜王朝用人制度的荒唐与不公。

《用计得官》也是一篇以没落两班为讽刺对象的作品。但此篇作品中的主人公"武夫"与《道学先生》中的"勤业之夫"不同,"勤业之夫"是无真才实学、绣花枕头式的人物,而"武夫"则是有一定真才实学,但却不能持中守正,是那种急功近利、趋炎附势、甘为鹰犬的下层两班的代表:

> 一武夫出身,好身数,多智能,登科十余年,未得第仕,可谓墙壁无依。
>
> 忽心生一计,得一活雉,而以箭贯其目,往当时第一权宰家后园墙外,投雉于园中后,腰带箭手执弓,急来门前大声呼之曰:"吾之雉,落宅之后园墙垣内,即为持来给我。"语声甚高。宰问之曰:"何人以何事来闹乎?"奴辈告以一武夫持弓矢来言,宅后园内,有渠雉云云,欲推来矣。
>
> 宰命召武人,武人持弓矢而来,立轩下,好风采,能言语……宰乃置左右,武人竭诚事之,果是能干,而无处不当,宰甚爱之。①

---

① 『用計得官』,林明德主编,『韓國漢文小說全集』六卷,259—260等.

"好风采,能言语"且"多智能"的"武夫"本是有能力之人,但因朝中无人,致使"登科十余年,未得第仕"。在这样"墙壁无依"的境遇下,"武夫"不惜采用阴谋诡计投身于权相手下,供其驱使,逐渐变得麻木、异化,即使所作所为有愧于德行亦在所不惜,一步步走向堕落,成为仕途上的急功近利者与不择手段者,他一身的才干也尽数被用在了升官发财的勾当中。《用计得官》通过塑造"武夫"这一形象,深刻揭示出封建朝廷用人制度的僵化,从而引发人们对大量人才被埋没的政治现状的深刻反思。

《道学先生》和《用计得官》中的主人公两班,都将出仕为官作为自己毕生的追求与奋斗的目标。为达目的,他们放弃了生而为人应有的尊严与操守,绞尽脑汁地寻求步入仕途的终南捷径。作者运用绵里藏针的笔触对他们沽名钓誉的虚伪面孔和助纣为虐的丑恶行径进行了深入的批判与尖锐的讽刺。此外,以《两班传》为代表的一些讽刺小说中,那些家族衰败、入仕无望的最底层两班,则往往是以坐吃山空的酒囊饭袋和不知羞耻的无赖小人的形象出现的。他们空有所谓的贵族身份,实则三餐不继、形同乞丐的尴尬处境本身便充满了强烈的讽刺意味。当然,在朝鲜讽刺小说中也不乏对位高权重的得势两班进行讽刺与揭露的。相比较而言,与那些远离权力中心的没落两班不同,身处上层的两班贵族是国家权力的真正拥有者,且普遍在经济上富足,加之世代显贵的特殊生活环境,使他们中的绝大多数人都极度骄奢淫逸。《衙婢待客》中就塑造了一批贪婪好色、薄情无义,又表里不一的两班官员:

　　黄海监司巡历时,延安原无妓生,府使使其衙婢,盛侈衣裳,以为随厅之役。又其大夫人,性爱莲花,自莲花初开时至于落尽,日日往赏于南大池,官属与民人之间,不无其弊,怨声

喧籍,京中士夫闻之,莫不骇然嘲笑也。^①

　　文中作为两班官员的"延安府使"生活糜烂,他的住所原本不设妓生,但为了满足自己的淫欲,竟然让"衙婢"等底层女性充为妓生供其取乐,在摧残她们肉体的同时,更无时无刻地践踏着她们的尊严与人格。这些当权两班的家人也同样穷奢极欲,"延安府使"的大夫人近乎狂热地迷恋赏荷,为此搞得民怨沸腾。更为讽刺的是,当有人向宰相检举"延安府使"及其家眷的荒唐行径时,这位位高权重的宰相竟不以为然,甚至为其开脱说:"以衙婢待客,何辱之有? 其大夫人好常汉,则可谓骇举也! 好赏莲,何妨也?"^② 作者对上至宰相、下至府吏的整体性堕落行径进行了最为严厉的批判与最为辛辣的讽刺。

　　《黜僮文》一文也是此类作品的优秀代表,其结尾部分发人深思:

　　　　有邦之礼,莫尊于卿相,然或尸位而窃禄,罔不出退。用慰舆人之望,以至牧民之长,或疲软懦孱,不能锄拔奸豪,或贪婪鄙琐,不能仰体忧劳。^③

　　作者以更为直接、彻底的方式对那些"疲软懦孱""贪婪鄙琐"、无才无能的两班,妄居高位而"不能锄拔奸豪""不能仰体忧劳"、不理民情的两班,遭逢大事则只知哭泣、丑态尽显的两班官员

①『衙婢待客』,林明德主编,『韓國漢文小說全集』六卷,263 쪽.
②『衙婢待客』,林明德主编,『韓國漢文小說全集』六卷,264 쪽.
③『黜僮文』,林明德主编,『韓國漢文小說全集』六卷,384 쪽.

加以讽刺、鞭挞。

　　除了对两班贵族形象的揭露讽刺外,朝鲜古代讽刺小说中涉及的另一类形象就是隐士。中国的隐士文化由来已久,最早可追溯到尧、舜时期的许由和巢父。两者都是才干过人且拥有一定身份的人,因为淡泊名利而归隐山林、修身养性,被广为歌颂,也为中国隐士奠定了清心寡欲、超凡脱俗的精神底色。先秦至两汉时期,隐士群体一直存在且普遍具有极高声望,因不食周粟而饿死首阳山的伯夷、叔齐,将社会大众对于隐士群体气节人格的肯定无限提高。先秦诸子中,庄子、鬼谷子等人的生活方式也十分近似于后世所认知的隐士;两汉时期的商山四皓、严子陵等都是以世外高人的形象名垂青史的著名隐士;范蠡、张良等名臣、名将,在完成功业后也多选择归隐山林,他们的行为也在无形中为隐士群体增添了一道"事了拂衣去,深藏功与名"的光环。魏晋南北朝时成为一代风尚的"名士风度"再次将隐士文化推向高峰。而佛教的传入与道教的兴起,也为隐士文化蒙上了一层神秘主义、宗教主义的色彩,隐士形象也从世外高人开始向神圣仙人靠拢。此后唐、宋、元、明、清诸朝,随着制度的变革、王朝的兴替,无数失意于仕途的士子文人、清心寡欲潜心自修的宗教徒和那些真正志在山水的名士高人共同构成了隐士这一中国知识阶层中十分特殊的群体。由于隐士这一群体的特殊文化意义和社会认知,他们的身影自然在中国古代小说中多有出现。加之中国古代小说的创作者中失意文人、宗教徒所占比重较高,这些超脱世俗、远离尘嚣的世外高人更能引发他们的共鸣,因此中国古代小说中的隐士形象多为仙风道骨、志趣高洁的正面形象。《世说新语》中单列"栖逸"为一大类,其中记述的多是当时隐士的逸闻。唐传奇、笔记及宋元话本中的隐士形象更不胜枚举,且多以半人半神的超逸形象出现。明清小说中的隐士形象在数量上和类型上都超越前代,《虞初新志》《觚剩》《留溪外传》《阅微草堂笔记》等作品中均有数量众多的隐士出现,《三国演义》中的水镜先生及出仕前的卧龙、凤雏,《封神演义》中垂钓渭水的姜子牙,《儒林外史》开篇人物王冕,《镜花缘》中出海游历的唐敖等,都是中国古代小说中最为经典的隐士形象,甚至如诸葛亮、王冕等在很大程度上就是作者理想人格的具象化展现,代表了作者心中最为崇高的精神气质和价值追求。

古代朝鲜在思想文化方面深受中国传统文化的影响,中国古人对于历代风尚、人物的评价标准也深刻影响着古代朝鲜人的价值判断与褒贬取向,中国人所崇尚的隐士文化、中国古代文学所垂青的隐士形象也被朝鲜古代汉文文学所吸收、发展,因此,朝鲜古代讽刺小说中也有许多隐士形象,这些形象与中国古代小说中的隐士形象在精神气质和价值追求上十分类似,都是具有崇高道德、不为世俗所染的正面形象。但在人物的身份地位上,却与中国古代小说中的隐士群体有着很大的不同。中国隐士普遍出身于士人阶层,而古代朝鲜的隐士大多出身低贱,这与朝鲜讽刺文学自身的发展轨迹有着很大的关系。在朝鲜朝中前期,讽刺小说讽刺的对象主要是两班贵族,对于其他类型的人物涉及较少。到了朝鲜朝后期,随着实学的兴起、商品经济的发展和社会的变化,两班贵族以外的其他人,尤其是中下层人开始进入创作者的视野,隐士就是其中之一。在朝鲜朝,两班之外的中人、平民、贱民和奴隶,因其出身低贱即便才德兼备也很难施展抱负,久而久之这些身负奇才的"卑贱之人"渐渐成了隐士群体的主流。如果说中国隐士绝大多数是经由主体意识的自由选择而归隐山林的,那么朝鲜朝绝大多数的隐士则是由于不得已的原因而埋没于蒿莱的。这种不合理、不公平的社会现象,自然成为讽刺小说家们大力抨击和批判的对象。

因此,在朝鲜朝后期,讽刺小说中的隐士形象开始大量出现,作者
对他们的悲惨遭遇极尽同情,对他们的高尚德行大力歌颂。如《东
方一士传》中,就着力刻画了一位典型的隐士高人的形象:

> 东方一士者,无名阙氏,不知为何人。但凭陶渊明八韵
> 诗,知有其人,盖刘宋义熙间,隐居东方者也。是时,渊明自彭
> 泽弃官归,闻士之风而悦之,亟往从之,青松挟路,白云宿檐,
> 地则远矣。衣弊不完,三旬而九食,十年而一冠,辛且苦如此,
> 常有好颜,乐焉而忘贫,知渊明故来之意,取琴而鼓之,为别鹤
> 孤鸾之操,哀怨之辞也。渊明遂有周旋岁寒之愿,微此后人何
> 从而窥其浅深。夫士生天下,遭时不幸,避人避世,与鸟兽同
> 群,埋没而无称者何限,感以为记。①

此主人公无名氏"隐居东方",兴在丘山,安贫乐道,"三旬而九
食,十年而一冠","乐焉而忘贫",生活中与鸟兽虫鱼等天然精灵相
伴,精神则与古代隐者陶渊明等为友,生活清简,志趣超逸,在其身
上几乎涵盖了古代隐士所应具备的一切志趣与德行,其高洁出世
的形象与纷扰不断的庸庸俗世形成了鲜明的对比。

《秽德先生传》中的隐士严行首,是"里中之贱人,役夫下流之
处"②,虽身份低贱但却有着君子一般的德行与人格,对此作者借文
中蝉橘子之口,对严行首寄以极高的赞美:

> 夫严行首,负粪担溷以自食,可谓至不洁矣。然而其所以

---

① 『東方一士傳』,林明德主编,『韓國漢文小說全集』六卷,362 쪽.
② 『穢德先生傳』,林明德主编,『韓國漢文小說全集』六卷,354 쪽.

取食者至馨香,其处身也至鄙污,而其守义也至抗高。推其志也,虽万钟可知也,繇是观之,洁者有不洁,而秽者不秽耳。故吾于口体之养,有至不堪者,未尝不思其不如我者。至于严行首,无不堪矣。苟其心无穿窬之志,未尝不思严行首,推以大之,可以至圣人矣。故夫士也,穷居达于面目,耻也。既得志也,施于四体,耻也。其视严行首,有不忸怩者几希矣。故吾于严行首,师之云乎,岂敢友之云乎? 故吾于严行首,不敢名之,而号曰:"秽德先生。"①

从蝉橘子热情洋溢的赞美之辞中可以看出,严行首虽然从事着最为卑贱、肮脏的活计,但却是一位难得一见的世外高人,甚至能够做到"不以物喜,不以己悲",在一定程度上甚至可以代表传统儒家君子"贫贱不能移"的高尚人格,当得起"秽其德,而大隐于世者"②的盛赞。

《广文者传》中的主人公,身份更为卑贱,是为所谓的正人君子所不齿,生活在社会最底层的乞丐,但他却品格高尚、古道热肠:

> 尝行乞钟楼市,道中群丐儿,推文作牌头,使守窠。一日天寒雨雪,群儿相与出丐,一儿病不从。既而儿寒专累,欷声甚悲。文甚怜之,身行丐得食,将食病儿,儿业已死。③
>
> 文年四十余,尚编发,人劝之妻,则曰:"夫美色,众所嗜也。然非男所独也。唯女亦然也。故吾陋而不能自为容也。"

①『穢德先生傳』,林明德主编,『韓國漢文小說全集』六卷,355—356 等.
②『穢德先生傳』,林明德主编,『韓國漢文小說全集』六卷,355 等.
③『廣文者傳』,林明德主编,『韓國漢文小說全集』六卷,351 等.

人劝之家,则辞曰:"吾无父母兄弟妻子,何以家为?且吾朝而歌,呼入市中,暮而宿富贵家门下。汉阳户八万尔,吾逐日而易其处,不能尽吾之年寿矣。"①

广文虽是个乞丐,却心地善良、扶危济困,"身行丐得食"却"将食病儿"。更为难能可贵的是他视名利、金钱如浮云、粪土。而且,他为人洒脱、胸襟开阔,甚至寻常世人极为看重的男女之情、家室之累,在广文身上也能处之以云淡风轻,在这一点上,大有古代名士之风。作者将这样高尚的品格赋予一个身份最为卑下的乞丐,而与之相对应的则是恶意揣度同伴的其他群丐和轻视穷人、生性多疑的富人群像。在这样的对比衬托下,更凸显了广文的高士风度。

《金神仙传》中的主人公金弘基也是一位十分典型的有德隐者。与其他作品中的主人公相比,他身上还具有一定的神异色彩,更易于显示出世外高人的超逸特质:

> 金神仙,名弘基。年十六娶妻,一欢而生子,遂不复近。辟谷面壁坐,数岁,身忽轻,遍游国内名山,常行数百里,方视日早晏。五岁一易屦,遇险则步益捷。尝曰:"褰而涉,方而越,故迟我行也。"不食,故人不厌其来客,冬不絮,夏不扇,遂以神仙名。②

> 常有云气,风瑟然,或曰:"仙者,山人也。"又曰:"入山为仙也。"又迁者,迁迁然轻举之意也,辟谷者,未必仙也,其郁郁

---

① 『廣文者傳』,林明德主編,『韓國漢文小說全集』六卷,352 쪽.
② 『金神仙傳』,林明德主編,『韓國漢文小說全集』六卷,333 쪽.

不得志者也。①

金弘基本是一个持中守正、满腹经纶、极富才干之人,但受制于封建朝廷腐朽僵化的用人制度而上进无门,致使一腔抱负不得施展,无奈之下只得求仙问道,寂寂而终,空留"郁郁不得志者也"的慨叹。这是一个怀才不遇却"位卑未敢忘忧国"的隐士形象,是那个时代所有被埋没、被损害的有才之人、有识之士的代表,他们身上,寄寓了朝鲜古代讽刺小说作者们对现实社会的思考和对人性真、善、美的肯定。

朝鲜古代讽刺小说中还有一类光彩照人的形象,即女性形象。这些形象不同于传统文学中对女性的一贯定义:温柔贤淑、以夫为荣,而是有很强的独立意识,聪明勇敢,智勇双全。虽然古代中国是男权社会,但中国古代文学作品中却从来不乏对于女性的赞美与歌颂,上古传说中补天救世、攒土造人的女娲就以女性形象示人,神话传说中不畏强暴的精卫、被奉为"先蚕圣母"的嫘祖均是光辉的女性形象。先秦两汉时期的《新序》《说苑》等杂史小说集中也有美丽善良且富有智慧、胆识的女性形象出现。西汉刘向编纂的《列女传》以先秦至西汉时期具有代表性的女性事迹为主要内容,这些女性或贤明仁智,或贞顺节义,或具有辩通之才,除少数宠妃外,绝大多数都是被作为讴歌称颂的对象而出现的。魏晋时期文学发展至自觉的时期,在这一时期较为成熟的小说作品中那些美好的女性形象更为生动传神,影响也更为深远,《世说新语》不但以"贤媛"为单独一类,还在"言语"等其他品类中塑造了很多正面女性形象,其中或有德如许允妇者,或有才如谢道韫者,或有貌如

---

① 『金神仙傳』,林明德主编,『韓國漢文小說全集』六卷,335 쪽.

王昭君者,均为千古传颂的女性形象。唐宋时期中国古代小说已发展得基本成熟,其中的女性形象也更为光彩照人、深入人心,仅唐传奇中就有敢爱敢恨的红拂女、侠肝义胆的聂隐娘、有情有义的李娃、美丽坚贞的任氏、智勇双全的谢小娥、才华横溢的崔莺莺等经典女性形象。到了明清小说大发展大繁荣的时期,各类美丽动人、允才允智的女性形象更如浩瀚星河,仅一部《红楼梦》中便塑造了以"金陵十二钗"为代表的一系列鲜活明丽的女性人物群像。

　　朝鲜半岛男尊女卑的思想最初并不像朝鲜朝时期那样根深蒂固,在三国、高丽时的很多文献中,都能看到关于女性自由外出、自主择婿的记载。但朝鲜朝建立之后,奉行儒家性理学说,礼教对于女性的压制与禁锢甚至比同时期的中国还要严重。在这样的社会环境中,女性便成了男性的附属品,被物化、被奴化,被不断消解着作为人的独立性与自主性。因此,在朝鲜朝中前期的文学作品中,正面女性形象往往是单一而扁平的,基本都是符合传统妇道的贤妻和三贞九烈的节妇,有血有肉且富有人性光辉的女性形象十分罕见,即使是在以针砭时弊为主题意旨的讽刺类文学作品中也是如此。这种状况直到实学兴起之后才有所转变,全新的思想意识和文学观念重塑着人们对于美好女性的评判标准和审美取向,"平凡的一般女性人物开始登场,并作为正面人物形象被写入作品"[①],在朝鲜朝中后期的汉文讽刺小说中,出现了越来越多的女性形象,这些全新的女性形象不再柔弱、隐忍,她们或智勇双全,或见识过人,无不闪现着人性的光辉,在她们身上散发着女性与生俱来的魅力。这些女性形象不再千人一面、单薄扁平,而呈现出多样化的趋势。《韩淑媛传》中的女主人公韩保香,就是这样一位人品高贵、胆

---

① 谭红梅:《朝鲜朝笔记野谈中的女性形象》,《辽东学院学报》2010年第6期。

气过人的杰出女性：

> 韩淑媛者，名保香，京师良家女子。光海废主时，入内供
> 奉，废主遍狎诸宫姬，每进环，赏赐缎䌷无数，内司不能支。淑
> 媛辄辞曰："女工之家，十日断一匹布，手足冻皲，犹不得自衣，
> 今妾得此将奚为？"癸亥，靖社兵入大内，烧咸春苑中积柴，宫
> 中火光烛天，呼声鼎沸，废主方在通明殿，与金任二尚宫开北
> 小门逃去，废主妃柳氏，亡走匿后苑鱼水堂中，淑媛及宫女十
> 余人从之。靖社兵围之数匝，既三日矣。柳氏曰："我岂终隐
> 匿图生者乎？"令宫女出告，皆怖。淑媛自请往，立阶上宣曰：
> "中殿在此，不得无礼。"靖社兵少退，将申公景稹下胡床拱手，
> 淑媛宣曰："主上既已失社稷，新立者谁奚？"曰："昭敬王孙绫
> 阳君矣。"淑媛曰："今日之举，为宗社乎？为富贵乎？"曰："前
> 王斁灭彝伦，宗社几亡，吾等兴义兵，拨乱反正，岂意富贵？"
>
> 淑媛曰："兵以义名，何为逼前王之妃也？"申即驰白于上，
> 撤其围。①

可以看出少年时代的韩保香便具有常人所不能及的德行与
胆识，当其还仅是一名普通宫女时，就不贪慕虚荣，且对下层劳动
人民充满同情。当遭遇"仁祖反正"的宫变时，韩保香更是处变不
惊、大义凛然，在宫中人等都各自逃命的危急情况下，毅然承担起
了陪伴并保护王妃的重任。在遭遇围攻时更是毫无惧色，以超人
的智慧与勇气成功化解危机，是一个有勇有谋、有德有行的完美
女性。

---

① 『韓淑媛傳』，林明德主編，『韓國漢文小說全集』六卷，372 쪽．

《捕虎妻传》中的女主人公是一位典型的底层优秀女性代表：

> 有大虎至，据户作将入状，其妻起，抚犬戒曰："吾子人，汝
> 子畜，母慈虽均，轻重有在，汝勿恨吾也。"取狗子一，投之虎，
> 告曰："山兽馁耶？奉汝一拳肉，幸早归，无及人。"虎张口，承
> 而吞，若鹤之饭，吞已犹不去，复取一投之，又吞之，猃然有求
> 饱色。其妻以为："狗子三，吾费其二，不可尽。且彼欲不可长，
> 可计逐之。"潜以败絮夹炉中石，又投之。虎以为是雏狗也，不
> 咽而下之。过喉始觉热，遂熊翻斗，狮滚毯，跳踉咆哮而死。①

这位女子在遭遇猛虎的袭击时临危不惧，在与虎相搏的过程
中更是斗智斗勇，最终成功将老虎杀死，保住了自己与孩子的性
命。这一女性人物身上全无传统意义上女性的孱弱，她的智勇双
全代表了另一种真实而具体的女性之美。更为难能可贵的是，她
以自己身为母亲的心理去体谅同样正在哺育幼犬的家犬，"狗子
三，吾费其二，不可尽"表现出的强烈的同情心，闪现出美好的人性
光辉。

《观相》中的寡妇，虽然不是作品中的主要人物，但也不失为一
个光彩四射的女性人物：

> 主倅呼吏曳出此两班，又使遍呼府内四面村人曰："今夜
> 若有住接此两班者，则当重棍，且罚定京行使唤矣。"李才出
> 门外，官令既严，谁肯引接。天方酷寒，日且曛黑，东西觅家，
> 面面见逐，无可奈何，惟待一死而已，立马村隅空杵间，主奴共

① 『捕虎妻傳』，林明德主编，『韓國漢文小說全集』六卷，377 쪽.

波叱矣。有素服村女,携十六七岁女子,及十余岁男子,历过杵间而去,俄而素服女独自复来,谓李曰:"何处客遭此厄境耶?"李略道其由,女曰:"上道进赐死必矣。(上道进赐者,北人称京华两班之方语也。)我是村寡妇,虽违官令,官不至打死我,我当活人矣。"遂引李归家,以大瓢贮温水,使李向水俯面良久,一部冻面坠下水中,乃冰也。乃处之以温堗,馈之以好饭,女家饶富,且多义气故也。①

这位"且多义气"的寡妇虽然只是一介山野村妇,但却心存忠义、不畏强暴,在当权者武弁"今夜若有住接此两班者,则当重棍,且罚定京行使唤矣"的严令重压下,仍是不畏强权,将个人安危置之度外,毅然收留遭受陷害亦已冻僵的李生,"处之以温堗,馈之以好饭",这个女性形象在一定程度上近似于具有侠义之风的女侠形象。

《许生传》中女性形象严格意义上亦属于古代贤妻的人物范畴,但与朝鲜朝前代文学作品中忍辱负重、勤俭持家的传统贤妻形象有所不同:

许生居墨积洞,直接南山下。井上有古杏树,柴扉向树而开。草屋数间,不蔽风雨。然许生好读书。妻为人缝刺以糊口。一日,妻甚饥,泣曰:"子平生不赴举,读书何为?"许生笑曰:"吾读书未熟。"妻曰:"不有工乎?"生曰:"工未素学,奈何?"妻曰:"不有商乎?"生曰:"商无本钱,奈何?"其妻恚且骂曰:"昼夜读书,只学奈何。不工不商,何不盗贼?"许生掩

---

① 『觀相』,林明德主编,『韓國漢文小說全集』六卷,302 쪽.

卷起曰:"惜乎! 吾读书本期十年,今七年矣。"①

　　最初,许生的妻子也如一般意义上的传统贤妻一样,含辛茹苦地供养丈夫读书求名。不同之处在于许生之妻具有觉醒意识。当其发现丈夫埋首书斋、不事生产无益于家庭与社会时,果断放弃夫贵妻荣的虚幻,劝丈夫投笔从商。而她的贤德形象主要是在其辅助丈夫从事商业活动的过程中树立起来的,作为女性,她从事社会活动,具有一定的自主意识,在很大程度上可视为新兴女性工商业者的代表,这是朝鲜古代汉文小说中少有的女性形象,从中可以看出近代思想意识的萌芽。

　　从以上几种人物形象的塑造中可以看出朝鲜古代讽刺汉文小说与中国古典文学中人物形象的相似性,这种相似之处绝不是偶然的、随机的,在其背后隐藏着中国传统文化对于朝鲜民族文化心理、审美取向的影响与干预,体现着中国古代文学传统与朝鲜古代汉文文学密切而复杂的关系。具体而言,在这些类型化人物形象的形成与发展道路上,朝鲜古代汉文文学在发展速度和繁荣程度上都是远远滞后于中国古代文学的,其中既有来自影响者与被影响者间时间上的不对等性的原因,也有朝鲜半岛自身社会历史状况对其文学发育状态的影响。

---

① 『許生傳』,林明德主编,『韓國漢文小說全集』六卷,319 쪽.

第三章 朝鲜古代历史军谈类汉文小说中的中国文化因素

作为东亚的政治文化中心,古代中国对东亚各国都产生过深远影响。朝鲜半岛与中国毗邻,两国文化交往一直极为密切。明清之际,大量中国古典小说传入朝鲜,给朝鲜半岛提供了丰富的小说创作题材和可供模仿的艺术典范。在这样的背景下,朝鲜半岛涌现出一大批优秀的汉文小说。它们不仅从内容上体现出古代中国的历史事件、地理风物、人物传说以及古代中、朝两国的历史事件和文化往来,更在表现形式和艺术手法上体现出与中国古代文学的渊源,军谈小说便是其中之一。

朝鲜历史上有两次大规模的外族入侵战争,"壬辰倭乱"和"丙子胡乱"。这两次战争之后,朝鲜半岛的文人们有了新的创作诉求,军谈小说应运而生。在朝鲜小说史上,《三国演义》的输入与传播,对朝鲜小说的发展,尤其是军谈小说的创作起到了重大的推动作用。就其传播而言,"壬辰倭乱"之前,《三国演义》主要是在王室或士大夫阶层传播;"壬辰倭乱"之后,《三国演义》逐渐在下层普通民众间传播,尤其是关羽崇拜为朝鲜朝野接受后,关羽及三国故事随之在全国各个阶层中广泛流传,激发了人们的阅读兴趣。

为了满足大众的阅读需要,朝鲜书坊于仁祖①年间刊刻发行《三国志通俗演义》,使其得到更为广泛的传播。朝鲜士子文人有意识地模仿《三国演义》的故事情节及人物塑造手法,依据朝鲜历史及历史人物事迹创作了《壬辰录》《兴武王演义》等汉文历史演义小说。这些小说虽以朝鲜史实为史料依据,寄寓了朝鲜人民的社会理想,但其叙述形式、写作手法、思想内涵均源于中国母体文化与文学。对这类小说进行研究,可以更好地认识中、朝古代小说的深层联系,了解两个民族共同的文化心理和各自的民族特点。

第一节　军谈小说及《三国演义》
在朝鲜半岛的传播

“壬丙两乱”是朝鲜古代军谈小说发生、发展的重要内在因素,为小说家们提供了丰富的创作素材。从外部影响因素来看,《三国演义》的传入和在朝鲜半岛的广为流传对军谈小说的发展起了至关重要的作用。

一、军谈小说概念界定、分类及简介

16世纪末,日本入侵朝鲜半岛,史称“壬辰倭乱”。17世纪上半叶,朝鲜半岛又发生了“丙子胡乱”。这期间爆发的数次战役,不仅给朝鲜人民带来了深重的灾难,也对统治阶级造成了严重的威胁,使国家陷入愈演愈烈的社会矛盾之中。在内忧外患的环境中,经历了战争洗礼的文人们创作了许多与此相关的作品,学界一般

---

① 仁祖(1595—1649),字和伯,号松窗,朝鲜朝第十六代王,在位时间为1623—1649年。他摒弃了光海君时期臣服明朝又向后金示好的中立政策,采取了亲明排金政策,加强北方领土防卫和沿海防卫。

称其为"军谈小说"。

（一）军谈小说概念界定与分类

以"壬丙两乱"为中心创作的小说，如《壬辰录》《林庆业传》《朴氏传》《刘忠烈传》等，学术界一般称其为"军谈小说"，也有"军谭小说""历史小说""英雄小说""战争小说""武勋谈"等称法。

观点持有者	术语名称	作 品
金台俊	军谈小说	《壬辰录》《惩毖录》《苏大成传》《张翼星传》《张丰云传》
赵润济	军谈小说	《四溟堂传》《壬辰录》《甲辰录》《楚汉传》《赤壁大战》《林庆业传》《赵雄传》《苏大成传》《刘忠烈传》《越王传》《黄云传》《张风云传》《张国振传》《张敬传》《杨丰传》《杨朱凤传》《玄寿文传》《双珠奇传》《玉珠好传》
郑亨荣	历史小说	《赵雄传》《柳文成传》《郭再祐传》《朴氏传》《壬辰录》
金起东	军谈小说（《韩国古代小说概论》）	历史的军谈小说：《壬辰录》《林庆业传》《朴氏传》等
		假传的军谈小说：《刘忠烈传》《张国振传》《赵雄传》等
	军谈小说（《李朝时代小说论》）	历史小说：《壬辰录》《朴氏传》《林庆业传》
		英雄小说：《刘忠烈传》《张国振传》《李大凤传》《柳文成传》《赵雄传》《张伯传》等
金东旭	军谈小说	《刘忠烈传》《林庆业传》《丙子湖南倡义录》《江都日记》《西征录》
张德顺	军谈小说	《刘忠烈传》《赵雄传》等
	战争小说	《朴氏传》《林庆业传》《壬辰录》等
郑钰东	军谈小说	《刘忠烈传》《赵雄传》《张国振传》《黄将军传》《李大凤传》《柳文成传》《张伯传》《金振玉传》《洪桂月传》《女将军传》《鸾鸟再世奇缘》《南洪量传》《苏大成传》《颜丞相传》《杨朱凤传》《黄云传》等
林明德	历史英雄类	《帷幄龟鉴》《三韩拾遗》《崔孤云传》《壬辰录》《六美堂记》《汉唐遗事》《南洪量传》《洪景来》

续表

观点持有者	术语名称	作　　品
韦旭昇	讲史小说	《壬辰录》《朴氏夫人传》《林庆业传》
	军功小说	《申遗腹传》《李泰景传》《刘忠烈传》《赵雄传》《张国振传》《洪桂月传》《郑秀贞传》

从上表中可以看出中外学者对以战争为题材的小说如何命名各有各的见解,但使用最多的是军谈小说。最早使用"军谈"这一名称的是韩国学者金台俊,在其《朝鲜小说史》[①] 中将"军谈"归为小说的一类,并认为"最杰出的作品当属《壬辰录》"[②]。之后赵润济在《韩国文学史》、金起东在《李朝时代小说论》、郑钰东在《古代小说论》中也都使用了这一名称。台湾学者林明德称其为"历史英雄类"[③],中国学者韦旭昇称其为"讲史小说"和"军功小说"[④]。这类小说既不是平铺直叙地描写战争,也不是纯粹的个人传记,而是在反映历史事实的同时又加入了作家的文学创作,因此有学者将其称为"历史军谈小说"。

在金台俊等早期学者研究成果的基础上,有学者依据小说的素材来源和创作方式将军谈小说的范围进一步扩大,将其分为历史军谈小说、创作军谈小说、翻译及翻案(改编、改写)军谈小说三类,但这个范围过于宽泛,几乎把所有涉及战争背景的作品囊括进来,其中涉及的小说类型也十分繁杂,内涵不够严密。我国学者韦旭昇认为"这类小说以战争为其所主要描写的内容,但这些战争并非都是在历史上实际发生过的。早期的作品,基本上有史实为据,

---

① [韩]김태준,『朝鲜小說史』,學藝社,1939,68 쪽.

② [韩]金台俊著,全华民译:《朝鲜小说史》,第50页。

③ 林明德主编,『韓國漢文小說全集』一卷,總目錄28 쪽.

④ 韦旭昇:《韦旭昇文集》第一卷,第326、454页。

如:《壬辰录》(《抗倭演义》)、《朴氏夫人传》、《林庆业传》;中期及后期的作品,没有史实根据,全凭想象、虚构的战争作为其背景。前者一般被称之为'历史军谈',后者则为'创作军谈'"①。综上,历史军谈小说是将历史上真实存在过的事实、事件小说化而成的,例如《壬辰录》《林庆业传》《朴氏传》《泗溟堂传》《金德龄传》等;创作军谈小说不是根据真实的历史事实写作的,而是虚构的故事,例如《柳忠烈传》《权仙重传》《苏大成传》《龙门传》《张国振传》等。综合韩、中学者的观点,本论著以内涵界定比较清晰、学界较为认同的"历史军谈小说"展开论述,即选取有历史依据,以史书记载、文人笔记及相关作品记述为创作基础,刻画真实存在的历史人物,对历史事件、人物的细节及战争过程进行合理的虚构的汉文小说。总体而言,军谈小说以朝鲜国语本版本居多,个别小说有汉文本和国语本两类版本,本论著选取历史军谈汉文小说中最具代表性的《壬辰录》和《林庆业传》为中心进行阐释。

(二)历史军谈汉文小说代表性作品简介

《壬辰录》作者佚名,成书于 17 世纪,以 1592—1598 年的"壬辰倭乱"为创作题材,是军谈小说创作的嚆矢,被认为是"朝鲜文学史上出现的第一部爱国小说","第一部反映战争的演义性讲史小说,它的出现在很大程度上促成了朝鲜文学史上历史军谈小说的产生"②。作者以壬辰战争的具体历史事件为基础,广泛参阅战争时期的文献,如《乱中日记》《倡义录》等,并且大量吸取民间传说,其中的重大历史事件全部有史实可依,同时,在具体的细节上进行

---

① 韦旭升:《历史发展与文化交流的交叉——关于朝鲜"军谈小说"》,《北京大学学报》1992 年第 5 期。

② 李岩等:《朝鲜文学通史(中)》,第 886 页。

了合理的想象、润色和虚构,既真实又不失文学性。

现存汉文本与朝鲜国语本两大类版本,各版本之间在思想内容、具体情节、人物形象及写作方法上都存在或同或异的现象,其异同也有或大或小之别。现知的汉文本即有十余种之多,且有繁、简两个版本系统,孙逊教授在其文章中对代表性版本的情节做了对比①。在众多的版本中,韦旭昇据朝鲜金日成综合大学图书馆所藏汉文抄本之整理本最为中国读者熟知。林明德主编的《韩国汉文小说全集》卷四也收录一种《壬辰录》的汉文本,该本较为简略,六千余字,与韦旭昇整理本有很大的差异。该本并未完整地写壬辰战争的经过,而是着重描写了明将李如松、朝鲜异人金德龄② 之若干事迹,内容多属虚构。本论著以朝鲜金日成综合大学图书馆所藏汉文抄本即韦旭昇整理本,与朝鲜文学艺术总同盟出版社出版的朝鲜语本即韦旭昇翻译本为中心,兼顾《韩国汉文小说全集》卷四收录的《壬辰录》进行分析。

《壬辰录》与真实的"壬辰倭乱"一致,小说的情节也随着战争过程分为三个阶段:第一阶段是战前阶段,日本加紧侵略准备,朝鲜朝的统治阶层却毫无察觉,党争激烈,国防松弛;第二阶段是日本入侵阶段,叙述了日本从朝鲜半岛南部的沿海地区发动侵略战争,攻陷釜山后一路向北,汉城、开京、平壤等地依次沦陷。国王逃到义州,官吏贪生怕死,百姓遭受浩劫;第三阶段是反击取胜阶段,朝鲜历史上著名的将领李舜臣率领部队反击日军,大大鼓舞了各

---

① 孙逊:《朝鲜"倭乱"小说的历史蕴涵与当代价值——以汉文小说为考察中心》,《文学评论》2015 年第 6 期。

② 林明德本写作"金德令",韦旭昇本写作"金德龄",本论著采用学界通用的"金德龄"。

界爱国人士的反抗决心,涌现出郑文孚、金德龄、金应瑞、郭再祐 ①
等民族英雄,团结一致,与敌人斗争。李舜臣率领的水军,郭再祐、
金德龄、金应瑞、西山大师等组织的义军,中国李如松率领的明朝
援军共同作战,驱逐了侵略者。关于小说的结局,不同版本差距较
大,有的是以战争结束为结尾;有的以日本战败,朝鲜派使臣赴日
本接受投降为结尾。韦旭昇整理本之结尾颇耐人寻味,写战争结
束后,朝鲜使者李德馨赴明,在山海关目睹了明军与女真之间的一
场大战,女真人败走。老郡首临死前问儿子们如何取得中原,下面
是他的第九子汉的回答:

> 次至第九子汉,乃对曰:"中国积虚弱而尚有智勇之将
> 相……今我十年组练,观其形势,则中国自有四面受敌,诸侯
> 相侵,然后可图也。"老郡首抚须欣然曰:"正合我意。"即命传
> 于汉而遂卒。②

显然,这里的老郡首指努尔哈赤,他的继承人第九子"汉"指
皇太极。努尔哈赤死于 1626 年,十年后,1636 年皇太极改国号为
清。从故事结尾这一段预言似的插曲可以推断这个抄本大概成书
于 17 世纪,应该是事件发生后才写成的。

《林庆业传》的创作年代不详,一般认为是 17 世纪后半期的
作品,18 世纪以来长期流传于民间。该作品以 1636 年发生的"丙
子胡乱"为创作题材,有汉文本与朝鲜国语本两种版本,韩国学界
一般认为汉文本是原本,国语本则是根据汉文本翻译或改写而成。

---

① 林明德本写作"郭再祐",韦旭昇本写作"郭再祐",本论文采用"郭再祐"。
② 韦旭昇:《韦旭昇文集》第二卷,第 558 页。

汉文本又有多种异本存在,题目各异,情节内容也多有不同,诸如《林庆业传》《林将军传》《林忠臣传》《林将军庆业传》《忠臣林庆业实记》等。《韩国汉文小说全集》未收该作品。这部作品的故事情节与史实有一些出入,但大体上符合历史真实,其内容与官纂历史文献《林忠愍公实记》《朝鲜历代名将记》《国朝人物志》中的《林将军实传》基本一致。金宽雄认为,"《林忠愍公实记》是林庆业死后140余年的记录,所以也不能排除其中的虚构因素。林庆业死后在民间被神化成为民众崇拜的偶像,所以官纂(纂)史书中也难免融入一些民间传说的成分"①。本论著以权斗寅的《林将军庆业传》与朝鲜总督府图书馆藏抄本(简称朝鲜馆藏本)《林忠臣传》为中心,兼顾其他版本进行论述。

权斗寅的《林将军庆业传》,描写了在"丙子战争"中智勇兼备的爱国将领林庆业英勇斗争的一生和他不幸的结局。林庆业具有雄才大略,"出奇计立名绩",也由此招致同僚嫉妒、打压而不能尽显其志。清军攻打锦州之时,请求朝鲜出兵,于是林庆业作为水军将领被派往中国。表面上林庆业是为清人所用,而实际上他与明朝暗通机密。后事情泄露,清人索要林庆业,在被押解途中林庆业逃跑,化装成和尚逃至明朝皇宗裔麾下。皇城陷落后皇宗裔不告而别,军中事务均由中军马弘周处置。失去依靠的林庆业想偷偷乘船离开前往南京,但因独步告密而被马弘周逮捕交予清军,被送至北京。清军威逼利诱,使尽手段,林庆业终未屈服。感念于林庆业的忠贞,清主将其放回朝鲜,回到朝鲜的林庆业却被金自点杖杀而死。

朝鲜馆藏本《林忠臣传》故事内容比权斗寅的《林将军庆业

---

① 金宽雄、金晶银:《韩国古代汉文小说史略》,第169页。

传》要更丰富。主人公林庆业出生于忠清道忠州月川居,早年丧父,性孝悌,慷慨有大略。后中武状元,在军中任职。又随李时白出访中国南京政权,恰逢北方之胡国遭到伽靼的侵略,屡请天朝派援兵,天子在众人的推荐下,便命林庆业为大将出战,大获全胜,救胡国于危亡之中。谁知胡国恩将仇报,丙子年间派人进攻朝鲜,在林庆业驻守的义州遭到失败后,便转道而行,直接偷袭京城,逼迫朝鲜王投降,世子和大君被掳为人质。胡王请朝鲜王派林庆业帮助他们攻打南京朝廷驻守的稷岛,实际上是想借机害他,哪知林庆业将计就计,和岛上守将黄自命达成密约,黄乃诈降。

林庆业回国后不久,又被胡国索取,欲将其暗害。但他在半路上逃走,又削发为僧人赴天朝,准备借兵征讨胡国,迎回被掳的世子和大君。天子封他为大将军,命他讨伐胡王,不料被同行和尚出卖而被胡王所擒。胡王怜其忠义,放大君与世子回国。之后又放林庆业回国,招致领议政金自点忌妒,私自把他抓了起来。朝鲜王知道后放出林庆业,惩罚了金自点。

关于小说的结局,不同版本略有不同,多数以林庆业被害死作为结局。这部小说具有鲜明的史书中个人传记体的特色,而这一特色正是后期军谈小说的一大特点。

二、《三国演义》在朝鲜半岛的传播

中国与朝鲜半岛的交往史源远流长,早在 284 年,即朝鲜百济时代,中国古代小说《山海经》就已传入朝鲜半岛,此后,文言小说《搜神记》《世说新语》《太平广记》等,白话小说《三国演义》《水浒传》《红楼梦》等各种类型的小说相继传入,可以说蔚为大观。明末清初文人姜绍书在《韵石斋笔谈》中说:"朝鲜国人最好书,凡使臣入贡限五六十人,或旧典、或新书、或稗官小说,在彼所缺者,日出市中,各写书目,逢人遍问,不惜重直购回,故彼国反有异书藏本也。"① 这里所谓的"异书"当指存世的稀见本或是孤本。据统计,"目前所知传入韩国的中国古典小说多达 340 余种以上。这 340 余种传入韩国的作品中,约有 40 余种为明代以前的小说,明代小说约为 100 余种,而清代小说约为 200 余种。这 340 余种作品中,不存在于文献记录而有现存版本的作品(数目大约为 170 余种),加上文献记录和现存版本都有的作品(数目大约有 70 余种),一共 240 余种,其版本可在韩国各图书馆里见到;而只在文献记录中出现、没有或是尚未发现现存版本的作品大约为 100 余种"②。其中就包括对军谈小说产生深刻影响的历史演义小说、才子佳人小说和神魔小说等。

　　历史演义小说中,《三国演义》对军谈小说的影响最为突出。韩国学者金台俊早在 20 世纪 30 年代已经注意到这一文化现象:"壬乱发生在明神宗时期,这正是嘉靖、万历文化发展的全盛期,中国的著作诞生以后,作为两国交流的手段,依次输入到朝鲜,自然对当时正处于萌芽阶段的朝鲜小说产生了直接或间接的影响。尤其是在朝鲜备受欢迎的《三国演义》也是在壬乱前后引进的。"③《三国演义》不仅是中国古代四大名著之一,更是深受朝鲜半岛官方和民间的双重喜爱。

　　事实上,在《三国演义》传到朝鲜半岛之前,中国的三国史籍和三国故事早已在朝鲜流传,并为朝鲜士子文人所熟知,甚至是耳熟能详。在《旧唐书·高丽传》中有这样一段记述:

---

① 姜绍书著:《韵石斋笔谈》,中华书局 1985 年,第 3 页。
② 陈文新、[韩]闵宽东:《韩国所见中国古代小说史料》,武汉大学出版社 2011 年,第 4 页。
③ [韩]金台俊著,全华民译:《朝鲜小说史》,第 48 页。

俗爱书籍，至于衡门厮养之家，各于街衢造大屋，谓之扃堂，子弟未婚之前，昼夜于此读书习射。其书有《五经》及《史记》、《汉书》、范晔《后汉书》、《三国志》、孙盛《晋春秋》、《玉篇》、《字统》、《字林》；又有《文选》，尤爱重之。①

这里需要更正的是《旧唐书》中所称的"高丽"，指的是古代朝鲜三国时期的高句丽，公元1世纪建立，7世纪被新罗统一。而高丽朝建国于918年，935年灭新罗，936年统一朝鲜。此处是混用了"高句丽"和"高丽"两个名称。从这段引文中可知，高句丽时期的朝鲜学校已经把中国的经书、史书、字书、《文选》作为教科书，当时我国各类书籍已经在朝鲜的文化生活中起着相当重要的作用。《三国志》也在其中，这说明三国故事至少在高句丽时期已在朝鲜半岛流传。此外，在朝鲜文人的诗文、史论中也频繁提及三国故事。如高丽朝李穀的《稼亭集》卷十五中收录的《咏史》二首：《蒋干》和《吕布》，金时习所作的《诸葛亮传》等皆可表明三国故事影响之深。此外，《三国志》及其裴松之注也常常被他们当作正史史料用来征引、论述。古代朝鲜文人对三国历史人物的熟知也为《三国演义》的广泛传播和接受奠定了深厚的文化基础。

《三国演义》在朝鲜半岛传播的最早证据见于朝鲜《宣祖实录》卷三宣祖②二年六月壬辰条：

上御夕讲于文政殿，进讲《近思录》第二卷。奇大升进启

① 刘昫等撰：《旧唐书》卷一百九十九《高丽传》，第5320页。
② 宣祖（1552—1608），本名李钧，谥号昭敬，朝鲜朝第十四代王，在位时间为1567—1608年。在位初期勤政惜才，兴修典籍，鼓励留学。后因大臣党派之争，纲纪混乱。执政后期发生"壬辰倭乱"和女真入侵。

曰:"顷日张弼武引见时传教内'张飞一声走万军'之语,未见
正史,闻在《三国志衍义》云。此书出来未久,小臣未见之,而
或因朋辈间闻之,则甚多妄诞。如天文地理之书,则或有前隐
而后著,史记则初失其传,后难臆度,而敷衍增益,极其怪诞。
臣后见其册,定是无赖者裒集杂言,如成古谈。非但杂驳无
益,甚害义理,自上偶尔一见,甚为未安。就其中而言之,如董
承衣带中诏及赤壁之战胜处,各以怪诞之事,衍成无稽之言。
自上幸恐不知其册根本,故敢启。"①

　　朝鲜宣祖二年,奇大升②启奏时声称"《三国志衍义》","此书
出来未久","后见其册"。从奇大升对《三国演义》内容的熟悉程
度可以判断最迟在 1569 年,即明隆庆三年《三国演义》已经传入
朝鲜半岛。在以《三国志》正史为评判标准的朝鲜朝大臣们眼中,
小说《三国演义》与三国史书差别巨大,没有遵从史实如实描述,
因此被视为无稽之谈,称其为"甚多妄诞""极其怪诞",甚至认为
《三国演义》"杂驳无益",扭曲历史,对义理有害。李瀷《星湖僿
说》中也有相似的说法:"宣庙之世,上教有'张飞一声走万军'之
语。奇高峰大升进曰:'《三国演义》出来未久,臣未之见。后因朋
辈间闻之,甚多妄诞'云云。盖此书始出而上偶及之,高峰之启真
得体矣。"③

---

① [韩]국사편찬위원회,『朝鲜王朝實錄』卷 21,國史編纂委員會,1986,213 쪽.
② 奇大升(1527—1572),字明彦,号高峰、存斋,朝鲜朝前期文臣。著有《高
　　峰集》《朱子文录》等。
③ [韩]李瀷,『星湖先生僿說』卷十一·人事門·三國演義(한국고전종합 DB)
　　[EB/OL].http://db.itkc.or.kr/inLink?DCI=ITKC_GO_1368A_0120_010_0620_2015_004_
　　XML.

　　《三国演义》传入朝鲜的初始时期,主要是在位高权重的统治阶层与文人士子阶层流传,而"壬丙两乱"爆发后,其传播范围逐渐扩大、传播速度逐渐加快,开始进入普通民众的视野,这种变化有着深刻的历史原因。万历壬辰年,日本侵犯朝鲜,明朝派出援军拯救朝鲜于水火之中并获得反侵略战争的最终胜利。之后,朝鲜人民对明朝的感激自不必说,更是把明朝看作君父之国。但随着中国明清易代,清朝入侵朝鲜,朝鲜被逼无奈最终臣服于清廷。被清廷降服对朝鲜士子文人的打击是巨大的,这不仅仅是被侵略、被奴役的耻辱,更是对曾有大恩于朝鲜的君父之国明朝的背叛。他们认为这是对忠义的违背,是道德的沦丧,因此常常陷入因内心道德谴责而带来的难以忍受的精神苦痛之中。在此背景下,朝鲜迫切需要英雄和忠义之士的形象来唤醒民族精神和民族斗志,揭露侵略者的丑恶行径,抨击统治者的昏庸无能,赞美全力投入到战争为国家和民族做出重大贡献的英雄将士。而《三国演义》所蕴含的思想刚好迎合了此时朝鲜民众的内心需求,使得《三国演义》在朝鲜的广泛传播有了深厚的思想土壤。

　　在"壬辰倭乱"中朝鲜民众近距离接触了明朝的作战将士,并发自内心感激明朝的援助,逐渐对他们所崇敬的英雄形象进行神化,以明将李如松等人的战斗事迹为蓝本创作的《壬辰录》就是这样的一部作品。这部作品受到《三国演义》的直接影响,并在当时朝鲜特定的历史条件下广为流传,使越来越多的普通大众熟悉并热爱上了三国故事。"丙子胡乱"以后,《三国演义》所推崇的忠义观念与朝鲜人民的民族思想相契合。虽说"丙子胡乱"后朝鲜被迫对清廷称臣,但在朝鲜士子的内心中,仍将明朝视为正统、视为皇朝。《三国演义》中"尊刘贬曹"的思想倾向刚好与朝鲜人民尊明反清的思想契合,这也是其广泛传播的原因之一。

　　朝鲜士子曾把《三国演义》抬高到与儒家经典和史书同样地位的高度,还将其列入科举考试的题目当中。李瀷曾在《星湖僿说》中评价《三国演义》:"在今印出广布,家户诵读,试场之中,举以为题,前后相续,不知愧耻,亦可以观世变。"① 尽管李瀷对《三国演义》持否定态度,但从他的这段评述中可以印证《三国演义》在朝鲜半岛的普及程度。《三国演义》中的一些故事情节,如"桃园结义""五关斩将""六出祁山""星坛祭风"等经常作为典故出现在考卷上或"举而为题"。在古代,经史作为统治阶级主流意识形态,地位之高不言自明,而小说这种文体在古代地位是很低的,在传统文人眼中小说不及诗文,更别提经史了。而在此时的朝鲜朝,《三国演义》竟可以和经史并举,足见《三国演义》影响之大。此外,将《三国演义》作为科举考试的题目又反过来促进其在朝鲜半岛的传播。科举考试作为古代文人仕途必经之路,它所考的科目便是士子文人的必读书目,一时间更兴起了阅读《三国演义》的狂潮。可以说当时的朝鲜士子文人对《三国演义》是了如指掌的,常常将其中的故事情节自觉不自觉地引用或化用在他们的诗文创作中,并常常以典故的形式在相互书信往来、闲谈杂录中征引或提及。金万重在《西浦漫笔》中指出:

　　　　今所谓《三国志演义》者,出于元人罗贯中,壬辰后盛行于我东,妇孺皆能诵说。而我国士子多不肯读史,故建安以后数十百年之事,举于此而取信焉。如"桃园结义""五关斩将""六出祁山""星坛祭风"之类,往往见引于前辈科文中,

①［韩］李瀷,『星湖先生僿說』卷十一·人事門·三國演義(한국고전종합 DB)［EB/OL］.http://db.itkc.or.kr/inLink ？ DCI=ITKC_GO_1368A_0120_010_0620_2015_004_XML.

转相承袭,真赝杂糅。如"吕布射戟""先主失匕""的庐跳檀溪""张飞据水断桥"之类,反或疑于不经,甚可笑也。[①]

可见《三国演义》在当时的朝鲜半岛流传广泛,影响深广。"桃园结义""五关斩将"等《三国演义》中的经典故事达到了"妇孺皆能诵说"的程度,甚至有的人把《三国演义》中虚构的故事误解为史书上的实际记载。

与传统的文学样式诗词歌赋相比,通俗小说具有题材新颖、情节曲折、生活气息浓厚等特点。小说诞生之初,对于思想开明的文人具有很大的吸引力,他们尝试着模仿创作这类作品。因此,出现了很多以《三国演义》中的小故事为底本,经由朝鲜文人再创作,使之单独成篇,流行于世的作品。那么,为何《三国演义》传入朝鲜半岛后会受到如此欢迎? 究其原因,首先是《三国演义》这部小说本身具有极高的艺术成就和文学价值,它是中国文学史上第一部章回小说,是历史演义小说的开山之作,也是第一部文人长篇小说,明清时期甚至有"第一才子书"之称。《三国演义》开创了历史演义的体式范例,奠定了后代同类小说的创作体式,既尊重历史,又不受史实限制。它出色的战争描写和人物塑造堪称典范;其次是朝鲜半岛文化深受中国的影响,史传文化发达,历来对历史抱有极高的热忱,对历史题材的作品也情有独钟;再次是朝鲜半岛的社会现实与民族遭遇使其对《三国演义》产生了极强的共鸣。一方面,"壬辰倭乱"对朝鲜半岛的政治、经济、文化都造成了极大的伤害,民族的创伤使得朝鲜半岛读者更加关注历史,这种对历史的关

---

① [韩] 김만중 지음 ; 심경호 옮김, 『서포만필·하』, 문학동네, 2010, 652 쪽.

注并非完全出于文化因素,还源于真实可见的战乱环境;另一方面"丙子胡乱"后,朝鲜民众"慕明恶清"乃至力求"反清复明"的情绪更为激烈,也使其对《三国演义》中"拥刘反曹"的正统观念产生强烈共鸣。

除了上述原因,《三国演义》在朝鲜半岛的广泛传播还与注释、翻译、改写、刊印有关。在朝鲜朝显宗 ① 十年刊行了注释、翻译中国小说中白话、难句的工具书《小说语录解》。后又增补了其他语录解,改名为《注解语录总览》再次刊行。其中就收录《三国演义》《水浒传》《西游记》中的语句三千三百八十六条 ②。这些小说语录解的刊行,使其拥有了更广大的读者层,其流传普及也更加广泛。朝鲜仁祖五年,朝鲜书坊刊刻的《新刊校正古本大字音释三国志通俗演义》问世。《三国演义》传播到社会各阶层,其影响更为深远。

此外,《壬辰录》中有一个情节关羽变成神将,来到朝鲜并援助了朝鲜。壬辰战争时,朝鲜人民中普遍流传有关关羽的传说。战争结束后,汉城、平壤、南园等地建立了关王庙。随着朝鲜民间崇拜关羽之风的盛行,以关羽为重要人物的《三国演义》就更为广泛流传了,出现了《华容道实记》《关云长实记》《张飞马超实记》《赵子龙传》《大胆姜维实记》《魏王别传》《赤壁大战》等许多节选译本和改写本。"《壬辰录》中的描写关羽神灵的段落,反映了朝鲜人民对关羽——中国援军的这种深厚感情。正因为有了这种感情,所以更爱读了《三国演义》。或者可以说,朝鲜人民读了《三国

---

① 显宗(1641—1674),本名李棩,字景直,朝鲜朝第十八代王,在位时间为1659—1674 年。在位期间党争不断,国力衰退。
② 许辉勋:《试谈明清小说对朝鲜古典小说的影响》《延边大学学报》1987 年第 1 期。

演义》,这种感情更深厚。"①

　　当然,《三国演义》在朝鲜半岛的传播并不是一帆风顺的。朝鲜纯祖②至高宗甲午更张时期,即1801—1894年之间,朝鲜国运渐趋衰微,"《三国志通俗演义》在朝鲜的传播也由鼎盛渐渐走向衰微"③。而此前的正祖④曾反复强调小说蛊惑人心,害于世道,并下令查禁明清小说。朝鲜正祖把国家政权的命运与文风联系在一起,书籍的管理非常严格,对于中国通俗小说在朝鲜的传播起到了极大的抑制作用。正祖时期推崇传统儒学、整顿文风的文化措施,在学术界产生了深远影响,朝鲜士子文人也随之推波助澜。李德懋曾说《三国演义》"乱正史、坏心术",对当时士子文人看小说不看正史及将小说的虚构情节当作正史的行为痛心疾首。虽然在这一时期《三国演义》的传播受到了一定的影响,但仍有一些学者看到了《三国演义》不可否认的社会功能,即其可以弥补正史的缺失和疏漏。如李圭景⑤专门著文《稗官小说亦有微补正辨正说》,认为小说不可尽废,"或可补史牒"。

　　其后纯祖至高宗的百余年间,《三国演义》的传播不仅没有

---

① 金秉洙:《明清小说传入朝鲜的历史过程考略》,《延边大学学报》1984年第1期。

② 纯祖(1790—1834),本名李玜,字公宝,号纯斋,朝鲜朝第二十三代王,在位时间为1800—1834年。为对抗金祖淳及外戚专权,学先王之道,勤政为民。编撰《万机要览》。

③ 赵维国:《论〈三国志通俗演义〉对朝鲜历史演义汉文小说创作的影响》,《文学评论》2010年第3期。

④ 正祖(1752—1800),本名李祘,字亨运,号弘斋,朝鲜朝第二十二代王,在位时间为1776—1800年。正祖在位期间兴利除弊,改革科举制度。还致力于田制改革,对朝鲜朝初期的《职田法》给予极大关注。

⑤ 李圭景(1788—1856),字伯揆,号五洲居士、啸云居士,朝鲜朝后期学者。著有《五洲衍文长笺散稿》《五洲书种博物考辨》《白云笔》等。

停滞,反而更加广泛。朝鲜文人根据读者的阅读需求,把人们喜欢的故事进行节选,如《华容道实记》《赤壁大战》《五虎大将记》《三国大战》《赵子龙实记》等,并将其翻译成朝鲜文本刊印发行,这足以说明,"《三国志通俗演义》在朝鲜后期的传播比起前期更加普及,深入民间"①。可见,三国故事、三国英雄人物的忠肝义胆早已深入朝鲜半岛人民的心中,融合到朝鲜半岛人民的思想文化之中了。

　　除《三国演义》外,明清时期的《平山冷燕》《好逑传》《红楼梦》等才子佳人小说也东传到朝鲜半岛。这类小说对朝鲜古代爱情家庭类汉文小说影响较大,对军谈小说也产生了一定的影响,尤其是创作军谈小说。创作军谈小说往往将爱情故事置于特有的战争背景之中,将以往爱情小说中的书生才子男主角改为建功立业的军人将领。导致这一现象发生的原因是17、18世纪之后,经历了数次战争的朝鲜人民对文学作品中人物形象的审美发生了重大的转变,也反映了朝鲜人民在特定历史条件下的审美追求。

　　此外,以《西游记》为代表的神魔小说的东传也影响了军谈小说的创作。早在高丽末期,《朴通事谚解》就已引用《唐三藏西游记》的故事情节。吴承恩的《西游记》成书并东传后,西游故事就更为朝鲜半岛的读者所熟知。《唐太宗入冥记》等作品甚至将《西游记》中的情节单独抽出来,敷衍成独立的作品,《洪吉童传》《玉楼梦》等也都有明显的神魔小说印记。军谈小说中的主人公常常拥有异于常人的超能力,在危难时刻大显身手,这种法术的运用或神魔情节的设置,无一不与中国的神魔小说有关联。

---

① 赵维国:《论〈三国志通俗演义〉对朝鲜历史演义汉文小说创作的影响》,《文学评论》2010年第3期。

第二节　历史军谈类汉文小说与中国思想文化

古代朝鲜受中国思想文化影响颇深,其文学创作也深深打上了中国思想文化的烙印。"壬辰倭乱"与"丙子胡乱"两次战争使得朝鲜文人将目光大量集中在战争题材的文学创作中,历史军谈小说在这种背景下应运而生。《三国演义》等中国历史演义类小说对历史军谈小说产生了直接的影响,其宣扬的忠君爱国思想也成为历史军谈小说的主旋律。此外,为了塑造英雄人物超凡的才能,历史军谈小说还大量借鉴道教的神道仙术来虚构英雄人物的神奇能力,将其神化,使其成为扭转战争局面的关键,这从另一个侧面反映了饱受战争之苦的朝鲜民众对正义战胜邪恶的希冀。

一、忠君爱国的儒家思想

儒家思想是一种伦理道德思想体系,其核心价值在于它所提出来的一整套系统而完备的道德规范,孔子以知、仁、勇为三大德,孟子以仁、义、礼、智为四基德或母德,后人将先秦儒、法诸子的思想进行综合,提出"礼、义、廉、耻"之"四维"和"忠、孝、仁、爱、信、义、和、平"之"八德"。西汉时期董仲舒根据孔孟的观点,将儒家的思想归纳为"三纲五常",即"君为臣纲、父为子纲、夫为妻纲"之"三纲","仁、义、礼、智、信"之"五常"。毫无疑问,忠孝节义是实现传统的求仁为善道德观念的核心所在,也是中国原始儒教的"基本教义"和最高人格理想。

据史料记载,中国儒学自战国时代起就传入了古朝鲜社会,朝鲜学者柳承国曾指出:"与燕昭王(公元前311年—前270年)同时的古朝鲜社会已习得中国儒教思想,并活用于解决国际间之难题。"① 金忠烈认为："儒教传来期之后有儒学受容期。若是，儒教的传来至少可追溯到公元前 4 世纪左右，儒学的受容则在汉四郡时代。"② 可见，中国儒学很早便传入朝鲜半岛，至汉代，已经成为当时社会的主流文化。"在此后的历史长河中，如同其在中国的地位及影响一样，儒学在朝鲜也作为官方哲学，一直占据着社会统治思想的地位，并逐渐发展成为在儒家文化大家庭中，既秉承儒学基本精神共性，又具有自身特点与独立品格的朝鲜儒学。"③如果说古代朝鲜三国时期是朝鲜儒学的开创期，那么朝鲜朝时期的性理学则真正地扎根到了朝鲜半岛的各个层面，儒家所提倡的"忠""孝""节""义"已经成了朝鲜社会的伦理道德标准。正如韩国学者赵润济先生所评价的那样："道学在朝鲜朝获得巨大发展……学者才俊辈出，坊曲之间到处都有孝子碑和烈女阁，朝鲜宛然成为儒教之国，道德之乡和礼仪之邦。"④ 在这样的情况下，朝鲜半岛的人民对中国思想文化的接受已经不是刻意模仿，许多情况下是一种无意识的行为，存在于他们的言谈举止之中。

　　历史军谈小说的创作就基于这样的文化背景，同时根植于朝鲜半岛复杂的社会、历史环境。一方面，以朝鲜朝的战争为题材，弘扬忠君爱国的思想是小说的主要内容。同时，它又产生于外来民族入侵，国民精神备受打击的时代。这使得军谈小说必须担负

① ［韩］柳承国著，付济功译：《韩国儒学史》，台湾商务印书馆 1989 年，第 13 页。

② ［韩］金忠烈：《高丽儒学思想史》，台北东大图书公司 1992 年，第 24 页，转引自李甦平：《韩国儒学史》，人民出版社 2009 年，第 47 页。

③ 孙萌：《儒学视域下的朝鲜汉文小说研究》，博士学位论文，上海师范大学中国古代文学专业 2012 年，第 10 页。

④ ［韩］赵润济：《韩国文学史》，第 295 页。

起抚慰民族心灵、振奋民族精神、批判无耻侵略者和昏庸统治者的责任；另一方面，中国古典小说，特别是《三国演义》在朝鲜半岛的广泛传播又为朝鲜古代军谈小说的创作提供了可直接借鉴的材料。在《三国演义》中，忠义思想可谓是贯穿全书。小说的第一回就通过描写"刘关张桃园三结义"表达了他们的爱国热情和报国决心。如他们结义的誓词："既结为兄弟，则同心协力，救困扶危，上报国家，下安黎庶……皇天后土，实鉴此心。背义忘恩，天人共戮！"① 小说还通过人物塑造来体现"忠"，最典型的人物就是关羽的形象，通过"许田打围""降汉不降曹""旧袍盖新""挂印封金"等情节，反复强调关羽的忠心。如"旧袍盖新"中的这一细节：

> 一日，操见关公所穿绿锦战袍已旧，即度其身品，取异锦作战袍一领相赠。关公受之，穿于衣底，上仍用旧袍罩之。操笑曰："云长何如此之俭乎？"公曰："某非俭也。旧袍乃刘皇叔所赐，某穿之如见兄面，不敢以丞相之新赐而忘兄长之旧赐，故穿于上。"②

关羽见旧袍如见刘备，时时不忘其主，其忠义让人感叹。而"宁教我负天下人，休教天下人负我"的一代奸雄曹操，"挟天子以令诸侯"，他的奸正从反面衬托出关羽的忠。全书充斥着拥刘反曹的思想倾向，然而在《三国演义》中，即便这样作为负面人物的奸雄曹操直到去世也未敢逾越封建道德的底线自立为皇帝，他"谋权"而不"篡位"从侧面说明了小说中的忠义思想通篇存在。朝鲜

---

① 罗贯中：《三国演义》（第 4 版），第 5 页。
② 罗贯中：《三国演义》（第 4 版），第 214 页。

当时正经历外族入侵,内忧外患的情况让朝鲜半岛的作家们很容易和《三国演义》的忠义思想达成共识。特别是"丙子胡乱"爆发后,朝鲜感念明朝在"壬辰倭乱"时救朝鲜于水火之中,把明王朝视为"君父之国",与明王朝同呼吸共命运。而清朝恰恰是明朝与朝鲜共同的敌人。在这种情况下,《三国演义》中"拥刘反曹"的忠君爱国思维模式很容易被直接借鉴过来。朝鲜半岛的作家在创作军谈小说时,除了不自觉地流露出中国文化以外,也有意塑造忠义之士的形象来表达他们对忠君爱国精神的赞扬,如《壬辰录》中的李舜臣、宋象贤、金德龄,《林将军庆业传》中的林庆业等。

　　儒家文化的思想核心是"仁",《论语》中曾对"仁"提出了多种解释:"仁者,爱人""克己复礼为仁""仁者先难而后获""'能行五者于天下,为仁矣。''请问之。'曰:'恭、宽、信、敏、惠。'"等等。以上解释分别从不同的角度说出了"仁者"所应具有的品质。孔子曾说"吾道一以贯之",对此曾参解释为"夫子之道,忠恕而已矣",也就是说孔子的核心思想是"仁",分开来讲是"忠"和"恕"两个方面。"忠"是儒家伦理道德标准的底线,一个人如果不忠,他就是违天理、背人伦,即便能做到"恭、宽、信、敏、惠",也仍是一个不仁之人。《壬辰录》中的爱国将领李舜臣,贯穿其一生的就是对国家、对君主之"忠"。小说多侧面地描绘了他以身许国、刚正不阿的性格特点:"水军节都使李舜臣,字汝谐,儿时有志,多读兵书。智勇兼全忠义,素抱为武科出任,虽宰相有请,非公事则不往见。"[1]着意突出李舜臣的忠义和刚正。为了抵抗外敌入侵,李舜臣倾注了毕生精力与全部的智慧。他具有远见卓识,时时以国家的安全为念,早在壬辰战争之前,他已经意识到朝鲜国防的空虚,为防备外敌的

---

[1] 韦旭昇:《韦旭昇文集》第二卷,第508页。

侵略而积极地做准备。这与当时朝廷那些安享太平、醉生梦死，以争夺权力为务、置国家安危于不顾的官僚形成鲜明的对比。战争爆发之后，李舜臣带领的水军骁勇善战，数次击退敌人，屡立战功，但就是这样一位功勋卓著的水军将领，却遭到了奸党元均等人的构陷，诬告其叛逆，李舜臣被革职下狱。其母叹曰：

> 吾家教子以忠孝，而长仲儿先逝，惟汝舜臣许身报国，无将母之日，岂意以汝为叛逆耶？我儿何罪？朝廷反为倭贼而报仇耶？①

已经失去了两个儿子的李舜臣之母，闻听儿子受刑，以"废食饮而自毙"的极端方式来表达对忠奸不分的朝廷的强烈抗议。从其母"吾家教子以忠孝""惟汝舜臣许身报国"的言语中可见，李舜臣从小接受的教育即为儒家的"忠孝"思想，而其在抗倭战争中践行的也正是"许身报国"，其对国之忠有目共睹。

> 父老军民遮道泣诉曰："李公使道以何罪拿囚耶？报国念义谓之罪目耶？国之干城，民之栋梁，惟我李公。而无李公国何存耶？民安归也？"或涕或泣。②

如果说母亲之言是从家人视角印证了李舜臣之忠，那么当他被革职发配行至关山岛时，父老军民的哭诉则从民众视角进一步凸显了李舜臣之忠，称其为"报国念义""国之干城，民之栋梁"。

---

① 韦旭昇：《韦旭昇文集》第二卷，第543页。
② 韦旭昇：《韦旭昇文集》第二卷，第543页。

而在"禁府门外省候而待处决"的李舜臣侄子李溃遇一书吏悄悄告之曰:"今有好机,若有三十两银子可图放释也。"[1] 李舜臣听后极为愤怒,严词拒绝侄子交赎金以自保的想法,斥责道:"大丈夫死则死,岂可求活于小吏乎?"[2] 面对用三十两银子就可以被"放释"的机会,李舜臣宁肯做一个"大丈夫"死去,也不愿意"求活于小吏"而苟活一世,可谓一身正气,光明磊落。

因功却获罪,尤其是获罪期间,"生满七鳌"的老母亲承受不了这种打击"废食饮而自毙",这对于李舜臣而言可谓是不孝,这种切肤之痛是一般人难以忍受的。但即便如此,也没有撼动李舜臣抗敌卫国的忠忱。其继任者元均无能,屡战屡败,导致朝鲜水军只剩下十余艘战船,危难之际朝廷不得不重新起用李舜臣。他一接到命令,便"慷慨历气,率军官一人,匹马赴任"[3]。蒙冤如此之深,他却毫无怨言,更无怯懦,放弃一己恩怨,精忠报国,并一直坚持到生命的最后一刻。在歼灭最后一批侵略军的露梁海战中,李舜臣被倭寇铁丸击中,生命垂危之际,他想的仍是战事,是国之安危。

　　　　舜臣顾诸将曰:"国恩庶报于今日,而更无望于世上,吾今得死地而死于国,则不虚事也。"脱甲胄探体,出坐船头,向贼督战。贼之铁丸中其脑,出于背。舜臣退卧帐中,急呼兄子李浣,尽破余贼,因而殒命。[4]

在临死之前,李舜臣无一语道及家事,一再叮嘱侄儿李浣不要

① 韦旭昇:《韦旭昇文集》第二卷,第 543 页。
② 韦旭昇:《韦旭昇文集》第二卷,第 543 页。
③ 韦旭昇:《韦旭昇文集》第二卷,第 547 页。
④ 韦旭昇:《韦旭昇文集》第二卷,第 556 页。

把他的死讯宣扬出去,且让侄儿穿上自己的战袍冒充自己指挥作战,目的只有一个:令倭寇闻风丧胆,以实现"尽破余贼"的遗愿。这种无私无畏、视死如归,始终以国家为念、为国尽忠的精神可谓感天地、泣鬼神。

再如《壬辰录》中的宋象贤,在东莱城陷于敌军之手的危急时刻,他忠于职守,坚持战斗。虽率领兵士冒死奋战,但终因寡不敌众,被倭军包围。

> 贼将平朝翊与宋象贤有故亲知之义。朝翊急救象贤,解衣赐之曰:"令监知我乎? 衣此急图生还。"象贤举目瞠视,曰:"服尔服,犹惭于降贼。速斩一首,以成将军之功。"朝翊三催衣曰:"势急矣!"象贤曰:"我有七耋老母,临死之一言也。尔果能生我,指一奴子而归报今日之事于慈堂,则亦汝恋我之旧义也。"朝翊觅其奴,如其言,而旋踵。象贤北向四拜,未毕,而贼将已斩象贤。军官金祥以枪击倭,折柄而登客舍,投瓦杀贼十余名,而倭兵向屋放炮。金祥中丸落地。[①]

贼将平朝翊与宋象贤有故交,"解衣赐之",令其"衣此急图生还",可见宋象贤是有逃生希望的。但他一身正气,凛然拒绝道"服尔服,犹惭于降贼",宁肯赴死也不肯苟活。临死之际,他最挂念的是"七耋老母",在"忠"与"孝"之间,宋象贤义无反顾地选择了为国捐躯。他的手下军官金祥见此情景,"以枪击倭""投瓦杀贼十余名"后而英勇战死。这段描写从侧面赞扬了宋象贤誓死抗敌的牺牲精神,正是这种精神激励和鼓舞着朝鲜士兵和民众为赶走侵

---

① 韦旭昇:《韦旭昇文集》第二卷,第 494 页。

略者而英勇斗争,正如孙逊教授评价的那样:"'倭乱'小说在表现朝鲜民族不畏强敌、刚烈不屈民族性格的同时,更聚焦于践行'忠义'、以身许国的爱国情怀上。"①

关于刺杀倭将这一情节,不同版本所涉笔墨各不相同,林明德全集中收录的《壬辰录》中描写得较为精彩。

> 军中震惊,犯房中,德令腾空出,花月执手泣曰:"将军勿疑,斩我首去!"德令遂斩花月之首。出花月之家,其母问曰:"将军必斩吾儿首来耶?"德令挥泪献首,其母欣然而受其首!以烧酒杯一劝德令曰:"急饮发行!"德令立饮而去。盖花月恐祸及其母,如是请斩,可谓忠孝兼全也。②

这是在花月帮助下金德龄刺杀了倭将小西飞后被敌军追赶时,对花月事迹的一段描写。在千钧一发的时刻,花月主动提出"斩我首去",其原因除了作者推测的花月怕连累父母的孝,恐怕更有怕拖累金德龄,坏了国家大事的忠。如果仔细阅读这一段文本,我们不难从"德令腾空出"看出其身手的敏捷迅速,从敌军中逃脱应该不是一件难事。花月则是一个弱女子,是被倭寇将领小西飞逼迫服侍以满足其色心的妓女。我们可以想象,这样一个弱女子是一定逃不出敌军魔爪的。以花月对金德龄的了解,他不是一个只顾自己逃命的人。她深知金德龄是一个有极高的军事才能的将才,在拯救朝鲜、抵抗侵略者的过程中起到至关重要的作用,所以

---

① 孙逊:《朝鲜"倭乱"小说的历史蕴涵与当代价值——以汉文小说为考察中心》,《文学评论》2015年第6期。
② 『壬辰錄』,林明德主编,『韓國漢文小說全集』四卷,427—428等.

宁愿牺牲自己,也不能拖累这位将军。在危急时刻,花月毅然决然地发出"将军勿疑,斩我首去"的呐喊,这位弱不禁风的女子、出身社会最底层的妓女竟如此深明大义,可谓"忠孝兼全也"。如果说这里体现出的是花月对国家的忠,对母亲的孝,那么从其母亲的言语和神态中,便能看出古代朝鲜民众的忠。从"将军必斩吾儿首来耶?"一句可以看出其母早已经预料到花月的结局。但在危急时刻,她毅然把国家利益放在第一位,明知危险重重还让女儿冒死协助金德龄,从中体现出花月母亲的深明大义。"其母欣然而受其首",这"欣然"实际上是母亲对花月选择的认同,母女两人不谋而合,这忠就有种普遍的意义了。

在《林将军庆业传》中,塑造了林庆业这一忠臣形象。由于独步的出卖、马弘周的背叛,林庆业被缚。虏将高山劝其归清,享荣华富贵:

> 庆业曰:"我在我国,亦浮云富贵,故宦虽显达,家无蓄积。今不幸到此,乃累汝富贵乎?"高山曰:"汝何故叛我?"庆业曰:"汝无故兴兵,系累我大臣,污秽我士女,侵辱我国君,如弄婴儿。天下无道无信,莫汝若也。斥汝事明,非义而何?且天子蒙尘,天下所共愤。我虽海外陪臣,岂无愤痛之心乎?我欲斩汝酋头,雪雠耻而报国家,是我大愿也。不幸志未就,而身先就擒,是我不瞑目之恨也。宁死,不愿苟生。"高山乃大笑,下床执手曰:"汝虽不忠于清,忠于明至矣。"遂不削而送北京。①

---

① 『林將軍慶業傳』,『韓國文集叢刊』第 151 冊『荷塘先生文集』,民族文化推進會,1988,370 쪽.

视富贵如浮云的林庆业从多个角度斥责清军的"无道无信",为"天下所共愤"。而他的愿望便是"斩汝酋头,雪雠耻而报国家",反之,"宁死,不愿苟生",其不畏强权,忠肝义胆昭然若揭。当他被押解至北京,"虏欲降之",尽管用尽手段,"胁辱万端",林庆业"终不屈"。清主十分不解,问其原因,林庆业回答道:

> 忠臣不臣二君。昔吾臣事南朝,今忍反事犬豕邪? 今若事足下,富贵亚于足下,我固知之矣。然忠臣,守节而死义,其敢以富贵而二其心乎? 足下若送我南京,天必感动而助足下,我亦感恩而图报矣! 昔关羽德曹操,不杀而归之,竟报曹操。足下倘效曹瞒之归关羽,则我独不如关羽之报曹瞒乎? ①

从"忠臣不臣二君""守节而死义"中可以看出林庆业对君主之忠,对朝廷之忠,面对生命威胁,在明朝节节败退,退守南京危机之时他仍不忘上国之恩,其最大的愿望便是"我为国家归大明,荡平奴贼,上以报壬辰之恩,下以洒丙子之耻,回我世子大君而东之,是我之上愿也"②。林庆业以其高尚的人格征服敌国,虏将高山执其手曰"汝虽不忠于清,忠于明至矣",清主则发出"汝不忘南朝,真义士也"的赞叹。而在个别版本中,对林庆业的忠贞义胆威震敌国的描写更为夸张:胡王被其忠贞所感动,称其为"万古忠烈",并把世子和大君放回朝鲜,甚至于后来,胡王竟要将自己的女儿嫁给林庆业。就是这样一位令人敬仰的忠臣良将,却在被放回朝鲜后遭

---

① 『林將軍慶業傳』,『韓國文集叢刊』第 151 冊『荷塘先生文集』,民族文化推進會,1988,370 쪽.

② 『林將軍慶業傳』,『韓國文集叢刊』第 151 冊『荷塘先生文集』,民族文化推進會,1988,365 쪽.

到奸臣金自点的暗害,"林庆业这位曾经叱咤风云、威震敌国的一
代英雄,并没有倒在杀敌的战场上,而死于朝内的奸臣手中。林庆
业的死不是他一个人的悲剧,而是整个朝鲜社会的悲剧。作者通
过描写林庆业的悲剧命运,揭露和批判了朝鲜统治者的昏庸和腐
败,表达了对国难时期把国家的生死存亡置之度外、只图个人利益
的奸臣的愤怒之情"①。

　　这里值得注意的是,林庆业的忠不只是对朝鲜的忠,还有对明
王朝的忠。"英雄小说'林庆业将军系列'是集中描写两次'胡乱'
的作品……该系列小说主要记述林庆业对明朝的友好感情和与后
金(清朝)的曲折斗争,小说尊明朝为'天朝',而对后金(清朝)则
一律以'胡国''胡酋''胡寇''胡皇''胡虏'等指称,体现了鲜
明的'尊王攘夷'思想倾向。"②小说中毫不掩饰地表现出对上国明
朝的感恩戴德,即便是面对清主之时林庆业仍是希望将他送至南
京,这与当时朝鲜半岛民众忠明抑清的普遍心理是一致的。正如
有学者评价的那样:"《林将军传》塑造了的忠君爱国的林庆业将军
的形象,同时还表现了'壬辰战争'以后朝鲜朝社会中根深蒂固的
崇明反清倾向。"③

　　在宗法制的影响下,中、朝两国都是"家国同构"的社会形态。
这样一来,"忠"便有了忠于君主和忠于国家两层含义。忠君是维
持封建统治秩序的主要思想,这种思想扎根于中、朝文人的心中,
也深深地根植于封建时期人民的意识中。因此,在历史军谈小说
中极力刻画李舜臣、林庆业等人的忠君爱国就不难理解了。

---

① 李岩等:《朝鲜文学通史(中)》,第 893 页。

② 孙逊:《东亚儒学视阈下的韩国汉文小说研究》,《文学评论》2021 年第
　2 期。

③ 金宽雄、金晶银:《韩国古代汉文小说史略》,第 169 页。

二、降敌斗法的道教思想

中国道教源于上古巫术信仰与先秦道家思想,"我国从远古以来就有灵魂不死的观念和对天帝鬼神的信仰,秦汉以来盛行黄老神仙方术和天人感应、阴阳五行学说。东汉顺帝时,以黄老学说为基础,吸收传统的鬼神观念和神仙方术,正式形成道教"①。东晋时期,道教日益兴盛。南北朝时期,官方道教已经形成。从隋唐到明代中叶,道教进入兴盛时期。道教信奉的神多且杂,中国自古以来的传说、神灵几乎都可以在道教中找到影子,这与道教在民间的创立和流传不无关系。在流传过程中,各种神话传说、民间故事、道教人物乃至现实生活中对社会影响较大的人都可能被道教囊括进来并形成道教的神。以其影响的广泛性,道家思想虽然不是中国的主流思想,没有像儒家思想那样被官方确立为统治思想,长期占据主流的地位,但它仍在中国传统思想文化中占据着极其重要的地位。其中卜筮、望气和风角、占星术、相术以及谶纬之学等都长期存在于古代中国人的生活中。

朝鲜古代历史军谈小说具有明显的道教色彩,中国古代小说中充满道教神道仙术和玄幻色彩的情节常被模仿移植到历史军谈小说中,这与对历史军谈小说产生直接影响的《三国演义》也有一定的关系。《三国演义》汲取了众多民间传说,融入了丰富的道教元素,如南华老仙、于吉、左慈、张鲁、关羽等人物相关情节都有着浓厚的道教神异色彩。随着《三国演义》在朝鲜半岛的广泛传播,加上关帝庙的建立与有关传说的流行,关羽逐渐成了守护神,频频以显灵、托梦等方式在历史军谈小说中出现。

① 阴法鲁、许树安、刘玉才:《中国古代文化史 插图本(上)》,北京大学出版社2008年,第471页。

如《壬辰录》一开头就用关羽托梦于朝鲜大王来预言倭寇即将入侵朝鲜一事：

> 大明崇祯壬辰秋七月十五日夜,宣祖大王梦中有将军杖剑被甲自南而来,叩门大呼曰:"王宿耶? 未耶?"王曰:"阿谁也?"对曰:"汉中关云将也。明日君之国内将有大患也,风雨到于先陵沃江以东人火绝矣,何敢偃蹇鼾睡也!"①

在梦中,关羽告诉宣祖王,倭僧会将木刻的古代名将藏在笼子里,第二天从南门外载着笼子进来。一旦进入,倭僧便使用道术,将这些木人变成真正的将领,带领各自的军队攻入朝鲜。而且这些木人变化无穷,如果不采取措施阻止它们,朝鲜就将大难临头,后患无穷。关羽不仅托梦给宣祖,还在梦中告诉他事件发生的具体时间、地点以及破解之法。宣祖按照关羽的指示去做,结果"午后果然一僧载竹笼自南而来,遂发兵结缚其僧,其僧忧然下泪曰:'此关羽之事也,昨日呼之,则神不动矣,刻木为将,呼之即化,皆为人,独关羽不化耳,安知今日有此变也。'"②作者通过被缚的日本僧人之口道出了事情的原委,与关羽托梦给宣祖的内容完全吻合,再次印证了关羽托梦的真实。

关羽是《三国演义》中的一位忠肝义胆的将领,而《三国演义》是以儒家政治道德观念为核心,同时也糅合着千百年来广大人民的愿望,政治上渴求"仁政",人格上看重"忠义",才能上崇尚"智勇",既有对明君贤相、清平世界的赞美与倾慕,又有对昏君贼臣、

---

① 『壬辰錄』,林明德主編,『韓國漢文小說全集』四卷,421 쪽.
② 『壬辰錄』,林明德主編,『韓國漢文小說全集』四卷,421 쪽.

天下大乱的痛恨与厌恶。作为"义"的化身,勇武的关羽"讲信用,重然诺,不违初衷,不背旧交,这是一种崇高的道德情操,也是中华民族所共同信奉和推崇的一种传统美德。而历代统治者也看出了关羽的'义'所具有的号召力,因此不断给他加官晋爵借神道以教化"①。宋代封关羽为义勇武安王、壮缪义勇王,元代封为显灵义勇英济王,明代"捧旗封大帝",关羽被抬到一个很高的地位。从明至清,关羽更是由王到帝,由帝到神,在历代统治者的鼓吹和引导下,关羽的"义"在民众中有了广泛影响。"绵延七年的朝鲜壬辰战争曾得到过明朝援军的支援。朝鲜壬辰战争胜利后,明援军水军将领陈璘建议朝鲜建立关帝庙。朝鲜怀着对援军的友谊,在汉城南大门、东大门外、南原、星州、康津等处建立了关帝庙,祭祀关羽。于是,明朝援助朝鲜抗倭的事迹逐渐披上了神话的色彩,在民间,则产生了关云长英灵暗中帮助朝鲜打败倭寇的传说。"②这样一来,援助朝鲜抗击日本侵略的明朝将领们的英勇战绩就被披上了神秘的外衣,也逐渐衍生出和中国民间相似的观念,将关羽视作朝鲜的"保护神",并不断在文学作品中体现出来。《壬辰录》中不仅有上文所提到的"关羽托梦",还有更为神奇的"关羽显灵"。如作为说客的李信忠在倭军阵营中的十八天里,每天都去关王庙虔诚祷告,祈求关羽显灵,护佑朝鲜。

> 是时,李信忠以说客留在倭阵中十八日。每夜入关王庙,至诚哀诉曰:"英灵义魂,万古不死,勇冠三国,威震华夏,岛夷作乱,贼京城陷没。念关王:马有赤兔,剑有青龙。一奋神威,

---

① 李剑国、陈洪主编:《中国小说通史》,高等教育出版社2007年,第933页。
② 韦旭昇:《韦旭昇文集》第二卷,第357页。

击逐倭贼。"

　　李信忠还归金喆仁阵中三日,而倭将玄素、平守强等率八万军,自扬州赤城过大坦岭,渡关滩,至坡州山城。掘尽坟墓,烧尽间阎,杀掠人物,回军至东大门外。忽然灵风大起,神云四起,有一员大将,面如赤枣,丹凤目,掀三角须,乘赤兔,挥青龙,号令神兵,空中杀伐。倭兵惶怯昏倒,自毙不起。一阵皆死。

　　玄素、平守强等仅得生还,以报平行长。平行长大惊曰:"此必是三国时关云长也!向者,沈惟敬请和曰:'倭兵若不退,则人鬼皆怒'云。今可验矣!虽欲复战,孰能当关云长乎?"即下军令,收敛军兵,离京城,渡汉江而南走。清定、玄素、平守强等以次退走。①

　　在李信忠的虔诚祈祷下,关羽显灵,"号令神兵,空中杀伐。倭兵惶怯昏倒,自毙不起",从正面描写了关羽的勇武与神威。平行长"虽欲复战,孰能当关云长乎"的叹息则从侧面描写了关羽的无可匹敌,突显了关羽作为守护神的灵验和对战争胜利所起到的重要作用。

　　又如关羽托梦给在外逃难的朝鲜国王并护送国王回宫一事:

　　甲午三月初三日夜半,梦中一将军大呼曰:"王能知我否?我即去年指僧将也。"王再拜曰:"有何故而复来此鄙陋之地耶?"对曰:"秀吉陷庆尚左右道,郭再佑束手而立,王不若还官!"王再拜曰:"虽欲还官,罗北遮道,其可何也?"曰:

―――――――――

① 韦旭昇:《韦旭昇文集》第二卷,第536页。

"吾明日自空中为先锋将,王从后入宫!"王曰:"诺!"遂下还宫之令,出兵向京,云雾蔽天,鸣鼓为前,所行无敌,斩首二十余级,即至于还宫矣。罗北曰:"此神将也。"传檄于平秀吉曰:"今日神兵仗天机,败军士,其何可也。"秀吉曰:"此乃关羽之事也。杀白马,取血洒阵中追敌。"罗北见机即杀白马,以血洒阵中而出战,神兵不敢复动矣。王复为罗北所逐,又避于北沃寺中。①

作者通过关羽托梦出谋划策、在空中冲锋陷阵以及倭兵用白马血破解神兵仙术勾勒出一个具有浓厚道教色彩的玄幻故事。特别是用白马血洒在阵中,致使神兵不敢妄动这一情节,巧妙地表现出万物相生相克的道教思想。关羽与其统领的神兵即使英勇神武,也不可避免地有破绽、有弱点、有克星。所向披靡的神兵竟如此轻易地被白马血制服,这正是中国道教辩证思想在历史军谈小说写作中的运用。

关于关羽崇拜的历史原因,王乙珈在其硕士论文中从以托梦显灵为代表的"显性崇拜"和将关羽精神品格植入朝鲜民族英雄李舜臣身上的"隐性崇拜"两种类型进行了探讨:"小说《壬辰录》中的关羽崇拜,有显、隐两种类型,其产生原因,涵盖历史、文化和国民性等多方面因素。其中,显性的关羽崇拜反映了'壬辰倭乱'之时,作为儒家文化圈的朝鲜国民对于关羽崇拜的广泛认同,以及希望他能拯救国家于危亡的文化心理;而隐性的关羽崇拜,则曲折反映了朝鲜军民希冀通过塑造本民族和关羽一样的忠勇志士来抗击强敌的民族自主意识的觉醒。而无论是显性崇拜还是隐性崇

---

① 『壬辰錄』,林明德主编,『韓國漢文小說全集』四卷,429 쪽.

拜,都证明了古代中朝两国同属儒家文化圈,有着共同的英雄崇拜和价值观念。"①

《壬辰录》中关羽托梦显灵的情节还和"望气"之术相结合,如李如松的梦:

> 丁酉正月初八日夜,梦有一将军呼之曰:"君能知我乎?"如松曰:"谁也?"曰:"我古沃将军关云将也。"此倭气赖将军之力几能制之,然欲接水战,将军勿泛吾言,若水战则将军必败,其将奈何? ②

"望气"是指依据云气的色彩、形状和变化来附会人事,占验人事吉凶的一种方术。《墨子·迎敌祠》中记载:"凡望气,有大将气,有小将气,有往气,有来气,有败气,能得明此者可知成败吉凶。"③阴法鲁在其《中国古代文化史》中曾论述道:"《史记·天官书》对望气的方术作了介绍,说仰望云气可达三四百里,如果登高可看得更远,根据云气形状可判断吉凶顺逆。如果两军对垒而战,云青白色而前面稍底,就会'战胜';云前面赤而稍仰起,将'战不胜'。"④《汉书·郊祀志》载,汉文帝十五年,赵人望气者新垣平对文帝说:"长安东北有神气,成五采,若人冠冕焉……天瑞下,宜立祠上帝,

① 王乙珈:《韩国汉文小说〈壬辰录〉研究》,硕士学位论文,上海师范大学中国古代文学专业 2017 年,第 101—102 页。
② 『壬辰錄』,林明德主编,『韓國漢文小說全集』四卷,431 쪽.
③ 张永祥、肖霞译注:《墨子译注》卷十五《迎敌祠》,上海古籍出版社 2015 年,第 483 页。
④ 阴法鲁、许树安、刘玉才:《中国古代文化史 插图本(上)》,第 457 页。

以合符应。"① 文帝于是在此地立五帝祠。望气这种方术在中国古代广为流传,尤其在乱世时,人们常常根据望"天子气"来赋予统治者统治权威。"望气者认为,在日旁及皇帝所在的地方都有一股非同一般的云气,叫做'天子气'……还认为,凡是命里注定要当皇帝的,即使没有即位,他周围也有五彩绚丽的'天子气'。"②《史记·项羽本纪》载,范增之所以劝项羽设"鸿门宴"把刘邦杀死,其原因是:"吾令人望其气,皆为龙虎,成五采,此天子气也。急击勿失!"③ 从《史记》的记载中,我们可以看出"望气"这种方术被广泛应用于中国古代政治和军事中。如此神异的道教文化自然常常被朝鲜文人墨客放在文学作品中加以表现,《壬辰录》也不例外,关羽通过望"倭气"预言李如松可以克敌制胜,但不可以与敌军进行水战,并为李如松推荐了一名水战名将李舜臣。可见,将神仙方术运用于小说中,既在艺术上增强了故事的感染力,又在结构上推动了情节的发展。

《三国演义》中的"相术"在《壬辰录》中也有所体现,如《三国演义》中对神卜管辂精通相术的描写:

> 辂自幼便喜仰视星辰,夜不肯寐,父母不能禁止。常云:"家鸡野鹄,尚自知时,何况为人在世乎?"与邻儿共戏,辄画地为天文,分布日月星辰。及稍长,即深明《周易》,仰观风角,数学通神,兼善相术。④
>
> 操令卜天下之事。辂卜曰:"三八纵横,黄猪遇虎;定军

---

① 班固著:《汉书》卷二十五《郊祀志》,中华书局 1999 年,第 1010 页。
② 阴法鲁、许树安、刘玉才:《中国古代文化史 插图本(上)》,第 457 页。
③ 司马迁著:《史记》卷七《项羽本纪》,第 311 页。
④ 罗贯中:《三国演义》(第 4 版),第 570 页。

之南，伤折一股。"又令卜传祚修短之数。辂卜曰："狮子宫中，以安神位；王道鼎新，子孙极贵。"操问其详。辂曰："茫茫天数，不可预知，待后自验。"操欲封辂为太史，辂曰："命薄相穷，不称此职，不敢受也。"操问其故，答曰："辂额无主骨，眼无守睛，鼻无梁柱，脚无天根，背无三甲，腹无三壬。只可泰山治鬼，不能治生人也。"操曰："汝相吾若何？"辂曰："位极人臣，又何必相？"再三问之，辂但笑而不答。操令辂遍相文武官僚，辂曰："皆治世之臣也。"①

　　管辂根据人物的长相可以辨别人的性格特征、命运以及其是否有"治世之才"。《壬辰录》中也有一段与《三国演义》颇为相似的相术描写：

　　　　如松见王之相，曰："君之相，人间不用之相也，如此兵火必然再当！"遂欲班师还中原，王上三角山，呼天大哭曰："呜呼！皇天即亡朝鲜，何由见太平之德化！"日出而哭，日中而不止，如松闻哭声曰："阿谁也？此乃苍龙之声也。"德令曰："小将国王闻将军班师之令，如是呼哭也。"如松曰："见其像不似王矣，闻其声可以王矣。"②

　　不同的是，《壬辰录》对道教文化中的相术之法有了进一步发展，不仅可以通过看相来判断一个人的能力，还将相面延伸到"相声"，通过听声音来推测人的命运和事件发展的态势。朝鲜国王不

---

① 罗贯中：《三国演义》（第 4 版），第 572—573 页。
② 『壬辰錄』，林明德主编，『韓國漢文小說全集』四卷，429 쪽．

似王之相却有王之声,令原打算班师回朝的李如松转变了想法,"遂屯兵于少沙浦",朝鲜的国运从而有了转机。这样的故事安排不仅通过"相术""相声"让小说情节一波三折、跌宕起伏,同时悲极生喜的这一过程,也蕴含着道教辩证思想中事物的矛盾可互相转化的哲理意味。

占星术是原始占卜术士观测天体日月星辰的位置及其各种变化后,做出解释,来预测人世间的各种事物。为了烘托主人公的不同凡响,是非凡的将帅人才,在明清小说中,往往把主人公与天上之星关联起来,要么是天上的将星下凡人间,要么是通过星象来预示人物的命运,朝鲜汉文小说也是如此。如《三国演义》第一百四回中写道:"是夜,孔明令人扶出,仰观北斗,遥指一星曰:'此吾之将星也。'"①《壬辰录》中,支援朝鲜的明代将领李如松遥指浮于夜空中之将星道:"彼将星乃朝鲜之将星也。朝鲜必有可为先锋之人。"②此外,"将星"并非一成不变,它是随着该将帅之兴衰成败而随时变化。《三国演义》中诸葛亮去世前星象已有变化:"众视之,见其色昏暗,摇摇欲坠。孔明以剑指之,口中念咒,咒毕急回帐时,不省人事……见孔明昏绝,口不能言。"③而此星象也被司马懿看到:"见一大星,赤色,光芒有角,自东北方流于西南方,坠于蜀营内,三投再起,隐隐有声。懿惊喜曰:'孔明死矣!'"④《壬辰录》中当金应瑞冒险潜入敌营,前途未卜之时,其仆从忠男担心地注视着将星的变化:"忽见将星抖动变色,摇摇欲坠。忠男知大事不妙,大声痛哭,牵马回归。行至江东桥下,仰望天空,见将星复明,光辉明

---

① 罗贯中:《三国演义》(第4版),第900页。
② 韦旭昇:《韦旭昇文集》第二卷,第451页。
③ 罗贯中:《三国演义》(第4版),第900页。
④ 罗贯中:《三国演义》(第4版),第901页。

朗,清澄皎洁,较前更甚十倍! 忠男满心欢喜道:'方才,天骗我。现在,将星光辉较前更为灿烂,必是将军事已得手,大功告成。'"①此外,《三国演义》中有许多呼风唤雨、降敌斗法的情节也被朝鲜军谈小说所借鉴,如《三国演义》中"少有神道"的左慈在与曹操周旋时:

> 慈掷杯于空中,化成一白鸠,绕殿而飞。众官仰面视之,左慈不知所往。左右忽报:"左慈出官门去了。"操曰:"如此妖人,必当除之! 否则必将为害。"遂命许褚引三百铁甲军追擒之。褚上马引军赶至城门,望见左慈穿木履在前,慢步而行。褚飞马追之,却只追不上。直赶到一山中,有牧羊小童,赶着一群羊而来,慈走入羊群内。褚取箭射之,慈即不见。褚尽杀群羊而回。牧羊小童守羊而哭,忽见羊头在地上作人言,唤小童曰:"汝可将羊头都凑在死羊腔子上。"小童大惊,掩面而走。忽闻有人在后呼曰:"不须惊走,还汝活羊。"小童回顾,见左慈已将地上死羊凑活,赶将来了。小童急欲问时,左慈已拂袖而去,其行如飞,倏忽不见。小童归告主人,主人不敢隐讳,报知曹操。操画影图形,各处捉拿左慈。三日之内,城里城外,所捉眇一目、跛一足、白藤冠、青懒衣、穿木履先生,都一般模样者,有三四百个,哄动街市。操令众将,将猪羊血泼之,押送城南教场。曹操亲自引甲兵五百人围住,尽皆斩之。人人颈腔内各起一道青气,到上天聚成一处,化成一个左慈,向空招白鹤一只骑坐,拍手大笑曰:"土鼠随金虎,奸雄一旦休!"操令众将以弓箭射之。忽然狂风大作,走石扬沙,所

---

① 韦旭昇:《韦旭昇文集》第二卷,第459—460页。

斩之尸,皆跳起来,手提其头,奔上演武厅来打曹操⋯⋯

　　却说当日曹操见黑风中群尸皆起,惊倒于地。须臾风定,群尸皆不见。左右扶操回宫,惊而成疾。①

左慈不仅能入壁中隐身,还能施法改变世人的面貌,乘坐白鹤飞天,呼风唤雨,甚至能让死者提着头来打曹操,不费一兵一卒就乱了曹营阵脚,把曹操吓得"惊倒于地",被扶回宫去,继而"惊而成疾"。而左慈却安然无恙,在空中拍手嘲笑曹操。这段左慈戏弄奸雄曹操的生动描写,无疑给读者一种大快人心的愉悦感和胜利感。

左慈戏曹操这一情节在《后汉书》中也有记载:

　　后操出近郊,士大夫从者百许人,慈乃为赍酒一升,脯一斤,手自斟酌,百官莫不醉饱。操怪之,使寻其故,行视诸炉,悉亡其酒脯矣。操怀不喜,因坐上收欲杀之,慈乃却入壁中,霍然不知所在。或见于市者,又捕之,而市人皆变形与慈同,莫知谁是。后人逢慈于阳城山头,因复逐之,遂入走羊群。操知不可得,乃令就羊中告之曰:"不复相杀,本试君术耳。"忽有一老羝屈前两膝,人立而言曰:"遽如许。"即竞往赴之,而群羊数百皆变为羝,并屈前膝人立,云"遽如许",遂莫知所取焉。②

相对于《三国演义》的描述,《后汉书》中对于此事的记述相对简短,但二者的故事结局不同,《后汉书》中曹操并未想杀左慈,但

---

① 罗贯中:《三国演义》(第 4 版),第 568—570 页。
② 范晔撰,李贤等注:《后汉书》卷八十二上《方术列传》,中华书局 1965 年,第 2747—2748 页。

《三国演义》中则写曹操亲自带兵围剿，左慈再次将其戏耍后逃脱。

　　拥有神仙道法始终是古代人们梦寐以求的，但在现实的战争中，正义并不总能战胜邪恶。许多情况下，战败的结局是无法扭转的。即便胜利也是用战士们的生命和鲜血换来的，所谓"杀敌一千，自损八百"正是这个道理。如果神仙道法能实现人们正义终将战胜邪恶的理想，不费吹灰之力就能克敌制胜，那也就不需要官兵的浴血奋战了。但这种在现实生活中不可能存在的神仙道法，却不影响其在小说中发挥作用，于是小说便成了作者们充分发挥想象痛击敌人，弥补现实生活中被侵略、被压迫缺憾的园地了。朝鲜古代历史军谈小说对《三国演义》等历史演义类小说多有借鉴，即是通过英雄们施展法术，将腥风血雨的战场变得充满奇幻色彩，还往往能在危急时刻扭转乾坤、反败为胜，如在《壬辰录》中丰臣秀吉与李如松的一场大战：

　　　　丙申三月初九日戊子，如松遂阵于青松县西，与秀吉接战，秀吉刻木为士，还在后，四面攻之，大军大败，士卒亡者过半矣，倭卒乘胜逐，收兵遁走，守仁同矣。秀吉亦屯兵天山西，秀吉化鹊入大军阵中，如松曰："此乃秀吉也。"拔剑示之，鹊飞去。秀吉曰："如松天出之将，不可易破也！"遂收兵而去。如松以轻骑锐卒逐之。秀吉阵于柒谷，假城北留之一日，秀吉化为云雾，中藏亿万军，欲袭破大军，如松见天机，令军中曰："今日大事当矣，汝士卒咸聚一处，束干戈向天！"德令入见曰："有何故军中下此令乎？"如松曰："君知彼云蔽中来乎？"德令曰："不知也。"如松曰："秀吉屯此云中，藏军兵，欲袭我阵矣。"德令曰："秀吉安在？"如松指云中曰："此乃秀吉之坐也。"德令踊四十余丈，以龙泉戈刺之云色中，秀吉堕下空中而死,余卒尽散,遂大破之,分道出攻,所向无前。[①]

小说赋予了丰臣秀吉、李如松、金德龄三位将领超凡的本领。丰臣秀吉可以刻木为士,化身为鹊,化为云雾,不仅可以通过变换之法隐藏自己的行踪,探查朝鲜军情,还可以对朝鲜军队设下埋伏。可以说丰臣秀吉已经算是法力高强之人了。在刻木为士,四面围攻朝鲜军队时,他给朝鲜军队以重创,超过一半的士兵都惨死于倭军的木兵之下。朝鲜军队损失惨重,而日本军队却还没有出师,仅依靠木兵就攻破了朝鲜军队的防卫。论战术谋略,论法术造诣,丰臣秀吉都是敌方一位相当有实力的、不可小觑的主将。然而,强中自有强中手,一山更比一山高。法力高强的丰臣秀吉评价李如松是"天出之将",对他充满敬畏之感,即便已经获得一场大捷也不敢轻举妄动。这从侧面烘托出李如松的法术实力绝不低于丰臣秀吉。在对两军将领斗法过程的描写中,作者似乎有意将道教阴阳五行之法熔铸其中,使它们相生亦相克。如丰臣秀吉会化身为他物,隐藏自己不被别人发现,而李如松却有一双慧眼,不论丰臣秀吉化身为何物都逃不出他的视线。再如丰臣秀吉会化身为云彩,带领亿万士兵悬在空中。而小说又赋予勇将金德龄跳跃飞天之术,竟能一跃四十余丈并准确地把空中的丰臣秀吉刺死。丰臣秀吉能"隐",李如松就能"见";丰臣秀吉能"藏得远",金德龄就能"跳得高"。作者将朝鲜军队必胜的结果放在他们正好相克的道术中加以表现,大大增强了小说的艺术感染力。

在中国历史演义小说中,成就一番大事业的军师将帅、奇才异士,其一身本领与法术往往为神人所授,这一点也被朝鲜古代

---

① 『壬辰錄』,林明德主編,『韓國漢文小說全集』四卷,431 쪽.

历史军谈小说所继承。如《壬辰录》中的金德龄："却说光州地方有名为金德龄者，自幼勇力出众，足智多谋。长成以后，曾偶往山中，遇一道士，与之共饮山谷石泉，力气陡增，力可举九鼎而不以为重……从此金德龄遂从道士游，三年之中，日日以舞枪弄剑为业。"[①]从中可见，他的本领是从仙人那里学来的。这一情节与《三国演义》十分相似，《三国演义》第一回中："那张角本是个不第秀才，因入山采药，遇一老人，碧眼童颜，手执藜杖，唤角至一洞中，以天书三卷授之，曰：'此名《太平要术》。汝得之，当代天宣化，普救世人。若萌异心，必获恶报。'"[②]张角之呼风唤雨之术就是从南华老仙那里学来的。此外，这两个人物的结局也很相似，都很不幸，其原因均是从仙学得本领后违背师父的教诲与"天意"，从而招致杀身之祸。这不是巧合，而是《壬辰录》的作者借鉴《三国演义》相关描写的缘故。

此外，《壬辰录》还创造了一些具有道教奇幻色彩的小故事。如明朝大将李如松在帮助朝鲜赢得壬辰战争胜利后，觊觎朝鲜的大好河山，竟有了不臣之心，不想回到明朝做个将军，想要留在朝鲜夺取王位。此时小说便塑造了一系列具有神异色彩的情节来警醒李如松，一个少年骑着青驴领李如松来到一间茅屋前：

　　　　有一老人身披鹤氅衣，手持白羽扇，出门欣迎曰："今朝鲜幸赖将军之力以安社稷，欲报之恩，罔极无涯，请将军听老人之言，我有三儿，才气过人，恐祸及吾家，愿将军为我杀之。"答曰："其子安在？"曰："二子出他，一子在后床梳头。"如松拔剑欲杀，长剑两次折断，少年辍梳其头，言之曰："吾欲杀将军，

① 韦旭昇：《韦旭昇文集》第二卷，第 444 页。
② 罗贯中：《三国演义》（第 4 版），第 1 页。

而将军以大国之将,受恩于我国,以安社稷,故不忍杀矣。勿生愚意而还国。"如松大惭,云云而退。①

从"青驴""仙鹤"这样的意象中,我们不难感受到其中的神道色彩。道教的仙人往往伴随着"驴""鹤"这样的神物,"八仙过海"中的张果老总是以倒骑驴的形象出现,传说他常常倒骑驴日行万里。其实早在晋代,陶渊明作《搜神后记》时就有两处提到骑驴,而这两处又均与僧道有关。又如崔鸿在《十六国春秋》中记杜慈在梦中见一人给他留下"宁留而同死,将去而同生"的判词,这样富有灵异色彩的角色也是乘着驴。陈抟是宋初著名的道教学者、隐士,是中国极富传奇色彩的一代宗师。在民间流传的故事里,他既是方士也是神仙,还成了"骑驴倒堕"这一典故的主人公。在众多神话与传说故事中,驴总是和具有神异色彩的主人公一同出现,仿佛神仙方士与驴已经成了一种固定的搭配。驴早已成为一个具有神异色彩的文化符号,一代代传承下来。早期,文人和方士对驴都有一种排斥感,因为驴其貌不扬,和骏马相比,显得又矮小又愚蠢。《尔雅翼·驴》云:"驴,似马而长耳,其毛庞褐,不甚骏异。《九怀》云:'骥垂两耳,中坂蹉跎。蹇驴服驾,无用日多。'驴既低小,而又不甚骏,故称蹇焉,则为无用甚矣。"②驴的价值虽无法和马相比,但它价格便宜,成了普通平民的代步和负重工具,一般是没有身份地位的人才骑驴。文人和方士要么身份显赫,要么志气清高,

---

① 『壬辰錄』,[韩]姜铨燮藏本,汉文抄本,转引自孙逊:《朝鲜"倭乱"小说的历史蕴涵与当代价值——以汉文小说为考察中心》,《文学评论》2015年第6期。

② 罗愿撰,石云孙点校:《尔雅翼》卷二十二《释兽五》,商务印书馆1939年,第236页。

相应的,他们也不愿乘坐代表平民阶层身份的驴。即便在民间,驴的脚力不如马,负重干活又不如牛,也常被认为愚蠢无用。但有一点,驴负重千里,虽慢却不易其志,谓之专注远志。这种特征恰恰与志趣高远、追求理想、永不言弃的文人和方士们十分相似。驴在日常生活中不受重视,也不在乎外人的评说,恰恰也是道家情趣所在。所以好驴渐渐地成了道家方士、隐士的一种自诩。方士骑驴,而方士修成正果飞升成仙以后,神仙也骑驴,渐渐地就形成了更多与驴密切相关的神话传说,驴成了道家、方士、隐士、神仙的一种象征符号。而青驴又是汉代谶纬神学所出的一种谶言,用来描绘天皇。所以《壬辰录》中少年所骑的青驴乃一种身份符号之暗示。

　　"鹤"这一意象所蕴含的神道色彩则更为浓厚,因而常常以"仙鹤"称之。"仙鹤"即丹顶鹤,在古代中国是仅次于凤凰的"一鸟之下,万鸟之上"的"一品鸟"。我们知道凤凰是人们根据想象虚构出来的神鸟,而丹顶鹤却是人世间可以见到的,它在古代人心目中的地位可想而知。仙鹤独立于岩石之上,翘首远望之时,姿态优美,高雅大方,颇有得道成仙之人的风采。仙鹤的色彩不艳不娇,鸣叫的声音清脆悠远,其寿命也长达五六十年,因此被认为是吉祥的代表,中国就有个成语叫"松鹤延年"。丹顶鹤栖居在沼泽或浅水地带,被冠以"湿地之神"的称号。虽然其生活环境与松树并不相同,但两者都因象征健康长寿而并称。鹤的形象早在殷商墓葬的雕塑中就已出现,春秋战国的青铜礼器中也有以鹤为造型的器物。道教修行典籍《云笈七签》称东汉道教创始人张道陵可驾驭仙鹤,其学习仙法道术的地方就叫"鹤鸣山",山上亦有"待鹤轩""听鹤亭"等建筑。明清两代,仙鹤的地位仅次于龙凤,被绣在一品文官的朝服上,其地位愈加神圣。再看《壬辰录》中老人衣服上的仙鹤图案,便可知该作品作者受中国道家思想影响之深。这样一个被精心安排的细节预示着神仙的出现。李如松想要刺杀少年时,长剑竟然两次折断,而少年却从容不迫,仍在悠然地梳头,表明了少年的力量是人力所不可战胜的。不仅如此,想要观察朝鲜的形势,并留在朝鲜夺取王位是李如松内心的想法,外人是无法知道的。而这一想法却被少年得知,并怒斥李如松的不良居心,显然眼前这位少年不是普通人,而是未卜先知的神了。

纵观《壬辰录》这部历史军谈小说,道教元素贯穿全书,以上只是几个表现降敌斗法、仙家道术和道家辩证思想的典型情节。此外还有老妪向李恒福出售李如松画像后消失、白马江龙被李恒福爱国之心感动献上龙肝、金德龄自由出入倭军阵营刀枪不入、金应瑞斗法小西飞、泗溟堂在日本以法术破解日本种种刁难等等。

《朴氏夫人传》中最具玄幻色彩的部分就是对"避祸堂"这个地方的来龙去脉的描写。因为外貌丑陋,朴氏在夫家备受轻视怠慢,但她并不因此恼怒,而是恳请公公为自己建造一座"避祸堂",以便她长时间待在这个清静的地方,不给夫家的人带来困扰。当公公询问原因之时,她回答说世间的祸福吉凶不可避免,以后如遇大凶大难,这里可以作为一个避祸之处,所以取名"避祸堂",并一再强调天机不可泄露。从朴氏这一举动可以看出她预料到了未来会发生战乱,具有普通人没有的超能力。另外小说中对这个"避祸堂"的描写也颇具道家思想特色。"避祸堂"四周方位不同,土壤颜色就不同:东方为青土,南方为赤土,西方为白土,北方为黑土,中央为黄土,中间是一棵"像行龙一般粗壮"的大树。"避祸堂"各个方位和土壤颜色的对应关系与中国的阴阳五行学说相吻合。阴阳五行学说是由战国时期邹衍提出的,邹衍所讲的"五德"即是《尚书·洪范》中所讲的金、木、水、火、土五种元素,这五种元素也称为"五行"。"战国末年有人把当时的天文历法学说和阴阳五行思想相比附,认为春夏秋冬和东西南北的方位都与阴阳五行有关。"①
按照阴阳五行学说,掌管四方和五行的神分别是:"东方天帝太皞,
属木,主春,因木为青色,故亦称青帝;南方天帝炎帝,属火,主夏,
因火为赤色,故亦称赤帝;西方天帝少皞,属金,主秋,因金为白色,
故亦称白帝;北方天帝颛顼,属水,主冬,因水为黑色,故亦称黑帝。
如果再加上'土德'的黄帝,则正好为五帝。"② 黄帝可视为居于四
方中间的位置。这样东方与青色相对应,南方与赤色相对应,西方
与白色相对应,北方与黑色相对应,中间与黄色相对应。小说中
方位与相应颜色的对应关系竟与之如此吻合,可见《朴氏夫人传》
的作者对阴阳五行学说颇为了解,也是按此学说来设计"避祸堂"
的。此外,小说将大树粗壮的枝干比作龙,而龙又是中国传说中最
为神圣、吉祥的神兽,用它来比喻"避祸堂"的树木,使其更具神奇
色彩。整个"避祸堂"都被一种神秘感笼罩着,也进而显示出建造
此堂的朴氏是一个具有预知未来的特异能力和神奇法术之人。小
说的后半部分,"丙子胡乱"爆发,"避祸堂"果然发挥了重要作用。
为了报仇,龙骨大火攻"避祸堂",朴氏作法天气大变,"避祸堂"的
树木也都变成将士,任她差遣,胡兵在神将面前只得节节败退,毫
无还手之力。通过这段描写,作者传达给读者两个信息:一是朴氏
所预言的祸乱和不幸确实发生了;二是朴氏所建的"避祸堂"确实
奏效了,并在战乱中起到了重要的作用。这两点瞬时将朴氏丑陋、
柔弱、一味顺从丈夫与公婆的弱女子形象转变为为国分忧、替家消
灾的巾帼英雄形象。此外,朴氏的父亲还通过法术将丑陋的朴氏
变得美若天仙,改变了朴氏被丈夫嫌弃、被婆婆讨厌的命运。可以

---

① 阴法鲁、许树安、刘玉才:《中国古代文化史 插图本(上)》,第 449 页。
② 阴法鲁、许树安、刘玉才:《中国古代文化史 插图本(上)》,第 450 页。

说,在《朴氏夫人传》中,道教元素展现得更为明显。

　　综上所述,从历史军谈小说对道教元素的运用中,我们不得不感叹中国的道教文化对朝鲜古代汉文小说创作产生的深远影响。事实上,无论在中国还是在朝鲜,道教思想由于不具有儒家思想教化民众、利于统治的功利性作用,始终无法成为主流思想。但它在民间的传播与发展却始终不曾间断过,朝鲜古代历史军谈小说就是很好的例证。道教元素的运用不仅增加了小说的文学色彩,还使故事情节富有浪漫主义气息。同时,神仙道法也成了历史军谈小说谋篇布局的一部分,作品中的仙术、道术往往起到预示情节发展趋向、推动情节发展至高潮、扭转情节发展趋势以及达成理想故事结局等方面的作用。古代朝鲜的小说家们喜欢用道教元素为作品增添玄幻色彩,把他们心目中的英雄神化,赞美他们为国家利益做出的巨大贡献。这样既满足了民众对英雄崇拜的心理,也刺激了读者的视觉效果,增强了小说的艺术性和可读性,道教元素的运用无疑在提升作品的文学性、完整性、给读者以新奇的审美体验方面起到了十分重要的作用。

第三节　历史军谈类汉文小说与中国文学传统

　　以古代朝鲜最为重要的两大战争为创作背景的历史军谈小说,全面展现了古代朝鲜的社会面貌,推动了朝鲜朝后期汉文小说创作高潮的到来,无论从历史角度还是从文学史角度,历史军谈小说都有着重要的价值和意义。朝鲜古代历史军谈小说虽在整体上有着强烈的民族自尊心、浓厚的民族意识、忧郁感伤的民族文化心理,表现出独特的朝鲜民族特点,但我们仍可以明显地感受到其中的中国文学传统。

一、史传文学的叙事手法

朝鲜半岛的史学文化是在中国的影响下形成的,产生较晚。在世宗大王颁布"训民正音"之前,古代朝鲜民族没有自己的民族文字,以汉字为书写工具。因此,最初朝鲜本国的史书不仅用汉字书写,而且直接采用中国史籍的编撰形式、体制和叙事行文规范。在这种情况下,古代朝鲜想发展本民族的史学文化就只能接受中国的语言文字和蕴含在中国语言文字之中的中国史学观念。古代朝鲜文人与中国文人一样以编修国史为荣,而这些编修国史的文人也正是古代朝鲜汉文学创作的中流砥柱,因而在他们的文学创作过程中,对中国史学体例、史学思想、史家精神、笔法等全方位地吸收和借鉴,其史学思维带有明显的"中国式"印记。古代朝鲜对中国史学的借鉴经历了接受、模仿与内化三个阶段,中国的史传文学传统最终深深熔铸到朝鲜文化中,成为朝鲜文化不可分割的一部分。

朝鲜古代历史军谈小说呈现出鲜明的纪传式叙事结构特征,有着明显的中国史传文学印记。历史军谈小说均以战争为背景,以历史人物、历史事件为中心展开叙述,其叙事结构主要采取中国史传文学"一人一代记"的纪传体模式结构全篇。这种模式源于中国第一部纪传体史书《史记》,其特点是尽量保持人物生平经历的完整性,按照时间顺序,以人为中心,以人记事,通过记叙人物活动来反映历史事件。与"编年体式"的小说不同,"纪传体式"的小说结构以人物为中心,以人的行为推动整个事件的发展。《林将军庆业传》即是朝鲜古代历史军谈小说"纪传体式"的叙事结构的代表之作。从这部小说的名字就可以看出其中心是围绕一位主人公的事迹展开的。正如韩国学者金起东所说:"一看韩国古典小说的标题就使人联想到人物传记。不仅标题如此,而且在事实上韩国古典小说几乎都套用传记体的写法。"①

> 林庆业者,忠州人也,字英伯。登武科,累官至节度防御使。庆业为人,短少精悍,多大略。所之,出奇计立名绩,其料敌如神,动中机宜,人莫不称之。顾为用事者所沮抑,竟不能尽其志。识者惜之。庚辰,清人攻锦州,请兵于我国。朝廷以庆业为水军将,往赴。②

《林将军庆业传》一开篇就交代出林庆业的整体情况,区区百余字就将林庆业的籍贯、字号、官职、处境、能力及其庚辰年间被派往明朝抵御清军诸事全盘托出。其后小说又叙述了他的成长过程,如何投奔皇宗裔屡立战功,如何被马弘周出卖被清廷捉去,最后清主感念他的忠贞放他回朝鲜,却不曾想刚回到朝鲜就被奸臣金自点杖杀而死。

在叙事结构上受史传文学影响的历史军谈小说中,《壬辰录》最具代表性。其外部采用"编年体式"结构,主要表现战争过程,内部又兼具"纪传体式"结构特点,重点表现战争中涌现出来的民族英雄们。整部小说呈现出"点线结合"的叙述体式。"线"即指小说主要事件发生的时间,"点"即指小说中的人物。所有"点"都被"线"串在一起,形成一个有机整体,而各个人物的相互交汇又编织出了一个又一个精彩的故事,这种结构与《史记》不谋而合。

---

① [韩]金起東,『李朝時代小說論』,二友出版社,1974,28 等.
② 『林將軍慶業傳』,『韓國文集叢刊』第 151 冊『荷塘先生文集』,民族文化推進會,1988,365 等.

整部小说主要围绕"壬辰倭乱"发生的全过程展开描写,小说以"壬辰倭乱"的爆发为起点,以"壬辰倭乱"的胜利为终点。以"壬辰倭乱"从始至终这条时间线作为整部小说的线索,所有的人物和时间都围绕这条时间线展开。而把小说中的英雄人物作为点,将这些英雄人物像串珍珠一样联结在战争的发展过程之中。《壬辰录》中的战争进程大体上是通过以下几个环节展开的：

1. 倭军大举入侵朝鲜半岛,先后攻占釜山、汉城等地,朝鲜处于节节败退的不利境地。

2. 明朝首次向朝鲜派出援兵,祖承训失利。

3. 李舜臣在海上重创敌舰。

4. 各地义兵及爱国英雄风起云涌,如郑文孚、郭再祐、金德龄、泗溟堂等。

5. 明朝李如松第二批援军入朝,金英瑞刺杀平壤敌守将,收复平壤。

6. 朝、明两军联合南下,歼敌于公州。敌军主将清正被金英瑞斩杀,明朝士兵撤退回国。

7. 丁酉年,倭军再次大举进犯;元均于海上受挫,战死。

8. 李舜臣再度统帅朝鲜水军,彻底击溃敌舰队。

9. 泗溟堂身负重任远渡日本,接受日本的投降。

小说几乎从始至终都以时间的推进展开,尤其是前半部分,壬辰战争中的朝鲜民族英雄还未出现之前,作者基本是在按照时间顺序平铺叙事。虽然结构单一,行文略显单调,缺少人物和情节的跌宕,但故事的发展以时间为主线,使人可以清晰感受到战争的进程。随着时间的推移,战争从败退阶段转向反攻阶段,一大批爱国英雄人物开始涌现,这些英雄人物作为独立的点被串在时间的线上,先后上演了动人的篇章。每一个人物的故事单独来看,都有深深的英雄传记烙印,虽然独立但又被统一在一条时间的线上,顺序交互出现,保持了整个作品的完整性。如李舜臣在小说中第一次亮相是在露梁、安骨浦等地与日军在海上激战,大胜而归。紧接着引出民族英雄郑文孚,将他的故事一次性叙述完成。随后,泗溟堂以僧人义兵组织者的身份第一次出现。笔锋一转,又一次性叙述了郭再祐的事迹。在几番交替后,李舜臣和泗溟堂第二次出现。这种以纪传体为主的叙事模式几乎被所有历史军谈小说采纳,其内部又以复杂曲折的情节连缀成篇。

　　值得一提的是,历史军谈小说还借鉴了中国史传文学常用的预叙手法。这种手法早在先秦两汉时期的《左传》《史记》中就常用来暗示故事的结局。朝鲜古代历史军谈小说也常采用神仙托梦、仙道预言的方式预叙故事的发展趋势。如《壬辰录》中,关羽托梦告诉朝鲜王战争即将爆发,又以同样的方式告诉李如松即将有一场水战。在前线作战的李舜臣梦中朦胧见一白发老人现于面前,叫他速速起身,"眼下贼兵正急袭而来",结果不仅避免了一次被偷袭,还大败倭军。预叙手法的运用,给历史军谈小说增添了许多神秘色彩,并起到推动情节发展的作用。

　　此外,历史军谈小说对复杂战争的描写呈现出宏大叙事、散点透视的特点,也是受到了《三国演义》的直接影响。《三国演义》采用了全景式的战争描写,充分显示了战争的复杂和多样性。在描写战争时,把战略战术、政治斗争以及主将的军事才能和智慧联结在一起。如诸葛亮的《隆中对》,就已经看清了天下三分的局势,并根据对方的实力进行了下一步的战略部署及实施。事实上,这种对复杂事件和宏大场面的驾驭在中国的史传文学中早已有之。如《史记》中,无论是头绪众多的历史事件,还是人物错综复杂的重大场面,司马迁都写得条理清晰,并善于从全局眼光看待历史。如他在叙述西汉前期的"诸吕之乱"①和"七国之乱"②时,对天下大势已有整体的把握,根据事态的轻重缓急将历史事件的起因和经过娓娓道来,显得秩序井然,毫无零乱之感。朝鲜古代历史军谈小说借鉴了这一史传传统,《壬辰录》开篇便借玄苏之口将日本侵略朝鲜的战略思想展现于读者面前:

玄苏道:

"如欲击朝鲜,进而深入中原,现下宜先派四将渡越北海,抵釜山境内。另派两将由陆路攻入全罗、庆尚及忠清三道。如此,则朝鲜王必将被迫逃往平安道。再派两将,由水路行船经长山岬,驻兵于各地。再派一支军队至鸭绿江,切断其通往中原之路,使朝鲜请求援兵之使臣无法进入中国。然后,我大军前后夹攻,可生擒朝鲜王。占领都城之后,再攻占平安道,征发朝鲜兵丁,以攻取辽东。随后日本军队掩袭中原,则得天

---

① 诸吕之乱:是西汉初期,在朝的吕氏一党扰乱朝政的行为及由此引发的众大臣带兵反攻的一系列事件。刘邦死后,汉惠帝刘盈生性懦弱,优柔寡断,大权渐渐旁落吕后之手。刘盈病死后,吕后独揽朝政,极力培植吕家势力,朝中老臣与刘氏宗室深感愤慨,但都惧怕吕后残暴而敢怒不敢言。吕后病死后,诸吕惶惶不安害怕遭到伤害和排挤,于是便在上将军吕禄家中秘密集合,共谋作乱之事,以便彻底夺取刘氏江山。此事传至刘氏宗室齐王刘襄耳中,刘襄为保刘氏江山,决定起兵讨伐诸吕,随后与开国老臣周勃、陈平取得联系,设计除掉了吕氏家族。

② 七国之乱:是发生在西汉景帝时期的一次诸侯国叛乱。汉景帝即位后,御史大夫晁错提议削弱诸侯王的势力、加强中央集权。景帝三年(前154),汉景帝采用晁错的《削藩策》,先后下诏削夺楚、赵等诸侯国的封地。吴王刘濞联合楚王刘戊、赵王刘遂、济南王刘辟光、淄川王刘贤、胶西王刘卬、胶东王刘雄渠等刘姓宗室诸侯王,以"清君侧"为名发动叛乱。由于梁国的坚守和汉将周亚夫所率汉军的进击,叛乱在三个月内被平定。七国之乱的平定,标志着西汉诸侯王势力的威胁基本被清除,中央集权得到巩固和加强。

下易如反掌矣!"①

　　小说中玄苏的话便是日军侵略朝鲜的整个战略设想,先从釜山登陆,由南向北推进,随后再由海军加以配合,阻断中国和朝鲜的往来要道,再征用朝鲜士兵,最后征服中国。这是日军的整个战略意图和战略部署,在后来的实际行动中,小说也确实是按照这个战略意图进行描写的。从这里我们不难感受到作者想全方位地反映壬辰战争的起因和经过,通过分析日本与朝鲜、中国的地理位置,揭示日本的战略部署,让读者从整体上把握日本的侵略阴谋和战争的全过程。

　　中国史传文学的道德倾向性也对朝鲜古代历史军谈小说产生了重要影响,最典型的就是对《三国演义》中"拥刘反曹"这种褒贬分明的史传文学传统的借鉴。如《林将军庆业传》中"我为国家归大明,荡平奴贼。上以报壬辰之恩,下以洒丙子之耻"② "盖欲为天朝灭奴贼,雪本国之耻,报皇上之恩"③,从林庆业与明将的对话中明显感受到拥明反清的思想倾向。《壬辰录》"作者的态度却是鲜明的尊明贬清,如把南京的统治者(隐指明朝皇帝)尊称为'皇帝'、'天子',而把北京的统治者贬之为'胡王'——隐指清朝统治者"④。此外,《三国演义》的悲剧气氛也对历史军谈小说产生了较为明显的影响。《三国演义》作者的立场是"拥刘反曹",但刘备的

----

① 韦旭昇:《韦旭昇文集》第二卷,第403页。
② 『林將軍慶業傳』,『韓國文集叢刊』第151册『荷塘先生文集』,民族文化推進會,1988,365等.
③ 『林將軍慶業傳』,『韓國文集叢刊』第151册『荷塘先生文集』,民族文化推進會,1988,366等.
④ 汪燕岗:《韩国汉文小说研究》,第132页。

仁爱、诸葛亮的贤能也未能让实行仁政的刘姓汉室获得天下,相反却为暴力的曹姓魏国所替代,整个作品展示的是仁君贤相的理想在现实中渐趋破灭的过程,充满了悲剧气氛。与《三国演义》的悲剧性结局不同,《壬辰录》虽以国家遭受侵略为始,但最终是以国土的收复和对敌的胜利而告终,形式上虽不是悲剧,但从作品中一些人物的遭遇来看,其悲剧成分并不少。最为典型的是心怀灭敌壮志,却未能如愿,空怀卓绝之才而未能施展的金德龄,"身在丧服之中,不能出战","深感忠孝不能两全"的他凭借法术出入敌营,意在用自己的方式惩罚和儆诫倭寇,却被疑为通敌而被缚。

金德龄奏道:

"身为臣子,未能救君王于危难之中,罪当死无惜,无可辩明者。惟臣未能献身于战场者,实系家父亡,居丧在家,侍奉病中老母之故。连续三日出入于敌营中者,实为臣图以已(己)身之风云造化,以道术之功显神威于敌将之前,俾使敌将惊惶畏惧而撤兵自去。此种做法实系计策,别无其他不良之意。臣罪当诛,万死不辞。"

……

德龄奏道:

"忠臣孝子,宁愿受天诛戮,死于刑杖之下,而不甘心死于人力之下!臣之愿言者:不久倭乱必将复生,臣不能参加彼时灭倭之战斗,憾甚!怨甚!如殿下必处死臣方能罢休,则臣求赐刻匾额一幅,上书'空前绝后孝子忠臣金德龄',悬于旌门之上以为表彰,则臣即死无豫。"①

---

① 韦旭昇:《韦旭昇文集》第二卷,第469页。

　　金德龄明明拥有"三万鸟枪之射击而安然遁去"的奇异本领和才能,但最终还是困于"君让臣死臣不得不死"的牢笼而放弃抵抗,"憾甚! 怨甚!"的金德龄甚至主动说出自己的软肋,惨死于小人的陷害之下。而最为讽刺的是君王为了让他伏法,答应他的请求赐予他"空前绝后孝子忠臣金德龄"匾额,既然是忠臣为何要死于刑罚之下? 既然有灭倭之志,为何不死于抗敌报国的战场?"金德龄的悲剧,并不限于是他个人的悲剧,而本质上是时代的悲剧,包含着极为深刻的时代性,时代内容。"① 金德龄并不是个案,他的遭遇是朝鲜当时许许多多有名或无名英雄遭遇的一个缩影,这也是作者发出"哀哉! 可怜一代英雄,天寿已终,立毙杖下! 奈何,奈何?"② 之慨叹和不惜笔墨塑造这一形象的缘由。金德龄是《壬辰录》中塑造得比较成功的一个形象,既以史实为依据又超越史实,有着文学创作的虚幻色彩,充满浪漫主义气息。但这一形象也存在缺点:"其主要缺点是只提及金德龄的蒙冤惨死是因为遵母命守丧和数度进出敌阵使人产生了怀疑和误解,对他蒙冤的最本质的原因——政治原因却只字未提。如上所述,他的才能未能施展,甚至是被滥用、浪费,这正是李朝政治腐败、党争排挤人才所造成的。"③ 再如屡立战功的李舜臣,被倭寇视为眼中钉,倭寇利用朝鲜朝嫉贤妒能的佞臣及国王的昏聩糊涂,使这位令敌人闻风丧胆的爱国英雄也难逃悲剧的命运,被扣上通敌叛国的罪名,罢官下狱,几近丧命,致使海军几乎完全葬送于庸将元均之手。相较而言,虽然李舜臣和金德龄的人生遭际都具有悲剧色彩,但李舜臣身上体

---

① 韦旭昇:《韦旭昇文集》第二卷,第122页。
② 韦旭昇:《韦旭昇文集》第二卷,第470页。
③ 韦旭昇:《韦旭昇文集》第二卷,第124页。

现出的更多的是悲壮,而金德龄身上更多的是悲惨,因此,金德龄的悲剧意味更为浓厚。又如《林将军庆业传》中,林庆业为国拼死抵抗清军却无力回天,这样一位叱咤风云的爱国民族英雄到头来虽被清主放回却还是惨死在奸臣金自点的杖下,令人扼腕叹息。

综上所述,史传文学是独具特色的一种叙事范式,它影响了中国历代文学的创作,影响了朝鲜半岛史学的编撰体例和史学观念的形成,更影响了朝鲜半岛的文学创作。因此我们在阅读朝鲜古代历史军谈小说时,不应割裂其与中国史传文学的关联。

二、虚实相渗的故事情节

朝鲜古代历史军谈小说与中国历史演义小说均是以历史为题材,以历史史实为依托,但作为文学作品,艺术虚构也是必不可缺的。小说的创作者往往凭借合理的想象,对历史事件进行艺术的再现。"《三国志演义》是在陈寿《三国志》等历史记载的基础上,按照一定的美学理想所创作的一部历史演义小说,有虚有实。清代的章学诚认为它是'七分事实,三分虚构'。这个定量的分析被后人普遍接受。但《三国志演义》之所以在虚实结合方面比较成功,主要不是在'量'的搭配上比较合理,而是在对小说与历史的'质'的差异上有着比较清醒的认识和恰当的处理。它在按照一定的政治道德观念重塑历史的同时,也根据一定的美学理想来进行艺术的创造,使实服从于虚,而不是虚迁就实。小说中的主要人物形象已经全非历史人物的本来面目,情节故事也多经过张冠李戴、移花接木、添枝生叶等艺术处理。"[1] 曾有学者分析,《三国演义》的

---

[1] 袁行霈:《中国文学史》(第3版)第四卷,高等教育出版社2004年,第26—27页。

艺术虚构有主观抒情、移花接木、添枝加叶、合理想象、细节的虚构等。在这些手法中,《壬辰录》中除移花接木外,其他手法都有运用[①],足见历史军谈小说的叙事手法与中国文学传统的密切关联,以及朝鲜半岛的小说家们对这些手法的娴熟运用。

历史军谈小说中虚与实结合手法的运用主要体现在两个方面:一是历史人物与小说人物的虚实相渗;二是历史事件与故事情节的虚实相渗。

历史人物与小说人物的虚实相渗又有两种风格,即带有神道玄幻色彩的人物虚构和对不带玄幻色彩的现实人物虚构。带有神道玄幻色彩的人物虚构是《壬辰录》中对人物描写比较有特点的一种,如关羽多次托梦给朝鲜国王,不仅预言了壬辰战争的爆发,为其军事战略出谋划策,还亲自援助朝鲜进行抗倭战争。关羽是中国汉代的人物,作品中将关羽虚构为神并不是让人们相信真的有神灵存在,而是让人们相信关羽所代表的忠君爱国精神是真实的,中国与朝鲜之间的情谊是真实的,中国援军在帮助朝鲜取得壬辰战争胜利过程中所起到的重要作用是真实的。再如金德龄,他的确是朝鲜历史上真实存在的抗倭将领,曾卖掉田宅组织义兵与倭寇斗争,是"忠勇军"的统领。小说作者赋予这位信史中的人物以仙法道术,在忠于史实的基础上,塑造其特异的才能。他能够使用隐身术,穿过千军万马来到敌军阵营之中。倭将士兵们向他射箭,他却毫发无损,继而将十万倭军士兵头上的白旗轻松收入袖中。"三万将兵一齐放枪,声如炮鸣,震天动地。德龄却早已不见,无踪无影。稍停,德龄安步当车,自门外悠悠步入,直抵清正面前

---

① 参见韦旭昇:《韦旭昇文集》第二卷,第364—365页。

站住。"① 使"熟习法术"的清正都发出"此人竟如此精通法术，真乃天神下降也"② 的感叹。而且他一出现就伴随着天气的异常，直到作法结束。现实生活中的人是不可能有如此呼风唤雨的能力，这显然是根据历史上金德龄的赫赫威名和其精湛的武艺进行夸张和虚构的。小说借金德龄之手惩罚敌人，又借金德龄之口谴责倭兵。金德龄的法术是假的，但其表现的民族自豪感是真的，其对倭兵将士的鄙视和憎恶也是他和整个朝鲜军民共有的真情实感。此外，历史军谈小说也对反面人物进行了大量虚构。《壬辰录》中作者赋予倭兵将领小西飞以超凡的能力，并将他虚构成一个全身长满鳞甲的怪物，从桂月香劝导金应瑞放弃刺杀的言语中可以看出小西飞绝非常人：

> 将军纵有力拔泰山之勇，亦难为小西飞之敌手！更莫论斩杀小西飞！小西飞之勇猛，盖世无双，无与伦比。此人全身皆覆有鳞甲，其坚如钢。呼气则鳞甲伏下，吸气则鳞甲翘起，刀剑不入，利矛难穿，无人能将他斩杀……虽躺卧睡眠，时值三更，则以耳细听，以眼窥视；时值五更，则以眼细听，以耳窥视。之后，方圆睁双眼，睡入梦乡。③

"全身皆覆有鳞甲"的小西飞可谓异人，"刀剑不入，利矛难穿"，无人能将他斩杀，但在桂月香的帮助下金应瑞还是找到小西飞的弱点，砍下他的头，但其"无头身躯"竟能"一跃而起"，拔剑

---

① 韦旭昇：《韦旭昇文集》第二卷，第 447 页。
② 韦旭昇：《韦旭昇文集》第二卷，第 447 页。
③ 韦旭昇：《韦旭昇文集》第二卷，第 456—457 页。

"向梁上一挥"，金应瑞战衣被他割下一角，房梁也被齐腰砍断，可见小西飞武功之高且并不是一刀可以毙命的。这虽有夸张描写之嫌疑，但似乎也暗示着壬辰战争不是轻易就能取得胜利的，作者似乎有意通过对异于常人的小西飞的描写来反映战争中敌军实力之强大，战争之曲折。同时，山外有山，人外有人，小西飞的法术纵然具有超常能力，但金应瑞则更胜一筹，借此表明朝鲜人民赶走侵略者的必胜信心。又如西山大师，在真实的历史中，他组织了僧人义兵抵御侵略，是著名的爱国人士，小说中对他的描写也加入了非常多的神化手法，充满了仙人色彩，作者赋予他超人的智慧和神奇的法术，是一位法力无边、智慧超凡的高僧。

> 　　至山谷口仰见松岩之上有伟弁大师，倚杖而立，怒骂曰："今汝十万大盗，吾当一剑尽斩，而以慈悲生人之心放送，斯速退走！"
>
> 　　贼将其言，对曰："山僧锡杖何能当万人乎？"西山手提沙瓶而抽笔濡朱红瓶项，示贼兵曰："汝贼但视项，皆朱红之痕！"贼兵相视相项，则人皆有朱丝痕。首将大惊，拜辞其真佛而退兵走，不敢复入青天江以北。①

松岩之上的"伟弁大师"便是西山大师，以笔濡朱红瓶颈的法术使倭兵颈上皆出现红色痕迹而吓退十万敌军，使其再不敢进入青天江以北地区。关于西山大师的事迹，除《燃藜室记述》《东国名将传》、李瀷的《星湖传说类选》卷九中的记载以外，《李朝实录》的《宣祖修正实录》卷二十六也有记载。从相关史料记载中可知，

———————

① 韦旭昇：《韦旭昇文集》第二卷，第531页。

西山大师在僧人义兵中威望和地位极高,壬辰卫国战争爆发时,他已七十二岁,虽年事已高,但积极向分散在各地的弟子发出号召,组织僧兵五千余人保家卫国,在收复平壤的战役中发挥了不小的作用,因此受到宣祖的嘉奖,封他为"八道十六宗总摄"。小说中的西山大师和史实中的西山大师颇有不同,小说没有提起他号召和组织义兵的事,更没有写他被宣祖授予僧人义兵总指挥的情形,而是着重刻画了他作为朝鲜国师的价值,在关乎国家存亡的重大决策上的贡献和智慧。他推荐了在收复平壤战役中起关键性作用的年轻将帅金应瑞,举荐了赴日本谈判取得胜利的外交家泗溟堂,"可以说,小说中的西山大师虽未曾指挥一兵一卒,未曾挥刀射箭,却对战争作了决定性的重要的贡献,比之于史实中他兴僧兵、助官军的作用,大得多,重要得多了"[1]。之所以出现这种现象,与统治阶层对西山大师的高度评价、朝鲜民众对僧人义兵爱国行动的赞赏褒扬和其作为佛寺高僧的神秘身份不无关系,正如韦旭昇先生评价的那样:"这个文学的形象反映的已不完全是史实中的本来形象,而是包含着统治阶级的影响、人民群众的想象以及时代风尚的一种艺术产物了。"[2]

历史人物与小说人物的虚实相渗,除了对带有神道玄幻色彩的人物虚构外,对不带玄幻色彩的现实人物也进行了虚构,即人还是普普通通的人,没有法术也没有特异的功能,但发生在人物身上的事件是虚构的。如《壬辰录》中的桂月香,被作者塑造为美丽深情、机智勇敢又能顾全大局的巾帼英雄形象。历史上的桂月香与金应瑞素不相识,小说却将他们塑造成一对恋人,在儿女情长与国

---

① 韦旭昇:《韦旭昇文集》第二卷,第 134 页。
② 韦旭昇:《韦旭昇文集》第二卷,第 136 页。

恨家仇的矛盾纠葛中,桂月香毅然选择为国献身。通过虚构,小说将她塑造得比历史上更加丰富而饱满。

历史军谈小说也不乏对历史事件与故事情节的虚实相渗,为了使情节更为激动人心、人物形象更为高大,作者经常通过合理的想象加入虚构的故事情节。如《林庆业传》系列小说中,有些版本在叙述林庆业与伽鞑的战斗时,着重突出他英勇威武的形象。虚构他受国王之命,与李时白一起出使中国。而此时正巧遇上胡国受到伽鞑入侵向中国明朝请求援助,朝廷一时选不到合适的人选作统军将领,便封林庆业为大将军赴胡国支援。林庆业率兵击退敌人之后,胡国非常感谢他,为他立了"万世不忘碑"。但在史籍《林忠愍公实记》中并未找到相关的记载。不仅如此,小说还将胡国侵略朝鲜的历史虚构为胡国君主因忌惮林庆业而选择绕过北方。而真实的历史是林庆业确实在白马山城拖延了胡军,但也只是杀死了一名士兵,其威慑力远没有小说中那么强大。

综上,朝鲜古代历史军谈小说在真实与虚构情节的处理方面对《三国演义》多有借鉴。究其原因,首先,小说这一文学形式只有进行合理的艺术虚构才能实现审美特质;其次,壬辰战争惨烈,朝鲜人民多次战败,死伤惨重。对战争过程的合理虚构可以弥补现实中无法达成的理想,这是民族自尊心的一种体现,也是一种"精神胜利法";再次,历史军谈小说中褒扬民族英雄是其创作的主要目的,虚实结合的创作手法有助于塑造更加完美的英雄形象;最后,读者的期待也是历史军谈小说采用虚实结合手法的重要原因。事实上,正是源于对中国文学传统中虚实相渗写作手法的成功借鉴,使历史军谈小说更富有传奇性、神秘性和感染力,增添了小说的艺术色彩,使得小说的故事情节更加生动,人物更加鲜活,充满了传奇色彩,这也正是这类历史军谈小说的成功所在。

三、鲜明生动的人物刻画

《三国演义》不仅从精神品格与内在思想上起到了引导和示范作用,在小说创作手法上面更是给予了朝鲜文人们以借鉴和经验。《三国演义》塑造人物的方法,如出场定型法、反复渲染法、用细节来突显人物性格及对比、烘托等手法均对朝鲜古代历史军谈小说的创作产生了颇深的影响。《三国演义》和《壬辰录》同为军事战争题材,其创作目的均是为了歌颂在乱世中涌现出的各路英雄。因此,在故事情节方面,二者均紧紧围绕人物事迹展开,通过动作描写、语言描写、细节描写等,多角度、多方面来表现人物的形象,突显其独特的性格特征。

动作描写、情态描写是历史演义小说、历史军谈小说在塑造人物时常用的手法之一,如《壬辰录》中对李舜臣中弹疗伤情节的描写与《三国演义》"关羽刮骨疗伤"的情节十分相似:

　　　　舜臣被射中肩部,鲜血如注,染污甲胄。回到本阵,诸将大惊,脱去甲胄审视,铁丸已深入肌肉二三寸。诸将心惊胆寒,无措手足,惶然不安。李舜臣却面不改色,泰然自若,安坐席上,令医士以刀割开肌肉,取出铁丸。将兵见此,莫不吐舌失色。
　　　　铁丸取出之后,将药敷上创口,包扎停当。李舜臣方躺下将息。忽又思量,为大将者,身当此时而卧床静养,则军政必陷于紊乱,乃自语道:
　　　　"大丈夫岂能为此区区小伤而歇息静养?"
　　　　立时起而率领战船折回闲山岛,安营于陆地,犒赏将兵,之后,方顾调理养伤。①

----

① 韦旭昇:《韦旭昇文集》第二卷,第 435—436 页。

　　李舜臣在战斗中中弹,从"鲜血如注,染污甲胄""深入肌肉二三寸"等正面描写可知其受伤之深,从"诸将大惊""心惊胆寒"等侧面描写进一步印证其伤势之重。在没有任何药物的辅助下,他让医生硬生生"割开肌肉",取出弹片。在取弹片的过程中,他"泰然自若,安坐席上",与诸将的"无措手足,惶然不安"形成鲜明对比,进而使将兵"莫不吐舌失色"。为了战事,他顾不上休息静养,立即率领战船折回了闲山岛。一连串的动作描写和情态描写将一位视死如归、英勇无畏的爱国英雄形象跃然于读者面前。这段描写显然是受到《三国演义》的影响,在《三国演义》中关羽刮骨疗伤这一情节就是通过丰富的动作描写、神态描写等来展现关羽坚韧英勇的性格特征的。华佗"用刀刮骨,悉悉有声",在场官兵"皆掩面失色",与此相对的关羽却是"饮酒食肉,谈笑弈棋",看上去丝毫没有"痛苦之色",但"血流盈盆"足以说明刮骨之惨烈。刚缝好伤口关羽便伸缩手臂,以至于神医华佗发出"某为医一生,未尝见此。君侯真天神也"的感叹。前后对比,不难发现,《壬辰录》中李舜臣从受伤、割肉疗伤,到疗伤过程中的面不改色、从容自若,再到疗伤后的表现均能看到关羽的影子。同样巧合的是,射中关羽的毒箭,正是他"水淹七军"时樊城守将所射;而击中李舜臣的流丸,亦是他"火攻马得"时贼寇所发。"叙事上的诸多巧合,只为了凸显李舜臣与关羽的相似,暗示李舜臣是'朝鲜的关羽'。"[①]

　　个性鲜明的语言也是历史军谈小说的一大特色,语言描写往往能够最直接地表现出人物的性格特点和心理活动,是塑造人物形象的一个重要手段。在语言描写方面,历史军谈小说对《三国演

① 王乙珈:《韩国汉文小说〈壬辰录〉研究》,硕士学位论文,上海师范大学中国古代文学专业2017年,第98页。

义》也多有借鉴。《三国演义》的经典片段"温酒斩华雄",运用生动的语言描写和动作描写,让我们看到一个自信勇猛、骁勇善战的关羽形象:

> 关公曰:"如不胜,请斩某头。"操教酾热酒一杯,与关公饮了上马。关公曰:"酒且斟下,某去便来。"出帐提刀,飞身上马。众诸侯听得关外鼓声大振,喊声大举,如天摧地塌,岳撼山崩,众皆失惊。正欲探听,鸾铃响处,马到中军,云长提华雄之头,掷于地上,其酒尚温。①

"酒且斟下,某去便来"体现出关羽的自信,继而一个"提"字、一个"飞"字、一个"掷"字将其武艺高强、技压群雄的英勇形象展现得淋漓尽致。历史军谈小说也采用了这种简约而又富有个性化的语言描写手法,如《壬辰录》中,往往通过三言两语便将不同的抗倭英雄写得各具特色:

> 李舜臣:"深怀忧国忠忱。舜臣早先曾预知将有倭患,乃建造战船四十艘。"②
> 郑文孚:"听说倭将清正占领咸镜道全境以后,气焰嚣张,胡乱封官,不胜愤慨,意欲而抗击倭贼。"③
> 郭再祐:"不久我等之父母妻子必将遭受倭寇之捕杀、蹂躏。我村中可以出战的壮丁不下数百人,应同心协力。奋起

---

① 罗贯中:《三国演义》(第 4 版),第 44 页。
② 韦旭昇:《韦旭昇文集》第二卷,第 432 页。
③ 韦旭昇:《韦旭昇文集》第二卷,第 437 页。

坑敌,坚守鼎津。如此,则可保乡里之平安,我等决不能坐等
敌人之杀戮!"①

　　金德龄:"突逢倭乱,颇有志乘于乱崛起,以施展膂力,发
挥才能。"②

　　桂月香:"妾当竭尽忠诚,尽心尽力,效命以报。"③

　　从这些个性鲜明的语言中,我们可以感受到这些爱国志士、
民族英雄,不同的身份、迥异的性格和鲜活的形象。李舜臣与郑文
孚都是朝廷官员,都怀有忧国忧民、为国家鞠躬尽瘁的忠君报国思
想,因此他们的言语站位较高;郭再祐不是朝廷官员,而是一名义
士,他的语言中流露出的更多的是对乡里的牵挂;金德龄身怀绝
技,他的语言更多展现的是他的自信,欲在斗争中大显身手;桂月
香虽为女儿身,但在国家危难之际,不畏艰险,宁愿牺牲自己的性
命帮助金应瑞斩杀倭将小西飞,一个巾帼英雄的形象跃然纸上。

　　《三国演义》善于塑造具有特征化性格的典型人物,为了突出
展现人物的某一方面特征,往往以舍弃该人物其他方面特征的方
式来塑造形象,这类形象具有类型化的特点。如曹操的奸诈多疑、
关羽的忠肝义胆、刘备的仁爱宽厚、诸葛亮的神机妙算、鲁肃的忠
厚老实等。但其缺点是由于刻意甚至夸大人物形象的某一特征而
有意忽略其他,会造成人物形象的虚假感,恰如鲁迅先生评价的那
样:"欲显刘备之长厚而似伪,状诸葛之多智而近妖。"④《壬辰录》
也同样采用了这种手法,如对金应瑞这一形象的塑造,从民族英雄

---

① 韦旭昇:《韦旭昇文集》第二卷,第443页。
② 韦旭昇:《韦旭昇文集》第二卷,第444页。
③ 韦旭昇:《韦旭昇文集》第二卷,第457页。
④ 鲁迅:《中国小说史略》,第99页。

视角,抓住其勇武超群、战功显赫等特征集中书写。他一出场就气度不凡,作为朝鲜的"将星"被西山大师推荐出来:"此星具飞龙祥瑞之彩,含西方肃杀之气。"①李如松率明军离开朝鲜之前向宣祖推荐的人也是他:"残余贼寇,应瑞将军足可荡平,望勿挂虑!"② 小说将金应瑞的形象无限放大,全力将其塑造成忠君爱国、勇猛善战、能够统领全军的将帅之才。通过刺杀敌军将领展现出他的机智勇敢,通过收复平壤等过程显现他的能征善战和力挽狂澜。在《壬辰录》中金应瑞的功绩仅次于李舜臣,从小说中对其进行描写的篇幅远远超过对李舜臣的描写这一点就可以看出作者对其倾注的热情。在朝鲜历史上,金应瑞确有其人,二十岁中武科,壬辰战争爆发后任别将和防御使。据《平壤续志》记载,他曾潜入平壤,冒充桂月香的哥哥,两人一起刺杀了倭寇一副将。之后在收复平壤的战斗中立下战功,这与小说中的描述基本一致,但其在战争中所起到的实际作用却远没有小说中描述的那么巨大。另据有关资料记载,在李舜臣被诬陷投敌叛国的事件中他虽非有心,但确曾起到过负面的作用,间接造成朝鲜水军的重大损失。另据《东国名将传》中《金德龄传》记载,李时言、金应瑞忌惮金德龄,"密启德龄有叛状",在金德龄被杀的事件中曾起过不光彩的作用。但《壬辰录》并没有将这些负面内容写进去,究其原因应该是为了不破坏英雄的光辉形象,因为备受蹂躏的朝鲜人民是太需要能鼓舞斗志的民族英雄了。

　　细节描写在人物刻画中能起到画龙点睛的作用,如《三国演义》中的"三顾茅庐",通过细节将刘备求贤若渴的形象塑造得惟妙

---

① 韦旭昇:《韦旭昇文集》第二卷,第 451 页。
② 韦旭昇:《韦旭昇文集》第二卷,第 467 页。

惟肖。《壬辰录》中，作者巧妙地将这种手法应用到反面人物身上，如在塑造奸臣元均时就采用了细节描写。作为一名朝廷官员，在倭军刚刚侵入朝鲜时就被吓得魂飞魄散，竟然把自己国家的渔船当作敌军的倭舰，落荒而逃。通过这一小小的细节，元均的丑态毕现，将一个贪图享乐、沉迷酒色、追名逐利又软弱无能的形象展示于读者面前。此外，《三国演义》惯用的出场定型手法也被历史军谈小说借鉴，如《壬辰录》中李舜臣一出场就已定性：

　　　　却说朝鲜国三道统制使水军大将李舜臣，字汝谐，自幼膂力过人，深怀忧国忠忱。舜臣早先曾预知将有倭患，乃建造战船四十艘……舜臣治军赏罚分明，将士人人心悦诚服，努力学习水战。①

　　　　水军节度使李舜臣，字汝谐，儿时有志，多读兵书。智勇兼全忠义，素抱为武科出任，虽宰相有请，非公事则不往见。②

　　这是韦旭昇翻译本和整理本《壬辰录》中对李舜臣的介绍，直接将他定义为忧国忧民，"智勇兼全忠义"，富有远见卓识的万古忠臣。他不像其他王公贵族那样只会争权夺势、纸醉金迷。在倭乱还没有发生之前，他就已经开始思虑国家的安全，建造战船，训练水兵，防患于未然，而且秉性刚直，智勇双全，功勋卓著。

　　中国传统文学中对比、烘托的手法在朝鲜军谈小说中运用得也非常广泛，无论是在整部小说中，还是在表现某一具体人物时，这种手法都发挥了重要作用。如《林将军庆业传》中的忠臣林庆

---

① 韦旭昇：《韦旭昇文集》第二卷，第432页。
② 韦旭昇：《韦旭昇文集》第二卷，第508页。

业和奸臣金自点的对比描写：金自点从一出场，便站在了忠臣林庆业的对立面。他虽有谋逆之心，但又非常忌惮和惧怕林庆业，所以一直不敢轻举妄动。当林庆业奉国君之名出使中国后，他便抓住机会大肆发展自己的势力，同时加紧瓦解林庆业在朝廷的地位。尽管如此，他对于林庆业回国后自己的处境还是表现得提心吊胆。所以，当他得知林庆业即将回国的消息时，便开始加速消灭林庆业的计划，企图在其回国路上便将其杀死。小说通过对金自点的一系列心理描写和语言描写，层层推进，逐步将金自点嫉贤妒能的恶毒形象和祸国殃民的奸佞嘴脸刻画出来，也正是因为有金自点这个反面人物的衬托，才进一步提升了林庆业作为一个爱国英雄的高大形象。《壬辰录》中的李舜臣与元均的对比也与之类似，一忠一奸、一将才一庸才，鲜明的对比之下更显英雄本色。此外，历史军谈小说还常把抗倭将领放在与侵略者的对比中去烘托这些将领的机智勇猛，讥笑侵略者的懦弱无能。如《壬辰录》虚构了李舜臣采用妙计挫败敌人偷袭的情节：

> 当晚，李舜臣大大犒赏将士，号令道：
> "今夜各人皆往船边，举刀不断剁船帮，直至天明！"
> 数千水军遵令，彻夜不眠，边唱《强羌水越来》边不断举刀剁船帮。天明之后，船上出现无数被剁断之手指。众皆惊异，不知原因何在。李舜臣道：
> "昨夜倭寇泅水来偷袭，此皆为其手指也。"
> 诸将恍然大悟，从此愈加敬佩李舜臣将军。[1]

---

[1] 韦旭昇：《韦旭昇文集》第二卷，第471—472页。

这段描写将李舜臣的机智与倭寇的愚蠢进行了鲜明对比。本来一场严肃的战争,在作者的笔下却显得轻松活泼,朝鲜军队唱着《强羌水越来》的歌谣,打着拍子"举刀刹船帮",轻而易举地粉碎了敌人的偷袭阴谋。被刹断了手指的侵略者,由于担心被发现小命不保,只得忍住疼痛,大气都不敢出地慌忙逃跑,以此进一步烘托李舜臣的军事预见性和过人的军事才能。

总之,历史军谈小说通过对中国文学传统的借鉴,向我们展示了大批既有类型特征又富有个性的人物形象。但同时我们也应看到,相比于《三国演义》等中国小说,朝鲜古代军谈小说的创作水平还存在一定的差距,正如金宽雄评价的那样:"《三国演义》等中国的鸿篇巨制传入朝鲜以前,朝鲜的小说传统非常薄弱,因而朝鲜的民间艺人和文人们往往对《三国演义》食而不化,这使得李朝时期的不少改写本或改编本只停留在低级的模仿、借用的水平。因此,纵观十七世纪以来的朝鲜小说史,虽出现数量相当可观的军谭小说,但就其思想艺术水平而论,没有一部能与《三国演义》相媲美。"① 的确,《三国演义》是在陈寿《三国志》等历史记载的基础上按照一定的美学理想而创作的历史演义小说,其全景式的战争描写、个性化的语言、宏伟整饬的结构,共同描绘了一幅波澜壮阔、气势恢宏的历史画卷。它的成书并非一人一时之作,而是在长期的民族文化积淀下,由民间艺人集体创作,再经文人加工编撰而成。但朝鲜历史军谈小说的创作并没有经历这一漫长的过程,加之朝鲜没有悠久的小说创作传统,想在短时间内仅仅根据阅读和模仿《三国演义》就创作出与之比肩的作品是不可能的。诚如金东旭先生所说:"这些军谈小说中所出现的一切——军队的发展方式、军

---

① 金宽雄:《李朝军谭小说与〈三国演义〉》,《延边大学学报》1993 年第 4 期。

人制服、武器、战术,以及必然由此而产生的英雄人物及背景,都是中国式的。"① 这正是普遍受到《三国演义》影响的结果。客观来讲,军谈小说的创作情况比较复杂,水平参差不齐,既有吸收了中国古代文学精华,将其融入本民族历史文化之中进行再创作的,也有一些简单模仿或照搬中国小说模式的。但我们在看到中国历史演义小说对朝鲜古代历史军谈小说多方面影响的同时,也应看到历史军谈小说在效仿中的创新,如作品的时代背景不再像其他类型小说那样多是以中国为背景,而是立足于朝鲜本土,寄寓了符合本民族特质的思想内涵。与此同时,历史军谈小说中的人物塑造也表现出鲜明的民族特点,正是这些民族特点让我们感受到其民族精神和民族文化的魅力所在。也正是由于历史军谈小说对中国文学传统既有借鉴,又结合本民族特点加以发展、创新,才使其在战争文学中别具一格,成为朝鲜文学宝库中一颗璀璨的明珠。

---

① [朝]金东旭:《中国故事与小说对朝鲜小说的影响》,[法]克劳婷·苏尔梦编著,颜宝等译:《中国传统小说在亚洲》,国际文化出版社1989年,第45页。

第四章 朝鲜古代爱情家庭类汉文小说中的中国文化因素

　　朝鲜古代爱情家庭小说最早可追溯到古代朝鲜的三国时期，当时处于传奇作品雏形阶段的一些作品，如《三国遗事》中所载的《调信》、《新罗殊异传》中的《崔致远》等可看作这类小说的最初形态。到了高丽末朝鲜朝初期，被誉为"韩国文学史上第一部具有真正的短篇小说因素并具有一定规模的传奇小说集"[①]的《金鳌新话》的诞生，其中以爱情为主题的《李生窥墙传》和《万福寺樗蒲记》描写了非现实的人鬼交欢的故事，可看作朝鲜古代爱情传奇小说的开始。朝鲜朝时期，尤其是17—19世纪中叶，爱情家庭小说创作达到顶峰，《谢氏南征记》《彰善感义录》《周生传》《春香传》《九云梦》等都是这一时期的代表作品，也代表了这一时期汉文小说的最高水平。此外，这些爱情家庭小说并不是单纯地讲述浪漫的爱情故事，小说的主题往往都与作者的经历、社会现实相关联，有些故事是作者自身经历的艺术加工或难以实现的愿望在作品中的艺术折射，有些故事是影射现实政治现象或反思历史事件，体现了作者的价值判断和审美情趣。从总体上看，朝鲜古代爱情家庭小说无论是在作品数量还是作品质量上均取得了较高成就，对后世的

---

① 金宽雄：《韩国古小说史稿（上卷）》，第305页。

小说影响深远。

第一节　爱情家庭类汉文小说与中国历史、地理文化

朝鲜半岛的地理位置与中国唇齿相依,文化水乳交融。据文献记载,最早的交流历史可以追溯到商周时期,之后朝鲜半岛历代王朝与中国保持友好往来。作为东亚汉文化圈核心的古代中国文化对周边各国产生了极为深远的影响,其中受影响最为深刻的就是古代朝鲜,而朝鲜古代汉文小说的创作就是典型的例证。相对于其他类型小说而言,朝鲜古代爱情家庭小说中所体现的对中国历史、地理文化的认同更为明显。

一、对中国历史文化的认同

朝鲜古代爱情家庭小说多以中国地理场景作为背景设置,其中又引用了大量的中国典籍中的古语、古事,尤其是对历史人物的引用,大多附加了作者的价值判断,体现出作者对中国历史文化的态度。

《谢氏南征记》和《彰善感义录》均是直接将故事背景设置在中国明朝嘉靖年间,以家庭内部纷争为写作重点,但对当时的社会现实多有影射。《谢氏南征记》开篇:"大明嘉靖年间,北京顺天府有一宰相姓刘名熙,诚意伯基之后也。熙四代祖仕京师,遂为顺天府人。"[①] 明确交代了故事发生的时间"大明嘉靖年间"和地点"北京顺天府"。这个发生在中国的故事实际影射的却是"张禧嫔事

---

① 『謝氏南征記』,林明德主編,『韓國漢文小說全集』七卷,3 쪽.

件"。李圭景在《五洲衍文长笺散稿》中指出:"《南征记》,北轩金春泽所著。世传'西浦窜荒时,为大夫人销愁,一夜制之。北轩则为肃庙仁显王后闵氏巽位,欲悟圣心而制者'云。"① "北轩"即金万重的堂侄金春泽,是他将金万重用朝鲜文创作的《谢氏南征记》翻译成汉文并进行了大幅度的艺术加工。李圭景虽误认为该作品的作者是金春泽,但对作品写作动机的分析却是一语中的。《谢氏南征记》中正妻谢氏对应的是仁显王后,小妾乔氏对应的是张禧嫔,谢氏遭陷害被驱逐出家门暗喻肃宗王受张禧嫔迷惑将仁显王后废黜,作品揭示了当时官宦家庭矛盾的根源和官场的弊病。《彰善感义录》讲述了男主人公花珍受兄长花瑢和其母沈夫人的嫉妒,屡次被陷害,但仍然心存善念,以德报怨,最终感化了花瑢和沈夫人,一家圆满。作品以花珍的经历为主线,在表现家庭内部孝悌观念的同时展现了丰富的社会场景,如朝廷内部的权力争夺、边境战事与海盗战争等,并通过增添一些虚构情节,将中国明朝时期的著名人物如奸臣严嵩父子、忠臣海瑞等融入故事情节中,增加了小说的可信度,达到吸引读者的目的。

　　以中国为背景的小说,文中除了引入与背景同时期的真实人物,还引用了历史上的人物或典故,通过小说人物与历史人物的共通之处将二者联系起来,从中体现出作者的文学造诣和对中国文化的认同。如《谢氏南征记》中:

　　　吾闻大师古之圣女,想像其德如周妊姒、关雎、葛覃妇人

① 李圭景:《五洲衍文长笺散稿》卷七《小说辨证说》,转引自[韩]李家源著,赵季、刘畅译:《韩国汉文学史》,第384页。

之事。孤在空山岂其本意？ ①

虞舜南巡，崩于苍梧之野，二妃娥皇、女英不能从焉。泣于湘水之滨，泪化为血，洒于竹枝，此所谓潇湘斑竹也。其后楚之贤臣屈原，事怀王尽忠，为小人所谗，著《离骚经》投水而死。汉之贾谊，洛阳才子，忤于大臣，放之长沙，至此投书而吊屈原。此四人者，遗迹尚存。每云起于九疑之岫，雨洒于潇湘之波，洞庭湖月色如霜，黄陵庙杜鹃哀鸣。虽无故之人，无不凄然而泪下，喟然而兴叹，真所谓千古断肠之处也。②

谢氏曰："……以女子言之，卫庄姜之德，诗人颂其美，孔子录其诗，使后世为法，才德之美如此，而困于谗言，被庄公之薄待。汉之班婕妤，以礼事君，辞与同辇，愿奉养太后，为先儒所褒，而遭赵飞燕之妒，抱恨于长信宫。"③

上述段落中共出现了周妊姒、关雎之女、葛覃妇人、娥皇、女英、虞舜、屈原、贾谊、庄姜、班婕妤、孔子、赵飞燕等十几位中国历史人物。第一段话中引用了《史记·周本纪》："季历娶太任，皆贤妇人，生昌，有圣瑞。古公曰：'我世当有兴者，其在昌乎？'长子太伯、虞仲知古公欲立季历以传昌，乃二人亡如荆蛮，文身断发，以让季历。"④还有《古列女传》："周室三母，太姜任姒，文武之兴，盖由斯起。太姒最贤，号曰文母。三姑之德，亦甚大矣！"⑤第二段引用了潇湘竹、屈原投江、贾谊吊屈原、杜鹃哀鸣等中国古代神话、历史

① 『謝氏南征記』，林明德主編，『韓國漢文小說全集』七卷，5—6 쪽．

② 『謝氏南征記』，林明德主編，『韓國漢文小說全集』七卷，32 쪽．

③ 『謝氏南征記』，林明德主編，『韓國漢文小說全集』七卷，34—35 쪽．

④ 司马迁著：《史记》卷四《周本纪》，第 115 页。

⑤ 刘向：《古列女传》卷一，第 10 页。

典故,通过这些千古断肠的故事,渲染了小说的氛围。第三段是谢贞玉在梦中与娥皇、女英的对话,用了卫庄姜和班婕妤的典故。庄姜是春秋时齐国公主,貌美有德,嫁给了放纵暴戾的卫国国君庄公,婚后长期被冷落,命运悲惨。班婕妤以才华和德行著称,是汉成帝的妃子,遭到赵氏姐妹的嫉妒诬陷,最终幽居深宫,晚景凄凉。庄姜和班婕妤都是历代文人颂扬的对象,这些典故的运用是为了凸显谢贞玉的贤良淑德及其被赶出家门的凄惨境遇,并进一步凸显其性格中坚韧的一面。

在朝鲜古代汉文小说中,二妃及黄陵庙频繁登场。二妃指娥皇与女英,是尧的两个女儿,嫁给舜为妻。后来舜帝巡视南方,娥皇、女英追踪至洞庭湖,闻舜帝死于苍梧之野,二女便在君山泣血而死,从此君山的青竹浸染了斑斑血泪。于是"湘妃""湘竹"或"斑竹"便成为诗人常用的意象,屈原、刘向、阮籍、李贺、温庭筠等诗人都有此类诗作。黄陵庙位于西陵峡中段南岸黄牛岩下的九龙山麓,是湖北省西部的名胜古迹。梦游录汉文小说中有一篇《船游问答 黄陵墓梦记》,从作品名字就可知其故事发生地是黄陵庙,该作品讲述了隐居在深山不求富贵功名的两位儒士桂阳和耿黯,划船边饮酒边游玩时遇一仙翁,与其谈论对天道与祸福的看法。狂风将他们的船吹至潇湘八景之地,游览中来到黄陵庙,谈论关于二妃的事情。继而由青衣童子引导进入黄陵庙,听到二妃、太姒、郑氏等人的心事。朝鲜古代汉文小说中,为何娥皇和女英二妃出现的频率如此之高,且出现时往往是在小说中最为重要的部分? 仔细阅读不难发现,二妃的出现及她们对女性人物的评判与小说的主题思想直接相关。如《春香传》中饱受牢狱之灾、相思之苦的春香,在似梦非梦之间前往千里之外的黄陵庙向娥皇与女英倾吐心声时二妃对她的安慰。再如《谢氏南征记》中,危难之际,二妃"显灵"挽救了谢氏,一番劝解之话点明了小说的主旨思想:"天所以佐刘氏固非偶然,夫人何其论急如是也?虽自谓恶名在身,而比如浮云之点太空耳。彼谗害夫人者,虽一时得志,而天将厚其罪而诛之。"①二妃对女性人物的救助与指点是对其品性、言行举止的一种肯定,从中可以感受到作者的思想倾向和小说的主旨。

中国的历史人物和各种典故在《春香传》中也是俯拾皆是,且与小说的主题思想,特别是人物塑造紧密相连。如对春香的描写:"殆若采桑绿水边之秦罗敷,宛似习步土城下之越西施……楚山暮雨,乘云下阳台之神女,倾国之姿,绝世之色,虽赵女之佳冶,吴姬之丰茸,不足以较其美焉。"②"吴姬之丰茸"典出王勃《采莲曲》中"吴姬越女何丰茸"。为了表现春香超凡脱俗的美丽,小说借用了中国文化中著名的美女罗敷、西施、赵飞燕,甚至用"乘云下阳台"的巫山神女来比拟春香的"倾国之姿,绝世之色"。再如开篇对男主人公李梦龙的描写:"道令气骨俊秀,而才艺工敏;貌莹寒玉而神凝秋水,风采是杜牧之,文章拟李太白。"③用唐代的两位大诗人杜牧和李白来形容李梦龙的才气,继而"道令率房子骑驴出南门,登广寒楼"④,此处李梦龙骑的是驴而不是马,显而易见是受到中国唐朝几位著名诗人李贺、贾岛等人骑驴吟诗炼句典故的影响。据说李贺带着书童骑着驴云游四方,驴侧面挂个小竹篓,一路走一路写诗,写好后就丢在竹篓中以备日后整理;而贾岛骑驴赋诗最为出名的就是他的两联诗"鸟宿池边树,僧敲月下门""秋风生渭水,落叶满长安",据说均是因骑驴吟诗推敲而来。杜甫在其《赠韦公

① 『謝氏南征記』,林明德主編,『韓國漢文小說全集』七卷,35—36 쪽.
② 『漢文春香傳』,林明德主編,『韓國漢文小說全集』七卷,232—233 쪽.
③ 『漢文春香傳』,林明德主編,『韓國漢文小說全集』七卷,231 쪽.
④ 『漢文春香傳』,林明德主編,『韓國漢文小說全集』七卷,231 쪽.

二十二韵》中曾自惭"骑驴十三载,旅食京华春"。试想李梦龙之父李震元是新任南原府使,这样一个"簪缨巨族""忠孝大家",不可能像杜甫一样因穷困而无钱买马,那此处的"骑驴"则另有一番韵味,作者如此书写其原因只有一个,就是以此来展现李梦龙堪比大唐诗人的风雅和才智。由此可见《春香传》的作者在对中国古典文学与文化的吸收和运用方面,手法十分巧妙和高超。从这些信手拈来的历史典故中可以清晰地看出朝鲜古代汉文小说家们对中国历史文化的熟悉和认同,引用与之相契合的中国历史人物典故,不仅可使故事更具真实性,深化主题,还有助于塑造人物形象。

二、对中国人文地理文化的推崇

朝鲜古代爱情家庭小说中涉及的中国地理,既有地理环境的自然景观性,又有艺术象征性。这类小说的大部分作者并没有去过中国,却能够描绘出各种关于中国地域的内容,运用中国的地理环境进行场景叙事,可见其对中国人文地理文化的熟识。据韩国学者调查,以中国为地理背景的小说占据了朝鲜小说总数的百分之七十。金台俊在其《朝鲜小说史》中指出了朝鲜作家喜欢将中国作为舞台背景的四种原因:

1. 当时陶醉并沉溺于中国文化,盲目赞美其文明,憧憬中土视如理想乡的氛围中,汉学修养深厚的作家,直接接受了明清以后蓬勃兴起的南中国文明的影响,更何况民间流行的明清的短篇小说集《今古奇观》《剪灯新话》等书中,以"大明成化年间……","至正年间……"开篇的作品很多,醉心阅读这类小说的作家们必然会加以模仿,并且原封不动地记录下自己憧憬的理想化的人物和地名。

2. 由于读者不熟悉中国的人文地理,同以朝鲜为背景相比,在背景人物安排上,即使有粗糙之处,也不会轻易让人感觉不自然或出了错。

3. 同朝鲜的故事相比,中国的故事因为表现了异国风俗,更能引起读者的兴趣和注意,引发读者的好奇心。

4. 要描写宫中生活和贵族横暴的真相,并加以讽刺,无法正面着手,借用中国的宫廷和贵族,同白居易讽刺唐明皇的《长恨歌》开篇写"汉皇重色思倾国"具有同样的作用。金万重撰著的《谢氏南征记》堪称个中的代表作。①

上述金台俊的观点直到今天仍然具有一定的合理性和说服力,尤其是"壬辰倭乱"与"丙子胡乱",给朝鲜王朝带来了巨大冲击。战乱导致的家破人亡、四散分离的实际经历为小说创作者提供了丰富的灵感,拓展了人物活动的背景空间。以此为契机,17世纪前期出现了一系列以战乱为背景的小说,其中不乏爱情家庭小说,如《崔陟传》《周生传》等。

《崔陟传》以"壬辰倭乱""萨尔浒之战"为社会背景,讲述了男主人公崔陟辗转曲折的人生经历,小说人物行迹跨度非常大,涉及朝鲜、中国、日本、越南等,"呈现出一种'国际化'的特点"②。《崔陟传》的作者赵纬韩③,1610年8月以谢恩使书状官的身份出使中国,于次年3月回朝鲜。1621年隐居朝鲜南原时创作了《崔陟

① [韩]金台俊著,全华民译:《朝鲜小说史》,第4页。
② 孙海龙:《古代朝鲜小说中的潇湘意象考》,《韩国研究论丛》2015年第1期。
③ 赵纬韩(1567—1649),字持世,号玄谷、素翁,朝鲜朝中期文臣。著有《崔陟传》。

传》,因此,小说中涉及的中国地理场景与作者的中国之行有直接关联。

《崔陟传》又名《奇遇录》,讲述全罗道南原有一个叫崔陟的年轻人,与同乡名叫李玉英的姑娘相爱并定下婚约。不巧"壬辰倭乱"爆发,为抗击倭寇崔陟奔赴战场。玉英父母逼迫其嫁给梁生,玉英以死相抗,父母只好作罢。得知此事的崔陟急忙回到南原与玉英完婚,婚后育有一子名为梦释。但好景不长,"丁酉再乱"爆发,南原被攻破,冲散了崔陟一家。崔陟跟随明将来到中国,女扮男装的玉英被倭寇逮住成为俘虏被押送到日本。几年后,崔陟在安南的海港遇到了跟随日本商人来此地的玉英,夫妻团圆定居在杭州。一年后又得一子,取名梦仙,梦仙长大后娶了中国女子红桃为妻。之后清军进攻辽阳,崔陟加入明军开赴前线,战败被俘。另一边崔陟遗留在朝鲜的长子梦释作为明军的援兵出征中国,因主将投降而归入清军阵营。父子俩在清军阵营相认,冒死逃出,回到了朝鲜。玉英梦到佛祖告诉她崔陟并没有死,于是她与梦仙、红桃三人历经千险回到朝鲜,一家人团聚。

《崔陟传》中暗恋崔陟的李玉英采用投诗的方式表达爱慕之情,这一情节颇似《金鳌新话》中的《李生窥墙传》,而崔陟在订婚之后因战乱不得不去从军,又与《周生传》中的情节相似。"但《崔陟传》并非主要写爱情的经过,而是在广阔的空间与背景之下,描写战乱中崔陟一家悲欢离合的故事。"[①] 汪燕岗在其论著中将《崔陟传》故事情节结构概括为"合—分—合"的主线,并从中国小说中找到相似的结构,如《剪灯新话》之《翠翠传》、《剪灯余话》之

[①] 汪燕岗:《韩国汉文小说研究》,第93页。

《鸾鸾传》①,虽未深入探讨二者之间的承继关系,但从相关史料我们可以判定《剪灯新话》《剪灯余话》在16世纪初已传入朝鲜半岛,尤其是《剪灯新话》在朝鲜是非常受欢迎的作品之一,"朝鲜时期不仅接受和输入《剪灯新话》,而且自行刊印以广其传播。在朝鲜明宗四年(1549),林芑受宋冀的请托而加以详注后刊行了《剪灯新话句解》"②。《崔陟传》创作于1621年,是赵纬韩隐居南原时所作,此时《剪灯新话》已在朝鲜半岛传播百余年,《崔陟传》这一情节结构的设置很有可能是受到《剪灯新话》的影响,这有待于进一步深入探讨。

《崔陟传》中涉及的中国地理不是毫无根据的地理名词,而是有一定的现实基础,并十分契合小说故事情节的发展。小说以四个国家为背景,其中涉及中国地域的有杭州、辽阳、四川等。虽然小说中没有大篇幅地专门描绘这些地方,但这些地理背景都是随着情节发展而变换的。例如:

> 是时,陟在姚兴,与余公结为兄弟,欲以其妹妻之。陟固辞曰:"我以全家陷贼,老父弱妻至今未知生死,纵不得发丧服衰,岂晏然婚娶,以为自逸之计乎?"余公遂以止之其图。余公病死,陟尤无所归,落拓江淮,周游名胜窥就门、探岩穴、穷潇湘、航洞庭、上岳阳、登姑苏、吟咏于湖山之上,婆娑于云水之间,有飘飘遗世之志。闻海蟾道士王用隐居青城山,烧金炼丹,有白日飞升之术,将欲入蜀而学焉。适有宋佑者,号鹤川,家在杭州涌金门内,博通经史,不屑功名,以著书为业,喜施

---

① 汪燕岗:《韩国汉文小说研究》,第93—94页。
② [韩]闵宽东:《中国古典小说在韩国之传播》,第247页。

与,有义气,与陟许以知己。闻其入蜀,载酒而来,饮至半酣,字陟而谓曰:"白升,人生斯世,孰不欲长生而久视? 古今天下宁有是理。余生几何? 而何乃服食忍饥,自苦如此,而与山鬼为邻乎? 子须从我,而归浮扁舟,适吴越,贩绘、卖茶以终余年,不亦达人之事乎?"陟洒然而悟,遂与同归。①

明年己未,奴酋入寇辽阳,连陷数镇,多杀将卒。天子震怒,动天下之兵以讨之。苏州人吴世英乔游击之百总。曾因有文,素知崔陟才勇,引而为书记,俱诣军中……

至于辽阳,涉胡地数百里,与朝鲜军马连营于中毛寨,主将轻敌,全师致恤。②

第一段引文讲述战乱后崔陟跟随中国明朝将领余有文来到中国。崔陟与余公结为兄弟,余公想要将妹妹嫁给他,但崔陟极力推辞说自己与家人离散,不知家人下落,每日忧心思念,无心于此。余公病逝,崔陟无所依托,颠沛流离,"落拓江淮",期间游览的名胜古迹包括江淮、潇湘一带及洞庭、岳阳、苏州等地。第二段引文讲述金兵来袭,崔陟加入明军前往辽阳,不幸被擒。江淮和辽阳一南一北两个地理背景,体现了两种不同的情绪。江淮之地是富庶之地,更是文人士子聚集之地,小说主人公在江淮一带的游览并不是休闲游乐之旅,而是无所依靠,辗转奔波于途中的"落拓"之旅。与亲友生离死别的伤感和无家可归又思乡的愁绪始终萦绕于主人公的心中。好在有江淮胜景,使其"吟咏于湖山之上,婆娑于云水之间",暂时消解了心中之愁,继而有了"飘飘遗世之志",这符合南

---

① 『崔陟傳』,林明德主編,『韓國漢文小說全集』七卷,274—275 等.
② 『崔陟傳』,林明德主編,『韓國漢文小說全集』七卷,277 等.

方山川秀丽多才子的地域特点,也暗含"自少倜傥""喜交游""请业不辍"的主人公崔陟书生的身份。辽阳在明朝时期是辽东地区的政治经济中心,也是朝鲜使臣出使中国的途经之地。多次经历战乱的崔陟,深感战争之苦,毅然接受吴世英之邀加入明军,体现出他对战争的痛恨和对四海和平的渴求。如果说江淮之地主要是凸显主人公的文人之"才",那么辽阳之地想展示的则是主人公的武将之"勇",尽管一腔热血未能施展。从中可见,江淮和辽阳两个地理背景的设置,绝非普普通通的地理坐标,作者的情感意识是暗含其中的。

《周生传》是以"壬辰倭乱""萨尔浒之战"为背景的爱情小说,也是以中国为背景,涉及诸多中国人文地理的内容。《周生传》的作者权韠①与《崔陟传》的作者赵纬韩是深交好友,所不同的是权韠从未去过中国,但在其笔下,将中国的地理名胜、历史文化驱遣自如,可谓驾轻就熟。

《周生传》的主人公周生家住钱塘,父亲出任蜀州别驾,全家迁往蜀州。周生自幼聪敏,却屡考不中,于是放弃科考,开始从商,经常乘船在吴楚之间往来。一次船过潇湘,偶然回到了故乡钱塘遇到了儿时玩伴俳桃。俳桃本是豪族之女,家道中落后不幸沦为妓女。周生与俳桃以诗传情,山盟海誓。一日俳桃应邀去丞相府表演歌舞,周生追随其后也进入了丞相府,偷看到老丞相的女儿仙花,并对她一见钟情。此时丞相府正需要一位教书先生,周生便在俳桃的推荐下去丞相家教书。搬到丞相府后,周生就伺机向仙花表白。当移情别恋的事情被俳桃发现后,周生便搬出了丞相府,不

---

① 权韠(1569—1612),字汝章,号石洲,朝鲜朝中期文人。精通汉学,擅长汉诗。著有《石洲集》等。

再与仙花相见。伤心欲绝的俳桃不久就病逝了,周生也离开了钱塘,前往湖州投奔亲戚张氏。周生思念仙花,相思成疾,卧床不起。张氏可怜周生,便写书信恳求老丞相夫人成全二人,得到应允。但此时"壬辰倭乱"爆发,还未与仙花成婚的周生被征兵前往朝鲜。途中再次思念成疾,留在松京驿馆养病。在驿馆遇到了作者权鞸,讲述了自己的故事。

《周生传》中的地理环境是随着人物命运的转折而变换的。男主人公周生在中国的足迹由钱塘开始,迁到蜀州,往来于吴楚,览岳阳城、潇湘之美景,又回到钱塘,最后辗转至湖州。周生的出生地是钱塘,与俳桃和仙花的爱情纠葛也是发生在钱塘。由此可见,《周生传》的主要地理空间围绕钱塘展开。钱塘是古时江浙文化的代表地,即现今的杭州。钱塘风景秀丽,繁荣富庶,是自然美与人文美的统一,是远离政治中心、适合文人雅士诗文唱和的佳境,人文气息浓厚。因此,以江南为中心创作的诗词歌赋和才子佳人小说不胜枚举,随着这些作品在朝鲜半岛的传播,中国江南便先入为主地给朝鲜文人留下极为美好的印象。朝鲜文人也创作了许多跟中国江南有关的诗歌,如曾游览过江南名胜的朝鲜文人崔致远所作《江南女》中"江南荡风俗,养女娇且怜"、李殷相[①]的《江南可采莲》中"女郎家在若耶边,秋入南湖已采莲"等。随着这些作品的广泛流传,杭州、南京和苏州成了最令朝鲜文人向往的地方,尤其是杭州,被朝鲜文人看作中国江南的标志,加之田汝成《西湖志》的传入和西湖图的盛行引发了一股"江南热",江南成为备受朝鲜文人推崇之地和诗意情怀表达之所。《周生传》中以钱塘为地理背

---

① 李殷相(1617—1678),字说卿,号东里,谥号文良,朝鲜朝中期文臣、学者。著有《东里集》等。

景的设定既符合地理事实，又能够满足读者的阅读期待，其作者权
蚌，从未去过中国，却对地理背景把握得如此精准，让人有身临其
境之感，足见作者的汉学功底之深。

　　除以杭州为中心的江南一带外，朝鲜古代爱情家庭小说中的
场景设置出现频率较高的还有洞庭湖、岳阳、潇湘等湖南地域的名
胜古迹。《崔陟传》中"穷潇湘、航洞庭、上岳阳、登姑苏"和《周生
传》中"自是遂绝意科举之业。倒箧中有钱百千，以其半买舟，来
往江湖，以其半市杂货，取赢以自给，朝吴暮楚，惟意所适。一日，
系舟岳阳城外，访所善罗生"① 中均有涉及，且作品中常常借用或
化用与此相关的诗句来表情达意。《九云梦》开篇便借用杜甫的
诗句对六观大师所居住的莲花峰上的寺庙进行了描写："杜工部诗
所谓'寺门高开洞庭野，殿脚插入赤沙湖。五月寒风冷佛骨，六时
天乐朝香炉'四句已尽之矣。"② 此诗状写的是山川风俗之美，出自
杜甫的《岳麓山道林二寺行》。作者意欲表达仙界远而难求，不若
岳麓近而可得之感。岳麓山是佛教圣地，文中所引四句主要描写
了麓山与道林二寺雄伟壮丽之景色。金万重借用此句，其目的是
通过对六观大师居住之所的不同凡响的描写来突出其佛道的高深
莫测，体现出对衡山之巅的崇尚与向往。又如，《谢氏南征记》中
刘延寿在找寻谢氏途中来到怀沙亭，突遇贼人追杀，仓皇逃至潇湘
江边，看到的却是湖面上两个美丽少女在荷叶间采摘白苹的动人
画面：

　　　　是时月色如画，望见一小船在沙岸，女童两人坐船头，弄

---

① 『周生傳』，林明德主编，『韓國漢文小說全集』七卷，351 쪽．
② 『九雲夢』，林明德主编，『韓國漢文小說全集』三卷，327 쪽．

清波而歌曰："绿水明秋月，南湖采白苹。荷花娇欲语，愁杀荡
舟人。"又有一人和曰："江南春日暮，汀州采白苹。洞庭有归
客，潇湘逢故人。"①

"绿水明秋月，南湖采白苹。荷花娇欲语，愁杀荡舟人"，直接
借用唐代李白的《禄水曲》，诗中描写的是洞庭湖景；"江南春日暮，
汀州采白苹。洞庭有归客，潇湘逢故人"，出自梁朝柳恽的《江南
曲》，描写的是潇湘春景，只不过此处将原诗的前两句"汀州采白
苹，日暖江南春"被改成了"江南春日暮，汀州采白苹"。这幅动人
的画面不由得让人想起了宋迪的《潇湘八景图》，潇湘八景是古人
对湘江流域景象的一个概括，是古代湖南山水的品牌。据载五代
末宋初的李成始作《潇湘八景图》，但没有流传下来。百年后宋迪
又作此图，成为描绘潇湘八景的经典之作。沈括《梦溪笔谈》按此
图顺序作了记载："度支员外郎宋迪工画，尤善为平远山水。其得
意者，有《平沙雁落》《远浦帆归》《山市晴岚》《江天暮雪》《洞
庭秋月》《潇湘夜雨》《烟寺晚钟》《渔村落照》，谓之'八景'，好
事者多传之。"② 此后，潇湘八景成为诗人、词人无比青睐的题材和
意象。随着这些描写八景的诗词在朝鲜的传播，吟咏潇湘八景的
诗歌传统也在朝鲜半岛得以继承和弘扬。据史料记载，潇湘八景
文化是在元朝时东传至高丽的，在朝鲜名噪一时，由此产生了不少
以潇湘自然景观为题材的画作、诗歌、时调等。如高丽中期诗人李
仁老的《宋迪八景图》组诗、李奎报和友人唱和的多组八景诗《次
韵李平章仁植虔州八景诗并序》中的《潇湘夜雨》、李齐贤的《潇湘

---

① 『謝氏南征記』，林明德主编，『韓國漢文小說全集』七卷，47 쪽．
② 沈括：《梦溪笔谈》卷十七《书画》，中华书局 2012 年，第 185 页。

八景诗》和长短句《巫山一段云·潇湘八景》等。可以说"潇湘山水和人文传说不仅为中国文人提供了创作的素材和灵感,也丰富了朝鲜汉诗的主题和内容。现存朝鲜汉诗中有较多的潇湘文学意象,如'潇湘八景''湘竹''湘妃''楚客'等等。朝鲜诗人以这些意象一方面表现绝妙的意境,另一方面表达孤寂、思乡、忧虑等各种愁苦情怀。朝鲜诗人对潇湘文学意象的抒写既感叹于潇湘美景,也是文化和政治因素使然,是对中国骚怨传统的传承"①。古代朝鲜文人对潇湘文化的热爱也体现在汉文小说中,如《谢氏南征记》中谢氏逃往之地是长沙,待其沦落他乡意欲了结残生之时的描写也是围绕潇湘展开的:

> 谢夫人至通州乘舟,张三知其为夫人,而又往长沙之故,一路尽诚无敢怠慢。舟行累日,朝风暮沙,吴山千叠,楚水万曲,三江春雁尽,汉水秋风起,不觉已到湖广地方矣。谢夫人见长沙渐近,稍以安心,至华容县恶风连吹,舟不能进。②

> 风顺舟疾,从洞庭口出岳阳楼下,即古战国时楚地也。虞舜南巡,崩于苍梧之野,二妃娥皇、女英不能从焉。泣于湘水之滨,泪化为血,洒于竹枝,此所谓潇湘斑竹也。……每云起于九疑之岫,雨洒于潇湘之波,洞庭湖月色如霜,黄陵庙杜鹃哀鸣。③

上述段落在对谢氏所见景物的描写中明显可见潇湘八景的融

---

① 魏雯:《朝鲜汉诗中的潇湘文学意象》,《山西师大学报》2015 年第 4 期。
② 『謝氏南征記』,林明德主編,『韓國漢文小說全集』七卷,31 等.
③ 『謝氏南征記』,林明德主編,『韓國漢文小說全集』七卷,32 等.

入,其中"平沙落雁""远浦归帆""洞庭秋月""潇湘夜雨"的意蕴十分浓厚,言语之中的那份哀愁也清晰可见。那么,为何朝鲜文人如此这般钟爱潇湘,喜欢将故事的核心背景设置在湖南一带? 其原因正如有学者评价的那样:"自明朝定都北京之后,潇湘成了朝鲜文人不可能亲身体验的地理空间。他们只能通过吟咏有关潇湘的诗词歌赋,翻阅中国古典文献中有关潇湘的内容,赏析以潇湘景色入画的八景图才得以'雾里看花'地去想象和感受潇湘的山水景物。在这吟咏、翻阅、赏析与想象的过程中,潇湘从一个真实存在的具体的地理空间抽象成了心灵空间意义上观念化的'潇湘'。因而,唐宋诗文绘画作品中潇湘山川风物幽怨凄美、浪漫感伤的基调也深刻地影响了朝鲜小说中有关潇湘山水景观的描写。朝鲜小说中的潇湘总是那么哀婉迷人,在美丽中透着一抹淡淡的感伤。"①

《九云梦》开篇便介绍天下名山"五岳",着意推出南岳衡山:"五岳之中,惟衡山距中土最远,九疑之山在其南,洞庭之湖经其北,湘江之水环其三面……"② 相比较而言,南岳衡山远离中原,与其他四岳相比地理位置远离城邑,要偏远很多。文中提到的衡山、九疑山、洞庭湖、湘江等地域之间都相距甚远。但金万重却以宏观的视角,将它们放到了一个彼此非常临近的空间关系里,如此选择,则有可能是表达其想远离红尘、静心修道的意图。另外五大山峰中的莲花峰实名为"芙蓉峰",金万重将其更名为"莲花峰",很可能是想强调和六观大师所建寺庙之间的关联,从而渲染佛教的氛围。

通过前文的考察我们会发现,古代朝鲜文人创作中对中国地

---

① 孙海龙:《古代朝鲜小说中的潇湘意象考》,《韩国研究论丛》2015 年第 1 期。
② 『九雲夢』,林明德主编,『韓國漢文小說全集』三卷,327 쪽.

域背景的选择都极具汉文化特点,他们充分利用中国地理环境为小说情节的发展、人物的塑造创造良好的条件,使读者仿佛置身于真实的场景中,增强了艺术感染力。"朝鲜小说中出现的中国背景并非没有实际的意义,而是与小说作者所要表达的主题有着紧密的关联的。朝鲜小说对中国不同地域的选择,不仅反映出了朝鲜文人,乃至整个朝鲜社会的文化心理,而且也反映出了朝鲜文人对于中国不同地域空间的具体认识。"[①] 基于此,我们可以说,对以中国为背景的朝鲜古代小说的深入考察,不仅有利于深入了解古代朝鲜社会对历史地理文化的认识,而且还将有助于深入了解朝鲜对中国乃至中国各个不同地区的具体认识,进而更深入地理解同为东亚国家的中国与朝鲜在文化方面存在的相通之处。

第二节　爱情家庭类汉文小说与中国思想文化

儒、道、佛三家思想是中国传统思想文化的重要组成部分,在漫长的岁月里逐渐发展成熟,形成各自的思想体系,同时又互融互补,形成了稳定的文化结构。"中国和朝鲜是古代儒家文化圈里两个重要的国家,两国的文化、文学发展有着千丝万缕的联系。"[②] 随着文化交流的深入,朝鲜半岛逐步接受了中国传统思想文化,包括儒家思想、佛家思想和道家思想。这个"接受"并不是全盘接受,而是经过了筛选和扬弃,是有选择性的"接受"。中国传统思想文化与朝鲜本民族思想相交融发展,最终形成了具有朝鲜民族特色

[①] 孙海龙:《古代朝鲜小说中的潇湘意象考》,《韩国研究论丛》2015年第1期。

[②] 曹春茹、王国彪:《朝鲜诗家论明清诗歌》,中央编译出版社2016年,第6页。

的文化传统心理和社会思想结构,并渗透到政治、经济、文化、思想等各个层面,影响着朝鲜民族的思维方式、行为习惯和审美情趣。这些在朝鲜古代爱情家庭小说中均有体现,其中儒家思想的影响最为深远。

一、"贞顺""忠孝"的儒家思想

到朝鲜朝时期,朝鲜传统的家族家庭制度逐步完善,进而在血缘关系的基础上将家庭伦理问题扩大化,逐渐泛化为政治伦理,再以社会政治伦理取代自然的家庭血缘伦理,并将其扩展到社会的各个方面。中国儒家伦理观念经过朝鲜本土化后,成为上至君王、下至黎民百姓的行为规范。"韩国儒学不仅注重纯粹的道德性,而且还追求实现这种道德性的现实制度以及力量的实践性,这是韩国儒学的特征。换言之,韩国儒学追求理想道德和现实实践的和谐发展。"①朝鲜朝时期统治阶级大力推崇儒学,并将此作为政治统治的根本。在这种历史背景下创作的爱情家庭小说,虽然不同作品的故事情节和人物形象各具特色,但大体上都是宣扬儒家传统家庭伦理之道,尤其是"贞顺""忠孝"等儒家思想观念。

（一）对"贞顺"思想的褒扬

在传统儒家的两性关系、婚姻关系、家庭关系中,最核心的位置是男性和男性家族。出于对男权及男性家族整体利益的维护,对女性"妇德"的要求逐渐衍生出来,女性的自身道德修养被突出强调。女性四德出自《周礼·九缤》,指妇德、妇言、妇容、妇功。明代徐士俊在《妇德四箴》中对妇德有详细的说明:"为妇之道,在女己见。幽闲贞静,古人所羡。柔顺温恭,周旋室中。能和能肃,齐

---

① 李甦平:《韩国儒学史》序,人民文学出版社2009年,第2页。

家睦族。二南风始,礼法备矣。"[①] 所谓妇德即"贞顺","贞"指女性对贞节的坚守,"顺"指要遵从"夫为妻纲"的伦理规范。

在中国,妇女贞节的观念起源较早,《礼记·郊特牲》云:"壹与之齐,终身不改,故夫死不嫁。"《史记·货殖列传》载秦始皇客待一名贞节的寡妇巴清,还为她修筑了女怀清台。秦朝时反对寡妇再嫁,认为"有子而嫁,倍死不贞"。所谓"贞",正也,在为人处世上引申为言行一致,在妇女品德上引申为坚守节操。到了汉代,妇女贞节逐渐受到人们的重视。刘向大力倡导妇德和贞节,在《列女传》中,他精心塑造了一些节妇形象。到了东汉,对妇女贞节的重视成为一种风尚。一直深受中国文化影响的古代朝鲜社会,更重视向妇女灌输贞节观念。刘向的《列女传》是最早用朝文翻译过来的妇女修身书,是朝鲜女子的必读书目。此外,朝鲜朝建立初编写发行了《三纲行实图》,"三纲"即"君为臣纲""父为子纲""夫为妻纲",此书积极宣扬忠、孝、贞节观念,主要讲授古代中国和古代朝鲜的忠臣、孝子及烈女的事例,通过插图加以解释说明,其面向群体主要是儿童和妇女。可见,"这本书的编纂目的是从国与家的角度来规定伦理教育。换言之,《三纲行实图》是新建立的朝鲜王朝为实现伦理教育而编写的"[②]。因而朝鲜古代爱情家庭小说中出现那么多忠臣孝子、为守节而自杀的烈女形象也就不足为奇了。

女性为守节而自杀主要体现在以战乱为背景的作品中。《万福寺樗蒲记》的主人公南原梁生,独居万福寺之东。一夜梁生在梨花树下吟诗感慨孤寂无伴,忽然听到空中传来:"君欲得好逑,何忧

① 徐士俊:《妇德四篇》,上海书店出版社1994年,第58页。
② 邢丽菊:《韩国儒学思想史》,人民文学出版社2015年,第136页。

不遂？"①梁生心喜,第二天就去佛前斗樗蒲并取胜,祈愿佛祖赐他一位美女。俄而便有一位美貌少女何氏来到佛前求遇良缘。二人一见钟情,当夜便尽鱼水之欢,后来梁生才知何氏是死于"壬辰倭乱"的女鬼。女主人公何氏一出场便道:"妾以蒲柳弱质,不能远逝,自入深闺,终守幽贞,不为行露之沾,以避横逆之祸。"②何氏本是深闺小姐,倭寇入侵,在战乱中"终守幽贞",不屈而死。在小说结尾梁生所作祭文中:"不出香闺之内,常听鲤庭之箴。逢乱离而璧完,遇寇贼而珠沉;托蓬蒿而独处,对花月而伤心。"③再次以赞赏的态度对"不出香闺之内,常听鲤庭之箴"的何氏以死捍卫贞节的行为进行了褒奖。《万福寺樗蒲记》中为守贞而死于战乱的女子并非何氏一人,她的四位邻居均与何氏有着类似的遭遇。"其一曰郑氏,其二曰吴氏,其三曰金氏,其四曰柳氏,皆贵家巨族,而与女子同闾闬亲戚,而处子者也。"④郑氏、吴氏、金氏、柳氏四位都是生于贵家巨族的闺阁小姐,生前也都是幽居深闺,"确守幽贞经几年,香魂玉骨掩重泉。春宵每与姮娥伴,丛桂花边爱独眠"⑤。在战乱期间,这些手无缚鸡之力的贵族大小姐们,为了坚守节操,宁愿含恨而亡也不愿毁节而苟活于世,从中可见朝鲜半岛的贞洁观已深深刻印在人们的思想意识里,成为女性恪守的准则。

　　《李生窥墙传》的男主人公松都李生,天资英秀。女主人公崔娘出身良族,容貌艳丽,擅长诗赋,"幼承庭训,工刺绣裁缝之事,学

①『萬福寺樗蒲記』,林明德主編,『韓國漢文小說全集』七卷,95 쪽.

②『萬福寺樗蒲記』,林明德主編,『韓國漢文小說全集』七卷,96 쪽.

③『萬福寺樗蒲記』,林明德主編,『韓國漢文小說全集』七卷,105 쪽.

④『萬福寺樗蒲記』,林明德主編,『韓國漢文小說全集』七卷,99 쪽.

⑤『萬福寺樗蒲記』,林明德主編,『韓國漢文小說全集』七卷,102 쪽.

《诗》《书》仁义之方"①。李生上学塾时,常路过崔氏家。一日李生窥墙看见崔娘吟诗,便作情诗三首投掷墙内。崔娘也以诗作答,两情相悦,冲破家庭层层阻拦,最终如愿成婚。婚后幸福美满,李生科举高中,入仕为官。但好景不长,红巾贼入侵松都,李生和崔娘在战乱中分离。崔娘不幸被俘,为保清白,宁死不从,最终死于红巾贼刀下。战争结束后,李生回到松都家里悼念崔娘时,崔娘的亡魂出现。李生与崔娘的亡魂一起生活了几年,琴瑟和谐。一夕崔娘告诉李生自己不能在人世久留,冥数不可躲,请李生安葬自己的遗骸。李生日夜思念崔娘,数月后离世。

《李生窥墙传》中对崔娘誓死保节的描写有两处:一是崔娘与李生被战乱冲散,崔娘不幸成为红巾贼的俘虏,但宁死不从,大骂红巾贼"虎鬼杀啖我,宁死于豺狼之腹中,安能作狗彘之匹乎?"②,宁愿死于刀下也不愿毁节;另一处是崔娘死后的亡魂回到松都家中与李生相见,崔娘自述遭遇:"将谓偕老而归居,岂意横折而颠沟?终不委身于豺虎,自取磔肉于泥沙,固天性之自然,匪人情之可忍。……义重命轻,幸残躯之免辱。谁怜寸寸之灰心?徒结断断之腐肠。骨骸暴野,肝胆涂地。"③从"宁死于豺狼之腹中""终不委身于豺虎"的描写中可见崔娘守护贞节意志之坚定和对红巾贼痛恨之深,也可看出作者对贞节观的肯定。这部小说还有一个亮点,就是女主人公这样一位温恭遵礼、知书达理的女性,在追求幸福爱情受到阻挠时却显现出性格中刚烈、坚韧的一面。她恳求父母成全她与李生的婚事:"父母如从我愿,终保余生;倘违情款,毙

---

①『李生窥墙傳』,林明德主編,『韓國漢文小說全集』七卷,76 쪽.

②『李生窥墙傳』,林明德主編,『韓國漢文小說全集』七卷,75 쪽.

③『李生窥墙傳』,林明德主編,『韓國漢文小說全集』七卷,76 쪽.

而有已,当与李生重游黄泉之下,誓不登他门也。"① 如果父母不应允婚事,她宁愿"毙而有已",与李生"重游黄泉之下"也不嫁他人,这份对爱情的坚守与执着是同一时期小说中较为少见的,因而其透露出的朦胧的女性意识值得我们关注。

《醉游浮碧亭记》的主人公松京洪生,风度翩翩又有文采。中秋佳节,洪生醉游浮碧亭,吟诗感慨箕氏王朝千古兴亡。三更时,出现一位贵族小姐,左右还有丫鬟随侍。小姐请洪生入宴作诗。小姐自称是殷王后裔,箕氏之女,因卫满窃位,朝鲜灭亡,为保贞节而死,后被神人救下,入海岛为仙,今夜思念故乡,所以来拜祖墓,顺便游览浮碧亭美景。洪生听后,邀请仙子以江亭秋夜玩月为题作诗。

> 弱质,殷王之裔,箕氏之女。我先祖实封于此,礼乐典刑悉遵汤训,以八条教民,文物鲜华,千有余年;一旦天步艰难,灾患奄至,先考败绩匹夫之手,遂失宗社。卫满乘时窃其宝位,而朝鲜之业坠矣。弱质颠蹶狼藉,欲守贞节,待死而已。②

这位仙子出场时的自我介绍内涵丰富,"殷王之裔"说明她血统高贵,"箕氏之女"说明她出身不同寻常,"欲守贞节,待死而已"则交代了女主人公的守节情操和结局。而这里所涉及的历史事件,则更颇具意味。一是箕子率商朝遗民到朝鲜半岛建立"箕氏侯国",并得到周朝的承认而成为诸侯的历史。中国史书上所记载的朝鲜最早是西周灭商之后,商朝遗臣箕子到朝鲜半岛与当地土

---

① 『李生窥墙傳』,林明德主编,『韓國漢文小說全集』七卷,74 等.
② 『醉遊浮碧亭記』,林明德主编,『韓國漢文小說全集』七卷,86 等.

著建立了"箕氏侯国"。西汉时历史学家司马迁的《史记》记载,商代最后一个君王纣的王室成员(兄弟)箕子在周武王伐纣后,带着商代的礼仪和制度到了朝鲜半岛北部,被那里的人民推举为国君,并得到周朝的承认而成为诸侯,史称"箕子朝鲜"。此事虽在《三国史记》《三国遗事》《太原鲜于氏世谱》等书中均有载录,但当代朝鲜、韩国史学家以缺乏考古学的证据为由一般不愿承认"箕子王朝"的存在。二是燕人卫满于汉初带领千余人逃亡到朝鲜半岛,推翻箕氏朝鲜,建立卫满朝鲜并定都王俭城的历史。到了公元前108年,卫满朝鲜被灭,汉武帝把其国土分为乐浪、真番、临屯及玄菟四郡。两晋南北朝以来,先是西晋及十六国时期的鲜卑慕容氏的前燕曾控制过原来汉朝在朝鲜北部的领地,后来在中国东北南部形成了高句丽王国,并逐渐强大,最强盛时曾控制中国辽东地区和朝鲜半岛北部的原汉四郡地区。魏晋南北朝以来,高句丽、新罗、百济等朝鲜半岛的三个国家分别同中国发生了长期的文化交流关系。到了统一新罗以后,王氏高丽及李氏朝鲜王朝等,都曾称臣纳贡,是中国多个王朝的藩属国。特别值得一提的是"壬辰倭乱"时日本入侵朝鲜,一度几乎占领朝鲜全境,最终在中国明朝援军的帮助下赶走倭寇,取得战争的胜利。上述历史事实表明,朝鲜半岛与中国不仅在政治上关系非比寻常,在历史地理意识方面也由于各方势力控制范围的此消彼长而时常模糊不清。尤其是朝鲜半岛人民,延续千年的藩属国地位以及文化上的紧密关联使其对中国产生了不同程度的认同感,尤其推崇和向往中华风物名胜。

说到贞节烈女,前文涉及的梦游录小说《江都梦游录》更为典型。殉节的十四位妇女是朝中大臣的妻子、母亲、儿媳妇、孙媳妇等,战乱使她们备受蹂躏,为守节都选择了死亡,她们的冤魂一一吐露了自己的悲情。她们以极其犀利的言辞批判了她们的丈夫、儿子、公公、祖父等。这些所谓的男人，作为朝廷大臣，没有履行自己的职责，在危难之时忘君负国。他们也没有保护自己的家人，以至"贼锋未迫，先投一剑"，敌人还未接近就强迫母亲自尽，"劝成贞节"，致使"世皆笑骂"。有的甚至在战乱中"偏救其妻"，而把母亲丢下使之"未享天年"。十四位妇女中的第八位是最具慷慨性格的人物，所谓"英风异骨，女中男子"。她表示自己的死是爽快和"光彩"的事，因为自己的贞节可以"名流青史，魂入天堂"，然而尤觉遗憾的是自己的丈夫身受国恩却"甘作贼奴"，成为笑柄。第十二位妇女的倾诉最长，她以"胸中义理"兼具"舌端霜雪"，义正词严地批判了"国无良将，且失人心"的现实，批判未能保住天险要塞之地的江都的大臣们。

《江都梦游录》反映了当时社会对江都失陷现状的反思，多方面谴责了官僚的无能，赞扬了妇女守节自尽的行为。从女性受难的角度来看，《江都梦游录》不仅仅满足于表现女性的情操，而是进一步刻画出士大夫的无能。从她们的对话中，看出统治阶级所呼吁的价值观和理念的虚伪性，还能看出她们并不是以消极的态度迎接死亡的。作品反映了由遭受外族压迫或杀戮的耻辱而激起的高涨的民族情感，但与外敌的入侵相比，更自省性地揭示了内在原因，即对统治阶层的腐败无能进行了批判。这部小说还有一个特色就是采用了女性口吻来表现作品的主题意蕴，是朝鲜朝前期汉文小说中较为少见的。在以儒教为统治思想的朝鲜朝时代，男性的最高德行是"忠"和"孝"，女性的最高德行是"节"和"烈"，战乱中男性没能遵守德行，而女性却做到了。"嗟余殒命，甘为自决，固所宜矣，无足恨也"的第一位妇人、"嗟余一死，固知无惜"的第二位妇人、"然而惟我三人，同死一节，仰之俯之，无所怍也"的第九位妇人等,在面对死亡时所表现出来的大无畏气概,体现了这些看上去柔弱的女子身上"烈"的一面,而这些女性的"节"和"烈",在最后一个出场的女子那里得到了总结:"江都陷没,南汉危急,主辱如何? 国耻方深,而忠臣节义,万无一人,贞操凛然,惟有妇女,是死荣矣! 何用戚戚!"① 这些在战乱中遇难的妇女们,把"节"看作人世上最为珍贵的东西,认为自己为"节"而死是十分光荣的。江华岛陷落时妇女们坚守"节"和"烈",与临阵脱逃的士大夫们背信弃义的卑鄙行径形成鲜明的对比,更突出了女性形象的伟大。在生死攸关之时那些朝廷的大臣们"忠臣节义"者"万无一人",而真正"贞操凛然"者"惟有妇女"。

更为可贵的是,在这些女性身上还体现出人性化的一面,即她们身临绝境时还惦记着家人。"甘为自决"的第一位妇人对自己的死"无足恨也",却担心独生子的"千载恶名"何时能洗,因而"叠恨盈襟,无日可忘";"嗟余一死"的第二位妇人对自己的死"固知无惜",却挂念"永失其子"的白发公公;由于"意外风尘"而遭惨祸的第三位妇人担心战乱中失去父母又失明的丈夫;"乐就其死"的第十三位妇人作为儒士的妻子,侍奉患了重病的郎君,在江华岛避难时敌人来袭,而丈夫因重病不能离开病床,自己为了免于受辱而殉节。阎罗大王重视气节,把她送入天堂享受万世的荣华与安乐,但她仍然感叹"忘亲自决,可谓不孝;欺了郎君,亦为不良"。她们虽已成为黄泉怨鬼,但仍然表现出女人的善良与德行,展现了妇女形象的崇高与伟大。《江都梦游录》中,作者冲破男尊女卑的传统观念,将女子的守节作为中心,将男子的毁节、不义作为对照进行叙述,这在 17 世纪以前的作品中是极为少有的,因而在文学史上

---

① 『江都夢遊錄』,林明德主编,『韓國漢文小說全集』三卷,108 쪽.

具有开拓性意义。

朝鲜朝时期,儒家"三从四德"的观念日益内化为女子"守节殉烈"的具体行动,女性被迫接受的各种严苛法令制度有增无减,加上程朱理学的推波助澜,贞节观被强化到了极点。这一时期,整个社会对于女性的道德期望,都集中在贞节上。守节模范的女子是家族的荣耀,国家为其树烈女碑、设烈女阁,这种从国家层面对贞节的积极提倡与褒奖,潜移默化地强化了朝鲜朝时期的贞节意识,朝鲜古代爱情家庭小说中反复强调女性的贞节就是很好的证明。守节是女性恪守的妇德,贞节是女性的最高价值,甚至高于生命,朝鲜古代爱情家庭小说的作者通过褒扬与谴责并举的形式,在小说中完成了对女性的道德说教。"这些女性形象基本是贞烈观念的化身,任何人性的东西在她们身上都被摒弃了。她们在殉死之前不但没有丝毫的犹豫徘徊,而且往往有一番豪言壮语,这些豪言壮语昭示她们对于男性价值规范的自觉认同和身体力行。"[1]

在具有悠久的儒家文化传统,以父系家长制为核心的古代朝鲜家族社会里,男性家长具有绝对权威,并从"夫为妻纲"引申出男尊女卑、夫唱妇随的观念,从"三从四德"引申出为夫守节、从一而终的观念。"朝鲜为政者对女子道德加强干预,从国家的立场上大力褒彰贞节,使其成为具有强大影响、并深入全国的风气与习俗"[2]。可见,在古代朝鲜,尤其是朝鲜朝,女性没有独立人格和应有的生存权,她们作为男性的附庸而存在,反映在小说中便是男性话语权充斥于整个文本。男尊女卑的性别文化,使女性长期处于受

---

① 周峨:《历史演义小说中女性形象的类型化特征》,《山西师大学报》2005 年第 5 期。

② 臧健:《中韩古代家规礼法对女性约束之比较——以明清和古代朝鲜时期为例》,《北京大学学报》2000 年第 3 期。

压制的状态,而父权制笼罩下的"一夫多妻"制给男性开了一个方便之门,男性不仅可以娶妻纳妾,还可以通过妓女来满足其性的欲望。两班贵族阶层的男人在明媒正娶的正室夫人那里得不到的性爱满足,则可以通过蓄妾或嫖妓来满足,"妓女"或"官妓"这个特殊的社会阶层应运而生。朝鲜朝时期妓业十分兴盛,妓女数量达到历史最高。"妓女制度是一种男人主宰女人的制度,妓女的存在满足了男人贬低妇女的欲望。"①妓女制度是男权社会的畸形产物,是包办婚姻中畸形的两性关系和贫乏情感交流的替代品,是男性优越阶级地位的直接体现。在古代朝鲜,妓女或官妓在社会上属于备受欺凌的贱民阶层。在程朱理学的伦理观中,贞节比女人的生命还重要,而"东家食,西家宿"的妓女受到鄙视是理所当然的。然而,妓女也有她们的爱情和节操。在朝鲜古代汉文小说中出现了各种类型的妓女形象,演绎着色彩斑斓的动人故事。

《钟玉传》的主人公金钟玉是原州使道金声振的侄子,才华横溢,一心科举,心无旁骛,甚至拒绝了父母指定的婚姻。金公想试探钟玉之志,就派童妓香兰勾引他。"才色俱妙"的香兰夜夜挑逗、温柔软语,钟玉终未禁住诱惑而"以草堂为洞房""以书灯为花烛"坠入爱河之中。后得知真相的钟玉服从父母的安排,上京成婚,之后纳香兰为妾,子孙满堂。

香兰姓玉,名香兰,是位童妓,"年甫十六。才色俱妙,以工于歌,工于诗,鸣于妓流。游人豪士,愿一见赠,而艳态娇言,千金犹轻。公命召而视,雪肤花容,果若人言"②。尽管香兰色艺双绝,与

---

① [美]卡罗尔·帕特曼著,李朝晖译:《性契约》,社会科学文献出版社2004年,第202页。

② 『鍾玉傳』,林明德主编,『韓國漢文小說全集』七卷,378쪽.

钟玉又是两情相悦,但作为童妓出身的她,深知自己身份的卑微,想要与钟玉终生厮守并非易事。所以当钟玉知道一切都是金公所设圈套之时,她便恳求道:"小妾虽奉使道之命而欺谩郎君,小妾之罪大矣。然勿为概怀宴尔,新婚之后,毋忘旧人也。"[1] 钟玉的回答则是:"今吾之速婚,因汝而成之,汝乃吾之良媒也。"[2] 此番回答中并未表现出多少情意,可见香兰在其心中也仅仅是工具性的"诱饵"和"催化剂",其根源还是香兰童妓的身份。朝鲜朝时期身份等级制度森严,两班贵族阶层是不允许与贱民通婚的,但在同一阶层之中,贵族男性却有极大的性自由和婚姻选择权。因而,钟玉赴京娶了权倾一时的名卿鲁琮之女为妻,可谓是门当户对,香兰只能屈居为小妾,而这小妾的地位也并非每一位有香兰相似经历的妓女都能拥有的,更多的则是被抛弃、被遗忘,甚至像《周生传》中的俳桃一样为无法挽回的爱而命丧黄泉。而一旦回归到传统家庭秩序中,妓女们就要顺从封建礼教的约束,要恪守妇道,作为小妾的香兰不仅要对丈夫顺从,还要对正妻恭敬。因为只有这样才能获得社会认同,符合男权社会家庭伦理规范的要求。

《芝峰传》中的白玉与《钟玉传》中的香兰一样也是妓女身份,是处于社会最底层被奴化、被压迫的弱者。童妓香兰是被金公指派的,白玉则是自己主动请命的,她们都是作为"色诱"男性的最佳"诱饵"。妓女与一般家庭中的良家妇女不同,她们不存在守贞与否,是被排除在家庭伦理秩序之外的。妓女制度的存在,实质上是对沦为妓女身份的女性的残害,她们处于社会最底层,是满足男性需求,人人均可欺的存在。她们虽美貌如花,诗词歌赋样样精

---

[1] 『鍾玉傳』,林明德主编,『韓國漢文小說全集』七卷,398 쪽.
[2] 『鍾玉傳』,林明德主编,『韓國漢文小說全集』七卷,398 쪽.

通,但丝毫没有自主权,一切都取决于男性的好恶,招之即来,挥之即去。《芝峰传》中的芝峰与《钟玉传》中的钟玉都是被色诱的男性,他们是"享用者",不用承担任何道德指责,更不会受到任何惩罚,他们与妓女之间的感情纠葛只被当作风流韵事作为茶余饭后的谈资,丝毫不影响他们迎娶门当户对的贵族小姐为妻,科考中第,功成名就。可见,在古代朝鲜,贞节对于男女是有着双重标准的,男性无需遵守,而女性则要严格执行。强调女子之贞洁,是古代朝鲜汉文小说的一个重要特点。即便是妓女出身的女性,一旦委身于某位男性便回归正轨之中。如写西门勣与洞仙生死不渝爱情故事的《洞仙记》,作品把西门勣与洞仙十余年中经历的离别相思、磨难等诸般痛苦作为主要描写对象,着力刻画了洞仙的守贞之洁。洞仙虽身为妓女,但她不为各种威胁、诱惑所屈服,无论是安琦的威逼利诱,还是胡孙挞嬉的强取豪夺,洞仙对西门勣的爱情始终未变,认为"婢妾而无贞"如同"臣子而不忠",其"罪不容于天地"。为自己所爱之人,她排除艰难困苦,冒着生命危险,长途跋涉来到女真人的巢穴燕京,想尽一切办法救活西门勣。《洞仙记》"塑造了一位富有牺牲精神的可歌可泣的义妓形象,表现了对被侮辱被歧视的弱势群体的无限同情和赞美"①。

《春香传》中的女主人公也是这样一位不惜以死殉节的刚烈女子。《春香传》是朝鲜半岛历史上最优秀的古典小说之一,有"'海东绝唱'的美称,又被誉为朝鲜的'《西厢记》'"②,也是一部反映古朝鲜乃至古代东方文化和社会风貌的经典之作。它同《沈青传》《兴夫传》一起,被列为朝鲜民族的三大古典名著,与中国的《红楼

---

① 金宽雄、金晶银:《韩国古代汉文小说史略》,第198—199页。
② 李岩等:《朝鲜文学通史(下)》,第1200页。

梦》、日本的《源氏物语》一道被称为亚洲三大古典巨著。儒家的基本道德理念在《春香传》中得到较为全面的反映,"表达了创作者对儒家道德的认同与诉求,在阶级等级观、传统忠孝观和女性贞烈观三方面尤为突出"①。

《春香传》中,南原府使之子李梦龙与退妓月梅之女春香一见钟情,私订终身。后因府使任期已满,李梦龙随父回京城,二人泪别,并相互赠信物。新任府使是好色之徒,听闻春香姿容超群,才艺出众,强迫春香为妾。春香在牢中受尽酷刑折磨也宁死不从。李梦龙在京城考中状元,又被钦点为御史,之后假扮成乞丐,暗中查访,惩办了新任府使,将春香救出。最终,春香凭借自己坚定的道德操守感动了所有人,被封为贞烈夫人,得以与李梦龙厮守终身。

《春香传》是古代朝鲜人民在长期口传中形成的一部古典文学名著,故事原型产生于14世纪的高丽时期,以唱剧、歌剧等多种艺术形式流行于世,直到18世纪末19世纪初经文人加工才形成一部经典的小说。"小说生动地展现了中国儒家思想道德所一贯倡导的忠孝、伦理和等级观念的弊端,表明封建礼教是阻碍社会和人性发展的根本,具有现实主义的批判精神和浪漫主义的自由精神,从而使得小说的思想价值和文学价值得到了双重提升。"②

春香是退妓月梅之女,根据朝鲜朝当时的规定,父母中有一方是贱民身份,其子女也是贱民身份,所以春香身份等同艺妓,而艺妓在当时的社会背景下身份比贱民还要低下。李梦龙的父亲是翰

---

① 边铀铀:《论〈春香传〉与中国古典文学》,《短篇小说》(原创版)2014年第27期。

② 窦云鹏:《韩语名著〈春香传〉中的中国古典文学与文化元素》,《黑龙江工程学院学报》2016年第2期。

林学士,出身两班。朝鲜朝施行"良贱不婚制"的婚姻政策,即不可以跨越身份等级通婚。因而春香初次见到李梦龙便道:"道令京华巨族,儒林宗长。小女穷蔀贱身,草屋微生,自有贵贱之别。"① 而当春香以"身许于前使道之子"为由拒绝新任府使时,新任府使便道:"汝以贱生,守何贞节? 且为月梅之女,素有路柳之名,则世所共贱,而人皆可折……" ② 一语道出身份等级不同不可通婚是当时社会的共识。因而,春香与李梦龙的结合是有违当时社会等级制度的。此外,李梦龙和春香是自由恋爱,在讲究父母之命、媒妁之言的朝鲜朝,两人的结合,不仅冲破了封建社会身份地位的局限,还打破了传统的"封建婚恋观"。因此,春香的叛逆是双重的,既是对封建社会身份地位的反叛,又是对封建社会不合理的婚恋制度的反叛,这就意味着她的叛逆之路是极为曲折、险象环生的。而她不甘于命运,为追求爱情而表现出的毅然决然的姿态和勇气也是前所未有的,她身上体现出的忠贞烈女之性、矢志守节之坚是极具震撼人心的感染力的。

　　　六礼之行虽无于贱妓之身,三从之义独有于士大夫之家乎? 松柏之节何为桃李之颜? 兰蕙之质岂变樗栎之姿? 古人有言曰:"忠臣不事二君,烈女不更二夫。"此言何谓也? 以草野之庸人,委质而为人臣,则岂可无忠心乎? 以娼家之贱生,结发而为人妇,则岂可无节行乎? 奉天窦氏之女不辱而投崖捐躯,唐之德宗旌其门;楚地王凝之妻被牵而断臂示志,郡之刺史伏其主,名分虽异乎贵贱,节行何殊于古今? 三纲之夫为

---

① 『漢文春香傳』,林明德主编,『韓國漢文小說全集』七卷,234 쪽.
② 『漢文春香傳』,林明德主编,『韓國漢文小說全集』七卷,243 쪽.

妻纲,五伦之夫妇有别,古圣制礼,岂有一毫私情于其间哉? 圣人之心公如天地。天地之化育万物也,高山之木不独被时雨之涵;幽谷之草亦有得阳春之发。小妾身虽陋贱,略有操介,岂不知圣人之垂训,女子之烈行? 宁守空闺,虚送居诸而老死,安能以一身之芳节,受万世之累名乎? 身虽死亡,命难服从。①

这是面对新任府使前来劝诱之时春香的回答。春香从小受到儒家文化的熏陶,恪守礼教,信奉"三纲五常""三从四德"的儒家伦理思想,坚守"忠臣不事二君,烈女不更二夫"的妇道观。她从为人臣者"岂可无衷心乎"引申为为人妇者"岂可无节行乎",继而用奉天二窦姐妹被强盗所掠,义不受辱,接踵投崖和王凝之妻断臂保全其贞节之典来表明自己对李梦龙从一而终的决心。并用"圣人之垂训,女子之烈行"再次表明自己的坚守,"宁守空闺,虚送居诸而老死"也不愿毁节而他嫁,以此表达自己的节烈观。即便后来被打入死牢也毫不动摇,誓死捍卫节操。春香很清楚自己与李梦龙身份悬殊,为何还如此冒天下之大不韪而执意与李梦龙偕老终生呢? 这要从小说产生的历史背景谈起。《春香传》成书于朝鲜朝后期,经历了"壬丙两乱"之后,整个社会的政治、经济、文化都发生了变化,原有的封建社会身份秩序开始动摇,民众提高身份地位,试图改变等级秩序的欲望愈加强烈。作品是对现实的反映,春香这一典型形象"表现了朝鲜半岛人民迫切想要改变现有制度的愿望,渴望打破封建伦理束缚,体现出了男女平等的意识,揭露官僚丑恶阴险的嘴脸,试图冲破森严的礼法制度,尤其是对当时贱子

①『漢文春香傳』,林明德主编,『韓國漢文小說全集』七卷,243 等.

随母等良贱二元制的批判"①。相对于其他作品,《春香传》中的女主人公春香这一形象,一反传统小说中女子一味顺从的一面,展现出有主张、有批判精神的一面,这是朝鲜古代汉文小说中较为少有的女性形象,因而其意义更为深刻。

综上所述,无论是《万福寺樗蒲记》中"终守幽贞"的何氏,还是《李生窥墙传》中"义重命轻,幸残躯之免辱"的崔娘,都不惜用生命来保全自己的贞节。反观小说中那些"失贞"女子都没有得到善终,结局十分悲惨,如《谢氏南征记》中的乔氏、《彰善感义录》中的赵女等。闺阁女子要坚守贞节,被排除在家庭秩序之外的妓女、艺伎,也以她们的方式实现其节义,"李朝女性们将贞节当作最高的美,当作韩国女性的理想与信念。古代小说中经常出现贞烈夫人成为万人称颂的对象,因此为表彰守节女性的贞烈设立了烈女碑、烈女阁"②。对贞节烈女的提倡,对失贞女子的谴责,都是为了使女性更加顺从,这是符合儒家所倡导的"女子无才便是德"的教化思想的。朝鲜古代爱情家庭小说中,作者对贞节烈女的赞赏,其实也是当时社会对女性的期望,而社会期望往往会影响个人的自我塑造,这就导致许多女性会按照社会主流宣扬的方式来塑造、实现自我,认为贞节高于一切,所以更进一步强化了贞节观念。正如有学者评价的那样:"朝鲜朝社会的指导理念和国家正统意识形态,是建立在以伦理道德为本位的程朱理学的基础之上的。在这种思想文化语境中,大量出现那些极力强调女性贞节的小说作品是顺理成章的现象,尤其在爱情题材小说中更是如此。"③

————————

① 凌云志:《从〈春香传〉看韩国古典文学的创作》,《青年文学家》2019 年第 12 期。

② [韩]박성의,『韓國文學背景研究』,二友出版社,1980,154—155 等.

③ 金宽雄、金晶银:《韩国古代汉文小说史略》,第 200 页。

　　朝鲜古代爱情家庭小说中,除了从"贞"的角度宣扬女性的坚守之外,对"顺"的描写也是极力褒扬,主要体现在女性对"夫为妻纲"的伦理规范的遵从上。朝鲜朝时期男性在权力秩序中始终占据主导地位,"朝鲜朝将女子无条件服从男子作为美德,倡导从一而终,即使丈夫早逝,女子也不可改嫁或再婚。即使夫妻关系不和睦,女子也不能提出离婚"①。对女性的禁锢之风愈演愈烈,女性除了守节,还要承受"五不娶"与"七去之恶"的婚姻制度。儒家伦理思想要求妇女除了做到"三纲五常",还要做到"三从四德"。"三从",即在家从父、出嫁从夫、老来从子;"四德",即妇言、妇容、妇德、妇功。"妇德"强调妇女要"保持贞洁",而三纲之中的"夫为妻纲"强调妻子要绝对顺从丈夫。朝鲜古代爱情家庭小说的作者们基本都是在儒家传统道德观念指导下,以家庭伦理关系为叙事中心,通过塑造符合儒家伦理规范的女性人物来宣扬"夫为妻纲"的伦理观念。"在女性形象身上,忠、孝、信、义的人伦规则,温柔敦厚、厚德载物的为人方式在汉文小说中以各种方式被反复强调着,尤其是对忠贞意识、奉献牺牲精神、忍耐克制精神的表现上,她们都是诚信可靠、忠贞不二的人,同时还是无私利他的。"②《谢氏南征记》中的女主人公谢贞玉就是按照儒家思想塑造的贤妇,是遵从"夫为妻纲"的典范。刘少师在为刘延寿选妻时,最看重的品质就是"贤"。

　　　少师曰:"新妇今入吾家,何以事丈夫?"小姐对曰:"早

①［韩］박성의,『韓國文學背景研究』,二友出版社,1980,162 쪽.

② 谭红梅:《朝鲜朝汉文小说男性作家笔下的女性形象》,《延边大学学报》2010 年第 5 期。

失所怙,偏母过爱,所学蔑如,然慈母送之门曰:'必敬必戒,无违夫子。'从事于斯,庶几免于大戾。"少师曰:"无违夫子,是为妇道,则夫虽有过,亦可从之欤?"小姐曰:"非谓此也。古语曰:'夫妇之道,兼该五伦,父有争子,君有争臣,兄弟相勉以正,朋友相责以善,至于夫妇何独不然?然自古丈夫听妇人之言者,少益而多害。牝鸡司晨,哲妇倾城,不可不戒也。"少师顾众宾曰:"吾妇曹大家者类也。"谓翰林曰:"得贤妻非细事,汝有内助,吾何复虑?"①

这是谢贞玉嫁给刘延寿之初,她与公公刘少师的对话,"必敬必戒,无违夫子"是谢贞玉"事夫"的原则,她认为"夫妇之道,兼该五伦"。从谢贞玉"君子贵德而贱色,贤妇当以德嫁之"的择夫观就能看出她对儒家传统夫妇观的认同,而她也确实严格按照"贤妇"的标准去践行,对"夫为妻纲"的道德理念无条件遵从。为了刘家的香火,她主动劝说丈夫纳妾,而她的人生悲剧也从此开始。

　　　　谢氏曰:"……况一妻一妾人伦之常,妾虽无关雎之德,亦不效世俗妇女之妒耳。"杜夫人曰:"君笑我言耶!夫关雎、樛木固是太姒不妒之德,而亦因文王不好色,众妾自无怨故也。若使文王耽于美色,爱憎不均,则太姒虽不妒忌,而宫中岂无怨言?内政岂不能乱乎?古今异宜,圣凡不相及,而徒欲以不妒致二南之化,真所谓慕虚名,而受实祸也。"谢氏曰:"妾何敢望古人,窃见近代妇女蔑伦侮圣,不顺姑舅,不敬丈夫,惟以妒忌为事,乱人家而殄人祀,妾诚忿而耻之。虽人微不能化

---

①『謝氏南征記』,林明德主编,『韓國漢文小說全集』七卷,8쪽.

俗，又何忍效尤哉？丈夫若自贱其身，溺于不正之色，则妾虽
驽当冒嫌而力谏，此则道理然也。"①

　　谢贞玉婚后一直无子，为了子嗣问题，她主张为丈夫纳妾。上
述引文是刘延寿的姑母杜夫人与谢贞玉的对话，杜夫人认为"家
有姬妾"是"乱之本也"，后来乔氏的所作所为印证了杜夫人的话。
但谢贞玉却认为家庭之乱并不是因为纳妾，而是在于"不顺姑舅，
不敬丈夫，惟以妒忌为事"。可见她是处处"以夫为纲"，即便后来
刘延寿听信了乔彩鸾的谗言，将她休逐家门，她也从未反驳丈夫一
言，为自己辩解一句，反而不断自省，认为是自己的过错才得以至
此。即便被逐出家门后，仍以刘家媳妇自处，主动去公婆坟前守
孝。金万重多次用"比干剖心，子青扶目，屈原投水，伯奇履霜"来
赞赏谢贞玉的贞烈，还把谢贞玉与卫之庄姜、汉之班婕好及著《女
诫》的班昭等相提并论，意在赞美谢贞玉的贤淑品德。但是由于作
者力图按照儒家思想去塑造一个完全合乎规范的妇德标杆，谢贞
玉不仅温良恭俭让五德俱全，而且诗词文章无不精通。由于写得
过于理想化，未免导致这一形象缺乏真实感，而反面人物小妾乔彩
鸾却塑造得更为生动、鲜活。

　　乔彩鸾生于没落的官宦之家。她曾说："自谓门户衰矣，与其
为寒士妻，宁为宰相妾。"②乔彩鸾生性善妒，贪图富贵，嫁与刘延寿
为妾后，不安分守己，总是图谋不轨。尤其是谢贞玉生子后，她觉
得自己的地位受到威胁，于是不择手段多次设计陷害谢贞玉，甚至
与门客董青通奸，共同谋害谢贞玉。因担心通奸之事暴露，继而诬

———————

① 『謝氏南征記』，林明德主编，『韓國漢文小說全集』七卷，9—10 쪽．

② 『謝氏南征記』，林明德主编，『韓國漢文小說全集』七卷，10 쪽．

告丈夫刘延寿。当董青失势她失去依靠后,仍不知悔改,又与冷振勾搭成奸。

作者塑造了两个正反对立的女性形象:正妻谢贞玉是贤妇的典范,贤淑知礼、忍辱负重、顾全大局、无私奉献;小妾乔彩鸾是恶妇的典型,心术不正、不守妇德、偏斜狭隘、手段毒辣。贤妇谢贞玉最终平反昭雪与丈夫刘延寿夫妻白首偕老至八十而终,恶妇乔彩鸾则是沦落为娼,继而被判处死刑。作者通过褒扬正面人物和惩处反面人物进行道德教化,强化妇德,从中可见小说作者金万重所持的儒家善恶思想,即善儒家之所善,恶儒家之所恶,"作者力图以他的人物形象说明:充分遵循还是彻底违背儒家的社会政治和人伦道德思想,是刘、谢与严崇、乔、董等一善一恶的分水岭。在这里,刘延寿的忠君、敢谏和谢贞玉的闺门懿范言行,是作者所树立的样板,全书中的理想,就体现在这两位人物身上了"①。

"李朝500年是儒教时代,特别是朱子学的全盛时代"②,因此,古代朝鲜的女性无论在社会还是在家庭中都没有任何地位。她们没有独立的人格,生存的意义完全是为父、为夫、为子,反映在文本中,其形象便是温柔、体贴、包容、善良、逆来顺受、吃苦耐劳等,似乎与反抗、刚烈、独立自主等毫无关系。《谢氏南征记》中的谢贞玉、《周生传》中的俳桃均是其中的典型。究其原因,与小说作者所持"三纲五常""夫为妻纲"等儒家伦理道德思想、朝鲜朝程朱理学在思想文化领域的强化有着直接的关联。"这些思想,深刻地影响了朝鲜朝后期文人对女性的态度,小说家自觉不自觉地依照这种以依附、顺从、卑弱为特征的女性理想人格来塑造女性形象,使

---

① 韦旭昇:《韦旭昇文集》第四卷,第349页。
② [韩]金台俊著,全华民译:《朝鲜小说史》,第29页。

女性形象呈现出伦理化、道德化的特征。值得注意的是,这种女性理想人格的定位,不仅影响了小说家的审美创作与妇女观,更广泛地影响了小说家的创作心理。"①纵观朝鲜古代汉文小说,与前代相比,"程朱理学被奉为正统思想的朝鲜朝,对女性的束缚超过了以往任何一个时代,妇德与贞节成为女性操守的两大束缚,这不能不深深影响着当时的小说创作者文人士大夫们。无疑,女性形象的塑造与作家的心态、处境、经历等具有密切的关系。他们教化的文学观很自然地使他们将发生在女性身上的一切与传统道德观联系在一起,使得笔下的女性形象难以避免地反映出男人的愿望和要求,难以摆脱两性关系中不平等的地位"②。

（二）对"忠孝"思想的推崇

孔子云:"夫孝,始于事亲,中于事君,终于立身。"③中国古代传统封建社会有着家国同构的特征,重视家庭伦理关系,重视孝道,并由对家庭之"孝"进而延伸至对国家之"忠",不孝者难以忠,不忠便是不孝。"先秦儒家以仁政为核心实质的孝道观,至汉代以后被赋予了强烈的政治性。汉儒将孝与忠联系起来,以孝劝忠,并进而将'孝'这种道德规范以法律的形式加以强化和维护。"④忠是对国家的臣服,孝是对家族先辈的服从,忠孝一致就意味着把家族伦理推广到国家的伦理秩序,把国家看成一个大家庭,就像尊重父母那样去尊重君主。以家庭伦理为其基础的"忠孝"思想,对

① 李娟:《韩国古代家庭小说文化阐释:以朝鲜后期为中心》,第94页。
② 谭红梅:《朝鲜朝汉文小说男性作家笔下的女性形象》,《延边大学学报》2010年第5期。
③《孝经注疏·开宗明义章》,阮元校刻:《十三经注疏》,第2545页。
④ 孙萌:《儒学视域下的朝鲜汉文小说研究》,博士学位论文,上海师范大学中国古代文学专业2012年,第94页。

维持和稳定社会秩序起到了重要作用。“中国明清时代与朝鲜朝皆为家天下的宗法血缘社会，由家庭而上升为国家，所以孝是忠的基础，忠是孝的升华。强调子女的孝亲观念，是维护国家统治的根基。”① 在以家庭、家族内部生活为叙事中心的朝鲜古代爱情家庭小说中“忠孝”思想体现得尤为突出。

《彰善感义录》是一部典型的宣扬儒家忠义孝悌思想的家庭伦理小说，作者赵圣期② 出身于官宦世家，自幼学习儒学，深受儒家思想影响。小说篇首写道：“大凡人生无论男女贵贱，而必以忠孝为本，友爱慈敬之心，乐善行德之意一皆从斯而出也。夫子孙昌大，富贵荣乐者，其福之所由来者远，故其立基也厚，则虽危必安；其立基也不厚，则虽安，必危，此理之自然者也。”③ 结尾再次强调：“噫！忠孝，性也；死生祸福，命也，非吾所知也，但当尽吾性而已矣。”④ 这部小说共有十四回，通过回目和小说的题目《彰善感义录》就可以看出作者的思想倾向：“第一回 孝子赞归计 双玉定佳缘”“第四回 桂亭各言志 莲桥独行义”“第五回 君子迎淑女 妖妾结凶客”“第六回 慈悲观世音 义气都御史”“第十一回 义士逢好逑 孝女副至愿”“第十二回 飨士锦官楼 策功文华殿”“第十三回 孝妇返旧堂 恨女成好缘”，从中可见作者对忠、孝、义等儒家核心理念的关注。

故事发生在明朝嘉靖年间，兵部尚书花郁有沈氏、姚氏、郑氏

① 金香淑：《朝鲜朝家庭伦理小说研究》，博士学位论文，中央民族大学比较文学与世界文学专业 2016 年，第 118 页。

② 赵圣期(1638—1689)，字成卿，号拙修斋，朝鲜朝中期文人。著有文集《拙修斋集》、小说《彰善感义录》等。

③『彰善感義錄』，林明德主編，『韓國漢文小說全集』七卷，109 쪽.

④『彰善感義錄』，林明德主編，『韓國漢文小說全集』七卷，222 쪽.

三位夫人。沈氏的儿子花瑭是长子,姚氏早逝,留有一女太姜,郑氏的儿子就是小说的男主人公花珍。父亲花郁是兵部尚书,忠君爱国,母亲郑夫人知书达理、贤良淑德。父母十分重视对他的教育,从三四岁时起,母亲就以《孝经》为主要书籍来教育他,他认真倾听,默默背诵,铭记于心。花珍是个忠厚、善良的正人君子,对其"孝悌"的宣扬构成了作品的总基调。花珍自小聪慧懂事,其父花郁生前特别偏爱这个小儿子,这让沈氏和花瑭嫉恨在心,埋下祸根。当花郁和郑氏相继去世后,沈夫人便将所有恨意发泄到花珍身上,经常打骂他:"汝贱子珍,借势成夫人而愚弄先君,欲夺据嫡长。而天不助恶,大事败谬,乃反与妖姊凶婢谋为不测乎?"① 面对沈夫人的刁难,"愚弄先君,欲夺据嫡长"等无中生有的责难,花珍痛哭道:"人生天地,五伦为重;五伦之中父子尤焉。父与母一体也,小子虽无状,母亲何忍以此言加之乎? 小子以先君之血属,侍母夫人之膝下,此言奚为及于小子哉? 姊氏虽与翠蝉有所酬酢私情相语本非大罪;而至于语涉怨望罪在翠蝉,姊氏何与哉? 且闺秀之身异于男子,恶名相加尤所不忍,万望母亲,小垂恻隐。"② 无论沈夫人怎么虐待他,他始终像侍奉生母般侍奉沈夫人,毫无怨言。即便是被恶意迫害导致流放,甚至无辜被扣上杀人罪名而含冤受屈时,他也听由天命,为坚守孝悌之道而始终默默忍受,而且不仅对迫害他的沈夫人和花瑭无丝毫痛恨,相反却总是自责:"奉母不能孝,事兄不能悌,获罪于天,万戮犹轻。"③ 觉得导致这一切是因为自己没有尽到对沈夫人之"孝"和对兄长花瑭之"悌"的缘由,认为自

---

① 『彰善感義録』,林明德主编,『韓國漢文小說全集』七卷,116 쪽.
② 『彰善感義録』,林明德主编,『韓國漢文小說全集』七卷,116 쪽.
③ 『彰善感義録』,林明德主编,『韓國漢文小說全集』七卷,172 쪽.

己"获罪于天","万戮犹轻"。及至赵女、范汉所犯之事东窗事发，真相大白之时，立功荣归的花珍仍在幡然醒悟的沈夫人面前称罪不已，连沈夫人都甚觉不安："汝以无罪辄称有罪，吾心之不安当甚于汝矣。"① 作品极力赞扬了花珍的孝敬之心。

作品除了对花珍至孝的赞扬外，还着意表现了他事兄之"悌"。花瑃生性庸劣、不明事理，在赏春亭赋诗吟咏中，父亲花郁看到花瑃诗时骂道："小子无状，吾家亡矣。"当看到花珍诗时赞叹曰："此儿才离襁褓，见识过人，今又诗才如此，其天品可异。而两篇皆王公富贵之像，亡吾家者，瑃；兴吾家者，珍也。"② 并告诫花瑃："吾门世世以忠孝法度相传，持心处性一以正道，虽杯酒谐谑之间，未尝有淫乱非礼之言矣。汝今言志于父兄之前，而其狂荡如此，良可骇愧，此后须改心修行，一静一动皆学于汝弟，无令花氏宗祠覆于汝手也。"③ 从花郁的言辞中可见花瑃是个"狂荡"之徒，而其后的所作所为也印证了这一点。对这样一位生性顽劣，且与不法之徒同流合污、狼狈为奸最终银铛入狱的兄长，花珍不仅不记恨他丝毫不顾及兄弟之情，对自己横加迫害的事实，相反当听闻花瑃被捕下狱后"北望失声"，"汪然泣下"曰："家兄陷于死地，不肖弟之罪也；家兄死，则吾不忍独视息于人世也。"④ 为救兄长，在立下赫赫战功被皇帝召见之时，他唯一的请求就是替兄顶罪，皇帝为其至真至诚的孝悌感动而释放了花瑃。至此，执着践行儒家"孝悌"观念的花珍，以其持之以恒的忠厚善良终于感化了沈氏母子，使他们找回了一度失去的人的本性"善"，完成了"以善化恶"的历程。

---

① 『彰善感義錄』，林明德主编，『韓國漢文小說全集』七卷，208 쪽.
② 『彰善感義錄』，林明德主编，『韓國漢文小說全集』七卷，111—112 쪽.
③ 『彰善感義錄』，林明德主编，『韓國漢文小說全集』七卷，112 쪽.
④ 『彰善感義錄』，林明德主编，『韓國漢文小說全集』七卷，185 쪽.

　　花珍不仅至孝,还怀有治国平天下的理想抱负。十六岁时参加科举考试,考中状元。之后遭陷害,被发配到谪所。在谪所拜郭公为师,学习兵法和武艺。此时恰逢海盗作乱,花珍从军上战场,击退了徐山海十万大军。继而又平定了安南国的叛乱,屡立战功,被封为晋国公。在沈夫人和花瑨面前看上去软弱的花珍,在面对国家安危之时,则立刻挺身而出,有勇有谋,体现出其英勇的一面。在家竭尽孝悌,在外为国尽忠,花珍真正做到了忠孝两全。"花珍忠厚、善良、坚定,而且智勇双全、品德高尚,是堪与'圣人'媲美的人物。花珍的性格模式是韩国古小说人物性格中最典型的'向心型模式',即,其性格是各种善的、好的性格特征的集合体。"① 但从整体上看,《彰善感义录》中的花珍与《谢氏南征记》中的谢贞玉一样,尽管性格鲜明,但缺乏真实感。由于作者完全按照儒家思想刻意去塑造一个合乎伦理规范的形象,在他们身上赋予过多的忍让为怀的品性,导致人物形象过于扁平,过于理想化,缺乏艺术感染力。

二、道教的神仙思想

　　道教是中国本土宗教,其对中国古代文学的影响不容忽视。仅就小说而言,"从六朝至于宋明,许多作品都深受道教的影响。如六朝出现了许多志怪小说,其中不少作品是专为道教而作的,如《汉武帝内传》、《海内十洲记》、《洞冥记》;有些作品则与道教的思想内容关系十分密切,如《搜神记》、《后搜神记》等。六朝以降,以神仙道教为题材的传奇、小说代有其书,如唐代的《枕中记》、宋代汇编成书的《太平广记》、明代的《四游记》。《四游记》除《西游记》以佛教为题材外,其余之《东游记》、《南游记》、《北游记》均写神

_____

① 金宽雄、金晶银:《韩国古代汉文小说史略》,第 219 页。

仙,如八仙、灵官大帝、真武大帝等及后来的《封神演义》等等"①。
道教对文学创作的影响主要体现在三个方面:"第一,它刺激了人
们的想象力;第二,它提供了许许多多神奇的意象;第三,这些意象
的凝固形态作为'典故'渗透在中国古典诗词之中,而这些意象的
扩展形态则作为'情节'、'场面'及'原型'出现在中国古典戏曲、
小说之中。"②道教为文学创作,尤其是为小说创作提供了丰富的素
材。其中也包括古代朝鲜汉文小说的创作。上述所列中国古代典
籍《搜神记》《海内十洲记》《洞冥记》《太平广记》《枕中记》《东
游记》等均有传入朝鲜半岛的记载。至于道教传入朝鲜半岛的具
体时间目前尚不可知,但至少在古代朝鲜的三国时代就已传入。
从统一新罗开始,有大量的朝鲜学生和文人入唐,频繁的文化交流
推动了道教的发展和传播。高丽朝时,道教受到统治阶层的推崇,
进入兴盛期。朝鲜朝时,由于崇儒抑佛政策,道教也受到一定程度
的压制,但在民间其发展并未停滞,已融入民间日常生活和习俗
中。朝鲜古代爱情家庭小说中也涉及道教相关内容,主要体现在
对仙境、仙居、仙人等道教意象的描绘及对仙人赐药等道教元素的
运用上,有着明显的道教神仙思想内涵。

　　《淑香传》是其中的代表性作品,"这篇作品是建立在道教思
想基础之上的爱情小说……这一时期出现的爱情小说中像这篇小
说一样,以道教的思想内容一以贯之的实属少见"③。《淑香传》的
故事发生于中国南宋绍兴,南阳士人金钿娶了蒋厚之女,婚后生
女名淑香,天资聪慧。淑香五岁时金兵南侵,战乱中与父母走散,

---

① 张岱年、方克立主编:《中国文化概论》(修订版),第234页。
② 葛兆光:《想象的世界——道教与中国古典文学》,《文学遗产》1987年第
　　4期。
③ 金宽雄、金晶银:《韩国古代汉文小说史略》,第208页。

幸被张丞相收为养女。张丞相夫妇对淑香宠爱有加,因此遭府上侍女嫉妒、陷害被赶出家门。淑香想要跳河自尽,被龙女救起,又被一位卖酒的老妪麻姑仙收养。一日淑香梦入瑶池,见到了仙境景象,其中还有一位名叫太乙的少年。淑香梦醒后,把自己在梦中所见绣到锦缎上。麻姑将锦缎拿到市集售卖,被大贾赵章购买。赵章拿着锦缎,找才子李仙题字。这位李仙本是天上的太乙仙人,贬降凡间。李仙此前也梦入瑶池,梦中见一仙娥即淑香。李仙看到锦缎,十分惊叹,花重金购买,并询问刺绣锦缎者是何人。李仙见到淑香,彼此钟情,私订终身。李仙的父亲得知此事,十分震怒,令知县将淑香关进监牢。淑香被知县夫人所救,免于一死。李仙被逼前往京城科考,考中状元后归家与淑香团聚。二人最终修成正果,飞升重回仙界。

《淑香传》的结构框架采用了"谪世"模式,这种模式来源于道教的"谪世"观念,"所谓'谪世',是指证得道果居中于上界的仙人,由于触犯某种戒规(通常是由于动了凡心),而被谪降至人世。一般来说,谪世是指有过失而遭贬谪,但其中也包括了因为某种特殊原因,天帝令其下降人间,或本人自愿下凡历劫。不管是属于哪种情况,谪仙们的人生历程是被规定好的:即经过一段尘世生活,又重新回归上界"①。在朝鲜古代汉文小说中"谪世"的仙人大多是因为触犯天条或动凡心而被贬谪至凡间,然后转世托生,经历一世或几世的劫难与考验,最终再次得道飞升,回归仙界。《淑香传》中的女主人公淑香"乃是月宫素娥之灵,得罪上帝,暂谪下界"②,托生于南阳金钿家,"累经困厄,备尝险苦,以赎前主之罪"③;男主人

① 孙逊:《释道"转世""谪世"观念与中国古代小说结构》,《文学遗产》1997年第4期。
② 『淑香傳』,林明德主编,『韓國漢文小說全集』七卷,286 等.
③ 『淑香傳』,林明德主编,『韓國漢文小說全集』七卷,286 等.

公李仙本是天上的太乙仙人,也是"得罪上帝,暂谪下界"[①],托生于兵部尚书李元白家。淑香和李仙在天为仙时就彼此相爱,作为"玉皇香案前职掌众星"的太乙仙人,"与素娥作诗唱和,偷桃广寒殿事觉",二人触犯天条被贬至人间。在人间,淑香和李仙历经艰险磨难,再度相遇相爱,姻缘修成正果,结为夫妇,最后淑香和李仙又恢复仙籍,飞升回归仙界。《淑香传》具有典型的"谪世"母题结构,即由"神仙"谪变为"人",再由"人"升变为"神仙"。《淑香传》与《九云梦》的结构颇为相似,《九云梦》中天界的性真与八仙女因石桥相遇动了真情,继而怀疑寺院中清静无为的修道生活而向往俗世,于是下凡人间,转世为杨少游,娶八仙女为三妻五妾,享尽荣华富贵,最终看破红尘,重回极乐世界。这种"谪世"结构在《太平广记》《搜神记》所载的多个故事中均能找到。鉴于《太平广记》《搜神记》在朝鲜半岛的广泛传播与影响,不排除《淑香传》是直接或间接受到《太平广记》《搜神记》的影响而创作的可能,虽然《淑香传》的作者及创作年代不详。

除了"谪世"结构模式,《淑香传》中对道教意象的运用也颇具特色。葛兆光将道教为文学提供的意象分为三类:"一类是神仙与仙境,神仙如天尊、老君、西王母、王乔、赤松、安期生及后来的八仙、玉皇、许真君、王灵官等,仙境如蓬莱、瀛洲、方丈、阆苑、十洲及诸洞天等;一类是鬼魅精怪,如鬼魂、虐鬼、赤眼鬼、蛇精、龟精、狐精等等;一类是道士与法术,包括各著名道士、他们的灵验故事及种种法术,如雷法、印法、画符念咒、隐身术、变化术等等。"[②]《淑香

---

① 『淑香傳』,林明德主编,『韓國漢文小說全集』七卷,298 等.

② 葛兆光:《想象的世界——道教与中国古典文学》,《文学遗产》1987 年第 4 期。

传》中展示的仙境场景和神仙人物等道教意象十分典型：

> 青鸟谓淑香曰：“娘子随我而去，则可见娘子之父母矣。”淑香喜而随之，行至一处，见莲池十里，鳌以白玉。池中有一楼阁，珊瑚为础，琥珀为柱，玉瓦朱甍，瑶台琼宫，岌然峥嵘，不可睇视。门上珊瑚板以金字榜曰：《瑶池》，知是西王母之宫矣。淑香不敢入，踌躇门外，忽有五色祥云起自西方。俄而，黄金车御白玉辇，驾六龙而来，左右侍者星冠月珮，或乘鸾凤，或乘云鹤，直入白玉楼，迳据黄金榻而坐，此则玉皇上帝也。坐毕，王母出而拜于前，云裳霞珮，青鸟先导，神清貌润，若五岁童矣。淑香独立门外，无与立谈者，最后，一仙人手持一枝桂，端坐白玉轿御玉兔而来，有美人数十辈乘紫烟而随著，月宫姮娥也。顾见淑香曰：“可矜素娥，谪下尘寰几尝险难，今既邂逅可便谈话。”遂使随入，淑香同时入门，因升殿上见之。屏树云母，帘钩水晶，琳筵琼席，玲珑灿烂，不可形言。王母谓淑香曰：“怜子辛苦于人间，吾遣青鸟而奉邀，子识此地乎？即人间所谓瑶池。妾乃王母仙也。请安在座以观旧游处，可乎？”进七返九转丹，奏《霓裳羽衣曲》，三台、七星、二十八宿罗列阶下。帝命两仙人起舞，使二仙娥鼓瑟。起舞者李太白、吕洞宾也；鼓瑟者湘妃、汉女也。[①]

带淑香前往仙境的使者是青鸟，而青鸟是道教神话中为西王母取食传信的神鸟，《艺文类聚》卷九十一引旧题汉班固的《汉武故事》：“七月七日，上于承华殿斋，正中，忽有一青鸟从西方来，集

---

① 『淑香傳』，林明德主编，『韓國漢文小說全集』七卷，297 쪽．

殿前。上问东方朔,朔曰:'此西王母欲来也.' 有顷,王母至,有二
青鸟如乌,侠侍王母旁。"① 朝鲜古代爱情家庭小说中多次出现青
鸟,如《英英传》中,在描述英英对金生的思念之情时写道:"然青
鸟不来,消息难传,白雁久绝,音信莫寄。"② 此外,上段引文中还涉
及众多神仙,有"黄金车御白玉辇,驾六龙而来"的玉皇大帝,有
"神清貌润,若五岁童"的西王母,有"端坐白玉轿御玉兔而来"的
月宫姮娥等。瑶池是西王母所居之地,莲池十里,莲花盛开,灵光
耀日,祥云左右。池中的楼阁都是以珊瑚为础,以琥珀为柱,以玉
饰瓦,殿内屏树云母,帘钩水晶,琳筵琼席,富丽堂皇。既有琼楼玉
宇,又有霓裳仙歌,还有仙娥曼舞。仙境中的神仙都是云裳霞珮,
驾鹤乘凤而行。从此中对西王母宫瑶池的描写可以看出《淑香传》
作者对于道教文化的熟知及对神仙世界的向往。

> 有一青衣童子,自称洞庭君,谓李仙曰:"今日天帝与仙群
> 会宴于瑶池,君可一至观光否?"仙答曰:"吾闻瑶池乃西王母
> 之居,而王母鹤上之仙也,乃在云霓之中;自非羽衣之仙,虽欲
> 从之,末由也。"童子曰:"此有两青龙、一白鹿,各乘其一则不
> 有难处。"童子自挟两青龙,借仙一白鹿,蹇埃风而上征。须
> 臾,至于一处,见瑶池十里,荷花盛开,玉楼峥嵘,灵光耀日,金
> 阙玲珑,瑞气蟠空,兰麝之气芬芳触鼻,龙凤鸾鹤,彩霞祥云粉
> 纭左右,不可言形。童子引李仙,指示殿上曰:"黄金榻上兀
> 然高坐,而南面者,玉皇上帝也,其下次第而侍者,三台、七星、

① 欧阳询撰,汪绍楹校:《艺文类聚》卷九十一,上海古籍出版社 1965 年,第
　　1577—1578 页。
② 『英英傳』,林明德主编,『韓國漢文小說全集』七卷,348 等.

二十八宿,率众星而拱之也;西边白玉床,星眸月貌,手把桂花
而孤眠者,月宫姮娥也;其前持玉杵者,乃玉兔也;其下人身虎
头,豹尾蜂腰,青鸟校侍者,西王母也;彼前席鼓瑟者,湘妃、汉
女也;庭中起舞者,李太白、吕洞宾也;阶东西隔一屏,率乌鹊
而相望者,牵牛织女也;东边,纶巾羽扇次第而俯伏者,乃博望
侯张骞、东方朔、严君平、唐裴航、文箫、张硕也;西边,被冰绡,
曳霜纨,执玉环如意而侍立者,乃谢自然、吴彩鸾、香云英也。"
仙曰:"彼阶下持锦褯裸,着锦袜一双而坐者为何人斯? 降坐
下阶而赧然有惭色。"童子曰:"此乃唐明皇贵人杨太真也。与
明皇有前世之缘,而更作配偶于人间。私于羯奴,倾覆唐家,
马嵬坡下为乱中所斩,还到蓬莱,而罪恶极重,故不如仙列矣。
吾为君先入通于玉帝,君可追来,先拜于帝,次拜于左右。"①

　　梦中李仙由一青衣童子引领,来到了瑶池,再次描述了瑶池
盛景。上文中涉及诸多仙界人物:洞庭君、玉皇上帝、三台、七星、
二十八宿、月宫姮娥、玉兔、青鸟、西王母、湘妃、汉女、李太白、吕洞
宾、牵牛、织女等,这些人大都是道教中的人物或与道教有关的人
物。这里涉及的动物也均与道教文化有关,如鹤、青龙、白鹿、龙、
凤、鸾及小说中知恩图报的乌龟等,而瑶池、蓬莱本身就是仙界的
代名词。小说前文已通过淑香的视角对瑶池进行了较为详细的描
述,此处通过李仙的视角再度描写,这两段文字虽有一些重复,却
更加印证了《淑香传》的作者对道教神仙思想的接受与向往。"这
篇作品的最大特色体现在其独特的空间意识上。即作品中天上仙
的世界与地上人的世界,犹如现代摩天大楼一样,仙子和凡人们可

————————————

① 『淑香傳』,林明德主编,『韓國漢文小說全集』七卷,299 쪽.

以自由地上下,而地上的人间世界的许多现象与天上神仙的世界有着密不可分的关联性和统一性,如这篇作品中乌龟和龙的报恩故事以及天上仙界的仙官、仙女等左右或控制着地上人间的几乎所有事情。这可以说是东方特有的'天人合一'的宇宙观在《淑香传》中的体现。"①

　　朝鲜古代爱情家庭小说中的许多故事情节都含有道教元素,通过道教人物、反映道教文化意象的名词术语或依靠道教神仙法术、丹药等推动情节。如《春香传》中描写的神鸟有青鸟、乌鸦、乌鹊,描写的鬼魂有鬼神、厉鬼、魑魅魍魉,描写的上苍有天界、苍天、青天大老爷,描写的神龙有白龙、苍龙,描写的仙人有嫦娥仙子、太乙仙人、升仙的弄玉等;《醉游浮碧亭记》中出现的神人赐长生不死之药的情节:"饵我以玄洲不死之药,服之累月,忽觉身轻气健,磔磔然如有换骨焉。自是以后,逍遥九垓,徜徉六合,洞天福地十洲三岛,无不游览。"②仙子为保贞节而死,后被神人救下,神人给了仙子不死之药,仙子服下后有如换骨,可逍遥九垓;《彰善感义录》第三回:"蜀中青城山云水洞有郭仙公者,隐居乐道。一日,谓其家人曰:'今月某日,洞庭有冤死者,当济之。'"③第六回:"清远始调一丸灌之,夫人开目舒啸,翻身回卧,呕出毒汁,青血满地;又调一丸进之,夫人自饮之,神清魂朗,四肢轩轻。"④第八回"驿店得烈女 仙洞访丈人"、第九回"白衣赴广南 丹符破妖贼",从回目便知与道教

① 金宽雄、金晶银:《韩国古代汉文小说史略》,第208页。
② 『醉遊浮碧亭記』,林明德主編,『韓國漢文小說全集』七卷,86—87 쪽.
③ 『彰善感義錄』,林明德主編,『韓國漢文小說全集』七卷,123 쪽.
④ 『彰善感義錄』,林明德主編,『韓國漢文小說全集』七卷,153 쪽.

有关。第八回："仙公昂昂若出群之鹤"①，"郭仙公，神人也"②；第九回："乃以丹药一丸赐之，曰：'嚥此则可以自觉矣。'"③ "又以丹符一张，授之曰：'此乃太上老君伏妖之符也，君持此归，则亦当有用处也。'"④ 小说中的仙人、神人虽无通天法术，却能未卜先知，在关键时刻出现，有着救人于危难的能力，这些都是神仙世俗化的体现，而丹药、丹符等具有法力的器物均属于道教的法物。"若夫仙人，以药物养身，以术数延命，使内疾不生，外患不入，虽久视不死，而旧身不改，苟有其道，无以为难也。"⑤ 丹符可以驱魔伏妖，服食丹药可以起死回生长生不老，反映了道教对永生成仙的追求。"特别是道教以斋醮、符咒、法术、炼丹等神秘谲诡的形式出现，又以种种音乐、壁画、药物来进一步烘托渲染这种神秘的气氛，就更能激起人们的幻想。"⑥ 因此，恰当地运用道教元素，可以丰富小说的故事情节，给人以惊奇诧异、虚荒神奇之感，给小说蒙上一层神秘诡谲的色彩，达到吸引读者的目的。

第三节　爱情家庭类汉文小说
与中国文学传统

　　朝鲜古代汉文小说深受中国文学的影响，从较早的史传传统

---

① 『彰善感義錄』，林明德主編，『韓國漢文小說全集』七卷，177 쪽.
② 『彰善感義錄』，林明德主編，『韓國漢文小說全集』七卷，178 쪽.
③ 『彰善感義錄』，林明德主編，『韓國漢文小說全集』七卷，179 쪽.
④ 『彰善感義錄』，林明德主編，『韓國漢文小說全集』七卷，180 쪽.
⑤ 王明：《抱朴子内篇校释》（第 2 版）卷二《论仙》，中华书局 1986 年，第 14 页。
⑥ 葛兆光：《想象的世界——道教与中国古典文学》，《文学遗产》1987 年第 4 期。

到明清白话小说的艺术形式,均有采纳借鉴。下面从史传文学的叙事方式、中国典故引用、引诗词入小说三方面来探究朝鲜古代爱情家庭小说与中国文学传统的关联。

一、史传文学的叙事方式

中国史传文学在先秦时就已初具规模,两汉时期《史记》的出现,标志着中国史传文学的发展已经达到高峰。《史记》一直被视为史书典范,开创了纪传体史学的先河,具有极高的史学价值和文学价值。在古代朝鲜,《史记》是士大夫文人学习和研究的重要对象,高丽时期的《三国史记》便是模仿《史记》撰写而成。"由于朝鲜没有叙事文学的积累,它的叙事文学必然从中国叙事传统中汲取养料,这其中首先是史传、杂史叙事的影响。"[①] 朝鲜古代小说在形成的过程中深受中国史传文学叙事传统的影响,这在爱情家庭汉文小说中也十分明显。最直观的就是在小说的命名上,史传文学有以"传""记"命名的传统,朝鲜汉文小说继承这一传统,以"传""记"命名的小说不胜枚举。以"传"字为题目的,重在写人,主要以人物为叙事中心,注重对人物形象的刻画;以"记"为题目的,重在记述,主要以讲述故事为主。朝鲜古代爱情家庭小说大都是以"传""记"或"录"为名,具有拟史化倾向,如《春香传》《周生传》《英英传》《崔陟传》《谢氏南征记》《万福寺樗蒲记》《彰善感义录》等。

史传重史尚实,小说则偏重于想象虚构。朝鲜古代爱情家庭小说借鉴史传叙事方式是为了强化故事的真实感和可信度,因而

---

① 聂付生:《杂史、杂传叙事对朝鲜汉文叙事文的影响》,《中国文学研究(辑刊)》2011 年第 1 期。

常常在篇首或结尾处道出故事来源，以证实故事的真实性。

　　余适以事往于松京，遇生于馆驿之中，语言不动，以书通情。生以余解文，待之甚厚……因探词中情事。生于是不敢讳，从头至尾细说如右。因曰："幸勿为外人道也。"①

　　噫！父母、夫妻、兄弟、舅姑分离四国，怅望三纪，经营贼所，出没死地，毕竟图会，无一零落，此岂人力之所致？皇天后土必感于至诚，而能致此奇异之事。匹妇有诚，天且不违，诚之不可掩，如是夫。余流寓南原之周浦，陟时来访余，道其事如此。请记其颠末无使湮没，不获已，略举其概。天启元年辛酉二月日，素翁题。②

　　梅花外史曰："余十二岁游于村塾，日与同学儿喜听谈故。一日，先生语沈生事甚详，曰：'此吾少年时窗伴也。其山寺哭书时，吾及见之，故闻其事。至今不忘也。'又曰：'吾非汝曹欲效此风流浪子耳。人之于事，苟以必得为志，则闺中之女尚可以致，况文章乎？况科目乎？'余辈其时听之，为'新说'也；后读情史，多如此类，于是追记为情史补遗。"③

　　上文《周生传》的结尾交代了故事由来，权鞸在松都遇到了小说的男主人公周生，将周生讲述的人生经历写成《周生传》；《崔陟传》的结尾写明了故事来源，即作者赵纬韩隐居南原时听好友崔陟讲述的故事以记之；《沈生传》的结尾交代了故事来源于村塾先生

①『周生傳』，林明德主编，『韓國漢文小說全集』七卷，364—365 쪽.
②『崔陟傳』，林明德主编，『韓國漢文小說全集』七卷，282 쪽.
③『沈生傳』，林明德主编，『韓國漢文小說全集』七卷，372 쪽.

的口述,这种耳闻记录的故事,给人一种确有其事的真实感。

　　除了在文中交代故事来源外,作者往往还会将小说设置在真实的历史背景中,将真实的历史背景、人物和小说情节联系起来,使故事看起来像真实发生过一样。如《谢氏南征记》和《彰善感义录》均是以中国明朝嘉靖年间为故事背景,作者将这一时期的大奸臣严嵩父子、刚直不阿的海瑞,还有明朝开国功臣刘基等信史中的人物以虚构的情节融入小说之中,“作者对中国的这些人文地理形象和历史典故运用得非常自然,恰到好处,具有‘不隔之美’,都是根据故事情节的发展和塑造人物的需要而援引的,并没有生搬硬套或故意炫学之嫌”[1]。《崔陟传》和《周生传》是以“壬辰倭乱”“萨尔浒之战”为背景,故事主人公一生的遭遇都与这两场战争密切相关。小说的故事背景和人物是否真实存在并不影响故事情节的展开,而这也正是小说不同于史传的魅力之处,小说可以通过虚构的故事来反映现实,在虚与实之间,充满无限想象。

　　史传叙事注重人物生平的完整性,通常会对主要人物的一生做详尽的叙述。“史传开头一般都写传主的姓字籍贯;然后叙其生平事迹,多是选择几个典型事例,表现人物的个性特征;最后写到传主之死及子孙的情况。篇末另有一段作者的话,或补充史料,或对传主进行评论,或抒发作者感慨。”[2]朝鲜古代小说,无论是汉文小说还是朝鲜国语小说,无论是长篇还是短篇,几乎都把主人公的出身、经历、结局交代得清清楚楚,这种“一人一代记”式的结构形态与史传传统有着直接的关系。如《沈生传》篇首:“沈生者,京

①　金宽雄、金晶银:《韩国古代汉文小说史略》,第163页。
②　张新科:《唐前史传文学研究》,西北大学出版社2000年,第14页。

华士族也。弱冠,容貌甚俊韶,风情骀荡。"① 不足二十个字的介绍中包含了男主人公的姓名、住所、年龄、相貌、性情等,可谓言简意赅;《李生窥墙传》篇首:"松都有李生者,居骆驼桥之侧。年十八,风韵清迈,天资英秀。常诣国学,读诗路傍。善竹里有巨室处女崔氏,年可十五六,态度艳丽,工于刺绣而长于诗赋。"② 将男、女主人公的籍贯、年龄、姿容、性情、擅诗赋等情况和盘托出;《英英传》篇首:"弘治中,有成均进士金生者,忘其名。为人容貌粹美,风度绝伦。善属文,能笑语,真世间奇男子也。乡里以风流郎称之。年甫弱冠,登进士第一科,名动京华。"③ 交代了男主人公金生的品貌才学、科举功名;《金申夫妇传》篇首:"金禧集,庆州人,县监思重庶孙;申氏,平山人,士人德彬庶女也。"④ 介绍了主要人物的籍贯和家世,尤其强调了庶出的身份;《钟玉传》篇首:"雍正间,杨州士人有金公者,簪缨族也。名声振,字而远,以能诗鸣于世。兄之子钟玉,年才二八,容貌秀丽,才艺工敏,以长短之制,亦称于乡,妙章佳句,传播人口。"⑤ 介绍了时代背景和男主人公钟玉的年龄、相貌、才艺等。可见朝鲜古代爱情家庭小说的开篇都极为相似,基本都采用史传式的开篇形式,介绍主人公的基本信息,包括姓名、籍贯、家世、秉性、文采等。

　　史传在叙述形态上常常采用史官评述的方式,面对已然的事实,史官编修史书时往往站在事件、人物之外,以全知视角居高临下地进行叙述、评论,因此,朝鲜古代小说大多数作品中都有一个

① 『沈生傳』,林明德主編,『韓國漢文小說全集』七卷,369 쪽.
② 『李生窺牆傳』,林明德主編,『韓國漢文小說全集』七卷,65 쪽.
③ 『英英傳』,林明德主編,『韓國漢文小說全集』七卷,333 쪽.
④ 『金申夫婦傳』,林明德主編,『韓國漢文小說全集』七卷,225 쪽.
⑤ 『鍾玉傳』,林明德主編,『韓國漢文小說全集』七卷,375 쪽.

或隐或现、全知全能的叙述者,且常有作者或第三人称的评论,这些评论多出现在篇首或篇尾,也有个别出现在篇中。篇首的评论大多是引导性的,引出正文;篇尾的评论多为概括性,总结全篇;篇中的评论往往起到推进情节发展的作用。

> 广寒楼,则一编大题目也。无广寒楼,则采卿不游;采卿不游,则春香不可见也;春香不可见,则一编八回之文,何之而成也乎? 一广寒楼起于空中,而采卿不得不游,春香不得不见,一编八回之文,不得不成。采卿直上广寒楼,而直见春香,金小直召春香,而春香直来。采卿是卤莽人;金小是糊涂人;春香是寻常人也。①

> 采卿之心,何尝一日而无春香耶? 乃硬泪难洒,刚肠莫挠,不以色辞,形于耳目矣。岂若区区可怜之人,买粉买针,朝寄暮送,自以为多情也哉? 此采卿之所不为也,春香之所不愿也。②

> 刘翰林与谢小姐成亲为夫妇,真所谓君子好逑者也。伴合之义,湛乐之情,甚重无比矣。③

前两段引文分别是《春香传》第一回开篇和第七回开篇。《春香传》每回的开篇都是由作者的一段主观式评论来引起下文的,作者把自己置身于旁观者的位置,但又熟知所有的故事走向和人物命运。第一回开篇便将作品中主要人物的性格特点揭示出来,采卿是个卤莽人,金小是个糊涂人,春香是寻常人。第七回则以自问

---

① 『春香傳(廣寒樓記)』,林明德主编,『韓國漢文小說全集』七卷,419 等.
② 『春香傳(廣寒樓記)』,林明德主编,『韓國漢文小說全集』七卷,451 等.
③ 『謝氏南征記』,林明德主编,『韓國漢文小說全集』七卷,8 等.

自答的形式对小说情节发展做了评论。《谢氏南征记》第二回开篇
以第三人称的视角评论了小说中刘延寿与谢贞玉的婚事，"伴合之
义，湛乐之情"奠定了整个作品的基调。还有一些作者把评论置于
篇尾的，如《芝峰传》："盖圣朝生盛之德尚矣，无庸议为，芝峰之事
君，可谓忠直，白玉之迷惑人者，亦云巧矣。末季归来，如芝峰者，
能有几何？而美色之荡人心，迷人魂者，世皆白玉则嗟尔探花玩柳
之人，何不慎哉！何不戒哉！"①作者用第三人称的口吻称赞了芝
峰事君之"忠直"，并发出对"荡人心，迷人魂"的美色"何不慎哉！
何不戒哉"的慨叹。

　　杨周翰在谈到历史著作与文学叙事之间的关系时曾说过，如
果西方的历史著作常常套用某种文学的叙事方法，那么，中国的文
学作品常常套用某些历史著作的叙事方法，显示出一种"拟史"的
企图。这虽说是对中国文学的评价，事实上也非常符合朝鲜古代文
学的情况。与中国文学相比，朝鲜古代汉文小说所具有的浓厚的拟
史倾向有过之而无不及，究其原因："一为韩国史传的影响所致；二
为中国史传传统以及深受其影响的中国古典小说的影响所致。"②

二、中国典故的旁征博引

　　刘勰在《文心雕龙》中指出"然则明理引忽成辞，征义举乎人
事"③，进而将典故分为两类：一类引成辞以明理，一类举人事以征
义。罗积勇在其《用典研究》一书中指出："典故是为了一定的修
辞目的，在自己的言语作品中明引或暗引古代故事或有来历的现

---

①『芝峯傳』，林明德主编，『韓國漢文小說全集』七卷，412 等．
② 金宽雄：《中朝古代小说比较研究（上）》，第 227 页。
③ 刘勰著，王志彬译：《文心雕龙》卷八《事类》，中华书局 2014 年，第 427 页。

成话。"①二者均将典故划分为语典和事典两类,且内涵趋于一致。简言之,语典即引用古籍中有来历出处的词句,事典则指引用典籍中的古人古事。就朝鲜古代爱情家庭小说用典取材,《诗经》语典是作家的兴趣所在,又倾心于中国神话传说类事典,且多意象性用典。

公元1世纪《诗经》传入朝鲜半岛,4世纪便成为当时太学重要的学习书目,因此朝鲜对《诗经》的喜爱程度丝毫不亚于中国,其相关意象性典故在爱情家庭汉文小说中俯拾即是。

《诗经》中一些描写男女情爱的民歌频繁出现于中国文人笔下,逐渐成为具有特定文化性质的意象。如"折檀""丝萝乔木"等,"折檀"出自《郑风·将仲子》"无逾我园,无折我树檀",这是一首反抗礼教压迫的情诗。据《周礼》记载,男女结合必须通过媒妁之言、父母之命,否则自由恋爱会受到家庭、社会舆论的谴责与鄙视,因此畏人言的逾园"折檀"被后世思想家发展为"钻穴隙相窥,逾墙相从,则父母国人皆贱之"②的不合礼教之举。"丝萝乔木"源出《小雅·頍弁》,丝萝本是一种无法独自存活的草本植物,只有依附在高大的乔木上才能生长,后演变发展为愿缔结婚姻之意,如中国古典小说《红拂记》中夜奔李靖的红拂自荐时谈起的正是"妾本丝萝,愿托乔木"。不只中国文人醉心于此类意象性典故,古代朝鲜汉文小说家们也情有独钟。《李生窥墙传》中李生被送往岭南,是因其父发现他"逾垣墙,折树檀";《周生传》中仙花恐周生"折檀"败露,自己遭受"行露之辱"。两处皆化用"折檀"一典,将男子偷偷幽会女子一事表现得极为贴切。再如"丝萝乔木"一词,

---

① 罗积勇:《用典研究》,武汉大学出版社2005年,第2页。
② 杨伯峻译注:《孟子译注》,第30页。

《钟玉传》中香兰借用"丝萝之愿,欲托乔木"①,传达欲托身于钟玉之意;《沈生传》中处子在含恨濒死之际以"恶缘相绊,女萝猥托于乔松"②向沈生述说情意,作家皆借此典故表达女子将终身托于有情男子。除此之外,还运用《诗经》中其他较为常见的梅、桑、行露等意象性典故。《李生窥墙传》中崔氏称告知父母与李生的恋情:

> 是以摽梅迫吉,咏于《周南》,咸脯之凶,戒于《羲易》。自将蒲柳弱质,不念桑落之诗,行露沾衣,窃被傍人之嗤,丝萝托木,已作渭儿之行。罪已贯盈,累及门户。③

此处"摽梅迫吉"典出《召南·摽有梅》,"桑落之诗"源于《鄘风·桑中》,"行露沾衣"来自《召南·行露》,均与爱情有关,表现了"青年男女在现实生活中争取幸福快悦的企盼、烦恼和怅惘,不仅打动了不知多少华夏少男少女,而且使无数异民族的有情人悄然心动,对篇垂泪"④。

值得我们注意的是作家多以正用的方式用典,即所要表达的意义与《诗经》典故本身的意义相一致。如《毛诗序》《三家诗》等皆认为《鄘风·柏舟》是共姜在卫共伯死后不嫁自誓之作,后古人将夫死不嫁称为"柏舟之节";《齐风·南山》是讽刺齐襄公与其同父异母妹文姜私通淫乱,后以"雄狐"指代好色乱伦之徒。而《淑香传》中老妪称"常咏《柏舟》之诗,每恶《雄狐》之篇"⑤,表达贞

① 『鐘玉傳』,林明德主编,『韓國漢文小說全集』七卷,378 쪽.
② 『沈生傳』,林明德主编,『韓國漢文小說全集』七卷,371 쪽.
③ 『李生窺牆傳』,林明德主编,『韓國漢文小說全集』七卷,74 쪽.
④ 王晓平:《〈诗经〉之于亚洲汉文学》,《天津师大学报》1997 年第 6 期。
⑤ 『淑香傳』,林明德主编,『韓國漢文小說全集』七卷,296 쪽.

洁自守之意。作者引此二篇所言之事与典故本身之意相符,既便于理解文章之义,又体现了古代朝鲜文人对《诗经》中所蕴含的中国思想文化的认同,以及中、朝两国同属东亚儒家文化圈具有相似文化认同的某些特征。

爱情是人类永恒的话题,中国古典文学中出现了众多有关男女情爱的神话传说,如巫山神女、牛郎织女等。比之凡俗中的男女情爱,神话中的爱情更为浪漫凄美,带有理想化的浓重色彩。深受中国文学影响的朝鲜古代汉文小说家也将此类典故融入小说创作中,并将原典的故事与蕴意以明用和暗用的方式完美融汇于作品语境中,援古事以证今情。

"云雨阳台"系列典故,包括襄王梦、高唐神境、巫山神女等,典出楚之宋玉《高唐赋》楚襄王与神女云雨欢宿一事。此后"云雨阳台"在中国文人墨客笔下遂成男女欢好之典,千古传诵。借此典比喻男女情事在朝鲜古代爱情家庭小说中占比也较高,据笔者统计,在本论著主要涉及的十六篇作品中,有九篇运用此典。如《李生窥墙传》中李生以诗赠崔氏"恼却襄王孤枕梦,肯为云雨下阳台?"[1]化用楚襄王让枕求欢之典,衬托李生孤寂的心境,寄托对崔氏的相思;《万福寺樗蒲记》中金氏责吴氏、郑氏诗淫,"莫把高唐神境事,风流话柄落人间",句中以"高唐神境"直指男女风流之事;再如《周生传》中"是夜,赋高唐,二人相得之好"[2]也化用"高唐"喻指周生与俳桃二人行鱼水之欢。作家借"云雨阳台"系列典故喻指男女情事在朝鲜古代汉文小说中层出不穷,相当普遍。如《醉游浮碧亭记》中"云雨阳台一梦间"、《双女坟》中"欲荐襄王云雨梦"及

---

①『李生窥牆傳』,林明德主編,『韓國漢文小說全集』七卷,66 쪽.
②『周生傳』,林明德主編,『韓國漢文小說全集』七卷,354 쪽.

《芝峰传》中"阳台之梦"等多篇小说均化用此典。

　　"牛郎织女"系列典故源于梁代任昉《述异记》,牛郎织女相爱过程中彼此守护的精神砥砺着历代青年男女追求爱情的决心与勇气,也使得这一爱情故事在中国广为流传,在朝鲜古代爱情家庭小说中也是屡见不鲜,作家们善于将此典故与其他典故明暗结合,使情因典显,真切地表达男女恋人相聚之欢、相思之苦。如《李生窥墙传》中"破镜重圆会有时,天津乌鹊助佳期"①,用"破镜重圆"和"乌鹊搭桥"两处典故暗示李生与崔氏终结秦晋之好;《英英传》中"天汉不禁乌鹊散,巫山那复云雨浓"②则化用"牛郎织女"中的"鹊"这一意象性典故,以"乌鹊散"类比英英与金生的相离之情。

　　"蓝桥遇仙"出自裴铏的作品《裴航》,裴航在蓝桥遇仙女云英,终结为夫妇,后人便以"蓝桥"暗喻男女行欢会之事;"弄玉吹箫"出自西汉刘向《列仙传》中秦穆公之女弄玉与萧史因箫而结合成仙的故事。朝鲜古代汉文小说家们也常常借此二典指代男欢女悦之事,如《万福寺樗蒲记》中郑氏"不见蓝桥经过客,何年裴航遇云翘"③,意借裴航遇云英之事类比传达企盼情郎之意;《李生窥墙传》中"蓝桥何日遇神仙"、《周生传》中"蓝桥旧宅付之红娘"、《春香传》中"蓝桥玉生"则皆是借用"蓝桥"指代男女情事。此外,《周生传》中周生以"莫言风动竹,直是玉人来"④回应仙花的询问,《英英传》中金生由飞鸟栖林、行人归家之景,慨叹"何处玉人在? 桃花无限情"⑤,此中"玉人"指代意中人。以上典故皆属于意象性用

①『李生窺牆傳』,林明德主編,『韓國漢文小說全集』七卷,75 쪽.
②『英英傳』,林明德主編,『韓國漢文小說全集』七卷,343 쪽.
③『萬福寺樗蒲記』,林明德主編,『韓國漢文小說全集』七卷,99 쪽.
④『周生傳』,林明德主編,『韓國漢文小說全集』七卷,357 쪽.
⑤『英英傳』,林明德主編,『韓國漢文小說全集』七卷,333 쪽.

典,语言简洁,寓意深厚。

　　"阮刘寻仙"最早见于南朝刘义庆《幽明录》,指刘晨、阮肇迷路遇仙结为夫妇的艳遇。《春香传》中"软玉温香抱满怀,刘阮到天台"①,借刘、阮与二女在仙境行欢取乐之事来暗指春香与李梦龙的美好结合。而《双女坟》中"阮肇刘晨是凡物",则借刘、阮二人仙居半年后,因思乡心切回归故里却已物是人非来表现崔致远回归现实所感,慨叹与仙女的结合如黄粱一梦,仙凡可遇不可求,自是不能长相厮守。这两处对同一典故选择了不同用意的引用,但皆与故事情节相契合,使人感同身受。

　　黄侃在《文心雕龙札记》中指出"尝谓文章之功,莫切于事类"②,用典作为一种修辞手法在文章写作中具有重要作用,但用典并非只是简单地对古语古事的搬用,它需要在尊重原典语意的基础上灵活熔铸。朝鲜古代汉文小说家们用典驱遣自如,且与文章人物形象塑造、氛围烘托、情节发展、情感表达等自然融为一体,通常采用直引典故和化用典故等方式。

　　直引是一种较为常见和简洁的用典方式,即不做文本的加工创造,直接采用。朝鲜古代汉文小说对中国古籍语典的直引相当广泛,从先秦诗骚、汉魏诗文、唐诗宋词至明清小说皆有涉及。如《万福寺樗蒲记》中"有狐绥绥,在彼淇梁。鲁道有荡,齐子翱翔"③出自《诗经》;《春香传》中"忠臣,不事二君;烈女! 不更二夫"④出自司马迁《史记》;《周生传》中"青山不老,绿水长存"⑤源于《三

①『春香傳(廣寒樓記)』,林明德主編,『韓國漢文小說全集』七卷,431 쪽.
② 黄侃:《文心雕龙札记》,岳麓书社 2013 年,第 97—98 页。
③『萬福寺樗蒲記』,林明德主編,『韓國漢文小說全集』七卷,98 쪽.
④『春香傳(廣寒樓記)』,林明德主編,『韓國漢文小說全集』七卷,444—445 쪽.
⑤『周生傳』,林明德主編,『韓國漢文小說全集』七卷,354 쪽.

国演义》，"帘外谁来推绣户，枉教人梦断瑶台曲，又却是风敲竹"①
源自苏轼的《贺新郎》。就朝鲜古代小说文本引用语典的整体情况
看，唐诗所占比例最大，这与朝鲜朝的时代文风有关。明中叶前后
七子倡导"文必秦汉，诗必盛唐"的复古运动，而这一时期中、朝交
流频繁，"朝鲜文人必然受到当时文学思潮的影响，呈现慕唐的诗
风，与明前后七子的复古运动遥相呼应"②。以《春香传》为例，在描
写广寒楼景色时引王勃《临高台》"赤城应朝日""紫阁丹楼纷照
耀""璧房锦殿相玲珑"；以岑参诗"香街紫陌凤城内，满城见者谁
不爱"侧面衬托李梦龙的风情；欲别之际，李梦龙借刘禹锡的"东
边日出西边雨"慨叹"一片西飞一片东"，表达好事多磨，有情之人
难舍难分之意；到京赴任，梦中见到春香"花容半涧"，"玉泪双流"，
梦醒后"不禁凄然"：

　　　　曾经沧海难为水，除却巫山不是云。取次花丛回顾懒，半
缘修道半缘君。③

　　诗的第一、二、四句，源自元稹《离思五首》其四，诗人用沧海
之水和巫山之云比喻男、女主人公情意笃厚，《春香传》借用此典来
表现李梦龙对艺伎春香的深情。在朝鲜古代汉文小说中，将中国
文学作品中的原典、原句直接运用到作品里的例子比比皆是，虽是
直接挪用，但往往与原典所叙之事、所达之意相契合，无生涩与不
妥，也使得作品呈现含蓄蕴藉的审美风格。

---

① 『周生傳』，林明德主編，『韓國漢文小說全集』七卷，357 쪽.
② 陈蒲清：《论古朝鲜汉文诗与中国古典诗歌的相似特色》，《湖南教育学院学
　报》1998 年第 1 期。
③ 『春香傳(廣寒樓記)』，林明德主編，『韓國漢文小說全集』七卷，452 쪽.

朝鲜古代汉文小说家直引事典主要涉及中国古代文化名人及其故事,尤以才德兼备的典范女性居多。《万福寺樗蒲记》中梁生称何氏"仪容侔于西施,诗赋高于淑真。不出香闺之内,常听鲤庭之箴"①。不足三十字中,作者金时习便用中国古代四大美女之一的西施、宋代才女朱淑真及具备良好家教的孔鲤来烘托何氏。《谢氏南征记》中的谢贞玉受托为观音像作《观音赞》,写道:"吾闻大师古之圣女,想像其德如周妊姒、关雎、葛覃妇人之事。孤在空山岂其本意?"②此句引用《列女传》中太妊、太姒及《诗经》中《关雎》《葛覃》等典故来喻观音的德行,间接表达了自己对妇德的追求。

化用相对于直引,更表现作者的才学和艺术构思。在爱情家庭小说中典故化用为两种情况,一是对原典进行改造,从语典角度看指"构成典面的语句并不完全来自于典源,而是通过加字、替换等方法改造后的用典方式"③。从事典角度看是暗用典故,即将典故完美融化于作品中,明面上看不出用典的痕迹;二是在典故的组合数量上化用,即一层意思中连用数典。

对原典进行改造,通常采用的方式是对典故中的语句进行略微修改,其内容和原典没有太大区别。如《李生窥墙传》中崔女偶遇憩于垂杨下的李生,遂吟"路上谁家白面郎,青衿大带映垂杨"④化用杜甫《少年行》"马上谁家白面郎"一句,改"马"为"路",并回信与李生"将子无疑,昏以为期"⑤,将《诗经·卫风·氓》中"将

①『萬福寺樗蒲記』,林明德主编,『韓國漢文小說全集』七卷,105 쪽.

②『謝氏南征記』,林明德主编,『韓國漢文小說全集』七卷,5—6 쪽.

③孙惠欣、王佳慧:《汪元量诗歌用典解析》,《吉林师范大学学报》2018 年第 5 期。

④『李生窺牆傳』,林明德主编,『韓國漢文小說全集』七卷,66 쪽.

⑤『李生窺牆傳』,林明德主编,『韓國漢文小說全集』七卷,67 쪽.

子无怒,秋以为期"一句中的"怒"改为"疑","秋"改为"昏"。《春香传》中"果是鱼沉雁落之容,月开花羞之态"①变换了《三国演义》中写二乔的"有鱼沉落雁之容,闭月羞花之貌"之句。以上对语典之化用较好地保留了句式,也保留了原典本意。再如《春香传》中"金樽美酒千人血,玉盘佳肴万姓膏"②,化用了李白的《行路难》"金樽清酒斗十千,玉盘珍羞直万钱"一句,表达因发现南原官吏腐朽堕落至极,李梦龙内心的激愤之情,亦是文章的点睛之笔。朝鲜朝后期贵族阶级骄奢淫逸、黑暗腐朽,平民百姓生存状况糟糕、苦不堪言。作者巧妙化用李白诗歌典故以表达对贪官的痛斥和百姓的同情,也映射出小说言在此意在彼的深刻主题思想。

　　对原典进行改造还体现在事典暗用方面。如《万福寺樗蒲记》中柳氏所作诗中"从今相待似鸿光"一句暗用了梁鸿与孟光举案齐眉的爱情故事。《李生窥墙传》中李生诗曰:"破镜重圆会有时,天津乌鹊助佳期。从今月老缠绳去,莫向东风怨子规。"③其最后一句"莫向东风怨子规"暗引"杜宇化鸟"之典。相传古蜀国国王杜宇很爱他的百姓,死后灵魂变为一只杜鹃鸟守护百姓,日夜啼叫。《剪灯余话》中更有"游魂好共雇人去,莫向东风怨子规"。此处明面上写不要再向东风"怨子规",实则是典故暗用,两情相悦的李生与崔女的婚事终于得到父母首肯,体现出李生"喜不自胜"的欢喜之情。再如《钟玉传》中钟玉回忆起与香兰的缱绻之情,慨叹:"悦若南柯一梦,而如从邯郸枕中而来矣。"④此句明面上未显露任何人物和事迹,实际上是暗指李公佐的《南柯太守传》和沈既济的

---

① 『春香傳(廣寒樓記)』,林明德主编,『韓國漢文小說全集』七卷,425 쪽.

② 『春香傳(廣寒樓記)』,林明德主编,『韓國漢文小說全集』七卷,460 쪽.

③ 『李生窺牆傳』,林明德主编,『韓國漢文小說全集』七卷,75 쪽.

④ 『鐘玉傳』,林明德主编,『韓國漢文小說全集』七卷,397 쪽.

《枕中记》,这两部作品主题均体现的是人世间荣华富贵如梦境之空虚,与文中钟玉当时的心境完全相符,励志读书不婚的钟玉,终被童妓香兰色诱而陷落,反映了他表面上极力回避女色,但终究未做到心如枯井的矛盾心理,借此讽刺了两班文人的假面具,体现了其作者睦台林①"其在鉴戒之道,或不无一助,故为之一记"的创作目的。

朝鲜古代爱情家庭汉文小说化用典故的另一个特征即在一层意思中组合数典,这些典故意义相近,组成一个完整的整体,给人浑然一体的感觉。如《英英传》中金生对英英的劝说:

　　　朝云暮雨,阳台神女,本无定踪;碧海青天,月中姮娥,应悔偷药。鸟生微而比翼,木性顽而连理,矧性欲之所钟,岂人物之异致? 春风蝴蝶之梦,特恼空房;夜月杜鹃之啼,偏惊孤枕,岂可使杜牧之寻春芳晚? ②

此处作者连引六个典故:楚襄王与巫山神女相会、嫦娥悔偷药、比翼鸟连理枝、庄生梦蝶、杜鹃啼血及杜牧寻春。金生先是劝说英英男女情事是人之正常情感,要珍惜男女之情,及时行乐;紧接着劝说英英不要等到物是人非之时,独守空房,孤枕难眠;最后用"杜牧之寻春芳晚"反面论证错失姻缘之苦。一连串的典故彼此相辅相成,不仅丰富了故事内容,还展现了作者的文采。

连用典故还可以烘托氛围,如《谢氏南征记》中写谢氏蒙冤

---

① 睦台林(1782—1840),字膺一,号云窝,朝鲜朝后期儒学家。著有《钟玉传》《春香新说》《云窝集》等。

② 『英英傳』,林明德主编,『韓國漢文小說全集』七卷,339 쪽.

被逐逃往南方的悲惨遭遇时,连用"二妃泪水洒潇湘竹""屈原投江""贾谊流放长沙"等中国古代神话、历史悲剧人物千古断肠的故事,营造凄惨悲凉的氛围。后谢氏走投无路而欲投江自尽以保全名节之时,梦中与娥皇、女英相见:

> 娘娘曰:"今者奉屈非他事也,夫人不惜千金之躯,欲追屈原之踪,甚非天意。且夫人谓天无知,虽以夫人之聪明,犹有所蔽,今欲一言少叙其郁抑耳。"谢氏曰:"娘娘下教及此,贱妾庶暴中情,妾本愚迷,谓天道无私,惟善是与,以今观之大有不然。自古忠臣义士被惨祸者,如伍子胥、屈原勿论。以女子言之,卫庄姜之德,诗人颂其美,孔子录其诗,使后世为法,才德之美如此,而困于谗言,被庄公之薄待。汉之班婕妤,以礼事君,辞与同辇,愿奉养太后,为先儒所褒,而遭赵飞燕之妒,抱恨于长信宫。此两人乃彰明较著者也。其他贤妇烈女之遇灾殃者,曷可胜记哉?"[1]

此处连引伍子胥、屈原、庄姜、班婕妤等,他们或是正直之人却遭妒忌,或是忠贤人物遭迫害,与遭诬陷的谢氏的人生境况相似,典故之中透露着愤慨、惆怅。同时,《谢氏南征记》的作者金万重将中国忠贤人物的悲剧典故用于此是有其深意的。朝鲜朝肃宗王时期,欲废正妻仁显皇后而立宠妃张禧嫔为后,以儒家正统思想自居的"西人派"代表金万重希望通过刻画谢贞玉这一形象来启发肃宗,正如朝鲜朝时期李圭景评价的那样:"为肃庙仁显王后闵氏巽

---

[1]『謝氏南征記』,林明德主編,『韓國漢文小說全集』七卷,34—35 等.

位,欲悟圣心而制者。"①

　　合理用典可以引前人语事援古证今,还能使文辞厚重,文章内涵丰富。但用典不注重原典内涵,则容易造成典故的错用,且一味地在作品中用典,也容易给人"掉书袋"②之感。刘勰指出"据事以类义"③,"类"是用典的基本,若典故的指向与行文旨意相悖,就犯了用典的大忌,用典需要把握基调,情境相符,即便是反用,也不离内在的关联。

　　《周生传》在清水出芙蓉般的仙花的映衬之下,风尘女子俳桃"不啻若鸦鸰之于凤凰,砂砾之于珠玑也"④,句中用了"凤凰"与"鸦鸰"的意象。"鸦鸰"即"鸱枭",最早出自《诗经·豳风·鸱鸮》,曹植《赠白马王彪》中有"鸱枭鸣衡轭,豺狼当路衢"⑤,李善注:"鸱枭、豺狼,以喻小人也。"⑥在中国古代文化意象中,鸦鸰和凤凰是一组对立意象,最普遍的意义分别指代小人和贤人。如《庄子·秋水》讲述庄子与惠子之间的故事:"夫鹓雏发于南海而飞于北海,非梧桐不止,非练实不食,非醴泉不饮。于是鸱得腐鼠,鹓雏过之,仰而视之曰:'吓!'今子欲以子之梁国而吓我邪?"⑦"鹓雏"属于凤凰一类的鸟,庄子以此比喻自己心性高洁,以鸦鸰比喻

① 李圭景:《五洲衍文长笺散稿》卷七《小说辨证说》,转引自[韩]李家源著,赵季、刘畅译:《韩国汉文学史》,第384页。
② "掉书袋"一语源自宋代马令《南唐书·彭利用传》:"对家人稚子,下逮奴隶,言必据书史,断章破句,以代常谈,俗谓之掉书袋。"后用以讽刺写文章、说话过于引经据典,卖弄才学。
③ 刘勰著,王志彬译:《文心雕龙》卷八《事类》,第427页。
④ 『周生傳』,林明德主编,『韓國漢文小說全集』七卷,355쪽.
⑤ 曹植:《曹植集》卷五,上海古籍出版社2019年,第100页。
⑥ 曹植著:《曹植集》卷五,第105页。
⑦ 方勇译注:《庄子·秋水》(第2版),第279页。

惠子的心胸狭窄。"在中国古代文学中,凤凰与鸱鸮常常被组合在同一个语言情境中,而其寓意却一正一反,完全相左。凤凰象征着神圣、高洁、美善、君子、祥瑞,鸱鸮象征着凡俗、卑污、丑恶、小人、凶灾。"①《周生传》中欲表达俳桃在仙花面前,无论姿色还是身份地位都无法与之相比拟,但用象征人性卑俗丑恶的"鸱鸮"来比善良的俳桃,显然不妥。再如"松柏",是中国文学中表现君子人格的重要题材和意象,屈原《九歌·山鬼》中"山中人兮芳杜若,饮石泉兮荫松柏",东汉王逸注:"言己虽居在山中无人之处……荫松柏之木,饮食居处,动以香洁自修饰。"② 俳桃以"葑菲之体依松柏之余荫"来表达对周生的爱恋,固然从善良的俳桃角度看待周生或如松柏,但纵观《周生传》,周生是个喜新厌旧、见异思迁之人,周生的背信弃义导致了俳桃之死,作者以松柏代指周生显然不合适。又如"桑中"一词,典出《诗经·鄘风·桑中》,是对男女约会的描写,无贬义色彩。但在朝鲜古代汉文小说中多用"桑中"表示偷情或淫乱的行为,带有明显的贬义色彩。如《春香传》中面对李梦龙的戏谑调侃,春香道:"是真个说甚么? 岂无侍欢之日? 而欲为桑中之行耶?"③ 春香误以为真,连用三个反问,表现出极为惊诧的语气,并且结合后文男主公的回答"吾此戏耳",也可看出"桑中"在古代朝鲜文化中表示偷情和淫乱的行为。《英英传》中写金进士急欲与英英亲近,英英回应曰:"郎君何以待妾如桑中之游女乎?"④《李生窥墙传》中崔氏在告知父母与李生的恋情,表达自己只择其一人,

① 姚立江:《鸱鸮与凤凰——中国文学中的一组对立意象》,《北方论丛》2002年第 3 期。

② 王逸撰,黄灵庚点校:《楚辞章句》卷二,第 61、63 页。

③ 『春香傳(廣寒樓記)』,林明德主編,『韓國漢文小說全集』七卷,426 쪽.

④ 『英英傳』,林明德主編,『韓國漢文小說全集』七卷,341 쪽.

"不念桑落之诗",此中含义更为明确,显然在当时"桑中"这种行为是不被认同的。朱熹《诗》学观中"桑中之诗"是"淫诗说"的重要内容,诚然此处与朝鲜受程朱理学影响有关,但与中国主流文化中"桑中"含义相悖,感觉更像是对中国文化典故的错用。

从朝鲜古代汉文小说中对中国人物及典故的大量引用可以看出朝鲜作家们对中国文化的深刻了解,但过分引用也使得小说典故堆积,形式呆板,有卖弄与炫耀之嫌。如《钟玉传》中,香兰在劝说潜心经传、不慕酒色的钟玉时,运用一连串的典故:

> 然而郎君既读古人书,应知古人事,非但君择臣,亦有臣择君。是故红拂娘访李靖于旅舍、卓文君从相如于城都、寇莱公之蒨桃、韩文公之柳妓、元稹之薛涛、东波[①]之朝云、韩魏公之爱卿、秦学士之义娼,自古文章之士,未有妓妾者也。[②]

在这近百字的片段中罗列了八个中国古代才子与女子的爱情典故,用典繁密,有堆砌之感。再如《淑香传》中对瑶台仙境人物和环境的反复描写,出现的人物多达二十一位,人物的罗列看起来更像是作者对自身才识的一种卖弄与炫耀,缺乏艺术感染力,这在朝鲜古代汉文小说中不是个案,而是一种常见的现象。

综上所述,朝鲜古代爱情家庭汉文小说融入了大量的中国文化典故,其用典文梓共采,达到了炉火纯青的地步,阅读这些作品,"如果不是事先知道它的由来,读者会以为所欣赏的是中国古代哪

---

① "波"字应是"坡"字错写。
② 『鐘玉傳』,林明德主編,『韓國漢文小說全集』七卷,379 쪽.

一部野史笔记或者志怪、传奇中的文学故事"①。用典作为文学创作一种常见的表达方式,用得好可以为文章增色。古代朝鲜作家们对中国各类典故的运用可谓驾轻就熟,不仅丰富了文章的内涵,还增强了作品的感染力。但朝鲜古代汉文小说毕竟是异域文人创作的,在用典方面还是有所欠缺的,如典故错用、滥用或堆积等。此外,典故积淀了一个民族的传统文化,具有丰富的人文内涵,也是作家感情流露和思想表达的一种途径,通过对朝鲜古代爱情家庭小说用典得失的探析,有助于我们了解朝鲜作家独特的生命体验和思想文化,也能够从中窥探朝鲜文人所具备的汉文化才情,进而证明中国文化,尤其是中国古代文学所具有的极其深远的影响力。

三、引诗词入小说的巧妙运用

朝鲜古代汉文学与中国古代文学一样,诗处于正统地位,小说被视为"鄙俗俚语",创作小说的文人士子基本都是具备较深文学修养、处于"精英文学"阶层的人士。将诗词大量引入小说的原因虽无定论,但一种新的文学体裁诞生势必要经历一个漫长的过程,因此,引诗词入小说或许与作者们的创作习惯有关。如朝鲜朝时期代表性的汉文小说家金时习、林悌、朴趾源等人首先是汉诗家,其次才是小说家,因此,小说的最初形态带有从诗词创作到小说创作过渡期的特征。同时小说的创作者们想通过诗词的引入来提高小说的地位和价值也是不争的事实;二是与对中国文言小说的模仿有关。朝鲜古代汉文小说始于《新罗殊异传》,而它又明显受到了南北朝志人志怪小说、唐传奇等文言小说的影响。唐传奇以来

---

① 孙惠欣:《冥梦世界中奇幻叙事——朝鲜朝梦游录小说及其与中国文化的关联》,第179页。

的中国文言小说普遍存在韵散相间的文体特征，"所谓'韵散相间的文体特征'，是指把诗词韵文插入于故事正文叙述中的写法"①。因此，朝鲜古代小说中大量引诗词入小说与对中国文言小说的模仿有着直接的关联。《崔致远》就是一个典型的案例，其对《游仙窟》"引诗入小说"写法的承继关系本论著第二章中已探讨，在此不再赘述。

"在作品中大量引入诗词，无非是为了提高小说的地位和价值，同时也是为了借此来炫耀作者的诗才或渊博的学识。"②朝鲜半岛爱情家庭小说题材主要是男女爱恋、婚姻家庭，小说男、女主人公的相遇、相恋、离别、团聚等情节都充满诗情画意，离不开诗词。小说中穿插诗词，不仅可以有效地表达人物内心，揭示人物更深层次的思想情感，使人物形象更加饱满，还能穿针引线，推动情节的发展。爱情家庭小说中的男、女主人公大多文采斐然，而诗词是展示人物才华、修养的重要手段。

如《钟玉传》一开篇就介绍了男主人公钟玉妙章佳句颇多，且尤擅长短句："才艺工敏，以长短句之制，亦称于乡，妙章佳句，传播人口。"③而《钟玉传》在文体方面的最大特征便是引大量的诗歌韵语入小说，使作品"呈现出一种散韵间半的风格"④，这也是该部小说的一大亮点。《钟玉传》中以和诗居多，大多是香兰先作一首，钟玉再次韵和之。

《钟玉传》中香兰是被派去色诱钟玉的童妓，钟玉一心只读圣贤书，不慕酒色。香兰梳妆打扮后在夜晚来到钟玉书房，却不见成

---

① 金宽雄：《中朝古代小说比较研究（上）》，第 55 页。
② 李岩等：《朝鲜文学通史（下）》，第 1211 页。
③ 『鍾玉傳』，林明德主编，『韓國漢文小說全集』七卷，375 쪽．
④ 金宽雄、金晶银：《韩国古代汉文小说史略》，第 345 页。

效。之后调整策略，先是诉说自己的身世经历，虽为妓女，却憎恶卖笑生涯，所以心能自持，始终期盼能够遇到相知君子。今见君之风采，不觉心荡神摇，不能自持，才冒昧逾墙夜晚相见。之后又列举一些中国才子与妓女的典故来打动钟玉。香兰每天都是昏入晨退，数回之后，钟玉便辗转于怀。最后香兰投钟玉所好，作寻春词一阕，终于计成。

> 玉在石兮，山含宝气孰无慕。兰生壑兮，谷吐幽香易自露。玉兮人兮，兰耶人耶。玉里无瑕玉，花中解语花。高楼弹琴兮，拂弦欲得周郎顾。奇遇有期兮，乘昏几访瞿塘路。君不见花有信，扁舟可向武陵。寻又不见春无情，莫待湖州绿叶阴。酒一杯歌一曲，半轮明月在天东。盟已定心已许，宁教鹦鹉锁金笼。①

> 人生世兮，男子风情少艾慕。天借便兮，锦裳何妨浥行露。谑兮欢兮，仙耶人耶？身同连理树，情若并蒂花。一代佳人兮，千金何惜一回顾。三生好缘兮，满神仙风洛浦路。汝无乃天织女，鹊桥秋夜宿盟。寻又无乃秦公主，凤箫吹月下楼阴。银河水万斛波，欲添花漏落丁东。把罗衫春兴发，玉兰干外雾葱笼。②

第一段词中的"玉"和"兰"都是一语双关，"玉里无瑕玉"指钟玉，"花中解语花"指香兰。"高楼弹琴兮，拂弦欲得周郎顾"引用了周郎顾曲的典故，表达已将钟玉视为知己，期望钟玉能够听

---

① 『鍾玉傳』，林明德主編，『韓國漢文小說全集』七卷，380 쪽.
② 『鍾玉傳』，林明德主編，『韓國漢文小說全集』七卷，381 쪽.

出所弹曲中情意。"君不见花有信,扁舟可向武陵。寻又不见春无情,莫待湖州绿叶阴。"连续两句的"君不见""寻不见",使得在语气上有些许的急促感,有期盼,有真情,有意切,劝说钟玉莫错过良缘。"盟已定心已许,宁教鹦鹉锁金笼"一句则表示自己愿托身钟玉的坚定决心。

香兰这首词一出,钟玉此前的辗转犹豫便化为了"喜而笑,连倾数盏,酒晕上面,醉兴挑心"[①],随即次韵相和,即第二段引文。"身同连理树,情若并蒂花"表达了愿与香兰好合的心意。"一代佳人兮,千金何惜一回顾"回应了香兰的"周郎顾曲"一语。将香兰比作天仙织女,而自己便是赴鹊桥之盟会的牛郎。之后钟玉"携香娘之手,乃与就寝,以草堂为洞房,以书灯为花烛,相抱相乐,其心若何。鸳鸯之水,蜂蝶之花,不足以喻其喜也"[②]。小说中穿插的诗词显示了人物的才情,人物的性格也经由诗词逐渐鲜活起来。

《周生传》中的周生、俳桃、仙花三位主人公都富有诗情才华,小说中穿插的诗词既符合人物设定,又较好地控制了叙事节奏。如:

> 岳阳城外倚兰桨,一夜风吹入醉乡。杜宇数声春月晓,忽惊身已在钱塘。[③]

这是《周生传》中的第一首诗。周生世居钱塘,后随父迁往蜀州,科举连举不第,于是弃考经商,泛舟往来于江湖。一日乘船来

---

① 『鍾玉傳』,林明德主編,『韓國漢文小說全集』七卷,380 쪽.
② 『鍾玉傳』,林明德主編,『韓國漢文小說全集』七卷,381 쪽.
③ 『周生傳』,林明德主編,『韓國漢文小說全集』七卷,351 쪽.

到岳阳城外探访友人，两人把酒言欢，酒过三巡不觉沉醉，天色已黑，周生倚棹困睡，船借风力行驶，不知不觉间已身在钱塘，于是口占一绝。当周生醒来之时，只见两岸郁郁葱葱，晓色苍茫，树荫中时有纱笼银烛隐映于朱栏翠箔间。杜鹃的啼叫既增添了几分凄凉，也表达了他此时江湖飘零、无家可归的心境，还有对故乡深切的思念之情。"杜宇数声春月晓"典出苏轼的《西江月·顷在黄州》的末句"解鞍欹枕绿杨桥，杜宇一声春晓"，这首诗把自然风光和自己的感受融为一体，在诗情画意中表现出自己重回家乡的复杂心境。最后一句"忽惊身已在钱塘"，有意强调了钱塘这一地点。此处的钱塘并非一个普普通通的地名，它是小说情节的一个重要转折点，周生的故乡在钱塘，因父亲上任蜀州，便不得不离开故乡，而今重回钱塘，预示着将有新的故事在此上演，而这新故事便是从与儿时玩伴俳桃相见开始。

　　重回故乡的周生，在钱塘拜访故里之时偶遇儿时玩伴俳桃，便赠诗一首："天涯芳草几霑衣，万里归来事事非。依旧杜秋声价在，小楼珠箔卷斜晖。"① 离乡多年，故地重游，已物是人非。俳桃本生于豪族，家道中落，昔日童真少女，今却沦为妓女。"依旧杜秋声价在"中的"杜秋"即唐朝名妓杜秋娘，后代指妓女，此诗中喻指俳桃，并借此诗试探俳桃。俳桃明白周生之意，当得知周生并未婚娶之后，邀周生到其家中安歇。俳桃家墙壁上有绝句一首："琵琶莫奏相思曲，曲到高时更断魂。花影满帘人寂寂，春来消却几黄昏。"② 这首诗是俳桃所作，此时的她已是"才色独步于钱塘"的名妓，容貌出众，才华超群，这首诗道出了她内心的寂寞，"花影满帘"

---

① 『周生傳』，林明德主編，『韓國漢文小說全集』七卷，352 쪽.
② 『周生傳』，林明德主編，『韓國漢文小說全集』七卷，352 쪽.

与"人寂寂"形成鲜明的对比,可见俳桃虽为妓流,却不沉沦于此,内心渴望找到可以托付终身的意中人。这两首诗,应时应景,体现了人物情感的变化,推动了故事情节的展开。

《周生传》中还穿插了许多词,词牌包括《风入松》《蝶恋花》《贺新郎》《眼儿媚》《长相思》《踏莎行》等。其中《贺新郎》是周生与仙花二人合作的。周生是一个见异思迁之人,暗中跟随委身于他的俳桃至老丞相府邸,偷窥到老丞相女儿仙花芳容便一见钟情,移情别恋,继而以教书之名住进丞相府,一直伺机找仙花表白。一日晚,周生逾墙数重,来到了仙花住处,在重重帘幕中看到仙花独自在明烛下演奏乐曲。周生伏在楹间,听到仙花吟诵苏轼的《贺新郎》:"帘外谁来推绣户,枉教人梦断瑶台曲,又却是风敲竹。"① 周生立刻对答:"莫言风动竹,直是玉人来。"② 仙花与周生一问一答,顺应情景。仙花其实早就发现了窗外的周生,但她并没有直接问来者何人,而是借吟诵《贺新郎》巧妙询问。"又却是风敲竹"经由一个"却"字透露出几许期待,委婉表明仙花对周生的态度,心领神会的周生借用《西厢记》之诗立刻回应"直是玉人来",将崔莺莺写给张生诗中"疑是玉人来"的"疑"字改为"直"字,体现出迫不及待之情。整段情节设计轻巧、流畅,词的穿插更是起到点睛之笔的作用。

小说中穿插诗词,不仅是人物传情达意的手段,还起到暗示人物结局的作用。如《李生窥墙传》中崔娘房间四壁上的四首四时景诗:春天"燕子日长闺阁深,懒来无语停金针。花底双双飞蝶蛱,争趁落花庭院阴……脉脉此情谁料得,百花丛裹里鸳鸯"③,燕子、

---

① 『周生傳』,林明德主编,『韓國漢文小說全集』七卷,357 쪽.

② 『周生傳』,林明德主编,『韓國漢文小說全集』七卷,357 쪽.

③ 『李生窺墙傳』,林明德主编,『韓國漢文小說全集』七卷,70 쪽.

彩蝶、鸳鸯都是成双成对,表达了对爱情的期盼;夏天"小麦初胎乳
燕斜,南园开遍石榴花……荷叶已香池水满,碧波深处浴鸬鹚"①,
园中开满的石榴花、满池荷叶、鸬鹚对浴都象征此时爱的热烈缠
绵;秋天"床上佳人珠泪滴。良人万里事征战……小池荷尽芭蕉
黄……旧愁新恨不能禁"②,荷叶由满池碧色变为了凋零枯黄,寓意
李生与崔娘因战争而分离;冬天"无端一夜相思梦,都在冰河古战
场……愁锁眉峰著睡痕……灯前为有思人泪"③,暗示了李生与崔
娘的死别。这四首诗不知是何人所作,但其内容却是李生与崔娘
相识、相知、相恋到生离死别的爱情经历的真实写照,起到暗示故
事发展,预告故事结局的作用。

　　朝鲜古代爱情家庭小说中,作者也经常借由诗歌表达自己对
事物的态度。李梦龙目睹了地方官吏的腐败,难忍胸中怒火,筵席
间即兴赋诗一首:"金樽美酒千人血,玉盘佳肴万姓膏。烛泪落时
民泪落,歌声高处怨声高。"④ 宾客听后皆"以目相喻",未等府使回
话,便纷纷告辞离席,"一府震动,各厅飘散,歌妓堕簪而泣、乐工抱
器而走、城门楼上驿卒大呼、官舍墙下工房急步、鹰鹯下鸟雀之丛,
虎豹入狐兔之群。府使魂随飞风,胆似落叶,东瞻则客榻已空,西
顾则妓队无余"⑤,场面十分狼藉。这首诗揭露和批判了统治阶级
的黑暗腐朽,纵情声色,不顾百姓安危。诗歌与时事相联系,真实
地反映了社会现实。此外,《春香传》对中国古典文学中诗歌词句、
散文片段、传统典故的直接引用或借用颇多,尤其喜爱唐诗,特别

① 『李生窺墙傳』,林明德主编,『韓國漢文小說全集』七卷,71 쪽.
② 『李生窺墙傳』,林明德主编,『韓國漢文小說全集』七卷,72 쪽.
③ 『李生窺墙傳』,林明德主编,『韓國漢文小說全集』七卷,73 쪽.
④ 『春香傳(廣寒樓記)』,林明德主编,『韓國漢文小說全集』七卷,460 쪽.
⑤ 『春香傳(廣寒樓記)』,林明德主编,『韓國漢文小說全集』七卷,460 쪽.

是初唐、盛唐时期的诗歌,信手拈来,以此来抒情写景、表达思想、塑造人物,推动故事情节发展,"《春香传》将中国古典文学的写意美展现得淋漓尽致,善用诗文、借景抒情,从时间上拓宽了情感体验,从空间上创造了新的情感境界"①。但同时我们也应看到,汉文小说把诗的意境融入小说,从而使小说中的环境、人物描写产生诗一般意境美的同时,也存在硬性把诗歌韵语直接嵌入小说的情况,而且嵌入过多会导致诗词堆积,影响故事情节的连贯性,造成人为的阻碍,影响小说的进程和读者的阅读体验。因此,对古代小说中"引诗入小说"这一文体特征我们应该本着客观的态度去认识和评价。

---

① 边铀铀:《论〈春香传〉与中国古典文学》,《短篇小说》(原创版)2014年第27期。

结　论

　　中国和朝鲜同属于东亚汉文化圈，"东亚文化圈是以汉文化作为核心形成的。汉字与汉文，儒释道，相同的文化与文学现象，共同的文学形式，是东亚汉文化圈的基础"①。可以说，汉字和汉文，是东亚文化形成的先决条件，而汉字和汉文的东传，对于当时没有民族文字的古代朝鲜来说具有极为重要的意义，"汉字传入后很快被广泛接受和使用，汉字所载负的汉文化也被悉数移植吸收，从而使朝鲜半岛成为'汉文化圈'重要组成部分"②。据相关史料记载，7 世纪中叶，新罗联合唐朝先后灭掉高句丽和百济，统一了朝鲜半岛，建立起第一个中央集权的统一王国。也从这一时期开始新罗奉唐正朔，朝鲜半岛在政治上正式被纳入天朝礼治体系，即华夷朝贡体系。从此以后，"中国上自典章制度、科举文化，下至农工百艺、宗教礼俗均成为朝鲜历代王朝学习和模仿的对象，'事大慕华'成为士大夫阶级的主流思想。当时朝鲜的士子同中国的儒生一样，读圣贤书籍、作庙堂文章是他们每日的功课"③。可以说，在中国周边的民族和国家中，朝鲜在接受中国文化方面最为积极、主动。几千年来，朝鲜对中国文化的接受是全方位的，包括制度文化、行

---

① 张哲俊：《东亚比较文学导论》，第 5 页。
② ［韩］赵润济著，张琏瑰译：《韩国文学史》译者前言，第 3 页。
③ ［韩］赵润济著，张琏瑰译：《韩国文学史》译者前言，第 3 页。

为文化、心态文化等。从心态文化层面看,古代朝鲜历时性地接受了中国儒、道、佛三家思想。但从整体上看,儒家思想对其思想的建构起到了最重要的作用;从制度文化层面看,朝鲜半岛全面接受了中国的行政制度、选官制度、婚姻家庭制度,尤其是对选官制度中科举制度的接受;从行为文化层面看,主要体现在对民俗礼仪、行为方式等方面的接受,而行为文化又与心态文化有密切的关系。心态文化往往通过外显的行为表现出来,经过约定俗成逐步凝固成制度,从而指导或规约人们的行为。长期以来朝鲜在接受中国思想文化、制度文化的过程中,就附带着接受了中国的行为文化。比如父母死后厚葬并为之守孝三年、寡妇不能再嫁等,无不与中国的行为文化有着内在关联。

文学是以语言文字为工具形象化反映客观现象、表现作家心灵世界的艺术,是文化的重要表现形式。因此从文学的视角去探究中国文化对古代朝鲜的影响是最能揭示其接受实质的一个重要方面,而汉文小说又是朝鲜古代文学中极为重要的组成部分。关于朝鲜古代汉文小说的意义和地位,可以从创作主体和接受主体两个层面理解。汉文小说的作者和读者大多是有深厚汉文化学养的文人学士,而其中很大一部分是当时社会的文化精英,所以一般来说汉文小说具有较高的文化品位,可称为“精英文学”。在古代朝鲜,汉文小说这一文体从产生之初就成为文化精英思想意识的载体,他们往往利用这一思想载体来反映社会现实,来批判社会的种种矛盾和弊端,来表达自身的人格理想和对社会的期望。所以,我们通过朝鲜古代汉文小说可以看到许多其他文学体裁中很难看到的朝鲜古代精神文化的深层内涵,因而具有较高的认识价值。同时,朝鲜古代汉文小说是朝鲜人民几千年心路历程的真实记录,也是东亚诸国文化交流的宝贵结晶,这些汉文小说不仅是朝鲜人民的文学遗产,同时也是东亚乃至世界人民共同的文学遗产,是东亚学人共同的学术资源。

朝鲜古代汉文小说中蕴含着大量与中国历史、地理文化有关的内容,其中引用中国语典、事典及典型中国文化意象进而以典叙事在小说中极为常见。中国的神话传说、历史文化中的各类典故均是古代朝鲜小说家们援引的挚爱且驾轻就熟,援古事以证今情,将原典的故事、蕴意以明用或暗用的方式完美融汇于作品语境中。小说的作者们通常将中国历史人物纳入小说叙事中,以同类比附的方式将小说人物与历史人物建立联系,使小说中人物的性格特征、德行才智及结局命运都与真实的中国历史人物相照应,这充分体现了古代朝鲜小说家们对中国历史文化的接受和认同。但其用典也有欠缺的一面,如典故的错用、滥用或堆积等。此外,朝鲜半岛汉文小说故事发生的地理背景也是常常设定在中国,运用中国的地理环境进行场景叙事更是近乎司空见惯的一种状态。而故事背景的中国化势必要求在具体的叙事过程中人物的言谈举止、具体的生活方式等均应具有足够多且足够鲜明的中国化特征。因此,以外显的"中国人"的生活方式来表现内在的朝鲜本土的生活状态乃至影射现实就成了朝鲜古代汉文小说较为鲜明的一大特点。

朝鲜古代汉文小说与中国思想文化有着不可分割的紧密联系,儒、道、佛三家思想在小说中均有体现,其中儒家思想体现得最为明显,集中表现在对"忠君爱国""持节尚义""杀身成仁"及对"孝""信"等的推崇与信奉上,对"三纲五常""三从四德"、贞节烈女、男尊女卑的标榜与赞美上。尤其是对于"忠孝"与"妇德"的追求甚至达到了极端与狂热的程度。此外,"三世轮回""因果报应"等佛家思想也在小说中占据着重要的位置,将佛家思想的世俗化演绎成为作家手中的利器,通过积极褒奖、宣扬正面人物的善,惩治、劝诫反面人物的恶来完成作品"劝善惩恶"的主题思想,实现通过小说对大众进行教化的目的。而大量与道教文化中修仙访道、降敌斗法有关的内容在汉文小说中也多有体现,通过对仙境、仙居、仙人等道教意象的描绘及对道教神仙法术、仙人赐药等道教元素的运用来丰富小说的故事情节,赋予英雄人物以神异的功能,给读者以惊奇诧异、虚幻神奇之感,给小说蒙上一层神秘诡谲的色彩,达到吸引读者的目的。

朝鲜古代汉文小说与中国文学传统的关系更是密切而直接,首先体现在对中国"史传"文学叙事模式的运用上,最直观的就是在小说的命名上。史传文学有以"传""记"命名的传统,古代朝鲜汉文小说继承这一传统,大都是以"传""记"或"录"为名,具有拟史化倾向,如《林庆业传》《周生传》《英英传》《谢氏南征记》《万福寺樗蒲记》《元生梦游录》《壬辰录》《彰善感义录》等。同时,"一人一代记"的写作模式和史传语言的运用也是朝鲜半岛汉文小说的主要特征,而中国史传文化特有的"实录精神"和"彰善瘅恶,树之风声"的教化目的则是其内在的灵魂,数量蔚然的中国历史典故、历史人物等亦是构成朝鲜汉文小说不可或缺的重要元素。此外,在叙述形态上常常采用史官评述的方式,面对已然的事实,史官编修史书时往往站在事件、人物之外,以全知视角居高临下地进行叙述、评论。因此,朝鲜古代汉文小说大多数作品中都有一个或隐或现、全知全能的叙述者,且常有作者或第三人称的评论,这些评论多出现在篇首或篇尾,也有个别出现在篇中的。而作为中国古代小说特色之一的章回体模式,更是在朝鲜古代汉文小说中得到充分且醇熟的运用。此外,套用或借用中国小说的情境、结构、人物、诗赋,甚至直接将中国的此类文学作品加以改写、仿写,使之朝鲜化都是十分常见的现象。朝鲜古代汉文小说对中国文学传统的接受还体现在引诗词入小说方面。唐传奇以来的中国文言小说普遍存在韵散相间的文体特征,《新罗殊异传》中的《崔致远》是受唐代张鹭《游仙窟》直接影响而创作的作品,而"《崔致远》在韩国汉文小说史上,开了'引诗入小说的'先河"①。这种特征在梦幻汉文小说中有所体现,在爱情家庭小说中则更为鲜明。朝鲜古代汉文小说广泛吸收甚至刻意模仿中国古典小说的语言特征,呈现出了韵散结合、文白相间,雅俗兼收的特点,这类小说中的男、女主人公大多文采斐然,而诗词是展示人物才华、修养的重要手段,不仅适应人物身份的需要,还能穿针引线,推动情节的发展。

　　综上所述,朝鲜古代汉文小说与中国文化之间的密切关联是人人皆知的,但若想在兼顾宏观与微观的同时,对这种关联做到真正系统全面的耙梳、细致深入的分析却并非易事。朝鲜半岛与中国在地理上山水相依,在历史上交流密切,在政治上更有着长达数百年的宗藩关系,作为东亚汉文化圈重要成员的古代朝鲜在文化与文学上多受中国影响,这种影响之深远几乎遍及民族性格、思想观念、伦理道德及生活方式等不同维度的方方面面,可以说对中国文化的认同与赞扬,几乎成为古代朝鲜人民普遍共有的一种文化心理和思想倾向。朝鲜古代的汉文文学本身便是以中国汉字书写而成的,其与中国文学在很大程度上有着血脉交融般的亲缘关系,中国文学是其产生与发展过程中始终学习、借鉴的对象,甚至可以说朝鲜古代汉文文学之所以能够产生,并在朝鲜半岛文学史上最终得以昌明是离不开中国文学的传播与滋养的。因此中国文化因素在朝鲜古代各类汉文小说中有着层次不同、形态各异的体现,

---

① 金宽雄:《韩国古小说史稿(上卷)》,第 277 页。

其中既包括非文学本体层面的历史地理文化、典章制度文化及以种种不同形态表现出来的儒、释、道三家思想，又包括隶属于中国文学本体层面的"史传"模式、语言风格、人物类型及与之相配套的写作手法、叙事技巧等。朝鲜古代汉文小说与中国文化的这种高度密切的关联性，以及朝鲜汉文文学这一特殊文学类型本身都是古代中国与朝鲜半岛复杂而真实的文化受容关系的有力佐证，对探究古代中华文明向外传播的历程和具体表现形态，考察东亚汉文化圈的形成、发展与演变的历史都有着极为重要的意义与价值。但同时我们也应看到，朝鲜古代文学自身的特色与贡献，尤其是对东亚汉文学的贡献是巨大的，"韩国文化是东亚文化体系的重要成员，中国文化通过朝鲜—韩国传入日本，终于形成了东亚文化圈。韩国古代文化不仅在东亚而且在世界上的地位，都是不容忽视的"①。

　　此外，在朝鲜古代汉文小说中表现出来的"华夷观"与"小中华意识"也值得关注。"华夷观"起源于中国，是儒家文化中一种传统的政治观念，是古代中国人自我评价及处理对外关系的原则。发轫于先秦，强化于宋明，"'华'代表着正统、高贵、文明；'夷'代表着野蛮、边缘、卑下。'华夷观'亦是古代中国处理对外关系的原则和指导思想，是一种'文化优越论'、'文化中心论'的观念"②。"夷"即指周围民族，鄙称为"四夷"，即东夷、西戎、北狄、南蛮。处于儒家文化圈的古代朝鲜受"华夷观"的影响颇深，并在此基础上产生了"慕华事大""尊周攘夷"的思想认识。韩国学者吴锡源认

---

① 陈蒲清、[韩]权锡焕：《韩国古典文学精华》代序，第2页。
② 马高丽：《韩国汉文小说中的华夷思想研究》，硕士学位论文，四川师范大学中国古代文学专业2015年，第1页。

为,华夷观念作为一种民族意识对韩国产生的影响极大①。朝鲜半岛历代政权在广泛接受中国文化的同时也接受了华夷观,尤其是到了朝鲜朝时对中华文化的崇尚与认同达到巅峰,视中国为"中华",朝鲜为"小中华",其他周边民族为"蛮狄"。

在朝鲜古代爱情家庭小说中,"华夷观"主要体现在两方面,首先表现在朝鲜士人们对于生于狭小之国的不平之心和对于中华广袤之地的由衷向往方面。如《玉楼梦》中的一枝莲:

> 吾未尝见中国文物,今日见明元帅之用兵将略,诸将之人气物色,嗟乎! 生长于我蛮貊之邦者,真井底蛙,今中国不负蛮王,蛮王无端起兵,抗拒天威,此岂非螳螂拒辙? 吾又闻之,明元帅不忍杀戮,专主义理,欲以仁德感化南方,吾当乘此时归顺于天朝,以释父王之弥天大罪。②

一枝莲本是天上的桃花仙,被贬下凡间,她非常仰慕中原文物,所恨自己身在蛮邦"常有不遇慷慨之心",发出"真井底蛙"的慨叹,并极力赞美天朝的"义理""仁德",谴责蛮王起兵是"抗拒天威",最终以"归顺于天朝"实现其夙愿。由一枝莲的慨叹又使我们想起《琴生异闻录》中"大丈夫安肯瓢系偏方,窄窄为坎井之蛙乎"③的主人公琴生,其为"东国"人,其"远游之志"便是游大禹之所未及,览马迁之所未见,由青丘出发,终至昆仑。"纵观帝都文物之盛",进而"遍游天下"。琴生的夙愿,倒是由尹致邦《谩翁梦

---

① [韩]吴锡源著,邢丽菊、赵甜甜译:《韩国儒学的义理思想》,复旦大学出版社2014年,第23页。

② 『玉樓夢』,林明德主编,『韓國漢文小說全集』二卷,144 쪽.

③ 『琴生異聞錄』,林明德主编,『韓國漢文小說全集』三卷,135 쪽.

游录》中的主人公得以实现。小说写梦中的邈翁得仙人携手飞举，"共览名山大川"。登泰山、华山、衡山、恒山、嵩山，过金陵、箕山、洞庭、龙门、沧水、三峡。箕山瞻仰许由之墓冢，王庙慑于英雄之威仪，小说从始至终充满了对中华名胜风物的赞美与向往。此外，对中华广袤之地的由衷向往还体现在对中国和朝鲜的称谓上，如《林将军庆业传》：

> 天下至小之国，莫朝鲜若也。生至小之下国，幸游大爷之幕府，安敢以浅弊无识，妄论天下事乎？①

林庆业与明将皇宗裔的对话中自称朝鲜是"天下至小之国"，是"小之下国"，言外之意，中国便是"至大之国"。再如《玉仙梦》开篇便云："左海之壖，有小中华焉。"②小说把"小中华"作为自己国家的代称，并引以为豪。继而不满自己"生于海隅偏邦"，期待自己若能在"中华广宕之地"，必将"激昂万乘之主""出入九棘之班"，成就一番轰轰烈烈的伟业。这种"小之下国""小中华"意识正是慕华思想的集中体现。

此外，朝鲜古代爱情家庭小说中的"华夷观"还体现在对中国之外其他少数民族及日本的称谓上。上文《玉楼梦》中称大明为"天朝"，称匈奴王为"蛮王"，其叙述话语里渗透着作者根深蒂固的华夷观念。再如《玉麟梦》中把契丹人称为"丑虏""蛮貊""戎狄""狂胡"，而把雄踞中原的宋朝称为"中国"，透露出对少数民族

---

① 『林將軍慶業傳』，『韓國文集叢刊』第 151 册『荷塘先生文集』，民族文化推進會，1988，366 쪽．
② 『玉仙夢』，林明德主編，『韓國漢文小說全集』三卷，233 쪽．

的鄙夷和轻视。又如《周生传》的结尾"会朝鲜为倭敌所迫,请兵于天朝甚急,帝以朝鲜至诚事大,不可不救"[1],毫不隐讳地指出朝鲜对于"天朝"中国的"事大以诚"。《壬辰录》中倭寇兵临城下,朝鲜派李恒福等入明请求救援,面见天子便道:"小臣之国,倭卒来侵,以至于左衽之境。"[2] "左衽"语出《论语·宪问》:"管仲相桓公,霸诸侯,一匡天下,民到于今受其赐。"[3] 指春秋时期,齐桓公在管仲的辅佐下,抵制了夷狄的入侵,尊王攘夷,匡正天下,由此而感叹:"微管仲,吾其披发左衽矣。"[4] 由"左衽之境"可见,他们认为日本是夷狄,此处是刻意强调"夷夏之别",暗含着"华尊夷卑"的思想。在《金华寺梦游录》中对明太祖是极度赞扬和崇敬的,而对元太祖的描写主要在小说结尾处,其兴兵问罪,战书上写道"吾率诸蛮夷问罪于锦山"[5],元太祖自称为"蛮夷",而之后惨败的结局所寓内涵不言自明。这种"华夷观"在《林庆业传》系列小说中体现得更为突出,小说中毫不掩饰对上国明朝的感恩戴德,"尊明朝为'天朝',而对后金(清朝)则一律以'胡国''胡酋''胡寇''胡皇''胡虏'等指称,体现了鲜明的'尊王攘夷'思想倾向"[6],也反映了壬辰战争以后朝鲜朝社会中根深蒂固的崇明反清倾向。正如汪燕岗评价的那样:"朝鲜王朝对中华文化正统的明朝抱有很强的认同感,政治上恭行事大,文化上大讲慕华。壬辰之战中因明朝的

---

[1] 『周生傳』,林明德主编,『韓國漢文小說全集』七卷,364 쪽.

[2] 『壬辰錄』,林明德主编,『韓國漢文小說全集』四卷,423 쪽.

[3] 《论语注疏·宪问》,阮元校刻:《十三经注疏》,第 2512 页。

[4] 《论语注疏·宪问》,阮元校刻:《十三经注疏》,第 2512 页。

[5] 『金華寺夢遊錄』,林明德主编,『韓國漢文小說全集』三卷,37 쪽.

[6] 孙逊:《东亚儒学视阈下的韩国汉文小说研究》,《文学评论》2021 年第 2 期。

援助击败了日本的侵略后,朝鲜君臣上下对万历皇帝感恩戴德,事大慕华思想更为浓厚。明清易代之后,朝鲜虽然也对清朝实行事大主义,但并不慕华,因为他们认为清朝不是'华',而是'夷狄',不少人内心深处始终有一种鄙夷之情,对明朝则念念不忘。"①

尽管古代朝鲜在"事大慕华"思想倾向的影响下,朝鲜古代汉文小说存在明显的学习、模仿中国文学的痕迹,但我们不能由此抹杀朝鲜古代小说应有的价值,因为"文化的交流总是有输出者与接受者,输出与接受的关系只说明了文化流动的方向,并不说明文化价值的高低。文化的传递总是存在着变异,经过变异就产生了自身的价值,这与文化原有的价值不相同"②。也许正是出于完全被中国同化的担忧,曾经在中国唐朝学习、应试及第并为官的新罗学者、文学家崔致远回国后,一再提醒国王树立"东人意识"。所谓"东人意识",实即朝鲜民族的"民族意识"③,是政治上的考虑,又是血统及文化上的认同意识的强化,也是地理意识上的强化。然而,"东人意识"未能够独自扩张,时常受到"慕华心理"的影响,两者在长期的历史发展进程中此消彼长。总之,从后来相当长的历史进程来看,"东人意识"与"慕华心理"在朝鲜人的心中共生共存。其原因主要是古代朝鲜人尽管有着强烈的民族意识与国家自主意识,但因国力国势不够强大而始终未能摆脱中国藩属国的地位。政治上处于附属地位,在文化上也处于落后地位。然而,"东人意识"虽然在表面上很不显眼,但作为一种潜流,一直流淌在朝鲜民族的心中。"慕华心理"和"东人意识"是朝鲜民族心理结构

---

① 汪燕岗:《韩国汉文小说研究》,第251页。
② 张哲俊:《东亚比较文学导论》,第7页。
③ 金京振:《朝鲜古代宗教与思想概论》,第72页。

中的两个方面,并不矛盾。作为以中原文化为其轴心的汉文化圈成员之一的朝鲜民族,仰望文化宗主国——中国的心理是很自然的。但我们在关注中国文化对其产生深刻影响的同时也不能忽略朝鲜古代汉文小说自身的民族特色。"古代朝鲜在汉文化的强化冲击之下,吸收其养料、学习其优点,并融于本民族的文化之中,形成一种新的文化。这种再生性创造,不仅对朝鲜民族有开拓文化领域之功,也为保存和发扬汉文化做出了贡献。"① 我们应看到随着朝鲜民族文化的不断发展壮大,开拓创新,其对中国文化也产生了回返性影响,进而形成中朝文化交流的双向趋势,这种趋势在当代文化交流中日趋明显。因此,"丢弃大国沙文主义的学术目光来审视这种文化交流的事实,不仅能发现中国文化文学在朝鲜半岛的传播,还会注意朝鲜在生成本民族文化文学时对汉文化文学的筛选,以及新文化文学产生之后,以新生力量的姿态对中国文化的传统所给予的反馈与补充"②。

东亚文学具有一元性和多元性特征,一元性是指共同性、同质性,多元性是指独特性、异质性。在东亚这一特定地域范围内的若干国家和民族,共存于相近的文化语境中,但又各自独立,各有特性。中国和"东亚各国各民族的文学在其发生和发展的过程中所显现的各自的民族特性,以及与异民族的文学与文化相互碰撞,从抗衡到浸润而产生的'变异',以及从中透露出的与人类总体文明意识一致的艺术精神,无疑可以成为比较文学中发生学研究、阐述学研究、形象学研究、叙事学研究、符号学研究以及诗学研究等的

---

① 孟昭毅:《东方文学交流史》,第10页。
② 孟昭毅:《东方文学交流史》,第10—11页。

经典文本,从而成为阐明人类精神发展史的不可或缺的一翼"①。东亚汉文化圈共同体的产生并不以消除各民族文化独特性为前提,正是差异的存在向我们展示了文化传播不可忽略的阻力和汉文化无法抗拒的魅力。汉文化何以跨越区域、语言、民族的差异成为东亚各民族共同的文化源头,各民族的独特之处又如何为普适性、包容性极强的汉文化提供了向不同路径发展的可能性,这也是今后有待于进一步深入探讨的课题。

① 张哲俊:《东亚比较文学导论》序,第1页。

参考文献

一、著作

曹顺庆:《比较文学教程》,高等教育出版社 2006 年。

陈蒲清、[韩]权锡焕:《韩国古代寓言史》,岳麓书社 2004 年。

陈蒲清、[韩]权锡焕:《韩国古典文学精华》,岳麓书社 2006 年。

陈晓龙:《中国传统文化概论》,陕西师范大学出版社 2009 年。

冯友兰著,赵复三译:《中国哲学简史》(第 2 版),天津社会科学院出版社 2007 年。

冯友兰:《中国哲学史(上下册)》,华东师范大学出版社 2011 年。

[奥]弗洛伊德著,罗林等译:《梦的解析》,九州出版社 2004 年。

傅正谷:《中国梦文学史》,光明日报出版社 1993 年。

格非:《小说叙事研究》,清华大学出版社 2002 年。

金柄珉、金宽雄主编:《朝鲜文学的发展与中国文学》,延边大学出版社 2003 年。

金京振:《朝鲜古代宗教与思想概论》,中央民族大学出版社 2006 年。

金宽雄:《朝鲜古典小说叙述模式研究》,延边大学出版社 1995 年。

金宽雄:《韩国古小说史稿(上卷)》,延边大学出版社 1998 年。

金宽雄、金晶银:《韩国古代汉文小说史略》,北京大学出版社 2011 年。

[韩]金台俊著,张琏瑰译:《朝鲜汉文学史》,社会科学文献出版社

1996 年。

[韩]金台俊著,全华民译:《朝鲜小说史》,民族出版社 2008 年。

[韩]李家源著,沈定昌、李俊竹译:《朝鲜文学史》,香港社会科学出版社 2005 年。

[韩]李家源著,赵季、刘畅译:《韩国汉文学史》,凤凰出版社 2012 年。

李丽秋:《20 世纪韩国关于韩国文学对中国古典文学接受情况的研究》,大象出版社 2017 年。

李岩:《中韩文学关系史论》,社会科学文献出版社 2003 年。

李岩等:《朝鲜文学通史(上、中、下)》,社会科学文献出版社 2010 年。

李岩:《朝鲜中古文学批评史研究》,人民文学出版社 2015 年。

刘顺利:《朝鲜半岛汉学史》,学苑出版社 2009 年。

鲁枢元、童庆炳、程克夷、张皓主编:《文艺心理学大辞典》,湖北人民出版社 2001 年。

罗钢:《叙事学导论》,云南人民出版社 1994 年。

罗贯中:《三国演义》(第 4 版),人民文学出版社 2019 年。

孟昭毅:《东方文学交流史》,天津人民出版社 2001 年。

[韩]闵宽东:《中国古典小说在韩国之传播》,学林出版社 1998 年。

[韩]闵宽东、陈文新、刘僖俊:《韩国所藏中国文言小说版本目录》,武汉大学出版社 2015 年。

潘万木、李孝华、上官政洪主编:《简明中国传统文化》,华中科技大学出版社 2004 年。

申丹:《叙述学与小说文体学研究》,北京大学出版社 2001 年。

[韩]苏仁镐著,刘虹、焦艳译:《韩国传奇文学的唐风古韵》,民族出版社 2007 年。

孙惠欣:《冥梦世界中的奇幻叙事——朝鲜朝梦游录小说研究及其与中国文化关联》,北京大学出版社 2009 年。

孙逊:《中国古代小说与宗教》,复旦大学出版社 2000 年。

谭红梅:《朝鲜朝汉文小说中的女性形象研究》,知识产权出版社 2012 年。

汪燕岗:《韩国汉文小说研究》,上海古籍出版社 2010 年。

王先霈、王又平:《文学理论批评术语汇释》,高等教育出版社 2006 年。

韦旭升:《朝鲜文学史》,北京大学出版社 1986 年。

韦旭昇:《抗倭演义(壬辰录)及其研究》,北岳文艺出版社 1989 年。

韦旭昇:《韦旭昇文集》(1—6 卷),中央编译出版社 2000 年。

韦旭昇:《韩国文学史》,北京大学出版社 2008 年。

许辉勋、蔡美花:《朝鲜文学史(古代中世部分)》,延边大学出版社 2003 年。

杨义:《中国叙事学》,人民出版社 1997 年。

杨昭全:《朝鲜汉文学史》,吉林人民出版社 2020 年。

苑利:《韩民族文化源流》,学苑出版社 2000 年。

张岱年、方克立主编:《中国文化概论》(修订版),北京师范大学出版社 1994 年。

张哲俊:《东亚比较文学导论》,北京大学出版社 2004 年。

[韩]赵东一等著,周彪、刘钻扩译:《韩国文学论纲》,北京大学出版社 2003 年。

[韩]赵润济著,张琏瑰译:《韩国文学史》,社会科学文献出版社 1998 年。

李家源 譯編,『李朝 漢文 小說選』,民衆書館,1961.

金起東,林憲道 共編,『韓國漢文小說選』,精研社,1972.

李佑成,林熒澤 譯編,『李朝 漢文 短篇集』(上中下),一潮閣,1973.

國語國文學會 編,『(原文)漢文小說選』,大提閣,1976.

金起東,『(筆寫本)古典小說全集』,亞細亞文化社,1980.

金起東,李鍾殷,『古典漢文小說選』,교학연구사,1984.

국사편찬위원회,『朝鮮王朝實錄』,國史編纂委員會,1986.

『韓國文集叢刊』,民族文化推進會,1988.

黃淳九,『韓國漢文小說選』,白山,1997.

徐居正 원저;李來宗 역주,『太平閑話滑稽傳』,태학사,1998.

[中]林明德主編:『韓國漢文小說全集』,國學資料院,1999.

張孝鉉等 編,『(校勘本 韓國漢文小說) 夢游錄』,고려대학교 민
　　족문화연구원,2007.

김부식 저;李丙壽譯註,『(原文) 三國史記』,한국학술정보,2012.

金太俊,『朝鮮小說史』,淸進書館,1933.

周王山,『朝鮮古代小說史』,正音社,1950.

朴晟義,『韓國古代小說史』,日新社,1958.

車溶柱,『韓國漢文小說史』,亞細亞文化社,1989.

金光淳,『韓國古小說史와 論』,새문社,1990.

李在秀,『韓國小說研究』,宣明文化社,1969.

金起東,『朝鮮時代小說의 研究』,成文閣,1974.

丁奎福,『九雲夢研究』,高麗大學校出版部,1979.

李廷卓,『韓國諷刺文學研究』,이우출판사,1979.

車溶柱,『玉樓夢研究』,螢雪出版社,1982.

蘇在英,『古小說通論』,二友出版社,1983.

李相澤,『韓國古典小說의 探究』,中央出版,1983.

吳靈錫,『韓國古典小說研究』,文潮社,1986.

柳鍾國,『夢遊錄小說研究』,亞細亞文化社,1987.

朱鍾演,『韓國小說의 形成』,集文堂,1987.

禹快濟,『韓國 家庭小說 研究』,高大民族文化研究所出版部,1988.

박태상,『국문학연습 : 조선조 가정소설 연구』,韓國放送通信大學出版部,1990.

丁奎福,『韓國古小說史의 研究』,韓國研究院,1992.

李石來,『朝鮮後期小說研究 : 諷刺와 관련하여』,景仁文化社,1992.

최시한,『가정소설 연구 : 소설 형식과 가족의 운명』,민음사,1993.

金大鉉,『朝鮮時代 小說史 研究 : 17세기 小說의 移行過程을 중심으로』,國學資料院,1996.

박태상,『조선조 애정소설 연구』,태학사,1996.

李成權,『韓國 家庭小說史 研究』,국학자료원,1998.

申海鎮,『朝鮮中期 夢遊錄의 研究 : 主題意識을 중심으로』,박이정,1998.

鄭相珍,『韓國古典小說研究』,三知院,2000.

張孝鉉,『韓國古典小說史研究』,고려대학교 출판부,2002.

최호석,『옥린몽의 작가와 작품세계』,다운샘,2004.

소인호,『한국 전기소설사 연구』,집문당,2005.

김정녀,『(조선후기) 몽유록의 구도와 전개』,보고사,2005.

황혜진,『춘향전의 수용문화』,월인,2007.

許南郁,權赫鎮,『韓國漢文小說의 世界』,강원대학교출판부,2010.

신재홍,『한국 몽유 소설 연구』,역락,2012.

二、期刊论文

卞良君、孙惠欣:《中国传统思想文化观念对古代朝鲜梦游录创作的影响》,《中华文化论坛》2008 年第 4 期。

曹文杰:《浅议朝鲜时代后期短篇讽刺小说〈两班传〉》,《安徽文学》
　　2008 年第 11 期。

陈冰冰:《吴敬梓与朴趾源的讽刺作品比较》,《山西师大学报》
　　2011 年第 S2 期。

陈冰冰:《朴趾源作品中的女性形象研究》,《北京第二外国语学院
　　学报》2012 年第 4 期。

崔鲜香:《佛教和儒学思想对高丽女性生活的影响》,《延边大学学
　　报》2008 年第 5 期。

崔雄权、金一:《韩国小说在中国的传播与研究》,《东疆学刊》1999
　　年第 4 期。

崔殷成:《试论〈枕中记〉与〈九云梦〉之异同》,《北京联合大学学
　　报》2004 年第 3 期。

高国藩:《幻化人生 把苦当乐——论韩国道教化汉文小说》,《盐城
　　师范学院学报》2011 年第 1 期。

韩梅:《论佛教对韩国文学的影响》,《理论学刊》2005 年第 5 期。

韩燕:《潇湘八景在朝鲜半岛的传播及影响考》,《湖南科技学院学
　　报》2021 年第 2 期。

[韩]黄普基:《朝鲜王朝古地图中的湖南与朝鲜人的湖南意象》,
　　《湖南大学学报》2022 年第 3 期。

贾飞:《中国古代贞节观的变迁与女性财产权》,《江西社会科学》
　　2016 年第 2 期。

金柄珉:《论朴趾源小说〈虎叱〉的原型意蕴——以老虎的形象分
　　析为中心》,《东疆学刊》2002 年第 1 期。

金清子:《〈两班传〉的讽刺艺术分析》,《短篇小说》(原创版)2012
　　年第 20 期。

李斌斌、李虎:《论朝鲜朱子学初期形成特点及其演变》,《东疆学刊》2007 年第 3 期。

李洪淳:《程朱理学伦理思想在朝鲜的传播与影响》,《东疆学刊》1989 年第 Z1 期。

李杉婵:《古代朝鲜汉文小说〈花史〉研究》,《名作欣赏》2012 年第 27 期。

李甦平:《中朝朱子学比较——"理"之比较》,《社会科学研究》1993 年第 2 期。

李岩:《〈九云梦〉的佛教倾向》,《中央民族学院学报》1993 年第 2 期。

刘宝全:《壬辰倭乱时期的朝鲜〈朝天录〉研究》,《社会科学战线》2011 年第 2 期。

聂付生:《论古代朝鲜半岛汉文小说》,《中国文学研究》2007 年第 2 期。

潘畅和、孙丽:《古代朝鲜的"两班"及其文化特点》,《韩国研究论丛》2009 年第 1 期。

潘畅和、何方:《论古代朝鲜的"两班"及其文化特点》,《东疆学刊》2010 年第 3 期。

任晓丽、梁利:《朝鲜古典文学中的中国传统文化》,《解放军外国语学院学报》2004 年第 4 期。

[韩]任振镐:《性理学在韩国的传入与发展》,《扬州大学学报》1998 年第 1 期。

[韩]申相星:《对韩国古典讽刺文学的再认识》,《解放军外国语学院学报》1999 年第 3 期。

舒畅:《韩国古典小说〈春香传〉蕴含的中国儒释道文化研究》,《中华文化论坛》2018 年第 2 期。

孙海龙:《古代朝鲜小说中的潇湘意象考》,《韩国研究论丛》2015年第1期。

孙惠欣:《论朝鲜朝梦游录小说中的女性形象及其近代因素》,《外国文学研究》2008年第5期。

孙惠欣:《朝鲜古代梦游录小说探源》,《社会科学战线》2012年第7期。

孙惠欣:《中国文化对朝鲜朝梦字类汉文小说创作的影响》,《南京师大学报》2014年第1期。

孙逊:《释道"转世""谪世"观念与中国古代小说结构》,《文学遗产》1997年第4期。

孙逊:《朝鲜"三国"史传文学中的儒学蕴涵及其本土特色——以〈三国史记〉、〈三国遗事〉为中心》,《复旦学报》2015年第2期。

孙逊:《韩国"梦游录"小说与儒家核心价值观》,《上海师范大学学报》2015年第4期。

孙逊:《朝鲜"倭乱"小说的历史蕴涵与当代价值——以汉文小说为考察中心》,《文学评论》2015年第6期。

孙逊:《东亚儒学视阈下的韩国汉文小说研究》,《文学评论》2021年第2期。

谭红梅:《朝鲜朝儒学独尊下的女性境遇》,《延边大学学报》2009年第4期。

谭红梅:《朝鲜朝汉文小说男性作家笔下的女性形象》,《延边大学学报》2010年第5期。

谭红梅:《朝鲜汉文小说的女性形象》,《民族文学研究》2011年第4期。

汪燕岗:《论韩国汉文小说的整理及研究——以中国大陆、台湾地区的研究为主》,《社会科学战线》2010年第5期。

王立、景秀丽:《从〈九云梦〉看中国文学对朝鲜小说的影响》,《河北北方学院学报》2005 年第 2 期。

韦旭升:《略论朝鲜古典小说〈九云梦〉》,《国外文学》1986 年第 Z1 期。

邢丽菊、崔英辰:《朝鲜后期儒学的"心学化"倾向》,《世界哲学》2014 年第 4 期。

徐东日:《〈金鳌新话〉与〈剪灯新话〉之比较——论金时习的文学主体性》,《延边大学学报》1992 年第 4 期。

禹尚烈:《〈三国史记〉、〈三国遗事〉之梦的解析》,《东疆学刊》2005 年第 2 期。

臧健:《中韩古代家规礼法对女性约束之比较——以明清和古代朝鲜时期为例》,《北京大学学报》2000 年第 3 期。

赵维国:《论〈三国志通俗演义〉对朝鲜历史演义汉文小说创作的影响》,《文学评论》2010 年第 3 期。

赵维国:《论〈三国志通俗演义〉在朝鲜本岛的传播与接受》,《学术界》2011 年第 6 期。

赵维国:《论朝鲜梦游小说的类型化及其对中国梦游小说的拓展》,《明清小说研究》2013 年第 3 期。

朴晟義,「韓國小說에 끼친 中國小說의 影響」,『고려대학교 50 주년기념논문집』,1955.

朴晟義,「比較文學的 見地에서 본〈金鳌新話〉와〈剪灯新話〉」,『高麗大學 文理論集』,3 권,高麗大學校 文理科大學,1958.

張德順,「夢遊錄小考」,『東方學志』,4 권,1959.

蘇在英,「〈壬辰錄〉研究」,『崇田語文學』,1 권 1 호,1972.

車溶柱,「夢遊錄과 夢字類小說의 同異에 對한 考察」,『西原大學

論文集』,3 권,1974.

정인숙,「燕岩小說에 나타난 諷刺性」,『君子語文學』,1 권,1974.

金大元,「韓國 古代小說과 諷刺精神」,『寶雲』,4 권,1974.

徐大錫,「夢遊錄의 장르적 性格과 文學史的 意義」,『한국학논집』,3 권,1975.

蘇在英,「韓國 諷刺小說論」,『崇田語文學』,5 권 1 호,1976.

정학성,「몽유록의 역사의식과 유형적 특질」,『冠嶽語文研究』, 2 권 1 호,1977.

서대석,「군담소설의 구조와 배경사상」,『韓國學報』,3 권 3 호, 1977.

李石來,「古典諷刺小說概觀」,『聖心女子大學校 論文集』,9 권, 1978.

민긍기,「軍談小說 主題考」,『마산대학교 論文集』,3 권 1 호, 1981.

金鉉龍,「高麗 夢遊文學 考察:韓國夢遊錄小說 起原追跡을 위하여」,『學術誌』,25 권 1 호,1981.

金成基,「韓國 軍談小说 分析研究:壬辰錄과 朴氏夫人傳을 對象으로」,『語文學論叢』,2 권,1982.

韓昌吉,「朝鮮後期 諷刺小說論」,『동악어문학』,20 권,1985.

申相星,「古典小說에 나타난 諷刺文學의 精神史的 考察」,『東國大學校 研究論集』,16 권,1986.

李惠淑,「愛情小說에 나타난 創造的 女性像」,『혜전대학 論文集』,6 권,1988.

魏後良,「古代小說의 人物型 研究:家庭小說을 中心으로」,『광주대학교 論文集』,5 권,1988.

辛泰洙,「壬辰錄의 現實主義的 性格」,『새얼語文論集』,7 권,

1994.

우쾌제,「家庭小說에 나타난 夫婦의 役割과 家族意識 考察」,『우리文學硏究』,10권,1995.

우쾌제,「가정소설에 나타난 가족 의식 고찰」,『古小說 硏究』,2권1호,1996.

金貴錫,「家庭小說의 人物과 指向性:'嫡出'·'正室'을 中心으로」,『東洋古典硏究』,9권,1997.

鄭沃根,「〈三國演義〉在古代朝鮮的傳播和影響」,『인문학논총』,2권,1999.

유종국,「몽유록 양식의 구성 원리」,『한국언어문학』,44권,2000.

김귀석,「고소설에 나타난 여성인물의 삶과 의미 - 가정소설의 여성인물을 중심으로」,『한국문학이론과 비평』,7권,2000.

이상구,「17세기 애정전기소설의 성격과 그 의의」,『어학연구』,11권,2000.

박용식,「고소설(古小說)에 그려진 충(忠)의 윤리 - 군담소설(軍談小說)과 역사소설을 중심으로」,『어문연구』,28권2호,2000.

김옥란,「夢遊錄과 唐 傳奇의 비교연구:서사구조를 중심으로」,『한중인문학연구』,22권,2007.

양승목,「17세기 전란 관련 몽유록의 새 국면 - 죽음이 형상화된 작품의 경우」,『동악어문학』,64권,2015.

유병환,「〈구운몽〉의 구조와 소설미학 - 액자의 형상」,『古典文學硏究』,50권,2016.

서정현,「〈창선감의록〉군담(軍談)의 특징과 작자의식」,『古小說 硏究』,41권,2016.

이대형,「역사소설〈임진록〉의 승려 형상」,『불교문예연구』, 18 권,2021.

[中] 张鑫,孙惠欣：「佛家视域下的"一场春梦"‐ 以〈枕中记〉、〈南柯太守传〉与〈九云梦〉为研究中心」,『한중인문학회』,76 권, 2022.

三、学位论文

常靓：《明末清初才子佳人小说对朝鲜朝后期爱情小说的影响研究》,硕士学位论文,延边大学中国古代文学专业 2015 年。

陈思思：《"九云"系列小说比较研究——以〈九云梦〉〈九云楼〉〈九云记〉为中心》,硕士学位论文,上海师范大学中国古代文学专业 2015 年。

陈雅飞：《〈太平广记〉涉梦小说与朝鲜朝梦游录小说比较研究》,硕士学位论文,延边大学中国古代文学专业 2017 年。

崔盛学：《反映丙子胡乱的军谈小说研究》,博士学位论文,中央民族大学中国少数民族语言文学专业 2010 年。

杜小兰：《朝鲜朝汉文讽刺小说研究——兼论中国文化对其影响》,硕士学位论文,延边大学中国古代文学专业 2015 年。

耿玺刚：《明清时期中朝家庭小说家长形象研究》,硕士学位论文,延边大学中国古代文学专业 2014 年。

黄贤玉：《朝鲜朝后期汉文短篇小说的近代指向性研究》,博士学位论文,延边大学亚非语言文学专业 2014 年。

吉红梅：《论韩国汉文小说及其所受中国的影响——以爱情家庭类小说为中心》,硕士学位论文,苏州大学中国古代文学专业 2008 年。

金香淑：《朝鲜朝家庭伦理小说研究》,博士学位论文,中央民族大学比较文学与世界文学专业 2016 年。

李宏伟:《玉楼梦小说艺术研究》,博士学位论文,中央民族大学中国少数民族语言文学专业 2006 年。

李锦兰:《朝鲜朝历史军谈小说研究——兼谈与中国文化之关联》,硕士学位论文,延边大学中国古代文学专业 2013 年。

李利芳:《朝鲜汉文历史小说研究》,硕士学位论文,上海师范大学中国古代文学专业 2012 年。

李娜贤:《明清时期中朝家庭小说叙事主题研究》,硕士学位论文,延边大学中国古代文学专业 2020 年。

刘淑楠:《朝鲜汉文小说〈九云梦〉研究》,硕士学位论文,北京外国语大学比较文学与世界文学专业 2018 年。

马高丽:《韩国汉文小说中的华夷思想研究》,硕士学位论文,四川师范大学中国古代文学专业 2015 年。

马若晗:《韩国文人"潇湘八景"诗接受研究》,硕士学位论文,福建师范大学中国古代文学专业 2019 年。

孙萌:《儒学视域下的朝鲜汉文小说研究》,博士学位论文,上海师范大学中国古代文学专业 2012 年。

孙炜喆:《古代朝鲜小说〈帷幄龟鉴〉对〈西汉演义〉的接受研究》,硕士学位论文,延边大学中国古代文学专业 2020 年。

王柏松:《〈三国演义〉对〈壬辰录〉的影响研究》,硕士学位论文,延边大学中国古代文学专业 2015 年。

王苏平:《朝鲜十九世纪汉文短篇小说研究》,博士学位论文,中央民族大学比较文学与世界文学专业 2015 年。

王乙珊:《韩国汉文小说〈壬辰录〉研究》,硕士学位论文,上海师范大学中国古代文学专业 2017 年。

吴琼:《〈太平广记〉对朝鲜朝〈太平闲话滑稽传〉的影响研究——

以〈太平广记〉谐谑故事为中心》,硕士学位论文,延边大学中国
　古代文学专业 2020 年。

吴伊琼:《韩国汉文小说〈玉楼梦〉对中国古典小说的受容研究》,
　硕士学位论文,复旦大学比较文学与世界文学专业 2010 年。

薛育从:《朝鲜古代梦字类小说与中国场景》,硕士学位论文,中央
　民族大学比较文学与世界文学 2011 年。

杨杰:《〈玉麟梦〉研究——兼论对中国文学的接受》,硕士学位论
　文,延边大学中国古代文学专业 2012 年。

姚玲娟:《朝鲜朝梦游录小说研究》,硕士学位论文,上海师范大学
　中国古代文学专业 2012 年。

于洁:《朴趾源小说讽刺艺术研究——兼与〈儒林外史〉比较》,硕
　士学位论文,延边大学中国古代文学专业 2011 年。

庄婷:《明清爱情小说与朝鲜朝爱情小说中的妓女形象比较研究》,
　硕士学位论文,山东大学亚非语言文学专业 2011 年。

李鍾殷,「中國小說이 韓國小說에 미친 影響」,연희대학교 국어
　국문학과 석사학위논문,1956.

정규복,「韓國古代軍談小說考:三國誌演義의 影響을 中心하
　여」,高丽大学校 國文學科 碩士學位论文,1958.

손준식,「軍談 小說 研究:壬辰·丙子 兩亂을 前後한 古代小說을
　通하여」,경북대학교 국어국문학과 석사학위논문,1960.

李勳鍾,「韓國小說文學에 나타난 諧謔」,建國大學校 國文學科 碩
　士學位論文,1964.

金鉉龍,「韓國古代 諷刺小說의 研究:概念設定과 作品分類의 試
　圖」,建國大學校 國文學科 碩士學位論文,1965.

오상태,「韓國文學에서의 諷刺性 研究:燕岩小說을 中心으로」,

大邱大學校 國語國文學科 碩士學位論文,1966.

김희영,「軍談小說의 作家意識 研究:壬辰錄,林慶業傳,朴氏夫人傳을 中心으로」,동아대학교 국어국문학전공 석사학위논문,1981.

이신자,「燕巖小說의 諷刺性 考察」,朝鮮大學校 漢文教育專攻 碩士學位論文,1989.

金亨埈,「壬辰錄의 인물 연구」,조선대학교 국어교육전공 석사학위논문,1993.

전희연,「壬丙兩亂期 夢遊錄 研究」, 동국대학교 한문교육전공 석사학위논문,1999.

김선정,「燕巖小說에 나타난 諷刺性 研究」,韓南大學校 國語教育專攻 碩士學位論文,2000.

주경희,「朝鮮 後期 家庭小說에 나타난 惡女에 대한 研究:쟁총형 가정소설을 중심으로」,호서대학교 국문학과 석사학위논문,2000.

최종운,「幻夢小說의 類型構造와 創作動因」,대구대학교 국어국문학과 박사학위논문,2001.

김지영,「〈임진록〉의 인물 연구:민중영웅을 중심으로」,조선대학교 국어교육전공 석사학위논문,2006.

이송미,「〈박씨부인전〉의 여성 영웅성 연구」,국민대학교 국어교육전공 석사학위논문,2006.

전수미,「임병양란 배경 몽유록 소설연구:현실인식을 중심으로」,국민대학교 국어교육전공 석사학위논문,2007.

황정원,「〈임진록〉이본에 나타난 주요 인물과 그 문학적 의미」,강원대학교 국어교육전공 석사학위논문,2008.

홍재봉,「고전소설〈구운몽〉주제 재론」,영남대학교 국어교육전공 석사학위논문,2011.

譚云帆,「〈구운몽〉과〈홍루몽〉의 인물 대비 연구」,청주대학교 국어국문학과 석사학위논문, 2019.

장혜문,「〈周生傳〉의 중국 고전 수용 양상 연구」,韓國學中央研究院 國文學專攻 碩士學位論文, 2021.

張冬悅,「〈옥루몽〉과 〈홍루몽〉의 여성 인물 비교 연구」,가천대학교 국어국문학과 석사학위논문, 2022.

金貴錫,「朝鮮時代 家庭小說에 나타난 人間像硏究」,朝鮮大學校 國語國文學科 博士學位論文, 1984.

尹芬熙,「韓國 古小說의 敍事構造 연구 : 결말처리 방식을 중심으로」,淑明女子大學校 國語國文學科 박사학위논문, 1997.

김경남,「韓國古小說의 戰爭素材 硏究」,建國大學校 國語國文學科 博士學位論文, 2000.

최종운,「幻夢小說의 類型構造와 創作動因」,대구대학교 국어국문학과 박사학위논문, 2001.

이병직,「19 세기 한문장편소설 연구」,부산대학교 국어국문학과 박사학위논문, 2001.

이기대,「19 세기 漢文長篇小說 硏究 : 創作 基盤과 作家意識을 중심으로」,高麗大學校 國語國文學科 博士學位論文, 2003.

서경희,「〈옥선몽〉연구 :19 세기 소설의 정체성과 소설론의 향방」,이화여자대학교 국어국문학과 박사학위논문, 2004.

유광수,「〈옥루몽〉연구」, 연세대학교 국어국문학과 박사학위논문, 2006.

김인회,「朝鮮中期 夢遊錄 樣式研究」,韓國學中央研究院 國文學專攻 박사학위논문, 2010.

한의숭,「19 세기 漢文中短篇小說 연구」,경북대학교 한문학과 박사학위논문, 2011.

后　记

本书系国家社科基金项目的终期成果,从结项到定稿,历时四年半的时间,若从2012年立项算起已有十年的时间了。这本书之所以耗费这么长的时间,一是由于工作变动,课题结项后搁置了两年;二是签约中华书局后,原书稿写作方式不符合出版社的要求,需要全部重新修改;三是间隔时间过久,很多文献需要更新。加之疫情影响,文献查找受限,尤其是韩文文献查找更为困难。

本书稿涉及脚注九百多个,原书稿中涉及的韩国文献中很多是来源于第二手资料,此次全部重新查阅,基本都采用了第一手资料。原书稿中所涉及的中文古籍文献只标注了出于哪本典籍,未注明具体出处的,本次全部重新查找,找出原文出处。此外,原书稿中已经翻译成汉语的韩文文献,按照出版社"外文参考文献和注释不必译出,从原文""按文献所用语种规范注释"等原则重新查找、标注,并按照韩国文献注释方式重新编排。这个过程耗费了大量的时间,再加上文字内容的修改,时至今日才得以完稿。

整个书稿完成过程中,最应感谢的是我的朋友和学生们。在韩国资料方面,广州大学邵薇老师,带着七个月的身孕,帮我校对把关,尤其是书稿中所涉及的韩文文献,逐一查阅,并将所有查到的文献截图编辑成档,以备我后续校对使用,其认真、细致、负责的态度令我着实感动。我的同门师妹延边大学金美兰老师,在韩文注释该如何处理等问题上给予我指导和帮助,使书稿注释的修改工作得以顺利进行。

　　我的博士生宫官,从做这个项目起就一直辅助我查阅、翻译资料,参与部分章节的写作,尤其是在书稿最后阶段,已经毕业的她仍如从前,在韩文文献把关这一块,她精细到每个标点符号。因韩文注释符号与中国不同,加之韩国古典文献又多为韩语与繁体汉字间或使用,因此在一个文献中就涉及多种文字和符号的交替运用,校对起来就更为复杂,而宫官对待学术认真的态度让我欣慰。我的硕士生吴琼现是就读于韩国崇实大学的博士生,目前正处于毕业论文写作最关键的时期,但为了能帮助我尽快完成书稿,她牺牲自己的时间为我查阅在国内无法查到的韩文文献,尤其是韩国古文献。跑图书馆、查阅电子书库、请教韩国老师,想尽一切办法帮助我,有求必应,从不推脱。能带过这样体己的好学生真是让我这个做老师的感到无比温暖。

　　在中国资料方面,我的研究生刘坤、张亚平是我得力的小帮手,面对有些古籍文献,当我无从下手找到出处时只要问及她们总会收到一个较为满意的答复。尤其是刘坤,当她自己解决不了问题时便求助于计算机水平更高的男朋友,利用网络从浩瀚的电子古籍库中寻找答案,也让我这个老师从中学到很多。

　　还有我曾经带过的学生孙炜喆、曲劲竹,从本科到硕士再到博士,看着他们从一个懵懂的孩子一步步成长为博士研究生,其学术上的进步让人欣慰。遗憾的是,由于工作调离等原因,我未能将他们收入麾下攻读博士,但这并不影响我们之间的师生情谊。在书稿写作过程中得到两位同学的大力协助,尤其是书稿最后校对过程中,孙炜喆认真负责,为了一个汉字的用法不惜查阅《说文解字》《康熙字典》,这种做学问的认真态度值得表扬。

　　此外，还有在课题结项时给予我大力协助的李天，参与此项目研究的张鑫、陈雅飞、王柏松、杜小兰、李锦兰、孙丹，在书稿校对过程中给予我帮助的王彤彤、范巧巧以及本科科研小助手们，在此一并感谢！

　　感谢中华书局不弃，给予我多方面的帮助和出版支持，感谢余瑾编辑为此书耗费的精力，感谢所有关心和帮助过我的朋友、同事、学生和家人们，祝福大家！

孙惠欣

2022 年 12 月 23 日

于大连大学校园内